Zum Buch:

Was tut man mit einem alten, denkmalgeschützten Bahnhofsgebäude, in dem es sich zu allem Überfluss auch noch eine seltene Fledermausart gemütlich gemacht hat? Genau diese Frage stellt sich Daisy, als sie erfährt, dass sie den Bahnhof von ihrem Großonkel geerbt hat. Sie darf das Gebäude nicht abreißen und keine großen baulichen Veränderungen vornehmen. Das klingt alles ziemlich aufwendig und kompliziert. Aber dann hat Daisy einen wunderbaren Einfall: Genau das will sie zu ihrem Vorteil nutzen, den Charme der Nostalgie zu ihrem Markenzeichen machen und eine gemütliche Gin-Bar eröffnen. Doch sie weiß auch, dass sie dafür erst lernen muss zu vertrauen.

»Ich verschlinge Bella Osbornes Bücher!«

Katie Fforde

Zur Autorin:

In Bellas Romanen geht es um Freundschaft, Liebe und was das Leben sonst noch bereithält. Sie schafft es, auch in dunklen Momenten ihren Humor nicht zu verlieren. Für Bella gibt es nichts Schöneres, als sich Geschichten auszudenken, direkt gefolgt von guten Gesprächen, Schokolade, Sekt und Reisen. Zusammen mit ihrem Mann und ihrer wundervollen Tochter lebt sie in England.

Lieferbare Titel:

Neues Glück in Willow Cottage

Bella Osborne

Wacholderglück

Roman

Aus dem Englischen von
Diana Beate Hellmann

MIRA® TASCHENBUCH

1. Auflage: September 2019
Deutsche Erstausgabe
Copyright © 2019 für die deutsche Ausgabe by MIRA Taschenbuch
in der HarperCollins Germany GmbH, Hamburg

Copyright © 2018 by Bella Osborne
Originaltitel: »Coming Home to Ottercombe Bay«
erschienen bei: Avon,
an imprint of HarperCollins *Publishers*, UK

Published by arrangement with
HarperCollins *Publishers* Ltd., London

Umschlaggestaltung: bürosüd, München
Umschlagabbildung: remik44992, andzhey, Tungphoto,
Andrei Nekrassov / Shutterstock
Lektorat: Christiane Branscheid
Satz: GGP Media GmbH, Pößneck
Printed in Germany
Dieses Buch wurde auf FSC®-zertifiziertem Papier gedruckt.
ISBN 978-3-7457-0028-2

www.mira-taschenbuch.de

Werden Sie Fan von MIRA Taschenbuch auf Facebook!

Wacholderglück

Geschichten schreibt Bella Osborne, seit sie denken kann, doch für 2013 nahm sie sich vor, in diesem Jahr ihren ersten Roman fertigzustellen.

2016 kam ihr Debütroman, *It Started at Sunset Cottage*, in die engere Auswahl für zwei Literaturpreise, den Contemporary Romantic Novel of the Year und den RNA Joan Hessayon New Writers Award.

In Bellas Geschichten geht es um Freundschaft, Liebe und die Kunst, Probleme und Herausforderungen zu bewältigen. Sie sieht die düsteren Momente des Lebens gern mit Humor, was sie in ihre Geschichten einflechtet. Bellas Meinung nach macht nichts so viel Spaß, wie eine Geschichte niederzuschreiben, die man sich ausgedacht hat, dicht gefolgt davon, Gespräche zu führen, Schokolade zu essen, Sekt zu trinken und Urlaubsreisen zu planen.

Sie lebt in den Midlands, UK, mit ihrem großartigen Ehemann und ihrer wundervollen Tochter, die sie zum Glück beide so akzeptieren, wie sie ist (mit morgens vom Schlaf zerzausten Haaren und einem Faible dafür, im Sperrmüll nach brauchbaren Dingen zu suchen).

Danksagungen

Zunächst einmal bedanke ich mich bei meiner Lektorin, Rachel Faulkner-Willcocks, für die großartige Arbeit, die sie an diesem Buch geleistet hat, und bei Sabah Khan, Elon Woodman-Worrell und dem fantastischen Team bei Avon für ihrer aller Unterstützung. Ich danke meiner Agentin Kate Nash, die mir jederzeit Rückhalt bietet, und ein ganz besonders großes Dankeschön geht an Kim Leo für ein weiteres fantastisches Buchcover.

Mein spezieller Dank geht an Henry Yates von Burleigh's Gin und an Graham Pound und die Angestellten vom Seven Stars Public House in Rugby, die ihr enormes Wissen über Gin mit mir geteilt haben. Darüber hinaus bedanke ich mich bei jedem, der mich so begeistert bei meinen Gin-Recherchen unterstützt hat – ich habe das Gefühl, wir haben ganze Arbeit geleistet.

Herzlichen Dank an die wunderbaren Menschen von der RNLI, an Sarah von der Devon Bat Group (die keinerlei Ähnlichkeit mit Tabitha aufweist, falls diese Frage aufkommen sollte) und an Christie von der National Bat Helpline – jawohl, so etwas gibt es wirklich!

Mein Dank geht an Morton Gray für ihre Tarot-Kenntnisse, und ich danke meiner Nichte Emma dafür, überprüft zu haben, dass meine Ausdrucksweise nicht veraltet klingt und jenseits von Gut und Böse ist.

Und wie immer danke ich von ganzem Herzen all meinen Autoren-Freunden – ich hoffe, Ihr wisst, wer Ihr seid, denn Ihr seid viel zu viele, als dass ich Euch in diesen Danksagungen einzeln nennen könnte!

Mein Dank geht an all die fantastischen Blogger – ihr seid fabelhaft, und das sind auch all die reizenden Leser, die weiterhin meine Bücher kaufen und Rezensionen schreiben. Das bedeutet mir wirklich unendlich viel.

Das dickste Dankeschön habe ich mir für den Schluss aufgehoben. Ich danke meiner wunderbaren Familie dafür, dass sie mir eine unerschütterliche Stütze ist und die Stimmen in meinem Kopf akzeptiert. Ich liebe Euch so sehr, dass es die Grenzen der Vernunft überschreitet.

Für meine Mum – danke.

Kapitel 1

Daisys Hintern fühlte sich nach der vierstündigen Fahrt auf einem alten Motorrad an, als gehöre er jemand anderem. Obwohl ein hübsches Ortsschild sie willkommen hieß, wurde Daisy von einer lange verdrängten Traurigkeit beschlichen, die über sie hinwegkroch wie Frost über eine Fensterscheibe. Nach Ottercombe Bay zurückzukehren, war ein großer Fehler. Wenn mir doch nur eine andere Wahl bliebe, dachte sie.

Urplötzlich trat ein attraktiver Mann in einer unansehnlichen Warnweste auf die Straße, stellte sich Daisys Motorrad in den Weg und riss Daisy aus ihren Gedanken. Hastig scherte sie zur Seite aus und stieg in die Bremse. Stotternd kam das uralte Gefährt zum Stehen.

»Sie können hier nicht durchfahren«, sagte der junge Mann und verschränkte seine muskulösen Arme vor seinem in Leuchtfarbe erstrahlenden Brustkorb.

»Bitte«, erwiderte sie und bedachte ihn mit dem breitesten Grinsen, zu dem sie in diesem Moment fähig war; in ihrem Hirn rotierte es, weil sie sich zu erinnern versuchte, warum ihr der dunkle Wuschelkopf des Mannes irgendwie bekannt vorkam.

Er straffte die Schultern. »Auf gar keinen Fall.«

Trotzig klappte Daisy das Visier ihres Motorradhelms hoch; so leicht ließ sie sich nicht einschüchtern. »Seien Sie nicht albern. Ich muss in die Trow Lane.« Mit sehnsüchtigem Blick schaute sie die Hauptstraße entlang, die sich vor ihr auftat. Sie war nur drei Querstraßen von ihrem Ziel entfernt.

»Sie werden außen herumfahren müssen.« Der Mann schaute Daisy mit forschendem Blick an. »Kenne ich Sie?«, wollte er wissen und runzelte für einen kurzen Moment die Stirn, was seinem von der Sonne gebräunten Gesicht einen missbilligenden Ausdruck verlieh.

»Das bezweifele ich. Schauen Sie, es wäre blödsinnig, einen Umweg von mehreren Kilometern zu fahren. Ich muss ja nur dorthin«, sagte sie und zeigte mit dem Finger auf die entsprechende Querstraße. Daisy war müde nach ihrer langen Reise und würde sich von diesem aufgeblasenen Arbeiter sicher nicht herumkommandieren lassen. Zumal sie keinen Grund dafür erkennen konnte, dass die Straße an einem sonnigen Samstagabend Ende Juni gesperrt war.

Sie ließ den Motor ihrer Maschine aufheulen, doch der Warnwestenmann stellte sich vor den Vorderreifen und versperrte ihr den Weg. Zornig starrten sie einander an. Wieder brachte Daisy den Motor zum Aufheulen, und dieses Mal sorgte sie dafür, dass das Motorrad ein paar Zentimeter nach vorn hüpfte. Er zuckte nicht einmal mit der Wimper. Dass sich ganz in der Nähe eine Menschenmenge versammelte, bekam sie nur aus den Augenwinkeln mit. Im nächsten Moment hörte sie es dann – ein schepperndes Geräusch in der Ferne. Wütend blitzte sie den Mann an, der ihren Blick ebenso wütend erwiderte. Die scheppernden Geräusche kamen näher, und Daisy erkannte einen Trommelrhythmus, begleitet von etwas, das wie das Tröten eines unbedarften Elefanten klang. Im nächsten Moment erblickte sie die Wimpelketten, mit denen man die Straße geschmückt hatte. Und da ging ihr endlich ein Licht auf – es war der Abend des Karnevalsumzugs. Er hatte recht: Dass sie heute Abend mit ihrem Motorrad durch die Stadt fuhr, war absolut unmöglich. Mit Wucht klappte sie das Visier ihres Helms wieder herunter, entschuldigte sich mürrisch und fuhr dann mit quietschenden Reifen davon. Warnwestenmanns selbstzufriedene Reflexion im Rückspiegel wurde dabei von einer Wolke aus stinkendem schwarzem Rauch eingehüllt.

Daisy war immer noch sauer, als sie vor dem Sea Mist Cottage vorfuhr. Sie stellte das Motorrad ab und riss sich den Helm vom Kopf und den schweren Rucksack von den schmerzenden Schultern. Das Ganze fing gar nicht gut an, was nur eine weitere Bestätigung dafür war, dass sie nicht hätte zurückkommen sollen. Sie drehte sich um und ließ ihren Blick über das Cottage schweifen. Es war, als sei sie mit einer Zeitmaschine in die Vergangenheit gereist – das Haus hatte sich überhaupt nicht verändert. Als kleines Mädchen hatte Daisy sich immer eingebildet, ein trauriges Gesicht zu sehen, wenn sie auf das uralte Gebäude schaute. Dieses überhängende Strohdach sah aus wie schwere buschige Augenbrauen, und die symmetrischen Fenster wirkten wie Augen, deren halb heruntergezogene Jalousien schlaffen Augenlidern ähnelten. Die schlichte Eingangsveranda ragte hervor wie eine nachträglich angebaute Nase, und der kleine Haustür-Mund seufzte den wenige Schritte entfernten Bürgersteig an. Sie erinnerte sich, dass die Tür immer leicht geklemmt hatte, aber das war Jahre her, sie war in der Zwischenzeit sicher repariert worden. Hinter der Milchglasscheibe näherte sich eine Silhouette, deren Besitzerin dem Rahmen einen Stoß versetzte und im nächsten Moment nach draußen stolperte.

»Daisy, Liebes. Du hast es geschafft«, rief Tante Coral und schloss Daisy fest in die Arme. Es war lange her, dass irgendein Mensch sie so umarmt hatte. Daisy hatte vergessen, dass man Tante Corals Umarmungen nicht entrinnen konnte.

»Lass mich dich anschauen.« Tante Coral schob Daisy auf Armlänge von sich weg. Daisy schüttelte ihre karamellblonden Haare aus, die während der letzten vier Stunden unter dem Helm wie in einen Kokon eingezwängt gewesen waren.

Tante Coral kamen die Tränen. »Oh, Daisy, eine wunderschöne junge Frau ist aus dir geworden.« Sie biss sich auf die Unterlippe. »Und du siehst deiner Mutter so ähnlich.«

Bei der Erwähnung ihrer Mutter spürte Daisy wieder, wie die Trauer sie beschlich. Obwohl inzwischen so viele Jahre

13

vergangen waren, tat es immer noch weh, als sei es erst gestern passiert. Das Gefühl von Verlust war genau das Gleiche ebenso wie das Gefühl von Leere, das sich in ihrem Inneren breitmachte. Für Daisy bestand Ottercombe Bay ausschließlich aus Traurigkeit und schlimmen Erinnerungen.

Nichtsdestotrotz rang sie sich ein Lächeln ab, denn sie wusste, dass das die Reaktion war, die von ihr erwartet wurde. Prompt strahlte Tante Coral noch mehr. »Es ist schön, dich zu sehen. Komm herein, und ich setze Wasser auf«, sagte sie und bedeutete Daisy mit einer Handbewegung, ins Haus zu gehen. Diese wollte gerade nach der Türklinke greifen, als sie ein erstickt klingendes Kläffen vernahm und sofort wieder zurückwich. Es folgte wildes Gebell, das die Ankunft eines kleinen schwarzen Hundes begleitete, der jetzt auf der anderen Seite der Tür auf und nieder sprang, als hüpfe er auf einem Pogostab.

»Sch, Bugsy Malone, sei jetzt still«, rief Tante Coral und schob sich hastig an Daisy vorbei. Sie zog die Tür auf, und das schwarze Hündchen schoss nach draußen und schnappte nach Daisys Stiefeln, woraufhin diese einen Satz rückwärts machte. »Na, na, na«, meinte ihre Tante und hob den protestierenden Hund, der Daisy weiterhin anbellte, mit Schwung vom Boden hoch.

»Was ist das?«, fragte Daisy und wich noch weiter von dem zähnefletschenden Bündel zurück, das sich aus dem Klammergriff ihrer Tante zu befreien versuchte. Daisy hatte nicht viel Ahnung von Tieren; sie hatte nichts gegen sie, und einige schienen recht niedlich zu sein, aber da sie ein Nomadenleben führte, hatte sie nie Gelegenheit gehabt, ein Haustier zu halten.

Tante Coral lachte leise vor sich hin. »Er ist ein Mops«, sagte sie und lief voraus ins Cottage hinein. Bugsy setzte seinen lautstarken Angriff dabei unbeirrt fort, und Daisy folgte den beiden mit großzügig kalkuliertem Sicherheitsabstand.

»Er wirkt nicht gerade glücklich«, rief Daisy, um das schrille Gekläffe zu übertönen.

»Er steht ein bisschen neben sich, seit dein Großonkel Reg gestorben ist. Die beiden waren ein Herz und eine Seele. Ich glaube nicht, dass der kleine Bugsy versteht, warum er nicht mehr da ist.« Tante Corals Stimme zitterte plötzlich. Im nächsten Moment räusperte sie sich und setzte Bugsy durch die Hintertür nach draußen, wo er für ein paar Sekunden von den Gerüchen des Gartens abgelenkt wurde. »So! Tee?«

»Ja, bitte. Mit Milch und einem Stück Zucker«, antwortete Daisy und behielt dabei mit einem Auge die Pfoten im Blick, die bereits versuchten, sich ihren Weg wieder ins Cottage zu bahnen.

In der Küche duftete es nach frisch gebackenem Biskuitkuchen. Gierig atmete Daisy den Duft ein, und sofort besserte sich ihre Laune. Sie stellte ihren Rucksack ab und setzte sich an den kleinen Küchentisch mit der blütenweißen Tischdecke darauf. Während Tante Coral sich um den Tee kümmerte, schaute Daisy sich um. Auch hier war es, als sei die Zeit stehen geblieben. Die Küche sah noch genauso aus wie damals, als Daisy noch ein Kind gewesen war; die einzigen Veränderungen, die ihr auffielen, waren das Gelb der einst blauen Wände und die Pinnwand aus Kork, die es früher nicht gegeben hatte und an der eine Vielzahl von Zetteln und Briefen hing. Daisys Blick fiel auf die letzte Postkarte, die sie aus Frankreich geschickt hatte, und sofort war ihre gute Laune wieder verflogen. Sie erinnerte sie an ihre Beziehung mit Guillaume, die in einer Katastrophe geendet hatte.

Daisy sah zu ihrem Rucksack, der neben ihr auf dem Fußboden stand. Abgesehen von dem Motorrad befanden sich all ihre Habseligkeiten in diesem Rucksack. Mehr gab es nicht. Ihr gesamter irdischer Besitz in einem Bündel. Daisy straffte die Schultern und gab sich einen Ruck. Genauso gefiel ihr das Leben doch. Keine Bindungen, nichts, das sie an einen Ort fesselte oder zurückhielt. Sie war frei wie ein Vogel, und so fühlte sie sich wohl. Tante Coral kam mit einem großen Tablett an den Tisch, auf dem eine Teekanne und zwei zerbrechlich aussehende Tassen und Unterteller standen. Sie nahm gegenüber von Daisy Platz und deutete auf den Rucksack. »Du hast also nicht vor, lange zu bleiben?« Traurigkeit spiegelte sich in Tante Corals Augen, als sie ihnen beiden Tee einschenkte.

»Nein, tut mir leid. Ich muss gleich nach der Beerdigung wieder weg.« Daisy konnte dem Blick nicht länger standhalten und griff nach der zierlichen Teetasse. Sie wusste nicht, wohin sie als Nächstes fahren würde. Sie hatte in Canterbury in einer Jugendherberge gewohnt und sich von einem Job zum anderen gehangelt, als der Anruf von Tante Coral gekommen war. Es war ihr wie eine einmalige Gelegenheit vorgekommen, Kent für immer zu verlassen. Sie hatte zwar keine Ahnung, was ihr nächstes Ziel sein würde, aber in diesem kleinen Städtchen in Devon wollte sie nicht länger als unbedingt nötig bleiben.

»Nun ja, gleich nach der Beerdigung kannst du leider nicht weg, weil dann nämlich das Testament verlesen wird und –«

Es klopfte an der Haustür, und sofort schallte wildes Gebell aus dem Garten. Daisy hatte das Gefühl, aus zwei Richtungen angegriffen zu werden. Tante Coral stand in aller Ruhe auf und ging zur Tür. Kaum dass Daisy die hohe Stimme hörte, regte sich etwas in den hintersten Winkeln ihrer Erinnerungen.

Die Besucherin sprach mit einem ausgeprägten Devonshire-Dialekt und mit jedem Schritt, den sie näher kam, lauter und schneller. »Oh, mein Gott. Ich kann nicht fassen, dass du es wirklich bist. Ich meine, ich hatte es gehofft, als ich das Motorrad sah, weil ich niemand anderen kenne, der so eines hat. Nicht bei uns in der Gegend. Du bist es tatsächlich, du bist hier!« Eine junge Frau mit langen, glatten, dunklen Haaren warf sich Daisy an den Hals und drückte sie fest an sich. »Ich habe dich so vermisst«, sagte sie und setzte sich hin, ohne dabei den Blick von Daisy zu wenden, was recht befremdlich war.

»Tamsyn«, sagte Daisy, als sie die Frau erkannte. »Es ist schön, dich zu sehen. Wohnst du immer noch nebenan?«

»Ja, mit Mum und Dad. Die werden sich auch wahnsinnig freuen, dich wiederzusehen.«

»Tamsyn ist mir eine wunderbare Hilfe gewesen«, schaltete Tante Coral sich ein. »Wenn ich zur Arbeit musste, hat sie immer ein Auge auf Reg gehabt. Er hat alle Postkarten und Briefe aufbewahrt, die du ihm von deinen vielen Reisen geschickt hast, und sie Tamsyn wohl etliche Male vorgelesen. Und du weißt ja, wie viel Spaß er daran hatte, Geschichten zu erzählen, auch da bist du häufig vorgekommen.«

»Außer in den Fantasy-Geschichten mit den Zwergen. In denen warst du nicht«, stellte Tamsyn mit todernster Miene klar.

Daisy wusste nicht, was sie darauf erwidern sollte, aber zum Glück sprach Tante Coral schon weiter. »Ich weiß nicht, was ich in den letzten Monaten ohne Tamsyn getan hätte. Sie gehört jetzt praktisch zur Familie. Habe ich recht, Tamsyn?«

»Oh, mein Gott. Macht uns das zu Schwestern?«, fragte Tamsyn und wippte dabei aufgeregt auf ihrem Stuhl auf und ab – eine Reaktion, die der Hund an der Hintertür sofort kopierte.

»Ich glaube nicht«, erwiderte Daisy mit einem Schmunzeln. Tamsyn musste scherzen, oder? Sie war ein Paradebeispiel dafür, warum Menschen ihre Heimat verlassen und die Welt erkunden sollten, dachte Daisy. Dass sie hiergeblieben war, hatte aus Tamsyn Ottercombe Bays Antwort auf Phoebe Buffay aus *Friends* gemacht: Die Grenzen zwischen entzückend und verrückt waren verschwommen.

Tamsyn umklammerte mit beiden Händen ihre Teetasse. »Wohin fährst du denn als Nächstes?«, fragte sie mit weit aufgerissenen Augen. Daisy wünschte, Tamsyn würde häufiger blinzeln, so zu starren konnte nur ungesund sein. Sie sah, dass Tante Coral sie ebenfalls gespannt anschaute. Seltsamerweise überwältigte sie neben dem Drang, etwas sagen zu müssen, auch das Bedürfnis, die beiden zu beeindrucken.

»Äh, genau weiß ich das noch nicht. Wahrscheinlich wieder ins Ausland …« Im Moment hatte sie dafür zwar kein Geld, aber auf lange Sicht hatte sie wirklich vor, ausgedehntere Reisen zu unternehmen. »Südamerika«, hörte sie sich plötzlich sagen. Dahin hatte sie schon immer gewollt, aber da sie von der Hand in den Mund lebte, würde das wohl immer ein Wunschtraum bleiben.

Tamsyn fiel die Kinnlade herunter. »Wow, du bist meine absolute Heldin.« Sie sah zu Tante Coral, die stolz nickte.

Daisy fühlte sich unwohl in ihrer Haut, und das stand ihr ins Gesicht geschrieben. Sie senkte den Blick und starrte in ihre Teetasse. Allmählich ordneten sich ihre Gedanken ein wenig, und die Erinnerungen an Tamsyn kamen langsam zurück. Sie erinnerte sich an das kleine Mädchen, das ihr auf Schritt und Tritt folgte und am Strand mit ihr auf Schatzsuche ging. Tamsyn hatte es geliebt, Muscheln zu sammeln, sich aber vor Krabben geekelt. Daisy erinnerte sich daran, wie sie nebeneinander am Straßenrand gesessen und sich den Karnevalsumzug angesehen hatten. Sie erinnerte sich an die schlaksigen und ungelenken Teenager, die sie gewesen waren, als sie sich hinter den Strandhütten mit Apfelwein betrunken hatten. Sie erinnerte sich an eine Freundin.

»Gehst du heute Abend nicht zum Karneval?«, fragte Daisy.

Tamsyn grinste. »Ich wollte mich gerade auf den Weg machen, als ich das Motorrad sah.«

»Tut mir leid«, erwiderte Daisy. »Das solltest du dir meinetwegen nicht entgehen lassen.«

»Ach, kommt ja gar nicht infrage. Du bist wesentlich besser als irgendein popeliges Straßenfest. Ich wollte nur hin, um einen Blick auf die Männer in ihren Uniformen zu erhaschen.«

Sofort erinnerte Daisy sich an den übereifrigen Typen in der Warnweste. »Echt?«

»Oh ja. Polizisten, Feuerwehrmänner, die Mannschaft der Seenotrettung, die haben bei dem Umzug jetzt alle einen eige-

nen Festwagen.« Als sie die Mannschaft der Seenotrettung er-
wähnte, warfen Tante Coral und Daisy einander einen kurzen
Blick zu.

»Es ist so schade, dass mein Bruder es nicht zur Beerdigung
schafft«, meinte Tante Coral mit einem kaum merklichen Na-
senzucken. Daisy fiel auf, wie nonchalant Tante Coral damit
ihren Vater zur Sprache brachte.

»Dad tut es wahnsinnig leid, und er lässt dich sehr herzlich
grüßen«, erwiderte Daisy. Sie hatte selbst gehofft, dass ihr Vater
wenigstens versuchen würde, zur Trauerfeier zu kommen. Da
er allerdings in Goa lebte, hatte sie ihre Erwartungen gar nicht
erst hochgeschraubt. Tante Coral nickte, als habe sie Verständ-
nis für die Situation.

»Oh, ich erinnere mich an deinen Dad«, rief Tamsyn. »Er hat
mir mal das Leben gerettet. Ich hatte eine tolle Sandburg mit ei-
genem Festungsgraben gebaut und war so damit beschäftigt gewesen, mein Meisterwerk trocken zu halten, dass ich gar nicht
bemerkt hatte, dass die Flut kam. Auf einmal war das Wasser
überall, und ich saß mittendrin. Er ist einfach zu mir gewatet,
um mich zu retten.« Sie ratterte die Geschichte herunter, ohne
auch nur ein einziges Mal Luft zu holen.

Daisy grinste. »An den Tag erinnere ich mich auch noch.
Das Wasser ging dir nur bis zu den Knöcheln; du brauchtest
gar nicht gerettet zu werden.«

Tamsyn spielte die Beleidigte und zog eine Schnute. »Was?
Die Flut hätte mich mit sich reißen können – es gibt hier sehr
starke Strömungen.«

Immer mehr Erinnerungen kamen jetzt zurück, und ehe sie
sich versah, war Daisy in eine angeregte Unterhaltung vertieft.
Diesmal waren es angenehme Dinge, an die sie gern zurück-
dachte. Die Zeit schien wie im Flug zu vergehen, und Daisy
bekam nur ganz vage mit, dass Tante Coral plötzlich einen
Schlafanzug trug. Daisy warf einen Blick auf ihre Armbanduhr,
woraufhin Tamsyn auf die Küchenuhr schaute.

»Sapperlot! So spät ist es schon?«, rief Tamsyn überrascht. Daisy musste über den altmodischen Ausdruck schmunzeln. »Mum und Dad werden sich schon fragen, wo ich bin.« Tamsyn stand auf und nahm Daisy erneut fest in die Arme. »Ich freue mich, dass du wieder zu Hause bist.« Sie verabschiedete sich von Tante Coral mit einem Kuss auf die Wange. »Bye. Bis morgen.«

»Ja, danke, Tamsyn.«

»Bis morgen?«, hakte Daisy nach, als sicher war, dass Tamsyn fort war. Es war nicht zu überhören gewesen, wie kraftvoll sie die Haustür aufgezogen und wieder zugedrückt hatte.

»Sie kommt fast jeden Tag vorbei.«

»Arbeitet sie nicht?«

»Oh doch. Tamsyn ist ein sehr fleißiges Mädchen, aber ihr Job im Strandcafé ist eher unregelmäßig. Die stellen in den Sommermonaten Schüler ein, denen sie so gut wie nichts bezahlen, und lassen die arme Tamsyn nur in den Mittagsstunden arbeiten, wenn der größte Andrang herrscht.«

Das war interessant. Daisy hatte immer geglaubt, ihre häufigen Umzüge seien der Grund dafür, dass sie keine anständige Anstellung finden konnte. Doch anscheinend hätte es keinen Unterschied gemacht, wenn sie an einem Ort geblieben wäre. Weiter kam sie gedanklich nicht, weil in diesem Moment ein verärgert wirkender Bugsy in die Küche stürmte. Er rannte schnurstracks auf Daisy zu und schüttelte sich. Daisy hielt ihm ihren rechten Zeigefinger hin, damit er daran schnuppern konnte, und prompt wischte er sich die Nase daran ab.

»Igitt!« Daisy zuckte zusammen, zog ein Taschentuch aus ihrer Hosentasche und wischte sich die Hand daran ab. Bugsy schien recht stolz auf sich zu sein und wedelte sogar kurz mit seinem Ringelschwanz, bevor er sich umdrehte und Daisy seinen Hintern zeigte.

»So, ich gehe jetzt ins Bett«, sagte Tante Coral und hob den Hund vom Fußboden. »Es ist schön, dass du wieder hier bist, auch wenn es nur für ein paar Tage ist.«

»Ach ja, das hätte ich fast vergessen. Du hast gesagt, ich könnte nicht gleich nach der Beerdigung wieder fahren. Was hast du damit gemeint?«

Tante Coral zwinkerte ihr zu. »Oh ja. Du musst bei der Verlesung des Testaments anwesend sein. Großonkel Reg hat dir etwas von beträchtlichem Wert hinterlassen – so hat der Rechtsanwalt es ausgedrückt. Und jetzt gute Nacht, Liebes, wir sehen uns morgen früh.« Sie drückte Daisy einen flüchtigen Kuss auf die Stirn und verschwand nach oben.

Kapitel 2

Daisy wurde von einem Kratzen an der Zimmertür aus dem Schlaf gerissen. Sie war noch gar nicht richtig wach und fragte sich gerade, wo sie überhaupt war, als die Tür plötzlich aufsprang und etwas in den Raum schoss. Entsetzt schreckte Daisy hoch, stellte aber schnell fest, dass dieses Etwas lediglich Bugsy war. Praktisch zeitgleich schien der Hund zu erkennen, wer in dem Bett lag. Er bekundete seine Empörung mit einem Schnauben und stolzierte sofort wieder nach draußen. Im Untergeschoss zu schlafen schien den Nachteil zu haben, von Bugsy geweckt zu werden.

Es war Montagmorgen, der Tag der Beerdigung. Daisy hatte am Vortag versucht, mit Tante Coral über das Testament zu sprechen. Doch diese wusste auch nicht mehr als das, was sie bereits erzählt hatte – außer dass Daisys Vater, Ray, nichts bekommen würde, weil Reg ihm in der Vergangenheit finanziell unter die Arme gegriffen hatte. Er und Ray hatten die Abmachung getroffen, dass der ihm zustehende Anteil an der Erbschaft damit abgegolten war. Schon das war für Daisy eine völlig neue Erkenntnis gewesen. Andererseits hatte ihr Vater in ihrer Kindheit und Jugend nur selten einen festen Job gehabt. Das Geld, von dem sie gelebt hatten, musste also von irgendwo gekommen sein. Reg war immer sehr großzügig gewesen, eines der vielen Dinge, die sie an ihm geliebt und bewundert hatte.

Was Großonkel Reg ihr wohl hinterlassen hatte? Das letzte Mal hatte sie ihn vor fast drei Jahren gesehen, kurz nachdem sie zum zweiten Mal ihr Studium hingeschmissen hatte. Daisy spürte, wie die Schuldgefühle sie überkamen. Onkel Reg hatte trotz seines fortschreitenden Alters so lebensfroh gewirkt. Sie erinnerte sich an seine graue Haarmähne und den widerspenstigen Bart, der ganz und gar nicht zu seinem stets adretten Auftreten inklusive Krawatte gepasst hatte. Er würde ihre Zukunft sichern, hatte er Daisy damals versprochen, doch sie hatte dieser Äußerung keine weitere Bedeutung beigemessen. Jetzt wünschte sie, sie hätte noch einmal nachgefragt, was er damit meinte, denn die Neugier brachte sie fast um.

Ein leises Klopfen an der Tür riss sie aus ihren Gedanken. »Guten Morgen. Ich bin froh, dass du wach bist«, sagte Tante Coral. »Tamsyn wird jeden Moment hier sein, und wir haben eine ganze Wagenladung Sandwiches zu belegen. Für den Leichenschmaus. Oder die ›Sargträger-Party‹, wie Reg das gern nannte«, fügte sie leise lachend hinzu, bevor sie in der Küche verschwand.

Das mit der Wagenladung war kein Witz gewesen, denn kurze Zeit später war Daisy bereits Teil eines wie geschmiert laufenden Sandwich-Fließbands. Bei der Arbeit bemühte Tamsyn sich nach Kräften, ihr Namensgedächtnis für die Feier aufzufrischen.

»An Max erinnerst du dich doch bestimmt noch, oder?«, fragte Tamsyn.

Daisy schob die Unterlippe vor und legte etwas Schinken auf die mit Butter bestrichene Scheibe Brot, die Tante Coral ihr gerade reichte. »Ich bin mir nicht sicher.« Doch noch während sie es aussprach, tauchte vor ihrem geistigen Auge das unschöne Bild einer von zu viel Apfelwein angeheizten Knutschparty ihrer Teenagerjahre auf. Sie hatte Ottercombe Bay zwar im Alter von sieben Jahren verlassen, war aber jedes Jahr für einen zweiwöchigen Urlaub zurückgekehrt, was ihr Momentaufnahmen des Lebens bescherte, aus dem man sie herausgerissen hatte.

»An den musst du dich erinnern«, behauptete Tamsyn. »Max Davey, der hat sich nie das Hemd in die Hose gesteckt.«

23

»Meiner Meinung nach hat das keiner der Jungen in der Grundschule getan.«

»Jason Fenton, erinnerst du dich denn noch an den?«

Mit einer Scheibe Schinken in der Hand hielt Daisy inne. »Ein dürres Kerlchen, das in den Pausen immer mit Zügen spielte?«

»Ja, genau der! Heute ist er Polizeibeamter«, sagte Tamsyn mit einem bekräftigenden Kopfnicken.

»Wow, alle Achtung. Und warum sollten Jason und dieser Max zur Beerdigung meines Großonkels kommen?«

Tamsyn setzte zur Erklärung an, doch Tante Coral kam ihr zuvor. »Sie gehören beide zur Mannschaft der Seenotrettung. Dein Großonkel hat sie zeit seines Lebens unterstützt. Er war dort viele Jahre lang Einsatzleiter«, sagte Tante Coral voller Stolz. »Max und Jason sind beide immer mal wieder auf einen Kaffee vorbeigekommen, um sich seine Geschichten anzuhören.« Sie hielt kurz mit dem Broteschmieren inne, das von Butter glänzende Messer in der Hand. »Es gibt in dieser Stadt viele Menschen, die ihn vermissen werden.«

Daisy tätschelte ihr den Arm, woraufhin Tante Coral ihr ein mattes Lächeln schenkte und sich gleich wieder dem Buttern der Sandwiches widmete.

Daisy vergoss während des Trauergottesdienstes ein paar Tränen, doch insgesamt war die Beerdigung eine überraschend fröhliche Veranstaltung, ganz wie Reg es sich gewünscht hätte. Der eine oder andere erzählte seine Lieblingsgeschichten über Reg – in einer ging es um einen Esel und einen Zylinder, und sie ließ wirklich jeden in Gelächter ausbrechen –, sodass die meisten bei Verlassen der Kirche lächelten. Genau das hätte Reg gewollt.

Als Daisy auf die vielen Blumengestecke und Kränze hinabsah, fragte sie sich, wer all diese Menschen im Leben ihres Großonkels gewesen waren. Für Daisy waren sie alle Fremde, vor allem zwei, die sich Bunny und Toots nannten.

»Hi ... noch einmal«, sagte eine tiefe Stimme hinter ihr. Daisy drehte sich um und erblickte einen attraktiven jungen Mann mit markanten Gesichtszügen. »Es tut mir leid, dass Reg gestorben ist, er war ein anständiger Kerl. Bist du okay, Daisy?«

»Hi ...« Sie stockte an der Stelle, an der ihr sein Name hätte einfallen müssen, weil unzählige Erinnerungen auf sie einstürzten.

Er machte eine ruckartige Bewegung mit dem Kopf. »Erinnerst du dich nicht an mich? Zum einen habe ich dich am Samstag davon abgehalten, mit deinem Motorrad durch den Karnevalsumzug zu brettern. Und damit, wie ich annehme, ein Blutbad verhindert.« Er sprach mit dem für diese Gegend typischen Dialekt, der in seinem Fall nur sehr schwach und kaum wahrnehmbar war.

»Ach ja«, erwiderte Daisy. Wie sie sich an jenem Abend aufgeführt hatte, war ihr ausgesprochen peinlich. »Dafür entschuldige ich mich.« Jetzt sah er nur halb so aggressiv aus wie am Samstag, hatte gepflegte Haare und trug ein schickes Hemd und eine Krawatte. Allerdings griff er sich ständig mit dem Finger unter den Hemdkragen. Er schien sich in seiner Aufmachung nicht sonderlich wohlzufühlen. »Du bist Max. Der Junge, der sich in der Schule das Hemd nie in die Hose gesteckt hat.« An die Eskapaden ihrer Teenagerjahre wollte sie ihn auf keinen Fall erinnern.

Um seine Augen herum bildeten sich kleine Lachfältchen. »Stimmt. Genau, der war ich.«

»Und du warst ein Freund meines Großonkels?« Daisy fand nach wie vor, dass die beiden ein merkwürdiges Pärchen abgaben.

»Ja, Reg und ich haben uns hin und wieder getroffen. Ich werde immer gern an ihn zurückdenken.«

Der Ausdruck in Max' Augen bei diesen Worten machte sie neugierig. »Was wird dir am meisten im Gedächtnis bleiben?«

»Er hat mir beigebracht, dass ich genauso viel wert bin wie jeder andere ...« Max atmete tief und langsam aus und sah dabei für einen kurzen Moment so aus, als würde er die Fassung verlieren. »... und Ebbe und Flut zu verstehen.«

»Das ist schön«, sagte Daisy. Ihr war auf einmal unbehaglich zumute. Ihre eigenen Erinnerungen waren längst nicht so tiefgründig. »Ich werde nie vergessen, wie ich zusammengerollt neben ihm auf dem Sofa saß und wir uns mit einem Becher dampfenden Kakao in der Hand Filme angesehen haben.« Im selben Moment blitzte eine Erinnerung an den Spielfilm *Bugsy Malone* vor ihrem geistigen Auge auf, und plötzlich wurde ihr klar, wie der Hund seinen Namen bekommen hatte. Als kleines Mädchen hatte sie diesen Film viele Male mit Reg zusammen gesehen.

»Ach, hier bist du«, sagte Tante Coral und gesellte sich zu ihnen. »Daisy, wir fahren jetzt alle zu mir nach Hause. Du kannst mit den älteren Herrschaften in Wagen eins mitfahren; ich fahre mit den Exeter-Leuten in Wagen zwei.« Sie drehte sich zu Max. »Wie lieb von dir, dass du heute gekommen bist, Max. Kommst du auch zum Leichenschmaus?«

»Nein, Coral, leider nicht, ich muss arbeiten. Ich habe meine Schicht getauscht, damit ich mich von Reg, dem alten Haudegen, verabschieden konnte, aber jetzt muss ich los. Stoßt auf der Party in meinem Namen auf ihn an.«

»Natürlich, das werden wir.« Tante Coral gab ihm einen flüchtigen Klaps auf die Schulter und lief weiter, um andere Dinge zu organisieren.

»Wir laufen uns bestimmt noch häufiger über den Weg, wenn du erst mal hierbleibst«, sagte Max.

»Ich kann leider nicht bleiben«, antwortete Daisy. »Es war aber schön, dich wiederzusehen. Bye.«

Max rührte sich nicht von der Stelle. »Das ist schade«, sagte er. Seine Augen hatten dabei einen derart herzlichen und ernsthaften Ausdruck, dass sie sich um Haaresbreite dazu verleitet fühlte, ihre Entscheidung noch einmal zu überdenken.

Am nächsten Morgen saß Daisy in dem stickig warmen Büro des Anwalts und trank viel zu starken Filterkaffee.

»Glaubst du, die Party hätte ihm gefallen?«, wollte Tante Coral wissen.

Es war eine seltsame Frage, doch Daisy wusste, dass Tante Coral sich den Kopf darüber zerbrochen hatte, wie sie Reg einen würdigen Abschied bereiten konnte. »Er hätte sich pudelwohl gefühlt. Und den vielen Portwein hätte er mit Sicherheit befürwortet.«

Tante Coral entspannte sich sichtlich, und Daisy überkam eine Woge von Zuneigung für ihre Tante. Der Leichenschmaus war gut besucht und abwechslungsreich gewesen – von ernsten Unterhaltungen über Küstenerosion bis zu einer spontanen Gesangseinlage. Genau so hätte Reg es sich gewünscht.

Im Grunde wollte Daisy gar nicht hören, wie sein Testament verlesen wurde. Sie brauchte nichts, um Großonkel Reg nicht zu vergessen; sie hatte ihre Erinnerungen. Sie musste jedoch zugeben, dass sie neugierig war, was er ihr hinterlassen hatte, dessen Wert man ›beträchtlich‹ nennen konnte. Vielleicht handelte es sich ja um Bargeld. Allerdings hatte sie keine Ahnung, ob Reg viel Geld besessen hatte. Zumindest wäre das etwas, was sie gut gebrauchen könnte; sie hasste es, von der Hand in den Mund zu leben. Es war aber auch möglich, dass er ihr einen Anteil am Cottage vermacht hatte, was sich äußerst heikel gestalten würde, weil es Tante Corals Zuhause war und sie es mit Sicherheit nicht verkaufen wollte. Daisy beschloss, diese Möglichkeit gleich wieder zu vergessen. Schon bei dem Gedanken daran wurde ihr ganz mulmig zumute. Vielleicht handelte es sich ja um ein Familienerbstück, obwohl … die einzigen Dinge, die ihr da einfielen, waren Möbelstücke. Das war es vermutlich, dachte sie. Die große Uhr im Flur und die Kommode in der Küche hatten beide einen Wert, den man beträchtlich nennen konnte. Sie ließ ihre Gedanken schweifen und sah sich schon im Nachmittagsfernsehen, wo sie ihre Enttäuschung darüber verbergen musste, dass die Experten ihre Besitztümer als wertlos beurteilt hatten.

»Es tut mir schrecklich leid, dass ich Sie habe warten lassen«, entschuldigte sich der Anwalt, als er mit einem Aktenordner in der Hand in das Büro eilte. »Dafür werde ich Sie jetzt nicht mehr lange aufhalten.« Der alte Herr war Daisy auf der Stelle sympathisch; sie wollte endlich wieder ihre Siebensachen packen und auf der M5 nach Nordosten düsen. Sie hoffte, es heute Abend noch bis Gloucester zu schaffen; wohin sie anschließend fahren würde, wusste sie noch nicht.

»Das hier ist der letzte Wille und das Testament von Reginald Montgomery Fabien Wickens ...« Diesen Worten folgte ein Absatz, der aus offiziellem Juristen-Kauderwelsch bestand, und erst danach hörte Daisy wieder zu. »... Meiner Nichte, Coral Anne Wickens, hinterlasse ich den gesamten Besitz Sea Mist Cottage, Trow Lane, Ottercombe Bay ...« Tante Coral schluchzte leise auf, und Daisy nahm tröstend ihre Hand. Ihr eigenes Herz begann schneller zu schlagen. »Meiner Großnichte, Daisy May Wickens, hinterlasse ich Gebäude und Grundstück der ehemaligen Eisenbahnstation von Ottercombe Bay sowie den angrenzenden Parkplatz unter der Voraussetzung, dass sie für den Zeitraum von zwölf Monaten ab Verlesung dieses Testaments in Ottercombe Bay ansässig ist. Mein restliches Vermögen soll zu gleichen Teilen zwischen Coral Wickens, Daisy Wickens und der örtlichen Seenot-Rettungsstation, der Royal National Lifeboat Institution Ottercombe Bay, aufgeteilt werden. Sollte einer der Begünstigten die Erbvoraussetzungen nicht erfüllen, wird dessen Anteil zu gleichen Teilen unter den anderen Begünstigten aufgeteilt. Unterzeichnet Reginald Wickens.« Der Anwalt legte seine Hände flach auf das Dokument und tätschelte es sacht. Keiner sprach ein Wort.

Daisys Mund war auf einmal staubtrocken; sie war völlig verwirrt, und ein kurzer Blick auf Tante Coral bewies ihr, dass es ihr ebenso ging. Daisy tastete nach ihrer Halskette und schloss die Finger um das Medaillon, um sich damit Mut zu machen. »Entschuldigen Sie«, sprach sie den Rechtsanwalt an, »aber was genau hat er mir da vererbt?«

»Den Bahnhof von Ottercombe Bay und den dazugehörigen Parkplatz.«

»Aber dort fahren doch schon seit Jahren keine Züge mehr«, stellte Tante Coral fest.

Der Anwalt blätterte einen Stapel Papiere durch und lehnte sich über den Schreibtisch, um Daisy ein Dokument auszuhändigen. Es handelte sich um eine etwas zerknitterte Versteigerungsanzeige. »Der Bahnhof von Ottercombe wurde 1975 stillgelegt und käuflich erworben von …« er warf einen prüfenden Blick in seine Notizen, »… von einem Mr. Arthur Wickens, der ihn nach seinem Tod Ihrem Großonkel vererbt hat. Es gab seither auch diverse Baugesuche für den Abriss des Gebäudes und die Erschließung des Baulands, die abgelehnt wurden, und zwar in den Jahren 1989, 1992, 2001 und 2010.« Er nahm seine Brille ab und lächelte sie herzlich von der anderen Seite des Schreibtisches an.

Daisy starrte auf das Blatt Papier in ihrer Hand mit dem verblassten Foto eines viktorianischen Bahnhofsgebäudes darauf. »Er hat mir einen alten Bahnhof hinterlassen?«

Tante Coral schielte über Daisys Arm hinweg auf das Foto. »Dass diese Baugesuche alle abgelehnt wurden … heißt das, dass sie nicht viel damit anfangen kann?«

»Ganz und gar nicht. Es heißt lediglich, dass sich der Gemeinderat gegen den Abriss des Gebäudes ausgesprochen hat. Es gibt hier aber ein Schreiben aus dem Jahr 2010, in dem es heißt, dass man bereit sei, einen Antrag auf Nutzungsänderung zu unterstützen.«

»Kann ich ihn verkaufen?«, fragte Daisy mit plötzlich heiserer Stimme.

»Sobald er offiziell in Ihren Besitz übergegangen ist, also nach Einhaltung der vorbehaltlichen Klausel.«

Daisy starrte ihn an. Warum benutzten diese Menschen keine normalen Worte? »Und wann genau geht er offiziell in meinen Besitz über?«

Der Anwalt zuckte mit den Schultern. »Genau heute in einem Jahr, vorausgesetzt, Sie hatten während der gesamten zwölf Monate Ihren Wohnsitz hier in Ottercombe Bay. Das ist ebenfalls für Sie«, sagte er und reichte Daisy einen dicken eierschalenfarbenen Briefumschlag, über den sich in wunderschöner Handschrift ihr Name in Tinte schnörkelte. »Ich glaube, dieser Brief wird das Ganze etwas eingängiger erklären.«

Daisy wollte etwas sagen, fand jedoch ausnahmsweise keine Worte und schloss den Mund. Was ging hier vor?

»Das mag eine dumme Frage sein«, hob Tante Coral derweil an, »aber sind Sie sicher, dass das alles korrekt und rechtmäßig ist und es keine Möglichkeit gibt, die Bedingungen, die an die Erbschaft geknüpft sind, zu umlaufen?«

»Das ist leider so«, gab der Anwalt zur Antwort und fing an, die Bezahlung der Beerdigung und des Erbschaftsverfahrens zu erörtern. Daisy strich sachte über den Umschlag in ihrer Hand und begutachtete die leicht verwackelten Buchstaben, die sie eindeutig als Regs Handschrift erkannte; sie konnte sich bildhaft vorstellen, wie er beim Schreiben auf seinem Lieblingsstuhl gesessen hatte.

»Damit hatte ich nicht gerechnet«, sagte Tante Coral, als sie die Anwaltskanzlei ein paar Minuten später verließen. »Wie geht es dir?«

»Ich bin total überwältigt, aber es geht mir gut«, gab Daisy zur Antwort, obwohl sie in Wahrheit das Bedürfnis verspürte, die Flucht zu ergreifen.

Auf dem Heimweg sagte Daisy kaum etwas. Ein klaustrophobisches Unbehagen machte sich in ihr breit, als würde sie eingeengt und angekettet werden. Sie musste dagegen ankämpfen und sich retten. Kaum waren sie wieder im Cottage, schlüpfte Daisy aus ihren eleganten Sachen in etwas Bequemeres und stopfte ihre gesamte Habe in ihren Rucksack.

»Wie wäre es mit einer Tasse Tee?«, rief Tante Coral aus der Küche.

Daisy geriet in Panik. Unabhängig vom Tee konnte sie keine weitere Minute hierbleiben. Es war einfach nicht gut für sie, an diesem Ort zu sein; jedes Mal, wenn sie hier war, fühlte sie sich durchgehend unwohl in ihrer Haut, und allein die Gewissheit, dass es sich nur um ein paar Tage handelte, hatte es erträglich gemacht. Ein ganzes Jahr hier zu sein war unvorstellbar. Daisy stand einen Moment still und griff nach ihrem Medaillon. Solange sie das hatte, konnte sie überall sein – ihre Mutter war bei ihr. Sie atmete tief durch, um sich ein wenig zu beruhigen, dann antwortete sie Tante Coral: »Nein, vielen Dank. Ich muss kurz weg.« Sie schnappte sich einen Kugelschreiber, suchte nach einem Stück Papier und kritzelte ihre Nachricht schließlich auf die Rückseite eines alten Briefumschlages.

Es tut mir sehr leid, aber ich muss gehen. Ich melde mich. Pass auf dich auf. Alles Liebe, D.

Sie legte die Nachricht auf ihr Kopfkissen, hob ihren Rucksack vom Boden und verließ das Schlafzimmer, so leise sie konnte. Der Kampf mit der klemmenden Haustür ließ sie fast durchdrehen. Es war eine Sache, die Flucht zu ergreifen, aber beim Versuch ertappt zu werden, wäre grauenvoll. »Verdammtes Mistding«, knurrte sie und wurde bereits im nächsten Moment von einem Winseln abgelenkt. Bugsy saß ihr zu Füßen und beobachtete sie, den Kopf zu einer Seite gelegt. Forsch blickte er sie mit seinen merkwürdigen Glupschaugen an, und sie hielt einen Moment inne. Aus irgendeinem seltsamen Grund hatte sie das Gefühl, ihm erklären zu müssen, warum sie fortging. Dabei war sie sich ziemlich sicher, dass es ihn nicht allzu traurig stimmen würde, sie los zu sein.

»Ich muss weg«, wisperte sie. »Dieser Ort ist für mich mit zu vielen schlimmen Erinnerungen verbunden. Hier gibt es zu viele Geister.«

Bugsy erhob sich, drehte sich um und verschwand mit einem ein *Fhhht*, dem widerlicher Gestank folgte. Daisy schüttelte den Kopf, drückte noch einmal fest gegen die Tür, bis sie aufging, und schlich nach draußen.

Sie setzte ihren Helm auf, stieg auf das Motorrad und war dankbar dafür, dass es gleich beim ersten Versuch ansprang. Sie warf einen letzten Blick auf Sea Mist Cottage und hoffte, dass sie diesen Ort damit für sehr lange Zeit zum letzten Mal gesehen hatte. Dann gab sie Gas und fuhr los.

Kapitel 3

Schon nach wenigen Minuten war sie wieder in der Lage, ruhig und gleichmäßig zu atmen. Sie wusste, dass sie das Richtige tat, obwohl ihr das Wie ein wenig zu schaffen machte. Es behagte ihr ganz und gar nicht, sich nicht von Tante Coral verabschiedet zu haben, aber diese hätte lediglich versucht, sie zum Bleiben zu bewegen. Sie bog in die Hauptstraße ein und bremste vor der Ampel ab. Im nächsten Moment sprang Tamsyn vor ihr Motorrad und wedelte mit den Armen.

Mist, dachte Daisy.

»Hallo. Ich wusste, dass du das bist; dein Motorrad macht so schleifende Geräusche. War das nicht ein großartiger Trauergottesdienst? Das war so eine richtig zünftige Abschiedsfeier mit vielen Leuten, was wirklich schön ist, vor allem wenn die Verstorbenen schon alt waren, denn zu deren Beerdigungen kommen manchmal nicht viele, weil ihre Freunde alle schon tot sind, aber Reg haben alle gemocht. Warum hast du denn deinen Rucksack dabei?«

»Äh«, meinte Daisy.

Tamsyn stellte sich neben das Motorrad. »Reist du ab?« Sie wirkte auf der Stelle niedergeschlagen und machte ein langes Gesicht.

Daisy wünschte, besser lügen zu können, und schob das Visier ihres Helms hoch. »Tut mir leid, Tamsyn, ich muss weg. Mach's gut.«

»Nein. Du bist doch gerade erst wiedergekommen, da kannst du doch nicht schon wieder wegfahren ...« Ihre Augen füllten sich mit Tränen, und Daisy fühlte sich, als foltere sie ein kleines Kind.

Die Ampel sprang auf Grün. »Es tut mir leid«, sagte Daisy erneut und meinte es auch. Sie klappte das Visier wieder herunter. Hinter ihr hupte jemand, und sie fuhr an.

»Sandy will, dass du bleibst!«, rief Tamsyn mit verzweifelter Stimme.

Keine anderen Worte hätten Daisy aufgehalten. Sie schallten in ihren Ohren, während sie ihr Motorrad an den Straßenrand fuhr und den Motor abschaltete. Mit banger Miene kam Tamsyn ihr entgegen.

Daisy fühlte sich wie betäubt. Sie nahm ihren Helm vom Kopf. »Was meinst du mit ›Sandy will, dass ich bleibe‹?«, blaffte sie Tamsyn an. Sandy war der Name ihrer Mutter gewesen. Konnte es um sie gehen?

Tamsyn biss sich auf die Unterlippe. »Erinnerst du dich noch an meine Mum, Min?« Die Frage hörte sich an wie ein Zungenbrecher.

Wenn jetzt wieder eine langatmige Geschichte folgte, würde Daisy schreien. »Ja, warum?«

»Sie hat manchmal diese Gefühle – wie ein Medium, nur anders. Sie sind wie so ein sechster Sinn für Botschaften von denen, die von uns gegangen sind. Und sie wollte, dass ich dir das sage, aber ich wusste nicht, ob du sie dann für verrückt halten würdest, und ich wollte dich auch nicht aus der Fassung bringen und –«

»Spuck es bitte aus, Tamsyn.«

Tamsyn holte tief Luft. »Sie hat die Präsenz deiner Mum gefühlt. Sie hat gesagt, sie konnte spüren, dass Sandy froh ist, dass du wieder zu Hause bist, und dass sie will, dass du hierbleibst.«

Daisy wusste nicht, was sie davon halten sollte. Ihr selbst war noch nie ein Beweis für ein Leben nach dem Tod untergekommen, daher hatte sie auch keinen Grund, daran zu glauben. Doch die Vorstellung, ihre Mum habe auf irgendeine Art Kontakt aufgenommen, faszinierte sie trotz aller logischer Gegenargumente. Daisy schluckte. Wieder hupte sie ein Wagen an, überholte sie und streifte dabei um Haaresbreite ihr Motorrad.

»Wir können hier nicht stehen bleiben. Steig auf«, entschied sie.

Tamsyn schüttelte den Kopf. »Ohne Helm ist das zu gefährlich.«

»Wenn ich nicht mehr als acht km/h fahre, passiert dir nichts. Oder noch besser, du kannst meinen haben.«

Tamsyn schüttelte den Kopf. »Das ist verboten. Moment, ich habe eine Idee.« Sie rannte in den Salon des Herrenfriseurs. Einen Augenblick später kam sie wieder nach draußen und trug einen schwarzen Sturzhelm, der mit einem blutüberströmten Totenkopf bedruckt war. Mit ihrem langen fließenden Sommerkleid gab das ein äußerst interessantes Gesamtbild ab.

»Der Friseur hat ein Motorrad«, erklärte sie und setzte sich hinter Daisy. Die hinterfragte das nicht, warf den Motor wieder an und fädelte sich sicher in den Verkehr ein. Sie hätte überallhin fahren können, aber spontan kam ihr ein ganz bestimmter Ort in den Sinn. Sie fuhr aus dem Innenstadtbereich heraus und auf die Küstenstraße. Nach einer relativ kurzen Strecke bog sie ab und fuhr auf ein mit Schotter befestigtes Gelände, das sowohl als kleiner Parkplatz als auch als Aussichtsplattform diente.

Daisy stellte das Motorrad ab und lief den Küstenpfad entlang. Tamsyn folgte ihr brav, wie damals, als sie noch Kinder gewesen waren. In der Ferne erhaschte Daisy einen Blick auf das Meer. Der dunkelblaue Klecks wurde mit jedem Schritt, den sie sich dem Kap von Ottercombe Bay näherten, größer. Zu ihrer Linken tat sich die perfekte Sichel auf. Aus der Höhe hatte sie einen klaren Blick auf die felsige Landspitze, die seit nahezu einhundert Jahren das Wahrzeichen der Bucht war und den Strand teilte; auf der einen Seite waren reihenweise Fischerboote in allen möglichen Formen und Größen und auf der anderen eine Vielzahl von Liegestühlen, Picknickdecken und Touristen. Ab und zu schallte der Schrei eines Kindes nach oben und verhallte, doch ansonsten war es auf der Spitze der Klippen still und friedlich.

Als die Brise des Meeres Daisys Sinne streichelte, konnte sie spüren, dass sie ruhiger wurde und der Frust über ihren vereitelten Fluchtversuch etwas nachließ. Sie konnte das Meer riechen, diesen frischen Duft, der mit keinem anderen zu vergleichen war. Er erinnerte sie an die Sommer, in denen sie mit ihrem Vater in die Bucht zurückgekehrt war. Jahr um Jahr, bis er es nicht mehr hatte ertragen können. Wieder in der Bucht zu sein, hatte für Daisy bedeutet, jedes Mal neuerlich mit ihrer Traurigkeit konfrontiert zu werden. Aber auch wenn sie wieder abgereist waren, hatte es geschmerzt, sich angefühlt, als entwurzele man sie und nehme ihr alles, was ihr vertraut war.

Sie spazierten ans äußerste Ende der Kaps, an die Spitze der Sichel. Daisy zog ihre Lederjacke aus, legte sie auf den Boden, und Tamsyn und sie ließen sich darauf nieder.

»Ich liebe diesen Ausblick«, sagte Tamsyn schließlich. Daisy war erstaunt, dass sie es geschafft hatte, bis jetzt den Mund zu halten.

»Ich auch.« Sie hatte vergessen, wie sehr sie ihn liebte. Bilder von den Picknickausflügen, die sie als Kind hier erlebt hatte, rollten vor ihrem geistigen Auge ab. Wie ihre Mutter und ihr Vater miteinander tanzten und Daisy sich kichernd noch ein weiteres Plätzchen stibitzte. Wie die Sonne auf sie niederstrahlte, während unter ihnen das Meer in seinem ewigen Rhythmus rauschte – das war eine glückliche Zeit gewesen. Ihre Eltern hatten diese Stelle offenbar auch geliebt, denn sie waren regelmäßig hergekommen. Daisy fuhr mit den Fingern durch das Gras und fragte sich, ob ihre Mutter irgendwann einmal an dieser Stelle gesessen und genau das Gleiche getan hatte; sie hielt es für wahrscheinlich. Ein vertrautes Gefühl von Verlust machte sich in ihr breit. Daisy erinnerte sich wieder, warum sie hier war. »Ist deine Mutter so etwas wie eine Hellseherin?«, fragte sie.

Tamsyn riss ihren Blick vom Meer los. »Nicht offiziell, aber sie hatte schon immer diese Gefühle und Gedanken, die nicht ihre eigenen waren. Mein Dad nennt das einen Haufen Stuss, aber ich glaube, dass etwas Wahres daran ist.«

»Und warum glaubst du das?« Daisy begutachtete sie, um ihre Reaktion einschätzen zu können.

Tamsyn legte den Kopf in den Nacken und starrte an den wolkenlosen Himmel. »Weil sie nie die Unwahrheit sagt. Ich meine, *niemals* – sie schafft es nicht einmal, aus Höflichkeit zu lügen. Wenn ich sie frage: ›Gefällt es dir, wenn ich mir die Haare hochstecke?‹, gibt sie einfach nur zur Antwort: ›Nein, es sieht hübscher aus, wenn du sie offen trägst.‹ Sie lügt nie. Folglich muss ich ihr auch glauben, wenn sie von Menschen erzählt, die verstorben sind. Meinst du nicht?«

Daisy überzeugte das nicht. »Von wem hat sie denn sonst noch Botschaften bekommen?«

»Richtige Botschaften sind das im Grunde nicht«, gab Tamsyn zur Antwort und richtete ihren Blick wieder auf den Boden. »Sie war vor einigen Monaten im Zeitschriftenladen, und Mrs. Robertson hat von Gartenarbeit gefaselt, wie sie das immer tut, und da hatte meine Mutter plötzlich diesen Gedanken, dass Mrs. Robinsons Dad sich nicht wohlfühlte. Den kennt sie aber gar nicht, und trotzdem fragt sie: ›Wie geht es Ihrem Vater?‹, und Mrs. Robinson gibt zur Antwort: ›Dem geht es gut.‹«

Daisys Gesicht nahm äußerst angespannte Züge an. »Wenn es ihm gut ging, warum –«

»Genau das ist es ja. Mrs. Robinson hat ihn auf dem Heimweg besucht, und ihr Dad saß tot in seinem Sessel.« Tamsyn legte sich rücklings auf die Jacke.

Daisy spitzte die Lippen und atmete langsam aus. Das war nicht gerade der stichhaltige, unumstößliche Beweis, den sie sich erhofft hatte. »Was genau war denn die Botschaft, oder was immer es war, die sie von meiner Mum bekommen hat?«

»Sie war in unserem Garten, als sie plötzlich ins Haus stürzte und sagte, ihr sei kalt. Und ehrlich gesagt ist ihr in letzter Zeit immer heiß. Dad behauptet, sie sei jetzt genau im richtigen Alter für die Wechseljahre. Sie erzählte mir, sie habe spüren können, dass Sandy bei ihr war. Sie konnte sie nicht sehen oder so. Glaubst du auch, dass sie nicht alle Tassen im Schrank hat?« Ruckartig setzte Tamsyn sich auf und starrte Daisy mit großen Augen an.

»Nein, deine Mum ist immer nett gewesen, sie hat mich immer zum Lachen gebracht. Ich glaube nicht, dass sie verrückt ist.« Daisy erinnerte sich an eine liebe Frau mit einem schelmischen Humor. Dass sie so nett gewirkt hatte, machte sie in ihrer Rolle als Vermittlerin zwischen dem Leben und dem Leben nach dem Tod allerdings nicht glaubwürdiger.

»Warum sagt man eigentlich, dass verrückte Menschen nicht alle Tassen im Schrank haben? Was hat das mit Geschirr zu tun?«, fragte Tamsyn und schaute Daisy dabei an, als erwarte sie eine vernünftige Antwort auf diese Frage.

»Äh, das weiß ich nicht, Tams. Unsere Sprache ist merkwürdig.«

»Das stimmt. Manche Ausdrücke verwirren mich auch. Warum sagen die Leute: ›Man kann nicht auf zwei Hochzeiten gleichzeitig tanzen?‹ Es gibt doch Doppelhochzeiten, wieso sollte das also nicht gehen?«

Daisy lachte. »Da sagst du was.« Tamsyn besaß die Gabe, einem die Befangenheit zu nehmen, indem sie einen mit einem unerwarteten Einwurf so ablenkte, dass man die ernsten Dinge darüber vergaß.

»Warum wolltest du denn abreisen?«, fragte Tamsyn, pflückte ein Gänseblümchen und steckte es sich hinter das Ohr.

Daisy dachte einen Augenblick nach. »Weil Großonkel Reg versucht, mich zum Bleiben zu zwingen.«

Tamsyn sah sie aufgeregt an. »Hast du eine Botschaft aus dem Jenseits bekommen?«

»So was Ähnliches«, seufzte Daisy. »Er hat mir in seinem Testament einen alten Bahnhof hinterlassen und verfügt, dass ich den nur bekomme, wenn ich ein ganzes Jahr hierbleibe.«

Tamsyn setzte sich kerzengerade hin. »Er hat dir einen Bahnhof hinterlassen? Welchen? Den in Exeter? Oder den in Marylebone?«

Daisy lachte. »Nein, das verfallene Ding in Ottercombe Bay.«

Im nächsten Moment erschrak sie, weil Tamsyn in die Hände klatschte, als parodiere sie einen Seelöwen. »Wow, das ist sensationell. Das ist ein unheimlich hübsches Gebäude.« Skeptisch hob Daisy die Augenbrauen. »Wirklich, das ist wunderschön. Ich meine, es ist mit Brettern zugenagelt, und das schon seit Jahren, aber ... das ist wahnsinnig aufregend!« Sie kreischte vor lauter Begeisterung, wenn auch leise, und unwillkürlich musste Daisy darüber lachen. »Und er will, dass du ein ganzes Jahr hierbleibst?« Daisy nickte, als mache das die Sache aussichtslos. »Ich liebe diesen Mann.« Tamsyn strahlte über das ganze Gesicht, schlang die Arme um Daisy und presste sie fest an sich. Dann ließ sie Daisy wieder los, und im nächsten Moment verging ihr das Strahlen. »Sag mir bitte, dass du hierbleibst.«

Kaum merklich schüttelte Daisy den Kopf. »Ich glaube nicht, Tams. Ein ganzes Jahr am selben Ort war ich ...« Da musste sie erst nachdenken. »Als ich zur Uni gegangen bin, glaube ich, und da war ich nur während des Semesters.«

»Ein Jahr geht schnell vorbei, und am Ende besitzt du deinen eigenen Bahnhof. Was total sensationell ist.« Tamsyn gab einen Laut von sich, der sich anhörte wie das Pfeifen einer Lokomotive, und Daisy lachte leise vor sich hin. »Du musst bleiben. Das musst du wirklich.« Fest umklammerte Tamsyn Daisys Hand und schaute ihr mit hoffnungsvollem Blick in die Augen. »Das ist, als habe man dir eine Aufgabe gestellt, deine ganz persönliche Gralssuche, und da kannst du nicht Nein sagen.«

»Eine Gralssuche?« Daisy blinzelte heftig mit den Augen. »Wir leben doch nicht mehr im Mittelalter.«

Tamsyn beugte sich nach vorn. »Nein, aber ich lese wahnsinnig gern Fantasy-Romane, und in denen werden die Helden meist vor eine Aufgabe gestellt, und die ist gefährlich, aber am Ende erreichen sie das angestrebte Ziel und leben glücklich bis ans Ende ihrer Tage. Das hier ist deine Aufgabe, und am Ende könnte dich deine glückliche Zukunft erwarten.«

Daisy lachte, bis ihr auffiel, dass Tamsyn das völlig ernst gemeint hatte. Sie glaubte nicht an ›Und wenn sie nicht gestorben sind, dann leben sie noch heute‹, doch sie war kein Mensch, der vor einer Herausforderung zurückschreckte.

Daisy zog ihre Beine an sich, starrte auf die Bucht von Ottercombe Bay und dachte nach. »Bevor ich eine unüberlegte Entscheidung treffe, schauen wir uns das Ganze vielleicht besser mal an«, meinte sie. Sie hatte die Worte kaum ausgesprochen, als Tamsyn sie ohne Umschweife auf die Füße zog.

Es war ein sonderbarer Anblick, der sich Daisy auftat. Ein einstöckiges, kunstvoll verziertes Gebäude stand frei hinter einem Bahnsteig und Gleisen. Die Hände in die Hüften gestemmt ließ sie diese Szenerie auf sich wirken, während Tamsyn wie ein kleines Kind in einer Spielwarenhandlung auf dem Bahnsteig auf und ab rannte. Daisy stand auf dem, was früher offenbar der Parkplatz des Bahnhofs gewesen war. Ein Dschungel aus hüfthohem Unkraut wuchs durch den Asphalt, der von einer Vielzahl immer größer werdender Schlaglöcher durchsetzt war. Die Gleise waren ebenfalls überwuchert und insgesamt nur so etwa einhundert Meter lang; auf ihnen stand ein verwahrloster alter Eisenbahnwaggon. Das eigentliche Bahnhofsgebäude war in besserem Zustand. Es sah zwar dreckig aus, aber das goldene viktorianische Mauerwerk war deutlich zu erkennen. Daisy hatte das Gefühl, in der Kulisse eines Hercule-Poirot-Spielfilms zu stehen, und rechnete damit, dass trotz der fehlenden Gleise nun jeden Moment schnaufend ein Dampfzug einfahren würde.

Tamsyn hörte auf, hin und her zu rennen, stellte sich mitten auf den Bahnsteig und streckte die Arme zu den Seiten aus. »Was meinst du?«

»Würde vermutlich ein hübsches Museum abgeben.« Wegen der Sonne musste Daisy die Augen zusammenkneifen.

»Es ist aber wahnsinnig hübsch. Findest du nicht?«, fragte Tamsyn und sprang vom Bahnsteig auf die Gleise. Daisy konnte sehen, warum ihr Großvater Arthur das Land hatte bebauen wollen. Das Grundstück hatte eine erstklassige Lage. Es befand sich etwa anderthalb Kilometer landeinwärts, wo der Boden flacher wurde, war ganz in Nähe der Stadt, von den Hauptstraßen bequem zu erreichen und nur einen Spaziergang vom Strand entfernt. Damit war es hervorragendes Gelände für Ferienwohnungen, aber wenn der Gemeinderat ihnen nicht gestattete, diese zu bauen, wusste sie nicht, wie sie es sonst nutzen sollte – da konnte das Gebäude noch so hübsch sein.

Tamsyn stellte sich neben sie und begutachtete die hohen Aufsätze, die in gleichen Abständen das Dach zierten. »Die drei Schornsteine finde ich wunderschön.«

»Mmh«, erwiderte Daisy. »Ich schätze, dass das Haus von innen in drei Räume aufgeteilt ist.«

»Weiß ich nicht. Sollen wir hineingehen?«

Daisy schaute auf die Fenster und die Tür, die mit Brettern zugenagelt waren, und auf die fehlende Dachpfanne. »Dafür würden wir Werkzeug brauchen. Ehrlich gesagt, Tams, glaube ich nicht, dass das groß Sinn ergeben würde.« Sie schaute Tamsyn an, die mit dem gleichen Gesichtsausdruck auf das Gebäude starrte wie Kinder auf Cinderellas Schloss in Disney World – voller ehrfürchtigem Staunen. Daisys Miene spiegelte etwas ganz anderes wider. Vielleicht war sie einfach nur realistischer als Tamsyn.

»Komm schon. Ich dachte, du wärest eine Abenteurerin – du kannst mir nicht weismachen, dass du nicht erkunden willst, wie es da drinnen aussieht«, meinte Tamsyn und verpasste Daisy einen freundschaftlichen Stoß zwischen die Rippen.

Dass sie neugierig war, musste Daisy zugeben. Sie liebte alte Häuser. Daisy zuckte mit den Achseln. »Ich hätte nichts dagegen, ein bisschen herumzuschnüffeln, aber –«

»Dann los, komm. Mein Dad hat Werkzeuge«, sagte Tamsyn und steuerte mit großen Schritten auf das Motorrad zu. Daisy atmete tief durch. Sie wusste, dass es einfacher sein würde, Tamsyns Drängen nachzugeben. Sie schaute auf ihre Armbanduhr. Heute Abend würde sie eh nicht mehr weit kommen. Also konnte sie auch hierbleiben, sich von Tante Carol leckere Hausmannskost kochen lassen und sich erst morgen auf den Weg machen. Sich einfach aus dem Haus geschlichen zu haben, hatte ihr ohnehin nicht behagt. Tante Coral verdiente eine Erklärung, bevor Daisy weiterzog. Das war das Mindeste, was sie tun konnte. Sie hoffte, sie hatte die Nachricht, die sie ihr hinterlassen hatte, nicht schon gefunden.

Als sie das Cottage erreichten, lief Tamsyn zu sich nach Hause, um das Werkzeug zu holen, und Daisy schlich sich in Tante Corals Haus – leise und in der Hoffnung, dass Bugsy nicht losging wie eine Alarmanlage. Ein rascher Blick in die Küche, und sie sah, dass Tante Coral im Garten war. Daisy ließ die Luft heraus, die sie bis zu diesem Moment angehalten hatte, und huschte in ihr Zimmer. Sie stellte den Rucksack ab und wollte den Umschlag mit ihrer Nachricht vom Kopfkissen nehmen, doch er war nicht mehr da. Sie suchte auf, neben und im Bett danach und auf dem Fußboden, doch er war spurlos verschwunden. Ihr wurde ganz elend zumute. Was musste Tante Coral von ihr denken? Für einen kurzen Moment erwog sie, sich doch einfach aus dem Staub zu machen, aber irgendetwas drückte ihr auf die Tränendrüse, und sie gelangte zu dem Schluss, dass sie sich den Tatsachen einfach stellen musste. Sie lief in die Küche und wollte gerade aus der Hintertür nach draußen gehen, als sie aus den Augenwinkeln etwas Schwarz-Weißes sah, das unter den Tisch flitzte. Sie ging in die Hocke. Und erblickte Bugsy – mit dem Umschlag, auf den sie ihre Nachricht geschrieben hatte.

»Guter Junge, Bugsy, gib mir den Umschlag«, bat sie ihn höflich und streckte die Hand danach aus, doch er wich leise knurrend zurück und hielt seinen Schatz fest zwischen den Zähnen. »Fallen lassen«, fauchte sie ihn an. »Loslassen, hergeben. Aushändigen.« Das funktionierte aber alles nicht. Bugsy wich nur noch weiter zurück. Er schaute auf den Schrank, in dem seine Hundekuchen aufbewahrt wurden, und dann schaute er Daisy an. »Willst du mich erpressen?« Dieses Viech war gescheiter, als es aussah – was ihrer Meinung nach allerdings nicht schwierig war.

Als Tante Coral den Knauf der Hintertür drehte, kroch Daisy mit einem Satz unter den Tisch und grapschte einfach nach dem Umschlag. Sie hielt ihn ganz fest, allerdings tat Bugsy das Gleiche. Sie zogen beide daran, und der Umschlag riss in der Mitte entzwei, sodass Daisy nach hinten fiel und mit dem Kopf gegen die Unterseite des Tisches schlug. »Scheiße!«, schimpfte Daisy laut in genau dem Moment, in dem Tante Coral hereinkam.

»Ach du liebe Zeit«, meinte Coral. »Ist alles in Ordnung mit dir?«

»Ja, entschuldige meine Ausdrucksweise.« Daisy krabbelte unter dem Tisch hervor und rieb sich den Kopf an der Stelle, an der sie sich gestoßen hatte. »Ich wollte dir gerade eine Nachricht hinterlassen, dass ich mir den Bahnhof ansehen möchte, und Bugsy hat mir den Zettel gestohlen. Aber den brauchen wir jetzt ja auch nicht mehr«, sagte sie, zerriss rasch ihre Hälfte des Umschlags und stopfte die Schnipsel in ihre Tasche. Sie beäugte den Hund, der jetzt trotzig seine Umschlaghälfte zerfetzte. Perfekt. Sie spürte, wie sich ein Gefühl von Überlegenheit in ihr breitmachte, weil ihr gelungen war, den vierbeinigen Erpresser auszutricksen.

Tamsyns Dad fuhr sie und den Werkzeugkasten mit dem Wagen zu dem alten Bahnhof, und Daisy hievte die riesige Kiste aus dem Kofferraum. »So, wo sollen wir anfangen?«, erkundigte Daisy sich bei Tamsyn, die mit einem Fuß immer noch im Wagen ihres Vaters stand und auf ihr Handy schaute.

»Oh, SOS. Das Café ruft, ich muss zur Arbeit. Solltest du einen Schatz finden, musst du mir das heute Abend erzählen. Viel Glück«, rief sie, und dann kletterte sie wieder in den Wagen und wurde davonchauffiert.

»Na, bravo«, sagte Daisy. Sie steckte ihr Medaillon in ihr T-Shirt und lief auf den Bahnsteig. Vor der mit Brettern verrammelten Tür blieb sie stehen und öffnete den Werkzeugkasten. Sie fand ein kleines Brecheisen, das aussah, als könne es sich als nützlich erweisen, und machte sich daran, die Bretter aufzustemmen. Das war körperlich anstrengend, und sie wurde schnell müde. Ihre Armmuskeln fingen an zu brennen, aber sie machte trotzdem weiter. Sie brauchte zwar eine ganze Weile, aber irgendwann spürte sie, dass das untere Brett etwas nachgab, und das spornte sie an. Sie versuchte es noch einmal mit aller Kraft. Im nächsten Moment lösten sich die Nägel, und sie konnte das Brett herunternehmen.

Daisy hatte das Gefühl, etwas vollbracht zu haben, ließ das Brecheisen fallen und steckte den Kopf durch die Öffnung. Sie rümpfte die Nase. »Hier stinkt es«, entfuhr es ihr – was etwas heißen wollte, denn sie kannte die Toiletten in den entlegensten Winkeln Goas. Dieser hier war aber ein völlig anderer, eher modriger Geruch. Sie lugte in den Innenraum. Da alles mit Brettern zugenagelt war und auf dem Dach nur die eine Dachpfanne fehlte, war es allerdings zu dunkel. Hineinzugehen ergab wenig Sinn.

Eigentlich wollte Daisy das Brecheisen nur wieder in den Werkzeugkasten legen. Sie fing jedoch an, in der Kiste herumzukramen. Eh sie sichs versah, fand sie genau das, was sie brauchte: eine Stirnlampe. Sie legte sich das Stirnband um den Kopf, zog es fest und kroch in das kalte Gebäude. Drinnen richtete sie sich auf, klopfte sich den Staub von den Sachen und schaute sich um. Sie stand in einem perfekt quadratischen Raum. Er verfügte über zwei ebenfalls verbarrikadierte Fenster. Das eine war gleich neben der Tür, das andere an der gegenüberliegenden Wand – und wie sich herausstellte, als sie mit ihrer Stirnlampe kurz darüber leuchtete, waren beide intakt. Zu ihrer Rechten entdeckte sie etwas, das sie fast genauso strahlen ließ wie die Lampe: einen altmodischen Fahrkartenschalter. Sie war hier im Schalterraum.

Ebenfalls zu ihrer Rechten war eine offen stehende Tür, die in einen weiteren quadratischen Raum führte, in dem ein großer Schrank stand. Sie schaute hinein. Seine vielen Regale waren abgenutzt, und sie nahm an, dass das hier früher die Gepäckaufbewahrung gewesen war. Sie hockte sich auf den Boden und fand auf dem untersten Regal ein verstaubtes Schild. Als sie danach griff, konnte sie kaum fassen, wie schwer es war, obwohl es gerade mal die Größe einer halben DIN-A4-Seite hatte. Bestimmt Gusseisen, dachte sie. Es hatte einen roten Hintergrund, und darauf stand in goldenen Lettern: ›Vorsicht! Einfahrende Züge!‹ Dass man damit an einem Bahnhof rechnen musste, war ihrer Ansicht nach zwar logisch, aber man durfte die Dummheit mancher Leute eben nie unterschätzen.

Als sie die Regale weiter absuchte, fand sie eine Bürste, auf die die Buchstaben GWR aufgemalt waren, die aber nicht mehr viele Borsten hatte, und eine Kiste mit Papieren, die, wenn man von der wunderschönen Handschrift absah, ziemlich langweilig aussahen; dass sie etwas wert waren, bezweifelte sie. Sie warf das schwere Schild und die alte Bürste in die Kiste und trug sie durch den Schalterraum in den nächsten Raum, an dessen Eingang immer noch ein Schild hing, auf dem ›Wartesäle‹ stand. Die Tür war schwer und kunstvoll verziert, und die Scharniere ächzten, als Daisy sie öffnete. In dem Raum sah es aus, als sei die Zeit zurückgedreht worden. Es gingen zwei weitere Räume davon ab, die mit ›Wartesaal für Frauen‹ und ›Wartesaal für Männer‹ gekennzeichnet waren, doch wie sich herausstellte, handelte es sich dabei lediglich um einzelne Toilettenräume.

In diesem Raum war die Decke niedriger und hatte eine Luke, die auf den Speicher führte. Um einen Blick hineinzuwerfen, würde sie eine Leiter brauchen. Der eigentliche Wartesaal war mit einem großen Kamin ausgestattet, der schon lange keine Einfassung mehr hatte, aber die lange Holzbank und das große hölzerne Bahnhofsschild mit der Aufschrift ›Ottercombe Bay‹ gab es noch. Daisy grinste über das ganze Gesicht, als sie die Kiste auf die Bank fallen ließ, was eine Staubwolke aufwirbelte, die ihr die Kehle zusammenschnürte. Prompt bekam sie einen Hustenanfall.

»Ist da jemand?« Eine zornig klingende Männerstimme schallte von draußen herein. »Komm auf der Stelle da heraus!« Daisy konnte nichts darauf erwidern, weil sie immer noch hustete. »Dass ich dich an den Haaren herauszerren muss, willst du nicht erleben!«, brüllte die Stimme. Daisy gefiel der Ton nicht, und als sie endlich wieder atmen konnte, ohne dabei zu husten, bewaffnete sie sich mit dem kleinen gusseisernen Schild, das vor einfahrenden Zügen warnte. Es war inzwischen sicher dunkel draußen, und sie wusste nicht, ob sie dieses brauchen würde, um sich zu verteidigen.

In dem Moment, in dem Daisy gegen die Tür drückte, die in den Schalterraum führte, zog auf der anderen Seite jemand daran, und sie taumelte nach vorn, fuchtelte dabei mit dem Schild herum.

»Verflixt!«, schrie die andere Person und hob den Arm, als wolle sie ausholen, und Daisy reagierte sofort, indem sie mit dem Schild daraufschlug.

»Sie begehen Hausfriedensbruch«, brüllte sie und hob das Schild, um notfalls erneut zuschlagen zu können.

»Verdammt. Daisy?«

Daisy trat einen Schritt zurück und versuchte festzustellen, wen sie da mit der Stirnlampe blendete. »Max? Was zum Teufel tust du hier?«

»Ich versuche, zu ergründen, wer in das Bahnhofsgebäude eingebrochen ist. Und der Lohn für meine Mühe ist ein gebrochener Arm!« Er wiegte seinen verletzten Arm und fluchte dabei leise vor sich hin.

»Ich habe mich nur zur Wehr gesetzt, weil du ausgeholt hast und mich schlagen wolltest.«

»Ich habe den Arm gehoben, um meine Augen vor dem grellen Licht deiner verfluchten Lampe zu schützen.« Er zeigte mit seinem guten Arm darauf.

»Oh, richtig«, erwiderte Daisy in etwas versöhnlicherem Ton. Sie nahm ihre Stirnlampe ab, sodass das Licht den Raum in einer angenehmeren Höhe erhellte. »Zeig mir deinen Arm.« Sie wartete nicht, bis er das auch wirklich tat, sondern griff einfach danach, was ihn zusammenzucken ließ. Vorsichtig tastete sie seinen angespannten Unterarm ab, wobei ihr nicht entging, wie wunderschön definiert seine Muskeln waren. »Er ist nicht gebrochen.«

»Bist du sicher?« Max unterzog seinen Arm einer gründlichen Untersuchung.

»Ziemlich sicher.«

»Bist du Ärztin oder Krankenschwester?«

»Nein, aber ich habe mal in einer Spezialklinik gearbeitet und …«

»Spezialklinik?«

»Also, eigentlich habe ich in der Nähe von Nizza in einer Tierarztpraxis die Käfige sauber gemacht.«

»Verflucht«, sagte Max erneut, aber dieses Mal lachte er dabei, und auch Daisy fing an, sich etwas zu entspannen. »Wenn die Polizei dich hier erwischt, bist du das Verbrechen des Jahrhunderts. Du machst dich besser aus dem Staub.«

Fragend sah Daisy ihn an. »Du glaubst, dass ich stehle?«

»Äh, ja. Warum wärest du sonst mit einem Brecheisen hier eingebrochen?«

»Das ist ein Argument«, gab Daisy zu. Sie wäre vermutlich zu derselben Schlussfolgerung gelangt. »Ich begutachte lediglich meine Erbschaft. Wie sich herausstellt, gibt es da nicht viel zu sehen.«

»Erbschaft?«

»Jawohl. Das gehört alles mir«, erwiderte sie in sarkastischem Ton. Sie holte die Kiste, und Max schaute hinein.

»Heißt das, dass der Bahnhof Reg gehört hat?«

»Mein Großvater hat ihn offenbar gekauft und ihn dann seinem Bruder, Reg, hinterlassen, und der hat ihn jetzt mir vererbt. Das mustergültige Beispiel eines Familienbesitzes, der keinerlei Nutzen bringt. Sie haben viermal versucht, die Genehmigung zu bekommen, auf dem Grundstück zu bauen, und das Gesuch ist jedes Mal abgelehnt worden.«

In der Ferne hörten sie eine Polizeisirene, und Max wurde ganz unbehaglich zumute. »Los, wir sehen besser zu, dass wir hier wegkommen. Ich will das der örtlichen Polizei nicht alles erklären müssen«, sagte er und steuerte bereits auf die Tür zu.

Kaum dass sie draußen waren, stellte Daisy die Kiste ab und hob das Brett vom Boden, das vor einem Teil der Tür gewesen war.

»Lass mich das machen«, sagte Max und nahm es ihr aus der Hand. Sie reichte ihm den größten Hammer, der in dem Werkzeugkasten war. Mit flinken Schlägen brachte er das Brett wieder an, während sie versuchte, nur ja nicht auf seinen muskulösen Unterarm zu starren.

»Der Arm ist also wieder in Ordnung?«, erkundigte Daisy sich mit einem spöttischen Grinsen, da ihr auffiel, mit welcher Leichtigkeit er das Brett festhämmerte.

»Es war der andere Arm«, erwiderte Max mit einem ähnlich höhnischen Grinsen.

»Vielen Dank für deine Hilfe ...« Daisy zögerte einen Moment. Ihr erster Eindruck hatte sie getrogen, Max hatte sich zu einem recht anständigen Menschen gemausert. »Ich lade dich zu einem Bier ein.«

»Damit ich mir keinen Anwalt nehme und dich auf Körperverletzung verklage?«, fragte Max mit ernster Miene.

Daisy runzelte die Stirn. »Ich hoffe, das soll ein Witz sein.«

»Das ist ein Witz. Komm, jetzt habe ich Durst auf ein Bier.« Max bückte sich, klemmte sich die Kiste mit den Bahnhofssachen unter den Arm, hob den Werkzeugkasten vom Boden und überquerte den Bahnsteig. Daisy schätzte es gar nicht, Vorschriften gemacht zu bekommen. Sie interessierte sich aber für Max, und da er in diesem Moment mit ihren Sachen abschwirrte, riss sie sich zusammen und folgte ihm.

Kapitel 4

Das Mariner's Arms war ein typischer Kleinstadt-Pub, und als Max auf die Theke zusteuerte, wurde er von fast jedem namentlich begrüßt.

»Du kehrst also nur ganz selten mal hier ein«, bemerkte Daisy.

»Nein, so gut wie nie«, entgegnete er. Der Barkeeper rückte an, und Max stellte die Kisten ab.

»Das Übliche, Max? Du bist heute Abend früh dran«, meinte der Barkeeper und nickte flüchtig in Daisys Richtung.

»Ja, bitte, Monty, und dazu einen Whisky, weil die Dame mich nämlich einlädt.«

Daisy griff mit beiden Händen in die Vordertaschen ihrer Jeans und war dankbar, zwei Scheine und ein paar Münzen darin zu finden – mehr Geld hatte sie nicht.

»Alle nennen mich Monty, weil ich mit Nachnamen Python heiße.« Monty streckte ihr über dem Tresen die Hand entgegen, und Daisy schüttelte sie artig. »Und was darf ich Ihnen bringen?«, wollte er wissen.

Sie hätte liebend gern einen großen Gin Tonic getrunken, musste sich ihr Geld aber einteilen. Außerdem sah es so aus, als gäbe es hier eh nur die Fertigcocktail-Version in der grünen Flasche. »Eine kleine Cola light, bitte.«

Daisy bezahlte die Drinks, und sie begaben sich in den hinteren Teil der Bar, wobei Max die Kisten mit dem Fuß vor sich her schob, weil er die Gläser in den Händen hielt.

»Dass der alte Reg auf Züge stand, wusste ich – natürlich nicht so sehr wie Jason. Dass ihm der Bahnhof gehörte, hat er allerdings nie erwähnt, das hat er für sich behalten.«

»Das Ding ist ja auch nicht gerade aufregend. Du hast doch gesehen, wie es darin aussieht. Das ist eine Schutthalde.«

Max legte den Kopf leicht zur Seite. »Na ja, der Bau ist vernachlässigt worden, aber eine Ruine ist er nicht. Da müssen im Grunde nur ein paar Reparaturen vorgenommen und dann muss das Ganze sauber gemacht und eingerichtet werden. Das ist alles, wenn du vorhast, darin zu wohnen.«

»Darin zu wohnen?« Daisy verschluckte sich fast an ihrer Cola. »Das ja nun wirklich nicht.«

»Wieso nicht?« Max schien ernsthaft verblüfft zu sein, was Daisy veranlasste, sich ihre Antwort gut zu überlegen.

»Im Prinzip sind das drei Räume und zwei Toiletten, die auf einem von Schutt übersäten Parkplatz stehen. Der einzige Pluspunkt ist die gute Lage.«

»Schlafzimmer, Wohnküche und Bad. Was braucht man mehr?«

Damit hatte er recht, so ärgerlich es auch war. »Das stimmt schon«, gab Daisy zu. »Ich weiß nur nicht, ob der Gemeinderat davon begeistert wäre.«

»Da musst du fragen. Das kostet dich nur einen Anruf beim Planungsamt. Die werden dir ganz schnell sagen, womit sie einverstanden sind und womit nicht. Steht der Bau unter Denkmalschutz?«

Daisy zuckte mit den Achseln. Der Gedanke war ihr noch gar nicht gekommen. »Das weiß ich nicht.«

»Das musst du zuerst in Erfahrung bringen, damit du weißt, welche baulichen Einschränkungen damit einhergehen. Wenn du keine Lust hast, selbst darin zu wohnen, kannst du das Haus während der Ferien vermieten; so was läuft in dieser Gegend gut. Du könntest es auch gewerblich nutzen.«

»Es fahren dort nur nicht mehr viele Züge«, gab Daisy zu bedenken, bevor sie einen kräftigen Schluck von ihrer Cola nahm.

»Ha, du bist witzig. Ich meine damit, dass du ein Geschäft daraus machen kannst. Die Leute sind ganz wild auf romantische Örtlichkeiten, an denen sie Partys feiern können, und Cafés florieren immer in Badeorten. Man könnte auch eine echt schräge Bar daraus machen. Die Wände mit Sachen dekorieren, die mit der Eisenbahn zu tun haben.« Er strich sich eine widerspenstige Haarsträhne aus der Stirn.

Daisy griff in die Kiste, die neben ihr auf dem Fußboden stand. »Mit so Sachen wie dieser hier?«, fragte sie und zog die Bürste heraus, der schon so viele Borsten fehlten.

»Genau. Die Leute sind total verrückt auf solche Dinge.«

Max brachte sie zum Lächeln. Warum, hätte sie nicht sagen können, aber vielleicht lag es daran, dass er so unkompliziert und geradeheraus war. Das gefiel ihr.

»Du, ich mache mich jetzt besser auf den Weg«, sagte Daisy. »Tante Coral wartet bestimmt.«

»Du bist aber doch schon ein großes Mädchen.«

Sie stand einen Moment da und überlegte. Es erwartete sie nichts, wofür es sich lohnte, nach Hause zu hasten. »Okay, dann schicke ich ihr jetzt eine SMS, und du bestellst uns eine zweite Runde.«

Max durchwühlte seine Hosentaschen. »Wunderbar, Cola light für alle.«

Daisy ging zur Toilette. Als sie die Kabine betrat, fiel ihr auf, dass die Wände nicht wie anderswo mit Graffiti beschmiert waren, doch als sie sich ihre Jeans herunterzog, spürte sie, dass etwas an ihrer Pobacke entlangkratzte. Das kam so unerwartet, dass sie einen Satz nach vorn machte und sich an der Kabinentür stieß. »Au«, schrie sie auf.

»Alles in Ordnung mit Ihnen?«, fragte aus der angrenzenden Kabine in finsterstem Dialekt eine Stimme.

»Ja, Entschuldigung. Ich hatte nur … keine Sorge! Alles bestens, danke.« Daisy zog die Hose wieder hoch und das Etwas, das sie gekratzt hatte, aus der Gesäßtasche – es war der Brief, den der Anwalt ihr gegeben hatte.

Daisy riss den Umschlag auf und zog die zusammengefal-

52

tete Seite aus schwerem Papier heraus. Großonkel Regs Worte
tanzten vor ihren Augen.

Meine liebe Daisy,
die Vorstellung, Dich nicht wiederzusehen, stimmt mich
traurig. Dass mir nicht vergönnt war, ein eigenes Kind
zu haben, zählt zu den Dingen, die ich in meinem Leben
am meisten bedauert habe. Du hast diese Lücke als meine
Großnichte jedoch bestens gefüllt. Du warst gerade mal
eine Woche alt, als Deine liebe Mutter Dich mir in die
Arme legte, und von diesem Augenblick an wusste ich,
dass ich mein Herz an Dich verloren hatte. Wir Menschen
verfügen über die Fähigkeit, auf vielen unterschiedlichen
Ebenen zu lieben, und es macht mich glücklich, sagen zu
können, dass ich Dich zeit Deines Lebens geliebt habe, als
wärest Du mein eigen Fleisch und Blut. Ich habe gesehen,
wie das Leben Dir seine Schläge versetzt hat, habe beob-
achtet, wie Du Dich wieder erhoben und gewehrt hast,
und ich bin ungemein stolz auf die ausgeglichene erwach-
sene Frau, die aus Dir geworden ist.
Mir wäre es sehr lieb gewesen, wenn Du Dir hier in
Ottercombe Bay eine Existenz aufgebaut hättest, doch ich
kann nachvollziehen, warum Du das nicht wolltest. Es
hat mir große Freude gemacht, Deine Reisen zu verfol-
gen, aber ich habe immer mit einem lachenden und einem
weinenden Auge beobachtet, dass Du Dich kurzfristig ir-
gendwo niedergelassen, dann aber neuerlich entwurzelt
hast und weitergezogen bist. Ich halte Dich für eine rast-
lose Seele, Daisy, und das bekümmert mich. Ich bin der
Erste, der junge Menschen ermutigt, diese wunderbare
Welt zu erkunden, aber ein solches Unternehmen muss von
einer soliden Basis angegangen werden – von einem stabi-
len und sicheren Zuhause. Von dem Nest, in das man in
stürmischen Zeiten zurückkehren kann, wenn du so willst.

Aus diesem Grund will ich, dass Du ein Jahr in Otter-combe Bay verbringst. Ich will Dich nicht zähmen, son-dern Dir die Möglichkeit geben, Deinen Flügeln etwas Zeit zu geben, um sich zu erholen, damit Du beim nächs-ten Mal höher fliegen kannst. Hier zu bleiben wird Dir helfen, endlich mit den Geistern deiner Vergangenheit abzuschließen, etwas, das Deinem Vater nie gelungen ist.

Ich habe den Bahnhof von Deinem Großvater geerbt, hatte jedoch immer das Gefühl, ihn lediglich zu hüten, bis der richtige Moment kam, um ihn Dir zu hinterlas-sen. Du verfügst sowohl über hervorragenden Spürsinn, Daisy, als auch über Durchsetzungsvermögen. Deshalb bin ich überzeugt, dass Du diese Erbschaft gut nutzen wirst, um Dir damit eine, wie ich hoffe, glückliche und solide Zukunft zu finanzieren. Bis wir uns wiedersehen, verbleibe ich
Dein Dich ewig liebender Großonkel Reg

Sie faltete den Brief zusammen, hielt nur mit Mühe die Trä-nen zurück, und dann öffnete sie ihn wieder und las ihn noch einmal. Sie wusste, dass Reg sie geliebt hatte, und sie musste zugeben, dass er ein würdiger Ersatz für ihre Großeltern ge-wesen war. Die waren in rascher Abfolge gestorben, als sie noch ein Teenager gewesen war. Das war zwar traurig gewe-sen, aber schockiert hatte es Daisy damals nicht, wenn Men-schen starben – sie rechnete damit, dass sie das taten. Ihre Mutter war gestorben, und wenn einem der wichtigste Mensch entrissen werden konnte, war niemand sicher. Sie hatte ihr Leben damit zugebracht, um sich herum einen Schutzwall zu errichten und Abstand zu anderen Menschen zu wahren, um sich so gut wie eben möglich vor künftigem Kummer zu schützen.

Als sie sich wieder zu Max in die Bar setzte, spielte er mit einem Bierdeckel.

»Ich dachte schon, du wärest aus dem Fenster geklettert«, witzelte er.

»Nicht mein Stil«, gab sie zurück, obwohl ihr, noch während sie das von sich gab, bewusst wurde, dass es genau ihrem Stil entsprach, sich auf dem kürzesten Fluchtweg aus einer verfänglichen Situation zu retten. Aber das brauchte Max nicht zu wissen.

»Und was ist dein Stil?«, erkundigte er sich und sah sie mit interessierter Miene an. »Ich weiß gar nicht, womit du dir deinen Lebensunterhalt verdienst.«

Daisy hasste solche Fragen, weil sie dann immer gezwungen war, sich ihre bisherige, verwirrende berufliche Laufbahn vor Augen zu führen; manche würden sie vielleicht sogar planlos nennen. »Ich habe schon so einiges gemacht«, erwiderte sie. Max schien jedoch eine ausführlichere Antwort zu erwarten. Sie fing vorn an. »Eine Zeit lang habe ich an der Uni Filmproduktion und Design studiert und nebenher in einer Bar gejobbt, das Studium aber vorzeitig abgebrochen, weil ich die Möglichkeit hatte, nach Irland zu gehen und dort in einem Spielfilm als Statistin mitzuwirken. Ich habe die Fähre genommen und mich mehr oder weniger durch halb Europa gearbeitet. Bevor ich durch Holland, Deutschland und Italien gereist bin, wo ich vorwiegend gekellnert habe, war ich eine Weile in einem Kundenberatungszentrum tätig.

Dann habe ich ein paar Monate bei meinem Dad in Goa gelebt und vorübergehend in einem Hotel gearbeitet, aber das war nichts für mich. Ich beschloss, wieder an die Uni zurückzugehen, um Umweltmanagement zu studieren, aber das war eine Fehlentscheidung. Ein paar Monate später habe ich mich auf die Socken gemacht, um die andere Hälfte Europas zu bereisen. Mit Spanien habe ich den Anfang gemacht, wo ich auch wieder gekellnert und in einer Bar gearbeitet habe, und dann bin ich nach Frankreich gegangen und habe diesen Typen kennengelernt …« Sie hatte das noch nicht ganz ausgesprochen, als

55

sie es bereits bereute; sie konnte sehen, wie Max sie anschaute. Sie heftete ihren Blick auf die Tischplatte und sprach weiter. »Er hatte hochfliegende Pläne, hauptsächlich solche, mit denen man ganz schnell reich wird, die alle gescheitert sind. Wir haben uns aber ein Geschäft mit einem mobilen Imbisswagen aufgebaut. Das war zwar nichts Schickes, verschaffte uns aber ein regelmäßiges Einkommen, und das Ganze war ausbaufähig. Dann hat er wieder einen seiner hochfliegenden Pläne verfolgt, und wir haben alles verloren.« Sie atmete tief durch. »Also bin ich in die gute alte Heimat zurückgekehrt und habe die letzten paar Monate an mehreren Orten im Südosten gearbeitet.«

Max blies die Wangen auf und ließ die Luft langsam wieder heraus. »Das war ja ziemlich abwechslungsreich.« Daisy pflichtete ihm bei, und beide verfielen sie in Schweigen. Vielleicht hatte sie zu viel von sich preisgegeben.

Daisy trank einen Schluck von ihrer Cola. Sie hielt ihr Medaillon zwischen Daumen und Zeigefinger und strich sacht darüber. »Reg hat mir einen Brief hinterlassen. Ich erbe den Bahnhof nur, wenn ich eine Bedingung erfülle. Ich muss ein ganzes Jahr hierbleiben.«

Sie überlegte einen Moment, dann zog sie den Brief aus der Gesäßtasche ihrer Jeans und schob ihn über den Tisch. Sie beobachtete Max beim Lesen. Er hatte dunkle, wache Augen, lächerlich lange Wimpern und eine gleichmäßig gebräunte Haut. An den Jungen aus der Grundschulzeit erinnerte sie sich gar nicht, wohl aber an den schlaksigen Jugendlichen, der immer am Strand herumgelungert hatte, wenn sie in den Ferien hier gewesen war. Außerdem erinnerte sie sich an einen Streit, den sie seinetwegen mal mit ihrem Vater gehabt hatte. Sie konnte sich aber bei bestem Willen nicht besinnen, was der Grund gewesen war. Sie hatte sich nur äußerst selten mit ihrem Vater gezankt.

»Und was passiert, wenn das Jahr vorbei ist?«, fragte Max schließlich, faltete den Brief wieder zusammen und gab ihn ihr zurück.

»Dann würde ich alles verkaufen und auf Reisen gehen.«

Max rümpfte die Nase. »Aber er will doch, dass du sesshaft wirst.«

»Das ist Erpressung aus dem Jenseits, findest du nicht?«

Max lachte leise vor sich hin. »Ganz und gar nicht. Reg und ich haben manchmal über dich gesprochen«, sagte er. Er trank von seiner Cola. »Du hast ihm sehr viel bedeutet.«

»Das beruhte auf Gegenseitigkeit«, gab Daisy in abwehrendem Ton zurück. Sie hatte zwar Schuldgefühle, weil sie ihn nicht oft genug besucht hatte, aber sie hatte sich stets bemüht, den Kontakt mit regelmäßigen Anrufen und Postkarten zu pflegen.

»Er hat sich Sorgen um dich gemacht.«

»Das war unnötig«, sagte Daisy mit tonloser Stimme. Ihr war nicht wohl bei dem Gedanken, dass Max Dinge über sie wusste; dadurch war sie eindeutig im Nachteil.

Max zuckte gelangweilt mit den Achseln. »Mag sein, aber er hat sich trotzdem gesorgt. Für mich klingt das so, als sei er der Ansicht, du solltest damit aufhören, die Welt zu bereisen, und dir hier eine Existenz aufbauen.«

»Das will ich aber nicht.«

»Es kann sein, dass du genau das brauchst.«

Daisy war perplex, und das war ihr anzusehen. »Was gibt ihm das Recht, mich dazu zu zwingen?« So ganz allmählich wurde sie ärgerlich, und mit Großonkel Reg konnte sie kein Streitgespräch führen, weil er nicht da war. Max dagegen schon, zu seinem eigenen Leidwesen.

»Er war ein enger Verwandter, und du hast ihm viel bedeutet. Das ist kein Verbrechen.«

»Man kann aber doch nicht einfach hingehen und für andere Menschen eine Entscheidung treffen und dann versuchen, sie dazu zu zwingen, zu gehorchen. Das ist ja wie Sklaverei.«

Max lachte, was Daisy noch wütender machte.

»Meinst du nicht, dass du völlig überspitzt auf einen Menschen reagierst, der einfach nur versucht, dir zu helfen?« Max beugte sich nach vorn und sah sie aufmerksam an.

»Nein. Manipulation ist keine Hilfe.«

Max verzog das Gesicht. »Regs Absichten waren gut. Deshalb ist es meiner Meinung nach in Ordnung, dir Hilfe anzubieten.«

»Ich brauche keine Hilfe. Ich brauche meine Ruhe vor neugierigen Wichtigtuern.« Daisy sprang auf und wäre fast über den Werkzeugkasten und die Kiste mit den Bahnhofssachen gestolpert. Mist, dachte sie. Sie würde niemals schaffen, beide Teile ganz allein zu Tante Coral zu schleppen. Max wandte den Kopf und folgte ihrem Blick. Im nächsten Moment verzog er die Lippen zu einem schiefen Lächeln.

»Brauchst du, äh, meine *Hilfe* damit?«

Daisy knallte die Kiste mit den Bahnhofssachen auf den Werkzeugkasten und hob beide mit einer ungelenken Bewegung vom Boden. Ihre Muskeln wussten nicht so recht, wie sie mit dem Gewicht fertigwerden sollten. Sie drehte sich um und blitzte Max zornig an, dessen blasierter Ausdruck sie noch mehr provozierte. »Nein danke«, sagte sie und verließ auf unsicheren Beinen den Pub.

Ihre Wut trieb sie an, sodass sie eine anständige Strecke zurücklegte, bis das Gewicht der Kisten übermächtig wurde und ihre Arme um eine Pause bettelten. Doch sie wusste, dass es hinterher nur noch anstrengender wäre, sich wieder in Bewegung zu setzen. Sie versuchte, weder an den Brief noch an den Bahnhof und auch nicht an Reg zu denken. Das war allerdings unmöglich, weil sie alle ihr unablässig durch den Kopf schwirrten. Sie fühlte sich völlig überfordert.

Kapitel 5

Zur selben Zeit trank Max im Pub die letzten Schlucke seiner Cola light. Er schmunzelte immer noch über Daisys Verhalten, als Jason in maßgeschneiderten Shorts und einem ordentlich gebügelten Polohemd zur Tür hereinkam.

»Perfektes Timing, die nächste Runde musst du schmeißen«, sagte Max und stellte sich zu seinem Freund an die Bar.

Jason verdrehte die Augen. »Das bezweifle ich zwar, aber was möchtest du?«

»Ein großes Bier, bitte.« Jason brauchte die Bestellung gar nicht aufzugeben, denn Monty kümmerte sich bereits darum. »Du wirst nicht glauben, wer mich gerade zu einem Drink eingeladen hat«, tönte Max mit hochgezogenen Augenbrauen.

»Ich mag Ratespiele«, erwiderte Jason. »Wie viele Fragen darf ich denn stellen?«

Jetzt verdrehte Max die Augen. »Verdammt, Jason, komm einfach mit ein paar Namen über.«

»Okay, okay. Ist die Person berühmt?«

»Nein, und das ist kein Fragespiel, rate einfach.«

»Ist es eine Person, die aussieht wie das Phantombild des Kerls, der im Gartencenter den Gartenzwerg gestohlen hat?« Jason war Polizeibeamter und erpicht darauf, es auf der Karriereleiter bis ganz nach oben zu schaffen.

Max war inzwischen der Verzweiflung nahe und schüttelte den Kopf. »Nein, und das war einfach nur jemand, der den Zwerg auf die untere Ablage des Einkaufswagens gestellt und dann vergessen hat, ihn zu bezahlen.«

»So fängt das an. Gemeine Verbrechen werden plötzlich für vertretbar gehalten, und eh man sichs versieht, hat man eine

Verbrechenswelle am Hals. Das ist wie Versicherungsbetrug. Vor Jahren hätte niemand gewagt, eine unberechtigte Schadensersatzforderung zu stellen, aber heutzutage tut das praktisch jeder, um aus seiner Urlaubsversicherung einen neuen Fotoapparat oder eine Sonnenbrille herauszuschlagen.«

»Selbst du.« Max bedachte ihn mit einem vielsagenden Blick.

Jason war entrüstet. »Großer Gott, wie oft hatten wir diese Unterhaltung nun schon? Ich habe meine Ray-Bans in Tenby im Bus liegen lassen, und es hat sie keiner als Fundsache abgegeben.«

»Ja, ja, das sagen sie alle. Aber du, ein Gesetzeshüter?« Max bekundete sein Missfallen mit einem »Dz-dz-dz« und genoss es sichtlich, seinen Freund damit nur noch weiter auf die Palme zu bringen. »Einmal darfst du noch raten, denn ich fange an, mich zu langweilen.«

Jasons Gesicht nahm einen ernsten und äußerst konzentrierten Ausdruck an. »So. Dann würde ich sagen … meine Mutter?«

»Nein. Daisy Wickens.« Max lehnte sich auf dem Holzstuhl zurück, hob sein Bier an die Lippen und beobachtete, wie Jason auf diese Eröffnung reagierte. Suchend schaute Jason sich um, ließ seine Blicke durch den gesamten Pub schweifen. Dann sah er Max wieder an.

»Wirklich? Wo ist sie denn?«

»Keine Ahnung. Sie hatte plötzlich schlechte Laune und ist gegangen.«

Jason runzelte die Stirn. »Hast du sie verärgert?«

Max nahm langsam einen großen Schluck von seinem Bier und stellte das Glas danach wieder auf den Tisch.

»Nicht mit Absicht«, erwiderte er, bemüht, sich ein Grinsen zu verkneifen.

»Verdammt, Max, macht es dir irgendwie Spaß, Menschen zu verärgern?«

»Nein, sie war schon immer eine pampige Zicke. Sie ist früher jedes Jahr zwei Wochen hier herumstolziert, als gehöre ihr die Stadt. Hat Dinge mit uns unternommen, als wäre sie eine von uns, und im nächsten Moment so getan, als gäbe es uns gar nicht. Mit so was kann ich nicht umgehen.« Er wusste ganz genau, was für eine Art von Mensch sie war. Sie war flatterhaft und hielt es nirgendwo länger als fünf Minuten aus, und solche Menschen verletzten einen im Endeffekt immer. Das hatte er schon zu häufig erlebt – zuerst mit seiner Mutter, dann mit seinem Vater, und erst vor Kurzem mit seiner nunmehr ehemaligen Freundin. Wenn nicht davon auszugehen war, dass Menschen ein fester Bestandteil seines Lebens werden würden, hatte er gelernt, sie auf Distanz zu halten – aus reinem Selbstschutz.

»Ich habe sie immer gemocht«, sagte Jason und schaute dabei auf sein Radler. »Sie hat wegen der Geschichte mit ihrer Mum eine Menge durchgemacht. Sie war ja noch ein Kind.«

»Wir haben alle in unserer Vergangenheit Dinge erlebt, die uns hätten fertigmachen können, Jay. Das ist keine Entschuldigung.«

»Das stimmt. Sie war aber immer nett zu mir. Sie hat sich für mich interessiert und sich nicht über mich lustig gemacht wie so manch anderer.« Er schaute Max unverwandt ins Gesicht.

»Was? Ich habe mich nie über dich lustig gemacht«, behauptete Max. Jason neigte den Kopf zur Seite. »Okay, ein-, zweimal vielleicht, aber das war doch nur harmlose Frotzelei.«

Jason trank in kleinen Schlucken sein Radler. »Ich finde es aber schade, dass ich sie verpasst habe. Sie wird sicher bald wieder auf Reisen gehen.«

»Ja, das nehme ich auch an. Allerdings hat Reg ihr den alten Bahnhof vermacht. Den erbt sie aber nur, wenn sie hierbleibt.« Er lehnte sich auf seinem Stuhl zurück und beobachtete Jasons Reaktion. Der setzte sich plötzlich kerzengerade hin. »Ich dachte mir schon, dass dich das interessieren würde.«

»Wie ich schon sagte, habe ich sie immer gemocht. Es wäre schön, wenn sie wieder nach Ottercombe ziehen würde.«

Max grinste. »Das habe ich nicht gemeint. Ich dachte, dass der alte Bahnhof dich interessieren würde.«

Eine leichte Röte legte sich auf Jasons Wangen. »Oh, na ja, ja. Das versteht sich von selbst, denn du weißt ja, dass ich Eisenbahnliebhaber bin.«

»Sie hat eine ganze Kiste mit altem Eisenbahnkram, schweren alten Metallschildern, solchen Sachen. Wenn du dich beeilst, erwischst du sie sicher noch. Da sie nicht nur das ganze Zeug, sondern auch einen vollen Werkzeugkasten schleppen muss, kann ich mir nicht vorstellen, dass sie schon weit gekommen ist.«

Jasons Gesicht nahm einen besorgten Ausdruck an. »Und das lässt du sie alles allein schleppen?«

»Ich sagte ja schon … sie ist eine pampige Zicke.«

Jason nahm ein paar große Schlucke von seinem Radler und stand auf. »Manchmal kann ich mich nur über dich wundern, Max.« Er schüttelte den Kopf und ging.

»Zwei pampige Zicken an einem Abend«, brummelte er vor sich hin. Dann leerte er Jasons Glas und verzog das Gesicht. »Wie kann man so ein Gebräu bloß trinken?«

Daisy war dankbar, die Kisten einen Moment vor dem Laternenpfahl abstellen zu können, aber sie wusste, dass sie weitermusste. Sie hatte sich inzwischen beruhigt; die Sachen waren unglaublich schwer, und sie bereute, sich mit Max angelegt zu haben. Sie hätte Hilfe dabei brauchen können, die Kisten zu Tante Coral zu schleppen. Sie wünschte, sie hätte Tamsyns Vater gebeten, sie und den Werkzeugkasten wieder abzuholen – wie toll, dass man nachher immer schlauer war.

Sie holte tief Luft, hob die schwere Last wieder vom Boden und machte sich forschen und entschlossenen Schrittes auf den Weg; je schneller sie das Cottage erreichte, desto schneller würden ihre Arme aufhören zu schmerzen. Sie hörte einen Wagen kommen und erwartete, dass er jeden Moment an ihr vorbeisauste, doch stattdessen fuhr er plötzlich langsam neben ihr her. Das Letzte, was ich jetzt noch brauche, ist ein Perverser, der mich für eine Stricherin hält, oder die Polizei, dachte sie. Daisy konnte sich vorstellen, dass sie ein merkwürdiges Bild abgab und äußerst verdächtig wirkte. Sie wusste nicht, ob sie weiterlaufen oder stehen bleiben sollte. Der Wagen hielt an, eine Autotür wurde zugeschlagen, und dann hörte sie hinter sich Schritte.

Sie drehte sich um und sah einen groß gewachsenen Mann, der immer näher kam. Da die Straßenlaterne hinter ihm blendete, war er schwer zu erkennen. Daisy bereitete sich innerlich darauf vor, im Notfall den Werkzeugkasten nach ihm zu werfen.

»Entschuldige, kann ich dir mit den Sachen helfen?«, fragte der Mann. Damit hatte sie ja nun überhaupt nicht gerechnet.

»Äh, nein. Danke«, gab sie zur Antwort und überlegte, was der Typ wohl im Schilde führte.

»Das macht mir überhaupt nichts aus. Komm schon, ich nehme dich mit dem Wagen mit.« Daisy zögerte. »Das ist schon in Ordnung. Ich trage zwar keine Uniform, aber ich bin Polizeibeamter.«

»Mein Dad hat immer gesagt, ich soll nie zu fremden Männern ins Auto steigen«, sagte sie, und er lachte.

Schließlich verklang sein Lachen wieder. »Aber du kennst mich doch, wir sind zusammen zur Schule gegangen. Und wenn du in den Ferien nach Hause gekommen bist, haben wir immer miteinander gespielt, Daisy.«

Wie er ihren Namen aussprach, kam ihr irgendwie bekannt vor. Sie versuchte, einen besseren Blick auf sein Gesicht zu bekommen, aber dafür war es zu dunkel. Es folgte peinliche Stille.

Im Geist ging Daisy rasch die Jungen durch, mit denen sie zur Grundschule gegangen war. Wie durch einen Nebel sah sie Kinder mit schlecht geschnittenen Haaren, die in übergroßen

Schuluniformen Fangen spielten. Etwas, das Tamsyn erzählt hatte, fügte die Puzzleteile in ihrem Kopf zusammen.

»Jason!« Sie schrie seinen Namen fast, als sie ihn erkannte. »Natürlich. Entschuldige. Du bist ein gewaltiges Stück gewachsen, seit ich dich zum letzten Mal gesehen habe.« Jason war einer der Jungen gewesen, die von den anderen schikaniert worden waren. Wenn ihre Erinnerung sie nicht trog, hatte Max in ihrer Kindheit immer auf ihn aufgepasst.

Jason sah aus, als freue er sich über ihre Reaktion, und nahm ihr die schweren Kisten mit frustrierender Mühelosigkeit ab. Andererseits hatte er sie ja auch noch keinen Kilometer geschleppt. »Es ist schön, dich wiederzusehen, Daisy. Ich habe gehört, dass du eine Weile hierbleibst.«

»Verdammt, hier verbreiten sich Gerüchte schneller als ein Selfie von Kim Kardashian.« Das war einer der großen Nachteile des Kleinstadtlebens. »Und nein, hierbleiben werde ich leider nicht.« Sie folgte ihm zum Wagen und wartete, bis er die Kisten im Kofferraum verstaut hatte.

»Oh.« Jason sah enttäuscht aus. Während der kurzen Fahrt herrschte nahezu völlige Stille, wenn man von den gelegentlichen Klimpergeräuschen absah, die aus dem Werkzeugkasten im Kofferraum schallten. Jason stellte den Wagen vor dem Cottage ab und stieg aus. Daisy hatte plötzlich das Gefühl, heute Abend sehr viele Menschen zu verärgern.

Sie stellte sich neben ihn vor den Kofferraum. »Der Werkzeugkasten gehört Tamsyns Dad, den gebe ich ihm eben zurück.«

»Dann trage ich die hier ins Haus«, erwiderte er, hob die Bahnhofskiste heraus und versuchte dabei, einen Blick auf den Inhalt zu erhaschen.

»Du kannst dir die Sachen gern in Ruhe anschauen, wenn dich das interessiert. Und danke fürs Mitnehmen, das war sehr nett von dir, Jason.« Sie hievte den Werkzeugkasten heraus und steuerte auf das Nachbarhaus zu.

Nachdem sie sich mehrmals bedankt und mit höflichen Worten drei Angebote ausgeschlagen hatte, kurz hereinzukommen, gelang es Daisy endlich, Tamsyns Eltern zu entkommen. Sie sah, dass Jason und Tante Coral gleich hinter der Haustür in der Diele standen und sich unterhielten. Daisy zog an der Tür, sie schwang auf, und im selben Moment beschloss Bugsy, in die Freiheit zu fliehen. Sie versuchte zwar noch, sein Halsband zu fassen zu bekommen, doch was dem Hündchen an Aerodynamik fehlte, machte er mit Geschwindigkeit wett. Seitlich schoss er an ihr vorbei wie ein Rugbyspieler und verschwand in der Dunkelheit.

»Bugsy!«, rief Tante Coral und stürzte an Jason vorbei nach draußen. Daisy wusste nicht, in welche Richtung ihre Tante laufen würde, und musste im Bruchteil einer Sekunde eine Entscheidung treffen. Es war die richtige, sodass eine komplette Kollision ausblieb. Allerdings hatte Daisy es nicht geschafft, ihr Bein rechtzeitig aus dem Weg ihrer rennenden Tante zu ziehen, und so stolperte diese darüber und segelte in einem eindrucksvollen Bogen durch die offene Tür. Mit einem dumpfem Knall landete sie auf dem Boden.

»Hast du dich verletzt?«, fragte Daisy und hockte sich neben sie. Jason ging auf die andere Seite, und gemeinsam halfen sie ihr beim Aufstehen.

»Nein, alles in Ordnung«, sagte sie und strich ihren Rock glatt. »Wohin ist er gelaufen?«, wollte sie wissen und schaute verzweifelt in sämtliche Richtungen. Im nächsten Moment tat sie einen Schritt nach vorn, und es schien, als würde sie gleich stolpern. »Au, mein Knöchel!«

Jason legte seinen Arm um sie und führte sie wieder ins Haus. »Du musst dich erst einmal hinsetzen, damit wir uns deinen Knöchel anschauen können. Ich bin in Erster Hilfe ausgebildet.«

»Wir müssen aber nach Bugsy suchen«, sagte Tante Coral und humpelte ins Haus.

Jason sah Daisy an. Es dauerte einen Moment, bis sie begriff, dass sie etwas tun musste. »Ja, natürlich. Ich gehe los und suche nach ihm.«

»Danke, Liebes«, rief Tante Coral ihr nach.

Es war schon spät, und es war dunkel. Nicht nur so dunkel, wie es nachts in jedem Ort und in jeder Stadt war, nein. Hier war man mitten in der Pampa, hier gab es keine Lichtverschmutzung, hier war es Ottercombe-Bay-dunkel. Laternen gab es nur auf den Hauptstraßen, daher war es auf der Trow Lane finsterer als im Inneren des alten Bahnhofsgebäudes.

Daisy wusste nicht so recht, was sie tun sollte. So ganz allein in der Dunkelheit kam sie sich wie eine Vollidiotin vor. »Bugsy«, rief sie halbherzig. Dass er jetzt angerannt kam, weil sie ihn gerufen hatte, war unwahrscheinlich, denn sie hatten ja nicht gerade ein herzliches Verhältnis zueinander. Sie blieb stehen und horchte. Sie konnte etwas hören. Das Geräusch klang wie kleine Pfoten auf Schotter, vielleicht war es aber auch ein Vogel in der Hecke. So wanderte Daisy weiter durch die Nacht, obwohl es völlig unsinnig war, in der Finsternis nach einem kleinen schwarzen Hund zu suchen.

Sie beschloss, die Trow Lane in beide Richtungen abzulaufen, um zumindest guten Willen zu zeigen. Alle paar Schritte rief sie nach dem Hund und kam sich dabei total bescheuert vor. Er kannte sie ja kaum; die Chance, dass er angerannt kam, war gering. Als sie das Ende der Trow Lane erreichte, blieb sie einen Moment stehen und schaute über die wenigen Häuserreihen auf das Meer, das sich dahinter erstreckte. Das Mondlicht ließ die Wasseroberfläche glitzern wie Tausende Diamanten und malte einen Lichtkranz über die Cottages. Daisy musste gestehen, dass sie mit diesem Anblick nicht gerechnet hatte. Für einen Moment beobachtete sie das Funkeln der Diamanten, bis sie von einem leisen Bellen abgelenkt wurde. Doch als sie zum Cottage zurückkehrte, fehlte dort immer noch jede Spur von dem Hund.

Jason hatte inzwischen seinen Erste-Hilfe-Kasten aus dem Auto ins Haus geholt und Tante Corals Knöchel bandagiert, der jetzt auf einem Kissen auf dem Sofatisch ruhte.

»Hast du ihn gefunden?«, fragte Tante Coral und sah Daisy voller Hoffnung an.

»Leider nicht, es ist schwierig, da draußen irgendetwas zu sehen.« Daisy wollte sich gerade auf das Sofa plumpsen lassen, als Tante Coral antwortete.

»In der Küche liegt eine Taschenlampe. Nimm die mit. Er läuft gern ans Ende des Kaps, sei also vorsichtig.«

»Das Kap? Das ist doch mindestens anderthalb Kilometer weg.«

Tante Coral runzelte die Stirn. »Das ist unsere Gassi-Runde. Diesen Weg läuft er jetzt wahrscheinlich, weil er ihn kennt.«

»Was bedeutet, dass er direkt wieder hierher zurückkommt«, entgegnete Daisy in der Hoffnung, damit aus der Sache heraus zu sein. Der flehende Blick, mit dem Tante Coral sie ansah, sagte allerdings etwas anderes, genau wie Jasons missbilligendes Kopfschütteln.

»Gut, dann werde ich jetzt zum Kap laufen und nach ihm suchen. Auf dem Rückweg hole ich mir ein paar Pommes, möchtet ihr auch etwas?« Sie hatte noch nicht zu Abend gegessen, also würde dieser Ausflug zumindest nicht ganz unnütz sein.

»Nein, vielen Dank, ich muss gleich los«, gab Jason zur Antwort. »Sollte dein Knöchel morgen immer noch geschwollen sein, musst du damit zum Arzt, Coral, okay?«

»Ja, ich danke dir, Jason.«

»Also, tschüss dann«, verabschiedete sich Jason in leicht frostigem Ton von Daisy.

»Nochmals vielen Dank fürs Mitnehmen«, erwiderte sie und machte sich auf die Suche nach der Taschenlampe.

Als sie eineinhalb Stunden später auf dem Heimweg ihre Fritten aß, hatte sie immer noch keine Spur von dem Hund. Sie hatte richtig nach ihm gesucht, auf dem Kap sogar mehrmals nach ihm gerufen, und doch nichts als Stille zur Antwort bekommen. Kauend lief sie die Trow Lane hinunter, und plötzlich hörte sie etwas. Daisy blieb stehen, das Geräusch wurde deutlicher und verstummte dann wieder. Sie steckte sich noch eine Pommes in den Mund, lief zwei Schritte weiter und blieb erneut stehen. Wieder vernahm sie dieses Geräusch, das verschwand, sobald sie stehen blieb. Hinter ihr war jemand. Hastig drehte sie sich um und leuchtete mit der Taschenlampe, aber da war niemand – bis sie den Lichtstrahl auf den Boden richtete. Nur wenige Meter hinter ihr stand Bugsy und blinzelte ins Licht.

»Na, super. Wie lange läufst du mir schon hinterher?«

Bugsy ignorierte sie, reckte sein zerknautschtes Näschen in die Höhe und stolzierte auf Daisy zu, ließ sich auf sein Hinterteil fallen und blickte voller Hoffnung auf die letzte Fritte. Genau diese Fritte benutzte Daisy jetzt als Köder, lockte Bugsy damit zum Cottage, warf sie in den Hausflur. Wie gehofft, hechtete der Hund hinterher und verschlang den Leckerbissen. Schnell schloss Daisy hinter ihnen die Tür und seufzte erleichtert auf.

»Ich habe ihn gefunden«, rief sie selbstzufrieden. Damit stand es in ihrem kleinen Krieg gegen Bugsy eins zu null für Daisy, und es fühlte sich gut an.

Kapitel 6

Auch am nächsten Morgen war Tante Coral noch außer sich vor Freude, Bugsy wiederzuhaben. Sie verwöhnte das Tier nach Strich und Faden. Es schien ihr gar nicht bewusst zu sein, dass er durch sein Ausbüxen schuld an ihrer Knöchelverletzung war. Daisy war das indes sonnenklar, und sie beobachtete den Hund genau. Er war nicht so doof, wie er aussah, und für ihre Begriffe sah er ziemlich doof aus. Dieser Mops war von seinem wilden Vorfahren dem Wolf so weit entfernt, wie eine Hunderasse es nur sein konnte. Er erinnerte Daisy an ein Korkschweinchen, das sie in ihrer Schulzeit gebastelt hatte und das heute noch in der Küche auf der Fensterbank stand. Durch das platt gedrückte Gesicht und den Ringelschwanz hatten die beiden eine frappierende Ähnlichkeit miteinander. Der einzige Unterschied war, dass das Schweinchen rosa bemalt war und winzige Äuglein hatte, während Bugsy pechschwarzes Fell und überdimensional große Augen hatte, die wie zwei schwarze Billardkugeln wirkten. Als Tante Coral ihm ein weiteres Stück Speck zu fressen gab, warf er Daisy einen selbstgefälligen Blick zu.

Ja, ich durchschaue dich, dachte Daisy. Und sie hatte nicht vor, sich von einem glupschäugigen Hündchen austricksen zu lassen.

»Jason sagt, diese Eisenbahn-Souvenirs, die du gestern mitgebracht hast, sind noch einiges wert. Er kennt einen Experten, der dir einen guten Preis machen kann, wenn du das möchtest.«

Daisy mampfte ihren Toast. »Klingt gut. Dieses Bahnhofsgebäude ist ein Rohbau. Was dachte sich Reg, was ich damit anfangen soll?«

»Du hast ein ganzes Jahr Zeit, um das herauszufinden, und musst nichts überstürzen. Und natürlich kannst du so lange bei mir wohnen. Ich genieße deine Gesellschaft, aber natürlich verstehe ich auch, wenn du dir lieber eine eigene Wohnung suchen möchtest.« Coral tätschelte ihr die Hand.

»Danke.« Daisy wusste, dass jetzt kein günstiger Zeitpunkt war, um über ihre Abreisepläne zu sprechen, schließlich lag Tante Coral wegen ihres Knöchels jetzt erst einmal flach, und Daisy konnte sie nicht alleine lassen. Daisy mochte vieles sein, aber sie war weder grausam noch herzlos. Obwohl für sie nach wie vor außer Frage stand, dass sie aus Ottercombe Bay verschwinden würde, hatte sie inzwischen gemischte Gefühle, die sie nicht abstellen konnte. Es lag an Großonkel Regs Brief und daran, was Tamsyn über ihre Mutter gesagt hatte – beides ließ Daisy keine Ruhe. Sie beschloss, nur noch ein paar Tage länger zu bleiben. So konnte Tante Corals Knöchel heilen, und Daisy würde Gelegenheit haben, mit Tamsyns Mutter Min zu sprechen, um endlich diesen Geist ihrer Vergangenheit ruhen zu lassen. Danach konnte sie dann weiterziehen.

Da sie nun doch etwas länger hier sein würde als geplant, beschloss sie, ihren Aufenthalt als Urlaub zu verbuchen. Schließlich war Ottercombe Bay ein beliebtes Ferienziel. In ein paar Tagen würde sie einfach abreisen wie alle anderen Touristen auch. Daisy atmete tief durch; abzureisen bedeutete zugleich, auf einen Teil von Regs Geld zu verzichten, obwohl sie es wirklich gut gebrauchen konnte. Aber nein, ihr Entschluss war unumstößlich. Keine Summe war es wert, sich dafür an die Kette legen zu lassen, erst recht nicht für ein ganzes Jahr. Daisy stopfte sich den letzten Bissen Toast in den Mund und ignorierte damit das flehende Winseln des Hundes, ihm etwas davon abzugeben.

In Daisys Zimmer sah es aus, als sei dort eine Bombe eingeschlagen. Es verblüffte sie immer wieder, wie schnell sie einen aufgeräumten Raum in ein chaotisches Durcheinander verwandeln konnte – vielleicht war das eine Gabe. Bisher war ihr niemand begegnet, der dieses Talent mit ihr teilte. Sie hatte zwar nur den einen Rucksack, aber der war riesig, und sie hatte Gewalt anwenden müssen, um all ihre Klamotten hineinzubekommen, als sie Canterbury verlassen hatte. Das bedeutete aber auch, dass sie jetzt die oberen Schichten herauszerren musste, um an die unteren heranzukommen. Das Ergebnis war, dass inzwischen der gesamte Inhalt des Rucksacks im Zimmer verstreut lag. Zum Glück war Tante Coral nicht neugierig, sodass Daisy das Problem damit lösen konnte, die Tür geschlossen zu halten. Niemand war schließlich perfekt.

Für den Nachmittag war Daisy mit Tamsyn verabredet, und so lag sie jetzt auf einem viel zu dünnen Badetuch auf dem Kiesstrand und wartete darauf, dass Tamsyns Schicht im Strandcafé endete. Zwar ließ der Gemeinderat die obere Hälfte der Bucht jeden Sommer mit einigen Tonnen Sand aufschütten und schuf damit eine perfekte Badestelle für Feriengäste, doch die Liegeplätze waren begrenzt. Wenn man nicht schon früh am Morgen kam, musste man sich eine Stelle weiter unten auf dem Kieselstrand suchen.

Trotz der holprigen Unterlage genoss Daisy es, in der Sonne zu liegen, die sanft ihren Körper wärmte. Sie lauschte den Wellen, die sanft an den Strand schlugen, und den Streitgesprächen, die Eltern mit ihren kleinen Kindern über Sonnencreme und Stieleis führten.

An Sommertagen herrschte in Ottercombe Bay geschäftiges Treiben. Sämtliche Ferienwohnungen waren vermietet, und wer hier einen Zweitwohnsitz besaß, kostete dieses Privileg voll aus. Solche Tage ließen einen mit sich selbst und den Entscheidungen, die man getroffen hatte, im Reinen sein. Ein paar Tage Sonne und Entspannung würden Daisy guttun. Sie hatte sich seit Monaten keine anständige Auszeit mehr genommen und erst recht keinen Urlaub gemacht. Sie durfte sich diese Gelegenheit, endlich mal nichts zu tun, auf keinen Fall entgehen lassen, denn schon bald würde sie wieder auf Achse sein und dem nächsten Job nachjagen.

»Wenn du deine Kette nicht abnimmst, wirst du einen ulkigen weißen Streifen am Hals bekommen«, hört Daisy eine Stimme über sich, deren Besitzerin ihr jetzt in der Sonne stand.

»Wenn du da stehen bleibst, Tams, werde ich überhaupt nicht braun.« Unwillkürlich griff Daisy nach ihrem Medaillon, bevor sie ein Stück zur Seite rutschte, um Platz auf dem Handtuch zu schaffen. Tamsyn raffte ihren langen, geblümten Rock und setzte sich.

In Kurzfassung erzählte Daisy, was am Vorabend passiert war.

»Und wie geht es Coral jetzt?«, wollte Tamsyn wissen.

»Sie ist in erster Linie frustriert. Die Schmerzmittel helfen zwar, aber es ist eine üble Verstauchung. Sie wird eine Zeit lang humpeln.«

»Das mit ihrem Knöchel tut mir leid, aber wenn das bedeutet, dass du hierbleibst: Juhu!« Tamsyn klatschte in die Hände.

Daisy stützte sich auf ihren Ellbogen. »Ich bleibe nicht lange – nur bis Tante Coral wieder auf dem Damm ist.«

»Okay«, gab Tamsyn enttäuscht zurück und sah sich um. »Du hättest Bugsy mitbringen können. Er ist wahnsinnig gern am Strand.«

Daisy verzog wenig begeistert das Gesicht. Sie hatte vergessen, mit dem Hund Gassi zu gehen. Andererseits hatte er am Vorabend so viel Bewegung gehabt, dass es ihm sicher fürs Erste reichte. »Er mag mich nicht sonderlich«, sagte sie.

»Sei nicht albern. Ist Bugsy nicht total niedlich?«

Daisys Miene blieb unverändert. »Er ist völlig unerziehbar.«

»Aber das süßeste Tierchen, das man sich vorstellen kann«, schwärmte Tamsyn.

»Er ist hässlich.« Auf einmal hatte Daisys Gesicht einen verächtlichen Ausdruck.

»Was?«

»Komm, Tams. Er sieht aus, als würde er sich den lieben langen Tag mit einer Bratpfanne ins Gesicht schlagen. Und diese Glupschaugen – die sind viel zu groß für seinen Schädel.«

Tamsyn schüttelte den Kopf. »Was redest du denn da? Er hat wunderhübsche Augen, und ich finde ihn bildschön. Vielleicht spürt er deine ablehnende Haltung.«

Daisy schnappte nach Luft. »*Meine* ablehnende Haltung? Dieser Hund besteht zu 99 Prozent aus ablehnender Haltung.« Und zu einem Prozent aus Schwein, dachte sie, ließ sich wieder auf das Badetuch zurückfallen und wurde sofort schmerzhaft an den steinigen Untergrund erinnert, ließ sich aber nichts anmerken.

»Nun ja, Reg hat ihn geliebt, und Reg hat dich geliebt. Das verbindet euch irgendwie miteinander, wie Verwandte«, meinte Tamsyn und legte sich ebenfalls hin, während Daisy sich jetzt ruckartig wieder aufrichtete.

»Nein, das tut es nicht.« Sie schüttelte den Kopf über diesen lächerlichen Gedankengang. »Ich bin nicht mit einem scheußlichen Mops verwandt.«

»Du willst es nur nicht wahrhaben«, meinte Tamsyn und schloss die Augen.

Daisy setzte zu einem weiteren Protest an, sah dann aber ein, dass das sinnlos war. Also schüttelte sie noch einmal den Kopf und legte sich wieder hin, dieses Mal etwas vorsichtiger.

»Ich habe gehört, dass du Jason gestern Abend getroffen hast«, wechselte Tamsyn das Thema.

»Gibt es hier irgendeine Live-Berichterstattung oder eine Webcam, von der ich nichts weiß? Oder bin ich etwa Teil einer Fernsehshow wie *Die Truman Show* – Die Daisy Wickens Show?« Es schockierte sie, dass jeder zu wissen schien, was im Ort passierte – manchmal sogar, bevor es passierte. Das war das Problem mit Kleinstädten. Auf den ersten Blick wirkte Ottercombe Bay durchschnittlich groß. Zog man allerdings die Touristen in den Ferienwohnungen und auf den Campingplät-

73

zen, diejenigen mit Zweitwohnsitz und die Tagesausflügler ab, kam man auf eine viel kleinere Zahl an Einwohnern. Ottercombe Bay war ein Dorf, und obendrein auch noch ein eigenartiges.

»Nein, Dummerchen«, kicherte Tamsyn. »Zwischen Corals und unserem Cottage ist ein Loch in der Wand.«

»Was?« Daisy war entsetzt und legte automatisch schützend die Hände auf ihre kostbaren Körperteile.

»Das war nur ein Scherz. Aber du hättest dein Gesicht sehen sollen. Nein, Jason hat mir erzählt, dass er dich getroffen hat.«

Daisy seufzte erleichtert. Es hätte sie nicht einmal gewundert, wenn wirklich ein Loch in der Wand gewesen wäre. Heute würde sie hier keine bequeme Liegeposition mehr finden, beschloss sie und setzte sich auf. »Bist du mit Jason zusammen?«

Blechern lachte Tamsyn auf. »Neeeeiiin, der ist nicht mein Typ. Ich steh nicht auf Nerds.«

Daisy runzelte die Stirn. Solch eine Aussage, und das von Tamsyn mit ihrem ungewöhnlichen Kleidungsstil und ihrer Begeisterung für Fantasy-Romane – wer im Glashaus saß, sollte nicht mit Steinen werfen. »Okay, und wer wäre dein Typ?«

Schweigend ließ Tamsyn ihren Blick über das Meer schweifen, und Daisy wollte schon auf sich aufmerksam machen, als sie endlich sprach. »Ein Mann muss muskulös und breitschultrig sein. Intelligent, aber kein Nerd. Romantisch, menschlich, einfühlsam, wie Flynn Rider.«

»Die Zeichentrickfigur?«, fragte Daisy vorsichtshalber nach, obwohl sie inzwischen schon nichts mehr wunderte.

»Ja, der ist perfekt, und *Rapunzel – neu verföhnt* ist mein absoluter Lieblingsfilm.«

»Okay, welche Qualitäten muss er sonst noch haben?«

»Es muss jemand sein, der gern bastelt und die gleichen Dinge mag wie ich. Fantasy-Romane, alte Sachen, Drachen, Ananas und Knöpfe. Und er muss Tiere lieben.« Sie warf Daisy einen vernichtenden Blick zu.

»Das ist eine ziemlich lange Liste. Hast du schon jemanden gefunden, der auf deine Beschreibung passt?«

»Nein, noch nicht. Und wie sieht es bei dir aus?«

Die Frage war Daisy unangenehm. Sie erzählte schon unter normalen Bedingungen nicht gern von sich selbst. »Da gibt es niemanden.«

»Ach, komm schon. Irgendjemanden wird es doch wohl in den letzten Zigtausend Jahren gegeben haben. So schnell lasse ich mich nicht abspeisen. Deine Auslandsreisen, die vielen exotischen Orte, an denen es von heißen Typen nur so wimmelt. Da muss es so einige gegeben haben.«

Daisy bewunderte Tamsyns Hartnäckigkeit. »Einen Mann hat es gegeben.«

»Nur einen?« Tamsyn legte den Kopf zur Seite. »Du bewachst dein Herz wie ein Drache seinen Schatz.«

Wie tief Tamsyn ihr in die Seele blickte, machte Daisy für einen Moment sprachlos. »In jedem Fall … ich meine damit, dass ich nur eine ernsthafte Beziehung hatte. Sein Name war Guillaume.«

»Gie-johm?«, sprach Tamsyn das Wort kichernd nach. »Wie buchstabiert man das?«

»Glaub mir, wenn ich sage, dass dir das nicht weiterhelfen würde. Er war ein typischer Franzose. Braun gebrannt und wahnsinnig gut aussehend.«

»Was ist schiefgelaufen?«

»Wir haben uns oft über Geld gestritten. Er war einfach zu risikofreudig. Wir hatten uns in Frankreich eine Existenz aufgebaut, aber er wollte das große schnelle Geld, und damit haben wir alles verloren.« In Daisys Stimme schwang Wut mit.

»Aber jetzt hat Reg dir doch ein bisschen Geld hinterlassen. Könntest du es nicht noch einmal mit Gie-dings versuchen?«

Bevor Tamsyn ihre Frage zu Ende gestellt hatte, schüttelte Daisy bereits den Kopf. »Nein, ich hätte immer Angst, dass er wieder alles verzockt. Allein bin ich besser dran.« Daisy wusste, dass es die Wahrheit war, und doch war es nicht so einfach. Guillaume hatte sie verletzt. Sie hatte ihn in ihr Herz gelassen wie kaum jemanden seit Langem, und er hatte es ihr herausgerissen. »Und überhaupt, ich bin gern allein.«

»Das glaube ich dir nicht«, gab Tamsyn unverblümt zurück. Völlig perplex sah Daisy sie an. »Ich meine, deine Eltern vermisst du doch bestimmt.«

Daisy atmete tief durch, um sich zu beruhigen und die Beklommenheit zu vertreiben, die sie plötzlich befiel. »Dad und ich haben regelmäßig Kontakt miteinander. Er wirkt in Goa glücklicher, als er es hier in Großbritannien je war – mit sich selbst im Reinen. Mum vermisse ich natürlich täglich.« Automatisch griff sie nach ihrem Medaillon. Es waren so viele Gefühle, die in ihr hochkamen, wenn sie nur an ihre Mutter dachte. Sie hätte gar nicht gewusst, wo sie anfangen sollte.

Tamsyn tätschelte ihren Oberschenkel. »Deine Mum war wundervoll. Ihr Tod war so traurig. Ein schrecklicher Unfall.«

Daisy schluckte. Es war nicht gerade ihr liebstes Gesprächsthema, aber sie konnte Tamsyns Bemerkung nicht einfach übergehen. »Wir wissen doch gar nicht, ob es ein Unfall war.«

Auf einmal war Tamsyn ganz agil. »Glaubst du etwa diese Gerüchte, dass dein Dad sie ermordet hat?«

»Nein«, antwortete Daisy schnell. Die Äußerung schockierte sie, obwohl sie von diesen Gerüchten gehört hatte. Damals hatte ihr Vater sich größte Mühe gegeben, sie vor dem Gerede zu schützen, aber natürlich hatte sie es trotzdem mitbekommen. Das war einer der Hauptgründe dafür gewesen, dass sie Ottercombe Bay wenige Monate nach dem Tod ihrer Mutter verlassen hatten, kurz vor Daisys achtem Geburtstag. »Aber jemand anders könnte für ihren Tod verantwortlich sein. Wir wissen nur, dass sie ertrunken ist, aber nicht genau, wie. Die Autopsie hat kein eindeutiges Ergebnis geliefert.« Das quälte Daisy bis heute.

Tamsyn biss sich auf die Unterlippe, als müsse sie genau

überlegen, wie sie ihren nächsten Satz formulierte. »Es könnte aber doch auch Selbstmord gewesen sein.«

Daisy schüttelte den Kopf. Diese Möglichkeit war zu entsetzlich, um auch nur in Erwägung gezogen zu werden. »Warum hätte sie sich umbringen sollen? Sie hatte Menschen, die sie liebten. Dad hat sie immer als den glücklichsten Menschen beschrieben, dem er je begegnet ist.« Und sie hatte mich, dachte Daisy. *Wie hätte sie mich verlassen können?* Es kostete sie alle Mühe, die Gefühle zu unterdrücken, die in ihrem Inneren zu brodeln begannen.

Tamsyn blickte sie traurig an. »Auf diese Frage werden wir vermutlich nie eine Antwort bekommen«, sagte sie und strich noch einmal über Daisys Bein.

Eine Weile schwiegen sie, und Daisy dachte in Ruhe nach. Sie hatte Tamsyn gern, und so ganz allmählich bekam sie das Gefühl, ihr vertrauen zu können. Sie öffnete den Verschluss der Kette, an der ihr Medaillon hing, und reichte es Tamsyn. »Ich glaube, dass das hier der Schlüssel ist.«

»In dem Medaillon steckt ein Schlüssel?« Tamsyns Augen wirkten plötzlich genauso groß wie Bugsys.

»Nein, ich glaube, dass das Medaillon uns einen Hinweis darauf liefern kann, was meiner Mutter passiert ist.«

»Ist da eine Botschaft eingraviert oder eine Nachricht drin?« Tamsyn sah sich das Schmuckstück von allen Seiten an.

»Nein, es gibt keine Botschaft.« Manchmal war Tamsyn anstrengend. »Es lag bei den persönlichen Sachen meiner Mutter, die wir von der Polizei ausgehändigt bekommen haben. Dad hat immer behauptet, er habe es noch nie gesehen, und sogar versucht, es der Polizei zurückzugeben. Doch die Beamten waren felsenfest überzeugt, es habe ihr gehört.«

»Und was stimmt?«, fragte Tamsyn.

»Das weiß ich nicht. Wenn meine Mutter es in der Nacht ihres Todes bei sich hatte, glaube ich aber, dass es uns Antworten liefern kann.«

Kapitel 7

Als Daisy am Samstagmorgen aufwachte, fragte sie sich, warum sie sich hatte breitschlagen lassen, auf das Dorffest mitzukommen. Sie wusste schließlich, was sie dort erwartete: ein paar Einheimische, die Pflanzen verkauften, und eine Horde schreiender Kinder im Zuckerwatterausch. Aber Tamsyn war so voller Vorfreude gewesen und hatte darauf bestanden, dass Daisy mitkam. Vielleicht brauchte sie einfach nur Unterstützung für diese Tortur.

Heute war wirklich einiges los in dem kleinen Städtchen. Immer mehr Autos drängten auf den schon jetzt überfüllten Parkplatz. Zur Feier des Tages hatte Daisy ihr widerspenstiges Haar mit einem geblümten Schal zusammengebunden und sich in das einzige Sommerkleid geworfen, das sie besaß. Zusammen mit all den anderen Menschen steuerte sie auf die Festwiese zu.

Am Eingang wurde Daisy von einer Frau aufgehalten, die sie überschwänglich anlächelte. »Der Eintritt kostet fünfzig Pence.«

»Was?«, hakte Daisy erstaunt nach. »Sie lassen die Leute auch noch echtes Geld dafür bezahlen, dass sie kommen?« Schmunzelnd gab sie der Frau die fünfzig Pence und nahm das Faltblatt entgegen, das diese ihr daraufhin reichte.

»Schade, dass Coral nicht mitkommen konnte«, meinte Tamsyn, die plötzlich neben Daisy stand. Heute trug sie ein Spitzentop, einen langen, fließenden Rock und Flipflops, die überhaupt nicht dazu passten.

»Sie war so schlau, sich die fünfzig Pence zu sparen.« Daisy überflog das Faltblatt, auf dem die einzelnen Attraktionen mit

Uhrzeit aufgelistet waren. Auch wenn ›Attraktionen‹ für das Dorffest ein bisschen hochtrabend klang.

»Ich werde mir jetzt zuerst das Buggyrennen anschauen und später die Raubvogel-Show«, erklärte Tamsyn. »Kommst du mit?«

»Buggyrennen?« Daisy fühlte sich wie in einem Paralleluniversum, in dem Ottercombe Bay aus seinem Dornröschenschlaf erwacht war und sich den Wundern des zwanzigsten Jahrhunderts stellte. Dabei hinkte es zwar noch etwa ein Jahrhundert hinterher, aber es war ein Fortschritt. Das Fest war eindeutig ein bisschen moderner geworden, seit Daisy zum letzten Mal hier gewesen war. Sie folgte Tamsyn beschwingten Schrittes und jetzt auch mit einer gewissen Vorfreude.

Es fand wirklich ein Buggyrennen statt, das musste Daisy eingestehen, allerdings war der Maßstab erheblich kleiner, als sie erwartet hatte. »Das sind ja Modellautos«, rief sie und zeigte auf ein Fahrzeug, das gerade an ihnen vorbeisauste, im nächsten Moment über eine Bodenwelle fuhr und vom Boden abhob.

»Nein, das sind ferngesteuerte Autos«, berichtigte Tamsyn und winkte einem Bekannten zu, der mit seiner Fernsteuerung kämpfte. Sie beobachteten, wie ein Buggy auf der anderen Seite der Rennstrecke gegen die Schutzwand aus Reifen prallte. »Ups, lass uns mal zum anderen Rennen schauen«, meinte Tamsyn und marschierte zielstrebig los.

Bei diesem anderen Rennen angekommen, blieb Daisy wie angewurzelt stehen, und ihr fiel im wahrsten Sinne des Wortes die Kinnlade herunter. »Ein Ziegenrennen? Seit wann gibt es hier denn rennende Ziegen?«, fragte sie.

»Ach, das veranstalten sie schon seit mehreren Jahren. Das ist toll. Früher hat man ihnen Teddybären aufgesetzt, die wie Jockeys aussahen, aber die haben sie immer aufgefressen. Man kann sogar wetten.« Tamsyn zog ihr Portemonnaie hervor und lief auf eine große schwarze Wandtafel zu, vor der ihr alter

Schuldirektor stand und hektisch auf einer Liste mit äußerst interessanten Namen die Wettquoten aktualisierte.

»Hallo, Mr. Templeton«, rief Tamsyn.

»Oh, hallo, Tamsyn. Auf wen möchtest du denn setzen?«

»Gibt es einen Geheimfavoriten?«, fragte sie ihn mit einem übertriebenen Zwinkern.

»Nicht dass ich wüsste, aber Hairy Potter hat schon zwei Rennen abgebrochen. Von dem würde ich also die Finger lassen«, sagte er und tippte sich dabei an die Nase. Er schaute an Tamsyn vorbei und beobachtete etwa eine Minute, wie Daisy über die Namen auf der Tafel kicherte.

»Wir kennen uns auch, nicht wahr?« Er kniff die Augen zusammen. Daisy hörte auf zu kichern und schluckte.

»Daisy Wickens. Hallo, Sir«, begrüßte sie ihn und fühlte sich auf einmal, als sei sie wieder sieben Jahre alt.

»Schön, dich wiederzusehen, Daisy. Und wohin hat das Leben dich nach der Ottercombe Primary geführt?« Er sah sie an, als würde es ihn wirklich interessieren, was es ihr nur noch schwerer machte, sich ihre nur wenig beeindruckende Antwort abzuringen.

Zum Glück nahm Tamsyn ihr das ab. »Sie ist durch ganz Europa gereist.« Um das Ausmaß dieses Reisens zu unterstreichen, vollführte sie eine ausholende Armbewegung, mit der sie Mr. Templeton um ein Haar die Brille von der Nase schlug.

»Schön vorsichtig, Tamsyn. Und Daisy, es ist großartig, sich weiterzubilden, indem man sich einen Teil dieses wunderschönen Planeten anschaut. Was ist, möchtest du eine Wette abschließen?«

Daisy setzte zu einer Antwort an, überlegte es sich dann aber doch anders. Die meisten glaubten, ihre Reisen seien ein einziger langer Urlaub gewesen. Stattdessen war sie umhergezogen und hatte mit Gelegenheitsjobs sporadisch ein bemitleidenswert niedriges Einkommen erarbeitet. Vermutlich war das nicht die Art von Weiterbildung, die Mr. Templeton vorschwebte. Doch sein Optimismus beeindruckte sie. »Danke. Ein Pfund auf Billy the Kid, bitte«, sagte sie schließlich.

»Gute Entscheidung«, erwiderte er, nahm ihr Geld und gab ihr den Wettschein.

»Ein Pfund auf Barb. E. Cue und ein Pfund auf Hot to Trot. Danke, Mr. T«, gab Tamsyn ihren Tipp ab, nahm ihre Wettscheine entgegen und führte Daisy in einen mit Seilen abgesperrten Bereich. In der Arena standen ein paar unglücklich aussehende Teenager, die eine Vielzahl bockiger Ziegen unterschiedlicher Größe im Zaum hielten. Daisy wollte ihren Wettschein gerade wegstecken, als eine große Ziege ihr das Papier aus der Hand riss und auf der Stelle auffraß.

»Hey, Gollum!«, schimpfte der Jugendliche, der das Seil in der Hand hielt, an dem die Ziege festgemacht war.

»Er hat meinen Wettschein gefressen!« Empört warf Daisy die Arme in die Luft.

»Tut mir leid«, meinte der Jugendliche und zog die Ziege von Daisy weg.

»Na, bravo. Jetzt kann ich nur hoffen, dass ich nicht gewinne«, sagte Daisy, während sie beobachteten, wie die Ziegen zur Startlinie geführt wurden.

»Mr. Templeton würde dir deinen Gewinn trotzdem auszahlen. Er hat dich schon in der Schule immer gemocht«, sagte Tamsyn. In Wahrheit hatte er Daisy genauso bemitleidet wie alle anderen Lehrer. Sie hatte gespürt und in ihren Blicken gesehen, was sie alle dachten: Sie war das arme kleine Mädchen, dessen Mutter gestorben war.

Hinter Tamsyn schob sie sich durch die Menschenmenge, um einen Platz zu finden, an dem sie die gesamte Rennstrecke und die Ziellinie im Blick hatten.

»Sind alle so weit?«, fragte der Ansager in die Runde. »Auf die Plätze, fertig, los!« Ein langes Brett wurde fallen gelassen und gab den Ziegen den Weg frei, um loszurennen. Allem Anschein nach kannten sie den Ablauf und liefen alle mit ordentlichem Tempo an. Nur eine blieb schon nach wenigen Schritten stehen und versuchte, einem Kind die Eiswaffel zu stehlen.

»Und I'm a Llama übernimmt frühzeitig die Führung, dicht gefolgt von Billy the Kid und Vincent Van Goat …«

»Oh toll, ich bin Zweite«, rief Daisy. Dabei wusste sie gar nicht, ob sie sich darüber freute oder jetzt schon Angst vor der Unterhaltung hatte, die sie mit Mr. Templeton würde führen müssen: *Tut mir leid, Sir, aber die Ziege hat meine Hausaufgaben gefressen … ich meine, meinen Wettschein.*

»Ich glaube, meine ist ganz hinten«, sagte Tamsyn und beugte sich weiter nach vorn, um besser sehen zu können.

Der Ansager sprach weiter: »… Hot to Trot und Norfolk Enchants bilden das Schlusslicht, bevor wir in die zweite und letzte Runde gehen. Jetzt stehen die Karotten auf der Rennstrecke, Sie werden schon sehen, wie diese Tiere nach Hause galoppieren.«

Damit hatte er recht. Die Ziegen schienen die Möhren zu wittern, die sie jetzt am Ende der Rennstrecke in einem Bottich erwarteten, und beschleunigten ihr Tempo.

»… Billy the Kid erreicht als Sieger die Ziellinie, Goaty McGoatface wird Zweiter, und I'm a Llama belegt den dritten Platz.«

»Oh, du hast einen Fünfer gewonnen«, freute Tamsyn sich für Daisy.

Unter diesen Umständen lohnte es sich ja vielleicht doch, eine peinliche Unterhaltung mit Mr. Templeton zu führen. Wie sich herausstellte, handhabe er die Angelegenheit äußerst zuvorkommend. Erleichtert stellte sie fest, dass sie an diesem Tag nicht die Erste war, der man den Wettschein weggefressen hatte. Als er ihr überdies versicherte, dass die Ziege keinen Schaden davontragen würde, war sie gänzlich mit der Situation versöhnt, steckte ihre fünf Pfund allerdings hastig weg, um den Vorfall nicht noch einmal zu wiederholen.

Jetzt bildete sich ganz in der Nähe bereits die nächste Menschenansammlung um eine weitere Attraktion. Daisy und Tamsyn arbeiteten sich durch die Menge ganz nach vorn. Sie ergatterten ihre Plätze genau in dem Moment, in dem ein Mann den rechten Arm hob und rief: »An die Taue!« Unmittelbar danach ertönte das zweite Kommando: »Ziehen!«

»Also, für so einen Anblick zahle ich mit Freuden fünfzig Pence«, kommentierte Daisy, während Tamsyn und sie die sechzehn Männer bewunderten, die sich in hautengen Shorts und T-Shirts einen Wettkampf im Tauziehen lieferten.

»Da ist Jason«, johlte Tamsyn und deutete mit wilden Gesten auf die Mitte der rechten Mannschaft. Aber Daisy wurde von dem Mann abgelenkt, der hinter Jason stand. Sie hatte ihre Blicke bereits über seine muskulösen Oberschenkel und sein perfekt gerundetes Hinterteil schweifen lassen, als sie feststellte, dass es Max war. Seine Oberarmmuskeln spannten sich an, als sein Team sich zentimeterweise nach hinten arbeitete. Es war der verlockendste Anblick, den man sich vorstellen konnte. Doch plötzlich geriet der Erste in der Reihe ins Wanken und drohte die anderen mitzureißen. Diesen Moment, als das Team aus dem Rhythmus geriet, nutzte die gegnerische Mannschaft aus und zog die Konkurrenten über die Mittellinie. Max sah aus, als fluchte er vor sich hin, bis er plötzlich aufschaute und Daisy erblickte. Sie fühlte sich ertappt und hielt sich rasch die Hand über die Augen, als müsse sie sich vor der Sonne schützen – die in ihrem Rücken stand. Hoffentlich dachte er jetzt nicht, sie würde ihn begaffen.

Die zweite Runde ging viel zu schnell vorbei, doch die Mannschaft von Jason und Max konnte sie zum Glück für sich entscheiden. Damit hing alles von der dritten und letzten Runde ab.

»Das ist so spannend«, erklärte Tamsyn und man konnte ihr ansehen, dass sie es tatsächlich so empfand.

»An die Taue!«, rief der Schiedsrichter, und Daisy und Tamsyn legten fast synchron die Köpfe zur Seite und beobachteten freudig erregt das Muskelspiel der Männer. »Ziehen!« Allem Anschein nach hatte die andere Mannschaft in der ersten Runde lediglich Glück gehabt, denn es dauerte nur Sekunden, und Jason und Max zogen das gegnerische Team über die Marke. Der Wettkampf war beendet. Enttäuscht musste Daisy damit auch ihre Begutachtung der einzelnen Männer und ihrer Muskeln unterbrechen, denn schon verstreuten sie sich alle.

»Best-of-Five?«, rief Daisy in die Menge, sodass sich alle zu ihr umdrehten, auch Max. Mit großen Schritten und mürrischem Gesichtsausdruck lief er auf sie zu.

»Du bist also immer noch hier?«, sagte er.

»Ja, wie du siehst«, erwiderte Daisy, die die Ablehnung spürte, die er ihr entgegenbrachte.

»Ich dachte, du wärst längst auf und davon«, erwiderte er und bewegte seinen Zeige- und Mittelfinger, als seien sie rennende Beine. Dabei lachte er leise vor sich hin. Was hatte sie ihm getan? Er war doch derjenige gewesen, der sie allein mit zwei schweren Kisten nach Hause hatte laufen lassen. Müsste *sie* nicht eigentlich auf *ihn* wütend sein? Wenn sie jetzt darüber nachdachte, war sie das auch.

»Ich bleibe aber nicht mehr lange, habe schließlich erheblich Besseres zu tun, als in diesem Provinznest zu versauern.«

Max' Augenlid zuckte. »Lass dich von uns einfachen Leuten nicht von deinen großen Plänen abhalten.«

»Oh, da mach dir mal keine Sorgen, das gelingt euch nicht«, erklärte Daisy mit fester Stimme. Warum ärgerte sie sich so über Max, und wie hatte das jetzt so schnell eskalieren können?

»Wir sollten gehen und uns Plätze für die Raubvogel-Show suchen.« Tamsyn griff nach Daisys Arm und zog sie hinter sich her.

Trotz der Auseinandersetzung mit Max hatte Daisy einen Heidenspaß auf dem Dorffest. Es war weder das, was sie sich ursprünglich darunter vorgestellt hatte, noch das, was die im Faltblatt aufgelisteten Attraktionen sie hatten glauben machen wollen. Es war wesentlich unterhaltsamer. Sie schmunzelte, als sie an einer mit Bierdosen beladenen Schubkarre vorbeispazierten, um die sich einige Männer scharten, die enttäuscht ihre Lose überprüften.

Ein kleines Mädchen hüpfte an ihnen vorbei. Die Kleine hatte einen leuchtend rosafarbenen Teddybär im Arm, den sie so fest an sich drückte, dass Daisy Sorge hatte, die Füllung könne jeden Moment herausplatzen.

Der Anblick erinnerte sie plötzlich an etwas. Sie war sieben Jahre alt und mit ihrer Mutter auf dem Dorffest gewesen in dem letzten Sommer vor ihrem Tod. Ihr Vater hatte an dem Tag arbeiten müssen, und ihre Mutter hatte etliche Anläufe benötigt, um genug Bierdosen umzuwerfen, damit Daisy einen Teddybären gewann. Ihr Teddy war weiß gewesen mit einer großen gelben Schleife um den Hals, und sie hatte ihn inniglich geliebt. Daisy freute sich über diese Erinnerung, und trotzdem hatte sie sofort einen Kloß im Hals. Im nächsten Moment stellte sie fest, dass sie weinte. Selbst schöne Erinnerungen machten sie traurig, und genau deshalb konnte sie nicht hierbleiben. Hastig wischte Daisy die Tränen weg.

Untere Sitzplätze, von denen aus man die Raubvogel-Vorführung verfolgen konnte, bestanden aus Heuballen, aber Daisy beklagte sich nicht. Die Sonne schien herrlich warm vom wolkenlosen blauen Himmel. Für die Vorführung waren auf einem großen Platz in unterschiedlichen Abständen T-förmige Holzpfosten in den Boden gerammt worden. Daisy schaute sich um, die Plätze füllten sich schnell, und dann betrat ein alter Mann die Arena. Er lief sehr langsam, und im Verhältnis zu dem riesigen Raubvogel, der auf seinem mit einem langen Handschuh geschützten Arm saß, sah er winzig aus.

Daisy schaute sich den Mann genauer an. »Das ist doch nicht etwa der alte Burgess, oder?«

»Und ob!«

»Ach du Schande, der lebt noch? Der muss inzwischen doch mindestens hundert Jahre alt sein.« Daisy erinnerte sich, dass der Mann bereits in ihrer Kindheit uralt gewesen war. Er hatte noch mehr Falten dazubekommen und dadurch frappierende Ähnlichkeit mit einer Trockenpflaume.

»Fünfundneunzig«, klärte Tamsyn sie auf. »Kurz nach Ostern hat er seinen Geburtstag groß gefeiert.«

Er hatte sie als Kinder immer an eine Figur aus der Zeichentrickserie *Scooby Doo* erinnert und ihre Fantasie durch sein Verhalten noch angeregt. Regelmäßig hat er sie lautstark aus seinem Garten gejagt, und so entstand irgendwann das Gerücht, dass er nichts Gutes im Schilde führte. Er sah jetzt gebrechlicher aus als damals und hatte Mühe, sich auf den Beinen zu halten, als sich der große Vogel von seinem Arm erhob und auf den ersten Holzpfosten flog.

»Test, test, test«, schallte seine Stimme mit dem für Devon typischen Dialekt begleitet von einem schrillen Ton aus den Lautsprechern. »Aah, das ist besser. Guten Tag, meine Damen ... und Herren, und herzlich willkommen zur Ottercombe Bay ... Raubvogel-Vorführung.« Er sprach so langsam, wie er sich bewegte. Das konnte ein sehr langer Nachmittag werden, dachte Daisy.

»Also, das hier ist Nesbit ... er ist ein Seeadler, manchmal wird diese Gattung auch Weißschwanz-Adler genannt. Die lateinische Bezeichnung ist ... *Haliaeetus albicilla*. Er ist sechs Jahre alt und ... wurde in Gefangenschaft gezüchtet. Was ich hier in der Hand halte, ist Nesbits Leibspeise ... davon werde ich jetzt ein bisschen auf jeden dieser Sitzpfosten legen ...« Während er über den gesamten Platz lief und auf den Pfosten etwas verteilte, was aussah wie kleine Mengen Hackfleisch, erzählte der alte Burgess noch mehr Interessantes über Seeadler. Nesbit ließ ihn nicht aus den Augen, und das Publikum beobachtete Nesbit, die Kinder waren begeistert.

»Wenn ich Nesbit gleich das Kommando gebe, wird er zu einem Pfosten nach dem anderen und anschließend wieder zu mir zurückfliegen. Das ist dann der Moment, in dem Sie ihm bitte ... Beifall klatschen.«

Der alte Burgess pfiff durch die Zähne, und sofort schwang Nesbit sich in die Lüfte. Ihn fliegen zu sehen, war beeindruckend, und man hörte Begeisterungsrufe aus der Menge, als er mit seiner gewaltigen Flügelspannbreite über die Arena schwebte und dabei um Haaresbreite die Köpfe einiger Zuschauer streifte, die ganz außen saßen. Alle sahen sie mit an, wie Nesbit mit jedem seiner kraftvollen Flügelschläge nicht nur höher und höher stieg, sondern auch immer weiter weg und schließlich aus der Arena herausflog. Daisy beugte sich zu Tamsyn herüber und wisperte: »War das so geplant?«

»Ich glaube nicht«, gab sie im Flüsterton zur Antwort.

Als Nesbit immer kleiner wurde, ging ein Raunen durch die Menge.

Der alte Burgess räusperte sich. »Nun ja, ich fürchte, meine Damen und Herren ... das ist das Ende der Raubvogel-Vorführung. Vergessen Sie aber nicht, dass in einer halben Stunde ... Percy Winkles rasende Frettchen ... in dieser Arena zum Wettkampf antreten. Vielen Dank.« Beendet wurde sein Vortrag von einem letzten kreischenden Knirschen im Lautsprecher, dann ertönte vereinzelt schwacher Applaus. Endlich konnte Daisy ihrer Erheiterung freien Lauf lassen. Sie konnte das Lachen nicht mehr zurückhalten.

»Das war das Witzigste, was ich in meinem ganzen Leben gesehen habe.«

Jetzt steuerte der alte Burgess geradewegs auf sie zu. Sie musste sich am Riemen reißen. Aufgrund der Geschwindigkeit, mit der er sich fortbewegte, blieb ihr allerdings noch etwas Zeit, um sich wieder zu beruhigen. »Hallo, Tamsyn, wie geht es dir?«

»Danke der Nachfrage, Mr. Burgess, sehr gut. Das mit Nesbit tut mir leid. Wird er wohl zurückkommen?« Tamsyn biss sich besorgt auf die Unterlippe, als sie das fragte.

»Mach dir um Nesbit keine Sorgen. Er ist zwar ein kleiner Lümmel, aber er kommt zurück, wenn er ... Hunger bekommt. Er muss noch viel lernen. Mein Sohn und ich dressieren ihn. Wir haben immer noch Hoffnung, ihn eines Tages freilassen zu können.«

»Hier in der Gegend?«, entfuhr es Daisy unerwartet laut. Sie stellte sich gerade vor, wie es wohl wäre, wenn ein Seeadler einem die Pommes aus der Tüte stahl oder – noch schlimmer – von hoch oben auf den Kopf schiss.

»Nein, nein, nein«, lachte Mr. Burgess. »Auf der Isle of Mull, in Schottland.«

»Gut. Wir haben hier schon genug Probleme mit den Möwen.« Sie grinste, konnte den beiden anderen aber kein Lächeln entlocken. »Macht er das häufiger?«, fragte sie deshalb schnell und versuchte, dabei möglichst ernst zu bleiben.

»Ja. Er haut ziemlich oft ab. Das hätte aber alles sehr viel ... schlimmer enden können.« Mr. Burgess nickte weise.

Daisy schaute sich auf dem Platz um, sah viele enttäuschte Gesichter und keinen Adler. »Wie hätte es denn noch schlimmer kommen sollen?«, wollte sie wissen und fing sich einen scharfen Blick von Tamsyn ein.

»Ich habe ihn mal zu einem Dorffest mitgenommen, das in der Nähe von Lyme Regis veranstaltet wurde. In dem Örtchen gab es ein ... Eulenreservat, in dem die winzigen Käuze alle an ihren Sitzstangen festgebunden waren. Nesbit hat sich in die Lüfte geschwungen, aber ... dieses Mal ist er auf eine der kleinen Eulen losgegangen. Hat sie vor den Augen der kleinen Kinder in Stücke gerissen.« Der alte Burgess schüttelte den Kopf, und Daisy und Tamsyn starrten ihn mit vor Entsetzen weit aufgerissenen Augen an. Es war ein Bild, das Daisy so schnell nicht wieder vergessen würde.

Kapitel 8

In den wenigen Tagen nach dem Dorffest war Daisy rastlos geworden. Wie immer packte sie das Fernweh – sie musste hier raus. Das Gefühl war so übermächtig, dass sie sogar anbot, vor dem Schlafengehen eine Runde mit dem Hund zu drehen.

»Danke«, sagte Tante Coral schmerzverzerrt, als sie ihren verstauchten Knöchel auf ein geblümtes Kissen legte. Er heilte nicht so schnell, wie Daisy lieb gewesen wäre. Sie wollte so schnell wie möglich aus Ottercombe Bay verschwinden. Aber solange Tante Coral nur hier herumhumpelte, konnte sie sie nicht alleine lassen.

»Kein Problem«, rief Daisy und befestigte die Hundeleine an Bugsys Halsband. »Ruh du dich in der Zeit ein bisschen aus. Tschüss«, fügte Daisy abschließend noch hinzu und wollte sich auf den Weg machen. Doch Bugsy hatte andere Pläne. Er hatte keinesfalls die Absicht, sie zu begleiten, wie Daisy feststellte, als sie den unwilligen Hund an der Leine durch den Flur schleifen musste.

»Na komm, Bugsy, wir gehen Gassi«, forderte sie ihn säuselnd auf. Bugsy starrte sie an, als wolle er sie mit seinen riesigen schwarzen Augen durchbohren. Behutsam zog Daisy an seiner Leine, aber Bugsy rührte sich nicht von der Stelle. Daisy beugte sich zu dem kleinen Hund hinunter und streckte ihm die Hand entgegen, damit er an ihren Fingern schnuppern konnte. Sicherlich vermisste er Reg immer noch, und diese Fremde im Haus zu haben, verwirrte ihn vermutlich. Er schnupperte an ihrer Hand und dankte ihr das Angebot, indem er darauf nieste.

»Ach, jetzt hör aber auf«, fauchte Daisy, die so ganz allmählich die Geduld verlor. Sie wischte sich die Hand an ihrer Jeans ab. Das Tier starrte sie immer noch trotzig an. Daisy
starrte zurück. Sie zerrte an der Leine, und der stämmige Hund
ließ sich auf dem Hinterteil über den gebohnerten Fußboden
schleifen, bis er die kratzige Oberfläche des Türvorlegers unter
sich spürte. Erst da wusste er plötzlich doch wieder, wozu seine
Füße da waren, und trottete nach draußen.

»Ha«, rief Daisy voller Genugtuung. Ein weiterer Punkt
für sie. Sie hoffte, damit hätte Bugsy jetzt begriffen, wer hier
das Sagen hatte. Er konnte sich ruhig ein bisschen erkenntlich
zeigen, schließlich hätte er ohne sie überhaupt keinen Auslauf
bekommen.

Es war ein warmer sternenklarer Juliabend. Die ersten paar
Minuten ihres Spaziergangs verliefen ohne Zwischenfälle, bis
Bugsy auf eine kleine Rasenfläche sprang, Daisy einen arro-
ganten Blick zuwarf, ihr den Rücken zukehrte und sich für sein
Häufchen bereit machte.

»Nein!«, schrie Daisy und suchte in ihren Hosen- und Jackentaschen fieberhaft nach Hundekotbeuteln. Dabei wusste
sie, dass sie keine bei sich hatte. Es wurde langsam dunkel;
konnte sie einfach davonspazieren und Bugsys Häufchen lassen, wo es war? Genau in diesem Moment kam nur anderthalb
Meter von ihr entfernt jemand um die Ecke. Das entging auch
Bugsy nicht. Er nutzte die Gelegenheit, um eine große Show
abzuziehen. Er scharrte im Gras – und erwischte dabei sein
Häufchen. Daisy konnte nichts dagegen tun und musste tatenlos dabei zuschauen, wie ein Teil davon plötzlich in hohem
Bogen in der Dunkelheit verschwand.

»Hallo, Daisy«, sagte der überfreundliche Polizeibeamte.

»Hi, Jason.«

Sie hatte sich noch nie so schuldig gefühlt wie in diesem Augenblick. Und dass das orangefarbene Schild, auf dem vermerkt
stand, dass die Verunreinigung der Straßen und Wege durch

Hundekot mit einer Höchststrafe von £1000 belegt wurde, genau in Höhe von Jasons Kopf am Laternenpfahl hing, war auch nicht gerade hilfreich.

»Ist alles in Ordnung?«, erkundigte er sich.

»Ja, klar«, entgegnete Daisy, der immer elender zumute wurde. Sie versuchte, ihn im Auge zu behalten, und zugleich, den entflogenen Teil des Häufchens zu orten. Es folgte qualvolle Stille, die Jason dazu nutzte, ermunternd mit dem Kopf zu nicken, als erwarte er, dass Daisy etwas sagte – oder erwartete er ein volles Geständnis? Er konnte nicht beweisen, dass es Bugsys Häufchen war; sie würde alles leugnen.

»Du, äh, hast heute Spätschicht?«, fragte sie und klang dabei sehr wie Tante Coral. Automatisch fragte sie sich, wie lange es wohl noch dauern würde, bis sie bei Marks & Spencer einkaufte.

»Eigentlich hätte ich vor einer halben Stunde Feierabend gehabt. Doch dann schlug jemand Alarm, weil er angeblich Nesbit auf der Kirchturmspitze gesichtet hatte. Es war aber nur eine sehr große Möwe. Möchtest du, dass ich dich begleite?« Er zeigte Richtung Strand.

»Nein, das ist nicht nötig. Wir sind auf dem Heimweg. Haben eine große Runde gedreht«, log sie mit scharfem Seitenblick auf Bugsy für den Fall, dass Hunde über die Fähigkeit verfügten, auf irgendeine Art zu widersprechen.

»Oh, okay«, erwiderte Jason sichtlich enttäuscht.

»Ein andermal«, sagte Daisy und bereute das sofort.

Jasons bedrückte Miene erhellte sich. »Sehr gern. Das wäre … na ja … schön«, beendete er den Satz mit einem derart breiten Grinsen, dass sie es verwunderlich fand, dass er überhaupt Worte formen konnte. »Passt es dir am Donnerstag?«

»Nein, tut mir leid, da habe ich schon etwas vor.« Sie kreuzte die Finger hinter dem Rücken. Lügen fand sie schrecklich, aber Jason war nicht ihr Typ, oder vielmehr galt das im Moment für jeden Mann – die Komplikationen, die mit romantischen Beziehungen einhergingen, brauchte sie nicht auch noch.

»Wie wäre es denn mit morgen? Ich muss dir ja auch die Eisenbahn-Schätze zurückbringen.«

»Okay, großartig. Danke«, sagte sie. Wenn er ihr mit etwas behilflich war, konnte sie ihn schlecht abwimmeln.

Doch das war jetzt genau der richtige Moment, um zu verschwinden. Sie hielt sich nah an der Straße, als sie an Jason vorbeiging, um nur ja nicht auf den verschwundenen Hundehaufen zu treten.

»Tschüss, bis dann«, verabschiedete sie sich und zog kurz an Bugsys Leine, bis er ihr widerwillig folgte. In diesem Moment hörte sie Jason laut fluchen, und als sie sich umdrehte, sah sie, dass er auf einem Bein stand, während er das andere angehoben hatte und den Schuh inspizierte. Es sah so aus, als hätte Jason das verlorene Bugsy-Häufchen gefunden. Daisy senkte den Kopf und eilte heim zu Tante Coral.

Endlich an der Haustür beschloss Daisy, dass sie Waffenstillstand mit dem Hund schließen musste. So konnte es nicht weitergehen. Also hockte sie sich vor Bugsy auf den Boden, was er ungerührt hinnahm.

»Hör mir gut zu, Bug.« Sie fand, dass diese Kurzform seines Namens sehr viel besser zu ihm passte. »Tante Coral zuliebe müssen du und ich uns vertragen.« Bug legte den Kopf schief, sodass er zumindest den Eindruck erweckte, als hörte er ihr zu. »Reg hätte es so gewollt.« Als Regs Name fiel, schlug Bug an. Es war ein kurzes, scharfes Bellen, das Daisy so zusammenzucken ließ, dass sie nach hinten kippte und auf ihrem Hintern landete. Eine Tatsache, die ihre Laune nicht gerade hob. Bug schien indes äußerst zufrieden mit seiner Leistung zu sein. Er schnupperte, drehte sich um und fing an, genauso auf dem Boden zu scharren, wie er es getan hatte, als er sein Häufchen verbuddelt hatte. Daisy hatte das Gefühl, als vermittele er ihr damit deutlich, was er empfand.

Sie stand auf und klopfte sich den Schmutz von ihrer Jeans. »Gut, in Ordnung. Mach, was du willst. Ich warne dich aber …«, sagte sie, dann ließ sie ihn ins Haus. Ohne sich noch einmal umzudrehen, marschierte Bug durch die Tür, und damit waren die Fronten geklärt.

»Hi, Liebes, alles in Ordnung?«, rief Tante Coral.

»Ja, uns geht es gut«, antwortete Daisy, nahm die Leine vom Halsband und drohte Bug mit dem Finger, was er geflissentlich ignorierte.

»Ihr wart nicht lange weg.«

Unverhohlen seufzte Daisy. »Nein, Bug … Bugsy wollte wieder nach Hause.« Als er seinen Namen hörte, drehte Bug sich um und schaute Daisy mit finsterem Blick an, als wisse er genau, was sie da tat. Sie gab ihm mit einer eindeutigen Handbewegung zu verstehen, dass sie ihn nicht aus den Augen lassen würde, bevor er sich umdrehte und zu Tante Coral trottete. Natürlich wurde er überschwänglich begrüßt. Daisy ging in die Küche, setzte Wasser auf und kam ein paar Minuten später mit zwei Tassen Tee ins Wohnzimmer. Bug kläffte Daisy missbilligend an, sodass sie um Haaresbreite den Tee verschüttet hätte.

»Ach, jetzt hör aber auf, Bugsy«, meinte Tante Coral mit einem Schmunzeln. »Er will wissen, wo sein Tee ist.«

»Wie bitte?«, entgegnete Daisy so freundlich, wie ihr das unter den gegebenen Umständen möglich war.

»Ab und an trinkt Bugsy auch gern mal eine Tasse Tee. Na ja, einen Napf Tee. Würde es dir etwas ausmachen?«

Ja, das machte ihr sogar sehr viel aus. Sie wollte nicht Bugs Sklavin sein. Dieser Hund trieb psychologische Spielchen und erwies sich dabei als äußerst effektiv. »Ich glaube nicht, dass Tee gut für Hunde ist«, gab Daisy mit süffisantem Blick auf Bugsy zur Antwort.

»Der Tee ist koffeinfrei, und er bekommt nur ganz wenig davon, und mit Milch.« Mit nahezu flehendem Blick sah Tante Coral sie an.

»Okay«, gab Daisy sich widerwillig geschlagen. Das war absurd.

Zurück aus der Küche stellte Daisy den Tee neben Bugsy auf den Fußboden, der einen Moment daran schnüffelte, in den Napf nieste und dann aus dem Zimmer trottete. Ein weiterer Minuspunkt auf Daisys Strichliste!

»Daisy, ich habe mir Regs Bankkonten angeschaut«, wechselte Tante Coral das Thema.

»Hmm«, erwiderte Daisy. Sie war mit ihren Gedanken noch ganz woanders. Gerade überlegte sie, wie sie die Oberhand über diesen Hund erlangen konnte.

»Er hatte sehr viel mehr Geld, als ich dachte«, sagte Tante Coral und reichte Daisy einen Bankauszug.

Daisy überflog das Blatt Papier, und ihr Blick fiel auf die Summe. Es war ein Betrag im hohen fünfstelligen Bereich. »Ach du Scheiße.« Tante Coral wirkte belustigt. »Entschuldige«, fügte Daisy automatisch hinzu.

»Ich weiß. Der Anwalt hat mich wegen der Aufteilung kontaktiert. Meinen Anteil werden sie mir in den nächsten Tagen überweisen. Deiner bleibt auf ihrem Konto, bis das Jahr vorbei ist. Aber wenn du möchtest, dass ich dir bis dahin etwas leihe, mache ich das gern.«

»Danke, das ist wirklich lieb von dir.« Daisy gab ihr den Bankauszug zurück. Sie brauchte dringend ein bisschen Bargeld.

»Die Seenotrettung wird sich wahnsinnig freuen, wenn sie ihren Anteil bekommt.«

»Davon bin ich überzeugt«, pflichtete Daisy ihr bei. Ihr schwirrte der Schädel. Welche Möglichkeiten, ihr Anteil ihr eröffnen würde. Nach Südamerika zu reisen wäre nicht mehr illusorisch. Das Geld würde ihr die Chance bieten, ferne Länder richtig zu erkunden und nicht Tag und Nacht arbeiten zu müssen. Endlich lag ihr wieder die ganze Welt zu Füßen.

Doch um an dieses Geld heranzukommen, musste sie ein ganzes Jahr in Ottercombe Bay bleiben, und sie wusste nicht, ob sie das konnte. Es war genau das Gegenteil von dem, was sie gewohnt war. Ständig von einem Ort zum anderen zu ziehen, war für sie Normalität. Ottercombe Bay machte sie traurig. Hier konnte sie dem Tod ihrer Mutter nicht entfliehen. Jeder Ort, an den sie ging, jeder Mensch, dem sie begegnete, alles erinnerte sie an sie.

Am nächsten Morgen wurde Daisy von lautem Gekläff vor ihrer Zimmertür geweckt. Es fiel ihr schwer, den Hund nicht anzubrüllen, er solle sein Maul halten. Ein Blick auf den Wecker zeigte ihr, dass es erst sechs Uhr dreißig war. Bug verlangte immer früher, nach draußen in den Garten gelassen zu werden. Und er saß eindeutig am längeren Hebel, denn seine Pipipfützen aufwischen zu müssen war schlimmer, als sich aus dem Bett zu quälen. Sie kroch unter den Laken hervor und schlüpfte in die Klamotten vom Vortag.

In der Absicht, dem Hund so richtig die Meinung zu geigen, riss sie ihre Zimmertür auf, marschierte in den Flur hinaus und stieß mit Tante Coral zusammen.

»Guten Morgen, Liebes. Hast du gut geschlafen?« Mit dieser freundlichen Frage hatte Daisy nicht gerechnet.

»Nein, Bug bellt immerzu.« Sie war müde und schlecht gelaunt – keine gute Kombination.

»Oh, das ist aber ungewöhnlich. Hoffentlich ist alles in Ordnung mit ihm«, erwiderte Tante Coral und humpelte langsam in die Küche.

Warum bin ich die Einzige, die seine niederträchtigen Absichten durchschaut, dachte Daisy? *Dieser Hund ist ein bösartiger Tyrann. Vielleicht ist er die Wiedergeburt von Mussolini*, überlegte sie weiter, *oder noch besser von Vlad dem Pfähler*. Ob Min wohl eine Botschaft von dem bekommen konnte?

»Geh du wieder ins Bett, und ich setze Wasser auf«, sagte Tante Coral vergnügt. Daisy zuckte resigniert mit den Schultern. Sie würde jetzt ohnehin nicht wieder einschlafen. Dank Bug war sie hellwach.

»Nein, ist schon okay. Du musst deinen Knöchel schonen, ich mache uns Frühstück.«

»Könntest du vorher vielleicht kurz mit Bugsy Gassi gehen? Ich glaube, er hat gestern Abend nicht genug Auslauf bekommen, bestimmt ist er deswegen so unruhig.«

Daisy biss die Zähne zusammen und lief – leise vor sich hin schimpfend – in die Küche.

Zwei Stunden später aß Daisy schweigend ihren Toast und lieferte sich dabei mit Bug ein Blickduell – wer konnte den anderen länger anstarren, ohne zu blinzeln? Es ärgerte sie, dass Bug mit Leichtigkeit gewann. Ein Klopfen an der Haustür ließ sie schließlich beide aufspringen.

Schon in der Diele erkannte Daisy, dass Jason und Max vor der Tür standen. Was wollten die denn?

»Kommen wir ungelegen?«, fragte Jason, als Daisy öffnete. Er hielt die alte Kiste mit den Sachen aus dem Bahnhof auf dem Arm. »Ich habe gute Neuigkeiten dazu«, verkündete er und schenkte ihr ein breites Grinsen.

Um Gastfreundschaft bemüht, antwortete sie: »Danke, Jason, komm doch bitte rein.« Max sah sie nicht an, folgte Jason aber ins Haus. Zwei zum Preis von einem, dachte Daisy.

Jetzt kam auch Tante Coral in den Flur. »Guten Morgen, Jungs.«

»Guten Morgen, Coral. Schön, dass du wieder auf den Beinen bist. Wie geht es deinem Knöchel?«, fragte Jason und ging als Erster ins Wohnzimmer. Max trat zur Seite, um Daisy den Vortritt zu lassen, und sie bedankte sich mit einem Nicken. Sie war immer noch sauer auf ihn wegen ihrer Auseinandersetzung im Pub und seinen abfälligen Bemerkungen auf dem Dorffest.

Jason stellte die Kiste auf den Tisch und packte die Sachen aus. »Die Papiere sind nichts wert. Ein eingefleischter GWR-Sammler würde dir unter Umständen aber ein paar Pfund dafür geben.«

»GWR?«, hakte Daisy nach.

»Great Western Railways. Deren Züge sind damals zwischen Exeter und Ottercombe gefahren. Es gibt Sammler, die sich auf eine bestimmte Eisenbahngesellschaft spezialisieren«, erklärte Jason und holte weitere Dinge aus dem Karton. »Die Bürste ist zwar in keinem guten Zustand mehr, aber ein paar Pfund solltest du trotzdem noch dafür bekommen. Diese Broschüren sind recht interessant.« Er hielt zwei vergilbte Heftchen hoch. »Jedes dürfte um die zehn Pfund wert sein.«

»Oh, das ist fabelhaft, Jason.« Tante Coral beugte sich gespannt über die Fundstücke, während Daisy sich bereits langweilte. Bei diesem geringen Erlös lohnte es sich kaum, die Sachen zu verkaufen. Max wirkte ähnlich desinteressiert.

»Diese Fotos steckten in einem Umschlag. Sie sind noch gut erhalten, aber vermutlich nur etwas für regionale Sammler. Trotzdem dürfte jedes von ihnen zwischen fünf und zehn Pfund bringen. Der eigentliche Star der Show ist das hier.« Er hielt ein gusseisernes Schild mit der Aufschrift ›Vorsicht! Einfahrende Züge!‹ hoch. Alle warteten darauf, dass er weitersprach. Mit einer langen dramatischen Pause erhöhte er die Spannung, und jetzt war sogar Daisys Interesse geweckt. »Das könnte zwischen achtzig und hundert Pfund wert sein.«

»Super«, erwiderte Daisy mit einem Gähnen und lief in die Küche, um sich den Rest ihres Toasts zu holen. Nach wenigen Schritten blieb sie allerdings im Flur stehen, um die Unterhaltung zu belauschen, die plötzlich im Wohnzimmer geführt wurde.

»Ist mit Daisy alles in Ordnung?«, fragte Jason. »Tamsyn hat nämlich erzählt, dass sie auf dem Dorffest geweint hat.«

»Ach, das arme Kind«, entgegnete Tante Coral. »Sie versucht, sich nichts anmerken zu lassen, aber es muss schwer für sie sein.«

»Was meint ihr damit?«, wollte Max wissen. »Dass ihre Mutter sich aufgehängt hat?«

»Die Todesursache war Ertrinken«, berichtigte Jason.

»Es ist auch durchaus möglich, dass sie sich ertränkt hat«, sagte Max.

»Sandy hatte Hautabschürfungen an der Stirn, und es ließ sich nicht abklären, ob die vor oder nach ihrem Tod entstanden waren.« Jason gebärdete sich wie Hercule Poirot.

»Was genau passiert ist, weiß niemand. Sie haben sie einfach eines Morgens am Strand gefunden«, sagte Tante Coral mit einem Schaudern.

»Entschuldigt, ich habe hier nur wiedergegeben, was ich gehört habe«, sagte Max in versöhnlichem Ton.

»Die arme Daisy«, meinte Jason. »Es muss ihr schwerfallen, wieder hier zu sein. All die Erinnerungen. Die Geschichte ist wirklich mysteriös, vielleicht …« Daisy kam ins Zimmer, und Jason verstummte. Im nächsten Moment räusperte er sich. »Tut mir leid, Daisy.«

»Darf ich mir so meine Zukunft vorstellen? Ein ganzes Jahr lang wird jeder hinter meinem Rücken über mich tuscheln? Werden alle Spekulationen jetzt wieder ausgekramt? Antworten gibt es nämlich nicht, das wisst ihr hoffentlich.« Bei diesen Worten umklammerte sie fest ihr Medaillon.

»Wir machen uns doch nur Sorgen um dich«, sagte Tante Coral.

Daisy schüttelte den Kopf. »Ihr braucht euch keine Sorgen um –«

Max stand auf. »Hier bei uns versuchen die Menschen, sich umeinander zu kümmern. *Wenn* du hierbleiben willst, wirst du dich daran gewöhnen müssen.«

»Ich weiß nicht, ob ich bleibe, aber so oder so: Ich kann auf mich selbst aufpassen.« Daisy musste sich sehr zusammenreißen, um ihm das nicht ins Gesicht zu schreien.

»Du bist so selbstsüchtig. Wenn du nicht zu schätzen weißt, dass Menschen dir helfen wollen, solltest du vielleicht abreisen.« Max' Stimme wurde genauso laut wie ihre.

»Wenn hierzubleiben bedeutet, dass sich jeder in mein Leben einmischt, sollte ich das vielleicht wirklich tun.«

»Wenn du das für Einmischung hältst, ja. Geh!«, brüllte Max.

»Gut!« Daisy stürmte aus dem Wohnzimmer.

»Also wirklich, Max. Das ist unangebracht«, rügte Tante Coral, schwang ihre Beine vom Kissen und stand auf.

Max strich sich die Haare aus dem Gesicht. »Entschuldige, Coral. Ich wollte nicht, dass du dich aufregst –«

»Du wolltest aber offenbar, dass Daisy sich aufregt«, schimpfte sie und humpelte aus dem Raum.

Jason legte das Schild vorsichtig in den Karton zurück und schaute zu Max hinüber. »Ich schätze, das haben wir beide verbockt.«

Max klopfte ihm auf die Schulter. »Ist schon okay, Kumpel. Komm, wenn du immer noch bereit bist, mich zur Arbeit zu bringen, lass uns fahren.«

»Daisy, reagier jetzt bitte nicht so übertrieben«, hörten sie Coral sagen. Max und Jason standen im Flur, als Daisy die Treppe hinunterstampfte. Sie umklammerte einen orangefarbenen Wäschesack und kämpfte mit einem total vollgestopften Rucksack.

»Tut mir leid, Tante Coral, aber Max hat recht. Ich gehöre nicht nach Ottercombe Bay, und kein Geld der Welt ist es wert, hierzubleiben.« Sie bedachte Max mit einem wütenden Blick und mühte sich weiter mit dem Rucksack ab.

Endlich hatte Daisy ihn auf ihre Schultern gehievt und schob sich an den Männern vorbei. Dass sie Max dabei an die Seite drängte, war eine Genugtuung. Sie drückte die Haustür auf und marschierte nach draußen.

»Ich finde wirklich, wir sollten sie aufhalten«, meinte Jason, als er sah, dass Daisy sich ihren Motorradhelm aufsetzte. Jason und Max liefen auf den Streifenwagen zu.

»Sie wäre eh nicht geblieben«, behauptete Max und nahm kopfschüttelnd auf dem Beifahrersitz Platz. Tante Coral stand mit einem kläffenden Bugsy auf dem Arm vor der Haustür. Beide Fahrzeuge sprangen im gleichen Moment an, aber Daisy gab schneller Gas. Sie warf Tante Coral eine Kusshand zu und fuhr vor Jason davon.

Daisys Herz hämmerte wie wild. Sie war sauer, und in ihrer Leder-Kombi, mit dem Rucksack auf dem Rücken und der Wut in ihren Adern, wurde ihr schnell viel zu heiß. Max hatte sie bewusst provoziert. Sie musste in erster Linie an sich selbst denken, so war das immer schon gewesen. Wenn sie nicht für sich sorgte, wer dann? Das war reiner Selbsterhaltungstrieb, und bisher war sie immer gut damit gefahren. Sie setzte den Blinker und bog auf die Küstenstraße ein. So konnte sie noch einen letzten Blick aufs Meer erhaschen. Dort lag das Kap. Es war die Lieblingsstelle ihrer Mutter gewesen, und der Anblick machte Daisy traurig. Doch das Gewicht des Medaillons auf ihrer Haut beruhigte sie. Ein letztes Mal drehte sie den Kopf zur Seite und sah zur Küste hinüber, als sie etwas Ungewöhnliches entdeckte. Auf der Klippe stand eine Gestalt in einem langen, wallenden Gewand. Mum? Für den Bruchteil einer Sekunde war Daisy unkonzentriert, und das Motorrad geriet ins Schlingern. Daisy umklammerte den Lenker und konnte das Fahrzeug unter Kontrolle halten. Doch im nächsten Moment erschreckte sie ein lautes Geräusch hinter ihr. Es war das Heulen einer Polizeisirene. Im Rückspiegel erkannte sie Jason.

Es war egal, wer hinter dem Steuer saß – es war trotzdem die Polizei, also fuhr sie an den Straßenrand und hielt so, dass der Streifenwagen mit wild blinkendem Blaulicht hinter ihr zum Stehen kommen konnte. Daisy nahm ihren Helm ab und atmete tief durch. Max' wütenden Blick, den er ihr vom Beifahrersitz zuwarf, quittierte sie mit einem spöttischen Grinsen; beinahe hätte sie ihm die Zunge herausgestreckt, entschied sich aber dagegen.

Mit großen Schritten kam Jason auf sie zu. »Daisy, bitte geh nicht! Nicht so.«

»Jason, dein Versuch ehrt dich, aber es ist wirklich für alle das Beste, wenn ich fahre.« Sie schaute auf das Kap hinaus. Die Gestalt in dem wallenden Gewand kam jetzt auf sie zu, und beruhigt erkannte Daisy, dass es Tamsyn war. Für einen kurzen Moment hatte sie gefürchtet zu halluzinieren, obwohl ihr das seit der Zauberpilzsuppe in Goa nicht mehr passiert war.

»Weißt du eigentlich, dass ich dich verhaften könnte, damit du bleibst?«, sagte Jason und grinste dabei schief. »Du hast auf der kurzen Strecke gleich mehrfach die Verkehrsregeln gebrochen.«

Daisy lachte leise auf. Es rührte sie, wie Jason sich bemühte, sie zum Bleiben zu bewegen.

»Hallo, was ist los?«, wollte Tamsyn wissen, als sie bei ihnen ankam. Jason und Daisy drehten sich um und musterten ihre unkonventionelle Aufmachung.

»Daisy verlässt uns«, sagte Jason.

»Nein. Das kannst du nicht. Du hast versprochen zu bleiben«, rief Tamsyn und griff nach Daisys Arm.

»Nein, das habe ich nicht«, erklärte Daisy beiden. Ja, sie setzte ihre eigenen Bedürfnisse immer an erste Stelle, aber sie hielt auch ihre Versprechen und würde Tamsyn niemals wehtun.

»Okay, vielleicht hast du das nicht, aber das ist jetzt egal«, sagte Tamsyn flehend. »Bitte bleib.« Mit großen Augen sah Tamsyn sie an. Daisy blickte zu Jason hinüber, der ähnlich betrübt wirkte. Zum ersten Mal seit Langem hatte Daisy das Gefühl, dass man sie hier haben wollte – eine besondere und leider sehr ungewohnte Erfahrung für sie. Wenn sie normalerweise ihre Abreise verkündete, bekam sie zum Abschied bestenfalls eine Grußkarte, meistens blieb es allerdings bei einem Winken. Das hier war vollkommen neu für sie. Sie atmete tief durch und nahm den Geruch des Meeres wahr. Es war nicht unangenehm – er schien vielmehr Erinnerungen an glücklichere Zeiten heraufzubeschwören. Sofort versuchte Daisy sie wegzublinzeln.

»Wenn du es schon nicht für uns tun willst, bleib Coral zuliebe«, sagte Jason. »Sie vermisst Reg fürchterlich, und ich weiß, wie glücklich es sie macht, dich hier zu haben.«

Tamsyn gestikulierte eifrig mit den Armen. »Ihrem Knöchel geht es noch immer nicht besser. Was, wenn sie noch einmal stürzt? Das würdest du dir nie verzeihen«, erklärte sie in dramatischem Ton. Daisy überlegte. Sie hasste es, unter Druck gesetzt zu werden. Aber sie musste wohl oder übel aufhören, mit ihrer Abreise zu drohen, und eine Entscheidung treffen. Bleiben oder gehen, was sollte sie tun?

»Wir sind alle auf deiner Seite, Daisy. Wir waren vorhin ziemlich unsensibel, und ich, für meinen Teil, verspreche dir, dass ich das Thema nicht mehr ansprechen werde.« Jason klang aufrichtig.

»Lasst sie endlich gehen. Ich komme zu spät zur Arbeit!«, rief Max aus dem Wagenfenster.

»Und wer ist jetzt selbstsüchtig?«, rief Daisy zurück und fühlte sich sofort besser. Jason hatte recht. Tante Coral war ihr stets eine Stütze gewesen, und es war nicht fair, sie mit ihrem Knöchel im Stich zu lassen. Außerdem war das Geld ein großer Anreiz, sosehr Daisy auch versuchte, das auszublenden. Immerhin belief sich ihr Vermögen momentan auf die stolze Summe von einem Pfund und achtundsechzig Pence. Sie war zwar impulsiv, aber nicht komplett blöde, und sie wusste, wenn sie jetzt wegfuhr, würde sie spätestens morgen Abend bereuen, auf ihre Erbschaft verzichtet zu haben.

Es war an der Zeit für eine Entscheidung. Aber würde sie es ein ganzes Jahr an einem Ort aushalten – ausgerechnet in Ottercombe Bay? Sie musste es versuchen. Außerdem – und wenn sie ehrlich war, gab das den Ausschlag – würde es Max wahnsinnig machen, wenn sie blieb, und das gefiel ihr.

Daisy holte tief Luft. »Okay, ich bleibe«, erklärte sie. Tamsyn klatschte jubelnd in die Hände. »Nur für dieses eine Jahr«, ergänzte Daisy. Das allein schon auszusprechen, trieb ihr den kalten Schweiß auf die Stirn. Und dennoch … obwohl sie mit allen Mitteln versucht hatte, es zu vermeiden, wusste sie tief drinnen, dass sie es tun musste. »Und du sieh jetzt lieber zu, dass du seinen mürrischen Hintern zur Arbeit fährst«, sagte sie lächelnd zu Jason und winkte Max sarkastisch zu, der daraufhin beinahe zu platzen schien.

Jason kniff ihr spontan in die Wange. »Das wirst du nicht bereuen«, rief er ihr noch zu, als er zu seinem Streifenwagen zurücklief. Max winkte wie ein Verrückter mit den Armen, als er davonchauffiert wurde. Daisy winkte mit einem strahlenden Lächeln zurück, weil sie wusste, dass ihn das nur noch wütender machen würde.

Tamsyn hakte sich bei ihr ein. »Jason hat recht. Das wirst du nicht bereuen. Dafür werde ich sorgen.«

Kapitel 9

Da Daisy jetzt eine Entscheidung getroffen hatte und sicher wusste, dass sie in Ottercombe Bay blieb, legte sich das Gefühl, zu einer Haftstrafe verurteilt worden zu sein. Ihr Aufenthalt kam ihr jetzt eher wie eine Aufgabe vor, an deren Ende sie ein Schatz erwartete. Sie plante bereits, was sie mit ihrer Belohnung anfangen würde. Wenn es ihr gelang, sich auf das Geld zu konzentrieren und auf die Tatsache, dass sie Großonkel Regs letzten Wunsch erfüllte, hielt sie vielleicht durch. Dafür brauchte sie allerdings einen Plan. Andernfalls würden die nächsten fünfzig Wochen endlos lang werden.

Eines Abends saß Daisy mit einem Textmarker in der Hand vor der Lokalzeitung. Die Schlagzeile berichtete von einer Verbrechenswelle, im Zuge derer Scheunen in Brand gesteckt und Baumfrevel begangen wurden. Wenn das die schlimmsten Verbrechen in Ottercombe Bay waren, war es vielleicht tatsächlich der sichere Hafen, in dem sie sich eine Zeit lang verstecken konnte. Max Davey musste sie einfach ignorieren; er war ein bedauerliches Ärgernis, mit dem sie sich würde abfinden müssen. Ein bisschen wie Herpes – zwar nicht ganz so hässlich, allerdings wesentlich lästiger.

Sie lehnte sich zurück und betrachtete, was sie sich mit dem Textmarker angestrichen hatte. Es standen drei Jobs zur Auswahl, für die sie qualifiziert war. Sie waren alle nicht gerade atemberaubend, doch Daisy hätte etwas zu tun und würde ihren Teil zu den Haushaltskosten beitragen können. Tante Coral hatte zwar nichts von ihr verlangt, aber sie wollte keine Almosen. Sie konnte für sich selbst sorgen.

»Ich glaube, ich wage mich morgen wieder zur Arbeit«,

sagte Tante Coral. »Sie brauchen mich in der Apotheke.« Sie hob kurz ihren Knöchel an und setzte ihn dann vorsichtig wieder ab.

»Mmh?«, meinte Daisy träge. »Wenn du meinst.«

»Was machst du da?«, wollte Tante Coral wissen und setzte ihre Lesebrille auf. Daisy reichte ihr die Zeitung und zeigte auf die markierten Stellenangebote.

»Ich suche mir einen Job. Sie brauchen jemanden im Sozialkaufhaus; keine ehrenamtliche Tätigkeit, sondern als Minijob.« Sehr begeistert war sie davon nicht. »Ich könnte auch als Bedienung an der Fish-and-Chips-Bude auf der Strandpromenade arbeiten. Und dann gibt es noch das hier …«, sie tippte mit Nachdruck auf die Seite, »… Empfangsdame bei Stabb and Lakey.«

»Oh, die Anwaltskanzlei?«

»Ja, das ist mein Favorit. Die zahlen auch gut.«

Tante Coral las sich die Stellenanzeige sorgfältig durch. »Ich bin froh, dass du hierbleibst«, gestand sie schließlich, griff nach Daisys Hand und drückte sie.

»Beim Sozialkaufhaus werde ich mich auch bewerben, nur zur Sicherheit«, antwortete Daisy.

Der Job im Sozialkaufhaus war bereits vergeben, als Daisy dort anrief, und sie war nicht scharf darauf, an einer Fischbude zu arbeiten. Sie wusste, dass sie den Geruch nach heißem Fett nur schwer wieder loswerden würde. Ihre Hoffnungen ruhten also gänzlich auf der Position als Empfangsdame. Daisy liebte Herausforderungen und wusste, dass sie für diese Position qualifiziert war. Davon musste sie jetzt nur noch die Verantwortlichen überzeugen. Die erste Hürde hatte sie dank ihres ausgefeilten Lebenslaufes bereits genommen: Sie war zu einem Vorstellungsgespräch eingeladen.

Dank einem kleinen Darlehen von Tante Coral sah Daisy schließlich auch aus wie die perfekte Empfangsdame. Sie trug einen neuen champagnerfarbenen Rock, dazu eine dunkelblaue Bluse und elegante Schuhe in der gleichen Farbe. Ihr Make-up hatte sie dezent gehalten, und das Haar ordentlich geflochten und hochgesteckt.

Daisy scheuchte Bug vom Sofa und setzte sich, um die Uhr im Blick zu haben. Der Mops quittierte das mit einem missbilligenden Blick, furzte und verließ das Wohnzimmer. Mit der Hand versuchte Daisy, den Gestank wegzufächeln. Diese Kreatur war scheußlich – von innen und von außen. Eine Weile saß Daisy unruhig auf dem Sofa, konnte sich aber nicht entspannen. Es hatte keinen Sinn, so zappelig noch länger hier herumzusitzen, deshalb beschloss sie, in die Stadt zu laufen und dort einen Kaffee zu trinken.

Der Spaziergang tat ihr gut. Die Brise, die vom Meer heraufwehte, beruhigte sie, und die warme Julisonne streichelte sanft ihre Haut. Daisy war eindeutig ein Sommertyp. Hitze war ihr wesentlich lieber als Kälte – ein weiterer Grund, warum Südamerika sie so sehr reizte. Die Aussicht, reisen zu können, ohne ständig arbeiten zu müssen, würde ihr die Kraft geben, das kommende Jahr zu überstehen. In Gedanken an die Abgeschiedenheit der Atacama-Wüste Boliviens und das Inka-Wunder in Machu Picchu fand sie sich eh sie sichs versah in der Innenstadt, ganz in der Nähe der Kanzlei Stabb and Lakey wieder.

Jetzt um die Mittagszeit herrschte viel Betrieb in dem kleinen und engen Café. Daisy bestellte einen doppelten Espresso, ein Getränk, das sie in Italien kennen und lieben gelernt hatte. Sie nahm die viel zu volle Tasse entgegen, die nicht zu ihrem Unterteller passte und deshalb gefährlich wackelte. Daisy ließ sie nicht aus den Augen, drehte sich allerdings genau in dem Moment um, in dem sich ein Mann an ihr vorbeidrängte, um als Nächster seine Bestellung aufzugeben.

»Heh!«, blaffte Daisy, und bevor sie es verhindern konnte, schwappte der Kaffee aus der Tasse und über ihren champagnerfarbenen Rock. »Nein!«

»Tschuldigung«, lautete die knappe Antwort, die Daisy abrupt aufschauen ließ, um den Rempler genauer zu betrachten.

»Oh, natürlich. Dass du das bist, hätte ich mir eigentlich denken können.« Finster funkelte sie Max an, der sie leicht irritiert musterte und dann seine Bestellung aufgab.

Daisy spürte die Wut in sich aufsteigen. Ihr blieb nur noch eine knappe halbe Stunde bis zu ihrem Vorstellungsgespräch. Sie hatte nicht die Zeit, um wieder nach Hause zu laufen, sich umzuziehen und rechtzeitig wieder hier zu sein. Und selbst wenn sie es versucht hätte, hätte sie nichts für diesen Anlass Angemessenes zum Anziehen gehabt. Der Großteil ihrer Sachen lag zerknittert in ihrem Zimmer auf dem Fußboden. Sie musste unbedingt aufräumen, wenn sie wieder zu Hause war.

»Möchten Sie vielleicht einen Lappen?«, fragte die freundliche Dame hinter dem Tresen.

»Ja, bitte. Vielen Dank.« Erleichtert nahm Daisy das Tuch entgegen und tupfte ihren Rock damit ab. Doch die starke schwarze Flüssigkeit war bereits in den weichen Stoff gesickert. Auf der Damentoilette startete sie einen neuen Versuch, musste allerdings zu ihrem Entsetzen feststellen, dass es tatsächlich möglich war, das Ganze noch schlimmer zu machen. Jetzt hatte sie mitten auf dem Rock eine sehr große nasse Stelle, und der Kaffeefleck war nur unmerklich verblasst. Daisy kippte den letzten Schluck Espresso, der sich noch in der Tasse befand, hinunter, und stürmte aus dem Café.

»Schönen Tag noch«, rief Max ihr nach, aber sie ignorierte ihn. Nach dem kurzen Fußweg zur Kanzlei Stabb and Lakey klebte ihr der durchnässte Rock an den Beinen. Kurz bevor sie das Gebäude erreichte, entschied sie, dass es vermutlich besser aussehen würde, wenn sie den Rock umdrehte. Dann wirkte sie zumindest auf den ersten Blick elegant gekleidet. Und wenn sie Glück hatte, würde niemandem auffallen, was passiert war.

Sie meldete sich bei der derzeitigen, leicht gelangweilt wirkenden Empfangsdame an und nahm dann im Wartezimmer

Platz. Im Sitzen saugte sich der kalte, nasse Fleck regelrecht an die Rückseiten ihrer Oberschenkel und durchnässte ihren Slip. Es fühlte sich äußerst unangenehm an, doch sie würde sich jetzt nicht aus der Fassung bringen lassen. Sie wollte diesen Job unbedingt. Es wurde langsam Zeit, dass sie etwas Vernünftiges arbeitete; sie hatte sich lange genug von einem Gelegenheitsjob zum nächsten gehangelt. Eine anständige Stelle in einer guten kleinen Firma wäre ideal. Das würde sich auch positiv auf ihren Lebenslauf auswirken und ihr hoffentlich auch zukünftig, wenn sie weiterzog, bei der Suche nach besseren Arbeitsplätzen helfen.

Ein groß gewachsener, dünner Mann schlenderte in den Warteraum und musterte sie, bevor er ihr eine Hand entgegenstreckte. »Miss Wilkins?«

»Wickens«, berichtigte Daisy und stand auf.

»Ich bin Mr. Lakey.«

»Sehr erfreut, Mr. Lakey«, erwiderte Daisy mit möglichst professionell klingender Empfangsdamenstimme.

»Sehr schön, äh …« Daisys Blick folgte seinem, der an ihrem Rock hängen geblieben war. Der Fleck war hinten, worauf starrte er also? Die Vorderseite, die bis eben noch hinten gewesen war, zierte ein großer, mit schwarzem Fell verfluster Fleck. Es sah aus, als trage sie eine Perücke in ihrem Schritt. Dieser verdammte Bug, dachte sie. Jetzt erinnerte sie sich. Sie hatte auf seinem Lieblingsplatz auf dem Sofa gesessen. Hastig drehte sie den Rock in der Taille, um den schwarzen Fellfleck verschwinden zu lassen, und bereute es sofort, als der Espressofleck zum Vorschein kam.

»Wissen Sie, kurz bevor ich hier ankam, hat jemand Kaffee verschüttet – nicht ich, ich bin nicht tollpatschig oder so; das war ein Idiot im Café. Und das schwarze Fell ist vom Hund meiner Tante; der sitzt ständig auf dem Sofa und haart wie verrückt.« Mr. Lakey zog skeptisch seine Augenbrauen nach oben, als sie panisch versuchte, den Rock so zu drehen, dass die anstößigen Flecken verschwanden. Erst als die Seitennähte sich mittig vorn und hinten befanden, war Daisy halbwegs zufrieden. So prangten Kaffee und Fell jetzt links und rechts auf ihrer Hüfte.

Endlich blickte Daisy auf und lächelte Mr. Lakey an, bis er ihr in die Augen sah – und ihr zuzwinkerte.

»Ich bin immer sehr darauf bedacht, einen guten ersten Eindruck zu hinterlassen«, witzelte sie.

»Sollen wir … weitermachen?«, frage er eindeutig zögerlich.

Daisy erklärte sich einverstanden, raffte das zusammen, was von ihrer Würde noch übrig war, und folgte ihm in sein Büro.

Ein paar Stunden später hockte Daisy im Sea Mist Cottage auf dem Fußboden und suhlte sich in Selbstmitleid. Bug spazierte herein und blieb beim Anblick der so verzweifelt wirkenden Daisy abrupt stehen. Argwöhnisch beäugten sie einander. Daisy entschied, dass sie heute keine Lust auf Machtkämpfe mit dem Hund hatte, und ließ ihn das Blickgefecht gewinnen. Also trottete er davon, um auf seinem Lieblingsplätzchen auf dem Sofa noch mehr Haare zu lassen.

So schlecht, wie das Vorstellungsgespräch begonnen hatte, war es danach weitergegangen. Es stellte sich heraus, dass sie eine Empfangsdame suchten, die langfristig in der Firma bleiben und mit ihr wachsen wollte. Etwas, wozu Daisy nicht bereit war.

Außerdem war ihr nicht klar gewesen, was von einer Empfangsdame alles erwartet wurde. Was Daisy konnte, war Menschen willkommen zu heißen und ihnen Tee und Kaffee zu servieren. Sie hatte nicht damit gerechnet, dass sie auch die Telefonate entgegennehmen, den Terminkalender führen, Klententermine vereinbaren und Briefe schreiben musste, und noch dazu für die Portokasse verantwortlich war. Mit jeder Frage, die Mr. Lakey ihr gestellt hatte, war deutlicher geworden, dass ihr die Erfahrung fehlte. Es war eine deprimierende Erkennt-

109

nis. Sie hatte immer wieder ihre schnelle Auffassungsgabe und ihren Lernwillen betont. Doch ihr Gegenüber hatte erklärt, dass sie es nun lange genug mit Aushilfskräften versucht hatten und Stabb und Lakey jetzt jemanden suchte, der bereits wusste, was er tat. Auf Daisy traf das nicht zu.

Sie hatte studiert – zumindest eine Zeit lang. Irgendeinen Wert mussten doch auch zwei Drittel eines Zweifach-Bachelors haben, dachte Daisy. Allmählich fürchtete sie, dass sie mit dieser Vermutung falschlag. Dass sie keinen richtigen Abschluss vorweisen konnte und zudem immer nur für kurze Zeit in vielen verschiedenen Berufen gejobbt hatte, schien ihre Unzuverlässigkeit nur noch zu unterstreichen. Es war eine bedrückende Erkenntnis, dass sie an diesem Punkt ihres Lebens angelangt war und keinerlei beruflichen Erfolg vorweisen konnte.

Daisy versuchte, sich mit den Erinnerungen zu trösten, die sie an all die Orte hatte, an denen sie gewesen, und an all die Menschen, denen sie begegnet war. Aber gleichzeitig musste sie auch erkennen, wie flüchtig das alles gewesen war. Niemals hatte sie jemand gebeten zu bleiben, so wie Jason und Tamsyn. Es rührte sie völlig unerwartet und ließ sie weich werden.

Sie musste etwas unternehmen, also nahm sie sich die Kiste mit dem Eisenbahnkram. Wenn sie schon keinen Job fand, konnte sie wenigstens versuchen, einige der Sachen zu verkaufen. Als Erstes wollte sie sich die Fotos ansehen, die sie beim ersten Stöbern übersehen hatte, als sie die Kiste in dem dunklen alten Bahnhofsgebäude gefunden hatte. Sie zog einen großen Umschlag heraus, der fast die gleichen Maße wie der Boden der Kiste hatte. Das erklärte, warum er ihr beim ersten Mal nicht aufgefallen war. Sie verteilte die Fotos vor sich auf dem Teppich und betrachtete sie. Eines der größeren Bilder fiel ihr besonders ins Auge. Es war ein wunderschönes Motiv. Auf der linken Seite war der Bahnhof zu sehen. Von rechts fuhr eine riesige Lokomotive ein, aus deren Schornstein weißer Dampf in den Himmel stieg, während eine Menschenmenge winkend auf dem Bahnsteig stand.

Daisy nahm das Foto in die Hand und schaute es sich in Ruhe an. Alle schienen glücklich und entspannt zu sein, und nach der Kleidung zu urteilen, war dieses Bild in den Dreißigerjahren entstanden. Jetzt inspizierte sie auch die anderen Fotos und dachte über die Menschen nach, die darauf abgebildet waren. Was hatte jeder Einzelne von ihnen wohl in seinem Leben geleistet? Wahrscheinlich waren die meisten von ihnen nie groß aus Ottercombe Bay hinausgekommen, aber vielleicht hatte ihnen die Anbindung an den Schienenverkehr ja neue Möglichkeiten eröffnet.

Als Daisy das nächste Mal auf die Uhr schaute, war sie erstaunt, wie schnell die Zeit vergangen war. Also beschloss sie, das Abendessen vorzubereiten. Tante Coral würde bald von der Arbeit nach Hause kommen, und sie mit einem warmen Essen zu empfangen, war das Mindeste, was Daisy tun konnte.

Die Lasagne brutzelte bereits im Ofen, und auf dem Herd kochte fröhlich Gemüse vor sich hin, als Tante Coral vorsichtig und unter dem glückseligen Gebell des aufgeregten Bug zur Haustür hereinkam.

»Wie war dein Tag?«, begrüßte Daisy sie. Sie wollte unbedingt vermeiden, ihren eigenen im Geist noch einmal erleben zu müssen.

»Es geht so. Wenn ich zu lange herumlaufe, tut der Knöchel immer noch weh, aber im Großen und Ganzen war alles okay. Wie ist dein Vorstellungsgespräch gelaufen?« Tante Coral hatte es ins Wohnzimmer geschafft und blickte Daisy voller Erwartung an, die diese wohl oder übel zunichtemachen würde. Daisy schüttelte den Kopf, und Tante Coral tat es ihr gleich. »Nicht gut, Liebes?«

»Nein, es fing schon nicht gut an.« Sie warf Bug, der um Tante Corals Füße herumsprang, äußerst scharfe Blicke zu. »Und ich bin eh nicht das, wonach sie suchen. Es hat sich gezeigt, dass es kaum etwas wert ist, dass ich in den letzten Jahren in so vielen verschiedenen Jobs Erfahrung gesammelt habe.« Geistesabwesend legte Daisy ihre Hand auf das Medaillon.

»Du wirst schon was finden, wie immer«, sagte Tante Coral mit einem unsicheren Lächeln. »Was riecht denn hier so gut?«

»Leg du deinen Knöchel hoch, und ich decke uns den Tisch.«

Als Daisy später am Abend erschrocken hochschreckte und feststellte, dass sie allein und auf dem Sofa eingenickt war, beschloss sie, ins Bett zu gehen. Froh, dass sie sich nicht die Treppe hinaufschleppen musste, trottete sie in ihr Zimmer. Sie sah sich im Raum um. Viel besaß sie nicht, aber die wenigen Dinge lagen weit verstreut herum. Eigentlich wollte sie doch ihre Sachen sortieren, aber noch war sie nicht dazu gekommen. Unordentlich zu sein war zwar keine Todsünde, doch es sorgte immer wieder zu Konflikten mit anderen Menschen. Morgen würde sie aufräumen, schließlich hatte sie nichts Besseres vor, so deprimierend das auch war.

Es war warm im Zimmer, also öffnete sie weit das Fenster und streifte sich schließlich die Schuhe von den Füßen. Dann nahm sie ihr Medaillon ab, drehte und wendete es zwischen ihren Fingern und betrachtete es von allen Seiten. Die Polizei konnte doch keinen so schwerwiegenden Fehler gemacht haben, ein zu einem anderen Fall gehörendes Schmuckstück zu den persönlichen Sachen ihrer Mutter zu packen. Sie musste das Medaillon getragen haben, als sie starb.

Doch wo hatte sie es her, und warum hatte Daisys Vater es noch nie gesehen? Natürlich hatte Daisy ihn schon etliche Male danach gefragt, aber die Diskussionen hatten entweder in einem Streit geendet, oder ihr Vater hatte sich einfach geweigert, weiter über das Thema zu sprechen. Für ihn war es nicht Sandys Medaillon und die Sache damit erledigt. Vielleicht war die Möglichkeit, Sandy könnte in der Nacht ihres Todes mit einem anderen Mann zusammen gewesen sein, einfach so unvorstellbar für ihn, dass er sich nicht damit auseinandersetzen konnte.

Doch die Frage danach, was in jener Nacht passiert war, nagte an Daisy. Es herauszufinden würde ihre Mutter zwar nicht zurückbringen, doch Daisy war überzeugt, es würde ihr helfen, mit dem Verlust abzuschließen. Die Ungewissheit, ob ihre Mutter Selbstmord begangen hatte oder sogar ermordet worden war, hatte all die Jahre wie ein Schatten über ihr gelegen.

Manchmal malte sie sich aus, was Sandy passiert sein mochte. Wie einen Spielfilm sah Daisy es dann vor ihrem inneren Auge, und manchmal rührte es sie beinahe zu Tränen, denn für ihre Mutter gab es nie ein Happy End.

Damals hatte ihr Vater Daisy erzählt, ihre Mutter sei jetzt bei den Engeln im Himmel, weil sie zu schön war, um auf der Erde zu bleiben. Daisy hatte an diesem Tag genug Tränen für ein ganzes Leben geweint und sich geschworen, nichts würde ihr jemals wieder so sehr das Herz brechen wie der Tod ihrer Mutter.

Mit der Fingerkuppe strich Daisy über das mit kunstvollen Schnörkeln verzierte Medaillon. Es war unverwechselbar, und sie hatte noch nie etwas Vergleichbares gesehen, dabei suchte sie mittlerweile seit Jahren danach. Ein Juwelier hatte ihr mal erklärt, es war aus Sterling-Silber und Mitte des 17. Jahrhunderts in Frankreich gefertigt worden, doch das half ihr auch nicht weiter. Daisy legte das Schmuckstück vorsichtig auf den Nachttisch, schlüpfte aus ihrer Hose und ließ sie auf den Boden fallen. Sie musste morgen ohnehin waschen. Hoffentlich würde der nächste Tag besser werden, überlegte sie und beobachtete, bis sie irgendwann einschlief, die Vorhänge, die sich in der sanften durch das Fenster hereinwehenden Brise bauschten.

Als Daisy von etwas geweckt wurde, das ausnahmsweise nicht Bug war, griff sie als Erstes nach ihrem Medaillon – wie jeden Morgen, ganz egal, wo sie war. Doch diesmal fand sie sie nicht. Daisy setzte sich im Bett auf und starrte auf den Nachttisch. Abgesehen von zwei leeren Gläsern und einem Teebecher, der vermutlich schon angewachsen war, lag dort nichts.

Hastig schwang Daisy die Beine aus dem Bett und suchte den Fußboden ab. Wahrscheinlich war es vom Wind hinuntergeweht worden, überlegte sie. Doch auch auf dem Boden fand sie nichts. Eine zerknitterte Fünf-Pfund-Note, die hier gestern noch gelegen hatte, und ihr kostbares Medaillon waren verschwunden.

Kapitel 10

Daisy riss die Vorhänge auf und erwartete geradezu, dass sich jemand dahinter versteckte. Stattdessen fiel ihr Blick lediglich auf den schmalen Vorgarten und ihr altes Motorrad. Was war passiert? Sie suchte noch einmal den Nachttisch ab und konnte es immer noch nicht fassen. Jemand hatte ihr Medaillon gestohlen. Daisy rannte nach oben.

»Äh, bist du schon wach, Tante Coral?«, rief sie zögerlich vor der Schlafzimmertür ihrer Tante.

»Ja, Liebes«, kam die Antwort aus dem Badezimmer hinter Daisy und ließ sie zusammenzucken.

»Hast du mein Medaillon gesehen?«, fragte Daisy in Richtung der Badezimmertür.

»Den buchförmigen Anhänger, den du immer trägst?«

»Ja«, gab Daisy zur Antwort und machte dabei rollende Bewegungen mit den Händen, als versuche sie, ihre Tante zur Eile zu treiben.

»Ja, das habe ich gesehen.«

Daisy war so erleichtert, dass sie Tante Coral beinahe um den Hals gefallen wäre, als diese die Badezimmertür öffnete. Gerade noch merkte sie, dass die Tante sich gerade die Zähne putzte.

»Wo ist es?«

Mit großen Augen schaute Tante Coral sie an. »Na als ich es das letzte Mal gesehen habe, hing es um deinen Hals. Hast du es verlegt?«

»Nein«, gab Daisy traurig kopfschüttelnd zur Antwort. Sofort war dieses entsetzliche Gefühl von Verlust wieder da, und in ihrem Inneren krampfte sich alles zusammen. »Ich habe es

115

gestern Abend auf den Nachttisch gelegt, aber heute Morgen war es nicht mehr da. Ich glaube, es ist gestohlen worden.«

Jason kam schnell. Im Schlepptau hatte er einen Kollegen, der eine Art großen Aktenkoffer bei sich trug. »Der Beamte von der Spurensicherung«, erklärte Jason. »Wir werden das gesamte Haus auf Fingerabdrücke, Rückstände und Materialfragmente überprüfen.«

Der hinter ihm stehende Kriminaltechniker hüstelte. »Genau genommen suche ich nur nach Fingerabdrücken am Fensterrahmen. Das ist ja keine Morduntersuchung. Können Sie mir den Weg zeigen?«

»Selbstverständlich, Officer«, sagte Tante Coral und lief voraus. »Leider haben diese Leute eine ziemliche Schweinerei angerichtet«, sagte sie, öffnete die Tür, die in Daisys Zimmer führte, und gab damit den Blick auf einen Raum frei, in dem totales Chaos herrschte. Daisy machte den Mund auf, um etwas dazu zu sagen, zögerte aber. Würde es in irgendeiner Hinsicht von Nutzen sein, wenn sie sich dazu bekannte, selbst für dieses Tohuwabohu verantwortlich zu sein? An der Tatsache, was gestohlen worden war, würde das nichts ändern. Vielleicht würde sie es Jason später unter vier Augen anvertrauen.

Mit großen Schritten betrat Jason das Zimmer und streifte sich dabei Latexhandschuhe über. Klatschend schnippten sie gegen seine Handgelenke. »Mensch, aber wirklich, die haben sich hier wie die Vandalen aufgeführt. Wonach könnten sie denn gesucht haben?«, fragte er, hob mit seinem Bleistift einen herrenlos herumliegenden BH vom Boden und ließ ihn auf das ungemachte Bett fallen. Daisy erschauderte. Sie hätte lieber vorher aufräumen sollen, aber die Männer hatten ja schon vor der Tür gestanden, als sie gerade so mit Waschen und Anziehen fertig gewesen war. Vermutlich schlief das Verbrechen in Ottercombe Bay die meiste Zeit. Jason zog einen Schreibblock hervor und machte sich Notizen.

»Du warst die ganze Zeit im Zimmer? Gehe ich recht in der Annahme, dass sie dich geweckt haben?« Er deutete mit seinem Bleistift auf das Durcheinander. Daisy biss sich auf die Unterlippe und schüttelte kurz den Kopf. »Interessant«, meinte Jason und notierte wieder etwas auf seinem Block. »Hast du irgendjemanden gesehen? Irgendetwas gehört?« Wieder schüttelte Daisy den Kopf. Ehrlichkeit wäre vermutlich doch die beste Strategie gewesen, dachte sie. »Von welcher Stelle wurden die Gegenstände denn entwendet?«

»Von hier«, antwortete Daisy und zeigte auf den Nachttisch.

Jason streckte den Kopf aus dem Fenster. »Die haben sie vermutlich als Trostpreis mitgehen lassen. Weil sie nicht finden konnten, weshalb sie hergekommen waren. Oder es war ein reiner Gelegenheitsdiebstahl. Sie mussten schließlich nur durchs Fenster greifen und die Sachen wegnehmen, schließlich steht der Nachttisch ja direkt darunter.«

Er machte seine Sache ausgesprochen gut, dachte Daisy, öffnete den Mund, um etwas zu erwidern, aber Tante Coral hatte bereits das Wort ergriffen. »Möchtet ihr vielleicht einen Kaffee, Jungs?«, fragte sie.

»Gern, und ein Stück von deiner Biskuitrolle, wenn du welche hast?«, bat Jason. Hier ging es definitiv anders zu als bei *CSI*, dachte Daisy, kehrte dem beschämend unordentlichen Tatort den Rücken zu und folgte Tante Coral in die Küche.

Eine Stunde später war der Kriminaltechniker längst gegangen, und Jason damit beschäftigt, eine Zeichnung von dem Medaillon anzufertigen. Leider gab es nur wenige Fotos, auf denen zu sehen war, dass Daisy das Medaillon trug, und die waren nicht scharf genug.

Daisy konnte nicht fassen, dass es weg war. In all den Jahren hatte sie es nie aus den Augen gelassen. Es war seit dem Tod ihrer Mutter immer bei ihr gewesen. Es gab ihr Sicherheit, und ohne das Medaillon fühlte sie sich nackt und wehrlos.

Immer wieder griff sie sich mit der Hand an den Hals und war jedes Mal entsetzt, es nicht unter ihren Fingern zu spüren. Sie wusste, dass sie sich nie daran gewöhnen würde, es nicht zu tragen.

»Ich habe eine ziemlich gute Beobachtungsgabe«, behauptete Jason. »Dein Medaillon war rechteckig, nicht wahr?« Daisy nickte. »War es aus massivem Silber?«

»Ja, und mitten darauf ist ein seltsames Symbol.«

»Hatte es sonst noch besondere Merkmale?«, fragte Jason und sah sie wachsam an. Es behagte ihr nicht, dass er in der Vergangenheitsform über ihr geliebtes Medaillon sprach. Außerdem fiel ihr auf, wie seltsam es war, dass er ausgerechnet jetzt so in seinem Element war und den Beruf ausübte, den er liebte.

»Glaubst du, ich bekomme es zurück?«, fragte sie traurig.

Jason hörte auf zu zeichnen, zögerte aber einen Moment mit seiner Antwort. »Wir werden unser Bestes tun, um dein Medaillon zu finden«, sagte er schließlich. »Ich fürchte allerdings, dass der Dieb versuchen wird, es so schnell wie möglich zu verkaufen.«

»Also ist es praktisch aussichtslos.«

Jason schenkte ihr ein mattes Lächeln und zeichnete weiter. »Ist das so richtig?« Er drehte das Blatt herum, damit Daisy seine Zeichnung besser sehen konnte.

Daisy nahm ihm den Bleistift aus der Hand. »Die Form stimmt«, sagte sie. »Aber das Muster war anders.« Sie malte ein Oval in die Mitte und fing an, die Schnörkel ins Innere des Ovals einzuzeichnen. Der Anhänger war ihr so vertraut – sie kannte seine glatten Außenränder, seine kunstvoll verzierte Vorderseite und die schlichte Spirale auf der Rückseite. Sie hatte schon immer gewusst, dass ihr dieses Stück wahnsinnig viel bedeutete, hatte aber trotzdem nicht erwartet, ein derartiges Gefühl von Verlust zu empfinden. Das Medaillon war unersetzlich – genau wie ihre Mutter.

Daisy erschrak, als plötzlich ein Tropfen auf das Papier fiel, und hörte auf zu zeichnen. Sie weinte. Jason reichte ihr ein Taschentuch. »Ich verspreche, dass ich absolut alles tun werde, damit du es zurückbekommst.«

Sie nickte. Daisy hatte Angst, etwas zu sagen, weil sie fürchtete, den Weinkrampf dann nicht mehr zurückhalten zu können. Sie hasste Tränen. Wenn sie weinte, bekam sie fleckige Haut und Kopfschmerzen, und außerdem hatte sie in ihrem Leben auch schon viel zu oft geweint.

Irgendwann verabschiedete sich Jason, und schon wenige Minuten später stand Tamsyn vor der Haustür. Daisy ließ sie herein und wurde sofort ungestüm umarmt.

»Wie schrecklich das ist! Sich vorzustellen, dass hartgebrühte Kriminelle in diesem Haus waren …« Tamsyn stockte. »Warum nennt man die eigentlich so?«

»Es heißt nicht hartgebrüht, sondern hartgesotten, weil sie aufgrund ihrer Erfahrungen abgebrüht sind. Möchtest du Tee?« Daisy verschwand in der Küche. Als sie die Tassen aus dem Schrank nahm, trat Tamsyn in den Türrahmen.

»Also …«, meinte Tamsyn. Daisy, die gerade den Kessel mit Wasser füllte, schaute auf. »Darf ich mir den Tatort mal ansehen?«

Daisy seufzte. »Klar, nur zu.« Und wieder einmal war sie eine örtliche Sehenswürdigkeit – ein Stopp auf der Besichtigungstour des Lebens, den man begaffen und bestaunen konnte. Nun ja, in diesem Fall war nicht sie das, sondern ihr Zimmer. Mit dem fertigen Tee setzte Daisy sich an den Tisch und trank, während Tamsyns bereits abkühlte.

Wieder zurück in der Küche nahm Tamsyn gegenüber von Daisy Platz. »Die haben das Zimmer ja regelrecht verwüstet. Was wurde denn alles gestohlen?«

Vermutlich würde sie diese Frage noch häufiger hören. »Ein paar Pfund und mein Medaillon.« Sie starrte in ihre Tasse.

»Diese Schweine«, sagte Tamsyn mitfühlend. Plötzlich begriff sie, was das bedeutete. Erschrocken schlug sie die Hand vor den Mund. »Das Medaillon deiner Mum?«, fragte sie nach Luft schnappend.

Daisy nickte nur. Sie hatte zu viel Angst, die Gefühle zu entfesseln, die gefährlich unter der Oberfläche brodelten. Am besten versuchte sie, nicht allzu viel darüber nachzudenken, auch wenn das schwerfiel. Eine Weile nippten sie beide schweigend an ihrem Tee.

»So«, meinte Tamsyn dann auf einmal in energischem Ton. »Was du jetzt brauchst, ist Ablenkung, die dich etwas aufheitert.« Daisy wusste nicht einmal, ob es sich lohnte, das zu versuchen. »Ich weiß, was wir tun. Wir gehen ins Esel-Asyl.«

Daisy sackte im wahrsten Sinne des Wortes in sich zusammen. Durch die Gegend zu laufen und sich erbarmungswürdige Tiere anzuschauen, würde ihre Stimmung sicher nicht gerade heben. »Ich glaube nicht, dass –«

»Keine Widerrede«, schnitt Tamsyn ihr das Wort ab und stand auf. »Aber zuerst räumen wir jetzt dein Zimmer auf. Komm.«

»Das ist schon okay so«, gab Daisy zur Antwort, aber da war sie bereits allein im Raum. Bis sie die Teetassen ausgespült und sich in ihr Zimmer bequemt hatte, schüttelte Tamsyn bereits ihr Kopfkissen auf und legte es auf das frisch gemachte Bett. Es herrschte perfekte Ordnung im Raum.

»Siehst du? Jetzt deutet nichts mehr darauf hin, dass sie hier waren.« Jetzt war nicht der richtige Moment, um zu gestehen, dass sie vermutlich nie im Zimmer gewesen waren, schließlich hatte alles, was gestohlen wurde, auf dem Nachttisch unter dem offenen Fenster gelegen.

»Danke, Tams. Das ist lieb von dir«, antwortete Daisy stattdessen und schwor sich, zukünftig ordentlicher zu sein. Auch wenn sie nicht wusste, wie lange sie sich an den Vorsatz halten würde, wollte sie es wenigstens versuchen.

»Also, dann los jetzt«, forderte Tamsyn sie voller Enthusiasmus auf. Sie hakte sich bei Daisy unter und führte sie so schnell aus dem Haus, dass dieser kaum die Zeit blieb, nach dem Hausschlüssel zu greifen. »Wir können unterwegs nach Nesbit Ausschau halten, dem Adler. Er wurde in einem der Gärten da drüben gesichtet, als er eine alte Dame beim Wäscheaufhängen fast zu Tode erschreckt hat.«

Zum Glück mussten sie nur eine kurze Strecke in Tamsyns zerbeultem Nissan Micra zurückzulegen. Entweder der Wagen hatte Probleme mit der Lenkung, oder Tamsyn hatte einen eher unberechenbaren Fahrstil. Mehrmals fuhr sie über die weiße Mittellinie, sodass Daisy erleichtert war, als sie schließlich auf dem Parkplatz ankamen.

Schon vom Eingang aus hörten sie das Iah der Esel, und Tamsyn wirkte aufgeregt, dabei hatten sie noch nicht mal eines der Tiere zu Gesicht bekommen. Dass der Eintritt kostenlos war, überraschte Daisy. Fasziniert betrachtete sie die Karte. Auf der Anlage gab es offensichtlich nicht nur jede Menge Esel, sondern auch einen Souvenirshop, ein Café und eine Vielzahl von Spazierwegen, die um die verschiedenen Esel-Gehege herumführten. Daisy gelangte zu dem Schluss, dass sie ihre Einstellung ändern musste, wenn sie die nächsten Stunden überstehen wollte. Sie holte tief Luft, zwang sich zu einem Lächeln und folgte Tamsyn durch das Tor. Ihre Freundin versuchte, sie auf andere Gedanken zu bringen; also musste Daisy zumindest den Eindruck machen, als helfe ihr das. Es war das Mindeste, was sie tun konnte.

»Ich komme wahnsinnig gern her«, sagte Tamsyn und strahlte dabei über das ganze Gesicht. »Hier bin ich am glücklichsten.«

Die ersten beiden Gehege hatten zwei gelangweilt in die Welt blickende Esel zu bieten, die auf der anderen Seite der Koppel standen und nicht die Absicht hatten, den weiten Weg zu laufen, um sie zu begrüßen. Tamsyn las laut vor, was auf dem kleinen Brett stand, und Daisy lauschte der traurigen Geschichte von Bernard und Biscuit – zwei von vielen Eseln, die man gerettet hatte und die jetzt auf dem Gnadenhof ein glückliches Leben führten.

Als sie das dritte Gehege erreichten, fing Daisy tatsächlich allmählich an, sich besser zu fühlen. Einige dieser beklagenswerten Geschöpfe waren auf das übelste misshandelt und vernachlässigt worden und wieder auf die Beine gekommen – und sie machte so viel Aufhebens um ein Schmuckstück. Es war gut, sich mit dem Leid anderer auseinanderzusetzen – selbst wenn der andere ein Esel war –, weil es die eigenen Probleme relativierte.

Sie schlenderten durch hübsche Gartenanlagen, an einem Kinderspielplatz mit ohrenbetäubendem Lärmpegel vorbei, bis zu einem mit Bäumen umsäumten Gelände, auf dem zahlreiche Bänke standen. Hier war es plötzlich ganz still. An jeder Bank war eine elegant glänzende Gedenktafel angebracht. Mit jeder Widmung, die Daisy las, gingen ihr die Texte mehr zu Herzen. Sie war froh, als sie alle Tafeln hinter sich hatte.

Als Nächstes kündigte ein Schild an, dass sie nun vor dem Gehege der Poitou-Esel standen. Beim Anblick der großen zotteligen Langhaar-Esel musste Daisy grinsen. Die freundlichen Tiere kamen ohne zu zögern an den Zaun, um sich streicheln zu lassen. Daisy stellte fest, dass es beruhigend war, einen Esel hinter den Ohren zu kraulen. Mit lautem Iah galoppierte ein großer ingwerfarbener Esel auf sie zu und drängte die anderen zur Seite.

»Immer mit der Ruhe«, beschwichtigte Daisy und suchte an seinem Halsband nach seinem Namen. »Hallo, Guinness.« Guinness wackelte mit seinem großen Kopf, versuchte, am Ärmel von Daisys Bluse zu knabbern, und brachte sie damit zum Lachen.

»Geht es dir besser?«, fragte Tamsyn zaghaft an.

Daisy legte ihren Arm um ihre Freundin und drückte sie kurz an sich. »Ja. Danke, dass du mich aus dem Cottage herausgeholt hast.«

»Dafür sind Freunde da.«

»Lass uns irgendwo einen Kaffee trinken. Ich lade dich ein«, beschloss Daisy. Gemeinsam folgten sie den Schildern zum nächsten Café, bestellten und setzten sich dann mit ihrer Ausbeute nach draußen. Sie suchten sich einen Platz, von dem aus sie ein paar weiße Esel dabei beobachten konnten, wie sie ihr Mittagessen bekamen.

»Musst du heute arbeiten?«, fragte Daisy zwischen zwei großen Bissen von einem dick mit Butter bestrichenen Rosinenbrötchen.

Tamsyn stieß einen herzergreifenden Seufzer aus. »Ja, sie wollen, dass ich um ein Uhr da bin, brauchen mich aber unter Umständen nur bis vier, weil die Besucher dann nach und nach vom Strand nach Hause gehen. Ich weiß nie, wie lukrativ eine Schicht letztendlich sein wird. Dad hat gestern schon wieder anklingen lassen, dass ich doch vielleicht mal erwägen sollte, von zu Hause auszuziehen. Aber selbst wenn ich jeden Penny sparen würde, hätte ich nicht den Hauch einer Chance, mir eine eigene Wohnung leisten zu können. Erst recht nicht in dieser Gegend.« Wieder seufzte sie, bevor sie einen kleinen Schluck von ihrem Latte macchiato trank. »Entschuldige, ich sollte mich nicht beklagen. Nicht nach dem, was du heute hinter dir hast.«

»Mein Tag ist sehr viel besser geworden«, sagte Daisy. »Und das habe ich dir zu verdanken.« Tamsyn schenkte ihr ein schwaches Lächeln, das sich rasch in ein breites Grinsen verwandelte.

»Ich werde die Kündigung einreichen. Ich gebe meinen Job im Strandcafé auf.«

»Hoppla! Du solltest aber nichts überstürzen«, mahnte Daisy, auch wenn sie vermutlich nicht unbedingt die Richtige für solche Ratschläge war. Aber Tamsyn hatte immerhin einen Job, auch wenn er noch so mies war.

»Nein, das hätte ich schon vor Jahren tun sollen. Erst wenn ich kündige, bin ich gezwungen, mir etwas Besseres zu su-

chen.« Sie griff nach ihrem Kaffeeglas, um mit Daisy anzustoßen.

»Du könntest den Job im Strandcafé aber doch auch behalten und nebenher nach etwas Besserem suchen«, schlug Daisy
vor. »Dann hättest du wenigstens ein kleines Einkommen.«
Wie sagte man einer Freundin, die man gernhatte, dass sie die
schlechteste Idee aller Zeiten hatte?

»Mmh«, meinte Tamsyn und schien sich das durch den Kopf
gehen zu lassen.

Daisy beobachtete sie angespannt. »Was willst du denn beruflich machen?«

Nachdenklich strich Tamsyn sich mit dem Zeigefinger über
die Augenbrauen. »Lesen vielleicht …«

»Ich glaube nicht, dass dich dafür jemand bezahlen würde.
Es sei denn, du willst als Lektor arbeiten – ich glaube, die tun
den ganzen Tag nichts anderes.«

»Nein, bist du verrückt, ich meine Handlesen.«

»Ich wusste nicht, dass du wie deine Mum bist.«

»Ich weiß ja auch gar nicht, ob ich das bin, aber wenn ich es
nicht versuche, werde ich es nie herausfinden.« Tamsyn grinste
immer noch; dass ihr Plan deutlich erkennbare Schwachstellen
hatte, fiel ihr offenbar nicht auf.

»Du wärest vermutlich gut beraten, deine Fähigkeiten vorher auszutesten. Sollte sich herausstellen, dass du ihnen nicht
die Zukunft vorhersagen kannst, würde das deine Kunden ganz
schön nerven.«

Tamsyn dachte offenbar darüber nach. »Lass es mich an dir
versuchen«, sagte sie schließlich und griff nach Daisys Hand.

Rasch schaute Daisy sich um. Was sollten die Leute denken?
Es sah aus, als wolle Tamsyn ihr einen Heiratsantrag machen.
»Ich glaube, du musst die Hand lesen, nicht halten«, gab Daisy
zu bedenken. Ihr war das Ganze irgendwie peinlich.

»Ich warte, ob ich einen Kontakt spüren kann.«

Ein Wackelkontakt in Tamsyns Hirnwindungen war das

124

Einzige, was Daisy dazu einfiel. Tamsyn schloss die Augen und hielt Daisys Hand ganz fest. Ein älteres Ehepaar ging kopfschüttelnd an ihnen vorüber. Daisy grüßte freundlich und wartete. »Und?«

»Ich weiß nicht, was ich spüren soll.«

»Menschen mit einer Gabe erzählen dir in der Regel etwas über dich, was du nicht schon weißt.«

»Wie kann ich denn etwas nicht wissen, was ich dir erzähle? Das hat doch überhaupt keinen Sinn.« Tamsyn sah verwirrt aus.

»Wenn du die Gabe besitzt, erzählst du mir etwas, das ich weiß, du aber nicht.«

Tamsyn öffnete den Mund und sah plötzlich aus, als sei ihr ein Licht aufgegangen.

»Und nichts, was Reg dir erzählt hat«, fügte Daisy flugs hinzu. Tamsyn fiel die Kinnlade herunter. »Entspann dich einfach und warte, ob du irgendetwas spüren kannst.« Daisy reichte Tamsyn wieder ihre Hand.

»Okay, versuchen wir es noch einmal.«

Tamsyn hielt Daisys Hand eine ganze Weile. Bevor ihr Kaffee noch kalt wurde, hob Daisy die Tasse mit der linken Hand ungeschickt an den Mund.

»Aha!«, rief Tamsyn da und riss die Augen auf.

Prompt goss Daisy sich den Kaffee über die Bluse. »Ach Kacke«, fluchte sie, woraufhin Tamsyn sie so vorwurfsvoll ansah, dass sie schnell versuchte, das Schimpfwort abzumildern. »Kack…eri-ki?« Tamsyn strahlte. »Hast du etwas gespürt?«

»Ja«, erklärte Tamsyn im Brustton der Überzeugung.

Daisy war ganz darauf konzentriert, den Kaffee von ihrer Bluse zu wischen. »Okay, und was war das?«

»Teelöffel!«, war Tamsyns triumphierende Antwort.

Daisy hörte mit dem Wischen auf und sah irritiert auf. »Was ist mit Teelöffeln?«

Tamsyn setzte sich noch aufrechter hin. »Mein Kopf war total leer …« Das überraschte Daisy nicht. »Und dann dachte ich plötzlich an Teelöffel. Sammelst du Teelöffel?« Daisy schüttelte den Kopf. »Mmh. Fürchtest du dich vielleicht vor Teelöffeln?« Wieder schüttelte Daisy den Kopf. »Magst du Teelöffel denn?«

»Nicht sonderlich«, erwiderte Daisy. Die Papierserviette, mit der sie den Kaffeefleck bearbeitete, fiel allmählich auseinander.

»Ahh, es ist aber auch nicht so, dass du sie nicht magst.«

»Nein.« Das war vermutlich die befremdlichste Unterhaltung, die sie je geführt hatte.

»Da hast du es.« Tamsyn wirkte zufrieden. »Ich glaube, ich besitze die Gabe.«

»Das klingt jetzt ein bisschen spießig, Tamsyn, aber ich denke wirklich, dass du deinen Beruf nicht gleich an den Nagel hängen solltest.«

»Okay …« Jetzt klang Tamsyn eingeschnappt.

»Du brauchst einen Plan, musst herausfinden, was du tun möchtest. Welche Dinge machen dir wirklich Spaß? Beschäftige dich damit, und vielleicht ergibt sich daraus eine wunderbare Chance.«

»Ich liebe Knöpfe«, sagte Tamsyn, und Daisy nickte begeistert, während sie fieberhaft nach einer Idee suchte, wie sich mit Knöpfen Geld verdienen ließ.

In diesem Moment wurde Daisy klar, dass auch sie mehr wollte – dass auch sie etwas tun wollte, was ihr wirklich Freude machte und nicht nur ein reiner Gelderwerb war. Sie würde bis Ende Juni hierbleiben und konnte nicht die ganze Zeit untätig herumsitzen. Das würde ihre Zeit hier doch noch zu einer Haftstrafe werden lassen. Und plötzlich erinnerte sie sich an etwas, was Max gesagt hatte. Vielleicht lohnte es sich ja doch, das Bauplanungsamt auf den Bahnhof anzusprechen; schaden konnte es nicht.

Jason saß im Pub und war in einen Zeitungsartikel über eine Drogenrazzia in Exeter vertieft. Hin und wieder trank er ohne aufzublicken von seinem Radler.

»Alles in Ordnung?«, fragte Max, als er an den Tisch trat und sah, wie konzentriert Jason las. Das war der Stoff, aus dem seine Träume waren – ein großer Kriminalfall.

Max trug seine Rettungsschwimmer-Kluft. Die orangefarbenen Shorts spannten sich über seinen muskulösen Oberschenkeln, als er sich gegenüber von Jason an den Tisch setzte. Er stellte sein Bierglas ab und musterte die Zeitung. Dass es nicht nur die Drogenrazzia auf die Titelseite geschafft hatte, sondern auch die sichere Heimkehr von Adler Nesbit, ließ Max schmunzeln.

»Haben die Brandstiftungen in den Scheunen immer noch nicht für nationale Schlagzeilen gesorgt?«, witzelte er.

»Mach dich nicht darüber lustig, Max, das ist ein schwerwiegendes Verbrechen. Mr. Patels Stall wurde am Montag angezündet, und seine Schildkröte ist bei lebendigem Leibe verbrannt«, berichtete Jason traurig, während Max kaum das Lachen unterdrücken konnte.

»Geröstete Schildkröte. Das könnte eine Delikatesse werden«, meinte Max, schaffte es schließlich aber doch, sich zusammenzureißen.

»Es hat Mr. Patel sehr mitgenommen«, sagte Jason, faltete die Zeitung ordentlich zusammen und legte sie auf den Tisch.

Max griff sofort danach und schlug die Sportseite auf. »Wie ich höre, hast du auch noch einen anderen großen Fall zu lösen.«

»Ja, es gab heute Morgen einen weiteren Einbruch«, bestätigte Jason ernst.

Max musste erneut schmunzeln, als er erwiderte: »Eine regelrechte Verbrechenswelle.«

»Es könnte in der Tat auf organisiertes Verbrechen hindeuten.« Wie verlockend Jason diese Vorstellung fand, war nicht zu überhören.

»Immer mit der Ruhe«, meinte Max und nahm einen großen Schluck von seinem Bier. »Wahrscheinlich ist das in Ottercombe Bay ja nicht gerade, oder?«

Jason hob den Zeigefinger. »Das sagst du so. Ein Ort, an dem man nicht erwarten würde, ein Mitglied der Unterwelt anzutreffen, muss für so jemanden der perfekte Ort sein, sich zu verstecken.«

Dieser Logik hatte Max nichts entgegenzusetzen, so unrealistisch das Ganze auch war. Es fiel ihm schwer, keine Miene zu verziehen. Er fing leise an zu summen.

Genervt sah Jason ihn an. »Hör auf, die Titelmelodie von *Inspector Barnaby* zu trällern.«

Max und Jason waren schon befreundet, seit sie denken konnten, und ein seltsames Paar: der ehemalige Unruhestifter des Ortes und der ewige Moralapostel. Sie kamen aus völlig unterschiedlichen Verhältnissen und hatten deshalb auch nicht die gleiche Lebenseinstellung, aber genau diese Unterschiede machten sie zu einem perfekten Team. Max animierte Jason dazu, mutig zu sein und gelegentlich gegen Regeln zu verstoßen, und Jason zügelte Max' Übermut.

Ihrer beider Familien kamen aus Ottercombe Bay und lebten schon seit Generationen in Devon, aber das waren auch schon alle Gemeinsamkeiten. Jasons Eltern liebten ihren Sohn abgöttisch. Seine Mutter arbeitete halbtags, sein Vater war Busfahrer und ebenso vernarrt in Züge wie Jason. Auch nach zahllosen Ehejahren waren sie immer noch verliebt wie am ersten Tag und unendlich stolz auf ihren Sohn, den Polizeibeamten.

Max' Mutter hingegen hatte ihn größtenteils alleine großgezogen. Währenddessen hatte ihr Ehemann die meiste Zeit von Max' Kindheit im Gefängnis verbracht, um die Strafe für seine zunehmend gewagter werdenden Bagatelldelikte zu verbüßen. Als Max achtzehn war, war seine Mutter schließlich mit ihrem neuen Freund nach Schottland gezogen und hatte ihn bei seinem Dad gelassen. Von da an hatte dieser zwar versucht, ein gesetzestreues Leben zu führen, allerdings schnell festgestellt, dass er sie damit nicht beide ernähren konnte. Max hatte die Machenschaften seines Vaters so gut es ging ignoriert, bis dieser ihn zum Mitmachen überreden wollte – das war die letzte Unterhaltung gewesen, die Max mit seinem Vater geführt hatte.

Jason zupfte an seiner Jacke und beugte sich leicht nach vorn. »Müsste dein Dad jetzt nicht bald aus der Haft entlassen werden?«, erkundigte er sich und sah dabei aus, als sei ihm die Frage irgendwie peinlich.

Max' Gesichtsausdruck veränderte sich. »Erst in zwei Monaten. Ihm jetzt schon was anzuhängen, wäre verfrüht.«

Kapitel 11

Jason zu kennen erwies sich als äußerst praktisch. Als örtlicher Polizist kannte ihn jeder, und seine Kontakte waren weitverzweigt. So hatte er beispielsweise einen Kollegen, dessen Onkel im Bauamt von Ottercombe Bay für die Stadtplanung zuständig war. Nur ein Anruf von Jason, in dem er ihm grob den Sachverhalt umriss, genügte, dass sich der Mann gern für ein Treffen mit Daisy bereit erklärte.

Diesmal hatte sie einen großen Bogen um Espresso und vor allem um Bugs verhaarten Lieblingsplatz auf dem Sofa gemacht und fühlte sich gut auf das Treffen vorbereitet.

Ein schon etwas älterer Herr mit schütterem Haar und Hornbrille nahm sie im Wartebereich des Gemeindeamtes in Empfang.

»Vielen Dank, dass Sie sich Zeit für mich nehmen«, sagte Daisy, nachdem sie sich einander vorgestellt hatten. Als sie allerdings die riesigen Papierberge entdeckte, die sich auf seinem Schreibtisch stapelten, fühlte sie sich mit einem Mal nicht mehr ganz so gut vorbereitet.

»Keine Ursache. Natürlich werden Sie auf dem offiziellen Weg trotzdem einen formellen Antrag stellen müssen. Was wir heute besprechen, sind in keiner Form amtliche Zusagen, irgendwelche Veränderungen an dem fraglichen Grund- oder Landbesitz vorzunehmen. Das ist Ihnen hoffentlich bewusst.«

Daisy musste schlucken. Nach seiner förmlichen Wortwahl zu urteilen, würde er sich prächtig mit Großonkel Regs Anwalt verstehen. Sie wurde bereits zurechtgewiesen, bevor sie überhaupt etwas gesagt hatte. »Ja, natürlich. Ich suche lediglich nach einer Orientierungshilfe. Nach lohnenswerten Ideen, die ich weiterverfolgen könnte.«

»Das hier ist der letzte Antrag, der zu diesem Objekt gestellt wurde.« Der Beamte reichte Daisy einen Stapel Papier. Sie blätterte die Dokumente kurz durch und entdeckte einige Baupläne – es sah so aus, als habe ihr Großvater sich ernsthaft mit diesem Projekt befasst und auch Geld dafür ausgegeben.

»Ich glaube, der Anwalt sagte, dass der Antrag abgelehnt wurde; wie auch all die anderen zuvor. Ich gehe mal davon aus, dass wir zu dem gleichen Ergebnis kämen, wenn ich für das Gelände, das jetzt der Parkplatz ist, einen Bauantrag für ein Gebäude stellen würde.«

»Mit dieser Einschätzung liegen Sie vermutlich richtig. In der Nähe stehen Häuser, die davon in Mitleidenschaft gezogen würden, und das Mehrfamilienhaus, für das in der Vergangenheit ein Bauantrag gestellt wurde, hätte in dem Umfeld wie ein Fremdkörper und optisch sehr erdrückend gewirkt.«

»Wie wäre es denn mit kleineren Gebäuden? Einstöckigen Häusern?« Ferienbungalows konnten lukrativ sein, dachte Daisy.

»Äußerst unwahrscheinlich«, gab er zur Antwort, wobei sich eine tiefe Falte auf seiner Stirn bildete. »Schauen Sie, der Parkplatz befindet sich zwar in Privatbesitz, aber die Öffentlichkeit hat Wegerecht. Das bedeutet, dass sie das Grundstück hier ...«, er zeichnete mit dem Zeigefinger eine Linie auf den Bauplan, die den Parkplatz praktisch halbierte, »... durchqueren dürfen.«

»Und wenn ich den Bahnsteig und das Bahnhofsgebäude abreißen ließe?« Sie musste diese Frage einfach stellen.

Die Falte auf seiner Stirn wurde nur noch tiefer. »Der Bahnhof steht unter Denkmalschutz Klasse zwei und unterliegt deshalb etlichen Bedingungen. Abriss ist keine Option.«

»Kann ich den Parkplatz öffnen und eine Parkgebühr verlangen?« Damit schien sich leicht Geld verdienen zu lassen, obwohl … es war schon August, und damit neigte sich die Saison bereits ihrem Ende zu.

»Zunächst müssten Sie eine Parkgenehmigung einholen, eine Betriebshaftpflichtversicherung abschließen und eine Risikoanalyse vornehmen lassen, damit gewährleistet ist, dass durch die Fahrzeuge weder Umweltschäden verursacht werden noch Unannehmlichkeiten für die Fußgänger entstehen.«

Daisy musste sich zwingen, vor Frust nicht laut aufzustöhnen. »Ist es nicht möglich, dass ich einfach den Zaun entferne und pro Tag fünf Pfund verlange?«, fragte sie und schaffte es nicht, zu verhindern, dass sie dabei schmollend klang.

»Leider nicht.«

»Gut, was kann ich denn dann überhaupt tun?« Allmählich bekam Daisy das Gefühl, dass dieses Treffen absolut unsinnig war.

Er schob sich seine Brille auf die Nasenspitze und schaute über den Rand hinweg auf die Akte. »Sie haben die Möglichkeit, einen Antrag auf Nutzungsänderung zu stellen.«

»Aber für was kann man einen Parkplatz denn nutzen, wenn man nicht darauf parken darf?« Es fiel ihr inzwischen schwer, sich nicht anmerken zu lassen, wie sehr das Ganze sie ärgerte.

»Ich spreche jetzt eigentlich vom Gebäude.«

Daisy horchte auf. »Könnte ich es zum Wohnhaus umbauen?« Eine Ferienwohnung war immer noch besser als gar keine, dachte sie.

»Möglich ist das«, behauptete er, obwohl seine Miene etwas anderes sagte. »Aber ich vermute, auf mehr Wohlwollen würde eine gewerbliche Nutzung stoßen, bei der die architektonischen Merkmale des Gebäudes erhalten bleiben und die den Bedingungen der Denkmalschutz Klasse zwei gerecht wird.«

Daisy hatte keine Ahnung, was man mit einem Bahnsteig und einem verwahrlosten Schalterraum anfangen konnte. »Aber was sollte das sein?«

»Ein Eisenbahnmuseum vielleicht?« Auf einmal wirkte er so motiviert wie während ihres gesamten bisherigen Treffens nicht. Was fanden Männer nur alle an Zügen?

Sie spürte, wie sie zusammensackte und innerlich kapitulierte. »Ich kann mir nicht vorstellen, dass sich damit viel Geld verdienen lässt.«

»Wenn Sie sich da mal nicht täuschen. Es gibt sehr viele Eisenbahn-Liebhaber, die großes Interesse daran hätten, und die Profite würden aller Wahrscheinlichkeit nach die höheren Gebühren decken, die eine Nutzungsänderung mit sich bringen würde.«

»Höhere Gebühren?«, wiederholte Daisy und saß auf einmal wieder aufrecht wie ein Erdmännchen.

»Ja, es sind jährlich Gebühren für das Objekt zu entrichten, für die Sie als Eigentümer verantwortlich sind. Jede Nutzungsänderung zieht eine Überprüfung nach sich und vermutlich eine Erhöhung.«

Grandios, dachte Daisy. Sie konnte nicht nur nichts mit ihrem Erbe anfangen, was es ihr gleichzeitig beinahe unmöglich machte, einen Käufer zu finden, es würde sie zudem auch noch Geld kosten. Großonkel Reg hatte das nicht zu Ende gedacht.

Als Nächstes erläuterte der Beamte, was sie tun konnte, um die Sicherheit des Grundstücks zu gewährleisten. Im Laufe der Jahre waren diverse Beschwerden beim Bauamt eingegangen, weil Kinder auf dem Gelände Blödsinn veranstaltet oder auf dem Parkplatz Fußball gespielt hatten. Daisy ließ seine Worte an sich vorbeirauschen und pflichtete ihm zwischendurch immer an den hoffentlich richtigen Stellen bei. Dass sie gutes Geld in dieses Projekt investierte, kam auf keinen Fall infrage.

Schließlich bedankte sie sich bei ihm für seine Ratschläge und seine Zeit, nahm seine Visitenkarte entgegen und schwor sich, über alles, was er gesagt hatte, in Ruhe nachzudenken. Dass sie in naher Zukunft irgendeinen Antrag stellen würde, war unwahrscheinlich.

Daisy gelangte zu dem Schluss, dass sie nach diesem Termin etwas Stärkeres brauchte als einen Espresso, und machte einen Abstecher in den Pub. Monty begrüßte sie herzlich. Daisy entschied sich für den Ecktisch, an dem sie mit Max gesessen hatte, und genoss den ersten Schluck von ihrem großen Glas Rioja. Ihre Vorliebe für Rotwein hatte sie während ihrer Zeit in Spanien entdeckt, und Rioja zählte zu ihren Lieblingsweinen. Heute schmeckte er aber nicht wie sonst; heute hatte er einen bitteren Nachgeschmack.

Als sie gerade dachte, damit den absoluten Tiefpunkt ihres Tages erreicht zu haben, trat Max durch die Tür, braun gebrannt, entspannt und völlig sorglos. Er ließ seinen Blick durch den Pub schweifen, bis er an Daisy hängen blieb. Man konnte ihm deutlich ansehen, wie wenig begeistert er war. Unwillkürlich schnaubte Daisy verächtlich. Sie konnte ihn nicht leiden, weil er sie seit ihrer Rückkehr ständig auf die Palme brachte; weil er sie damit alleingelassen hatte, die schweren Kisten nach Hause zu schleppen, weil er in den Raum gestellt hatte, ihre Mutter habe Selbstmord begangen, ihr vor ihrem Vorstellungsgespräch Kaffee über den Rock gegossen hatte und ihr grundsätzlich mit Feindseligkeit begegnete. Diese Abneigung schien also auf Gegenseitigkeit zu beruhen. Daisy wusste zwar nicht, was sie getan hatte, war sich aber sicher, dass er, wenn es darum ging, was das Beste für sie war, auf Großonkel Regs Seite stand.

Daisy starrte in ihr Weinglas, während Monty wieder hinter der Bar auftauchte und Max ein Bier einschenkte. Ein Kopfnicken zur Begrüßung war alles, was die beiden Männer zur Kommunikation brauchten. Daisy fragte sich, wie Max es sich leisten konnte, jeden Abend in den Pub zu gehen. Im nächsten Moment wurde ihr bewusst, dass sie keine Ahnung hatte, womit er seinen Lebensunterhalt verdiente.

Max nahm sein Bier, drehte sich um und musterte Daisy für einen kurzen Moment finster.

»Du kannst dich zu mir setzen, wenn du möchtest.« Daisy zeigte auf die leeren Stühle an ihrem Tisch. Wahrscheinlich war dieser Ecktisch Max' Stammplatz. Sie hatte zwar nicht vor, sich woanders hinzusetzen, aber sie konnte sich zumindest wie ein zivilisierter Mensch benehmen – auch wenn es sie einige Anstrengung kostete.

Max schaute kurz in die Runde. An keinem der anderen Tische war ein Stuhl frei. »Okay«, entschied er schließlich, konnte jedoch nicht verbergen, dass er nur widerwillig gegenüber von Daisy Platz nahm. Der Duft nach frisch geduschtem Mann wehte ihr entgegen. »Das mit dem Einbruch tut mir leid.«

»Danke.« Ihr fiel auf, dass er ein sauberes T-Shirt und eine lässige Jeans trug. Selbst seine Kleidung vermittelte, wie locker und entspannt er war.

Ein paar Minuten saßen sie sich schweigend gegenüber, nippten an ihren Drinks und vermieden jeglichen Blickkontakt. Irgendwann konnte Daisy es nicht mehr ertragen. »Mein Tag war scheiße. Wie war deiner?«

Max lachte leise vor sich hin. »Nicht gerade toll, aber vermutlich nicht so schlimm wie deiner. Was ist denn passiert?«

»Ich habe mich mit jemandem vom Planungsamt getroffen, wegen des alten Bahnhofs. Wie sich herausstellt, steht er unter Denkmalschutz Klasse zwei, sodass ich ihn nicht abreißen lassen kann, und ich kann auf dem Grundstück auch nichts Neues bauen. Ich könnte lediglich einen Antrag auf Nutzungsänderung stellen und ein langweiliges Museum für Eisenbahn-Freaks daraus machen.«

Max runzelte die Stirn. »Warum musst du ein Museum daraus machen, wenn du einen Antrag auf Nutzungsänderung stellst? Könntest du das Gebäude dann nicht auch anders nutzen?«

»Er sprach von gewerblicher Nutzung«, gab sie in mürrischem Ton zur Antwort. »Und sehr viel anderes lässt sich doch aus einem stillgelegten Schalterraum nicht machen.«

»Äh, doch, und ob«, meinte Max und trank einen großen Schluck von seinem Bier.

»Und was, bitte schön?« Ihre Stimme klang plötzlich provozierend.

Max lehnte sich lässig auf seinem Stuhl zurück. »Überleg mal, was sie aus den anderen alten Gebäuden gemacht haben, die es hier in der Gegend gibt. In einem sind mehrere Kunsthandwerksbetriebe untergebracht, und die scheinen gut zu florieren. In einem anderen hat eine Töpferei eröffnet, und ein weiteres ist ein Antiquitätengeschäft, das sich auf Eisenbahn-Nostalgie spezialisiert hat. Vielleicht haben die Interesse an deinen Sachen.«

»Mmh.« Daisy war noch nicht überzeugt.

»Denk an all die ehemaligen Bankhäuser und Postämter. In vielen von ihnen sind Bars entstanden, Cafés, Restaurants, Büroräume, und eines dient sogar als Autosalon.«

»Ich kann mir nicht vorstellen, dass das Planungsamt so etwas durchgehen ließe; der Beamte schien sich ziemlich auf das Eisenbahnmuseum versteift zu haben. Außerdem müsste ich für deine Vorschläge einen umfangreichen Innenausbau einplanen. Das würde sehr viel Geld kosten.«

»Du stehst dir selbst im Weg – du wirst keine meiner Ideen gut finden, weil du gar nicht willst, dass das Projekt Erfolg hat.« Max trank einen weiteren Schluck von seinem Bier.

»Was? Selbstverständlich will ich, dass es ein Erfolg wird.« Daisy wurde langsam giftig. Sie versuchte sich zusammenzureißen – mit Gewalt und einem großen Schluck Rioja.

»Nein, willst du nicht. Du willst um jeden Preis verhindern, dass der alte Reg recht behält. Du willst dich selbst sabotieren, um zu beweisen, dass du recht hast.« Er schüttelte den Kopf.

»Erzähl doch keinen Blödsinn. Ich bin hier, oder etwa nicht? Und ich habe vor, das ganze Jahr zu bleiben.«

»Und dann?«

»Werde ich auf Reisen gehen. Es gibt nicht nur Ottercombe Bay. Da draußen ist eine große, weite Welt, was dir nur offenbar noch nicht aufgefallen ist, weil du nicht über den eigenen Tellerrand hinaussehen kannst!«

»Du läufst davon – und genau das wollte Reg verhindern. Er hat dir eine Gelegenheit gegeben, von der die meisten Menschen nur träumen können, aber du bist viel zu verbohrt, um das zu begreifen oder es auch nur zu versuchen.« Max streckte sich, verschränkte seine Arme hinter dem Kopf und hob die Brauen, als erwarte er eine Antwort von Daisy.

»Zu reisen eröffnet dir eine Welt voller Möglichkeiten und Erfahrungen und –«

»Es ist trotzdem eine Flucht.«

Daisy kochte vor Wut. »Ich habe weder die Geduld noch die Lust, dir das zu erklären.« Sie kippte den Rest ihres Rotweins hinunter, knallte das Glas auf den Tisch und stürmte aus dem Mariner's Arms.

Daisy saß am Kap und starrte auf das Meer hinaus, nahm den Ausblick aber gar nicht wahr. Ihre Hand ruhte auf der Stelle auf ihrer Brust, an der sonst das Medaillon ihrer Mutter hing. Ihre Tante hatte ihr eine ihrer Halsketten angeboten, aber sie vermisste ja nicht nur, wie sich das Schmuckstück auf der Haut anfühlte. Ihr fehlte die Verbindung zu ihrer Mutter, die innere Ruhe, die sie bei jeder Berührung gespürt hatte. Sie wusste, dass das niemand nachvollziehen konnte. Der Anhänger war für Daisy kein Talisman, sondern das Bindeglied zu ihrer Vergangenheit.

Durch den Verlust des Medaillons war erneut die Sehnsucht in Daisy aufgekeimt, mehr über den Tod ihrer Mutter zu erfahren. Sie wusste nur nicht, wo sie anfangen sollte. Immerhin hatte die Polizei den Fall vor achtzehn Jahren zu den Akten gelegt. Jetzt wünschte sie, sie hätte mehr recherchiert, als das Medaillon noch da gewesen war – sie war überzeugt, dass es der Schlüssel zu dem Rätsel war.

Rücklings ließ sie sich ins Gras fallen, von der Sonne die Haut wärmen und starrte auf die flaumigen Wolkengebilde, die ziellos über sie hinwegzogen. Sie beobachtete, wie sie langsam ihre Form veränderten. Schon als Kind hatte sie an dieser Stelle gelegen und versucht, Bilder in den Wolken zu erkennen – in Augenblicken wie diesen fühlte sich das an, als sei es gar nicht lange her. Wie wäre ihr Leben wohl verlaufen, wenn ihre Mutter nicht gestorben wäre? Wahrscheinlich hätte sie Ottercombe Bay nie verlassen, und ihre weiteste Reise wäre eine Zugfahrt nach Exeter gewesen … vielleicht tat sie ihren Eltern damit aber auch unrecht. Womöglich hätten sie sich zu dritt die Welt angeschaut – sie würde es nie erfahren.

Eines wusste sie: Wenn sie weitere Nachforschungen über den Tod ihrer Mutter anstellen wollte, musste sie ihren Vater anrufen. Allerdings war das schon immer ein Thema gewesen, über das man schlecht mit ihm reden konnte. Sie musste es sorgfältig planen und durfte nichts überstürzen, wie sie es sonst gerne tat. Sie seufzte. Ihr Plan, sich hier zu beruhigen, war aufgegangen.

Der Streit mit Max im Pub war schnell eskaliert. Jetzt, wo sie mit etwas Abstand darüber nachdachte, erkannte sie, dass er mit einigen Äußerungen recht gehabt hatte. Sie hatte es nur nicht hören wollen. Großonkel Reg hatte immer auf Daisy aufgepasst. Er konnte also nur das Beste für sie gewollt haben, als er ihr den alten Bahnhof hinterlassen und sie damit gezwungen hatte, in Ottercombe Bay zu bleiben. Das war sein letzter Versuch, sie dazu zu bringen, Wurzeln zu schlagen. Leider war das gar nicht so einfach, wenn man jahrelang ein Nomadenleben geführt hatte.

Der Tod ihrer Mutter hatte Daisys Vater völlig aus der Bahn geworfen. Er war nicht mit den Gerüchten klargekommen, die im Ort über die Umstände ihres Todes kursierten, und hatte schließlich ihre Sachen gepackt, sie in ihr altes Auto geworfen und mit Daisy die Bucht verlassen. Nur selten hatten sie es ein ganzes Jahr am gleichen Ort ausgehalten, und so war Daisy in ihrer Kindheit und Jugend kreuz und quer durch Großbritannien gereist. Sie hatte sich schnell daran gewöhnt. Nur einmal im Jahr waren sie nach Ottercombe Bay zurückgekehrt, um zwei Wochen Sommerurlaub zu machen – länger hätte ihr Vater es nicht ertragen.

Daisy setzte sich wieder aufrecht hin und sah sich um. Der Himmel leuchtete farbenprächtig, als die Sonne am Horizont schweigend im Meer versank. Die schillernden Farben tauchten die Bucht in einen himmlischen Glanz. Diese Lichtshow der Natur war wunderschön. Eigentlich gab es nicht viel an Ottercombe Bay auszusetzen. Im Sommer belebte der Tourismus den Ort – Fluch und Segen zugleich. In der Hochsaison überschwemmten die Touristen das Städtchen. Doch genau dieses Einkommen brauchten die Einheimischen, um die harschen Wintermonate zu überleben.

Irgendwann würde Daisy sich bei Max entschuldigen müssen, aber er war einfach unmöglich. Sie versuchte, sich an die Vorschläge zu erinnern, die er ihr im Hinblick auf das Bahnhofsgebäude gemacht hatte. Um nichts in der Welt würde sie es in ein Eisenbahnmuseum verwandeln. Etwas Langweiligeres konnte sie sich gar nicht vorstellen. Ein Antiquitätengeschäft war auch nicht viel besser. Sie hatte schon immer gehasst, wie es in solchen Läden müffelte. Aber die Idee einer Bar war tatsächlich ganz interessant und die einzige, die sich von der Masse abhob. Daisy hatte auf ihren Reisen großartige Bars gefunden. Vor allem fantastische Ginbars. Sowohl in den Niederlanden, seinem Herkunftsland, war der Wacholderschnaps sehr beliebt als auch in gewissen Regionen Spaniens. Dort hatte Daisy weit mehr der einheimischen Ginsorten probiert, als erforderlich gewesen wäre. Ginbars schienen auch in Großbritannien immer mehr in Mode zu kommen und stets gut besucht zu sein. Das war ein gutes Zeichen.

Daisy schloss die Augen und stellte sich das Innere des Bahnhofsgebäudes vor. Die Schalterhalle war das Herzstück.

Hier würden sich die Bar und Sitzgelegenheiten befinden. Ließe sich der angrenzende Gepäckraum vielleicht in ein Lager mit Geschirrspülmaschine und Waschbecken umfunktionieren? Am anderen Ende des Gebäudes würde sie nicht viel verändern müssen. Hier lagen die Toiletten. Plötzlich konnte Daisy sich den Bahnhof ohne Weiteres als Bar vorstellen. Viele laute und glückliche Menschen auf engem Raum und sie als Wirtin und Kellnerin. Auf einmal tauchte Max in der Szene auf, und schnell öffnete Daisy die Augen. Für Max war kein Platz in ihrer Wacholderbar-Fantasie, auch wenn es irgendwie sein Vorschlag gewesen war. Diese Idee Realität werden zu lassen war allerdings sehr viel leichter gesagt als getan.

Kapitel 12

Daisy saß vor ihrem Teller und stocherte in ihrem Salat herum. Sie bekam zwar mit, dass Tante Coral von ihrem Tag in der Apotheke erzählte, hörte aber kaum zu.

»… und dann hat sich der Gorilla eine ganze Schachtel Paracetamol in die Nase gestopft, ist auf die Theke gesprungen und hat verlangt, dass ich Tango mit ihm tanze. Hörst du mir überhaupt zu, Daisy?«

Daisy hob den Kopf und versuchte, sich an Tante Corals Erzählung zu erinnern. »Nicht wirklich, entschuldige.«

»So sah das auch aus. Was ist los, Liebes?« Sie griff über den Tisch und tätschelte Daisys Hand.

»Ich will das Jahr, das ich hier verbringe, sinnvoll nutzen. Mir entweder einen anständigen Job suchen, damit ich etwas Solides auf meinem Lebenslauf stehen habe, oder aber … ich weiß nicht.« Daisy sprach nicht weiter und spießte mit der Gabel eine Kirschtomate auf, die daraufhin feierlich ihren Saft über ihr blütenweißes T-Shirt spritzte. Daisy stöhnte.

»Ein Job ist auf jeden Fall eine gute Idee, aber was genau ist ›oder aber‹?«

Daisy rückte dem Tomatenfleck mit einem Lappen zu Leibe. »Ich weiß nicht«, antwortete sie und zuckte desinteressiert mit den Achseln.

»Jetzt hör aber auf. Das weißt du sehr wohl. Was ist es?« Tante Coral ließ sich nicht beirren, legte ihr Besteck aus der Hand und schaute Daisy unverwandt an.

»Im Prinzip hat mir der Herr vom Planungsamt erklärt, dass ich das Gebäude nicht verändern kann. Meine einzige Möglichkeit ist, eine Nutzungsänderung zu beantragen. Die Vorschläge, die er mir dazu gemacht hat, klangen aber alle unglaublich langweilig. Doch dann habe ich mich mit … jemandem unterhalten, und dadurch bin ich auf eine Idee gekommen.« Tante Coral horchte auf, während Daisy das Interesse an ihrem eigenen Vorschlag schon wieder verlor. »Ach, weißt du, es ist wahrscheinlich eh eine blöde Idee, und außerdem würde es Unmengen Geld kosten, das Gebäude entsprechend anzupassen. Am besten nehme ich den Job an der Fischbude an.« Sie ließ den Kopf hängen und beschäftigte sich wieder mit ihrem Salat.

»Sei nicht so pessimistisch«, schimpfte Tante Coral in einem für sie untypisch scharfen Ton. »Du bist immer schon ein Mensch gewesen, der sich von seinen Gefühlen leiten lässt. Also was rät dir deine Eingebung dieses Mal?« Ihre Stimme wurde etwas sanfter, und mit festem Blick sah sie Daisy an.

»Es zu riskieren«, sagte Daisy, ohne groß darüber nachzudenken. Bei der Vorstellung, ein neues Abenteuer in Angriff zu nehmen, rumorte es vor freudiger Erregung in ihrem Bauch.

»Großartig«, entgegnete Tante Coral begeistert. »Und was für eine Idee ist das?« Erwartungsvoll beugte sie sich nach vorn.

Ein schwaches Lächeln erschien auf Daisys Lippen. »Eine Ginbar.«

Tante Coral sah sie erstaunt an. »Meine Güte, also das ist mal etwas Neues. Würdest du dort ausschließlich Gin ausschenken?«

»Nicht ausschließlich. Aber die verschiedenen Ginsorten würden aber im Mittelpunkt stehen. Gin ist im Moment ziemlich in.«

»Ich habe immer gern Gin Tonic getrunken, und deine Großtante Ruby war ganz verrückt auf das Zeug. Glaubst du denn, dass sich damit Geld verdienen lässt?«

»Auf jeden Fall. Diese Bars sind sehr beliebt. Ich glaube, dass wir die Leute neugierig machen könnten, und wenn wir qualitativ hochwertigen Craft Gin ausschenken, kommen sie sicherlich immer wieder.«

Daisy konnte es beinahe in Tante Corals Kopf arbeiten sehen. »Die Idee gefällt mir, und ich kann mir vorstellen, dass die Touristen sich so etwas gönnen. Aber was machst du in den Wintermonaten, wenn nur die Einheimischen hier sind?«

Beide überlegten sie schweigend Tante Corals berechtigten Einwand. Daisy wusste, wie dramatisch anders die Situation nach Ende der Saison in den Küstenbadeorten war.

Plötzlich sprang Tante Coral auf, wie von der Tarantel gestochen. »Laternenumzug!«, rief sie.

Daisy war verwirrt. »Was?«

»Oh, entschuldige, du warst beim Laternenumzug ja noch nie hier. Jedes Jahr im Dezember basteln die Kinder Papierlaternen, beleuchten sie mit einem Lämpchen und marschieren damit von der Kirche zur Strandpromenade. Dort werden dann Preise vergeben, und es gibt heiße Schokolade. Wenn du die Ginbar über den Winter schließt, musst du sie an diesem Tag unbedingt öffnen. Ich wette, die Erwachsenen wären dankbar für einen Gin, bevor sie sich auf den Heimweg machen. Schließlich ist es im Dezember in der Regel ziemlich kalt.«

»Ich kann über Winter nicht schließen – ich würde einen Weg finden müssen, dass die Bar sich ganzjährig lohnt. Das mit dem Umzug klingt fantastisch, aber selbst wenn ich jetzt sofort damit anfangen würde, das Gebäude in Ordnung zu bringen, und den Antrag einreiche, um die Genehmigung des Planungsausschusses zu bekommen, bräuchte ich jede Menge Glück für eine Eröffnung im Dezember.« Daisy sah enttäuscht aus. Bis Weihnachten wäre sie pleite, sie konnte auf keinen Fall bis zur nächsten Urlaubssaison warten. Jetzt erst sickerte durch, was Tante Coral gerade gesagt hatte. »Was ist mit heißer Schokolade?«, fragte Daisy.

Tante Coral überlegte angestrengt. »Ich glaube, sie bekommen da Restposten von dem billigen Zeug aus dem Supermarkt …«

»Nein, ich meine, wenn es keine Ginbar ist, könnte es eine Schoko-Bar sein.« Daisy war auf einmal wieder enthusiastisch, während Tante Coral skeptisch wirkte. »Überleg doch mal. Ich würde natürlich kein Instantpulver verkaufen, sondern anständige heiße Schokolade, wie Großonkel Reg sie mir immer gekocht hat. Es gäbe sie dann in allen möglichen Geschmacksrichtungen – Pfefferminz, Orange, Karamell, alles mit Sahnehäubchen, Marshmallows und Streuseln. Glaubst du, dass das die Einheimischen im Winter anlocken würde?« Daisy hielt die Luft an und wartete. Tante Coral wirkte abwesend.

»Ja«, entschied sie schließlich. »Das glaube ich. Das ist eine hervorragende Idee. Ich habe bisher noch nie von einer Schoko-Bar gehört.«

»Das habe ich gerade erfunden«, sagte Daisy.

»Reg hat heiße Schokolade geliebt.«

»Ich weiß, daran erinnere ich mich noch«, erwiderte Daisy mit leiser Stimme.

Plötzlich wurde ihr bewusst, welche Kosten ihr Vorhaben verursachen würde. Eine Erkenntnis, die ihre Begeisterung deutlich dämpfte. »Ich hoffe, die Bank ist spendabel. Ich brauche nämlich ein Darlehen, um überhaupt anfangen zu können. Meinst du, sie leihen mir Geld, wenn der Anwalt ihnen versichert, dass ich im nächsten Jahr meine Erbschaft bekomme?«

Tante Coral runzelte die Stirn, was sie nicht gerade optimistisch wirken ließ. Doch dann lächelte sie Daisy strahlend an. »Ich werde dir das Geld von meinem Anteil leihen.«

Daisy hob beide Hände. »Nein, das kann ich nicht zulassen.«

»Warum denn nicht? Es ist doch egal, ob du dir das Geld von mir oder der Bank leihst. Der Vorteil ist, ich verlange keine Zinsen von dir. Du zahlst es mir einfach zinsfrei zurück. Wozu soll ich es auf ein Sparkonto legen, wenn es sich ebenso gut nützlich machen kann.«

Damit hatte sie nicht so ganz unrecht. »Irgendetwas musst du aber dafür bekommen. Wie wäre es beispielsweise mit Gin und heißer Schokolade – kostenlos?«

Tante Coral lachte herzlich darüber. »Kostenloser Gin. Wenn du damit anfängst, wirst du mit Sicherheit bankrottgehen. Wie wäre es denn, wenn ich am Ende deines ersten Jahres meine Investition plus soundso viel Prozent zurückbekäme? Mehr hat die Bank mir für das Sparkonto auch nicht angeboten. Außerdem gilt das nur, wenn du Gewinne erzielst.«

»Abgemacht«, sagte Daisy, stand auf und streckte ihrer Tante die Hand entgegen. Sie hatte ein gutes Gefühl bei der Sache. Jetzt musste sie nur noch das Bauamt davon überzeugen, dass eine Ginbar eine bessere Idee war als ein Eisenbahnmuseum. Wie gut, dass sie Herausforderungen liebte.

Tante Coral erhob sich, schüttelte Daisy die Hand und nahm sie im nächsten Moment ohne Vorwarnung in die Arme. Empört begann Bug zu kläffen und wollte gar nicht wieder aufhören. »Ich freue mich für dich, Daisy«, sagte ihre Tante und drückte sie noch einmal fest an sich. »Und Onkel Reg würde es genauso gehen.« Dass Bug diese Meinung nicht teilte, war offenkundig, denn er bellte immer noch, so laut er konnte, und rannte dabei im Kreis um die beiden Frauen herum.

Als Jason unter dem Vorwand vorbeikam, ihr den aktuellen Stand der Ermittlungen zum Einbruch mitzuteilen, stellte Daisy erschrocken fest, dass sie seit Stunden nicht mehr an ihr geliebtes Medaillon gedacht hatte. Sie begleitete Jason unter Bugs wachsamen Blicken ins Wohnzimmer, während Tante Coral Tee kochte.

»Wir machen Fortschritte«, berichtete Jason. »Die Fingerabdrücke haben wir überprüft, sie stammen alle entweder von dir oder von Coral. Außerdem wurden alle Antiquitätenhändler in der Gegend mit Kopien deiner Zeichnung versorgt und gebeten, uns zu melden, wenn ihnen jemand ein Medaillon anbietet, das deinem ähnelt.« Jason schien zufrieden mit seiner Zusammenfassung.

Daisy schwieg einen Moment, bevor sie etwas darauf erwiderte. »Heißt das, dass ihr mit euren Bemühungen, die Diebe zu fassen oder mein Medaillon zu finden, im Grunde noch keinen Schritt weitergekommen seid?«

Das dämpfte Jasons Begeisterung ein wenig. »Wir tun alles, was wir zum gegenwärtigen Zeitpunkt tun können.«

Daisy holte tief Luft. Sie musste optimistisch bleiben und sich auf die positiven Dinge konzentrieren. »Ich habe da eine Idee für den Bahnhof und werde beim Planungsamt einen Antrag auf Nutzungsänderung stellen.« Es laut auszusprechen, fühlte sich gut an.

»Hervorragend. Was willst du denn daraus machen?«

»Tagsüber eine Schoko-Bar und nachts eine Ginbar.« Daisy merkte, dass sie grinste, als sie ihm davon erzählte.

»Wow, das hört sich großartig an. Willst du die Eisenbahn thematisch aufgreifen?«

An so etwas hatte Daisy noch gar nicht gedacht, nur an Wacholderschnaps und heiße Schokolade. »Na ja, das Gebäude ist das Leitmotiv. Ich habe gar nicht genug Geld für großartige Veränderungen.«

»Ich glaube, es wird sehr gut ankommen, wenn du den Bahnhof in seiner ursprünglichen Form erhältst. Wenn ich du wäre, würde ich diese alten Fotos und die Schilder verwenden, die du gefunden hast. Sie sind ein Stück Geschichte des Gebäudes und werden das Ganze sowohl für Einheimische als auch für Touristen noch interessanter machen. Ich habe auch noch so einigen Krimskrams, den du vielleicht gebrauchen kannst. Ich will auch nichts dafür haben; es würde mich einfach freuen, wenn die Sachen dort ausgestellt würden.«

Daisy wollte zwar im Moment nicht allzu viel über Jasons Krimskrams nachdenken, aber trotzdem zauberte ihr sein Angebot ein Lächeln aufs Gesicht. »Danke, das ist sehr nett.«

Genau in diesem Moment kam Tante Coral mit einem Tablett zur Tür herein. Es wackelte so gefährlich, dass Jason aufsprang und es ihr abnahm. »Im Geräteschuppen stehen zwei Kisten, auf die Reg das Wort Eisenbahn geschrieben hat. Ich habe keine Ahnung, was drin ist, aber wer weiß.«

Von einer Sekunde zur anderen war Jason Feuer und Flamme. »Lass uns nachsehen, ich habe noch etwas Zeit.«

Ehe sie sichs versahen, räumten sie Gartengeräte aus dem Weg und zogen die beiden großen Kisten, von denen Carol gesprochen hatte, aus dem Schuppen. Gespannt öffneten sie die erste. Als Daisy die vergilbte Zeitung zur Seite zog, schnappte Jason laut nach Luft. »Eine Modelleisenbahn!« Er griff in die Kiste, aufgeregt wie ein Kind in Omas Keksdose. Doch kaum hielt er die Lokomotive in der Hand, bewegte er sich wie in Zeitlupe. In aller Ruhe hob er sie hoch und betrachtete sie fasziniert. Daisys Begeisterung hingegen war in dem Moment verflogen, in dem sie den Inhalt entdeckt hatte. Mit Spielzeugzügen konnte sie nichts anfangen. Sie beobachtete Jason, dessen Augen wie die eines Kindes zu leuchten begannen, als er Daisy die einzelnen Teile nacheinander reichte. »Der Tee wird kalt«, sagte sie. Das hier war langweilig.

»Ja, sorry, ich könnte mich tagelang damit beschäftigen«, erklärte er, und daran hatte Daisy keinen Zweifel.

»Warum behältst du sie nicht, Jason? Reg würde wollen, dass sie ein gutes Zuhause bekommen, davon bin ich überzeugt.« Sie war sicher, dass es Tante Coral nichts ausmachen würde; sie schien Jason sehr zu mögen.

»Oh, das kann ich nicht annehmen. Die Sachen sind ziemlich wertvoll.«

»Wir können Tante Coral gern fragen, aber ich glaube nicht, dass sie dafür etwas haben will. Komm, ich helfe dir, sie in deinen Wagen zu packen«, sagte Daisy und legte die Teile, die sie in der Hand hielt, in den Karton zurück. Während sie die Kiste mit vereinten Kräften quer durch den Garten

147

schleppten, sah Jason Daisy an. Seine Mundwinkel zuckten.

»Hättest du Lust, mit mir auszugehen … auf einen Drink … heute Abend?«, brachte er schließlich hervor, und dabei lief sein Gesicht bis zum Haaransatz rot an.

Daisy hasste solche Momente; von einem Augenblick zum anderen schien alles verfänglich zu sein. »Mmm, das ist sehr nett von dir, Jason, und als eine *Freundin* würde ich gerne was mit dir trinken gehen.« Sie betonte das Wort Freundin und hoffte, dass das reichte.

Jason nickte. »Als Freunde wäre das sehr schön«, entgegnete er so tapfer, dass Daisy sich gleich noch grässlicher fühlte. Sie mochte Jason, sie mochte ihn wirklich. Er war nur nicht ihr Typ, und das Letzte, was sie jetzt brauchte, war eine komplizierte Beziehung mit jemandem, dem sie jedes Mal wieder über den Weg laufen würde, wenn sie Tante Coral besuchte. Es erstaunte sie selbst, dass sie offenbar darüber nachdachte, auch nach diesem Jahr wieder hierher zurückzukommen. Vielleicht war Ottercombe Bay ihr doch bereits mehr ans Herz gewachsen, als sie sich eingestehen wollte.

Am Abend saßen Daisy und Jason vor ihren Drinks und lächelten einander in regelmäßigen Abständen unbeholfen an. Obwohl beiden klar war, dass die Drinks nur ein Vorwand gewesen waren, war die Situation unangenehm. Daisy wollte sich nicht nach seiner Arbeit erkundigen, weil sie nicht den Eindruck erwecken wollte, dass sie schon wieder nach dem Einbruch fragte. Also suchte sie verzweifelt nach einem Thema, mit dem sie der lähmenden Stille ein Ende machen konnte.

»Hattest du schon Gelegenheit, noch einmal in die Kisten mit den Zügen zu schauen?«, fragte sie endlich, in der Hoffnung, dass Jason jetzt zu einem langen Monolog über Modelleisenbahnen ausholen würde. Ihr Leben hatte sich ganz schön verändert!

»Nicht so richtig, aber in der einen habe ich das druckgegossene Modell eines Flying Scotsman aus dem Jahr 1968 entdeckt.

Das ist ein ziemlich seltenes Stück, allerdings sehr bespielt und deshalb lichtbeschädigt.«

Sie hatten überhaupt keine Gemeinsamkeiten, und ihre Unterhaltungen waren qualvoll und unnatürlich. Als sie dachte, den Höhepunkt an Peinlichkeit erreicht zu haben, flog die Tür des Pubs auf, und Max spazierte herein. Daisy konnte spüren, wie ihr die Gesichtszüge entgleisten. Am liebsten wäre sie im Erdboden verschwunden. Max kam mit großen Schritten auf sie zu und klopfte Jason mit so viel Wucht auf die Schulter, dass dieser um Haaresbreite sein Radler verschüttete.

»Wie geht's, Kumpel?«, fragte er und nickte dann flüchtig in Daisys Richtung. »Daisy.«

»Gut, danke«, antwortete Jason knapp.

Daisy wusste selbst nicht, warum sie den nächsten Satz aussprach. »Sehr gut, vielen Dank. Ich verbringe einen ruhigen Abend mit Jason.« Mit festem Blick schaute sie Max in die Augen. Seine Brauen schossen in die Höhe, dann sah er erwartungsvoll zu Jason.

»Wenn zwei Freunde etwas trinken gehen, ist immer Platz für einen dritten. Hol dir einen Stuhl«, forderte er Max auf. Schon war es mit Daisys gespielter Tapferkeit vorbei.

»Hauptsache, ich soll hier nicht nur den Anstandswauwau spielen.«

Wie passend, dachte Daisy. Er hatte sehr viele Haare, knurrte sie bei jeder Gelegenheit an, und sie mochte ihn nicht unbedingt – der ultimative Anstandswauwau.

»Nein, wir trinken hier nur was«, sagte Jason.

»Bist du sicher?« Max schaute auf Daisys leeres Glas. »Oder verzieht ihr zwei euch gleich zum Knutschen hinter die Strandhütten?«, zog Max sie auf, und es machte ihm sichtlich Spaß.

»Ich hätte gern noch einen Gin Tonic«, bat Daisy.

Max beugte sich über den Tisch, griff nach ihrem Glas und roch daran. »Eine Limonade und ein Radler«, sagte er, drehte sich nach hinten um und winkte nach Monty.

Warum ging Max ihr so schrecklich auf die Nerven? Er war einfach nie erwachsen geworden, sondern immer noch der siebenjährige Junge, der sie an den Zöpfen zog und auf dem Spielplatz mit frisch gemähtem Gras bewarf. Er hatte etwas an sich, was ihr selbst dann auf den Geist ging, wenn er es gar nicht darauf anlegte. Daisy bemerkte, dass Jason sie beobachtete, wie sie mit gerunzelter Stirn grübelte. Der arme Jason, er war so ein Schatz. Sie musste versuchen, sich ein wenig zu entspannen.

»Ich würde dir gern beim Umbau des Bahnhofsgebäudes helfen. Also wenn du Hilfe brauchst, musst du es nur sagen«, erklärte Jason mit einem breiten Lächeln.

Daisy öffnete den Mund, um etwas darauf zu erwidern, aber Max war schneller. »Worum geht's?«

»Daisy wird den alten Bahnhof gewerblich nutzen«, sagte Jason und rutschte mit seinem Stuhl ein winziges Stück näher an Daisy heran.

»Ich hoffe, dass ich ihn zu einer Gin- und Schoko-Bar umfunktionieren kann«, erläuterte sie schnippisch.

Laut zischend sog Max seine Unterlippe zwischen die Zähne und machte ein Geräusch, als drücke man Luft aus einer Luftmatratze. »Das wird Monty gar nicht gefallen«, sagte er lauter als nötig.

»Was wird mir nicht gefallen?«, fragte Monty, der ihnen gerade ihre Drinks servierte. Max zeigte mit dem Finger auf Daisy. Sie fühlte sich, als habe man ihr soeben mit einer Bratpfanne ins Gesicht geschlagen. Ihr war klar, dass sie aussehen musste, als wollten ihre Augen ihr jeden Moment aus dem Kopf fallen, und sie vermutlich große Ähnlichkeit mit Bug hatte. Blinzelnd schaute sie Monty an, der auf eine Erklärung wartete.

»Das Projekt steckt noch in der Planungsphase«, setzte Daisy mit leiser Stimme an. »Ich überlege, aus dem alten Bahnhof eine Schoko-Bar zu machen …« Sie machte eine lange Pause, während der Monty sie skeptisch ansah. »Und eine Ginbar.« Die letzten Worte sprach sie hastig und biss sich dann erwartungsvoll auf die Unterlippe. Auf Montys Stirn bildete sich eine tiefe Falte.

»Das Thema der Bar wird die Eisenbahn sein«, fügte Jason hinzu, und Daisy nickte. »Das wird dazu beitragen, die Geschichte des Bahnhofs von Ottercombe Bay am Leben zu erhalten. Und die Zielgruppe der Gin-Liebhaber wird immer größer.«

Max grinste verschmitzt, stellte sein Bier auf den Tisch und nahm auf seinem Stuhl Platz. Monty blickte von einem zum anderen.

»Du wirst in dem Laden aber nicht nur Gin ausschenken, oder?«, richtete Max das Wort an Daisy.

Daisy blitzte ihn zornig an. Er versuchte, Unruhe zu stiften. »Nein, aber in allererster Linie Gin. Wir werden nicht zu Konkurrenten«, fügte sie mit einem kieksenden Lacher in Montys Richtung hinzu, der nicht so aussah, als fände er das amüsant.

»Ich bin überzeugt, dass wir das werden, aber nur, wenn du die Baugenehmigung bekommst«, gab er schließlich zur Antwort. »Wirst du den Laden nur während der Saison betreiben?« Hoffnungsfroh zog er die rechte Augenbraue hoch.

»Ich muss ganzjährig öffnen«, sagte Daisy.

»Wir machen schon jetzt im Winter nicht genug Umsatz. Wir können es uns nicht leisten, dass er noch geringer wird. Wirst du Essen anbieten?« Monty kniff das linke Auge zu einem Schlitz zusammen, als er das fragte – ein irritierender Anblick.

»Hauptgerichte wird es nicht geben. Nur Kuchen und Snacks.«

Es sah so aus, als würden sich Montys Schultern ein wenig lockern. »Wenigstens das.« Als ein anderer Gast nach ihm winkte, lief er ans andere Ende des Pubs.

Daisy stieß einen zutiefst erleichterten Seufzer aus und erinnerte sich im nächsten Moment, wer ihr die Peinlichkeit eingebrockt hatte. »Vielen Dank, Max.«

»Er hätte es sowieso über kurz oder lang erfahren«, entgegnete Max unvermindert ruhig und distanziert. Dass er damit recht hatte, gefiel Daisy ebenso wenig wie die Vorstellung, dass das hier vermutlich erst ein Vorgeschmack auf die Opposition gewesen war, auf die sie stoßen würde. Sie dachte plötzlich an all die anderen Betriebe, die in Mitleidenschaft gezogen wurden. Im Grunde würde jeder dagegen angehen, der heiße Getränke, Kuchen oder Alkohol verkaufte. Innerlich stöhnte sie.

»Das Ganze ist aussichtslos, nicht wahr?«, fragte sie und nahm ihr Glas in die Hand. »Der Ort ist klein, und es gibt bereits genug Geschäfte, die um ihren Anteil an den begrenzten Umsätzen kämpfen müssen. Die werden sich querstellen, und der Beamte von der Bauplanung wird meinen Antrag ablehnen müssen.« Sie schaute abwechselnd von Jason zu Max, weil sie hoffte, sie würden ihr widersprechen.

»Nicht unbedingt«, meinte Jason. »Geschäfte wechseln den Besitzer, und dass Geschäftsräume für andere Dinge genutzt werden, kommt regelmäßig vor. Das wäre nicht möglich, wenn sich jeder ständig gegen alles wehren würde. Ich sehe dich nicht als Konkurrenz für jemanden. Du machst etwas Ähnliches, das schon, aber wir hatten früher drei Pubs, und jeder hatte seine Besonderheit. Momentan haben wir nur zwei, also ist es eigentlich so, als würde der dritte jetzt wieder aufmachen.«

Max bekam auf einmal einen ganz verträumten Blick. »Ich bin wahnsinnig gern ins Smuggler's Rest gegangen. Ein fantastischer kleiner Pub.«

Fragend schaute Daisy zu Jason hinüber, der daraufhin mit den Lippen die Worte ›totale Spelunke‹ formte. Sie lachte leise. Jason war ein lieber Kerl. Er machte ihr Mut und munterte sie auf. Im Moment hätte sie gut und gerne auch mehrere Jasons an ihrer Seite gebrauchen können.

Kapitel 13

In den folgenden Wochen ging es turbulent zu. Ständig mussten Telefonate geführt und Formulare ausgefüllt werden. Als Daisy dem Beamten im Planungsamt erklärte, dass sie die ursprünglichen Merkmale des Bahnhofsgebäudes erhalten wollte und die Eisenbahn zum Thema der Bar machen wollte, hatte sie sein Interesse geweckt. Es gab keine Garantie dafür, dass ihr Antrag genehmigt wurde. Daisy musste jetzt Geduld haben. Immerhin konnte sie die Wartezeit dazu nutzen, in dem Gebäude etwas aufzuräumen.

Als Daisy zum Cottage zurückkehrte, dämmerte es bereits, und die anbrechende Dunkelheit hüllte die Bucht in eine gemütliche Decke aus tintenblauem Zwielicht. Mit einem erschöpften Seufzen sank Coral auf das alte Sofa und legte ihren Fuß auf das Kissen.

»Alles in Ordnung mit dir?«, fragte Daisy.

»Im Großen und Ganzen schon, nur der Knöchel macht mir heute ein bisschen zu schaffen.« Als sei das sein Stichwort gewesen, sprang Bug von dem Stuhl, auf dem er bis jetzt geschlafen hatte. Er streckte sich genüsslich, ließ einen pfeifenden Furz fahren und hockte sich erwartungsvoll vor Coral auf den Boden. »Oh verflixt. Du willst deine Runde drehen, sehe ich das richtig?«

Bug wedelte aufgeregt mit seinem Ringelschwanz, während Daisy die beiden aus den Augenwinkeln beobachtete. Sie wusste, was sie zu tun hatte. »Ich gehe mit ihm«, sagte sie bemüht enthusiastisch und stand auf.

»Ooh, das wäre mir eine große Hilfe. Danke, Liebes«, erwiderte Tante Coral und sank noch tiefer in die Sofakissen.

»Kein Problem. Na komm, Bug«, forderte Daisy den kleinen Hund auf, der sich sofort zu ihr drehte und ihr in die Augen schaute. »Du und ich, Gassi«, fügte sie in singendem Ton hinzu, hauptsächlich, um Tante Coral damit zu beglücken. Daisy und der Hund wussten, dass sie das hier gezwungenermaßen taten.

Plötzlich flitzte Bug aus dem Wohnzimmer. Die nächsten fünf Minuten brachte Daisy damit zu, ihn im ganzen Haus zu suchen, bis sie ihn letztendlich in ihrem Zimmer fand. Er wälzte sich auf dem Bett herum.

»Heh«, fuhr Daisy ihn mit lauter Stimme an. Bug erstarrte. Das war Daisys Chance, ihn zu schnappen und anzuleinen. Dass sie ihn damit überrumpelt hatte, schien ihm gar nicht zu passen, und er legte sich flach auf den Rücken, als wolle er in der Bettdecke versinken.

»Nun komm schon«, bat Daisy und zog an der Leine. Bug rührte sich nicht von der Stelle, blickte aus seinen riesigen traurigen Augen zu ihr auf, und in diesem Moment spürte sie fast so etwas wie Mitgefühl.

Daisy hockte sich so vor das Bett, dass sie auf einer Höhe mit Bug war. Er rutschte etwas näher an sie heran. »Ich werde eine Zeit lang hierbleiben, also sollten wir versuchen, Freunde zu werden, selbst wenn wir es nur Tante Coral zuliebe tun.« Daisy wusste zwar, dass es reine Zeitverschwendung war, auf das Tier einzureden, sprach aber trotzdem weiter. »Du und ich werden uns ab sofort ein bisschen mehr Mühe geben. Den Anfang machen wir damit, dass wir jetzt schön Gassi gehen. Okay?«

Bug schoss auf Daisys Gesicht zu. Überzeugt, er wolle ihr die Nase abbeißen, ließ sie sich rücklings auf den Boden fallen. Sofort sprang Bug vom Bett und auf ihren Brustkorb und versuchte, ihr über das Gesicht zu lecken. »Verdammt!« Sein Atem war fast genauso übel wie die Gerüche, die aus seinem Hintern kamen. Daisy bekam ihn zu fassen und stellte ihn neben sich auf den Boden.

»Igitt.« Sie wischte sich mit dem Arm über das Gesicht, um die nassen Rückstände des Hundezungenangriffs zu entfernen. Der war alles andere als angenehm gewesen, allerdings immer noch besser, als wenn sie ihre Nase eingebüßt hätte. War das Bugs Art, einen Waffenstillstand auszurufen?

Daisy griff nach seiner Leine und machte sich auf den Weg. Sie hoffte, dass ihr Spaziergang kurz werden und ohne Zwischenfälle verlaufen würde. Bis zum Kap vergaß Daisy beinahe, dass sie mit Bug Gassi ging. Er trottete artig neben ihr her, und sie hing ihren Gedanken nach, überlegte, wie lange sie für die Aufräumarbeiten im Bahnhof brauchen würde. Sie musste sich auch um den Parkplatz kümmern. Ob eine große Ladung Unkrautvernichter ausreichen würde, um der Wildnis dort zu Leibe zu rücken? Und dann, im Bruchteil einer Sekunde, passierte es. Zu ihrer Rechten bewegte sich etwas Kleines, Graubraunes – vermutlich ein Wildkaninchen. Auch Bug musste es entdeckt haben, denn plötzlich erwachte er aus seinem Trott und raste los. Damit hatte Daisy nicht gerechnet. Er riss ihr die Leine aus der Hand und war im nächsten Moment in der Dunkelheit verschwunden.

»Bug!«, brüllte sie, aber es nützte nichts. Um sie herum war es totenstill. Sie hörte nicht einmal ein Bellen in der Ferne oder das Geräusch von Pfoten auf dem Weg – nichts. »Bugsy Malone, komm sofort wieder her!«

Die Finsternis verschluckte ihre Worte, und mit einem Mal fühlte sie sich allein. Es wehte ein leichter Wind, den sie bisher gar nicht wahrgenommen hatte, und sie bekam eine Gänsehaut. Würde Bug wiederkommen, wenn ihm klar wurde, dass das Kaninchen sich in seinem Bau verkrochen hatte? Oder würde er versuchen, dem Tier zu folgen und in dem Loch stecken bleiben? Sie rief noch einige Male nach ihm, und als nichts passierte, nahm sie den Pfad, der zum Klippenrand führte. Es war schwer zu erkennen, wo die Klippe endete. Sie durfte auf gar keinen Fall zu dicht an den Rand gehen. Was, wenn Bug so in seine Kaninchenjagd vertieft war, dass er vor lauter Aufregung über die Klippe stürzte? Sie kniete sich auf den Boden, kroch an den Rand des Felsvorsprungs und schaute langsam darüber. Eine Windböe schlug ihr mit so viel Wucht ins Gesicht, dass sie kurz die Augen zukniff. Es war Flut. Wenn er hinuntergestürzt war, war er ins Meer gefallen. Sehen konnte Daisy ihn nicht. Unter ihr war nichts als eine dunkle, wogende Masse mit schäumenden weißen Zacken. Sie versuchte sich einzureden, dass der Hund so dumm nun auch wieder nicht war, doch bei der Vorstellung, er könne über die Klippe gestürzt sein, drehte sich ihr der Magen um. Schnell rutschte sie vom Klippenrand weg.

Unwillkürlich musste sie an ihre Mutter denken. Ihre Leiche hatte man zwar am Strand gefunden. Doch man hatte in Erwägung gezogen, dass sie vom Klippenrand gesprungen, heruntergestoßen worden oder ins Meer gestürzt war. War die Situation gewesen wie diese hier? War sie in einer mondlosen Nacht zu dicht am Rand der Klippe entlanggelaufen? Das konnte nicht sein. Sie war hier aufgewachsen und hatte die Küste wie ihre Westentasche gekannt. Dass eine zweite Person beteiligt gewesen war, kam ihr auf einmal sehr viel wahrscheinlicher vor. Daisys Herz fing an, wie verrückt zu hämmern, und rasch drehte sie sich um. Da sah sie eine dunkle Gestalt auf sich zukommen, lautlos, ihre Schritte waren im Gras nicht zu hören. Hastig sah Daisy sich in sämtliche Richtungen um. Ihr Puls raste. Sie konnte nirgendwohin. Das war lächerlich … würde die Geschichte sich jetzt wiederholen?

Daisy schaute hinter sich. Sie stand etwa einen halben Meter vom Klippenrand entfernt. Rannte sie nach links, stolperte sie unter Umständen, weil sie das Gelände nicht gut kannte, und stürzte deshalb von der Klippe. Rannte sie nach rechts, lief sie dieser Gestalt geradewegs in die Arme. Ihr blieb keine andere Wahl: Angriff war die beste Verteidigung. Sie holte tief Luft, fing an, wie eine Wilde zu schreien, und rannte auf die Gestalt in der Dunkelheit zu. Sie wollte daran vorbeipreschen, doch die

Person streckte den Arm aus und packte sie. Daisy kreischte noch lauter.

»Verdammt noch mal, Daisy«, schimpfte Max und hielt sie nur noch fester.

Sie riss sich los. »Max? Du Idiot! Ich dachte, du ... ich dachte, das wäre ...« Sie konnte den Satz nicht zu Ende bringen, ohne mehr preiszugeben, als sie wollte.

»Heh, beruhige dich. Wovor hast du dich denn so erschreckt?«

»Vor dir«, blaffte sie ihn keuchend an.

»Tut mir leid. Ich habe auf der Klippe jemanden stehen sehen, der sich merkwürdig benahm, und dachte, ich schaue besser mal nach.«

Daisy spürte, dass ihre Panik sich etwas legte. Er wollte nur helfen. Ihre blühende Fantasie hatte ihr solche Angst eingejagt.

»Hast du zufällig eine Taschenlampe dabei?«, fragte sie ihn. »Bug ist mir weggelaufen.«

»Nein, leider nicht. Mein Telefon hat eine Taschenlampenfunktion, aber das hat nicht mehr viel Saft. Ich helfe dir aber beim Suchen.«

»Das ist leichter gesagt als getan. Er ist wie eine lebende Nadel im Heuhaufen. Versuch mal, in der Dunkelheit einen schwarzen Hund zu finden.«

Sie hatte den Eindruck, dass er lächelte, doch in der Dunkelheit ließ sich nur schwer sagen, ob das stimmte.

»Lass uns erst mal hier suchen«, schlug Max vor und lief den Küstenpfad entlang voraus. »Du hättest ihn nicht von der Leine lassen dürfen.«

»Das habe ich nicht«, erwiderte Daisy gereizt. »Genau genommen ist er nach wie vor an der Leine. Nur habe ich das andere Ende nicht mehr in der Hand.«

»Hmm, hoffentlich bleibt er nicht irgendwo hängen und stranguliert sich.« Seine Bemerkung trug nicht gerade zu ihrer Beruhigung bei.

157

»Dann hoffen wir einfach mal, dass er über mehr Verstand verfügt.«

Schweigend folgte sie Max. Der Klippenrand war dicht neben ihr, und sie wollte auf keinen Fall stolpern und in den Tod stürzen. Ob andere Menschen auch über solche Dinge nachdachten? Oder lag das nur an ihrer bildhaften Vorstellungskraft? Auf einmal hörten sie von rechts ein Geräusch. Max blieb so abrupt stehen, dass Daisy gegen seinen Rücken prallte. Im nächsten Moment blieb sie mit der Schuhspitze an seinem Fuß hängen und stolperte. Sie schnappte laut nach Luft, als ihr Fuß Richtung Klippenrand rutschte, und versuchte mit aller Macht, nicht das Gleichgewicht zu verlieren. Eine starke Hand griff nach ihrem Arm und zog sie wieder auf beide Füße.

»Bist du betrunken?«, fragte Max, dessen Gesicht jetzt dicht vor ihrem war.

Im ersten Moment konnte Daisy nicht antworten. Ohrenbetäubend laut dröhnte ihr Puls ihr in den Ohren. »Nein«, gab sie schließlich atemlos zur Antwort. »Das ist dieser verdammte Hund. Ich schwöre es dir, er ist eine Ausgeburt der Hölle und hat es auf mich abgesehen.«

Max lachte. Schnell ging Daisy um ihn herum auf seine andere Seite. Damit hatte sie jetzt sicheren Abstand zum Klippenrand, obwohl es zugleich bedeutete, dass sie über das unebene Gras laufen musste. Da Max immer noch lachte, konnte sie die Angelegenheit nicht auf sich beruhen lassen. »Du findest das lustig, aber glaub mir: Dieser Hund hasst mich.«

Max hörte auf zu lachen und sah sie an. »Meinst du das ernst? Er ist doch bloß ein Hündchen. Ich glaube kaum, dass er mehr als Angst oder Glück empfinden kann.«

»Oh, das ist äußerst tiefsinnig.«

»Wenn du dich über mich lustig machen willst ...«, sagte er und lief mit großen Schritten weiter, sodass Daisy beinahe laufen musste, um ihn einzuholen.

»Entschuldige, du hast vermutlich recht.« Wahrscheinlich war es am vernünftigsten, ihre Theorien im Hinblick auf Bugs Vorhaben, die Weltherrschaft an sich zu reißen, für sich zu behalten.

Sie liefen noch ein Stück weiter, bevor sie es beide zur gleichen Zeit hörten. Ein kratzendes Geräusch, begleitet von einem leisen Winseln. Max nahm sein Telefon, schaltete die Taschenlampenfunktion ein und suchte mit dem Lichtschein die Grasfläche vor ihnen ab. Bald erfasste der Lichtkegel ganz in ihrer Nähe einen kleinen schwarzen Klecks.

»Bug!«, rief Daisy. Der Hund sah nur einen Moment auf und widmete sich dann wieder der Aufgabe, das Kaninchen auszugraben. Schnell griff Max nach der Leine und reichte sie Daisy.

»Jetzt halt sie richtig fest.«

Daisy schnitt ihm eine Grimasse. Sie mochte es nicht, wenn man ihr Vorschriften machte. Das störte sie ebenso, wie es Bug ärgerte, an seiner Mission gehindert zu werden. Daisy zog noch einmal an der Leine, doch Bug sah nicht so aus, als wolle er ihr folgen. Er lief ein paar Schritte rückwärts, trabte ihr dann aber widerwillig hinterher.

Daisy wollte unbedingt wieder nach Hause zu Tante Coral. Aber jetzt lief Max neben ihr her, und sie war nicht sicher, ob er einfach nur den gleichen Weg hatte oder sie nach Hause begleitete.

»Danke für deine Hilfe. Den Rest schaffe ich jetzt allein«, sagte sie, als sie das Ende des Pfades und damit die beleuchtete Straße erreichten.

»Nein, schon okay. Ich bringe dich noch bis in deine Straße, ich bin ja auch auf dem Heimweg.«

»Oh, okay.« Dass er sie begleitete, störte sie weniger, wenn es ohnehin sein Nachhauseweg war. »Wo wohnst du denn?«

»In der Tinkers Lane. Da haben sie einige der alten Sozialwohnungen in Einzimmerapartments umfunktioniert.«

Immerhin hatte er eine eigene Wohnung, dachte Daisy; das war mehr, als sie von sich selbst behaupten konnte. »Leben deine Mum und dein Dad immer noch hier?« Ihre Einfallslosigkeit erstaunte sie zuweilen selbst.

»Nein, Mum ist weggezogen«, erwiderte Max. »Sie lebt jetzt in Thurso, in Schottland. Sie hat es geschafft, an den am weitesten entfernten Ort zu ziehen, der möglich war, ohne dass sie das Land verließ. Na ja«, fügte er leise lachend hinzu, »die komische Bohrinsel wäre auch noch eine Möglichkeit gewesen.«

»Und dein Dad? Den habe ich immer sehr gemocht«, sagte Daisy und erinnerte sich an den lustigen Mann, der am Strand Kricket gespielt hatte.

Max sah aus, als sei ihm die Frage unangenehm. »Der ist auch weg, allerdings auf ausdrücklichen Wunsch Ihrer Majestät. Ich habe keinen Kontakt mehr zu ihm.«

Die Situation war peinlich, und Daisy suchte nach einem Thema, das die Stimmung hob. »Früher, als wir Kinder waren, hast du im Schwimmbad immer als Rettungsschwimmer gearbeitet und es wahnsinnig toll gefunden, weil dann alle Mädchen auf dich standen.« Bei der Erinnerung musste Daisy lachen. »Was machst du eigentlich heute beruflich?«

Es folgte eine lange Pause, in der Max' Miene sich verfinsterte. Irgendetwas war nicht in Ordnung, das spürte Daisy, doch sie hatte keine Ahnung, was es war. Irgendwann sagte Max knapp: »Ich arbeite immer noch als Rettungsschwimmer.«

Eine unangenehme Stille machte sich zwischen ihnen breit, die nur vom Geräusch ihrer Schritte durchbrochen wurde. Daisy setzte mehrmals an, um etwas zu sagen, überlegte es sich dann aber doch anders. Alles, was ihr einfiel, hätte die ohnehin schon peinliche Situation nur noch verschlimmert.

»Los, sag es schon. Ich bin ein Loser«, sagte Max schließlich.

»Nein, das bist du nicht. Denn dann wäre ich auch einer, und ich weigere mich, das zu glauben.«

»Du hast es weiter gebracht als ich«, behauptete Max. »Ich habe immer noch den gleichen jämmerlichen Job, den ich vor zehn Jahren hatte. Du bist wenigstens gereist.«

»Meine Art zu reisen war aber nicht gerade ein Vergnügen. Ich musste immer arbeiten, hatte nie genug Geld, um mir mal ein paar Sehenswürdigkeiten anzuschauen. Und jetzt bin ich wieder genau da, wo ich angefangen habe. Ich finde keinen Job, und ich wohne bei meiner Tante. Klingt für mich nicht gerade nach einem Lebenslauf von jemandem, der es zu etwas gebracht hat.« Einen kurzen Moment mussten sie beide herzlich lachen und verstummten dann. Welche Entscheidungen in ihrem Leben hatten dazu geführt, dass sie an diesem Punkt angelangt waren.

»Du arbeitest für die Seenotrettung«, ging Daisy plötzlich auf, »und gehörst zur Besatzung der Rettungsboote. Das ist irre. Ich meine, wie viele Menschenleben hast du schon gerettet?«

Max zuckte mit den Achseln. »Ein paar. Das ist unser Job«, fügte er bescheiden hinzu.

»Ich finde das großartig«, sagte Daisy und meinte es genau so.

Max wischte auf der Suche nach etwas auf seinem Handy herum. »Hier«, sagte er, als er es gefunden hatte. »Das ist die Telefonnummer der Küstenwache. Solltest du je sehen, dass jemand in Schwierigkeiten steckt, ruf einfach da an, und sie schicken binnen weniger Minuten ein Boot und eine Mannschaft los.«

Daisy gab die Nummer in ihr Telefon ein, bevor sie schweigend weiterliefen. Ein paar Minuten später erreichten sie die Trow Lane. »Da sind wir«, stellte Daisy fest und klang dabei wie einer der *Fünf Freunde*. Sie blieb stehen, aber Bug lief weiter, bis der Zug an seinem Halsband ihn unsanft ausbremste.

»Danke für den Plausch. Ich gehe jetzt nach Hause und schneide mir die Pulsadern auf«, sagte Max mit einem angedeuteten Lächeln.

Daisy blickte zu ihm auf. Er stand da im orangefarbenen Licht der Straßenlaterne und hatte seine Hände tief in den Jackentaschen vergraben, die Schultern merkwürdig hochgezogen und den Kopf gesenkt. Er wirkte verärgert, und sie fühlte sich zumindest zum Teil dafür verantwortlich. Sie atmete tief durch. »Pass auf, diese Idee, das Bahnhofsgebäude gewerblich zu nutzen … das war deine Idee.« Es kostete sie sehr viel Überwindung, das zuzugeben, aber es entsprach der Wahrheit. Auf das mit der heißen Schokolade war sie ganz allein gekommen, aber das mit der Wacholderbar war seine Idee gewesen.

Das schien Max nicht zu überzeugen. »Wie kommst du denn darauf?«

»Du hast mir erzählt, was aus anderen alten Gebäuden gemacht wurde, und die Idee mit der Bar hat sich bei mir festgesetzt. Dass jetzt überhaupt etwas passiert, ist einzig und allein dein Werk. Damit hast du offiziell unter Beweis gestellt, dass du kein totaler Loser bist.« Sie knuffte ihn spielerisch in die Rippen.

Er hielt seinen dunklen Wuschelkopf weiterhin gesenkt, schaute aber zu ihr auf. »Danke«, sagte er mit einem Nicken.

»Gern geschehen«, versicherte sie ebenfalls mit einem Nicken.

»Jason hat mir erzählt, er hilft dir hin und wieder. Wenn du noch einen starken Loser brauchst, der schweres Zeug schleppen kann, weißt du ja, wo du mich findest.«

Schon im Gehen rief Daisy ihm noch hinterher: »Es könnte sein, dass ich darauf zurückkomme.« Dann zog sie an der Leine und verstimmte Bug damit in höchstem Maße. Er war gerade intensiv damit beschäftigt, dem ungemein interessanten Geruch des Straßenschildes auf den Grund zu gehen. Mit einem Knurren verlieh er seinem Unmut Ausdruck, trottete Daisy aber schließlich hinterher.

Kapitel 14

Daisy und Tamsyn saßen bei Tamsyn im Garten, tranken den selbst gemachten Holunderbeerlikör ihrer Mutter und sprachen über das, was am Vorabend passiert war. »Der arme Bug muss fürchterliche Angst gehabt haben«, sagte Tamsyn mit großen Augen und schwerem Dialekt.

»Nun hör aber auf, dieser Hund kann einiges ab. Aber ich hätte gestern Abend sterben können und –«

»Wenn Max dich nicht gerettet hätte«, fiel Tamsyn ihr ins Wort, ohne sie dabei aus den Augen zu lassen. »Wenn du einen mit Pelz besetzten Leder-Bikini getragen hättest, wäre das gewesen wie in …«

»Einem Fantasy-Roman?«

»Ja. Woher weißt du das?«

»Einfach nur eine Vermutung.«

»Wir sind total auf der gleichen Wellenlänge«, meinte Tamsyn und klatschte begeistert in die Hände.

Daisy schüttelte den Kopf. »Ich brauchte nicht gerettet zu werden. Dass er plötzlich da aufgetaucht ist, war reiner Zufall.« Bereits die Vorstellung, von jemandem gerettet zu werden, irritierte sie, erst recht, wenn dieser Jemand Max war.

»Aber es wäre so schön, von jemandem gerettet zu werden«, schwärmte Tamsyn verträumt.

»Nein«, entgegnete Daisy. Sie fand diesen Gedanken entsetzlich, und an Märchen hatte sie sowieso noch nie geglaubt. Frauen waren genauso stark wie Männer. Sie sollten sich gefälligst selbst retten. *Du hast dir die Suppe eingebrockt, jetzt musst du sie auch wieder auslöffeln*, hatte Großonkel Reg immer gesagt.

»Träumst du nie davon, dass jemand auf seinem weißen Ross angeritten kommt und dich von hier wegholt?« Tamsyn ließ ihre Blicke durch den hübschen Garten schweifen.

»Nie«, antwortete Daisy wahrheitsgetreu. Das Leben hatte sie schon früh mit seiner harten Realität konfrontiert. Seitdem sah sie die Welt nüchtern. Wie hoch war schon die Wahrscheinlichkeit, dass ihr jemand zur Hilfe eilte? So etwas passierte einfach nicht. Sie hatte gelernt, sich nur auf einen einzigen Menschen zu verlassen – sich selbst –, und sie hatte gelernt, selbst das hin und wieder infrage zu stellen.

»Es ist schrecklich, dass dein Medaillon nicht mehr da ist«, sagte Tamsyn und schien aus ihrem Tagtraum zu erwachen. Daran, dass sie während einer Unterhaltung wahllos das Thema wechselte, hatte sich Daisy inzwischen gewöhnt.

»Japp, aber so was passiert halt.« Sie musste die Gleichgültige spielen, weil sie anders nicht mit der Situation umgehen konnte. Wenn sie auch nur einen Moment länger darüber nachdachte, hatte sie sofort diesen dicken Kloß im Hals und war kurz davor loszuheulen. Wenn sie weinte, war sie so schrecklich hässlich.

»Meine Mum wollte damit arbeiten. Du weißt schon, sie wollte versuchen, einen Kontakt zu deiner Mutter herzustellen.« Tamsyn sagte das, als sei das ebenso normal, wie sich in der Stadtbibliothek ein Buch auszuleihen.

»Ach ja«, meinte Daisy. Sie wusste nicht, wie sie darauf reagieren sollte. »Sag ihr bitte vielen Dank dafür.«

Tamsyn nippte an ihrem Likör. »Hast du manchmal das Gefühl, dass dein ganzes Leben ein Spielfilm ist?«, wollte sie wissen.

Daisy lachte hohl auf. »Den würde niemand sehen wollen«, sagte sie.

»Ich schon«, behauptete Tamsyn. »Es ist, als hättest du die Bucht verlassen, um dich auf die Suche zu machen und deine tote Mutter zu rächen. Entschuldige«, fügte Tamsyn hinzu, als sie das Erstaunen in Daisys Blick erkannte.

»Das war doch keine Suche. Ich bin einfach nur weggezogen.« Daisy wusste zwar nicht, welche Richtung diese Unterhaltung nehmen würde, doch da Tamsyn am Steuer saß, war davon auszugehen, dass sie in unbekanntes Terrain führte, das sich weitab von der normalen Busstrecke befand. »Wäre es ein Fantasy-Roman, wäre Reg sicher der weise alte Zauberer gewesen. Sehe ich das richtig?«, fragte Daisy.

»Jawohl, und ich bin seine bemerkenswerte, aber völlig unterschätzte Stellvertreterin.«

»Und was bin ich dann? Der Hobbit mit den behaarten Füßen?«

»Wenn dir der Ring passt … Nein, du bist die einzig wahre Erbin, die ihre Bestimmung erfüllen und den Drachen töten muss, na sichi.«

»Na sichi«, wiederholte Daisy, obwohl sie sich blöd dabei vorkam, diese Abkürzung zu benutzen.

Plötzlich richtete Tamsyn sich kerzengerade auf ihrem Stuhl auf. »Vielleicht war dein Medaillon ja ein verwunschenes Amulett.«

»Sag mir bitte, dass das ein Scherz sein soll.« Jetzt übertrieb Tamsyn aber ein wenig.

»Natürlich war das ein Scherz«, erwiderte sie, begleitet von einem leisen Lachen. Doch Daisy sah ihr an, dass sie die Möglichkeit beschäftigte.

Schweigend tranken sie ihren Likör, und die Herbstbrise ließ Daisy frösteln. Sie zog den Reißverschluss ihrer Sweatjacke zu, als ihr Telefon piepte. Träge schaute sie auf den Bildschirm. Eine Freundschaftsanfrage auf Facebook war an sich nichts Ungewöhnliches. Doch diese hier kam von Guillaume. Alle möglichen Fragen schossen Daisy durch den Kopf, aber bevor sie die hätte ordnen können, hatte sie bereits auf Ablehnen gedrückt. Ohne Vorwarnung wirbelten plötzlich Gefühle in ihr auf, auf die sie überhaupt nicht gefasst war. Guillaume hatte ihr unendlich viel bedeutet, und er hatte sie sehr verletzt.

Er war der letzte Mensch, mit dem sie befreundet sein wollte. Was sollte das? Warum versuchte er nach all der Zeit, Kontakt zu ihr aufzunehmen?

»Weißt du, wie das ist, wenn du plötzlich dieses brennende Gefühl hast?«, fragte Tamsyn und riss Daisy damit aus ihren Gedanken.

»Ja, das ist meistens eine Blasenentzündung.«

Lachend versuchte Tamsyn, ihr eine zu wischen, schlug aber daneben. »Nein, ich meine, wenn du mit jemandem zusammen bist, den du gernhast.«

»Und von welchem Jemand sprechen wir hier?«

Tamsyn biss sich auf die Unterlippe. »Das möchte ich nicht sagen. Mum hat mir die Karten gelegt, und sie sieht einen Seelenverwandten in meiner Zukunft, meinen Traumpartner.«

»Den hätten wir alle gern. Wer ist es denn?«

»Das weiß sie nicht.«

Daisy ließ sich das durch den Kopf gehen. »Was meintest du denn genau mit brennendem Gefühl? Wenn man es ausspricht, klingt es absolut falsch.«

Tamsyn zierte sich. »Das fühlt sich so an, als würde dir jemand Schnörkel in den Bauch malen. Ist das Liebe. Woher weiß man, das?«

Daisy ließ sich Zeit mit ihrer Antwort. Sie war nicht gerade erfahren auf diesem Gebiet. Ihr waren so einige Schwachköpfe begegnet, aber es hatte noch niemanden gegeben, mit dem sie sich lebenslanges Glück vorgestellt hatte. »Ich glaube nicht, dass man das je wirklich weiß«, sagte sie, und dann saßen sie beide gedankenverloren da und begutachteten die Herbstfarben des Gartens.

Max dachte an Daisy, als er den Hügel hinunterschlenderte, über den man zu seiner kleinen Einzimmerwohnung gelangte. Er hatte es immer vermieden, sie als sein Zuhause zu bezeichnen, weil sie eigentlich nur eine Notlösung hatte sein sollen. Angesichts seines Einkommens würde er jedoch wohl nur schwierig etwas Besseres finden. Auch wenn die Stunden, die er arbeitete, keine Ganztagsstelle ergaben, war es schwierig, einen zweiten Job zu finden, den er dazwischenquetschen konnte. Er hatte in mehreren Bars gejobbt, kurzfristig sogar als Cocktailmixer, doch er machte sich wesentlich besser auf der anderen Seite der Theke mit einem Bier in der Hand.

Die Vorstellung, an dem alten Bahnhofsgebäude zu arbeiten, gefiel ihm. Insgeheim hatte Max schon immer gern gebastelt und getüftelt. Als sie noch Kinder gewesen waren, hatte er so manche glückliche Stunde bei Jason zu Hause verbracht und mit dessen Modelleisenbahn gespielt, auch wenn er das nie zugeben würde. Er erinnerte sich, wie aufregend es gewesen war, mit Jasons Familie mit dem Zug Ausflüge zu unternehmen, und jede Einzelne dieser Reisen war ihm lebhaft im Gedächtnis geblieben. Jetzt fuhr er nur noch selten mit der Bahn. Eigentlich reiste er überhaupt nicht mehr, das konnte er sich gar nicht leisten.

Max war in Ottercombe Bay geboren und aufgewachsen – er war mit dem Ort verbunden. Obwohl er mehr vom Leben erwartete, wusste er, dass er die Bucht nie verlassen wollte. Viele seiner Freunde waren weggezogen, letztendlich aber doch zurückgekehrt, oder hatten sich an einem anderen Ort an der Küste niedergelassen. Wenn man mit dem Meer vor der Haustür aufgewachsen war, konnte man sich nur schwer davon trennen. Es zog einen immer wieder an die Küste zurück, wie die Flut das Meer. Max empfand den Rhythmus des Meeres als beruhigend, außer wenn er unter schlechten Bedingungen mit dem Rettungskreuzer unterwegs war. Dann war das Meer eine Herausforderung, der man sich stellen musste. So oder so brauchte er es: Es war sein Anker.

Das Gefühl, dass alle um ihn herum sich weiterentwickelt und es zu etwas gebracht hatten, hatte ihm zugesetzt. Erst Reg hatte ihm einen neuen Blickwinkel gezeigt. Er hatte Max geholfen, zu erkennen, dass es seine eigene Entscheidung war, in der Bucht zu bleiben. Nicht mangelnder Ehrgeiz oder Gleichgültigkeit hatten ihn hier gehalten. Es hatte in Max' Leben nur sehr wenige Menschen gegeben, die er wirklich geschätzt hatte, aber Reg war einer von ihnen gewesen. Wie so viele andere hatte nur auch er ihn verlassen. Er vermisste Reg sehr.

Auf einmal hatte Max das Gefühl, beobachtet zu werden. Er hob den Kopf und suchte mit den Augen den Weg vor sich ab. Die nächste Laterne war noch ein ganzes Stück entfernt, doch er erkannte eine schattenhafte Gestalt ganz in der Nähe. Max behielt die Person im Auge. Sie stand vollkommen still, nur deswegen fiel sie ihm auf. Im Näherkommen erkannte er die Silhouette, und das beunruhigte ihn mehr, als er sich eingestehen wollte.

Er wappnete sich innerlich, und erst als er auf einer Höhe mit der nur schemenhaft erkennbaren Gestalt war, beschleunigte er seine Schritte.

»Max.« Ein Mann trat aus der Dunkelheit und streckte den Arm aus, um ihn am Weiterlaufen zu hindern. Widerwillig blieb Max stehen. Er konnte spüren, wie sein Körper auf Kampf-oder-Flucht-Modus schaltete und ihm das Adrenalin durch die Adern schoss. Der Mann senkte den Arm. »Hallo, mein Sohn.«

Max holte tief Luft und hielt sie einen Moment an. Er wollte ruhig und gelassen bleiben. »Dad.« Er nickte kurz und versuchte weiterzugehen.

»Ach, nun komm schon, Kumpel. Hat dein alter Vater nicht einmal eine Umarmung verdient?« Es lag ein dreistes Funkeln in Pascos Augen, als er die Arme ausbreitete. »Lang, lang ist's her.«

Nicht lange genug, dachte Max verbittert. Sein Vater presste ihn an sich, obwohl Max seine Hände immer noch tief in den Taschen vergrub und keine Anstalten machte, die Umarmung zu erwidern. Max' Körper verkrampfte sich bei der Berührung, und er konnte es kaum erwarten, dass sein Vater ihn wieder losließ.

Pasco hielt ihn auf Armlänge von sich weg und musterte ihn von Kopf bis Fuß. »Gut schaust du aus«, sagte er, und eine Träne sammelte sich in seinem Augenwinkel.

»Ich bin okay. Wie ich sehe, hat man dich frühzeitig entlassen«, sagte Max, nachdem sein Vater ihn endlich losgelassen hatte.

»Wegen guter Führung.« Sein Vater stellte den Kragen seiner Jacke hoch und schenkte Max dieses spitzbübische Grinsen, das ihm meist alle Türen öffnete. Dieses Mal nicht, dachte Max. Eine bleierne Stille machte sich zwischen ihnen breit. »Hast du Lust auf ein Bier?« Pasco machte eine Kopfbewegung in Richtung Stadt.

»Hast du Geld?«, fragte Max mit zusammengekniffenen Augen.

»Ah. Die Sache ist die. Ich habe so einiges angeleiert, aber bis das so weit ist …«

»Das heißt also, du hast kein Geld«, konstatierte Max tonlos.

»Ich wäre dir dankbar, wenn du mir ein bisschen was vorschießen könntest – du kriegst es zurück.«

»Das bezweifle ich«, sagte Max und wollte weitergehen. Ihm schwirrte der Schädel vor lauter Anstrengung, seine Gefühle im Zaum zu halten. Seinen Vater nach all der Zeit wiederzusehen war ein Schock. Unweigerlich musste er an die Nacht denken, in der Max ihn so schändlich verraten hatte. Max schüttelte den Kopf, als versuche er, sie sich im wahrsten Sinne des Wortes abzuschütteln.

»Max. Kumpel«, rief Pasco ihm nach, aber Max drehte sich nicht noch einmal um. Er senkte den Kopf und lief weiter, bis die Dunkelheit ihn verschluckt hatte.

Es war ein strahlend schöner Septembermorgen, und Daisy war schon früh auf den Beinen und voller Elan. Sie kraulte Bug sogar kurz hinter den Ohren, bevor sie sich ihre Lockenpracht mit einem Schal zusammenband. Heute stand harte körperliche Arbeit auf dem Programm, und das Letzte, was sie dabei brauchte, waren Haare, die ihr ins Gesicht flatterten. Es sollte ein produktiver Tag werden. Sie hatte sich gut überlegt, was sie zu Anfang brauchte, und da ihre Tante immer noch darauf bestand, in das Unternehmen zu investieren, konnte sie es jetzt tatsächlich in Angriff nehmen. Sie schrieb eine lange Liste für Tante Coral, auf der die einzelnen Putzmittel aufgeführt waren, die sie brauchte, dann verließ sie das Haus.

Daisy stieg von ihrem Motorrad und schob es über den Parkplatz. Sie war perplex, als sie Max auf der Bahnsteigkante sitzen sah. »Du bist ein bisschen zu früh für die Eröffnung – mindestens zwei Monate«, rief sie ihm zu.

Ruckartig hob er den Kopf. »Jason hat gesagt, dass du heute mit den Aufräumarbeiten anfängst, und da er Dienst hat, dachte ich, ich schaue einfach mal vorbei.«

Daisy warf einen Blick auf ihre Armbanduhr. »Na du musst ja hoch motiviert sein … oder bist du aus dem Bett gefallen?«

»Sehr witzig«, erwiderte Max mit einem Gesichtsausdruck, der das Gegenteil sagte. »Häng deinen Beruf hierfür nicht gleich an den Nagel … oh, warte mal, du hast ja gar keinen.«

»Sosehr ich ein verbales Scharmützel am frühen Morgen auch zu schätzen weiß … bist du hier, um mir zu helfen oder nur um mich zu deprimieren?«

»Sowohl als auch.« Max kratzte sich am Kopf. Sein Haar fiel ihm ins Gesicht, als habe es ein Eigenleben.

»Okay«, meinte sie mit einem Achselzucken. Sie traute Max nicht so ganz, und dass er jetzt aus heiterem Himmel hier auftauchte, um ihr zu helfen, machte sie mehr als nur ein bisschen argwöhnisch. Sie waren einander in den letzten drei Monaten immer nur auf die Nerven gegangen. »Ich kann dir nichts dafür bezahlen, das weißt du hoffentlich.«

»Ich erwarte keinen Penny, sondern bin nur hier, um zu helfen. Du weißt schon, das ist diese Sache, die wir Einheimischen füreinander tun.«

Daisy hatte nicht vor, sich provozieren zu lassen. »Dann vielen Dank, das ist sehr nett von dir.«

»Ich weiß.«

Daisy hob die Augenbrauen. »Tante Coral wird mir auf dem Weg zur Arbeit einen Haufen Putzmittel und Besen vorbeibringen, aber im Moment …« Sie hielt ein Brecheisen und eine Schaufel hoch.

»Hast du die auf deinem Motorrad transportiert?«

»Japp! Wenn du wüsstest, was ich darauf alles machen kann«, erwiderte sie, spürte sofort, dass ihr die Röte in die Wangen stieg, und drehte den Kopf zur Seite.

Max schien beeindruckt, nahm ihr das Brecheisen aus der Hand, und sie machten sich an die Arbeit. Innerhalb von Minuten hatten sie die Bretter von der Tür genommen und betraten das Gebäude. Es roch darin genauso muffig, wie Daisy es in Erinnerung hatte, aber die frische Meeresbrise und ein Schrubber würden das sicher bald ändern. Max widmete sich jetzt den Brettern an den Fenstern, während Daisy sich daranmachte, den Schutt nach draußen auf den Bahnsteig zu schaufeln. Mit jedem Brett, das verschwand, strömte mehr Licht in den Innenraum und ließ Daisy blinzeln. Als Max auch das letzte Brett abgenommen hatte, bot sich ihnen ein völlig neues Bild. Die Räume waren immer noch muffig, feucht und leer, doch das Licht hatte dem vernachlässigten Gebäude neues Leben eingehaucht. Die Wände waren aus unverputztem Backstein und voller Spinnweben, schufen aber dennoch eine urige und charmante Atmosphäre. Die Gewölbedecke im Hauptraum war beeindruckend, und auf dem Fußboden entdeckte Daisy glatte Schieferplatten. Wenn sie die ordentlich schrubbte und polierte, würden sie fantastisch aussehen.

Ein Hupen kündigte Tante Coral an, und Daisy lief hinaus, um ihr eine der Metallschranken zum Parkplatz zu öffnen. Direkt hinter Coral fuhr Tamsyn und winkte aufgeregt.

»Ich musste herkommen«, rief sie durch das offene Fenster, noch bevor der Wagen zum Stehen kam. »Coral hat gesagt, du nimmst heute die Bretter ab, und ich muss da einfach rein. Das ist ein historischer Moment, beinahe wie die Öffnung von Tutanchamuns Grabkammer.«

Daisy lachte. »Nicht so ganz, Tamsyn, aber danke für deinen Enthusiasmus.«

Coral öffnete den Kofferraum, und gemeinsam hievten sie dessen Inhalt auf den alten Bahnsteig. Es waren kistenweise Putzmittel – finanziert von Tante Corals Darlehen. »Ich glaube, ich habe alles bekommen«, sagte Coral und gab Daisy die Einkaufsliste zurück.

»Du bist ein Schatz. Vielen Dank.«

Tamsyn kreischte, als sie das Bahnhofsgebäude betrat. Hastig eilte Daisy zu ihr, um zu sehen, was passiert war. Tamsyn stand in der Mitte des Schalterraums und drehte sich im Kreis wie eine aufgedrehte Fünfjährige. Ihr mit Ananas bedruckter Rock flatterte ihr dabei um die Beine. »Das ist ein magischer Ort«, erklärte sie.

»Hast du getrunken?«, fragte Max, der lässig an der Seite stand. Er hatte sich das Brecheisen über die Schulter gelegt, wodurch sein Bizeps eindrucksvoll sichtbar wurde. Ein strategisch äußerst günstig platzierter Schmutzfleck auf seiner Wange gab seinem Anblick den letzten Schliff. Er sah aus wie ein Model auf einem dieser Kalenderfotos.

»Nein«, erwiderte Tamsyn, obwohl sie nach ihren wilden Drehungen erst einmal ihr Gleichgewicht finden musste. »Findet ihr nicht, dass es sich anfühlt, als könnten wir jeden Moment nach Narnia transportiert werden?«

Daisy wollte ihr gerade recht geben, aber Max lachte bereits. »Ich glaube, das war ein Kleiderschrank, kein Bahnhof.«

»Nein, sie hat recht«, sagte Daisy. »Im zweiten Buch … hieß das nicht *Prinz Kaspian*? Da werden die Kinder unerwartet von einem Bahnhof nach Narnia transportiert.«

Das war nicht das Einzige, womit Tamsyn recht hatte; dieses Gebäude hatte tatsächlich etwas Magisches an sich. Vielleicht lag das daran, dass es so viele Geschichten erlebt hatte: von Menschen, die zum ersten Mal nach Ottercombe Bay gekommen waren, und von Menschen, die zum Abschied ein letztes Mal auf dem Bahnsteig gewinkt hatten. In diesem Gebäude war die Vergangenheit lebendig, und es berauschte Daisy, sich vorzustellen, dass sie diejenige war, die sie enthüllte.

Tamsyn nickte energisch, und auf einmal fühlte Daisy sich ihr innerlich verbunden. Ihre Freundschaft hatte immer bestanden, doch erst jetzt wurde Daisy bewusst, dass Tamsyn ihr sehr viel bedeutete und wie sehr sie sie vermisst hatte. Tamsyn brachte das Wort skurril auf ein völlig neues Niveau, aber sie war einzigartig, und genau das liebte Daisy an ihr. Nach einer kurzen persönlichen Führung winkten Max und Daisy Tante Coral und Tamsyn zum Abschied zu und schauten einander an.

Max wandte den Blick als Erster ab. »Na dann machen wir uns mal wieder an die Arbeit«, sagte er und lief ins Haus. Daisy blieb zurück und sah sich in aller Ruhe um. Betrachtete den mit Unkraut überwucherten Parkplatz, die wackeligen Gleise, den schäbigen Bahnsteig und das verwahrloste kleine Gebäude. Die Vorstellung, dass ihr das alles in neun Monaten gehören würde und sie es verkaufen konnte, war angenehm. Sie griff nach ihrem Medaillon, seufzte tief, als sie einmal mehr feststellte, dass es nicht mehr an ihrem Hals hing, und machte sich wieder an die Arbeit.

Kapitel 15

Nach ein paar Stunden hatte Daisy die Nase voll von all dem Staub und Dreck. Sie hatte inzwischen so viele Wände und Balken abgewischt, dass ihr die Arme wehtaten. Wie konnte ein Ort, der jahrelang mit Brettern zugenagelt gewesen war, derart schmutzig sein? Auf allem lag eine dicke Staubschicht. Max hatte sich eine Auszeit von den Innenarbeiten genommen und rückte draußen dem Unkraut zu Leibe. Daisy atmete tief durch, füllte ihre Lungen mit frischer Meerluft und setzte sich auf die Bahnsteigkante.

»Wir sollten uns etwas zum Mittagessen besorgen«, rief sie Max zu. Nach einem Blick auf seine Armbanduhr kam er zu ihr herüber.

»Ich will erst noch das letzte Stück mit Unkrautvernichter einsprühen, damit alles fertig ist. Anschließend sollte ich mich schleunigst auf den Weg zur Arbeit machen.«

»Aber du musst doch was essen.«

»Das ist schon in Ordnung. Ich brauche zu Fuß etwa fünfundzwanzig Minuten für den Weg zum Freizeitzentrum. Ich besorge mir unterwegs etwas.«

Daisy zögerte. »Ich könnte dich auch fahren.« Sie zeigte auf ihr Motorrad. »Dann hätten wir Zeit, die Pasteten im Café zu essen. Beim Laufen zu essen ist ungesund.« Was redete sie denn da?

»Mit dieser Todesfalle?«

»Mich hat sie noch nicht umgebracht«, sagte Daisy und erhob sich. »Es war aber schon einige Male nah dran.« Sie klopfte sich den Staub von den Sachen – was hätte sie in diesem Moment um fließendes Wasser zum Händewaschen gegeben. Sie hatte bereits mit dem Wasserwerk gesprochen, musste jetzt allerdings auf einen Ortstermin warten. Man konnte das Wasser in einem stillgelegten Gebäude wohl nicht einfach wieder andrehen.

Als Max mit der Arbeit am Parkplatz fertig war, gesellte er sich wieder zu Daisy. So wie er jetzt neben ihr stand, fiel ihr zum ersten Mal richtig auf, wie groß er war. Obwohl sie mit ihren ein Meter siebzig nicht gerade klein war, überragte er sie um mindestens einen halben Kopf. Sie musterte erst Max, dann ihr kleines Motorrad. Was sollte schon passieren?

Daisy setzte sich ihren Helm auf, stieg auf die Maschine und wartete, dass Max hinter ihr Platz nahm. Er schwang sein Bein über den Sitz, und sie spürte, wie sein Körper sich an ihren schmiegte, als seine Beine sich gegen die Außenseiten ihrer Schenkel pressten. Das hatte sie überhaupt nicht bedacht. Max' Körper an ihrem fühlte sich sehr intim an. Sie konnte die Hitze spüren, die er verströmte, und ihr verräterischer Körper genoss die Nähe. Entschlossen straffte sie die Schultern.

»Ist das ohne Helm okay für dich?«, fragte sie, ohne sich dabei umzudrehen. So brauchte sie ihm zumindest nicht in die Augen zu schauen.

»Klar, ist ja nicht weit.«

»Ich fahre vorsichtshalber über den Reitweg, dann verstoßen wir im Prinzip nicht gegen das Gesetz – nur für den Fall, dass wir Jason begegnen.«

Daisy war angespannt, als sie darauf wartete, dass Max seine Arme um ihre Taille legte. Stattdessen griff er mit den Händen nach hinten und hielt sich an der Rückenlehne fest. Daisy merkte, dass sie die Luft angehalten hatte, und versuchte nun, sie unauffällig wieder auszuatmen. »Na dann mal los.« Sie gab Gas, und stotternd setzte sich die alte Maschine in Bewegung.

Die ersten paar Meter über den Parkplatz waren etwas holprig – das Gleiche galt für den Reitweg –, doch ansonsten lief alles glatt, bis sie eine Steigung erreichten. Plötzlich tat sich das Motorrad schwer. Daisy konnte spüren, dass etwas nicht stimmte. Komm schon, schaff es wenigstens bis auf die Anhöhe, redete sie der Maschine in Gedanken gut zu, aber es half nichts. Die Motorleistung wurde immer schwächer, das Motorrad fuhr immer langsamer und blieb schließlich ganz stehen. Daisy stellte die Füße gerade noch rechtzeitig auf den Boden, um zu verhindern, dass es umkippte und sie beide vom Sitz warf. Ihr wurde ganz elend zumute.

»Was ist los?«, fragte Max und stellte seine Füße auf den Boden, um nicht das Gleichgewicht zu verlieren.

»Ich glaube, mein Motorrad hat soeben den Geist aufgegeben.« Daisy versuchte, den Motor wieder anzulassen, doch er knackte lediglich etwas kläglich. »Japp, es ist kaputt.« Das traf Daisy hart. Sie liebte ihr altes Motorrad. Sie besaß es seit ihrer Rückkehr nach Großbritannien, seit nahezu einem Jahr, und es hatte ihr stets gute Dienste geleistet. Es sah genauso aus wie ihr allererstes Motorrad, und sie hatte sich von Anfang mit der Maschine verbunden gefühlt – zum Glück, denn ein anderes Modell hätte sie sich gar nicht leisten können. Sie tätschelte den Sitz, als tröste sie ein Haustier.

»Komm, schieben wir es zum Café. Da können wir es abstellen«, sagte Max. »Mach dir keine Sorgen«, fügte er hinzu, als er ihren Gesichtsausdruck sah. »Es lässt sich bestimmt reparieren.«

Daisy erwiderte nichts darauf, fing einfach an zu schieben. Sie wusste, wie alt die Maschine war. Bei der letzten TÜV-Abnahme hatte der Mechaniker sie gewarnt, dass der Vergaser kaum noch vertretbar war und nicht mehr lange halten würde. Und dass der Motor aus dem letzten Loch pfiff, wusste sie auch. Er hatte häufiger schon mal ausgesetzt. Mit zwei Passagieren die Steigung hinaufzufahren war für das arme alte Ding offenbar zu viel gewesen.

Bis sie das Café erreichten, spürte Daisy, wie ihr der Schweiß über den Rücken tropfte. Sie sicherte das Motorrad und betrat

dann den Laden. Während Max einen Tisch am Fenster aus-
wählte, bezahlte Daisy die Pasteten und gesellte sich dann zu
ihm.

»Kopf hoch«, sagte Max zwischen zwei großen Bissen. »Wir
haben heute Morgen eine ganze Menge geschafft.«

Daisy schaute auf. Er hatte recht. Dass das Motorrad den
Geist aufgegeben hatte, war ärgerlich, aber vielleicht konnte
man es ja tatsächlich reparieren, und wenn nicht, hatte es ihr
zumindest treu gedient. Das Problem war eher ihre emotionale
Bindung zu der Maschine. Sie besaß nicht viel, und das Motorrad war ihr Transportmittel – ihr persönliches Symbol für
Freiheit. Die Vorstellung, es zu verlieren, gab ihr das Gefühl,
von der Außenwelt abgeschnitten zu sein. Um sich abzulenken, biss sie in ihre Pastete. Der vertraute Geschmack von gut
gewürztem Fleisch und Kartoffeln versetzte sie in eine Zeit zurück, in der ihre größte Angst gewesen war, die Flut könne ihre
Sandburg wegschwemmen.

Blitzschnell verputzte Max seine Pastete und rieb sich die
Krümel von den Händen. »So, da ich jetzt zu Fuß gehen muss,
mache ich mich besser auf den Weg.«

»Oh, entschuldige«, sagte Daisy. Erst in diesem Moment
wurde ihr bewusst, welche Folgen die Motorradpanne für Max
hatte.

»Kein Problem. Vielen Dank fürs Mittagessen. Morgen um
die gleiche Zeit?«

»Max, du brauchst das nicht zu tun, das weißt du hoffentlich.«

»Ja, das weiß ich«, erwiderte er mit einem freundlichen Lächeln. »Es ist aber billiger, als ins Fitnessstudio zu gehen. Bis
morgen.«

Nachdem er gegangen war, ließ Daisy sich den Rest ihrer Fleischpastete schmecken und den unerwartet angeneh-
men Morgen mit Max Revue passieren. Sie war zwar immer
noch auf der Hut vor ihm und skeptisch im Hinblick auf seine

Motive, konnte aber nicht leugnen, dass er ihr sehr geholfen hatte. Ein Schatten am Fenster riss sie aus ihren Gedanken, und als sie den Kopf zur Seite drehte, sah sie Jasons grinsendes Gesicht. Er trug seine Uniform und winkte ihr begeistert zu, bevor er ins Café kam.

»Hallo, Daisy? Alles in Ordnung mit dir?«

»Mit mir schon, aber mein Motorrad hat den Geist aufgegeben, und das ist Mist.«

Sie konnte sehen, wie Jason überlegte. »Überlass das mir, ich werde es dir nach Hause bringen lassen.«

»Echt?« Daisy konnte nicht fassen, wie schnell die Menschen in der Lage zu sein schienen, ihre Probleme zu lösen.

»Wenn man nicht ab und an eine Gefälligkeit einfordern könnte, würde es einem ja gar nichts bringen, der örtliche Polizeibeamte zu sein«, sagte er und hob dabei keck die Augenbrauen.

»Wenn das geht. Irgendwelche Neuigkeiten im Hinblick auf die Einbrüche?«

Sofort wurde Jason wieder ernst. Er zog den Stuhl hervor, den Max eben frei gemacht hatte, und setzte sich. Plötzlich sah er so finster aus, wie man sich einen Kriminalkommissar vorstellte.

»Es ist zu einem dritten Diebstahl gekommen.« Er warf einen so verschwörerischen Blick über seine Schulter, dass Daisy es ihm gleichtat.

»Wo?«

»Bei Fagins«, erwiderte Jason.

Daisy runzelte die Stirn. »Der Souvenirshop?«

Jason nickte. »Es wurde eine Picknickdecke gestohlen.«

»Ist dort jemand eingebrochen?«

Jason beugte sich über den Tisch und senkte die Stimme. »Nein, es war kurz vor Ladenschluss, und die Besitzer haben sämtliche Waren hereingeholt und festgestellt, dass irgendjemand die Decke draußen vom Haken genommen hatte.«

178

»Das waren sicher Kinder, oder der Ladenbesitzer hat sich verzählt«, vermutete Daisy. Sie hatte nicht das Gefühl, dass ihr Fall mit diesem hier zu vergleichen war.

Jason schüttelte den Kopf. »Wir müssen nur die Zusammenhänge verstehen, glaub mir!«

Daisy hatte Mühe, nicht zu grinsen. Jason war lustig. Es war, als sei er in die falsche Generation hineingeboren worden – er hätte erheblich besser in die Zeit ihres Großonkels gepasst, vielleicht sogar in eine noch weiter zurückliegende Epoche.

Daisy hatte in so vielen Ländern und großen Städten gelebt, dass sie durchaus ein Bild von all den Verbrechen hatte, die ständig stattfanden. Ottercombe Bay lebte in seiner eigenen kleinen Fantasiewelt, und Jason war der Herr über diese Fantasiewelt.

Für Daisys Begriffe waren die Diebstähle allesamt Bagatelldelikte. Der einzige gestohlene Gegenstand, der einen gewissen Wert gehabt hatte, war ihr Medaillon, und das hätten die Diebe nicht mitgehen lassen, wenn sie es ihnen in ihrer Blödheit nicht so einfach gemacht hätte.

»Für mich hört sich das an wie ein weiterer Gelegenheitsdiebstahl. Wenn ich mein Medaillon in den Nachttisch gelegt hätte, hätte ich es jetzt vermutlich noch.«

»Das bezweifle ich«, erwiderte Jason mit düsterer Miene. »Sie haben dein Zimmer ja regelrecht auf den Kopf gestellt. Und ich verstehe immer noch nicht, warum.« Plötzlich wurde Daisy bewusst, dass Jason nach wie vor der Überzeugung war, der Dieb sei in ihr Schlafzimmer eingebrochen und habe es verwüstet. Dabei war das nur ihre ganz normale Unordnung gewesen.

Daisy holte tief Luft. »Jason, es tut mir wirklich leid, aber ich glaube, ich habe dich da in die Irre geführt.« Zum zweiten Mal heute brach ihr der Schweiß aus, diesmal allerdings vor Scham und Gewissensbissen.

»Wieso das denn?« Er legte den Kopf zur Seite.

»Ich glaube nicht, dass der Dieb, der mein Medaillon gestohlen hat, überhaupt in meinem Schlafzimmer war.«

Mit einer Handbewegung wollte Jason diese Bemerkung abtun. »Das Chaos hat das doch eindeutig gezeigt.« Daisy schüttelte den Kopf.

»Das Chaos war hauptsächlich … das war einzig und allein mein Werk.« Sie fühlte sich schrecklich. Es war qualvoll, zu sehen, wie sich die Fassungslosigkeit, die Jason ins Gesicht geschrieben stand, in Enttäuschung verwandelte. »Es tut mir aufrichtig leid. Ich hätte dir das längst sagen müssen. Es war mir vor den anderen nur so peinlich.«

Jason runzelte die Stirn, fand aber schnell zu seiner unbekümmerten Art zurück. »Das wäre hilfreich gewesen. Ich habe dadurch aber auch eine Lektion bekommen: Ich habe mich vorschnell zu einer falschen Schlussfolgerung hinreißen lassen. Danke, dass du es noch klargestellt hast.«

Daisy sah ihn nachdenklich an. »Entschuldige.«

»Vergessen wir es einfach. Es ändert auch nicht viel, schließlich geht es noch immer um die gleichen Gegenstände.« Jason schwieg einen Moment und sah sie dann abrupt direkt an. »Ich gehe doch wohl recht in der Annahme, dass sie wirklich …«

»Oh Gott, ja. So etwas würde ich mir niemals ausdenken.« Daisy griff sich zutiefst beschämt an den Hals, obwohl das Medaillon nicht mehr da war, um ihr Trost zu schenken. Jason bemerkte ihre Geste.

»Nein, natürlich nicht. Entschuldige bitte, aber du verstehst hoffentlich, dass ich das fragen musste.« Daisy nickte. »Gut, dann werde ich jetzt ein paar Anrufe tätigen und dafür sorgen, dass dein Motorrad abgeholt wird. Kann ich dich irgendwo absetzen?«

»Am Bahnhof, bitte, aber nur, wenn du eh in diese Richtung fährst.« Daisy war ihr Geständnis noch immer peinlich.

»Kein Problem. Ehrlich gesagt würde ich mich gern mal dort umschauen. Du weißt ja, wie sehr ich Züge mag.«

»Du bekommst eine Super-Bonus-Privatführung!«, erwiderte sie und stand auf. Das war das Mindeste, was sie tun konnte.

Jason war sehr beeindruckt von der Führung, die im Grunde daraus bestand, dass Daisy ihm den Gepäckraum und die Toiletten zeigte. Er ließ alles auf sich wirken. »Der Bau ist ein so bedeutendes Stück Geschichte. Mit der Restaurierung tust du etwas richtig Gutes für die Öffentlichkeit.«

»Im Moment putze und poliere ich nur. Und um ehrlich zu sein«, fuhr sie fort und hatte plötzlich das Gefühl, niemals mehr unehrlich sein zu dürfen, nachdem sie ihren Ruf besudelt hatte, »selbst wenn ich eine Baugenehmigung bekomme, werde ich nur die Hälfte dieser Mauer hier entfernen lassen.« Sie klopfte gegen die Wand zwischen dem Fahrkartenraum und dem Fahrkartenschalter. »Und dort eine Theke für die Bar einbauen lassen. Die Toilettentüren brauchen neue Scharniere, und es müssen ein paar grundlegende Reparaturen vorgenommen werden. Zuletzt fehlen nur noch ein neuer Anstrich und ein paar Möbel, dann kann der Rest im Grunde so bleiben, wie er ist.«

Jason nickte begeistert mit dem Kopf. »Genau so sollte es sein.«

Nachdem sie einen weiteren Vormittag damit zugebracht hatte, das Bahnhofsgebäude sauber zu bekommen, hatte Daisy wunde Hände. Sie beschloss, eine Pause zu machen und den verlassenen Eisenbahnwaggon zu erkunden, der neben dem Bahnhof stand. Sie beugte sich so weit nach vorn, dass sie sich mit den Händen am Fenster des Waggons abstützen konnte – keine besonders bequeme Haltung, die sie vermutlich auch nicht lange durchhalten würde. Die Jalousien waren heruntergezogen, und nur durch einen kleinen Schlitz konnte Daisy in den Innenraum schauen. Es war stockfinster. Mit den Händen schirmte sie ihre Augen ein wenig vom Tageslicht ab und erkannte nun, dass der Waggon leer war. Sie hatte zwar nicht mit eingebauten

Sitzen und Tischen gerechnet, wie man sie in modernen Zügen fand, aber zumindest irgendwelche Sitzgelegenheiten erwartet. Stattdessen standen nur einige Pappkartons in einer Ecke. Der Anblick ließ sie nicht gerade einen Schatz im Inneren des Wagens vermuten. Er würde also noch warten müssen, bis sie mit dem Fahrkartenraum fertig war.

»Was machen wir mit dem?«, hörte Daisy Max fragen. Er hatte entdeckt, dass sie den alten Eisenbahnwaggon inspizierte.

Daisy hob skeptisch die Augenbrauen. Ihr war aufgefallen, dass er ›wir‹ gesagt hatte. Er schien immer selbstbewusster zu werden, und das machte sie misstrauisch. »Ich glaube, der ist Teil zwei des Projekts, vorausgesetzt, ich bekomme Teil eins in die Gänge.«

»Es würde sich aber sicher lohnen, einen Blick hineinzuwerfen. Vielleicht sind da ja noch weitere Eisenbahn-Erinnerungsstücke.« Wie aufregend er die Vorstellung fand, war seiner Stimme anzuhören. »Man kann nie wissen. Vielleicht findest du ja alte Plakate oder …« Daisy fand es amüsant, wie aufregend er die Vorstellung fand, es könnte noch weiterer Eisenbahnkrempel in dem Waggon sein. Max wirkte plötzlich verlegen. »… du weißt schon, es könnte ja was dabei sein, was du verkaufen kannst.« Begleitet von einem unsicheren Hüsteln versuchte er sein Glück an der nächstgelegenen Tür, musste aber feststellen, dass sie abgesperrt war. Daisy lief in den ehemaligen Gepäckaufbewahrungsraum und kam mit dem Schlüsselbund zurück. Sie hatte ihn gestern dort in einem Schrank gefunden. Dank der Größe des Schlüssellochs war der richtige leicht zu finden, doch das Schloss klemmte. Erst geschmiert mit etwas Spülmittel ließ sich der Schlüssel schließlich drehen.

Mit der gleichen erwartungsvollen Vorfreude, die Daisy auf seinem Gesicht sah, schaute sie Max an. Zeitgleich griffen sie nach dem Türknauf. Daisy starrte auf ihre Hand, die unter seiner lag. Keiner von ihnen rührte sich oder versuchte, die Hand wegzuziehen. Ihr Puls beschleunigte sich. »Okay, öffnen wir sie gemeinsam. Drei ... zwei ... eins ...« Der Knauf ließ sich mit einem widerwilligen Knirschen drehen. Das gleiche Geräusch gaben auch die Scharniere von sich, als Daisy und Max die Waggontür aufzogen.

Daisy trat in den Waggon, und sofort schlug ihr der Gestank entgegen. Sie presste sich die Hand vor die Nase, drehte sich um und sah, wie Max die Gesichtszüge entgleisten, als ihm der penetrante Geruch von Katzenurin in die Nase stieg.

»Pisse«, meinte Max.

»Absolut.« Daisy drängte sich rückwärts an ihm vorbei und hatte es so eilig, von dem Gestank wegzukommen, dass sie um Haaresbreite aus dem Waggon gefallen wäre. Max packte grob nach ihrem Arm. »Au.« Daisy riss sich frei und trat auf den Bahnsteig.

»Entschuldige«, sagte Max und folgte ihr. »Ich hatte Angst, du würdest in die Lücke fallen.« Er zeigte auf den breiten Spalt zwischen dem Waggon und dem Bahnsteig.

»Mir geht's gut. Danke«, sagte Daisy in widerwillig dankbarem Ton. Es war wirklich alles in Ordnung; sie wusste, dass es diese Lücke gab, und er brauchte nicht ständig zu versuchen, sie zu retten.

Daisy lief über den Bahnsteig bis zu einem kaputten Fenster, das mit einem Brett vernagelt war. »Wahrscheinlich sind die Katzen durch dieses Fenster in den Waggon geklettert, bis es zugenagelt wurde. Die Zeit hat gereicht, um eine ziemliche Sauerei zu veranstalten.«

»Ich hoffe, sie haben alle Katzen herausgeholt, bevor sie es zugenagelt haben«, sagte Max und lugte noch einmal durch die offen stehende Tür in den Waggon. »Auf Zombie-Katzen habe ich nämlich keine Lust.« Er grinste über das ganze Gesicht.

»Zombies?«

»So was gibt es.«

»Okay, jetzt kennen wir dein geistiges Level.«

183

»Ich gehe noch einmal hinein. Sollte ich von Zombies angegriffen werden, vergiss bitte nicht, dass nur ein Kopfschuss sie töten kann.« Mit sehr viel Dramatik sprang er wieder in den Waggon und brachte Daisy damit zum Lachen.

Sekunden später streckte er den Kopf nach draußen und winkte ihr zu. »Der Waggon ist voller Katzenkot. Allerdings alles schon alt und trocken. Ich kann es einfach zusammenfegen.«

Daisy musste darüber lächeln, wie begierig er darauf war, Katzendreck zu beseitigen. »Hier«, sagte sie und reichte ihm einen Besen.

»Was so schrecklich stinkt, ist der Teppich. Wenn wir den herausreißen, wird es hier drinnen schon bald sehr viel besser riechen.« Er verschwand in dem Waggon, und Daisy trat in den Türrahmen, aber keinen Schritt weiter.

»Keine alten Erinnerungsstücke also?«, rief sie in den Waggon, schließlich hatten sie die Tür deswegen geöffnet. »Und auch nichts geschichtlich Wertvolles?«

»Nein, aber es hängen noch die originalen Lampen, und die Wände sind tapeziert – im Grunde sieht es hier drinnen toll aus.« Er konnte Daisy ansehen, wie lustig sie das fand, und fügte rasch noch hinzu: »Vorausgesetzt, man steht auf solche Sachen. Du weißt schon, Eisenbahnbegeisterte wie Jason wären ganz wild darauf.« Max fegte so schwungvoll, dass die getrockneten Katzenhäufchen wie Kieselsteine in den Pappkarton prasselten, in den er sie fegte.

»Und du?«, fragte Daisy. »Gib es schon zu, du stehst auch auf solche Dinge. Habe ich recht?«

Max erwiderte nichts darauf – er fegte hoch konzentriert weiter. Irgendwann hielt er inne. »Pass auf, ich bin kein Eisenbahnfanatiker wie Jason. Natürlich habe ich als Kind Züge gemocht. Ich meine, welcher kleine Junge will nicht Lokomotivführer werden, wenn er groß ist? Das ist nichts Besonderes.« Das klang wie ein plausibles Argument, überzeugte Daisy aber nicht. Sie beschloss, ihn aber vorerst in Ruhe zu lassen und weiter die Klos zu schrubben. Wie glamourös, dachte sie.

*

Max bemerkte seinen Vater erst, als er dem Tresen mit seinem Bier in der Hand den Rücken zudrehte. Pasco saß am anderen Ende des Mariner's Arms und starrte ihn an. Max wurde mulmig. Es war dasselbe Gefühl, wie wenn er einen leblosen Körper im Wasser sah. Anders als dann riet ihm sein Instinkt jetzt allerdings zu gehen. Eigentlich versuchte Max immer, einer Unterhaltung mit seinem Vater aus dem Weg zu gehen. Doch jetzt hatte er sich gerade erst ein Bier gekauft, das er in Ruhe trinken und nicht hinunterstürzen wollte. Stehen lassen wollte er es allerdings auch nicht. Mit seinem Zögern war die Entscheidung getroffen. Sein Vater entschuldigte sich bei den beiden Männern, mit denen er am Tisch saß, erhob sich und steuerte auf Max zu.

»Hallo, mein Sohn. Wusste ich doch, dass du irgendwann hier auftauchen würdest. Ich kann nicht fassen, dass es das Smuggler's Rest nicht mehr gibt. Es war ein fantastischer kleiner Pub. Ist das hier jetzt deine Stammkneipe?«, wollte Pasco wissen, zog einen Stuhl heran und forderte Max mit einer Handbewegung auf, sich zu setzen. So machte er das immer. Er war ein Schwätzer, ein Charmeur, und er lockte einen jedes Mal in die Falle. Unwillig nahm Max Platz.

»Meine Stammkneipe würde ich es nicht nennen, aber ja, ich komme gelegentlich her.« Max schob seinen Stuhl ein Stück zurück, um etwas Abstand zu seinem Vater zu schaffen.

»Oh, richtig. Monty hat gesagt, du kämest fast jeden Abend, würdest aber nicht anschreiben lassen.«

Max schloss langsam die Augen und öffnete sie wieder. Gut gemacht, Monty, dachte er. »Einen Deckel mache ich nie, und damit werde ich dir zuliebe auch nicht anfangen.« Seine Stimme hatte einen unerbittlichen Ton.

»Das würde ich auch nie von dir verlangen«, gab Pasco zur Antwort und faltete demonstrativ die Hände vor der Brust, um zu unterstreichen, dass er keinen Drink hatte.

Max verdrehte die Augen, griff in seine Hosentasche und zog einen Fünf-Pfund-Schein heraus. »Hier, hol dir was zu trinken. Mehr gibt es nicht.«

»Danke«, sagte Pasco, erhob sich und klopfte ihm versöhnlich auf die Schulter.

Nicht lange, und Pasco setzte sich wieder zu ihm – mit einem Bier und ohne Wechselgeld. »Wusste ich doch, dass es dir finanziell gut geht. Schließlich hast du zwei Jobs.« Pasco trank einen Schluck von seinem Bier und ließ Max dabei aber nicht aus den Augen.

Der sah ihn misstrauisch an. »Spionierst du mir nach?«

»Ich interessiere mich nur für dich«, entgegnete Pasco. »Du bist mein Sohn. Du bist mir wichtig.«

Max schnaubte. »Ich helfe lediglich einer Freundin.«

»Einer sehr hübschen Freundin.«

»Das ist Daisy Wickens.«

Pasco kniff die Augen zusammen, und im nächsten Moment riss er sie weit auf, als habe man ihm soeben eine Reißzwecke in den Allerwertesten gerammt. »An die erinnere ich mich. Corals Nichte. Ein störrisches Weibsbild.« Er lachte bei dieser Erinnerung. »Ihr alter Onkel ist auch ein drolliger alter Mistkerl. Wie heißt der noch mal?«

»Reg«, entgegnete Max, dem es widerstrebte, ihm mehr Informationen zu geben, als unbedingt erforderlich war.

»Ja genau, Reg.«

»Er ist gestorben«, sagte Max mit tonloser Stimme.

»Nicht verwunderlich – der muss ja schon hundertfünfzig gewesen sein. Warte mal, heißt das, dass die kleine Daisy zu Geld gekommen ist? Hilfst du ihr deshalb?« Pasco stellte diese Frage zwar eher neugierig als vorwurfsvoll, aber trotzdem trafen seine Worte einen empfindlichen Nerv. Pasco hatte keine Ahnung, wie viel Reg Max bedeutet hatte.

»Nein, deshalb tue ich das nicht, verdammt noch mal«, fuhr Max ihn an. Die Frage seines Vaters beleidigte ihn, erstaunte ihn aber nicht wirklich. »Ich bin nicht wie du, hast du das etwa vergessen?«

»Nein, das habe ich nicht vergessen. Wärest du mehr wie ich gewesen, wäre ich vermutlich nicht noch mal im Knast gelandet.«

Max biss die Zähne fest zusammen und schüttelte bedächtig den Kopf. »Ich habe mich schon gefragt, wann du das zur Sprache bringen würdest. Machst du mich immer noch dafür verantwortlich, dass man dich geschnappt hat?«

»Nein, Max«, erwiderte Pasco in einem erheblich sanfteren Ton und schüttelte den Kopf. »Und du solltest dir auch nicht die Schuld dafür geben.«

»Das tu ich nicht, verdammt. Ich kann von Glück reden, dass ich genügend Verstand hatte, nicht aufzutauchen, weil man uns andernfalls beide eingebuchtet hätte.« Max schüttete den Rest seines Biers hinunter. Wenn er nicht auf der Stelle ging, würde er vermutlich etwas sagen, was er hinterher bereute. Pasco war trotz allem sein Vater. »Sprich vielleicht besser mal mit Jason. Es hat mehrere Einbrüche gegeben. Wenn du ihm beweist, dass du für jeden ein Alibi hast, geht er dir vielleicht gar nicht erst auf den Wecker.«

Pasco hob beide Hände. »Ich war das nicht, Mann. Ich wandle auf dem Pfad der Tugend«, versuchte er sich an einem Cockey-Akzent. Max verdrehte die Augen. Pasco zog immer noch die Nummer des liebenswerten Gauners ab.

»Hast du vor, länger zu bleiben?«

»Ich bin doch gerade erst wiedergekommen«, gab Pasco zur Antwort, lehnte sich auf seinem Stuhl zurück und verschränkte die Arme hinter dem Kopf, als ruhe er sich am Strand ein wenig aus. »Ich habe keine Eile.«

»Na wunderbar«, fluchte Max, stand auf und ging.

Kapitel 16

Als Daisy am Morgen zum Bahnhof kam, zerrte Max gerade ein riesiges Stück des widerlich stinkenden Teppichs aus dem Eisenbahnwaggon. Er arbeitete fast genau so häufig hier wie sie, und das war zwar unglaublich nett von ihm, aber sie hatte ständig das Gefühl, ihn eigentlich dafür bezahlen zu müssen. Dass sie ihm hin und wieder ein Bier oder ein Mittagessen spendierte, drückte ihrer Meinung nach nicht genug aus, wie dankbar sie ihm für seine Hilfe war. Seit sie fast täglich Zeit miteinander verbrachten, stritten sie sich deutlich seltener. Sie hatten jetzt das gleiche Ziel – zum Glück. Es war anstrengend, sich ständig über Max zu ärgern. Trotzdem wunderte es sie nach wie vor, dass er so hilfsbereit war.

Sie sah sich auf dem Parkplatz um: Das Unkrautvernichtungsmittel hatte Wunder gewirkt, und Max hatte schon so einiges gejätet. Jetzt wirkte das Ganze schon eher wie ein Parkplatz als wie ein Dschungel.

»Guten Morgen. Du bist ja schon fleißig.«

»Nein, ich bin aus dem Bett gefallen«, rief Max ihr mit einem breiten Grinsen zu.

Daisy lief zu ihm. Er war ihr inzwischen sehr viel sympathischer geworden. Sie hatten einen ähnlichen Sinn für Humor, und auch wenn er auf den ersten Blick wie ein Macho wirkte, erkannte sie allmählich, dass er eigentlich ein ziemlich anständiger Kerl war. »Komm, ich helfe dir«, bot sie an, nahm den Außenrand des Teppichs in beide Hände und riss daran, bis er durch die schmale Türöffnung rutschte und auf den Haufen mit weiteren interessant gefleckten Teppichstücken, der den schweren Duft von Eau de Katzenurin verströmte. »Was

188

machen wir denn jetzt damit?«, fragte Daisy und trat mit dem Schuh dagegen.

»Den verbrennen wir«, war Max' Antwort. »Ich schaffe das Zeug in die Mitte des Parkplatzes und zünde es an. Auf dem freien Platz kann nicht viel passieren, weil nichts in der Nähe ist, was Feuer fangen könnte.«

»Ich glaube nicht, dass man das darf«, wandte Daisy ein und kratzte sich am Kopf. »Das habe ich in einer der zahlreichen Broschüren gelesen, die ich vom Gemeindeamt bekommen habe. Ich glaube, dass wir einen Müllcontainer brauchen.« Da sie ansonsten nicht viel Abfall hatten, erschien ihr das allerdings etwas übertrieben teuer.

Max blähte die Wangen. »Überlass das mir. Ich mach das schon. Bis ich dazu komme, dürfte der Gestank uns zumindest die Vandalen vom Leib halten.«

»Solange es nicht noch mehr Katzen anlockt.«

»Komm, schau dir mal an, wie es drinnen aussieht«, sagte Max und folgte ihr dann in den Waggon. Alle Jalousien waren hochgezogen, und die großen Fenster ließen viel Licht hinein. Obwohl der Waggon lang und schmal war, bot er erstaunlich viel Platz.

»Acht Vierertische würdest du hier bestimmt hineinbekommen, und selbst wenn nur die Hälfte davon pro Abend doppelt ausgelastet wäre, kämest du auf achtundvierzig Gäste.«

Daisy lachte. »Auslastung von Tischen? Wo hast du denn plötzlich diese Fachsprache gelernt?«

»Ich habe nur ein bisschen recherchiert und bin auf die eine oder andere Idee gekommen.« Max sah plötzlich aus, als wäre es ihm peinlich, dabei hatte Daisy ihn gar nicht angreifen wollen. Immerhin hatte Max den Platz, der ihr zur Verfügung stand, soeben verdoppelt.

Mit der Schulter versetzte sie ihm einen liebevollen Stups. »Und was für andere Ideen sind das?«

»Die beziehen sich auf das Hauptgebäude. Wenn wir nur

Drinks servieren, denke ich, dass es sinnvoll wäre, ein paar Stehtische und Barhocker aufzustellen.«

»Das hört sich gut an.«

»Ich sorge hier jetzt mal für Durchzug, damit der Waggon richtig gut gelüftet wird, dann haben wir hier ein sicheres Lager, während wir den Schalterraum renovieren.«

»Danke, Max, du hast hier großartige Arbeit geleistet.«

Max sah aus, als sei ihm das Lob unangenehm. »Das war doch nichts. Komm, ich muss die neuen Klobrillen anschrauben, und dabei brauche ich Hilfe.«

Er verstand es wirklich, einen romantischen Moment zu zerstören.

Als Daisy die Klobrille festhielt, damit sie nicht rutschte und Max die Schraubenmuttern und Dichtungsringe festdrehen konnte, hielt sie es für eine hervorragende Gelegenheit, ihre Neugier zu befriedigen und ihm ein paar Fragen zu stellen. »Ich habe über das nachgedacht, was du mir erzählt hast. Wie ist dein Dad im Gefängnis gelandet? Er war immer ein so toller Typ. Tante Coral hat gesagt, er hätte sich da in irgendetwas hineinziehen lassen.«

Max konzentrierte sich weiter auf die Klobrille. »Er ist kein großer Verbrecher, aber er ist auch längst nicht so gewieft, wie er sich einbildet. In der Nacht, in der er verhaftet wurde, wusste er, was er tat, und dafür hat er gebüßt.«

»Was hat er denn getan?«

Max hörte damit auf, die Schraubenmutter anzuziehen, und schaute Daisy mit festem Blick in die Augen. »Er hat geschmuggelt.«

Daisys Hirn überschlug sich fast bei der Vorstellung, was er geschmuggelt haben könnte. Drogen? Waffen? Oder gar Menschen? »Und was hat er geschmuggelt?« Sie bemühte sich nach Kräften, locker zu wirken und nicht vor lauter Ungeduld die Augen aufzureißen.

»Wein und Tabak.«

Die Enttäuschung stand Daisy auf die Stirn geschrieben. Das war nicht gerade das Verbrechen des Jahrhunderts. »Hätte er da nicht einfach auf Butterfahrt gehen können?«

»Das Ding war wesentlich größer. Er hat sich vor der Küste mit einem anderen Boot getroffen, das aus Belgien kam und bis zum Rand mit günstig beschafftem hochwertigem Wein beladen war.«

Na gut, das klang nun doch etwas gefährlicher als gedacht. Jetzt wollte Daisy auch unbedingt wissen, wie die Geschichte weitergegangen war. »Was ist denn schiefgelaufen?«

Max strich sich die Haare aus den Augen. »Er hatte sich verspätet … und das belgische Boot war von einem Fischkutter gesichtet worden. Mein Vater war allein auf seinem Boot, und bis sie endlich alles auf sein Boot umgeladen hatten, waren die Behörden alarmiert worden, und er wurde verhaftet.« Max hockte sich auf den Fußboden und seufzte. »Und das war meine Schuld.«

Daisy ließ die Klobrille los, die klirrend auf die Porzellanschüssel fiel. Daisy merkte kaum, dass sie Max' Finger dabei nur knapp verfehlte. Max' Worte fesselten sie viel zu sehr. »Warum?«

Max rieb sich das Kinn. »Eigentlich hätte ich ihm in dieser Nacht helfen sollen. Wäre ich gekommen, wäre er rechtzeitig losgefahren, hätte sein Boot schneller beladen und sehr viel schneller abhauen können.«

Daisy beobachtete Max einen Moment. Er wirkte verloren. »Wollten du und dein Dad das Ding zusammen drehen?«

Max schüttelte den Kopf. »Nicht wirklich. Nachdem Mum weggezogen war, hatte ich immer mal wieder Ärger. Nichts Ernstes, dämlicher Teenager-Kram, und eines Abends hat mir dann dieser Polizist einen Einlauf verpasst. Er ist inzwischen pensioniert, aber er hat mir erklärt, wenn ich so weitermachte, würde ich wie mein alter Herr enden. Dann hat er mich über Nacht in eine Zelle gesperrt und meinen Dad angerufen. Aber

191

der war nicht zu Hause. Ich habe die ganze Nacht und den halben Vormittag des nächsten Tages dort verbracht, bis es meinem Vater einfiel, nach mir zu suchen. Eingesperrt zu sein hat mich wahnsinnig gemacht. Allein die Vorstellung, stundenlang in einer Zelle zu hocken, wenn man an völlige Freiheit und das Rauschen des Meeres gewöhnt ist. Damals ist mir klar geworden, dass ich es nicht überleben würde, wenn man mich ins Gefängnis steckte. Deshalb habe ich mir geschworen, mein Leben in den Griff zu bekommen. Dad hat mir ständig zugesetzt, dieses eine Ding mit ihm zu drehen, und er gab einfach keine Ruhe. Er hat behauptet, unsere gesamte Zukunft würde davon abhängen und dass er danach mit diesem Blödsinn aufhören würde. Außerdem hat er mir weisgemacht, wenn er ein bisschen Geld hätte, würde es ihm vielleicht sogar gelingen, Mum wieder nach Hause zu holen.« Max lachte zynisch auf. »Letztendlich habe ich mich dazu breitschlagen lassen. Ich habe gesagt, dass ich ihm helfen würde, aber als es so weit war, konnte ich es nicht. Ich hatte wahnsinnige Angst, man würde mich schnappen und einsperren. Deshalb habe ich gekniffen.«

»Und jetzt gibst du dir die Schuld dafür, dass er verhaftet wurde?«

»Natürlich. Würdest du das nicht auch tun?«

»Nein. Er wusste, worauf er sich da einließ. Er ist ein erwachsener Mann. Du hast dich da nicht hineinziehen lassen und damit genau das Richtige getan.«

»Ich habe es nicht einmal für nötig befunden, ihn vorzuwarnen, sondern bin einfach nicht aufgetaucht.«

Daisy richtete sich auf. Ihre Oberschenkel brannten von der unbequemen Sitzposition. »Es ist trotzdem nicht deine Schuld.«

»Mag sein.« Überzeugt schien er nicht zu sein und befasste sich wieder mit der Klobrille. In diesem Moment klopfte es ans Fenster, und Pascos Gesicht erschien hinter der Mattglasscheibe. »Wenn man vom Teufel spricht«, grummelte Max.

Daisy öffnete Pasco die Tür. »Er ist bei den Toiletten«, sagte sie und bat ihn herein. Sie wollte die Tür gerade hinter ihm schließen, als sie eine Autohupe hörte und sah, dass Tante Coral draußen vor der Schranke stand. Sofort rannte Daisy quer über den Parkplatz, um ihre Tante auf das Gelände zu lassen. »Hi, alles in Ordnung?«, fragte Daisy.

»Ja. Ich muss nicht aufs Grundstück. Ich bin nur deshalb gekommen.« Tante Coral reichte ihr einen Briefumschlag. Er wirkte unscheinbar, weiß und schlicht, aber Daisy wusste sofort, warum Tante Coral sich die Mühe gemacht hatte, ihn persönlich vorbeizubringen. Der Brief war vom Gemeinderat. Wie erstarrte sah Daisy auf ihren Namen und die Adresse.

»Willst du ihn nicht aufmachen?«

Endlich konnte Daisy ihren Blick von dem Umschlag losreißen. »Eigentlich – ich glaube, damit warte ich noch. Ich bin gerade sehr beschäftigt.«

Tante Coral sah sie eine ganze Weile an. »Das musst du entscheiden. Ich wünsche dir gute Neuigkeiten. Aber vergiss nicht: Auch schlechte bedeuten nicht das Ende der Welt.« Tante Coral lehnte sich aus dem Wagenfenster und tätschelte Daisys Arm.

»Klar. Danke.« Mehr brachte Daisy nicht über die Lippen.

Tante Coral ließ den Motor wieder an, aber irgendetwas hinter Daisy ließ ihre Tante plötzlich erstarren, sodass Daisy sich unwillkürlich umdrehte. Pasco stand auf dem Bahnsteig und plauderte mit Max. Daisys Blick wanderte von Pasco zurück zu ihrer Tante. Sie war auf einmal ganz blass.

»Alles in Ordnung mit dir?«, fragte Daisy.

Tante Coral schluckte und schien aus ihrem tranceartigen Zustand zu erwachen. »Ist das, äh …«

»Pasco, Max' Dad.«

Tante Coral wirkte fahrig. »Nun ja, also. Ich muss … äh … los.« Das Getriebe knirschte, als sie den Gang einlegte, und Coral lachte verlegen über ihren Fehler. Als Pasco sich zu ihnen

193

umdrehte, kam Tante Coral an den Hebel für die Scheibenwischer, die daraufhin hektisch über die Heckscheibe huschten, drückte versehentlich die Hupe und legte dann endlich den Rückwärtsgang ein.

»Bye, Liebes«, sagte sie und warf einen letzten Blick auf Pasco. Daisy winkte ihr nach, bevor sie über den Parkplatz zum Bahnsteig zurückging, sich auf die Bahnsteigkante setzte und die Beine baumeln ließ.

»So, ich muss los. Ich lasse euch Kinder in Ruhe arbeiten«, verabschiedete sich Pasco, schlenderte davon und stellte zum Schutz gegen die Herbstbrise seinen Jackenkragen hoch. Seine Art zu laufen erinnerte sie an Max' Gang – vielleicht weil beide Männer so selbstsicher stolzierten. Sie riss sich von Pascos Anblick los und konzentrierte sich auf den unscheinbaren weißen Umschlag in ihrer Hand. Durch das, was in diesem Umschlag war, konnte sich alles ändern, oder nichts. Daisy holte tief Luft, hielt sie einen Moment an – faltete den Umschlag zusammen und ließ ihn in ihrer Gesäßtasche verschwinden. Sie brauchte ein bisschen Zeit, um sich gegen das Ergebnis zu wappnen. Sie war einfach gern vorbereitet und hasste Überraschungen. Sie waren versteckte Nackenschläge, und mit denen konnte man nur fertigwerden, wenn man darauf gefasst war. So in Gedanken lief Daisy wieder ins Haus. Sie musste sich ablenken.

Einige Stunden später stand Max plötzlich in der Tür zum ehemaligen Gepäckraum, in dem Daisy wild damit beschäftigt war, die Wände abzuschrubben. »Komm«, sagte er. »Ich lade dich zu einem Eis ein.« Es wehte zwar bereits ein kühler Wind, aber ansonsten war es für Ende September merkwürdig warm. Die Vorstellung von einem Eis war immer verlockend.

Also unterbrachen sie ihre Arbeit, verschlossen die Türen und schlenderten gemeinsam den Hügel zum Strandcafé hinunter. Wie nicht anders zu erwarten, war dort nicht viel los. Ein paar einheimische Jungs spielten Fußball, und der Fischstand machte bereits zu. Daisy setzte sich auf eine der vielen freien Picknickbänke, die im Sommer hier verteilt standen, während Max ihnen das Eis besorgte. In den warmen Monaten kam das Wasser auch bei Flut nicht höher als bis hierher – höchstens einmal bei Sturm.

»Bitte sehr«, Max reichte Daisy ein Waffelhörnchen, auf dem eine gigantisch große Portion Softeis thronte, dekoriert mit zwei Schokoladenröllchen.

»Wow. Das ist ja riesig«, sagte Daisy, nahm es ihm ab und fing an, die ersten Tropfen vom Rand zu schlecken.

»Dafür kannst du dich bei Tamsyn bedanken«, sagte er und zeigte auf das Strandcafé, aus dem Tamsyn ihnen wie wild zuwinkte. »Bezahlt habe ich nur eine kleine Portion.« Daisy hob den Daumen ihrer freien Hand, um ihre Begeisterung zu bekunden, und biss in eines der beiden Schokoladenröllchen.

Eine Zeit lang saßen sie schweigend da und genossen ihr Eis. Als Daisy sich die Spitze des Hörnchens in den Mund stopfte und sich über den letzten Rest der süßen Creme darin freute, sprach Max sie an.

»Ich nehme an, dass das da die Entscheidung des Planungsamtes ist.« Er zeigte auf den Brief, der Unheil verkündend zwischen ihnen auf dem Picknicktisch lag.

»Japp. Was denkst du, was drinsteht?« Angespannt sog sie die Unterlippe zwischen die Zähne und schaute Hilfe suchend zu Max hinüber.

»Das erfährst du, wenn du ihn aufmachst.«

»Genau davor habe ich ja Angst.« Mit einem Finger strich Daisy über ihren Namen auf dem Umschlag. Sie konnte sich nicht erinnern, dass jemals etwas eine solche Bedeutung für ihre Zukunft gehabt hätte. Hätte sie es an der Uni lange genug für eine Prüfung ausgehalten, würde sie das Gefühl wahrscheinlich kennen.

Sie wusste, dass Max recht hatte und sie den Brief öffnen musste. Doch sobald sie das tat, würde sich alles ändern: War es ein Ja, würde sie den alten Bahnhof ernsthaft in einen Geschäftsbetrieb verwandeln müssen. War es ein Nein, hatte sie nahezu neun tatenlose Monate vor sich, in denen sie in Ottercombe Bay festsaß. Oder würde ein Nein bedeuten, dass es trotz allem an der Zeit war weiterzuziehen?

»Um Gottes willen. Die Spannung bringt mich um.« Max schob den Umschlag weiter in Daisys Richtung. Ohne nachzudenken griff sie danach, riss ihn auf und zog den Brief heraus. Rasch überflog sie die Zeilen. Sie hatte ein perfektes Pokerface.

»Und?«, fragte Max. »Ist der Antrag genehmigt?« Zum ersten Mal machte er den Eindruck, als hänge von dieser Entscheidung auch für ihn sehr viel ab.

Daisy spitzte die Lippen, faltete das Schreiben zusammen und steckte ihn in das, was von dem Briefumschlag übrig war. Sie sagte nichts, sah ihn nur traurig an.

»Scheiße«, schlussfolgerte Max. »Dieses verdammte Gemeindeamt besteht doch nur aus Vollidioten. Trotzdem, das ist noch nicht das Ende! Du kannst Berufung einlegen. Wir nehmen das doch nicht einfach so hin. Ich werde dir helfen.« Er wollte nach ihrer Hand greifen, legte seine dann aber doch nur auf die Picknickbank zwischen ihnen. »Komm, Daisy. Gib nicht auf. Aus diesem Gebäude eine Wacholderbar zu machen, ist nach wie vor eine geniale Idee.«

»Das musst du ja sagen, schließlich war es deine Idee«, erwiderte sie tonlos und mit gesenktem Blick. Plötzlich konnte Daisy ein verräterisches Grinsen nicht mehr zurückhalten. »Es war aber wirklich eine geniale Idee, und deshalb haben sie dem Bauantrag stattgegeben!«

Wie zwei Verrückte brachen sie in Jubelschreie aus und sprangen über den Picknicktisch aufeinander zu, sodass die Leute stehen blieben und sich nach ihnen umdrehten.

Kapitel 17

Tamsyn warf einen prüfenden Blick auf ihre Armbanduhr, als sie den Pub betrat, und wäre um Haaresbreite mit Jason zusammengestoßen. »Oh, entschuldige.«

»Wir sind auf die Sekunde pünktlich«, erklärte Jason, trat einen Schritt zurück und ließ ihr den Vortritt.

Sie kicherte. »Hat man dich auch herzitiert?«

»Ja, ich habe aber nicht erwartet, dass Max schon hier ist. Er hat mir aufgetragen, schon mal die erste Runde zu bestellen, wenn ich als Erster käme.« Jason steuerte auf den Tresen zu und schaute sich dabei suchend im Mariner's Arms um. »Organisier du uns einen Tisch, ich hole die Drinks. Was hättest du denn gern, Tamsyn?«

Jason war ein vollendeter Gentleman, dachte Tamsyn. »Einen Lemonade Martini, bitte.«

Jason besorgte die Getränke und nahm neben Tamsyn Platz.

»Die nächste Runde gebe ich aus. So pleite bin ich auch wieder nicht.«

»Natürlich«, meinte Jason.

»Außerdem recherchiere ich gerade, wie man in einem Museum Kurator der Knopfsammlung werden kann.«

»Das wäre der perfekte Job für dich«, sagte Jason mit ernster Miene.

»Ich weiß. Ich muss nur ein Museum finden, das über eine große Knopfsammlung verfügt.«

»Max und Daisy haben bestimmt große Neuigkeiten, die sie uns mitteilen wollen«, sagte Jason.

»Meinst du, sie sind ein Liebespaar?« Tamsyn wippte aufgeregt auf ihrem Stuhl auf und nieder.

197

»Das kann ich mir nicht vorstellen. Sie zanken sich ständig«, erwiderte Jason und trank einen Schluck von seinem Radler.

»Ich glaube, das liegt nur an der sexuellen Spannung.«

Jason errötete leicht. »Oder sie können einander nicht ausstehen.«

Tamsyn sah enttäuscht aus. »Das wäre natürlich auch möglich. Ich hatte gehofft, sie würden sich gut verstehen und dass Daisy dann hierbleiben würde. Ich finde es schön, dass sie wieder da ist.«

»Ich auch«, erwiderte Jason.

»Bist du ein bisschen in Daisy verknallt?«, fragte Tamsyn und musterte ihn dabei mit gesenktem Kopf durch ihre Wimpern hindurch.

Jason nestelte an dem seinem Bierdeckel herum. »Um Himmels willen, nein. Sie ist sehr hübsch, natürlich, aber eine Nummer zu groß für mich.« Ihm entfuhr ein leises, traurig klingendes Lachen.

»Das stimmt. Ich glaube, sie ist für uns beide eine Nummer zu groß.«

»Wie meinst du das?«, fragte Jason, wobei seine Wangen sich noch ein wenig tiefer rot färbten.

»Ich meine als Freundin«, gab Tamsyn zur Antwort. »Da könnte sie etwas wesentlich Besseres finden als mich.« Sie seufzten beide und lehnten sich auf ihren Stühlen zurück.

»Würdest du dich bitte beeilen? Wir sind echt spät dran«, sagte Daisy und stemmte die Hände in die Hüften. Regelrecht beflügelt von den guten Neuigkeiten hatten sie den ganzen Nachmittag schwer gearbeitet. Max hatte sich zwischendurch für ein paar Stunden verdrückt, um Schwimmunterricht zu geben, und danach darauf bestanden, die Regale aus dem Gepäckraum auszubauen, was kniffeliger war, als es vorher ausgesehen hatte.

Max drehte sich beiläufig nach hinten um. »Entspann dich. Tamsyn und Jason kommen schon zurecht.«

»Du weißt doch gar nicht, ob beide kommen. Es ist durchaus möglich, dass einer von ihnen ganz allein im Pub sitzt und denkt, wir hätten ihn verarscht.«

Max zog ein letztes Mal am Vorhängeschloss, um sich zu vergewissern, dass der Bügel auch wirklich eingerastet war, und ließ dann davon ab. »Ehrlich? Weißt du nicht, dass du es hier mit Jason, dem Pünktlichkeitsfanatiker, und Tamsyn, der guten Fee der Pünktlichkeit, zu tun hast?«

Damit hatte er vermutlich recht, aber es behagte ihr dennoch nicht, sich dermaßen zu verspäten. Dabei hatte sie den heutigen Tag sehr genossen. Jetzt war alles sauber und vorbereitet – und sie musste nur noch einen Maurer für den Wanddurchbruch engagieren, dafür sorgen, dass Wasser und Strom wieder angeschlossen wurden, und dann konnte sie mehr oder weniger loslegen.

Da fiel ihr auf einmal etwas ein. »Kack-eri-ki.«

Max fand dieses Schimpfwort so entzückend, dass er sich abrupt zu ihr umdrehte und über das ganze Gesicht strahlte. »Was?«

»Wenn wir die Wand einreißen, wird ja alles wieder staubig. Was für eine Zeitverschwendung.«

Max legte ihr eine Hand auf die Schulter. Die unerwartete Berührung ließ Daisy zusammenzucken. »Bei so einer Arbeit werden Plastikplanen ausgelegt, und ich bin mir sicher, dass die Handwerker nicht so viel Dreck machen, wie du befürchtest. Und jetzt komm endlich, damit wir nicht zu spät kommen«, frotzelte er und überquerte zügig den Parkplatz.

Als Max und Daisy in den Pub stürzten, als würden sie damit ein Wettrennen beschließen, fiel ihnen sofort auf, wie dicht Jason und Tamsyn nebeneinandersaßen und wie angeregt sie sich unterhielten.

»Siehst du, denen geht es prächtig«, bemerkte Max. »Und etwas zu trinken haben sie uns auch schon besorgt.« Er wirkte äußerst zufrieden mit sich selbst, als er auf die beiden zusteuerte.

Auch Daisy hatte das Gefühl, ihnen ging es sogar mehr als prächtig. Ihre Körpersprache und die Art, wie sie einander anschauten, ließen keine Zweifel übrig. Irgendetwas hatte sich verändert, und sie war sich sicher, dass es etwas Bedeutsames war.

»Hallo, ist das meines? Danke«, sagte Max, setzte sich, nahm das volle Bierglas in die Hand und trank einen großen Schluck.

»Es tut mir leid, dass wir uns verspätet haben ...«, setzte Daisy an und zog einen Stuhl vor.

»Ihr seid nicht zu spät«, gab Tamsyn zurück.

»Oh doch«, widersprach Jason und lehnte sich noch dichter zu Tamsyn hinüber, sodass sie auf das Ziffernblatt seiner Armbanduhr schauen konnte.

Die Nähe zwischen den beiden entging weder Daisy noch Max, und als Jason und Tamsyn auch noch kindisch zusammen kicherten, zogen sie fast synchron die Augenbrauen hoch. Als Jason und Tamsyn bemerkten, dass sie beobachtet wurden, rutschten sie hastig ein Stück auseinander.

Jason setzte sich kerzengerade hin. »Nun erzählt aber mal, warum ihr dieses verheißungsvolle Treffen anberaumt habt!«

Daisy stellte ihr Weinglas auf den Tisch. »Ich ...«, hob sie an, richtete ihren Blick dann aber auf Max, weil sie körperlich spüren konnte, dass er sie anschaute. »Oder besser gesagt, *wir* haben gute Neuigkeiten und möchten sie gern mit euch teilen.«

»Siehst du«, flüsterte Tamsyn Jason zu, »ich habe es dir ja gesagt.«

»Ich habe heute vom Planungsamt gehört ...« Sie legte eine dramatische Kunstpause ein. »Man hat unseren Antrag auf Nutzungsänderung genehmigt und uns erlaubt, die Innenwand abzureißen.«

»Hervorragend«, meinte Jason und stand auf, um ihnen zu gratulieren. Tamsyn sauste quiekend um den Tisch herum und umarmte Daisy.

»Ich kann es gar nicht fassen. Du wirst dein eigenes Geschäft haben«, jubelte Tamsyn und krönte diese Worte mit einem schrillen Schrei.

Daisy erstarrte. Erst jetzt realisierte sie es. Bisher war das Ganze nur eine Idee gewesen, lediglich etwas, was unter Umständen machbar wäre. Aber jetzt passierte es wirklich. Sie würde ihr eigenes Geschäft führen. Ihr eigener Boss sein. Sie nahm noch einen großen Schluck von ihrem Wein.

»Nicht so hastig«, mahnte Max und zeigte mit dem Finger auf ihr nahezu leeres Glas.

»Ich glaube, ich brauche noch mal das Gleiche«, entschied sie und trank den letzten Schluck.

»Du fährst heute aber nicht mehr, oder?«, wollte Jason wissen.

»Nein, das Motorrad ist offiziell kaputt«, gab Daisy zur Antwort. »Und für ein neues fehlt mir das Geld.«

»Ich kenne jemanden, der es dir vielleicht abkaufen würde, wegen der Ersatzteile«, meinte Max.

»Das wäre toll, ich kann mit der Maschine nichts mehr anfangen«, erwiderte Daisy. Dann zeigte sie auf den Tisch. »Noch einmal das Gleiche für alle?« Sie machte sie sich auf den Weg zur Bar.

Monty erwartete sie bereits. »Habt ihr irgendwas zu feiern?«, erkundigte er sich mit bärbeißiger Miene.

»Ja. Ich habe heute die Baugeneh…« Erst jetzt fiel ihr Montys Gesichtsausdruck auf. Sofort verstummte Daisy mitten im Wort. Sie fühlte sich wie eine Grundschullehrerin, die versuchte, ihre Klasse zur Ruhe zu bringen.

»Und da hieltest du es für eine gute Idee, hier darauf anzustoßen?« Kopfschüttelnd machte Monty sich daran, Max' Bier zu zapfen.

Daisy straffte die Schultern. »Komm, Monty. Du bist Geschäftsmann. Du weißt, wie das funktioniert. Es ist für uns beide Platz. Wir können einander sogar helfen. Gäste, die wegen meiner neuen Wacholderbar nach Ottercombe Bay kommen, werden zum Essen zu dir kommen – na ja, ich werde ihnen zumindest empfehlen, das zu tun«, sagte Daisy und lächelte ihn versöhnlich an. Monty schien darüber nachzudenken, während er Tamsyns Martini-Cocktail mixte. »Außerdem werde ich die Werbetrommel für deinen Pubquizabend rühren. Ich vermute, dass von den Leuten, die tagsüber vorbeikommen, um sich den restaurierten Bahnhof anzusehen, die wenigsten Gin-Liebhaber sind. Wahrscheinlich sind das eher Männer, die abends Lust auf ein gutes Bier und Pubquiz haben.« Natürlich war das eine gewagte Prophezeiung, aber Monty legte den Kopf schräg – ein gutes Zeichen – und nickte schließlich.

»Ich denke, dass wir das hinbekommen«, sagte er, auch wenn ihm sein Widerstreben anzuhören war.

»Hervorragend. Danke, Monty. Du bist ein Schatz. Das Wechselgeld kannst du behalten«, sagte Daisy und reichte ihm einen Zwanzig-Pfund-Schein. Kaum hatte Daisy ihm den Rücken zugewandt, prüfte Monty die Banknote unter der UV-Lampe auf Echtheit und legte sie erst danach in die Kasse.

Der Rest des Abends verlief sehr angenehm, nicht zuletzt, weil Daisy den anderen von den Ginsorten erzählte, die sie selbst am liebsten trank und die sie gern anbieten wollte. Als Daisy irgendwann aufstand, um sich auf den Heimweg zu machen, schwankte sie leicht. Vielleicht hatte sie doch ein oder auch drei Gläschen zu viel gehabt, überlegte Max. Jason winkte mit seinen Wagenschlüsseln. Da er bei seinem einen Radler geblieben war, war er gern bereit, den Chauffeur zu spielen und die anderen nach Hause zu kutschieren.

»Mach dich ruhig auf den Weg, Jay«, sagte Max. »Ich will das hier erst noch in Ruhe austrinken.« Er zeigte auf sein Glas, das noch halb voll war.

»Ich kann gern auf dich warten, wenn du möchtest«, bot Jason an.

202

»Nein, nicht nötig. Bring die Damen nach Hause. Der Spaziergang wird mir guttun.«

»Da bin ich mir sicher«, sagte Jason, und dann versuchte er, die schwankenden Ladys durch das Labyrinth aus Stühlen und Tischen zu dirigieren.

Max trank genüsslich sein Bier. Er wünschte, er hätte den Tag über nicht nur eine Scheibe Toast und ein Eis gegessen, und beschloss, sich auf dem Heimweg einen Döner zu kaufen.

Schon wenig später genoss er sein verspätetes Abendessen, schaute zwischendurch aber immer mal wieder auf, um nur ja niemanden anzurempeln. Beim Laufen zu essen war fast so gefährlich, wie beim Laufen auf dem Handy zu tippen. Als er das nächste Mal von seinem Döner aufsah, entdeckte er etwas. Es war nur ein Schatten, ein flüchtiger Blick, den er auf jemanden erhaschte, der sich auf dem Parkplatz des alten Bahnhofs herumtrieb.

Max nahm noch zwei große Bissen, stopfte die Pappschale in den Abfalleimer, der ganz in der Nähe stand, und spurtete Richtung Parkplatz. Den Schlüssel für das Vorhängeschloss hatte er bei sich, doch es ging schneller, wenn er sich einfach über den Zaun schwang. Jedes Geräusch, das er dabei machte, würde den Eindringling hoffentlich warnen und dazu bringen, sich aus dem Staub zu machen, bevor Max ihn fand. Max raste auf die Stelle des Bahnsteigs zu, an der er den Schatten zuletzt gesehen hatte, und sah, wie sich jemand unter das äußere Ende des Eisenbahnwaggons kauerte.

Max blieb stehen und versuchte, wieder zu Atem zu kommen. »Kommen Sie da raus. Ich kann Sie sehen. Die Polizei ist schon auf dem Weg.« Das war zwar eine Lüge, aber für den Fall, dass es hart auf hart kam, würde ein kurzer Anruf genügen, und Jason war binnen weniger Minuten tatsächlich hier.

Er sah, wie der Eindringling sich aufrichtete und aus der Finsternis trat.

»Verdammt, Dad!« Max schlug im wahrsten Sinne des Wortes die Hände über dem Kopf zusammen und drehte sich um die eigene Achse. »Wenn du hier einbrichst ... dann helfe mir Gott ...«

»Nein. Natürlich nicht. Ich muss heute Nacht nur irgendwo pennen, das ist alles. Und da wollte ich nachschauen, ob du den Waggon vielleicht für deinen alten Dad offen gelassen hast.«

»Nein, wolltest du nicht. Du wolltest einbrechen.«

»War das, was du über die Bullen gesagt hast, die Wahrheit?« Mit besorgter Miene schaute Pasco auf die Straße, die zum Bahnhof führte.

»Nein. Damit hatte ich gehofft, den Idioten, der in ein leer stehendes Gebäude einbrechen wollte, genau davon abzuhalten.« Max nahm sich vor, mit Daisy über Überwachungskameras und eine Alarmanlage zu sprechen.

»Das ist schon mal gut. Kannst du den aufschließen? Bitte.«
»Nein.«

»Kann ich dann auf deinem Sofa pennen?«

»Nein.« Max stellte fest, dass sein Blutdruck bereits bei der Vorstellung stieg, in seiner winzigen Wohnung auf engstem Raum mit seinem Vater eingepfercht zu sein.

»Dann bleibe ich wohl doch besser hier.« Pasco deutete mit einer Kopfbewegung auf den alten Eisenbahnwaggon.«

»Ich fass es nicht«, fluchte Max und raufte sich frustriert die Haare. »Das Ding gehört Daisy und nicht mir. Die wird mich umbringen, wenn sie dahinterkommt, dass du darin wohnst.«

Pasco hob abwehrend die Hände. »Nein, wohnen will ich da ja nicht, nur schlafen. Sobald die Sonne aufgeht, bin ich weg. Mir ist aufgefallen, dass du immer als Erster hier bist, sodass sie das gar nicht mitbekommt. Ich kann sehen, wie schön du den Waggon entrümpelt hast. Du bist sehr fleißig, mein Sohn. Ich bin stolz auf dich.«

Am liebsten hätte Max sich die Ohren zugehalten. Er wusste,

worauf das hinauslief. Pasco würde ihm jetzt irgendeine rührselige Geschichte erzählen, und dann würde Max klein beigeben. So lief das immer. Er konnte sich noch so sehr vornehmen, sich nicht von seinem Vater beschwatzen zu lassen, es passierte trotzdem jedes Mal. Denn letzten Endes war er sein Vater. Er konnte gar nicht anders.

»Wenn man so lange eingebuchtet war, ist es hart, sich im wirklichen Leben wieder zurechtzufinden. Ich werde zwar schnell wieder auf die Beine kommen, aber …«

»Nur für die eine Nacht.« Max hob den Zeigefinger, um seinen Worten Nachdruck zu verleihen, und Pasco legte sich die Hand aufs Herz, als gebe er ihm damit sein Ehrenwort. Max schüttelte den Kopf. »Das meine ich ernst. Nur heute Nacht, und sieh zu, dass du hier verschwunden bist, wenn es hell wird. Lass nichts zurück, was darauf hindeuten könnte, dass du je hier warst. Verstanden?«

»Voll und ganz. Du bist ein guter Junge, Max«. Nur widerwillig ließ er Pascos Umarmung und seinen liebevollen Klaps auf die Schulter über sich ergehen.

Der schien sich eine Träne aus dem Augenwinkel zu wischen – sehr gekonnt geschauspielert, dachte Max. Er schloss den Waggon auf, nahm den Schlüssel allerdings schnell wieder an sich, als Pasco danach greifen wollte. »Oh, nein, das kommt nicht infrage. Den brauche ich.«

»Du wirst mich hier aber doch wohl nicht einsperren wollen?« Pasco sah plötzlich verängstigt aus. »Dagegen habe ich nämlich eine Art von Phobie entwickelt.«

»Nein, um dich vor Eindringlingen zu schützen, wirst du das hier unter die Tür klemmen müssen.« Max reichte ihm ein Stück Holz von dem Haufen, auf dem Daisy und er die kaputten Regalbretter aufgestapelt hatten.

»Mache ich«, gab Pasco zur Antwort, nahm den Holzkeil entgegen und schob sich das, was er bisher unter dem rechten Arm gehalten hatte, unter den linken.

»Ist das eine Picknickdecke?«, fragte Max und starrte mit zusammengekniffenen Augen auf das Etwas, das unter Pascos Arm klemmte.

»Ja, und eine recht gute. Ich kann mich in die karierte Stoffseite einwickeln und –«

»Wenn Jason dahinterkommt, dass du die geklaut hast, wird er dich drankriegen. Das weißt du hoffentlich, oder? Um Himmels willen.« Frustriert wandte Max sich ab.

»Warte mal. Ich habe die nicht gestohlen, und um ehrlich zu sein …« Dass sein Vater dieses Wort verwendete, entlockte Max ein spöttisches Schnauben. Pasco sprach unbeirrt weiter. »… verletzt es mich, dass du glaubst, ich würde so etwas tun.«

»Wie kommt es dann, dass du im Besitz einer gestohlenen Picknickdecke bist?«

»Die habe ich gefunden, und hör mir doch erst einmal zu, bevor du meine Erklärung abtust. Ich habe im Park ein paar Jugendliche gesehen, die damit Ball gespielt haben. Ein seltsamer Zeitvertreib für Teenager. Also habe ich gewartet, bis die den Spaß daran verloren hatten. Die Decke war auseinandergefallen, und sie bekamen sie nicht wieder zusammengefaltet. Also haben sie sie einfach liegen gelassen, und ich habe sie an mich genommen.«

Seine Erklärung war einleuchtend, wenn auch merkwürdig. »Okay, sie ist aber gestohlen worden.«

»Das wusste ich nicht«, erwiderte Pasco in versöhnlichem Ton. »Ich kann mir nicht vorstellen, dass der Laden sie jetzt noch zurückhaben möchte.«

Max musste zugeben, dass das jetzt, nachdem jemand darauf geschlafen hatte, unwahrscheinlich war. »Sieh einfach zu, dass niemand dich damit sieht. Jeder andere wird die gleichen voreiligen Schlüsse ziehen wie ich.«

»Weißt du, ich habe manchmal das Gefühl, als würdest du im Grunde wollen, dass ich scheitere«, sagte Pasco.

Max fluchte. »Sei nicht albern. Warum sollte ich das wollen?«

Pasco schien sich seine Antwort gründlich zu überlegen. »Damit du mich wieder in die richtige Schublade einordnen kannst. Im Moment passe ich in keine hinein, weil ich nicht so bin, wie du erwartet hast, und deshalb weißt du nicht, was du tun sollst. Max, du musst akzeptieren, dass ich mich geändert habe.« Pasco legte seinem Sohn die Hände auf die Schultern und schaute ihm fest in die Augen.

»Wir werden sehen«, sagte Max und wich zurück.

»Danke, dass du mich hier schlafen lässt.« Pasco betrat den Eisenbahnwaggon.

Max ignorierte die Dankbarkeitsbekundungen seines Vaters. »Lass sämtliche Jalousien herunter. Ich will nicht, dass dich jemand da drinnen sieht«, sagte er nur.

Pasco winkte ihm noch einmal zu und schloss dann die Tür. Max beobachtete, wie sein Vater die Jalousien herunterzog. Wie war sein Vater so schnell obdachlos geworden? Heute Nacht konnte er nicht mehr viel tun, also steckte er den Schlüssel in die Jackentasche und machte sich auf den Weg. Ihm knurrte der Magen. Er durfte gar nicht darüber nachdenken, dass er für das hier den Rest seines Döners weggeworfen hatte.

Kapitel 18

Als Daisy das alte Bahnhofsgebäude am nächsten Morgen betrat, spürte sie sofort, dass irgendetwas anders war als sonst. Im ersten Moment hätte sie nicht sagen können, was es war. Also stand sie erst mal nur da und schaute sich um. Dann sah sie es. Der Lichtfleck auf dem sauberen Schieferboden war nicht zu sehen. Sie blickte nach oben. »Max. Hier stimmt etwas nicht«, rief sie nach hinten.

Max stürzte in den Raum und sah dabei aus, als wolle er sich mit jemandem prügeln. Er drehte sich um die eigene Achse. »Was?«, fragte er, während er hastig Türen aufriss und wieder schloss.

Daisy zeigte an die Decke, und als Max endlich stehen blieb, folgte er ihrem Blick. Beide starrten sie einen Moment auf die Gewölbedecke mit den frei liegenden Holzbalken.

»Was?«, wiederholte Max mit nunmehr gereizt klingender Stimme.

»Siehst du die Innenseite des Daches?«, fragte Daisy, die immer noch nach oben zeigte.

»Ja …« Max' Gesichtsausdruck veränderte sich. »Wo ist denn das verdammte Loch im Dach hin?«

»Genau«, sagte Daisy, und dann starrten beide wieder nach oben.

Von draußen sah das Dach aus, als sei es in Ordnung. Schon vorher war es schwierig gewesen, die fehlende Dachpfanne auszumachen. Jetzt wo sie nicht mehr fehlte, konnte man gar nicht erkennen, wo sie ersetzt worden war. Aus irgendeinem Grund machte Max es allerdings zu seinem persönlichen Auftrag, der Angelegenheit auf den Grund zu gehen. Als er sich auf die Suche nach einer Leiter machte, beschloss Daisy, ihn allein werkeln zu lassen und ein paar Anrufe zu tätigen. Sie musste diverse Handwerker bestellen und ein paar Kostenvoranschläge einholen.

Am nächsten Tag ging es im Schalterraum zu wie in einem Bienenstock. Es war nicht nur der Mann vom Energieversorgungsunternehmen gekommen, sondern auch ein Elektriker und ein Maurer. Daisy hielt sich immer in ihrer Nähe. Zwar waren ihre Unterhaltungen nicht gerade interessant, doch sie wollte sofort zur Stelle sein, falls einer der Männer auf ein ernstes Problem oder unerwartete Kosten zu sprechen kam. Stattdessen führten sie fast nur gemurmelte Unterhaltungen und verunsicherten Daisy damit.

Irgendwann drehte das Grüppchen sich dann geschlossen zu ihr um und schaute Daisy an. Nervös strich sie sich eine Haarsträhne hinter das Ohr, wie immer in solchen Momenten – nur hatte sie ihre üppige Haarpracht heute mit einem schicken Schal gebändigt. »So, die schlechten Nachrichten bitte zuerst«, bat Daisy selbstbewusst. Dann wusste sie wenigstens, wie groß die Katastrophe war, die es zu bewältigen galt.

Die Männer sahen zuerst einander an und dann wieder Daisy. Der Mann vom Energieversorgungsunternehmen war es schließlich, der als Erster sprach. »Sehr gerne schließe ich sie wieder ans Stromnetz an. Allerdings müssen die Kabel erneuert werden, deshalb können Sie den Strom jetzt noch nicht nutzen.«

Daisy strahlte über das ganze Gesicht. Jetzt ergriff der Elektriker das Wort. »Ich kann mit dem Verlegen der neuen Stromkabel anfangen, sobald die Arbeiten im Hauptraum erledigt sind. Es wird nicht allzu aufwendig werden, schließlich ist das Gebäude recht klein.«

Daisy war erstaunt. Auch der Maurer klinkte sich in die Unterhaltung ein. »Ich kann morgen anfangen. Meine anderen

Kunden haben Liquiditätsprobleme, und ein paar Tage Ruhe von mir werden ihnen sicher guttun.« Der Elektriker pflichtete ihm entschieden bei.

»Also … heißt das, dass alles in Ordnung ist?« Daisy wollte hundertprozentig sichergehen. Ein einhelliges Nicken der drei Männer bestätigte ihre Hoffnung.

Sie reichte dem Maurer einen Schlüssel und entschied, sich ein paar Tage freizunehmen. Während die Wand abgerissen und die Arbeitsplatten eingepasst wurden, konnte sie hier ohnehin nichts tun. Er hatte außerdem Kontakt zum Elektriker und einem Klempner und würde ihnen Bescheid geben, wenn sie sich an ihre Arbeit machen konnten – in dieser Phase übernahm er sozusagen die Leitung über das Projekt und nahm ihr diese Arbeit ab. Sie wusste immer noch nicht, welcher Schutzengel ihr das Dach repariert hatte, doch für Daisy war es genau das, was Ottercombe Bay ausmachte – es war ein Ort, an dem die Menschen einander halfen.

Als Allererstes wollte sie endlich mal wieder ausschlafen. Sie war in den letzten Wochen jeden Tag extrem früh aufgestanden und freute sich auf etwas Ruhe.

Leider musste sie am nächsten Morgen feststellen, dass Bug sich im Laufe der Nacht in ihr Zimmer geschlichen hatte. Allem Anschein nach hatte er die diversen Bücher, die aufgestapelt auf dem Fußboden lagen – alles Fachliteratur zum Thema Gin, die sie sich in der Bibliothek ausgeliehen hatte –, als Treppchen benutzt, um auf ihr Bett zu klettern. Jetzt lag er laut schnarchend neben ihr und ließ sich nicht dabei stören, egal, wie häufig sie ihn anstupste. Dieses Schnarchen hörte sich an, als spiele er Didgeridoo. Irgendwann gab sie es auf und schwang die Beine aus dem Bett. Ein ganzer Tag lag vor ihr, und sie hatte keine Ahnung, was sie damit anfangen sollte.

Bug erwachte zum Leben, sprang vom Bett und kratzte an der Zimmertür. Wenn sie schon aufstand, konnte sie eigentlich auch eben mit ihm Gassi gehen, dachte Daisy. Dann hatte sie

210

hinterher zumindest die Aussicht auf ein bisschen Ruhe und Zeit, sich zu überlegen, wie sie eine Website für ihre Gin- und Schoko-Bar einrichten konnte. Sie würde in aller Ruhe darüber nachdenken, wie sie ihren Betrieb vermarkten wollte. Im Moment gab es einfach noch zu viele unterschiedliche Verkaufsargumente.

An einem stürmischen Oktobertag mit Bug einen unspektakulären Strandspaziergang zu machen war genau das Richtige, um ihre Gehirnwindungen durchzupusten. Dabei konnte sie gut grübeln, und Bug würde sich hoffentlich genug verausgaben, um sie hinterher einige Stunden in Ruhe zu lassen. Sie musste auch noch weiter in den Gin-Büchern lesen, die sie sich ausgeliehen hatte.

Nach ihrer Rückkehr recherchierte sie Ginbrennereien im Umkreis und fand gleich mehrere in der Nähe. Sie wollte, dass diese Bar wirklich ein Erfolg wurde, und tatsächlich interessierte sie alles, was es über Gin zu wissen gab. Also beschloss sie ihre auf den Reisen gesammelten Erkenntnisse zu erweitern. Einige E-Mails später hatte sie sich für eine Brennereibesichtigung angemeldet, persönliche Treffen mit einem Verkaufsleiter und einem Brennmeister vereinbart und bei einigen anderen Kleinbrennereien Proben bestellt. Es war ermutigend, wie begeistert sie von allen Seiten unterstützt wurde und wie gern jeder seine Gin-Kenntnisse mit ihr teilte.

An der Kakao-Front hatte sie ähnlich großen Erfolg. Sie führte zwei ausgesprochen vielversprechende Telefonate mit Lieferanten, die beide bereit waren, Daisy einen Besuch abzustatten und ihr Angebot vorzustellen. Dass beide auf einen Exklusivvertrag mit ihr hofften, ließ sie sich ziemlich wichtig fühlen, machte ihr aber auch ein wenig Angst – sie musste eine wichtige Entscheidung treffen.

Bis Tante Coral nach Hause kam, war Daisy zwar müde, aber aufgedreht. Sie hatte ein paar gute Kontakte geknüpft, und die Aussicht, mehr über die Produkte zu erfahren, auf die sie sich spezialisieren wollte, war aufregend. Das Ganze fühlte sich an wie ein Neuanfang.

Bei dieser Erkenntnis meldete sich sofort ihr schlechtes Gewissen. Sie saß hier und träumte von der Zukunft, während das Rätsel der Vergangenheit darauf wartete, gelöst zu werden. Das Medaillon war immer noch verschwunden, und Daisy hatte bisher keine weiteren Nachforschungen über den Tod ihrer Mutter angestellt.

Völlig in Gedanken versunken aß Daisy ihre Spaghetti, als plötzlich ihr Handy vibrierte. Ein Blick auf das Display zeigte ihr, dass der Anruf von ihrem Maurer kam. Automatisch setzte sie sich aufrechter hin und nahm den Anruf entgegen. Sicher wollte er ihr mitteilen, was sie heute auf der Baustelle alles geschafft hatten.

»Daisy, wir haben ein Problem. Wir müssen die Arbeiten bis auf Weiteres einstellen.« Er klang ernst.

Geschockt legte Daisy die Gabel aus der Hand. »Warum?« Ihre Stimme klang kratzig. Was um alles in der Welt war passiert?

»Fledermäuse.«

Daisy musste sich verhört haben. »Fledermäuse?«, fragte sie skeptisch.

»Ja. Es deutet alles darauf hin, dass in dem Hohlraum über den Toiletten Fledermäuse leben. Bis das geklärt ist, können wir nicht weiterarbeiten.«

»Können Sie die denn nicht einfach beseitigen, oder soll ich das tun?«

»Nein, das ist strafbar. Sie müssen die Fledermaus-Hotline anrufen.«

Daisy fing an zu lachen und summte dann die Titelmelodie von *Batman*. »Oh, das ist ein echt guter Witz, beinahe hätte ich es geglaubt.« Sie kicherte erleichtert vor sich hin.

»Das ist kein Witz, Daisy. Fledermäuse stehen unter Artenschutz. Wir dürfen nicht weiterarbeiten, eh das nicht geklärt ist.

Ich muss jetzt Schluss machen. Ich werde den anderen Bescheid sagen und darauf warten, dass Sie sich bei mir melden. Okay?«

Daisy hörte auf zu lachen. »Äh, okay. Danke.« Sie beendete das Gespräch und sah, dass Tante Coral so besorgt aussah, wie sie selbst es war.

Am nächsten Tag erfuhr sie mehr über Fledermäuse, als sie je hatte wissen wollen. Stundenlang telefonierte sie wegen ihres Fledermausproblems mit zahlreichen Experten – es gab tatsächlich eine nationale Fledermaus-Hotline. All diese Menschen waren unglaublich hilfsbereit, trotzdem nahm jedes Gespräch Daisy ein wenig mehr von ihrer Hoffnung. Im Prinzip erfuhr sie auch nicht mehr, als ihr Maurer ihr bereits erklärt hatte: Fledermäuse standen unter Artenschutz und durften nicht gestört werden. Wer es trotzdem tat, ging das Risiko ein, strafrechtlich verfolgt zu werden. Die Arbeit einzustellen war richtig gewesen und Daisy musste jetzt auf einen Umweltexperten warten, der entscheiden würde, was für die Fledermäuse am besten war. Bis dahin lag das gesamte Projekt auf Eis.

Bisher war alles hervorragend gelaufen, aber jetzt fühlte es sich plötzlich an, als habe jemand die Notbremse gezogen. Daisy war sich auf einmal nicht mehr sicher, ob sie überhaupt noch mehr Zeit und Geld investieren sollte, schließlich waren die Fledermäuse unter Umständen der Anfang vom Ende. Wenn der Umweltexperte entschied, dass die Umbauarbeiten die Fledermäuse vertreiben würden, war alles vorbei. Dann hatten die fliegenden Nager auf Lebenszeit eine mietfreie Bleibe, und Daisys Träume lösten sich in Wohlgefallen auf. Selbst im günstigsten Fall würde sich die Eröffnung vermutlich so sehr verzögern, dass sie den Laternenumzug verpasste. Das wiederum bedeutete weniger Einnahmen und höhere Wahrscheinlichkeit, dass sie scheiterte.

Daisy brauchte etwas Ablenkung von der Fledermaus-Krise, also wandte sie sich ihrem anderen Problem zu. Sie hatte vergeblich versucht, im Internet mehr über den Tod ihrer Mutter herauszufinden. Eigentlich hätte es sie nicht wundern dürfen, schließlich war sie zu einer Zeit gestorben, in der das Internet noch in den Kinderschuhen gesteckt hatte. Es erstaunte Daisy trotzdem. Sie wusste selbst nicht, was sie sich von ihren Recherchen versprochen hatte, aber wenigstens ein Anhaltspunkt für weitere Nachforschungen wäre schön gewesen. Schweren Herzens gab Daisy ihre Suche auf und beschloss, stattdessen kreativ zu werden.

Sie brauchte einen Namen für ihre Mischung aus Bar und Café. Irgendwann hatte sie zwei lange Listen mit Ideen vor sich liegen, konnte sich aber nicht entscheiden. Sie war nicht mit dem Herzen bei der Sache, schließlich war ja noch nicht einmal sicher, dass sie das Projekt auch bis zum Ende durchführen konnte. Die eine Hälfte der Namen klang zu schokoladig, die andere Hälfte zu alkoholisch – vielleicht war die Kombination von Gin und Kakao ja doch keine so gute Idee. Mit allem, was sie anfing, landete Daisy in einer Sackgasse.

Was sollte sie jetzt bloß tun? Ihr blieben noch mehrere Stunden, bis Tante Coral von der Arbeit nach Hause kam. Vor Daisy auf dem Fußboden saß Bug und blickte zu ihr auf – ohne zu blinzeln und mit so großen Augen, dass es zwangsläufig aussah, als starre er sie an. Allmählich gewöhnte Daisy sich an den Hund und seine Eigenheiten. Ich sollte mit ihm Gassi gehen, statt hier herumzusitzen und stückchenweise den Verstand zu verlieren, dachte sie. Nichtstun war noch nie eine ihrer Stärken gewesen, also legte sie Bug das Halsband an. Ausnahmsweise schien ihn die Idee, nach draußen zu gehen, zu begeistern.

Ein kalter Wind fegte über den Strand, und sie begegneten nur wenigen Menschen. Bug schien der Wind nichts auszumachen. Aufgeregt zog er an seiner Leine. Sie konnte spüren, dass er losrennen und ein bisschen Dampf ablassen wollte. Verstohlen schaute sie sich um, dann hockte sie sich vor ihm auf den Boden.

»Hör mir jetzt ganz genau zu, Bug. Wenn ich dich von der Leine lasse, musst du sofort kommen, sobald ich dich rufe, oder direkt nach Hause laufen. Kapiert?«

Bug knurrte und machte artig Platz. Daisy sandte ein stummes Gebet nach oben und nahm ihm dann die Leine ab. Es dauerte nur den Bruchteil einer Sekunde, bis er aufsprang und wie ein Wahnsinniger, begleitet von einer Sandwolke, davonraste. Daisy musste lachen, als sie sah, wie sorglos und unbekümmert er umherwetzte. Während er über den Strand jagte, schlenderte sie hinunter ans Ufer. Unterwegs fand sie ein paar flache Steine, die sie nacheinander über das Wasser hüpfen ließ. Eigentlich war das Meer heute zu bewegt, aber bei einigen wenigen schaffte sie es trotzdem. Als Kind hatte sie viele glückliche Stunden so mit ihrem Vater verbracht. Sie war stolz darauf, dass sie das Flitschen nicht verlernt hatte. Sie stellte sogar fest, dass es sie beruhigte und ihr half, in dem Fledermausproblem lediglich eine weitere Hürde zu sehen, die sie irgendwie überwinden musste.

Als ihr die flachen Steine ausgingen, vergrub sie ihre Hände tief in den Jackentaschen, um sie aufzuwärmen. Um Bug erneut beim Umherflitzen zu beobachten, kehrte sie dem Wasser den Rücken zu. Suchend glitt ihr Blick über den Strand, doch der Hund war nirgendwo zu sehen. Sie wartete einen Moment, weil sie damit rechnete, dass er jede Sekunde auftauchen würde, doch da war nichts – nur der scharfe Oktoberwind, der ihr auf einmal unangenehm kühl erschien. Hektisch sah sie sich um. »Bug!«, brüllte sie, doch der Wind verschluckte ihre Rufe.

Die nächste halbe Stunde verbrachte Daisy damit, den gesamten Strand von Ottercombe abzulaufen und immer wieder nach Bug zu rufen. In jedem Winkel suchte sie nach ihm, sogar hinter den Fischerbooten und Strandhütten, doch es fehlte jede Spur. Das Strandcafé war über die Wintermonate geschlossen und hatte bereits zu, und außer ihr war niemand am Strand. In der Hoffnung, er habe sich bereits ohne sie auf den Heimweg gemacht, wollte Daisy gerade aufgeben, als sie von der anderen Seite des Strandes ein leises Bellen hörte. Sofort rannte sie in diese Richtung.

Dort gab es ein paar Stufen, über die man auf ein paar riesige Felsen gelangte, die irgendwann einmal von der Klippe abgebrochen sein mussten. Sie kletterte auf den trockensten dieser Felsen, während die Wellen mit Wucht dagegenschlugen.

»Bug«, rief sie noch einmal. »Bugsy Malone.«

Dieses Mal antwortete er mit einem Bellen. Es klang merkwürdig dumpf, und plötzlich fiel ihr Blick auf eine Öffnung am Fuß der Klippe. Nach einer kleinen Klettertour erreichte sie den Höhleneingang. Großonkel Reg hatte immer große Schmuggler- und Heldensagen darüber erzählt. Als Kind war es ihr allerdings strikt verboten gewesen, sie zu betreten. Es schien ziemlich tief in den Fels hineinzugehen, stellte Daisy fest, als sie in die Hocke ging, um hineinzusehen. Sie hörte, wie Bugsy am Fels kratzte. War er womöglich irgendwo eingeklemmt? Daisy wagte sich tiefer in die Höhle hinein und rief in regelmäßigen Abständen nach ihm. Immer auf der Hut arbeitete sie sich zentimeterweise vorwärts. Es war düster, und sie hatte keine Ahnung, welche Gefahr hier womöglich auf sie wartete. Je tiefer sie in die Höhle vordrang, desto finsterer wurde es. Außerdem wurde der Gang immer enger, und sie kam nur langsam voran.

»Da bist du ja!«, rief Daisy erleichtert, als sie Bug im hintersten Winkel entdeckte, wo er wie ein Wilder buddelte. »Da ist kein Schatz vergraben, Bug. Komm her.« Sie schaute sich um. Es war ein ganzes Stück vom Strand bis hierher und die mit Algen bewachsenen Felsen waren teilweise rutschig. Bug machte nicht den Eindruck, als wolle er mit ihr kommen. Sie durchsuchte ihre Jackentaschen und fand noch ein letztes Hundeleckerli.

»Bug!«, rief sie und hielt es ihm entgegen. Für einen kurzen Moment hörte er auf zu graben, drehte sich um und schaute sie an. Sein schwarzes Gesichtchen war voll mit feuchtem Sand und sah aus, als hätte er einen Bart. »Komm her, Bug, hol dir dein Leckerli«, lockte Daisy, doch Bug drehte sich ohne eine weitere Reaktion um und buddelte weiter.

Auf allen vieren kroch Daisy weiter, bis Bug nur noch eine Armlänge von ihr entfernt war. »Bug, Leckerli.« Erneut streckte sie ihm die Hand entgegen. Er hörte auf zu scharren, trottete auf sie zu und verputzte den Hundekuchen. Im gleichen Moment packte sie ihn und klemmte ihn sich kurzerhand unter den Arm.

Der Rückweg mit Hund war schwieriger, und sie kamen nur sehr langsam voran. Daisy musste mehrmals innehalten und ihren zappelnden Begleiter auf ihrem Arm zurechtrücken. Sie hatte auch das Gefühl, als würde es plötzlich noch dunkler in der Höhle, und die Felsen erschienen ihr glitschiger als auf dem Hinweg. Auch das Rauschen des Meeres schallte ihr lauter in den Ohren. Es dauerte ewig, und den quengeligen Hund festzuhalten wurde allmählich anstrengend. Außerdem musste Daisy jetzt über einen besonders großen Felsen klettern. Wenn sie sich recht erinnerte, war sie jetzt zumindest schon nah am Eingang. Sie rutschten auf der anderen Seite am Felsen hinab und landeten nicht wie erwartet auf feuchtem, festem Sand, sondern platschten in Meerwasser. Es war ein Schock, ohne Vorwarnung bis zu den Schenkeln in eiskaltem Wasser zu stehen, und sie schnappte nach Luft. Bug nutzte die Gelegenheit, wrang sich mit einem beherzten Strampeln aus Daisys Armen und landete bäuchlings in den tintenschwarzen Wellen. So schnell er konnte paddelte er aus ihrer Reichweite.

Keine Panik, mahnte sie sich, als ihr Puls vor Angst zu rasen begann. Sie watete Bug hinterher, doch kaum hatte er die Höhle verlassen, wurde er von einer Welle überspült. »Bug!«, schrie sie, hatte ihn aber bereits aus den Augen verloren. Am Höhleneingang war das Wasser noch tiefer, und sie musste sich ducken, um aus der Höhle herauszukommen. Sie würde fast

217

ganz in das eisige Wasser eintauchen müssen. Es war Flut, und die Wellen wurden immer höher, schlugen mit solcher Wucht gegen die Felsen am Höhleneingang, dass es Daisy hin und her warf. Die Dämmerung hatte bereits fast alles Tageslicht ausgelöscht. Mit zusammengekniffenen Augen hielt Daisy nach Bug Ausschau, als eine weitere riesige Welle gegen die Felsen schlug und sie so durchnässte, dass es sie von einer Sekunde zur anderen bis auf die Knochen auskühlte. Wie hatte sich die Lage so schnell ändern können? Und noch wichtiger: Wo sollte sie sich in Sicherheit bringen?

Daisy versuchte mehrmals, von Fels zu Fels zu balancieren. Die rauen Seepocken zerschrammten ihr die weiche Haut ihrer Handflächen. Entschlossenheit und Furcht trieben sie weiter. Doch das Wasser stieg immer höher, und schließlich war Daisy gezwungen, zum Eingang der Höhle zurückzukehren, um nicht von der nächsten Welle gegen die Felsen geschleudert zu werden. Mit klammen Fingern zog sie ihr Telefon aus der Tasche und hätte es um Haaresbreite ins Wasser fallen lassen. Es war nass, funktionierte aber noch. Zitternd wählte sie die Nummer der Küstenwache, die Max ihr gegeben hatte.

Es war ein kurzes Gespräch. Ruhig erklärte ihr der Mann am anderen Ende, sie solle sich an die höchste Stelle begeben, die sie erreichen konnte, und dort auf Hilfe warten. Es sei bereits jemand auf dem Weg zu ihr.

Sie tat, was der Mann gesagt hatte, und kraxelte erneut auf den großen, glitschigen Felsen. Der Geruch von nassen Algen stach ihr in die Nase. Sie hockte sich auf den Felsen, zog ihre Knie fest an ihre durchnässte Brust und schlang die Arme um ihre Schienbeine. Mit jeder Welle schlug das Wasser höher, und die Kälte drang immer tiefer, bis Daisy unkontrollierbar zitterte. Mehrmals rief sie nach Bug, bezweifelte aber, dass er sie hören konnte. Das Meer war viel zu laut, und mit jeder Welle, die an ihrem Felsen brach, führte es ihr vor Augen, wie überlegen es war.

Das letzte schwache Sonnenlicht verschwand jetzt hinter dunklen Wolken. Plötzlich schien die Kälte viel tiefer zu gehen und Daisy all ihre Hoffnung zu nehmen. Vor ihrem geistigen Auge sah sie ihre Mutter. Hatte sie sich in den letzten Momenten vor ihrem Tod so gefühlt? Daisy spürte, wie ihr heiße Tränen über die kalten Wangen rannen.

Sie verlor jegliches Zeitgefühl. Die salzige Gischt schlug ihr ins Gesicht, und das Meer war jetzt überall. Von der Kälte waren ihre Arme und Beine bereits taub, und es fiel ihr schwer, auch nur einen klaren Gedanken zu fassen. Ihre Zähne klapperten unkontrolliert. Daisy schloss die Augen und versuchte, sich zu beruhigen. Eine weitere zornige Welle schlug gegen den Felsen und durchnässte sie erneut, und Daisy konnte der panischen Angst nichts mehr entgegensetzen. Der Sog der Welle drohte sie in das finstere, tosende Wasser zu ziehen. Nur mit letzter Kraft gelang es Daisy, sich an den Felsen zu klammern.

Kapitel 19

So nass sie auch zuvor schon gewesen war, nach dieser Welle war sie nun endgültig durchweicht. Und doch veranlasste irgendetwas Daisy in ihrer gefährlichen Position dazu, den Kopf zu heben und aufzublicken. Sie klammerte sich an einen eiskalten Felsen, der inzwischen fast ganz im Meer versunken war. Ihre Augen brannten vom Salzwasser, und es fiel ihr schwer, sie offen zu halten. Immer wieder blinzelte Daisy, auch wenn sie selbst nicht genau wusste, was sie zu sehen hoffte. Als sie endlich Max in dem kleinen Einsatzboot der Seenotrettung entdeckte, der auf den Höhleneingang zusteuerte, schwappte die Erleichterung wie eine warme wohltuende Welle über sie. Sie war in Sicherheit.

»Daisy! Rühr dich nicht von der Stelle. Hast du dich verletzt?« Seine kräftige Stimme klang beruhigend und tröstlich. Daisy konnte nicht antworten. Ihre Zähne klapperten viel zu sehr, also schüttelte sie den Kopf. Kalte, nasse Haarsträhnen schlugen ihr gegen die vor Kälte schmerzenden Wangen.

Max überließ die Steuerung des Bootes Jason, und ein dritter Mann gab über Funk ihre Lage durch. Selbstsicher sprang Max aus dem Boot auf den Felsen, und bevor Daisy überhaupt darüber nachdenken konnte, wie sie aus dem Wasser klettern sollte, hatte Max sie bereits in seine Arme gezogen. Mit wenigen Handgriffen hatte er sie in das Boot gehoben und Jason ihr wie einem bratfertigen Truthahn eine Folie umgewickelt, die sie warm halten sollte. Wie sollte sie Tante Coral erklären, dass Bug im Meer verschollen war? Mit einem großen Satz sprang jetzt auch Max zurück ins Boot. Sein Aufprall brachte sie alle heftig zum Schaukeln und riss Daisy aus ihren Gedanken.

Daisy konnte den Blick, mit dem Max sie schließlich musterte, nicht recht deuten, vermutete jedoch eine Mischung aus Mitleid und Verärgerung darin. Plötzlich hatte sie das Bedürfnis, sich zu rechtfertigen.

»Bug ist weggelaufen.« Ihre Lippen waren so kalt, dass sie kaum sprechen konnte.

»Bug ist ohne dich nach Hause gelaufen. Ich habe gerade mit Coral gesprochen, als der Notruf der Küstenwache kam.« Max drehte sich von ihr weg und ließ den Motor aufheulen. Ein weiterer Punkt für Bug, dachte sie. Das Boot hüpfte im Rhythmus der Wellen über das Wasser und verursachte nur leichten Sprühnebel. Obwohl es nur ein kleines Rettungsboot war, das vorwiegend in flachen Gewässern eingesetzt wurde, schoss es ohne Probleme durch die aufgewühlte See. Unter anderen Bedingungen hätte Daisy die Fahrt vermutlich sogar Spaß gemacht. Als Max sich ihr zuwandte und sie mit zusammengekniffenen Augen musterte, wich sie seinem Blick aus.

»Geht es dir gut?«, fragte Jason. Daisy wollte nicht reden, sie wollte einfach nur wieder warm werden, also nickte sie und zog die Wärmefolie enger um sich. »Wir kriegen dich gleich wieder richtig warm, Daisy. Du machst das alles großartig.«

Sie schloss die Augen und versuchte, nicht darüber nachzudenken, wie dumm sie gewesen war.

Den nächsten Tag musste Daisy im Bett verbringen. Es war zwar rührend, wie Tante Coral sie umsorgte, frustrierte sie aber gleichzeitig. Tante Coral schien einfach nicht darüber hinwegzukommen, »was alles hätte passieren können«. Deshalb sah sie alle paar Minuten nach Daisy, erkundigte sich nach ihrem Befinden und ertränkte sie nahezu in Tee. Daisy war nach ihrer Rettung von einem Sanitäter untersucht worden, und seit sich ihre Körpertemperatur normalisiert hatte, ging es ihr im Grunde wieder gut. Wenn man von ein paar Kratzern an ihren Handflächen absah, sah man ihr das Rettungsmanöver nicht mehr an – vorausgesetzt man hatte die reißerische Schlagzeile auf der Titelseite der örtlichen Zeitung nicht gelesen.

Schlimmer war für Daisy allerdings, dass sie sich so dämlich vorkam wie noch nie in ihrem ganzen Leben. Nicht einmal während ihrer Zeit als Immobilien verkaufende menschliche Ananas in Spanien. Sie hatte Menschen, die sich von der Flut überraschen ließen, immer für Idioten gehalten. Doch sie hatte die Geschwindigkeit, mit der das Wasser sie an dieser Stelle erreichen würde, unterschätzt. Natürlich war es ihre Schuld gewesen, trotzdem wäre es ohne den hinterhältigen Köter nicht passiert. Diesmal war er seinem Ziel, sie loszuwerden, ein ganzes Stück näher gekommen. Bug stolzierte umher wie ein Unschuldslamm und wurde von Tante Coral sogar noch dafür gelobt, dass er Alarm geschlagen hatte – im Sea Mist Cottage wurde er als Held gefeiert.

Doch die Geschichte hatte Daisy gezeigt, wie leicht man von etwas überrascht werden konnte. Seither überlegte sie, ob es ihrer Mutter ähnlich ergangen war. Doch warum war sie im März mitten in der Nacht am Strand gewesen?

In den nächsten Tagen konzentrierte Daisy sich darauf, bei den Umweltschutzexperten bezüglich ihres Fledermaus-Gutachtens auf Dringlichkeit zu pochen, und grübelte weiter über einen Namen für die Bar nach. Allerdings schwand ihre Hoffnung, dass sie jemals eröffnen würde, zusehends. Wie war es möglich, dass ihre Pläne von etwas so Winzigem wie einer Fledermaus durchkreuzt wurden? Gab es wirklich Menschen, die Fledermäuse mochten? Im Prinzip waren das ja fliegende Mäuse, die in großen Schwärmen in Horrorfilmen auftauchten oder schlechte Presse bekamen – nicht ganz unbegründet, wie Daisy inzwischen fand. Inzwischen hatte sie das Gefühl, als würde ihr nichts mehr gelingen.

Eines Morgens brachen all der Frust und die Anspannung in einem stummen Heulkrampf aus Daisy heraus. Seit der Entdeckung der Fledermäuse und ihrem Erlebnis in der Bucht hatten sie wie eine schwere Last auf Daisy gelastet. Wie ein Häufchen Elend saß sie auf dem Fußboden und wischte sich die Tränen von den Wangen, als die Tür aufflog und Bug ins Zimmer marschierte. Einen Moment starrten sie einander an, dann geschah etwas völlig Neues. Bug trabte auf sie zu, stupste sie sanft mit seinen Pfötchen an und lehnte sich an sie, bis er ihr eine Träne vom Gesicht lecken konnte. Obwohl seine Nähe ihr suspekt war, schmolz Daisys Herz bei dieser zärtlichen Berührung.

»Vielleicht bist du ja doch nicht so übel, wie ich dachte«, sagte sie, was der Mops mit einem energischen Schwanzwedeln quittierte. Daisy rollte sich auf dem Boden zusammen und vergrub ihren Kopf zwischen den Armen, während Bug aufgeregt auf ihr herumkletterte und ihr Gesicht abschleckte. Auf einmal bemerkte Daisy, dass sie kicherte, und trotz der vielen Dinge, die in ihrem Leben schiefliefen, trotz allem fühlte sie sich plötzlich ein kleines bisschen besser.

Drei Wochen später war wieder Normalität eingekehrt. Tante Coral fragte nicht mehr alle fünf Minuten, wie Daisy sich fühlte, und hatte sich seit mindestens vierundzwanzig Stunden nicht mehr ausgemalt, »was alles hätte passieren können«.

Heute stand nicht nur der Besuch des Umweltschutzexperten an, es hatte sich auch ein Vertreter der örtlichen Fledermaus-Rettungsgruppe angemeldet. Daisy hatte mit ihm vereinbart, sich bei Sonnenaufgang mit ihm direkt am Bahnhof zu treffen. Der Zeitpunkt kam Daisy äußerst mysteriös vor.

Daisy hockte auf der Bahnsteigkante und ließ die Beine baumeln. Der Beton war so kalt, dass ihr Hintern sich schon ganz taub anfühlte. Da sah sie eine korpulente Frau mit forschem Gang über den Parkplatz auf sich zukommen. Ihre Wangen waren gerötet.

»Ich bin Tabitha von der Ottercombe Bat Group«, stellte sie sich vor, als sie in Hörweite war, und kam Daisy mit ausgestreckter Hand entgegen.

»Ich bin Daisy«, erwiderte sie und spürte, wie ihr gesamter Körper unter dem festen Händedruck erzitterte.

»Und Sie haben Fledermäuse. Wie aufregend.«

»Nicht, wenn man Termine hat, die eingehalten werden müssen, und eine Bar eröffnen will.« Daisy war ihr Frust deutlich anzuhören.

»Darf ich sie mir mal anschauen?«, fragte Tabitha, während sie das Gebäude bereits musterte.

Daisy führte sie ins Haus und zeigte ihr die inzwischen zur Einrichtung gehörende Leiter und die Luke, die auf den Dachboden führte, der sich direkt über den Toiletten befand. Dort hatten sich die Fledermäuse angeblich häuslich niedergelassen, obwohl Daisy noch keine einzige gesehen hatte. Tabitha kletterte auf die Leiter, steckte den Kopf durch die Luke in den Dachboden und konnte die Begeisterungsrufe nicht mehr zurückhalten. Währenddessen fuhr ein weiteres Fahrzeug auf den Parkplatz. Ein schlanker, ganz in Schwarz gekleideter Mann stieg aus, klemmte sich eine schwarze Aktentasche unter den Arm und kam auf Daisy zu. Er sah eher aus wie einem Spionagethriller entstiegen, und nicht wie ein Umweltschutzexperte. Lange Haare und ein Bart waren das Mindeste, was Daisy erwartet hatte.

»Miss Wickens? Ich komme wegen des Fledermaus-Gutachtens.«

Bevor Daisy auch nur ein Wort über die Lippen bringen konnte, hatte Tabitha ihren Arm an ihr vorbeigestreckt und schüttelte dem Mann die Hand. »Ich werde Ihnen zeigen, was ich entdeckt habe«, sagte sie und führte den Ökologen ins Haus.

Daisy hüllte sich fester in ihre alte Lederjacke. Ihr war kalt, und sie war deprimiert. Im Grunde wusste sie ja schon jetzt, was bei dieser Untersuchung hier herauskommen würde. Sie hatte sich innerlich bereits damit abgefunden, dass sie einen großen Batzen von Tante Corals Geld in einen völlig nutzlosen Familienbesitz investiert hatte. Wenigstens würde sie ihr den Betrag Ende Juni zurückzahlen können, wenn sie ihre Erbschaft erhielt. Sie durfte gar nicht darüber nachdenken, wie lange es bis dahin noch war. Erst recht, wenn sie diese Zeit mit Däumchendrehen verbringen musste.

»A-ha!« Tabithas enthusiastischer Ausruf riss Daisy aus ihren Gedanken. »Da kommen sie ins Haus.« Sie zeigte auf die höchste Stelle am Ende des Dachgiebels, während der Umweltschutzexperte sich eifrig Notizen machte. Daisy seufzte. Sie musste sich etwas überlegen. Das Gebäude war auf Dauer eine absolute Zeit- und Geldverschwendung.

»Richtig«, erwiderte der Umweltschutzexperte, der plötzlich hinter ihr stand. Daisy stand auf, atmete tief durch und rechnete mit dem Schlimmsten.

»Es ist die Große Hufeisennase«, rief Tabitha und machte dabei ein Gesicht, als wolle sie der Grinsekatze aus Alice im Wunderland Konkurrenz machen. »Die sind ziemlich selten.« Zumindest einer ist zufrieden, dachte Daisy. »Leider hat sie es nicht überlebt.« Daisy lugte auf das winzige Wesen mit den zarten Flügelchen, das Tabitha in den Händen hielt, und trat automatisch einen Schritt zurück. Der Ökologe nahm Tabitha die Fledermaus ab und steckte sie in eine Plastiktüte.

»Es ist eine Wochenstube«, sagte der Umweltschutzexperte und verschloss die Plastiktüte. Daisy ergab sich ihrem Schicksal. »Sie sind jetzt alle weg, um ihren Winterschlaf zu halten, werden im kommenden Jahr aber wiederkommen. Es ist wichtig, möglichst alles so zu belassen, wie es ist.«

»Okay«, erwiderte Daisy. Sie hatte keine Ahnung, wovon er redete, aber es war wohl an der Zeit, die Fenster wieder zu vernageln und das Gebäude für immer zu schließen und zu vergessen.

»Ich kann jetzt noch kein vollständiges Gutachten erstellen, weil die Fledermäuse nicht hier sind, also werde ich im Mai wiederkommen. In der Zwischenzeit erteile ich Ihnen die Genehmigung, mit den Umbauarbeiten fortzufahren.« Er wartete auf eine Reaktion, aber Daisy runzelte lediglich die Stirn. »Steht alles hier drin«, behauptete er und reichte ihr eine Broschüre. »Auf Wiedersehen.«

»Warten Sie!« Erst jetzt begriff Daisy, was er gesagt hatte. »Mit den Umbauarbeiten fortzufahren? Wie soll ich denn mit den Fledermäusen im Haus die Hygienevorschriften erfüllen?«

»Das ist kein Problem. Es besteht keine direkte Verbindung zwischen dem Dachboden und dem Gastronomiebereich. Ich konnte keine Hinweise darauf finden, dass sie sich auch im Hauptteil des Hauses aufgehalten haben. Ihr Unterschlupf befindet sich ausschließlich auf dem Dachboden.«

»Und das bedeutet? Ich lasse sie dort wohnen und mache weiter wie geplant?« Daisy war misstrauisch.

»Ja«, erwiderten der Umweltschutzexperte und Tabitha wie aus einem Mund.

»Genial. Vielen Dank«, sagte Daisy. Sie konnte sich zwar nicht vorstellen, dass das funktionieren sollte, war aber bereit, es auf einen Versuch ankommen zu lassen. Schließlich war nicht sie hier die Umweltschutzexpertin. Daisy winkte ihm zum Abschied zu, während Tabitha ihr alles über Große Hufeisennasen erzählte.

»Vielen Dank, dass Sie gekommen sind«, unterbrach Daisy sie irgendwann in der Hoffnung, nicht allzu unhöflich zu erscheinen.

»Es war mir ein Vergnügen. Rufen Sie mich bitte sofort an, wenn Sie sehen, dass die Fledermäuse wiederkommen«, bat Tabitha.

»Selbstverständlich.«

»Dann ziehe ich jetzt mal los, um hoffentlich ein paar Biber zu Gesicht zu bekommen«, sagte Tabitha mit einem Kopfnicken. »Am River Otter haben sich welche angesiedelt«, fügte sie hinzu und zog ihre Hand aus der Jackentasche. Daisy hoffte, dass sie keine weitere tote Fledermaus zutage förderte, doch es war nur eine Broschüre. »Viel Glück mit der Bar, auf meine Unterstützung können Sie sich verlassen. Außerdem gehöre ich zum Ensemble der OBOS«, sagte sie und tippte mit dem Finger auf die Broschüre. »Auf Wiedersehen«, rief sie herzlich. Daisy warf einen Blick auf die Broschüre: ›Die Ottercombe Bay Opernsänger präsentiert ihre Inszenierung von *Pinocchio*.‹ Sie vergewisserte sich, dass Tabitha außer Hörweite war, und brach dann in schallendes Gelächter aus. Was für ein Tagesanfang.

Als Nächstes musste sie wieder einige Anrufe erledigen und den Handwerkern mitteilen, dass es weiterging. Drei Wochen hatten sie durch die Unterbrechung verloren, und der Maurer wollte sich unter den gegebenen Umständen nicht auf ein Datum für die Fertigstellung festlegen. Da es nicht viel gab, was sie sonst hätte tun können, machte Daisy sich also wenig später auf den Weg zu einer örtlichen Brennerei. Sie musste ihre Gin-Kenntnisse erweitern.

Die Inhaber hatten Daisy zu einer Besichtigung eingeladen. Untergebracht in einem leer stehenden Bauernhof, bewies der kleine Betrieb an der Grenze zu Somerset, dass für eine Gin-Brennerei kein riesiges Fabrikgelände nötig war.

Der Besuch war ein voller Erfolg gewesen. Die Ereignisse des Tages hatten Daisy neuen Ehrgeiz verliehen, und so ächzte Corals Wagen auf dem Heimweg unter der Last des vielen Gins, den Daisy gekauft hatte. Sie hatte so viel Neues gelernt, dass ihr der Kopf schwirrte. Man hatte ihr erklärt, wie der Gärungsprozess und das Destillierverfahren funktionierten und woran man einen qualitativ hochwertigen Gin erkannte. Sie wusste jetzt über den Ursprung und die Geschichte des Gins Bescheid und kannte die feinen Geschmacksunterschiede, die durch das Hinzufügen von Pflanzen oder pflanzlichen Extrakten während des Destillierens entstanden. Außerdem hatte sie eine Anleitung bekommen, wie sie ihren Kunden diese Besonderheiten am besten vermittelte. Die größte Erkenntnis dieses Tages war allerdings gewesen, dass Gin im Prinzip nach Wacholder schmeckender Wodka war.

Daisys gute Stimmung hielt auch am nächsten Tag an. Der Besuch in der Brennerei hatte sie motiviert und inspiriert. Plötzlich sah die Zukunft viel weniger düster aus. Spontan entschied sie sich, mit Bug eine Runde spazieren zu gehen. Sie liebte das Gefühl von Freiheit, das das Meer ihr gab, und den Duft der salzigen Luft – es beruhigte sie und ließ sie klarer denken. Die Spaziergänge wurden immer mehr zur Routine, auch wenn Bugs Anwesenheit dabei einen kleinen Nachteil darstellte. Trotzdem konnte sie ihm nicht bis in alle Ewigkeit böse sein.

Lächelnd machte sie sich auf den Weg zum Strand und genoss den strahlend schönen Novembertag. Es kam ihr vor, als könne sie Bugs Vorfreude darauf, über den Sand zu rennen, wie Strom durch die Leine fließen spüren. Unwillkürlich musste Daisy an den verhängnisvollen Tag an der Höhle denken. Heute bestand allerdings keine Gefahr, dass Bug sich wieder dort verkroch. Das Wasser hatte seinen Höchststand bereits erreicht und den Zugang zu den Felsen versperrt. Wenn sie ihn von der Leine ließ, konnte er diesen Teil des Strandes also nicht verlassen. Kaum erreichten sie den Sand, tänzelte Bug wie ein Verrückter umher. In diesem Moment wusste sie, dass sie ihn von der Leine lassen musste. Ihn herzubringen und nicht frei laufen zu lassen kam einer Folter gleich, und obwohl Bug sich nach Kräften bemühte, sie loszuwerden, verspürte sie keinerlei Rachegelüste. Sie entwirrte die Leine, die sich inzwischen mehrmals um ihrer beider Beine geschlungen hatte, und hockte sich auf den Boden.

»Hör mir jetzt ganz gut zu. Das ist deine letzte Chance«, erklärte sie ihm mit erhobenem Zeigefinger, den er sofort abschlecken wollte. »Solltest du noch einmal weglaufen, schwöre ich dir, dich niemals wieder herzubringen. Kapiert?« Bug beschnüffelte den Boden vor ihren Füßen, bekam dadurch Sand in die Nase und nieste laut. »Das werte ich als ein verbindliches Ja.« Wieder einmal nahm Daisy ihm die Leine ab, und Bug raste sofort los, als stehe sein Schwanz in Flammen. Der Anblick brachte sie zum Lachen, und sie stellte fest, dass sie sich so ganz allmählich in das kleine vierbeinige Monstrum verliebte. Er sauste den Strand entlang, flitzte wahllos hin und her, während Daisy ans Wasser schlenderte.

Sie beobachtete die Möwen. Einige kreisten über ihr, andere gingen im Sturzflug aufs Meer nieder, aber die meisten schwammen auf der Wasseroberfläche und ließen sich von den sachten Wellen schaukeln. Es gab in dieser Jahreszeit eindeutig weniger Möwen. Daisy wusste weder, warum sie fortgingen, noch, warum einige von ihnen hierblieben. Vielleicht war es ähnlich wie bei den Menschen: Unabhängig vom Wetter blieben einige eben einfach lieber am Meer.

Dieses Mal behielt sie Bug besser im Auge, passte auf, wo er gerade war, und horchte, in welche Richtung er lief, wenn er an ihr vorbeirannte. Irgendwann bemerkte sie, dass kein Scharren im Sand mehr zu hören war. Sie schaute auf die zahllosen Fährten, die er am Strand hinterlassen hatte, und drehte sich suchend um, konnte ihn aber nirgends entdecken – wieder einmal. »Kack-eri-ki«, rief sie in den Wind.

Daisy lief den Strand entlang, rief und hielt Ausschau nach ihm. Wenn er nicht bereits nach Hause gestürmt war, blieben nur noch die Fischerboote. Während sie auf die vorderste Bootsreihe zumarschierte, fluchte sie leise vor sich hin. Warum hatte sie sich noch einmal dazu hinreißen lassen, dem hinterhältigen Köter zu trauen? Sie umrundete das erste große Fischerboot, doch von dem Hund fehlte jede Spur. Und dann hörte sie es. Aus der Richtung des nächsten Bootes kam ein leises Knurren. »Bug.« Sie rannte, stolperte mehr über das Heck, als dass sie darum herumlief, und erblickte Bug, der sich in etwas Undefinierbares verbissen hatte und wie wild daran zog. Im Näherkommen stach ihr ein so widerlicher Gestank in die Nase, dass sie würgen musste.

»Aus, Bug«, befahl sie ihm genau in dem Moment, in dem Bug noch einmal mit aller Kraft daran riss und das Boot die Beute freigab. Bug schnappte noch fester zu und schleifte den Gegenstand in Daisys Richtung. Jetzt erst erkannte sie, was es war: ein großer verwesender Fisch und sehr viel Seetang. Daisy trat einen großen Schritt zurück. »Bug«, warnte sie ihn. »Untersteh dich!« Bug schleppte ihr den Fisch aber bereits voller Stolz entgegen. Ihr blieb nichts anderes, als dem Hund auszuweichen, und so lieferten sie sich bald eine heiße Verfolgungsjagd über den Strand.

Als Beobachter hätte Daisy die Szene vermutlich äußerst amüsant gefunden, doch Bug, das bösartige Genie, kam ihr mit seinem neuen Lieblingsspielzeug im Maul immer näher. Das ließ die Angelegenheit ganz und gar nicht lustig wirken. Prüfend sah Daisy sich um. Bug war ihr dicht auf den Fersen, und sie hätte schwören können, dass er grinste. Für den Bruchteil einer Sekunde war sie abgelenkt, blieb mit dem Fuß an einem Stück Treibholz hängen, taumelte wie in Zeitlupe nach hinten und landete unsanft im Sand. Im gleichen Moment setzte Bug mit dem verwesenden Stinkefisch im Maul zum Sprung an, als spiele er die Hauptrolle in einem billigen Zombie-Film. Daisy jaulte laut auf, als der Hund ihr den toten Fisch auf die Brust schmiss, sich auf ihren Bauch setzte und dabei nahezu gehorsam aussah. Der Gestank war überwältigend.

»Wenn du Lob erwartest, tust du das vergebens«, sagte sie, legte ihm die Leine an und rappelte sich mühsam wieder auf, sodass ihr der Kadaver vor die Füße fiel. Sie strich sich die letzten Fischreste und das Gewirr aus Seetang von der Kleidung. »Igitt. Widerlich.« Bug wollte sich gleich wieder auf seine Beute stürzen, aber Daisy war schneller und zog ihn davon weg. Immer und immer wieder klopfte sie sich die Jacke ab, damit nur ja nichts daran hängen blieb, doch der Gestank hing ihr bereits in den Kleidern. Bug sah ungemein zufrieden aus, wie er jetzt neben ihr hertrottete, und Daisy hatte Mühe, sich ein Grinsen zu verkneifen. Er war ein kleiner Fiesling, wuchs ihr aber trotz allem mehr und mehr ans Herz.

Fast als spürte er das, beschloss er plötzlich, ein Häufchen zu hinterlassen. Während Daisy Bugs Hinterlassenschaft mit einem Hundebeutel einsammelte, ertappte sie ihn dabei, wie er sie mit heraushängender Zunge anstarrte. Der Hund sah aus, als würde er lachen, und Daisy fragte sich tatsächlich, wer hier eigentlich die überlegene Spezies war.

Als sie das Mariner's Arms erreichte, kam Max gerade aus dem Pub. Ihr erster Gedanke war ›dieser Mann hat mich gerettet‹, doch dann fiel ihr der Kotbeutel in ihrer Hand ein. Sie musste sehr elegant aussehen. Hastig versteckte sie die Hand hinter ihrem Rücken, doch Max' Grinsen zeigte ihr, dass es bereits zu spät war.

»Da ist ja jemand geschäftig gewesen«, tönte er, hockte sich auf den Boden und lobte Bug, der die Aufmerksamkeit begierig aufsaugte.

»Ich bin froh, dich zu sehen«, sagte sie.

»Ach ja, wieso?« Max war immer noch mit Bug beschäftigt.

»Ich wollte mich bei dir bedanken – dafür, dass du mir das Leben gerettet hast und so.« Die Situation war ihr peinlich, und das lag nicht an dem vollen Hundekotbeutel, den sie hinter dem Rücken versteckte.

Max erhob sich und straffte die Schultern. »Keine Ursache. Dafür sind wir da. Es ist schön zu sehen, dass du ihn heute an der Leine hast.«

Sie wollte schon zu einer Antwort ansetzen, entschied dann aber, dass sie ihr Strand-Manöver besser für sich behielt.

Max griff in seine Jackentasche. »Hier«, sagte er und reichte ihr einen Zettel, den sie mit ihrer freien Hand entgegennahm.

»Das will ich dir schon die ganze Zeit geben. Ich habe mit dem Eigentümer der Ginbar in Exeter gesprochen.« Daisy las, was auf dem Zettel stand. »Ross sagt, du bist ihm jederzeit willkommen, aber solltest du dich mit ihm unterhalten wollen, wäre es an Dienstagabenden am ruhigsten. Er wird dir seine Kontakte geben und so.«

»Bist du da auch Stammkunde?«, fragte sie ihn.

»Nein, ich habe seinen Kindern das Schwimmen beigebracht, und deshalb hat er mich mehrmals eingeladen.«

»Danke, das ist großartig. Wahrscheinlich fahre ich gleich nächsten Dienstag mal dort vorbei. Je eher, desto besser.«

»Ich glaube, Jason hätte auch große Lust, mal dort hinzugehen. Vorausgesetzt, du möchtest Gesellschaft.«

»Klar, das wäre toll. Vielen Dank, Max.«

Die Stille, die folgte, war äußerst unangenehm. Daisy stellte fest, dass sie auf Max' Wimpern starrte. Sie waren außergewöhnlich lang. Energisch riss sie sich von dem Anblick los, sagte noch einmal: »Ja, danke«, schwenkte dabei versehentlich das Kacktütchen zwischen ihnen und fügte noch hinzu: »Ich sage dir Bescheid wegen Dienstag.« Mit diesen Worten entschwanden Daisy, Bug und ein voller Hundekotbeutel in den Abend.

Daisy fühlte sich merkwürdig, und den ganzen Weg zurück zum Cottage grübelte sie, woran das lag. Sie hatte Max seit der Rettung nicht wiedergesehen. An jenem Tag war sie sich wie eine Vollidiotin vorgekommen, aber diese Gefühle hatten sich inzwischen gelegt. Irgendetwas hatte sich verändert, wie Sand unter einer Welle. Ihr Erlebnis hatte Daisy gezeigt, wie viel Max zu bieten hatte. Jeder Mensch, der sich freiwillig für andere in Gefahr begab, war es wert, dass man sich eingehender mit ihm befasste.

Als Daisy ins Cottage kam, hatte Tante Coral es sich bereits im Wohnzimmer gemütlich gemacht und schaute sich ihre Seifenopern an. Daisy schloss die Haustür und nahm Bug im Flur die Leine ab, um nicht zu stören. Kaum ging sie in die Hocke, schlug ihr der Gestank von verfaultem Fisch entgegen, der wie eine Wolke über dem Hund hing. »Du stinkst«, stellte sie trocken fest. »Komm, es ist Zeit für ein Bad.« Sie hatte Tante Coral schon einmal dabei zugesehen und wusste, welches der Shampoos Bug gehörte. Wie schwierig konnte das also sein?

Sie gab ein paar Verschlusskappen Hundeshampoo in die Badewanne und ließ etwa fünfzehn Zentimeter lauwarmes Wasser einlaufen. Dann hob sie Bug vom Boden hoch. Was danach passierte, wusste sie nicht genau, doch plötzlich war sie selbst vom Scheitel bis zur Sohle voller Schaum – genau wie etwa die Hälfte des Badezimmers –, während Bug noch nicht einmal nasse Füße hatte. Jedes Mal, wenn sie ihn in die Badewanne stellte, krabbelte er wie wild darin herum und produzierte so lange Unmengen Schaum, bis es ihm gelang, wieder herauszuspringen. Ihn zu fassen zu bekommen war beinahe unmöglich, denn er konnte sich besser ducken und ausweichen als ein Rugby-Nationalspieler. Bug wollte flüchten und kratzte an der Badezimmertür.

»Kommt ja gar nicht infrage. Du wirst diesen Raum erst wieder verlassen, nachdem du gebadet hast.« Sie ließ mehr Wasser in die Wanne. Vielleicht hatte sie ja zu viel Shampoo in zu wenig Wasser gegeben. Mit jedem Zentimeter, den der Wasserpegel stieg, wurde auch der Schaumberg größer. Er quoll über den Badewannenrand, und Daisy und Bug sahen ihn weiterwachsen – wie ein außer Kontrolle geratenes Experiment. Hatte sie vielleicht einfach zu viel Shampoo genommen? Sie drehte das Wasser ab, steckte ihren Arm hinein, um die Temperatur zu überprüfen, und schaute Bug an. Wie immer starrte er sie mit seinen großen Augen an.

»So«, sagte Daisy und stürzte sich auf ihn. Sie hatte geahnt, dass er nach links ausweichen würde, bekam das zappelnde Bündel zu fassen und setzte es in die mit Schaum gefüllte Badewanne. Im nächsten Moment war der Hund verschwunden.

Daisy schob den Schaum mit den Armen zur Seite, aber da war kein Bug. Konnte er in derart wenig Wasser ertrinken? Sie geriet in Panik und schaufelte wie im Wahn haufenweise Schaum aus der Wanne auf den Fußboden des Badezimmers. »Bug«, rief sie. So groß war das Badezimmer nicht. Wo, zum Teufel, war er? Sie konnte ihn hören, aber nicht sehen. Als sie noch einmal mit beiden Armen ins Wasser griff, wurde die Badezimmertür aufgerissen. Daisy erschrak so, dass sie zusammenzuckte. Bug sprang aus der Wanne und floh, eine Schaumspur hinter sich herziehend, durch die Tür hinaus ins Untergeschoss.

Tante Coral ließ ihren Blick durch das schaumige Badezimmer und Daisy hinweggleiten. »Was ist passiert?«, fragte Tante Coral mit bestürzter Miene.

»Es war Zeit für ein Bad«, erklärte Daisy und blies sich ein Schaumkrönchen von der Nase.

»Für wen?«, fragte Tante Coral, schüttelte den Kopf und trat schleunigst den Rückzug an.

Kapitel 20

Der Abend in der Ginbar von Exeter fing gut an. Der Maurer hatte Daisy auf ihrer Mailbox eine Nachricht hinterlassen, in der er ihr mitteilte, dass die Wand weg und das Wasser angeschlossen war. Inzwischen waren sie terminlich zwar schwer im Verzug, schließlich war bereits November, aber das Ganze kam dennoch in die Gänge. Max trug das gleiche Outfit wie auf Regs Beerdigung, dieses Mal allerdings ohne Krawatte. Wieder einmal fiel Daisy auf, wie gut er aussah, wenn er sich Mühe gab. Leider war er wenig gesprächig und schien den Blick aus dem Zugfenster interessanter zu finden als eine Unterhaltung mit Daisy. Aber immerhin war es ihr gelungen, Jason mit ihrem neu erworbenen Wissen über Fledermäuse zu beeindrucken.

Es war nur ein kurzer Fußweg vom Bahnhof zur Ginbar in den Räumen einer ehemaligen Schneiderei. Man hatte viel von dem Charme der alten Zeiten bewahrt. Ross, der Besitzer, begrüßte sie überschwänglich und hatte nicht nur unzählige gute und praktische Ratschläge im Hinblick darauf, wie man eine Bar führte, sondern auch fantastische Kontakte in der Branche. Er hielt ihnen einen Vortrag über die grundsätzlichen Unterschiede zwischen Ginsorten und –qualitäten und warum sich seiner Meinung nach einige von der Masse abhoben. Dank ihrer neu erworbenen Fachkenntnisse konnte sich Daisy problemlos an der Unterhaltung beteiligen und freute sich über die sichtbare Anerkennung von ihren Freunden und Ross.

Ohne Umschweife folgte als Nächstes eine Ginprobe, bei der Tamsyn trank, als handle es sich um ein Tequila-Wetttrinken. Sie waren sich allerdings alle einig, dass es eine Verschwendung wäre, den Gin nach jeder Kostprobe auszuspucken. Zwar tranken sie von jeder Sorte nur einen winzigen Schluck, trotzdem spürte Daisy den Alkohol ganz schön. Andererseits fühlte sich das Ganze aber auch ein bisschen so an, als würden sie hier das Ja zur Eröffnung ihrer eigenen Bar feiern. Ross hatte sehr viele Ginsorten auf Lager, sodass sie das Angebot in einer Stunde nur streifen konnten, aber Daisy notierte sich die Namen der Marken, die ihr am besten schmeckten. Schließlich beendeten sie den offiziellen Teil des Abends und suchten sich Plätze an der Bar, um sich den diversen Gin-Cocktails von der Karte zu widmen. Max entschuldigte sich und verschwand nach draußen.

»Max war auch schon mal besser drauf«, bemerkte Daisy. Jeder ihrer Versuche, ein Gespräch anzufangen, hatte Max mit seiner schlechten Laune abgeblockt.

»Er hat viel um die Ohren«, erwiderte Jason mit einem vielsagenden Nicken.

»Hat er Stress auf der Arbeit?«, fragte Daisy. Sie wusste zwar, dass das eigentlich nicht sein konnte, doch so weit sie das beurteilen konnte, hatte Max ansonsten keine großen Probleme in seinem Leben.

»Pasco«, rutschte es Jason heraus. Erschrocken hob er den Zeigefinger an die Lippen, traf allerdings nicht ganz die Mitte – auch er war betrunken. »Und seine Ex, Jennea mit stummem ›a‹ am Ende, hat sich verlobt.«

»Die stumme Jennea«, kicherte Daisy.

»Die arme Frau.« Tamsyn schüttelte theatralisch den Kopf. »Ich wusste gar nicht, dass Jennea stumm war.« Keiner war nüchtern genug, um die Angelegenheit aufzuklären.

»Was war denn mit Jennea?«, wollte Daisy wissen.

»Ist auf Reisen gegangen und nie wiedergekommen«, gab Jason zur Antwort.

»Ist sie gestorben?«, fragte Tamsyn.

»Nein.« Mit Nachdruck schüttelte er den Kopf. »Sie ist in Dover mit irgendeinem Automechaniker ins Bett gesprungen und hat die Fähre verpasst.«

Daisy war noch damit beschäftigt, diese Information zu verdauen, als Ross jedem von ihnen einen Cocktail vor die Nase stellte und ein Glas mit Strohhalmen. Dabei sagte er irgendetwas, das allerdings von einer hereinstürmenden Mädelsgruppe übertönt wurde. Jede von ihnen trug eine wehende Federboa um den Hals, und ihre T-Shirts verkündeten Olivias Junggesellinnen-Abschied.

Ohne Umschweife belagerten sie die Theke und verdrängten Daisy und Tamsyn damit an einen etwas abgelegenen Tisch. »Hast du inzwischen denn eine Idee, was du beruflich machen willst?«, fragte Daisy.

»Ich habe mir überlegt, in welchen Fächern ich in der Schule gut war, und will jetzt mal sehen, ob ich davon irgendetwas zu einem Beruf machen kann.«

»Guter Ansatz. Was steht denn alles auf der Liste?«

»Buchstabieren und irischer Volkstanz«, gab Tamsyn zur Antwort.

Daisy öffnete den Mund, wusste aber bei bestem Willen nicht, was sie darauf erwidern sollte, also richtete sie ihre Aufmerksamkeit auf die Cocktails. »Die sehen alle anders aus«, fiel Daisy auf und zeigte auf die einzelnen Gläser. »Sollen wir die jetzt nacheinander mit dem Strohhalm probieren?«

»Nein. Eins, zwei, drei …« Tamsyn hob elegant das Glas und kippte den Drink in sich hinein. »Wow«, meinte sie und zeigte auf das Glas. »Davon würde ich sofort noch einen trinken.«

»Auf die Schnelle konntest du doch gar nichts schmecken«, sagte Jason mit einem Schaudern. Er und Daisy fingen an, die restlichen Cocktails mit einem Strohhalm zu probieren, während Tamsyn sie beobachtete.

Plötzlich wurden sie von lautem Gekreische der Junggesellinnen-Abschieds-Damen an der Bar abgelenkt. »Hört sich an wie der Brunftschrei eines Pavians«, meinte Jason und schaute mit angewiderter Miene auf das lärmende Grüppchen. Einige der weiblichen Partygäste fingen an, mit schwerer Zunge irgendeinen Stripper-Song zu singen.

»Sieht ganz so aus, als hätten sie sich eine traditionelle Unterhaltungseinlage engagiert«, sagte Daisy und versuchte, einen besseren Blick auf den Mann zu erhaschen, den sie in ihre Mitte genommen hatten. Er brauchte offenbar gar nicht zu strippen – das nahmen ihm die Damen bereits ab. Ein Hemd flog durch den Raum und landete zwischen Daisy und Jason auf dem Fußboden. Für einen Moment starrten sie auf das blassblaue Oberhemd und kicherten, dann ging ihnen plötzlich ein Licht auf.

»Max!«, brüllten beide wie aus einem Mund, sprangen auf und wühlten sich durch die im Kreis stehende Partygesellschaft.

Max lag auf dem Boden und hatte alle Mühe, nicht auch noch seiner Hose beraubt zu werden. »Lasst die Finger von ihm. Er ist kein Stripper!«, schrie Daisy, hatte allerdings keine Chance, gegen den Lärm anzukommen, den die Frauen veranstalteten.

»Schluss!«, brüllte Jason und klang dabei männlicher, als Daisy es je zuvor erlebt hatte. »Ich bin Polizeibeamter, und ich ...«

Ob er danach noch etwas sagte, wusste Daisy nicht, denn jetzt wurde auch Jason überrumpelt. Überzeugt, dass auch er zu ihrer Show gehörte, versuchten die Frauen jetzt, auch ihm die Kleider vom Leib zu reißen, und feuerten einander dabei aufgeregt an. Daisy schoben sie einfach aus dem Weg. Dank des Alkohols konnte sie keinen klaren Gedanken fassen, wie sie ihre Freunde retten konnte. Irgendwann läutete Ross die letzte Runde für Bestellungen ein. Er schlug die Glocke so lange, bis wirklich jeder aufmerksam geworden war. Das war Daisys Chance. Sie schob sich wieder in die Menge und streckte Jason die Hand entgegen. Er hockte auf dem Fußboden und hielt sich sein zerrissenes Hemd vor die Brust. Max allerdings wurde noch immer belagert. Die zukünftige Braut saß rittlings auf ihm und ignorierte die Glocke völlig. Verbissen versuchte sie, ihn zu küssen.

»Ich muss doch sehr bitten«, sagte Daisy und tippte der Dame auf die Schulter.

»Ja, Olivia, hör auf. Das scheint *echt* nicht der Stripper zu sein«, rief eine der anderen Frauen.

Olivia wurde so hysterisch, dass ihre Freundinnen sie von dem äußerst verlegen wirkenden Max herunterheben musste. Verzweifelt versuchte er, sich den leuchtend pinkfarbenen Lippenstift vom Gesicht zu reiben, verschmierte ihn aber nur noch mehr. Daisy streckte Max die Hand entgegen, um ihm beim Aufstehen behilflich zu sein. Als er zögerte, legte Daisy den Kopf zur Seite. »Komm. Das ist meine Chance, mich zu revanchieren.«

»Für was?« Max wirkte irritiert

»Ich rette jetzt dich. Damit sind wir quitt. Okay?« Dreist lächelte sie ihn an.

Max grinste. »Ja, klar.«

»Wenn du möchtest, kann ich die Damen aber auch gern bitten, wieder herzukommen.« Sie stellte sich auf die Zehenspitzen, als wolle sie jeden Moment um allgemeine Aufmerksamkeit bitten.

»Nein, das ist nicht nötig.« Er griff nach ihrer Hand, und sie half ihm auf die Füße. Beim Aufstehen fielen ihr seine Bauchmuskeln und sein durchtrainierter Körper auf. Sie brauchte einen Moment, um sich von dem Anblick loszureißen und ihm wieder ins Gesicht zu schauen.

Olivia torkelte auf sie zu. »Bist du sicher, dass du nicht mein Stripper bist?«, lallte sie.

»GANZ SICHER!«, antworteten Daisy und Max wie aus einem Munde.

Zurück am Tisch führte Tamsyn im Sitzen einen irischen Volkstanz vor, Jason inspizierte seine zerfetzte Kleidung, und

Max hob sein Hemd vom Boden hoch. Er zog es sich wieder über, musste allerdings feststellen, dass mehrere Knöpfe fehlten, ließ es also offen über der Hose hängen und nahm gegenüber von Daisy Platz. Sie musste sich zwingen, nicht auf seine nackte Brust zu starren – auf diese von der Sonne gebräunte, muskulöse Brust, die minimal und betörend schön behaart war, hinweg über seine wie gemeißelt aussehenden Bauchmuskeln nach unten in …

»Daisy. Um Himmels willen, pennst du hier jetzt auch ein?«

»Was?« Ruckartig hob Daisy den Kopf und versuchte, ihm wieder fest in die Augen zu blicken. Stattdessen riss sie nur die Augen weit auf und wirkte damit wie ein erschrockenes Reh.

»Wo ist meiner?« Max zeigte auf die aufgereiht nebeneinanderstehenden, leeren Cocktailgläser. Der Strohhalm klemmte immer noch zwischen Tamsyns Lippen, sodass man kein Genie zu sein brauchte, um sich auszumalen, was passiert war.

Ross trat an den Tisch. »Es ist mir unendlich peinlich, was gerade passiert ist.« Er deutete mit der Hand auf die lärmenden Frauen. »Deswegen hier meine Spezialität auf Kosten des Hauses: Martinis. Aber gewöhn dich schon mal dran, Daisy. Mit solchen Leuten wirst du dich in deinem Laden auch herumschlagen müssen.« Er lachte und lief zu den randalierenden Damen zurück, um für etwas Ordnung zu suchen.

»Wie wird man denn mit so etwas fertig?«, überlegte Daisy und musste feststellen, dass ihre Stimme irgendwie seltsam klang. Inzwischen standen sie vor den Fenstern und hoben für jeden Mann, der vorbeilief, ihre T-Shirts an und zeigten ihre nackten Brüste. Mit so etwas würde sie in ihrer Bar ganz allein fertigwerden müssen, und das machte ihr Sorge.

»Du rufst die Polizei«, meinte Jason, lief schwankend auf sie zu und im nächsten Moment mit einem albernen Grinsen auf dem Gesicht wieder weg.

»Aber klar doch, und du wirst dann alles regeln«, erwiderte sie und zupfte an seinem zerrissenen Hemd. Vermutlich musste sie sich das Ganze mal in Ruhe durch den Kopf gehen lassen.

»Ohh, ich liebe dieses Hemd«, stöhnte Jason und zog an den Fetzen.

Noch etwa eine Stunde saßen sie zusammen und tranken weiter. Erst als Daisy sich von einem groß gewachsenen Jugendlichen in eine Unterhaltung verwickeln ließ, in der sie völlig aneinander vorbeiredeten, gestand sie sich ein, dass es an der Zeit war, nach Hause zu gehen.

»Es ist, als würde er mich mit allem, was er tut, auf die Palme bringen wollen. Er kaut an seinen Fußnägeln. Das ist doch nicht normal, oder?« Bei der Erinnerung verzog Daisy das Gesicht zu einer grimmigen Miene.

»Könnte ein Fetisch sein«, meinte der junge Mann.

Daisy spitzte die Lippen, als überlege sie, ob das die Erklärung war. »Weißt du, er ist schwarz. Ich habe ihm gesagt, dass er trotzdem baden muss, aber das kapiert er irgendwie nicht«, beklagte sie mit schwerer Zunge.

»Er badet nicht? Das ist ekelhaft«, befand der Jugendliche.

»Ich weiß«, pflichtete Daisy ihm bei. »Wenn er am Strand war, stinkt er manchmal zum Himmel. Es kommt mir so vor, als würde er gerne wie ein toter Fisch riechen.«

Es folgte eine lange Pause, und dann fragte der junge Mann: »Ist er Fischer?«

Schwankend trat Daisy einen großen Schritt zurück und kniff die Augen so lange zusammen, bis sie ihr Gegenüber nicht mehr doppelt sah. »Spinnst du? Hunde fischen doch nicht.« Sie sah sich um. Tamsyn war schon beinahe eingeschlafen und brabbelte vor sich hin, dass sie sich der Riverdance-Truppe anschließen wolle. Jason schaute auf sein Handy und klimperte dabei wie verrückt mit den Augen, als versuche er, sich auf irgendetwas zu konzentrieren. Langsam hob er den Kopf und sah Daisy an.

»Der letzte Zug fährt in einer Viertelstunde.«

»Na dann, tschüss«, sagte Daisy zu dem jungen Mann und wedelte dabei mit der Hand, als wolle sie ihn verscheuchen. Sofort machte er sich aus dem Staub und trottete zum Junggesellinnen-Abschied hinüber. »Du besorgst uns ein Taxi, und ich besorge uns …« Daisy sah sich um. Einer fehlte. Wo war Max? Daisy versuchte aufzustehen, hatte aber erst beim dritten Anlauf Erfolg. Sie fühlte sich uralt.

Langsam ließ sie ihren Blick durch die Bar schweifen, bis sie Max fand, der mit offenem Hemd die ungeteilte Aufmerksamkeit zweier Damen genoss. Als Daisy ihm gerade zuwinken wollte, küsste ihn eine der Frauen. Am liebsten wäre Daisy bei diesem Anblick energisch quer durch die Bar marschiert, doch sie war schon froh, dass sie den Weg leicht schwankend überhaupt bewältigte. Der verdammte Gin, dachte sie und stieß aus Versehen gegen den Barhocker, auf dem die Küsserin saß. Abrupt unterbrach sie damit die Knutscherei.

»Ups, Entschuldigung«, sagte sie, obwohl es ihr ganz und gar nicht leidtat. »Dieser Märchenprinz braucht jetzt seinen Schönheitsschlaf. Komm, in fünfzehn Minuten fährt der letzte Zug.« Sie hatte nicht das Recht, ihn davon abzuhalten, jemanden zu küssen, aber das war ihr in diesem Moment egal! Es gefiel ihr absolut nicht, ihn dabei zu sehen, und jetzt war nicht der richtige Zeitpunkt, um sich zu fragen, warum. Sie zog Max auf die Füße, und als er seinen Arm um ihre Schultern legte, um nicht das Gleichgewicht zu verlieren, lächelte Daisy den anderen Frauen so überschwänglich zu, wie sie konnte.

Sie bedankten sich alle vier – viel zu oft und viel zu wortreich – bei Ross und verließen die Bar schließlich in der Hoffnung, den letzten Zug noch zu erreichen.

Am nächsten Morgen fühlte sich Daisy, als bohrte jemand ein Loch in ihren Schädel. Sie öffnete erst mal nur ein Auge und sah, dass Bug neben ihr auf dem Kopfkissen lag, tief und fest schlief und so laut schnarchte, dass es das Kissen zum Vibrieren brachte. Sie würde ihn in Zukunft nachts in der Küche einsperren – er entkam häufiger als Houdini. Sie stupste ihn an, bis er knurrend zu sich kam. Sofort schleckte er ihr das Gesicht ab. Sein stinkiger Hundeatem ließ sie würgen. »Pfui Teufel.« Hunde und Kater passten nicht zusammen.

»Ich werde niemals wieder Alkohol trinken«, gelobte Daisy mit einem lauten Stöhnen, schälte sich aus dem Bett und machte sich auf der Suche nach Saft auf den Weg in die Küche. Dass es schlimmer war, als sie erwartet hatte, wusste sie in dem Moment, in dem sie die Kühlschranktür öffnete und ihr das Lämpchen mit der Wirkung eines Laserstrahls das Gehirn versengte. Zum Glück lag in der obersten Schublade des Küchenschranks Tante Corals Sonnenbrille. Die fischte sie jetzt heraus und setzte sie sich auf die Nase. Ein besonders hübsches Exemplar, aber immerhin konnte sie jetzt in den Kühlschrank schauen, ohne geblendet zu werden.

Nach einer ausgiebigen Dusche, frischen Klamotten und der dritten Tasse schwarzen Kaffee fühlte sie sich zwar immer noch wie gerädert, aber zumindest gähnte sie nicht mehr alle paar Sekunden. Sie schluckte zwei Kopfschmerztabletten, zwang sich, eine Scheibe Toast herunterzuwürgen, und hoffte inständig, dass sie alles bei sich behalten würde. Sie hatte sich vorgenommen, heute seit der Fledermaussache zum ersten Mal wieder zum alten Bahnhof zu gehen, und konnte kaum erwarten, zu sehen, wie weit die Handwerker gekommen waren. Vielleicht konnte sie anschließend auch etwas besser abschätzen, ob überhaupt Hoffnung bestand, dass sie rechtzeitig zum Laternenumzug eröffnete. Sie war bereit, sich richtig reinzuhängen, um einen Teil der verlorenen Zeit wieder wettzumachen. Schließlich verringerte jede Verzögerung ihre Chance, auch nur den ersten Winter zu überleben.

Daisy trat in den frischen Novembertag hinaus, sog die eisige Luft tief in ihre Lungen und machte sich beschwingten Schrittes auf den Weg. Vielleicht wurde sie bis zum Bahnhof ja doch noch richtig wach. Ein bisschen Bewegung konnte schließlich Wunder wirken.

Dass Max bereits dort war, erstaunte sie nicht. Er war eindeutig ein Morgenmensch, egal ob mit oder ohne Kater. Einen Kaffeebecher in der Hand saß er auf dem Bahnsteig.

»Na, wie geht es deinem Kater?« Im Vorbeigehen tätschelte sie ihm leicht den Kopf und machte sich daran, die Türen aufzusperren. Es war kalt auf dem Bahnsteig.

»Welchem Kater?«, fragte er fröhlich, sprang auf und stellte sich neben sie an die Tür. Mit skeptischer Miene beäugte sie ihn. Bei dem, was sie alles zu sich genommen hatten, war es praktisch unmöglich, dass er keinen Kater hatte, aber er grinste sie einfach weiter an.

»Dann los. Schauen wir uns das mal an.« Sie zeigte auf die Tür, drehte den Knauf, und im nächsten Moment rannten sie beide in das Gebäude.

Das Erste, was ihr auffiel, war der Geruch von frisch gesägtem Holz. »Mein lieber Schwan!«, rief Daisy und wusste gar nicht, wohin sie zuerst schauen sollte. Der Raum sah plötzlich völlig anders aus und wirkte durch die fehlende Wand sehr viel größer. Daisy strich mit den Fingern über die glatte Oberfläche der neu installierten Theke. So schön hatte sie es sich nicht vorgestellt. Sie drehte sich um und schaute Max an. »Was meinst du?«

»Ich meine, dass ich hier gern einen Job hätte.«

»Den kannst du haben«, erwiderte sie schneller, als sie darüber nachdenken konnte.

»Wirklich?«

»Japp. Die Abende kannst du dir aussuchen.« Sie wollte nicht allzu viel darüber nachdenken, was sie zu ihrer Entscheidung bewog. Sie wusste, dass er Berufserfahrung als Barmixer hatte, und definitiv würde sie Angestellte brauchen, denen sie vertrauen konnte. Außerdem konnte ein Mensch wie Max sicher gut mit schwierigen Gästen fertigwerden – es sei denn, es handelte sich um hysterische Mädels beim Junggesellinnen-Abschied.

Während des restlichen Vormittags war Max unerträglich fröhlich. Daisy vermutete, dass er nur spielte, schließlich hatte er ebenso viel Alkohol getrunken wie sie. Und sie war herzlos genug, zu hoffen, dass es ihn anstrengte und ermüdete, ihr das vorzuheucheln. Daisy hatte das Gefühl, eine wichtige Lektion gelernt zu haben – Gin war tödlich. Dass sie das außerdem in einer Bar gelernt hatte, die jemand anderem gehörte, und nicht unter den neugierigen Blicken der Einwohner von Ottercombe Bay, gab ihr besondere Genugtuung. Abgesehen davon war es nützlich gewesen, Ross kennenzulernen. Er hatte ihr nicht nur einige seiner Kontakte und Ratschläge gegeben, wie man in der Gin-Branche Fuß fasste, sie hatte durch ihren Besuch bei ihm auch die Liste der Ginsorten erweitern können, die sie in ihr Lager aufnehmen wollte.

Sie verbrachten den Morgen damit, das Bahnhofsschild mit der Aufschrift »Ottercombe Bay« aufzuhängen, und hatten gerade damit begonnen, die Fensterrahmen von außen zu streichen, als Daisy plötzlich ein Piepsen und Surren hörte. Sie drehte sich um und sah gerade noch, wie Max mit einem Satz vom Bahnsteig sprang, den Pinsel fallen ließ und quer über den Parkplatz rannte.

»Was ist passiert?«, rief sie ihm nach und spürte die gleiche Panik in sich aufsteigen, die er offenbar empfand, wusste nur nicht, warum.

»Rettungsboot!« Obwohl er dieses Wort laut gebrüllt hatte, kam es nur leise bei ihr an, so weit war er bereits von ihr entfernt. Im nächsten Moment sah sie ihn nicht mehr.

Daisy stand ein paar Sekunden wie angewurzelt auf dem Bahnsteig, einerseits erschreckt über seinen dramatischen Abgang, andererseits nachdenklich. Er war nur ein ganz normaler Mann, und trotzdem war er bereit, von einem Augenblick zum anderen alles fallen zu lassen und für einen wildfremden

Menschen sein Leben aufs Spiel zu setzen. Das war Wahnsinn. Noch dazu, wo er heute einen Kater hatte. Unfassbar.

Daisy lief wieder ins Haus und rief Tamsyn an. Als sie den Anruf endlich annahm, hörte Daisy im ersten Moment nur schweres Atmen.

»Tams? Bist du okay?«

Sie flüsterte ihre Antwort. »Ich bin von einem Dämon besessen.«

»Du musst ganz viel Wasser trinken, das ist nur ein Kater.«

»Das kann nicht sein. So schlecht habe ich mich nicht einmal nach meiner Blinddarmoperation gefühlt.«

»Nimm zwei Paracetamol, danach wird es dir besser gehen.«

»Ich befürchte schon seit längerer Zeit, dass irgendjemand eine Voodoo-Puppe von mir gemacht hat, und jetzt weiß ich, dass es stimmt«, erklärte Tamsyn mit einem Stöhnen. »Selbst die Haare tun mir weh.«

Daisy lachte. »Okay, ruh dich schön aus, und ich melde mich heute Abend wieder, um mich davon zu überzeugen, dass du noch lebst.«

»Ich hätte auf meiner Beerdigung gern Gerbera-Kränze und Ananas«, sagte Tamsyn, und dann war die Leitung plötzlich tot.

Nach diesem Telefonat überlegte Daisy, ob sie nicht doch ganz glimpflich davongekommen war.

Der Notfall, für den das Rettungsboot angefordert wurde, entpuppte sich als Fischerboot, das herrenlos auf dem Wasser trieb, obwohl die Person, die das gemeldet hatte, überzeugt gewesen war, es klammere sich jemand an das Boot. Reine Zeitverschwendung. Trotzdem waren sich alle in der Mannschaft in einem Punkt einig: Es war wesentlich besser, ein leeres Boot an Land zu bringen als eine Leiche.

»Max«, rief Jason und legte einen Schritt zu, um seinen Freund einzuholen. Max blieb stehen und wartete. »Wie fühlt sich dein Schädel an?«

»Als habe bereits jemand mit meiner Obduktion begonnen. Aber sag Daisy nichts. Ich habe behauptet, es gehe mir prächtig.«

Jason wirkte verwirrt. »Okay, mache ich. Ich muss dich um einen Gefallen bitten.«

»Nur zu«, erwiderte Max, und im Gleichschritt liefen sie weiter.

»Könntest du mir die Schlüssel zum Schalterraum leihen?«

Damit hatte Max nicht gerechnet. Sein erster Gedanke war, dass Jason Pasco auflauern wollte, der nach wie vor fast jede Nacht in dem Eisenbahnwaggon schlief, obwohl Max ihn ständig davon abzuhalten versuchte. Doch Max hatte in einem Radius von dreißig Kilometern sämtliche Alternativen abgeklopft und wusste zufällig ganz sicher, dass sein Vater nirgendwo anders hinkonnte. Es behagte ihm nicht, Daisy zu hintergehen, aber er konnte auch nicht tatenlos mit ansehen, dass sein Vater im Freien schlief – so oder so plagten ihn Schuldgefühlte. »Äh, warum?«

»Das möchte ich nicht sagen.«

Es muss mit Dad zu tun haben, dachte Max. Er blieb stehen und wartete darauf, dass Jason sich einige Sekunden später zu ihm umdrehte. »Komm, Jason, klär mich auf.«

Jason starrte auf seine Füße und schaute dann langsam auf. »Ich habe eine Überraschung, etwas Schönes, das ist alles. Ich verspreche es dir.«

Max kniff die Augen zusammen. »Mit meinem Dad hat es nichts zu tun?«

Jason wirkte verblüfft und zugleich amüsiert. »Nein. Mit Pasco hat das nichts zu tun. Wie kommst du darauf? Macht er wieder Dummheiten?«

»Dummheiten? Ich dachte, er sei Staatsfeind Nr. 1.«

Sie liefen weiter. »Nicht seitdem er mir einen Besuch abgestattet hat«, sagte Jason.

»Wirklich? Wann war das?« Max konnte sein Erstaunen nicht verbergen.

»Kurz nach seiner Haftentlassung. Er ist auf dem Revier vorbeigekommen, um mich wissen zu lassen, dass er wieder draußen sei. Wir haben uns über seine Zukunftspläne unterhalten. Er scheint sein Leben in geregelte Bahnen lenken zu wollen.«

Max musste unwillkürlich lachen. »Im Ernst? Auf diese alte Scheiße bist du reingefallen? Schickt man euch nicht in spezielle Kurse, damit ihr Lügner wie ihn auf Anhieb erkennt?«

»Ich glaube nicht, dass er gelogen hat, Max. Du solltest vielleicht versuchen, ihm noch einmal eine Chance zu geben.«

Max blieb wie angewurzelt stehen, und Jason hob abwehrend die Hände. »War ja nur ein Vorschlag.«

»Ein verdammt dämlicher Vorschlag«, knurrte Max. Pasco hatte ihn zeit seines Lebens enttäuscht. Es musste schon eine ganze Menge passieren, bevor Max ihm noch einmal vertraute.

»Entschuldige. Wie auch immer, könntest du mir die Schlüssel denn irgendwann mal leihen?«

»Am Sonntag arbeiten wir nicht. Vormittags sind die Bauarbeiter da und reparieren die Regenrinnen, aber an dem Tag kannst du die Schlüssel haben, wenn du möchtest.« Max würde dafür sorgen müssen, dass Pasco währenddessen nicht auftauchen würde, denn das war ein Wespennest, in das er jetzt nicht hineinstechen wollte.

Kapitel 21

Am Sonntagnachmittag gönnte Daisy sich ein wohlverdientes Nickerchen, als ihr Telefon läutete und sie aus einem hinreißenden Traum mit Rufus Sewell riss. Sie hoffte zumindest, dass es Rufus Sewell gewesen war, denn als sie dem Mann im Traum gegenübergestanden hatte, sah er eher ein bisschen aus wie Pasco. »Igitt«, meinte sie und schüttelte sich. Manche Träume waren echt verkorkst. »Hi«, nahm sie dann das Telefonat entgegen, ohne vorher nachgeschaut zu haben, wer der Anrufer war.

»Hi, Daisy. Könntest du wohl bitte zum Bahnhof kommen?«

»Jason. Hi. Was ist passiert?« Alle möglichen Gedanken schossen ihr durch den Kopf, und erfreulich war keiner.

»Oh, nichts«, erwiderte er mit einem leisen Lachen. »Du musst nur kurz vorbeikommen. In einer halben Stunde? Wäre das okay?«

»Äh, warum?«

»Mach dir keine Sorgen, es ist alles in bester Ordnung.«

»Ist es eine Überraschung? Ich hasse es nämlich, über– … Jason? Hallo?« Er hatte einfach aufgelegt, und Daisy starrte auf das Telefon in ihrer Hand. Was um alles in der Welt ging hier vor? Sie zermarterte sich das Hirn, gegen welche Verordnung sie verstoßen haben könnte, und dachte im nächsten Moment an Max und den stinkenden Teppich aus dem Eisenbahnwaggon. Was hatte er mit dem eigentlich gemacht?

Daisy war schon etwas munterer, als sie schließlich ihr Zimmer verließ und die Haustür öffnete, vor der jemand wie ein Flummiball auf und ab hüpfte. Es war Tamsyn, die wirkte wie

249

auf Droge. Ihre nicht geflochtenen Zöpfe flogen ihr dabei um die Ohren.

»Was ist denn los?«, fragte Daisy gähnend.

»Kann ich nicht sagen«, gab Tamsyn zur Antwort, ballte die Hände zu Fäusten und hielt sie sich wie ein Kind am Weihnachtsmorgen vor das Gesicht.

»Du weißt es aber?«

»Nein«, sagte Tamsyn.

Daisy grinste. »Warum freust du dich dann so?«

»Das weiß ich nicht. Ich weiß nur, dass Jason gesagt hat, es sei etwas ganz Besonderes, also muss es etwas Gutes sein. Richtig?«

»Kann sein«, entgegnete Daisy; überzeugt war sie nicht. Sie hasste es, Dinge nur zu ahnen, aber nicht zu wissen. Von so etwas bekam sie Magenkrämpfe. Wieder schellte es an der Haustür, und sie schaute nach, wer jetzt gekommen war. So viele Besucher hatte es an einem Sonntag noch nie gegeben.

»Hi«, begrüßte sie einen gelangweilt wirkenden Max.

»Ich wurde zum Bahnhof zitiert. Also dachte ich mir, wir könnten auch alle zusammen fahren.«

»Du auch?« Das Mysterium wurde immer größer, und das beunruhigte Daisy.

»Sieht so aus«, meinte Max mit der ihm eigenen Nonchalance.

»Was ist denn los?«, wollte Tante Coral wissen, die in diesem Moment aus dem Wohnzimmer kam.

»Jason hat irgendetwas Besonderes geplant, und deshalb sollen wir jetzt alle zum Bahnhof kommen«, erklärte Tamsyn, schaute auf ihre Armbanduhr und fing an, wild gestikulierend auf die Haustür zu zeigen.

»Oh, ich hole nur eben meinen Mantel«, sagte Tante Coral, woraufhin die anderen einander ansahen.

»Wieso nicht?«, meinte Daisy. »Je mehr, desto besser. Bringen wir es hinter uns.«

»Ich fahre«, verkündete Tante Coral und griff nach den Wagenschlüsseln.

Das provisorische Tor stand bereits offen, sodass Tante Coral direkt auf den Parkplatz fahren konnte. Jason stand vor dem Eingang zum Gebäude und sah tatsächlich äußerst gut gelaunt aus. Daisy saß mit Max im Fond des Wagens, und ihr drehte sich gleich wieder der Magen um, als sie ihre Blicke über das Gelände schweifen ließ, aber keine augenfälligen Veränderungen entdecken konnte. Sie sah, dass Max das Gleiche tat, und auch er machte einen besorgten Eindruck. Sie schauten einander an, verzogen beide das Gesicht, und der Wagen kam zum Stehen.

»Nächster Halt: Ottercombe Bay. Alle Fahrgäste, die uns hier verlassen, werden gebeten, ihr Gepäck mitzunehmen«, imitierte Tamsyn näselnd einen Zugschaffner nach. Tante Coral kicherte und stieg aus dem Wagen. Daisy und Max kletterten vom Rücksitz und folgten einer übermäßig aufgekratzten Tamsyn auf den Bahnsteig, wo sie nacheinander von Jason begrüßt wurden.

Daisy versuchte, durch das Fenster zu schauen, doch im Innenraum war es zu dunkel, um irgendetwas erkennen zu können. Jason bat um ihrer aller Aufmerksamkeit, indem er mit, wie Daisy erkannte, Max' Schlüsselbund klapperte. Fragend schaute sie ihn an, doch statt ihr zu antworten, zuckte er nur die Schultern.

»Vielen Dank, dass ihr so kurzfristig hergekommen seid«, hob Jason an, »und ich ...«

»Mach es nicht so spannend, Jay«, rief Max und trat dabei von einem Fuß auf den anderen.

»Richtig, ja. Ich wollte hier einen Plan umsetzen, den ihr hoffentlich alle für eine Verbesserung halten werdet.« Daisys Augenbrauen schossen in die Höhe. Sie hatte ein ganz schlechtes Gefühl bei der Sache. »Ich hoffe, es gefällt euch«, sagte er,

251

drückte die Tür auf und trat einen großen Schritt zurück. Daisy war schlecht. Was hatte er getan? Sie war sich nicht sicher, ob sie das überhaupt sehen wollte. Als sie gestern hier weggegangen war, hatte nämlich alles mehr oder weniger perfekt ausgesehen. Der Schreiner hatte dafür gesorgt, dass es hier inzwischen wirklich wie eine Bar aussah.

Zaghaft betrat sie das Haus und wusste gar nicht, wohin sie zuerst schauen sollte. Fieberhaft suchte sie nach der Überraschung. Wenn er ihre wunderschöne nackte Backsteinwand tapeziert hatte, würde sie ihn umbringen. Daisys Blicke irrten immer noch durch den Raum, als es über ihnen leise zu surren begann. Sofort sahen alle nach oben. In Höhe der Galerieleiste zog sich jetzt ein schmales Brett um den gesamten Raum, und auf diesem Brett fuhren zwei Modelleisenbahnen. Daisys finsterer Blick verwandelte sich in ein Lächeln – es war schwierig, beim Anblick der über das Gleis sausenden Züge nicht zu lächeln.

Jason steckte ängstlich den Kopf durch die Tür. »Gefällt es euch?«

Es war zwar das Letzte, was sie erwartet hatte, doch es passte perfekt in den Raum. »Ich bin begeistert, vielen Dank«, sagte sie und gab ihm ein Küsschen auf die Wange. »Aber das muss ja ein Vermögen gekostet haben, Jason!« Sie beobachtete die Züge bei ihrer Fahrt und sah die vielen Kleinigkeiten, mit denen ihre Route an manchen Stellen dekoriert war: die Geschäfte, die kleinen Figuren, die Bahnhöfe und Baumgruppen.

»Keinen Cent. Die Gleise und die beiden Züge haben Reg gehört, das sind die Sachen, die in seinem Geräteschuppen waren.«

»Machst du Witze?«

»Nein, ungelogen. Und ich habe noch drei weitere Lokomotiven, die voll funktionstüchtig sind, sodass du sie von Zeit zu Zeit austauschen kannst, um das Ganze noch interessanter zu gestalten.«

»Ich kann nicht fassen, dass die noch funktionieren, nachdem sie ewig lange in unserem feuchten Gartenhäuschen gestanden haben«, sagte Tante Coral.

»Die brauchten nur ein bisschen Liebe und Fürsorge, ein bisschen Schmiere, und schon konnte es losgehen«, erwiderte Jason. Als Max daraufhin hinter ihm zu kichern begann, warf Jason ihm einen strengen Blick zu.

»Panier mich mit Glitzer und nenn mich ein Einhorn«, kreischte Tamsyn dermaßen laut, dass Tante Coral sich schützend die Hände auf die Ohren legte. »Du bist total genial«, fügte sie hinzu, warf sich Jason an den Hals und drückte ihm einen festen Kuss auf die Lippen. Erschrocken löste sie sich wieder von ihm, und für einen Augenblick sahen die beiden einander ziemlich überwältigt an. Jason fuhr sich mit der Zunge über die Lippen, und sofort zog Tamsyn ihn wieder an sich. Etwas schwankend, aber gemeinsam liefen sie nach draußen auf den Bahnsteig. Dass es an dem Tag ausgesprochen kalt war, schien ihrer Leidenschaft keinen Abbruch zu tun. Sie sanken einander sofort wieder in die Arme und knutschten weiter.

»Ich finde es auch ganz toll, werde dich deshalb aber nicht abknutschen«, rief Max seinem Freund Jason nach. »Endlich kriegen die beiden es gebacken, Gott sei Dank.«

»Es ist wirklich eine bezaubernde Überraschung«, meinte Tante Coral, die offenbar gar nicht mitbekam, was sich draußen abspielte. »Kinder werden das ungemein spannend finden, aber es ist sicher und außer Reichweite«, fuhr sie fort. Daisy und Max hörten ihr gar nicht zu – sie beobachteten Jason und Tamsyn durch das Fenster hindurch.

»Besorgt euch ein Zimmer«, rief Max, und Daisy stieß ihm mit den Ellbogen zwischen die Rippen.

»Ich bin so stolz auf dich, Daisy«, sagte Tante Coral. »Dass du dieses alte Gebäude restauriert hast, ist großartig. Reg wäre begeistert.« Sie wischte sich eine Träne von der Wange, und

Daisy nahm sie fest in die Arme. Sie wusste zwar nicht, warum, aber sie selbst war auf einmal auch ganz sentimental. Vielleicht, weil in diesem Augenblick alle hier waren, die wichtig waren, und mit ihr sahen, dass fast alles fertig war.

»Können wir jetzt gehen?«, fragte Max. Er wirkte müde und gelangweilt. »Ich verpasse wegen dem hier meinen Fußball«, protestierte er und handelte sich strafende Blicke ein.

»Okay«, meinte Daisy, hakte sich bei ihrer Tante ein und lief nach draußen. Als sie an Jason und Tamsyn vorbeigingen, umarmten die beiden sich gerade ganz besonders leidenschaftlich, sodass Jason mit dem Rücken gegen das Ottercombe-Bay-Bahnhofsschild gedrückt wurde.

»Passt auf mein Schild auf«, mahnte Daisy.

»Alle einsteigen«, rief Max und pfiff so durch die Zähne, dass es sich wie eine Zugpfeife anhörte.

Da schob Tamsyn Jason auf einmal von sich und schnappte nach Luft.

»Was ist? Tamsyn?« Jason versuchte, sie zu beruhigen, doch sie schob ihn mit Nachdruck von sich weg.

»Geh bitte«, keuchte sie, griff sich mit der Hand an die Brust und rang weiter nach Luft.

»Jason, bitte«, sagte Daisy und legte ihren Arm um Tamsyn. Jason nickte und wich zurück. Sie hatte keine Ahnung, welchen Grund es hatte, dass Tamsyn so reagierte, aber sie hatte ihn gebeten zu verschwinden, also musste Daisy ihr zur Seite stehen. Was hier los war, würde sie später noch herausfinden – ganz egal, wie Tamsyn-mäßig beknackt der Grund hierfür auch sein mochte.

»Was ist los?«, fragte Daisy. Tamsyns Zustand machte ihr Sorgen.

»Kann ... nicht ... atmen«, keuchte Tamsyn, und im nächsten Moment fing sie an, am ganzen Körper zu zittern.

»Hast du Asthma?«, wollte Daisy wissen.

»Bist du allergisch gegen Polizisten?«, fragte Max, was mit

verächtlichen Blicken von Daisy und Tante Coral quittiert wurde.

Tamsyn schüttelte den Kopf und schnappte röchelnd nach Luft.

»Max, im Kofferraum liegt die Tüte mit meinen neuen Medikamenten, würdest du mir die bitte holen?«, bat Tante Coral und stellte sich vor Tamsyn. »Beruhige dich jetzt erst einmal«, sagte sie zu ihr. »Du darfst dich nicht so aufregen.«

Max kam zurück und reichte ihr die Tüte.

Tante Coral nahm die Schachtel mit den Schmerzmitteln heraus und drückte Tamsyn die leere Tüte in die Hand. »Atme da hinein. Tief und langsam«, ordnete Tante Coral an und legte beruhigend ihren Arm um Tamsyns Schulter. Derweil tigerte Jason in sicherer Entfernung am anderen Ende des Parkplatzes auf und ab.

Max tippte Daisy auf die Schulter und winkte sie zur Seite. »Soll ich irgendeinen Quacksalber rufen? Oder einen Krankenwagen?«, fragte er beinahe flüsternd mit einem Seitenblick auf Tamsyn. Sie sah äußerst merkwürdig aus, während sie wie geheißen in die knisternde Tüte pustete, die sich im Takt ihrer Atemzüge aufblähte und wieder in sich zusammenfiel.

»Nein, ich glaube, es ist ein Panikanfall«, sagte Daisy, der die Sorge um ihre Freundin ins Gesicht geschrieben stand.

»Aber vor was hat sie denn Panik? Jason zu küssen?« Er trat einen Schritt zurück und prustete los, was er sofort vergeblich mit einem Hüsteln zu kaschieren versuchte.

»Keine Ahnung, aber hör auf, so gemein zu sein.« Dabei spürte Daisy, wie ihre Mundwinkel zuckten. Sie hatte ebenfalls Mühe, sich das Lachen zu verkneifen.

»Siehst du, du findest das auch witzig«, sagte Max und stupste Daisy in die Rippen, was Daisy ihre letzte Beherrschung verlieren ließ. Tante Coral sah Daisy scharf an und gab Max einen tadelnden Klaps auf den Arm.

»Hör auf«, sagte Daisy und wurde schlagartig ernst.

Sie lief zu Tamsyn – wäre sie bei Max geblieben, hätte er sie nur zu weiterem Unfug verleitet. »Ich glaube, wir sollten dich nach Hause bringen«, sagte sie zu Tamsyn. Die Papiertüte nickte zustimmend.

Wieder im Sea Mist Cottage, kümmerten sich weiterhin alle um Tamsyn, und aus irgendeinem Grund kochte Tante Coral literweise süßen Tee. Daisy vermutete, dass das ihre Standardreaktion auf traumatische Ereignisse war, wie unbedeutend sie auch sein mochten. Als Tamsyn endlich wieder normal atmete und ihr Gesicht wieder die richtige Farbe angenommen hatte, hielt Daisy den Zeitpunkt für gekommen, ein paar Antworten einzufordern.

»Was ist denn passiert, Tams?«

Bedächtig stellte Tamsyn ihre Tasse ab und verzog das Gesicht. Sie schien sich ihre Antwort gut zu überlegen. »Zuerst war es ein ›Hurra. Ich küsse Jason.‹ Und dann wurde mir plötzlich klar, dass das niemals klappen würde. Plötzlich hatte ich das Gefühl, als hätte ich ihn während dieses einen Kusses erobert und direkt wieder verloren. Da bekam ich auf einmal fürchterliches Herzklopfen und konnte nicht mehr atmen.«

Daisy runzelte die Stirn, während sie versuchte, aus dieser Erklärung schlau zu werden. »Durch diesen einen Kuss ist dir klar geworden, dass eine etwaige Beziehung mit Jason nicht funktionieren würde?«

»Ja.« Tamsyn nickte energisch.

»Mann, der muss ja echt schlecht küssen.«

»Nein. Das lag doch nicht an dem Kuss. Verstehst du denn nicht?« Mit todtrauriger Miene schüttelte Tamsyn den Kopf.

»Nein, beim besten Willen nicht. Tut mir leid.«

Tamsyn beugte sich nach vorn. »Er ist Polizist, und Polizisten sind echte Männer. Ich kenne einige seiner Kollegen, und sie machen sich schon immer über Jason lustig, weil er so … er ist ein bisschen …«

»Nerdig?«, versuchte Daisy, ihr auf die Sprünge zu helfen.

»Wenn du so willst. Er ist eben nicht wie die anderen, geht abends nicht aus, um sich zu betrinken und mit der Ehefrau eines anderen ins Bett zu springen oder …«

»So was passiert?« Daisy interessierte sich für den Tratsch über das örtliche Polizeirevier.

»Ständig«, antwortete Tamsyn. »Und ihre Freundinnen, sind, na ja … die sind immer eher wie du und nicht wie ich.«

»Was meinst du damit?«, hakte Daisy leicht verunsichert nach. Würde das auf eine Beleidigung hinführen?

»Hübsch und selbstbewusst.«

»Aber, Tams, du bist doch auch hübsch und selbstbewusst.«

»Nicht wirklich«, erwiderte sie und musterte betrübt ihre farbenfrohen Klamotten. »Ich bin ein bisschen anders.«

»Nein, bist du nicht«, legte Daisy Protest ein, aber Tamsyn schnitt ihr das Wort im Munde ab.

»Hör auf, Daisy. Ich weiß, dass die Leute mich für ein bisschen versponnen halten. Dafür kann ich nichts, und da ich mich nicht ändern will, um mich in eine Person zu verwandeln, die ich in Wahrheit gar nicht bin, muss ich damit fertigwerden. Es wäre aber falsch, Jason dazu zu zwingen, auch damit fertigzuwerden.«

»Das ist absoluter Blödsinn. Du *bist* anders, aber auf eine gute Weise. Wie eine limitierte Auflage.« Tamsyn sah Daisy mit großen Augen an. »Jason ist ein erwachsener Mann, du kannst derartige Entscheidungen nicht für ihn treffen. Außerdem bringst du dich damit wahrscheinlich um eine großartige Beziehung und jede Menge guten Sex.«

»Daisy!« Tamsyn lief rot an. »Ich weiß, dass ich recht habe. Das ist zum Scheitern verurteilt.«

»Das weißt du nicht. Haben die Karten dir nicht prophezeit, dass du deinen Seelenverwandten finden würdest, deinen Traumpartner? Was, wenn das Jason ist?«

Damit hatte Daisy offenbar einen Nerv getroffen, denn Tamsyn sah auf einmal aus wie mit dem Gefrierstrahl aus *Ich – Einfach unverbesserlich* getroffen. Irgendwann rührte sie sich wieder und sprach weiter. »Den Karten würde ich mich nicht widersetzen wollen.«

Während ihres Gesprächs hörte Daisy im Hintergrund, wie Tante Coral die Haustür öffnete. Sekunden später stürzte eine besorgt wirkende Min auf Tamsyn zu und untersuchte sie auf mögliche Verletzungen, als sei sie auf der Autobahn in einen schweren Auffahrunfall verwickelt gewesen. Tamsyns Mum war eine ältere Ausgabe von Tamsyn. Sie kleidete sich zwar traditioneller, aber anhand von Haaren und Gesichtszügen war die Ähnlichkeit unverkennbar.

»Mum, es geht mir gut.«

»Ich bringe dich jetzt sofort nach Hause«, sagte Min und half Tamsyn beim Aufstehen. Erst in diesem Moment schien sie Daisy wahrzunehmen. »Oh, hallo, Daisy. Wie geht's dir?«, fragte sie und wirkte dabei für einen kurzen Moment besorgt. Sie streckte Daisy die Hand entgegen, ließ den Arm dann aber doch sinken.

»Ja, vielen Dank. Es geht mir super«, erwiderte Daisy, erhob sich und begleitete die beiden zur Tür.

Da blieb Min abrupt stehen, drehte sich um und beugte sich dicht an Daisy heran.

»Ich habe sämtliche Beweismittel, die ich im Hinblick auf Sandy hatte, der Polizei übergeben«, sagte Min. Noch immer wirkte sie besorgt.

Daisy war völlig perplex. »Welche Beweismittel? Wann?« Sie sah zuerst Min an, dann Tamsyn und schließlich wieder Min. Daisy konnte Mins Anteilnahme körperlich spüren. Es war dieses so vertraute Gefühl, von den anderen bemitleidet zu werden.

Min strich Daisy liebevoll über den Arm. »Die Vision, die ich in der Nacht ihres Todes von deiner Mum hatte.«

»Was für eine Vision?«

Mins Blick glitt in weite Fernen. »Es war dunkel, und das Meer war sehr bewegt. Ich habe ihr Gesicht aus dem Wasser tauchen sehen. Sie sah gelassen aus.«

Daisy musste schlucken. »Und dann?«

»Das war alles. Irgendjemand hat sie gerettet.«

»Sie ist aber nicht gerettet worden.« Daisy hätte die Frau am liebsten durchgeschüttelt. Es folgte eine lange Pause.

»Nein. Nicht wirklich«, sagte Min nach einer Ewigkeit.

»Überhaupt nicht«, berichtigte Daisy frostig, obwohl sie innerlich kochte. Was faselte Min da?

»Aber es ist jemand bei ihr gewesen, als sie starb. Ich hoffe, dass dir das ein kleiner Trost ist«, sagte Min und drehte sich um. »Wir finden allein hinaus«, fügte sie noch hinzu, führte Tamsyn durch den Flur und an Tante Coral vorbei.

Daisy schaute ihnen nach. Sie hatte keine Ahnung, was sie von dem Ganzen halten sollte.

Als die Haustür hinter den beiden Frauen ins Schloss fiel, schüttelte Tante Coral den Kopf. »Nimm ihren Hokuspokus nur ja nicht ernst, Daisy. Man sieht es ihr vielleicht nicht an, aber diese Frau ist total verrückt.« Trotzdem konnte Daisy das, was Min gesagt hatte, nicht einfach vergessen.

Kapitel 22

Es war Dezember, und der Winter hatte die Bucht fest in seinen Klauen. Trotz der Verzögerung durch die Fledermäuse mussten inzwischen nur noch Kleinigkeiten erledigt werden. Hier und da musste zwar noch etwas gestrichen oder beschildert, Getränkekarten und Flyer gedruckt werden. Es stand noch eine letzte große Grundreinigung an, aber ansonsten war alles bereit für die rechtzeitige Eröffnung zum Laternenumzug. Zusätzlich war es Daisy gelungen, die Lokalzeitung für sich zu begeistern. Wahrscheinlich waren die Leute es leid, ständig ausgebrannte Scheunen auf der Titelseite zu sehen.

Tamsyn war ohne ersichtlichen Grund vorbeigekommen und wärmte sich jetzt am Kamin auf. »Was machst du da?«

»Doktere an dem Stellenangebot herum, das ich in die Zeitung setzen will.« Daisy reichte Tamsyn das Blatt und knabberte weiter an ihrem Bleistift.

»Du lädst zu einem Bewerbungsgespräch für einen Job hier in der Bar ein?«, fragte Tamsyn, nachdem sie sich den Text durchgelesen hatte.

Daisy nickte.

»Wirklich?«, fragte Tante Coral und legte ihre Zeitung auf den Tisch. »Ich dachte, am Anfang würdet ihr das erst einmal allein machen wollen, nur Max und du.«

»Ich hoffe, dass wir schon bald sehr viel mehr zu tun haben, und schaffen wir das nicht zu zweit, dann brauche ich mehr Personal.«

Tante Coral wirkte skeptisch. »Es ist Winter. Die Hälfte der Geschäfte hat geschlossen.« Daisy runzelte die Stirn. »Ich meine, es ist schön, dass du so optimistisch bist, aber solltest du nicht erst mal abwarten, wie sich alles entwickelt, bevor du noch jemanden einstellst?«

Der Einwand ihrer Tante stimmte Daisy nachdenklich. »Vielleicht brauche ich auch nur ein paar Zeitarbeiter für den Abend der Eröffnung und die Weihnachtstage«, überlegte Daisy laut.

»Ooh, ooh, ooh!«, rief Tamsyn.

»The Funky Gibbon«, meinte Tante Coral und brach in schallendes Gelächter aus. Daisy und Tamsyn starrten sie an.

»Was?«, fragte Daisy irritiert.

»Ach, schon gut. Das war vor eurer Zeit«, murmelte Tante Coral und vergrub sich wieder hinter ihrer Zeitung.

Tamsyn griff nach Daisys Arm. »Ich werde am Abend der Eröffnung deine Zeitarbeiterin sein. Und ich kann auch sonst einspringen, wenn du mal jemanden brauchst. Ich brauche eine sinnvolle Beschäftigung. Biiiiiiitte.«

Das klang sehr nach Katastrophe. Daisy liebte Tamsyn, aber das machte sie nicht zu einer idealen Angestellten, und sie war sich nicht sicher, ob eine Zusammenarbeit zwischen ihnen ihrer Freundschaft guttun würde. Eigentlich hatte Daisy gehofft, jemanden zu finden, der Erfahrung als Barmixer hatte. Andererseits, wie wahrscheinlich war das in dieser Jahreszeit? Tamsyn hatte jetzt den gleichen Blick aufgesetzt, mit dem Bug Daisy ansah, wenn sie ein Schinkensandwich aß.

»Hast du je als Barkeeper gearbeitet?«, erkundigte Daisy sich zaghaft.

»Nein, ich möchte aber unbedingt mit dir zusammenarbeiten.«

»Ich brauche jemanden, der Erfahrung mitbringt und …«

»Ich habe im Strandcafé Bestellungen entgegengenommen und viel mit den Gästen zu tun gehabt«, warf Tamsyn hastig ein. »Und ich will unbedingt dazulernen. Ich habe Tom Cruise achtundzwanzigmal in *Cocktail* gesehen.« Ihr Grinsen verriet Daisy, dass Tamsyn nicht übertrieb.

»Okay, ich kann dir aber keine geregelte Arbeitszeit versprechen.«

»Ich liebe dich. Du bist der beste Boss der Welt.« Tamsyn schlang die Arme um Daisy und drückte sie ganz fest.

»Okay, okay. Sei am Mittwochmorgen um Punkt zehn Uhr im Bahnhof. Max und ich werden dich dann mit dem Wichtigsten vertraut machen.« Daisy hoffte inständig, dass sie hier nicht die schlechteste Entscheidung aller Zeiten getroffen hatte.

Am Mittwoch öffnete Daisy um zehn Uhr die Tür und schaute nach draußen. Der alte Burgess lehnte an der Außenfassade des Bahnhofs, und Tamsyn plauderte mit ihm.

»Hallo, Mr. Burgess, bis zur Eröffnung sind es leider noch ein paar Tage.«

»Hallo, Daisy. Ich weiß. Ich bin wegen eines Vorstellungsgesprächs hier. Tamsyn hat gesagt, dass du Personal einstellst.« Tamsyn nickte eifrig, während sie ihm dabei behilflich war, sich aufrecht hinzustellen.

»Äh…« Daisy fehlten die Worte. »Warum kommen Sie nicht einfach herein?«

Während Max dem alten Burgess einen Platz auf der langen Bank zuwies, nutzte Daisy die Gelegenheit, um Tamsyn zu zeigen, wie die Kaffeemaschine funktionierte. »Das ist nicht nötig«, sagte Tamsyn und bedeutete ihr mit einer Handbewegung zu gehen. »Ich weiß, wie man damit umgeht. Sprich du mit Mr. Burgess.«

Daisy biss die Zähne zusammen. Sie würde sich später mit Tamsyn unterhalten müssen. Jetzt setzte sie sich erst einmal zu dem alten Mann, der sich den längsten Schal vom Hals wickelte, den Daisy je gesehen hatte. »Es tut mir unendlich leid, Mr. Burgess, aber ich fürchte, es hat da ein Missverständnis gegeben«, setzte Daisy an, aber entweder Mr. Burgess hörte sie nicht, oder er hatte beschlossen, sie zu ignorieren.

262

»Manchmal bin ich entsetzlich einsam, Daisy. Seit meine Frau tot ist, sitze ich den ganzen Tag zu Hause, und das tut mir nicht gut. Sogar Nesbit hat mich verlassen.«

»Ist er schon wieder entflogen?«, fragte Daisy. Das war wirklich traurig.

»Nein, er wird vor seiner Freilassung an das Klima gewöhnt.«

»Das ist aber doch etwas Gutes«, entschied Daisy und tätschelte seine knorrige Hand.

»Schon, aber seither fehlt mir eine Aufgabe. Deshalb habe ich mich so gefreut, als Tamsyn sagte, dass du Personal einstellst. Plötzlich erschien mir die Idee, mir einen kleinen Job zu suchen, ganz wunderbar. Mir reichen auch ein paar Stunden in der Woche.« Er schenkte ihr ein breites Lächeln, und Daisy musste schlucken. Ein Katzenbaby zu ertränken fühlte sich sicher so ähnlich an.

»Ich suche jemanden mit Erfahrung«, sagte sie deshalb.

»Hier ist mein Lebenslauf«, erwiderte Mr. Burgess und reichte ihr eine mit Schreibmaschine beschriebene DIN-A4-Seite. »Vor Jahren habe ich das Smuggler's Rest geführt und …«

»In den Pub bin ich wahnsinnig gern gegangen«, mischte Max sich ein. »Dort gab es die besten Scampi«, fügte er hinzu und schaute zu Daisy herüber, die gerade den Lebenslauf überflog.

»Und vor dem Pub hatten Sie in Salcombe einen Teeladen?«, hakte sie nach.

»Ja.« Die Begeisterung, mit der Mr. Burgess nickte, passte so gar nicht zu seinem Alter. »Dass ich nicht der perfekte Kandidat für den Job bin, ist mir klar. Aber ich bin zuverlässig und ehrlich.«

Der Mann wurde Daisy immer sympathischer. »Vielen Dank, Mr. Burgess. Ich weiß es sehr zu schätzen, dass Sie hergekommen sind. Allerdings muss die Bar erst einmal richtig anlaufen. Bis es so weit ist, weiß ich nicht, ob es hier für irgendeinen von uns genug Arbeit gibt.«

»Das ist schon in Ordnung, Daisy, das verstehe ich.« Er sah schrecklich traurig aus, und Daisy kam sich wie ein Untier vor.

»Bitte sehr, Mr. B«, sagte Tamsyn und stellte dem Mann einen perfekten Cappuccino vor die Nase. »Warum nimmst du nicht Mr. B als Notfallmann? Er wohnt ganz in der Nähe und könnte sofort herkommen, wenn du ihn brauchst.«

»Ich glaube nicht …«, begann Daisy, aber weiter kam sie nicht.

»Das wäre wunderbar«, meinte Mr. Burgess. »Danke. Euch beiden. Ihr könnt euch gar nicht vorstellen, was mir das bedeutet.« Er wischte sich eine Träne von der Wange.

»Gern geschehen, Mr. B«, sagte Tamsyn und strahlte dabei über das ganze Gesicht, während Daisy sich fassungslos fragte, wie es eigentlich dazu gekommen war, dass sie plötzlich einen dritten Angestellten hatte.

Nachdem Mr. Burgess seinen Cappuccino getrunken hatte und gegangen war, stellte Daisy Tamsyn zur Rede, als diese gerade versuchte, die Zutatenliste für die Cocktails auswendig zu lernen. »Warum hast du dem alten Burgess denn erzählt, dass ich Personal einstelle?«

»Du hast gesagt, du suchst Leute mit Erfahrung, und ich kenne niemanden, der über mehr Erfahrung verfügt.«

Daisy begriff, an welcher Stelle sie einen Fehler gemacht hatte, und seufzte laut. »Er ist reizend, aber …«

»Neben ihm sähe die Witwe Bolte aus wie Usain Bolt«, meinte Max, der plötzlich neben ihr stand.

»Genau.« Sie fühlte sich schrecklich bei dem Gedanken, dass sie ihn vermutlich nie anrufen würde.

»Weißt du, du könntest ihn einstellen. Für eine Stunde jeden Tag. Dadurch käme er aus dem Haus, und er hat wirklich viel Erfahrung«, sagte Max und zuckte mit den Schultern. Damit hatte er nicht so ganz unrecht, und ein paar gute Teilzeitkräfte waren besser, als gar keine Hilfe zu haben. Ob es dazu kommen würde, hing jedoch davon ab, ob überhaupt Gäste kamen.

264

»Ich glaube, wir würden ein fantastisches Team abgeben«, sagte Max und sah ihr für den Bruchteil einer Sekunde tief in die Augen.

Daisy hielt mitten in der Bewegung inne und biss sich auf die Unterlippe. »Der alte Burgess steuert Erfahrung bei, und Tamsyn verfügt über Begeisterungsfähigkeit. Ich habe Geschäftssinn, und du hast die Muckis«, sagte sie mit einem Augenzwinkern. »Also werden wir das Ding schon schaukeln.«

»Ich meinte uns beide«, murmelte Max leise. Aber da hatte Daisy sich bereits umgedreht und war gegangen.

Nach monatelanger Vorbereitung, harter Arbeit und dem Verteilen so vieler Flyer, dass vermutlich ein ganzer Regenwald dafür gestorben war, war er endlich da: der Tag der Eröffnung. Daisy freute sich diebisch, dass sie es geschafft hatte, den Namen der Bar bis jetzt geheim zu halten. Der Schildermaler hatte das neue Logo mit einer weißen Folie abgedeckt, so waren zwar alle Schilder angebracht, aber die Aufschrift noch nicht lesbar.

Einen passenden Namen zu finden war eine echte Herausforderung gewesen. Schließlich sollte das Lokal gleichzeitig Gin- und Schokoladen-Bar werden und war zudem noch in einem alten Bahnhof untergebracht – definitiv also eine ungewöhnliche Mischung.

Zur Feier des Tages hatte Daisy sich außerdem ein neues Outfit gegönnt: das schlichte schwarze Kleid stand ihr nicht nur gut, man würde auch keine Flecken sehen, falls Max ihr irgendetwas darübergoss. Daisy hatte ihre Vorräte geordnet, ihre Buchhaltung aktualisiert, sich davon überzeugt, dass ihr Zahlungssystem funktionierte und Wechselgeld für die Kasse besorgt. Die Waschbecken in den Toilettenräumen waren mit todschicker Seife und Handcreme bestückt, und das gesamte Lokal war erneut einer gründlichen Reinigung unterzogen worden.

Daisy schaute sich um. Die Bar sah perfekt aus. Auf versetzt angebrachten, speziell angefertigten Regalbrettern wurde ihre Auswahl an Gin zur Schau gestellt, und gleich daneben hingen mit der Öffnung nach unten Flaschen der Ginsorten, die häufig in Cocktails verwendet wurden. Die Holzbank war sehr schön geworden und inzwischen mit einem bequemen Sitzkissen in einer Farbe ausgestattet, die Jason Eisenbahngrün nannte. Unter dem hinteren Fenster waren vier Stehtische mit Barhockern platziert sowie sechs weitere Hocker vor der Theke. Der Rest des Raums war mit kleinen viereckigen Tischen und schlichten Holzstühlen ausgestattet. Die nackte Backsteinwand am Ende des Schankraums bildete einen interessanten Blickfang. Daisy hatte gerahmte Fotos über die Wand verteilt aufgehängt, die die Geschichte des Gebäudes dokumentierten. Über allem zischten aufgeregt die Modelleisenbahnen über die Gleise.

Jetzt wo Daisy sich ihr Werk in Ruhe ansah, war sie Tante Coral unendlich dankbar für all das Geld, das sie in dieses Projekt investiert hatte. Daisy musste dafür sorgen, dass es ein Erfolg wurde, das war sie ihnen beiden schuldig.

Sie spürte, dass sich ein leichter Anflug von Nervosität in ihr breitmachte, wenn sie an den vor ihr liegenden Abend dachte. Doch bis dahin blieben ihr noch acht Stunden, in denen sie nicht viel mehr tun konnte, als Däumchen zu drehen. Also entschied sie sich für einen Spaziergang.

Sie schlenderte über den Küstenpfad, fand eine freie Bank und setzte sich. Wie immer zog das Meer ihren Blick an, und sie atmete tief die kühle, frische Dezemberluft ein. Heute roch sie anders als sonst. Daisy erinnerte sich, dass ihre Mutter immer behauptet hatte, man könne das Salz in der Luft schmecken. So viele Nachmittage hatte Daisy mit heraushängender Zunge verbracht – nicht viel anders als Bug –, doch es war ihr nie gelungen, das Salz wirklich zu schmecken.

Unten am Strand sah sie zwei Spaziergänger mit ihren Hunden und einen Fischer, der sich um sein Boot kümmerte. Daisy beobachtete sie eine Zeit lang. Sie fragte sich, was ihre Mutter wohl von dem heutigen Tag halten würde. Hier saß Daisy, nur noch Stunden davon entfernt, ihr eigenes Geschäft zu eröffnen. Unwillkürlich griff Daisy sich an den Hals. Sie vermisste ihr Medaillon, und sie vermisste ihre Mutter. Seit sie hier war, dachte sie ständig an sie. Überall waren Erinnerungen. Sogar der Strand selbst war eine, denn es war der Ort, an dem man ihren kalten, leblosen Körper gefunden hatte. Daisy hatte es nicht mit eigenen Augen gesehen, und doch hatte sie ein klares Bild davon, das ihr stets einen eisigen Schauer über den Rücken jagte. So gern wollte sie mehr über das herausfinden, was damals passiert war, aber im Moment musste sie sich auf die Bar konzentrieren.

Die Gelassenheit, die Daisy tagsüber verspürt hatte, war bis zum Abend gänzlich verflogen. »Was, wenn keiner kommt?«, fragte sie, als sie zum wiederholten Mal die Theke abwischte.

»Reg dich ab, die kommen schon. In der Zeitung wurde mehrfach darüber berichtet, und in der Bucht wird seit Wochen davon geredet. Die Leute werden sich das allein schon aus Neugier nicht entgehen lassen. Entspann dich«, sagte Max und legte ihr kurz den Arm um die Schultern. Für einen Moment hörte Daisy auf zu wischen. Es fühlte sich gut an, und das gefiel ihr. Er gefiel ihr. Ausnahmsweise hatte er seine Haare ordentlich gekämmt, trug eine elegante Hose, ein frisch gebügeltes Hemd und eine Weste – er sah traumhaft gut aus. Daisy konnte ein Lächeln nicht unterdrücken.

»Was?«, fragte er, als er ihren Blick bemerkte.

Kurz dachte sie daran, wie der Körper unter dem Hemd aussah, gab sich dann aber einen Ruck. Max wartete immer noch auf eine Antwort von ihr. »Westen stehen dir gut.«

Max wollte gerade etwas darauf erwidern, als Tamsyn wie ein Wirbelwind hereinstürmte. Daisy hatte auch ihr ein Outfit zusammengestellt, mit dem sie schick aussah und trotzdem noch wie Tamsyn. Sie hatte einen langen, wallenden Rock in Tamsyns Stil, allerdings in dezentem Dunkelgrau und mit einer weißen, an den Kanten mit Spitze eingefassten Hemdbluse kombiniert. Tamsyn warf ihren Mantel von sich, wusch sich die Hände, und im nächsten Moment stand sie erwartungsvoll neben Daisy. »So, Boss. Was soll ich tun?«

»Max kümmert sich um die Cocktails, also kannst du mir dabei Gesellschaft leisten, mich verrückt zu machen, dass unter Umständen keiner kommt. Und danach kannst du dann, wenn du möchtest, eine weitere Limette oder eine Grapefruit aufschneiden.« Daisy hielt ihr ein Messer hin.

»Im Ernst?«, fragte Max und zeigte auf zwei große Platten, auf denen sich in Scheiben geschnittenes Obst häufte.

Tamsyn neigte den Kopf zur Seite. »Was meinst du denn mit ›dass unter Umständen keiner kommt‹? Draußen stehen sie doch schon Schlange«, sagte sie.

Wie aufs Stickwort rannten Daisy und Max zum Fenster, um es mit eigenen Augen zu sehen. Jason stand am Fuß der rampenartigen Schräge, über die man auf den Bahnsteig gelangte, und unterhielt sich mit den Leuten, die ganz vorn in der Warteschlange standen, und es tummelten sich noch sehr viele andere auf dem Parkplatz.

Daisy musste schlucken und warf einen prüfenden Blick auf die alte Bahnhofsuhr an der Wand. »Sollen wir anfangen, die Gratisdrinks auszuschenken, und die Leute hereinlassen?«

»Ja, Boss«, erwiderte Tamsyn und salutierte.

»Hast du etwa vor, mich den ganzen Abend so zu nennen?«, erkundigte Daisy.

»Ist das nervig?«, fragte Tamsyn.

»Ein bisschen«, gab Daisy zur Antwort.

»Sehr«, fügte Max hinzu, und Tamsyn knuffte ihn in die Rippen.

»Wie ist das denn mit dir und Jason? Kommt ihr beide zurecht?«, wollte Daisy wissen. Seit Tamsyns Panikanfall hatten sie kaum noch darüber gesprochen, und Daisy wusste, dass die beiden einander aus dem Weg gegangen waren.

»Wir kommen schon klar. Es ist besser so«, erwiderte Tamsyn, doch ihr Blick sagte etwas anderes. Daisy wusste, dass sie ihrer Freundin mehr auf die Sprünge helfen musste, aber der heutige Abend war nicht der geeignete Zeitpunkt.

Nicht lange, und es standen Tabletts mit Probierbechern voll Gin und Tonic auf dem Tresen bereit und Schalen mit Oliven auf den Tischen.

»Seid ihr so weit?«, fragte Daisy, und beide nickten entschieden. Sie atmete tief durch, öffnete die Tür und wurde von spontanem Applaus und Pfiffen begrüßt. Jason brachte die Menge zum Schweigen, und Max kletterte selbstsicher auf die Leiter, die unter dem Eingangsschild stand.

»Wow«, sagte Daisy und strich sich das Haar aus dem Gesicht. »Ich freue mich wahnsinnig, dass so viele von euch heute Abend hergekommen sind. Vielen Dank. Ich möchte nur kurz sagen, dass der heutige Abend ohne meinen Großonkel Reg gar nicht möglich gewesen wäre, und wir werden später auf ihn anstoßen.«

»Bravo! Richtig!«, rief jemand, der ganz hinten stand. Daisy war sich nicht sicher, ob sich das auf Reg oder die Drinks bezog.

»Damit komme ich jetzt ohne Umschweife zur Sache: Ich bin sehr stolz darauf, euch alle willkommen zu heißen zur Eröffnung von …« Sie sprach nicht weiter und gab Max ein Zeichen, die Plastikfolie vom Schild zu ziehen. Er tat es mit einer eleganten Bewegung, während Daisy zeitgleich laut den Namen verkündete. »… Locos«, sagte sie voller Stolz. Max grinste sie von der obersten Sprosse der Leiter an, sie schenkte ihm ein strahlendes Lächeln, und alle anderen klatschten.

Der Rest des Abends verschwamm zu einem Strudel aus Menschen und Geschnatter. Daisy war selbst erstaunt, wie viel Fachkenntnis sie inzwischen über die einzelnen Ginsorten besaß. Aber schließlich hatte sie wochenlang gebüffelt. Jetzt reicherte sie ihr Wissen mit Gin-Geschichten an, die sie auf ihren Reisen erlebt hatte, und schon hörten die Gäste ihr gebannt zu. Es kamen so viele Einheimische, dass es Daisy vorkam, als sei jeder Bewohner des Ortes irgendwann im Laufe des Abends vorbeigekommen. Die meisten blieben für den Gratisdrink und gönnten sich dann noch einen weiteren. Monty war die einzige Ausnahme. Er ließ sich nur ein paar Minuten blicken und verschwand dann wieder, aber Daisy freute sich über seinen Besuch. Er rümpfte zwar die Nase über ihre bauchigen Gläser und die glänzende Theke, aber die Modelleisenbahn beeindruckte ihn, und er wünschte Daisy viel Erfolg. Das war lieb von ihm und mehr, als sie erwartet hatte.

Tante Coral war hin und wieder in Tränen ausgebrochen, zum einen aus lauter Stolz auf Daisy, vor allem aber wegen des vielen Gins, den sie getrunken hatte. Ehe Daisy sichs versah, ging es auf dreiundzwanzig Uhr zu. Wenn sie ihre Schanklizenz nicht gleich wieder verlieren wollte, musste sie um diese Uhrzeit schließen. Höflich, aber bestimmt verabschiedete sie also ihre Gäste und komplimentierte sie aus dem Laden. Als auch die letzten Nachzügler gegangen waren und sie endlich zugesperrt hatten, sanken Daisy, Jason und Tamsyn auf die Holzbank.

»Ich bin sooooooo kaputt«, jammerte Tamsyn.

»Kommt, Leute! Jetzt wird erst mal aufgeräumt«, sagte Max, der gerade wieder hereinkam. Er hatte draußen den neuen Parkplatz-Poller verankert. Zur Antwort bekam er Ächzen und Stöhnen, bevor alle widerwillig noch einmal aufstanden – außer Tante Coral, die zwar ihr Bestes gab, allerdings so sehr schwankte, dass sie sich gleich wieder auf die Bank fallen lassen musste.

»Ich werde wohl hier warten«, lallte sie im Flüsterton.

Die vier anderen machten sich daran, die Gläser einzusammeln, sie in die Spülmaschine zu laden sowie Tische und Theke feucht abzuwischen.

»Ich kann nicht fassen, dass jemand sein Glas auf dem Klo

hat stehen lassen«, sagte Jason und stellte es kopfschüttelnd auf den Tresen. »Leute gibt es.«

»Da war wohl jemand multitaskingfähig«, mutmaßte Tamsyn.

»Genau das befürchte ich ja«, erwiderte Jason, woraufhin die beiden einen amüsierten Blick wechselten.

Der Geschirrspüler war während des Abends schon mehrmals gelaufen, und so dauerte es zu viert nicht lange, bis alles wieder ordentlich aussah. Jason erklärte Tante Coral und Tamsyn, dass er sie jetzt nach Hause bringen würde. »Und euch auch«, fügte er an Daisy und Max gewandt hinzu, die gerade darüber diskutierten, was mit der verbliebenen Hälfte einer Grapefruit geschehen sollte.

»Ich glaube, ich gehe lieber zu Fuß. Ich muss meinen Kopf wieder frei bekommen«, sagte Max und warf Daisy einen vielsagenden Blick zu.

Sie zögerte. Alle starrten sie an. »Äh … ja. Ich auch«, entschied sie dann. Sie hatte vor lauter Aufregung Schmetterlinge im Bauch und war zugleich etwas panisch. Was tat sie hier? Die Gelegenheit beim Schopfe zu packen, mit Max allein zu sein – das gehörte nicht zu ihrem Plan.

»Okay, wenn ihr meint«, sagte Jason, hakte gemeinsam mit Tamsyn die wankende Tante Coral unter und lotste sie nach draußen, bevor sie die Tür hinter sich schlossen.

»Du hast dich heute Abend wacker geschlagen«, sagte Max und schaute Daisy so eindringlich an, dass ihr innerlich ganz warm wurde.

»Du auch.« Ihr fiel auf, dass ihre Stimme plötzlich ein wenig heiser klang. Langsam schaute sie auf, und als sich ihre Blicke trafen, wusste sie, was als Nächstes passieren würde. Ihr Herz schlug schneller und schneller, doch sie konnte keinen klaren Gedanken fassen. Max beugte sich nach vorn, bis ihre Lippen sich berührten. War das hier eine gute Idee? Nein. Würde sich dadurch zwischen ihnen etwas ändern? Wahrscheinlich. Wollte sie es trotzdem? Absolut.

271

Der Kuss verselbstständigte sich, und sie verloren sich darin, bis Max plötzlich begann, an ihrem Kleid zu nesteln, und sie sich aus seiner Umarmung löste. »Warte, wir sollten uns das gut überlegen«, unterbrach sie ihn ziemlich außer Atem.

»Nein, genau das sollten wir nicht«, erwiderte Max und küsste sie erneut.

Im nächsten Moment lenkte irgendetwas seine Aufmerksamkeit auf das Fenster. Daisy drehte sich ebenfalls um und sah, dass sich in der Dunkelheit ein Schatten bewegte – dort draußen war jemand. Vermutlich hoffte noch ein letzter Nachzügler auf einen Gratisdrink.

Plötzlich war von der romantischen Stimmung nichts mehr zu spüren, und Max löste sich von Daisy. Mit dem zweiten Kuss hatte sie sich erstaunlich schnell mit der Idee angefreundet weiterzumachen, doch jetzt entschied Max: »Du hast recht.« Er wirkte verlegen. »Entschuldige.«

»Nein, nein, das ist schon in Ordnung. Mehr als in Ordnung.«

Max schaute aus dem Fenster, schien mit seinen Gedanken ganz woanders zu sein. »Ich schaue eben nach, ob draußen alles in Ordnung ist, und dann machen wir uns vom Acker.«

»Ja, natürlich«, erwiderte Daisy und versuchte zu überspielen, wie peinlich es ihr war, dass sie sich zu dem Kuss hatte hinreißen lassen. So war es ohne jeden Zweifel besser. Sie sollte es sich gut überlegen, bevor sie sich hier auf irgendetwas einließ. Zwar würde sie im kommenden Sommer versuchen, einen Käufer für die Bar zu finden, und Ottercombe Bay verlassen, aber bis dahin war es ja noch eine ganze Weile hin. Diese Zeit zu nutzen, um mit Max Spaß zu haben, würde … na ja … Spaß machen.

Daisy sperrte zu, während Max auf dem Gelände die Runde machte. Sie vergrub die Hände in ihren Jackentaschen und lief ihm entgegen. »Alles okay mit dir?«

»Mmh«, erwiderte er geistesabwesend. »Äh, ja. Tut mir leid. Hast du alles abgeschlossen?«

»Ja.« Sie sah ihn von der Seite an. Er war unglaublich attraktiv, wenn er so schick angezogen war.

Schützend legte Max seinen Arm um Daisy. »Alles okay?«

»Ja«, gab sie zur Antwort und genoss die Nähe, die die körperliche Berührung ihr schenkte. Dann machten sie sich auf den Heimweg. Dass sie von einer Gestalt beobachtet wurden, die in der Dunkelheit stand, ahnten sie nicht.

Daisy schlief nicht gut. Sie dachte über jede winzige Kleinigkeit nach, die sich am Abend zugetragen hatte, vor allem über den Kuss. Sie hatte gehofft, dass es zu einem weiteren kommen würde, als Max sie zu Hause ablieferte, doch er schien mit seinen Gedanken ganz woanders zu sein, hatte sie lediglich umarmt, und dann war er gegangen.

Das Schrillen des Weckers riss Daisy schließlich aus ihrem unruhigen Schlaf, und sie quälte sich aus dem Bett. Sie machte sich Toast und wünschte Tante Coral kurz einen guten Morgen. Die Gute sah aus, als habe sie mit einem monströsen Kater zu kämpfen. Daisy versorgte sie mit dem Nötigen und ging dann zur Arbeit. Eigentlich hätte sie nicht so früh in der Bar sein müssen, schließlich öffneten sie erst am Abend, aber es gab noch einiges zu tun, um den Schoko-Bar-Teil ihres Unternehmens in Gang zu setzen.

Sie blieb ein paar Minuten draußen stehen und starrte mit einem dümmlichen Grinsen auf dem Gesicht auf das Schild. Sie war froh, dass sie jetzt niemand sah, aber allein schon auf den Namen an dem kleinen Bahnhofsgebäude zu schauen machte sie glücklich. Dass der Laden ihr gehörte, sie ihn mithilfe guter Freunde ganz allein aufgebaut hatte, fühlte sich fantastisch an.

Es war ein Paradebeispiel dafür, wie man ein Geschäft aufbaute, das man wieder verkaufen wollte. All die Zeit, die sie ins Locos investierte, sollte es zu größtmöglichem Erfolg bringen, bevor sie es zum Höchstpreis zum Verkauf anbot. Das würde es Daisy ermöglichen, Tante Coral ihr Darlehen zurückzuzahlen, und sie hätte endlich genug Geld für ihre Reisen zusammen.

Der Laternenumzug war der erste große Prüfstein für Daisy, und der heutige Tag war alle Zeit, die ihr zwischen der Eröffnung und dem Umzug blieb. Es war zeitlich sehr knapp, aber Daisy hatte ja bereits bewiesen, dass sie sich jeder Herausforderung stellte. Das war auch in diesem Fall nicht anders. Sie hatte sich diverse Kakaosorten besorgt und gekostet und sich für echte Schokoladenflocken guter Qualität entschieden. Das war zwar kostspieliger, schmeckte aber süß und mild und würde Kinder und Erwachsene gleichermaßen begeistern. Sie selbst hatte sich schon bei einer Kostprobe sofort wieder wie das kleine Mädchen gefühlt, dem Großonkel Reg seine besonderen Schokoladenraspel in heiße Milch gerührt hatte – es schmeckte ganz genau so. Daisy hatte auch eine cremige weiße Schokolade gefunden und eine sehr edle Zartbitterversion. Mit verschiedenen Sirupsorten – einige davon zuckerfrei – würde sie noch viele weitere Kakaovariationen kreieren können, die alle wahlweise mit Schlagsahne, Schokoladenraspeln und natürlich Marshmallows angeboten wurden.

Der Laternenumzug war eine Art Premierenfeier für die Schoko-Bar, und da er ihr eine fantastische Gelegenheit bot, Werbung für das Locos zu machen, war Daisy bereit, die anfallenden Kosten als Marketingkosten abzuschreiben.

Daisy wollte sich für die finalen Kakaovarianten für das große Ereignis entscheiden und kostete gerade kleine Probiermengen ihrer Favoriten, da klopfte es an der Tür.

»Hallihallo.« Tamsyn steckte den Kopf herein, als Daisy gerade eine Kreation von ihrer Liste strich. Zartbitterschokolade mit Pfefferminz eignete sich sicher besser für ein kleineres Publikum.

»Perfektes Timing, Tamsyn. Sag mir bitte, was du von diesen drei Geschmacksrichtungen hältst. Das sind die, die ich nach dem Laternenumzug anbieten will.« Sie stellte drei gefüllte

Probierbecher auf den Tresen und lud Tamsyn mit einer Handbewegung zum Kosten ein.

Zaghaft hob Tamsyn das erste Becherchen an die Lippen. Gespannt auf ihre Reaktion beugte sich Daisy nach vorn. Tamsyn schloss die Augen und nahm einen Schluck. »Wow, ist das köstlich. Unheimlich cremig und sahnig.«

»Großartig, das ist unsere Standardsorte, probier den hier als Nächstes.« Daisy hielt ihr das nächste Becherchen hin, und Tamsyn rümpfte die Nase.

»Weiße Schokolade?«

»Ja, nimm einen Schluck.« Daisy lächelte, denn sie wusste, wie irrsinnig gut das aufgrund eines Hauchs von Vanille schmeckte.

»Lecker«, bestätigte Tamsyn sofort, leerte den Becher bis zum letzten Tropfen und leckte sich die Lippen. »Das ist, als würde man eine Tafel weiße Schokolade trinken.«

»Genau so soll es sein.«

Tamsyn nahm den letzten Becher in die Hand, ohne dazu aufgefordert werden zu müssen, und probierte auch davon. »Oh, hat das so einen ganz leichten Kirschgeschmack?«

Daisy nickte. »Das werde ich mit Sahne und ein bisschen Soße servieren, dann ist es wie Schwarzwälder Kirschtorte im Glas.«

»Die schmecken alle köstlich. Ich werde durch die Arbeit hier fett wie eine Tonne werden«, sagte Tamsyn und wischte mit dem Finger den Becher sauber.

Tamsyns Reaktion freute Daisy. Hoffentlich würde es allen anderen morgen Abend auch so gehen.

»Bieten wir eigentlich auch etwas zu essen an? Ich habe nämlich überlegt, das etwas thematisch zur Weihnachtsgeschichte Passendes doch toll wäre. Zum Beispiel Kuhfladen und Eselswurst.«

Daisy war sich zwar nicht ganz sicher, was das sein sollte, aber beides klang unangebracht. »Dafür ist schon gesorgt. Der alte Burgess backt uns Buttersterne.«

»Oh, prima«, meinte Tamsyn und schaukelte auf dem Barhocker hin und her, bis etwas aus ihrer Jackentasche fiel. Daisy bückte sich, hob es auf und legte *Wie man Tarotkarten legt – Ein Leitfaden für Anfänger* auf den Tresen.

»Versuchst du dich wieder im Wahrsagen?«, fragte Daisy mit einem Grinsen.

»Ich überlege, ob ich nebenher Tarotkarten legen soll«, sagte Tamsyn und zog einen Satz Karten aus ihrem Büstenhalter.

»Okay«, sagte Daisy, der nichts Gutes schwante.

»Kann ich an dir üben?«

Daisy schüttelte den Kopf, bevor sie überhaupt ausgesprochen hatte. »Ich weiß nicht, Tams. Tarot ist nicht mein Ding. Hast du dir selbst denn schon die Karten gelegt?«

Dieser Einwurf erwies sich als gutes Ablenkungsmanöver. »Nicht richtig. Ich sollte es vielleicht wirklich erst an mir selbst ausprobieren«, sagte Tamsyn, und Daisy pflichtete ihr vehement bei.

Tamsyn mischte die Karten und teilte sie dann langsam in drei Stapel auf, die sie vor sich auf die Theke legte. Daisy schaute ihr aufmerksam zu, betrachtete die ersten vier Karten, die Tamsyn umdrehte.

»Was bedeuten die?«, fragte Daisy schließlich.

»Sie bedeuten immer ein bisschen was anderes, weil sie sich auf die Hauptkarte beziehen.« Tamsyn tippte mit dem Finger auf die eine Karte, die über den drei anderen lag, die nebeneinander aufgereiht waren. »Die meisten Kartenleger lesen sie mithilfe ihres hellseherischen Gespürs und ihres Wissens über die Karten.« Sie sprach, als sei sie gut informiert.

»Ach so. Und was sagt dir dein hellseherisches Gespür über diese da?«

Tamsyn legte die Hand auf die Karte, die über den anderen lag. »Das ist die Zwei der Schwerter. Die hatte ich schon mal, und ich glaube, die bedeutet, dass eine Entscheidung getroffen werden muss.« Tamsyn legte die Kuppe ihres Zeigefingers auf die erste der nebeneinanderliegenden Karten. »Das ist meine Vergangenheit. Mmh, der Bube der Stäbe, was bedeutet das noch mal?« Sie blätterte in dem Tarot-Buch. »Ah, ein Überbringer von Nachrichten. Das könnte jemand sein, den ich zeit meines Lebens kenne.«

»Jason«, sagte Daisy, die das plötzlich aufregend fand.

»Oder du.«

»Oh«, meinte Daisy. »Mach weiter.« Sie fand allmählich Gefallen daran.

»Das ist meine Gegenwart«, sagte Tamsyn, zeigte dabei mit dem Finger auf die nächste Karte und las sich durch, was darüber in ihrem Leitfaden für Anfänger stand. »Der Bube der Stäbe symbolisiert die Fertigstellung von Projekten, und die Zahl neun wird mit dem Mond assoziiert. Diese Karte warnt davor, dass Illusionen und Träume nicht das sind, was sie zu sein scheinen.« Sie schaute von dem Buch auf.

»Sagen die Karten dir, dass du dich irrst? Dass es falsch ist, Jason auf Abstand zu halten?«

Tamsyn ignorierte diese Frage und legte ihren Finger auf die letzte Karte. »Meine Zukunft.« Sie holte tief Luft, und Daisy sah ihr schweigend dabei zu, wie sie in ihrem Buch nachschlug. »Diese Karte ist das Gericht oder Karma. Es steht für eine zweite Chance.«

Daisy klatschte mit solcher Wucht in die Hände, dass Tamsyn zusammenzuckte. »Sie sagen dir, dass du es noch einmal mit Jason versuchen sollst.«

Tamsyn klaubte die Karten wieder zusammen. »Da bin ich mir nicht so sicher. Diese hellseherische Botschaft habe ich nicht bekommen.«

Daisy unterbrach sie mitten in der Bewegung, indem sie nach Tamsyns Hand griff. »Was sagt dir denn dein Herz?«

Tamsyn kletterte so schnell vom Barhocker, dass ihr dabei die Karten auf den Boden fielen. Daisy kam hinter dem Tresen hervor, um ihr beim Aufsammeln zu helfen.

Plötzlich wirkte Tamsyn panisch. Die Tarotkarten lagen auf dem Boden verstreut, und sie zeigte mit dem Finger auf die einzige, die mit der Bildseite nach oben zeigte – der Tod. »Oh nein, die brauche ich nicht nachzuschlagen.«

»Das hat nichts zu bedeuten, Tamsyn.« Daisy sah das Wort Tod und ließ die Karte rasch zwischen den anderen verschwinden.

Tamsyn schnappte nach Luft. »Aber der alte Burgess backt morgen die Plätzchen für den Laternenumzug.«

Daisy lachte. »Ich bin überzeugt, dass wir das alle überleben werden.«

Kapitel 23

Daisy und Tamsyn hatten sich zum Mittagessen ein Sandwich gegönnt. Auf dem Rückweg zum Locos sah Tamsyn Jason aus der Konditorei kommen und rannte sofort los, um ihn zu erwischen, bevor er in seinen Streifenwagen stieg. »Jason«, rief sie ihm von der gegenüberliegenden Straßenseite zu.

Als er seinen Namen hörte, drehte er den Kopf in ihre Richtung, lächelte aber längst nicht so fröhlich, wie sie erwartet hatte.

»Hallo«, sagte Jason, ohne die Hand von der Wagentür zu nehmen.

»Jason, ich möchte dir gern erklären, was letztens passiert ist, das mit dem Kuss und so.«

»Ist schon in Ordnung«, antwortete er, sah aber ganz und gar nicht so aus, als sei irgendetwas in Ordnung.

»Okay, ich will nur nicht, dass einer von uns beiden verletzt wird.«

»Ich weiß nur nicht, ob Verletzungen sich am besten vermeiden lassen, indem man Dingen einfach aus dem Weg geht.«

»Ich glaube, in unserem Fall ist das die beste Lösung. Ich habe Angst, wir hätten beide das Gefühl, uns ändern zu müssen, um der Mensch zu werden, von dem der andere sich wünscht, dass wir es wären.«

Jason sah aus, als leuchte ihm das ein. »Eines musst du mir aber versprechen.«

»Alles«, erwiderte Tamsyn, strahlte über das ganze Gesicht und hob im typischen Tamsyn-Stil die Arme zur Seite, als wolle sie die ganze Welt umarmen.

»Gib uns nicht für immer auf. Vielleicht kommt irgendwann der Augenblick, in dem es plötzlich richtig wäre, dass du und ich ein Paar werden, und ich fände es schrecklich, wenn wir uns diese Chance dann einfach entgehen ließen.«

Tamsyn zögerte. »Okay. Ich verspreche es dir.«

»Gut«, gab Jason zur Antwort. Er schien sich ein wenig zu entspannen. »Hättest du Lust, heute Abend auf einen *Doctor-Who*-Marathon vorbeizukommen? Außer mir sind nur Max und ein paar große Pizzen da.«

»Wahnsinnig gern«, sagte sie. Daisy hielt sich etwas im Hintergrund, weil sie die beiden nicht stören wollte.

»Daisy, falls *Doctor Who* und Pizza dich antörnen, bist du auch herzlich willkommen«, rief Jason ihr zu.

»Vielen Dank für das Angebot, aber *Doctor Who* törnt mich eher ab.«

Obwohl zwischen Tamsyn und Jason auf einmal alles in Ordnung zu sein schien, hatte Daisy das Gefühl, dass sich etwas Grundlegendes verändert hatte.

Am nächsten Tag – dem Tag des Laternenumzugs – wusste Daisy, dass es einer jener Tage werden würde, die sich ewig zogen, so ähnlich wie Weihnachten in der Kindheit. Der Umzug fand erst am Abend statt, und Daisy konnte die heiße Schokolade erst kurz vor Beginn des Umzugs kochen, schließlich musste sie heiß serviert werden. Es war ihr gelungen, einen zehn Liter fassenden Wasserkocher aufzutreiben, der – wie der Hersteller ihr versichert hatte – Milch ebenso effizient erhitzen konnte wie Wasser. Der Kocher musste hinterher nur gründlich gereinigt werden. Daisy war zu dem Schluss gelangt, dass diese Anschaffung eine lohnende Investition war. So konnte sie mit einem Verlängerungskabel eine der Steckdosen des Strandcafés nutzen und sogar an der Strandpromenade echte heiße Schokolade ausschenken.

Daisy und Tamsyn beschlossen, auch das Locos mit ein paar Laternen zu schmücken. Während Daisy allerdings einen möglichst traditionellen viktorianischen Stil bevorzugte,

280

wollte Tamsyn am liebsten grell bunte und glitzernde Modelle.

»Wie wäre es denn mit dieser hier?«, fragte Tamsyn und zeigte Daisy eine Laterne aus neonpinkfarbenem Glanzpapier.

»Auf gar keinen Fall«, erwiderte Daisy und wartete vergeblich auf eine Reaktion von Tamsyn. Ihre Freundin wirkte zutiefst niedergeschlagenen und trommelte nervös mit den Fingern gegen das Papier.

»Was ist los?«, fragte Daisy und blieb mit einer zylinderförmigen Laterne in der Hand auf der obersten Sprosse der Trittleiter stehen.

»Ich war gestern Abend bei Jason.«

»Ach ja. Wie war *Doctor Who*?« Daisy hatte alle Mühe, nicht angewidert das Gesicht zu verziehen.

»Max war auch da, deshalb war es nicht total peinlich, aber ich habe gespürt, dass Jason alles andere als entspannt war. Ich habe unsere Beziehung kaputt gemacht.« Sie ließ den Kopf hängen, also kletterte Daisy von der Leiter und legte ihren Arm um Tamsyns Schultern. »Das wird sich alles wieder einrenken.«

Die schien allerdings wenig überzeugt. »Was, wenn die Karten recht hatten? Was, wenn ich Jason und mir eine zweite Chance geben sollte?«

Daisy atmete aus. »Ich glaube ehrlich gesagt nicht, dass ein einziger Kuss eine erste Chance war.«

»Mmh, vielleicht nicht. Ich will nur einfach ein Zeichen, dass das die richtige Entscheidung wäre.« Tamsyn schaute sich suchend in der Bar um, als warte sie darauf, dass irgendetwas passierte. Daisy folgte ihrem Blick, doch es war totenstill im Raum.

Im nächsten Moment wurde mit solcher Wucht gegen die Tür geklopft, dass beide erschrocken zusammenfuhren. »Kackeri-ki«, entfuhr es Daisy, deren Herz vor lauter Schreck einen Schlag ausgesetzt hatte. Hastig lief sie zur Tür und sperrte auf.

»Hallo, Daisy«, sagte der alte Burgess. »Das wird ein anstrengender Abend für dich werden, deshalb will ich dir schon mal ein bisschen zur Hand gehen.« Schlurfend kam er herein. Wie ein gebrechlicher alter Herr mit so viel Kraft gegen eine Tür klopfen konnte, war Daisy unbegreiflich. Sie schaute zu Tamsyn herüber, die sich ein schwaches Lächeln abrang. Vermutlich war der alte Burgess nicht das Zeichen, das Tamsyn sich erhofft hatte.

*

Mit der Dämmerung mutierte Daisy zur hundertprozentig effizienten Vorgesetzten. Sie wies Tamsyn an, die Liste mit allen Utensilien durchzugehen, die sie für die Bewirtung außerhalb des Locos brauchen würden, während Max damit beauftragt wurde, alles in Tamsyns Wagen zu laden. Auf der Strandpromenade angekommen, bauten sie alles auf den Picknicktischen des Strandcafés auf. Sie waren extra für diesen Anlass aus dem Winterlager geholt worden. Daisy füllte die Milch in den Wasserkocher, schaltete ihn ein und überprüfte, dass die Temperatur richtig eingestellt war. Dann machte sie sich daran, die Schokoladenflocken abzumessen und in schlichte weiße Becher zu füllen, die Tamsyn in ordentlichen Reihen aufstellte.

Schließlich teilte Jason ihr per SMS mit, dass sich die Kinder nun vor der Kirche in Bewegung gesetzt hatten. Daisy wurde ganz flau im Magen. Genau so hatte sie sich vor der Eröffnung der Bar gefühlt. Allerdings würde sie sich heute vermutlich härterer Kritik stellen müssen, schließlich konnten Kinder brutal ehrlich sein.

Nicht lange, und sie konnten in der Ferne die Lichter sehen. Wie hüpfende Glühwürmchen schlängelten sich die vielen kleinen Lichtchen den Berg hinunter – ein hübscher Anblick. Je näher die Karawane kam, desto lauter wurde das fröhliche Geschnatter. Daisy überprüfte noch einmal die Temperatur des Wasserkochers, Max stand bereits mit der Sprühsahne parat. Für einen Moment tänzelte ein sündhafter Gedanke durch

282

ihren Kopf, doch der Anblick der Laternen, die gerade auf die Strandpromenade einbogen, brachte sie wieder in die Gegenwart zurück.

Je näher die stolzen Kinder und ihre Eltern kamen, desto mehr staunte Daisy über die vielen verschiedenen Laternen. Sie hatten alle andere Farben, und sie in der Dunkelheit leuchten zu sehen war ein unvergesslicher Anblick. Was Daisy jedoch am meisten berührte, war die Freude auf den Gesichtern der Kinder. An der Ufermauer angekommen wurden die Laternen in einer Reihe aufgestellt, damit die Jury sie begutachten konnte, und dann schienen alle Kinder auf einmal auf die Picknicktische zuzurasen, um sich ihre heiße Schokolade zu holen. Der alte Burgess bemühte sich nach Kräften, Ordnung in die Warteschlange zu bringen, doch das war schwieriger, als einen Sack Flöhe zu hüten.

Sie arbeiteten Hand in Hand. Daisy zählte die Geschmackssorten auf und gab die Bestellung nach hinten weiter, wo Tamsyn den entsprechenden Becher mit Milch und gegebenenfalls Sirup füllte und ihn Max reichte, der ihn garnierte und an die kleinen Kunden aushändigte. Es war schön, zwischendurch einen Blick auf die Mienen der Kinder zu erhaschen, die ihren Kakao schlürften – wie durch ein Wunder verzog kein einziges das Gesicht.

Ehe sie sichs versahen, bedienten sie die letzten Nachzügler, und Daisy fing endlich an, sich zu entspannen. Während der Preisverleihung wärmten sich die Leute noch ihre Hände an den Kakaobechern. Und dann gab es einen zweiten Ansturm für die Rückgabe der Becher. Alle dankten ihnen von Herzen und lobten die Getränke. Man war sich einig, dass die Veranstaltung unvergleichlich besser als im letzten Jahr gewesen war. Jedem, der ihm einen Becher zurückbrachte, drückte der alte Burgess einen der Locos-Flyer in die Hand. Daisy hatte ewig dafür gebraucht, ihn zu entwerfen, aber die Mühe hatte sich gelohnt. Tamsyn und Daisy stellten die Stapel schmutziger

283

Becher vorsichtig in Kisten. Da würde der Geschirrspüler einiges zu tun haben.

»Ich glaube, wir können den heutigen Abend einen durchschlagenden Erfolg nennen«, stellte Max fest und nahm Daisy spontan in die Arme. Es machte sie verlegen, zugleich aber auch leicht euphorisch. Inzwischen wünschte sie, sie hätten sich beim Küssen vorgestern Abend nicht stören lassen.

»Äh, ja. Gut gemacht, Leute. Hervorragende Leistung.« Sie schob sich eine Haarsträhne hinter das Ohr und versuchte den vielsagenden Blick zu ignorieren, mit dem Tamsyn sie ansah.

Als sie das Locos ein paar Tage später aufsperrte, war es noch früh. Max gehörte jetzt zum Personal, und sie bezahlte ihn für seine Arbeit, sodass er nicht jeden Morgen da war. Sie war gern allein hier. Sie liebte das dumpfe Geräusch des Schlüssels, der sich im Schloss drehte, und das Gefühl, ihr eigenes kleines Imperium zu betreten. Imperium war vielleicht ein bisschen übertrieben, aber etwas vergleichbar Großes hatte sie noch nie besessen. Außerdem war das Locos der Ort, an dem sie sich zu Hause fühlte, auch wenn ihr das seltsam vorkam. Das war ein Ausdruck, den sie nie benutzte.

Sie begann damit, die Arbeitsplatten und Tische ordentlich zu putzen, und beschloss als Nächstes, mehr Tonic aus dem alten Eisenbahnwaggon zu holen, den sie als Lagerraum benutzten. Bisher hatte immer Max die Vorräte aus dem Waggon in die Bar geschleppt, aber Daisy war sich sicher, dass sie das auch allein konnte.

Jetzt musste sie nur noch den richtigen Schlüssel finden. Gleich der erste ließ sich nicht drehen, also probierte sie es mit einem anderen, der jedoch noch nicht einmal in das Schloss passte. Sie versuchte es noch einmal mit dem ersten und stellte fest, dass nicht der Schlüssel das Problem war, sondern die Tatsache, dass es nichts aufzuschließen gab. Die Tür war bereits offen. Sie mussten wohl am Abend vorher vergessen haben, sie zuzusperren. Vorsichtig drehte Daisy den alten Türknauf und lugte in die Finsternis. Da sämtliche Jalousien heruntergezogen waren, fiel überhaupt kein Licht in den Raum. Im nächsten Moment hörte sie etwas. Sie spitzte die Ohren. War das ein Tier? Irgendein Motor? Da schnarchte jemand!

Daisy schlich wieder ins Hauptgebäude, schnappte sich eine leere Ginflasche und lief zurück zum Waggon. Dieses Mal riss sie die Tür ganz auf und sprang mit der Ginflasche in der erhobenen Hand hinein, um sich bemerkbar zu machen.

»Verdammte Scheiße!«, schimpfte eine Stimme aus dem im Schottenkaro gehaltenen Bündel, aus dem es gerade noch geschnarcht hatte.

»Pasco?«

»Oh, Daisy, guten Morgen. Wie geht es Ihnen?« Pasco blinzelte und versuchte sich aufzusetzen.

»Was treiben Sie denn in meinem Eisenbahnwaggon, verdammt noch mal?« Noch während sie das von sich gab, fiel ihr das Schottenmuster der Picknickdecke auf, in die er sich eingewickelt hatte. »Sie sind der Dieb.« Sie zeigte mit dem Finger auf die Decke. »Wo ist mein Medaillon?« Mit der Ginflasche in der Hand trat sie einen großen Schritt auf ihn zu.

Pasco rutschte rückwärts von ihr weg. »Moment mal. Ziehen Sie nicht die gleichen voreiligen Schlüsse wie Max. Ich habe diese Decke gefunden.«

»Das glaube ich Ihnen nicht. Ich rufe die Polizei.«

»Also, wir wissen beide, dass Sie damit den jungen Jason Fenton meinen, und das ist ein netter Bursche, dem es nicht gefallen wird, dass Sie mir hier mit einer Flasche vor der Nase herumfuchteln, oder?«

Daisy überlegte noch, was sie tun sollte, als sie hinter sich plötzlich jemanden hörte, laut aufschrie und mit der Ginflasche um sich schlug.

»Daisy!«

»Max, fast hätte ich dich getroffen!« Langsam ließ Daisy die Flasche sinken, erschrocken darüber, dass sie um Haaresbreite auf ihn eingeschlagen hätte. Für den Bruchteil einer Sekunde wirkte er verärgert, aber dann sah er etwas, was seine gesamte Aufmerksamkeit beanspruchte.

»Dad!« Aufgeregt fuhr Max sich mit den Fingern durch die Haare. »Was geht hier vor?«

Pasco stand auf und fing an, seine provisorische Lagerstatt zusammenzurollen. »Tut mir leid, Junge. Ich weiß, du hast gesagt, dass ich früh hier abhauen soll, aber sieh dir das an.« Pasco hielt ihm einen Wecker hin. »Der schellt erst in fünf Minuten.«

Daisy starrte Max an und umklammerte die Ginflasche nur noch fester. »Du wusstest Bescheid?«

»Was?«, entgegnete Max, als habe man ihn hier auf dem falschen Fuß erwischt. Unsicher knabberte er auf seiner Unterlippe.

»Du hast gewusst, dass dein Dad hier schläft«, schimpfte sie. »Deshalb dein ständiges ›Ich hol die Sachen aus dem Waggon‹ und das ›Ich komme morgen schon ganz früh‹. Du verdammter Mistkerl!« Sie versetzte ihm einen kräftigen Stoß mit der Ginflasche, die er mit einer flinken Bewegung zu fassen bekam, bevor Daisy sie losließ und aus dem Waggon stürmte.

Max beobachtete, wie sie in der Bar verschwand, und drehte sich wieder zu Pasco um.

»Danke, dass du mich da mit reingezogen hast, Dad.«

»Tut mir echt leid, aber sie wird sich schon wieder einkriegen, wenn sie sieht, dass kein Schaden entstanden ist.«

»Kein Schaden?« Max schüttelte ungläubig den Kopf.

»Kaffee habt ihr sicher noch nicht fertig, oder?« Max wollte etwas darauf erwidern, doch ihm entfuhr lediglich ein lautes Knurren. »Nein. Okay. Dann bin ich jetzt weg«, meinte Pasco.

Max rieb sich mit der Hand über sein unrasiertes Kinn und machte sich auf den Weg zu Daisy, die inzwischen auf dem Bahnsteig auf und ab tigerte.

»Warst du auch an den Diebstählen beteiligt? Hast *du* mein Medaillon?«

»Verdammt, Daisy, beruhige dich. Das hat alles mein Dad verzapft, ich habe überhaupt nichts damit zu tun.«

»Oh doch«, widersprach sie ihm in ruhigerem Ton. »Du wusstest, das er da drinnen schlief. Du hast mich die ganze Zeit nur benutzt.« Sie hob beide Hände. »Was für eine Idiotin ich bin!«

»Nein, pass auf, das ist nicht so, wie …«

»Verpiss dich, Max. Ich will es nicht hören.« Mit großen Schritten stürmte Daisy wieder in die Bar und knallte die Tür hinter sich zu.

Pasco war hinter Max getreten und räusperte sich. »Sag mal, mein Junge, du hast nicht zufällig ein bisschen Kleingeld für einen Kaffee, oder?«

»Nein, und du kannst auch niemals wieder einen Penny von mir erwarten. Du hast es wieder getan. Du machst mir immer alles kaputt. Einen selbstsüchtigeren Menschen als dich gibt es nicht auf diesem Planeten. Mum hatte mit allem, was sie über dich gesagt hat, recht.«

»Immer mit der Ruhe, Max. Ich verstehe ja, dass du verärgert bist, aber …« Pasco machte einen verletzten Eindruck.

Max baute sich vor seinem Vater auf und senkte die Stimme. »Würdest du mir einen Gefallen tun?«

Mit einem liebenswert schiefen Grinsen schaute Pasco ihn an. »Ich würde alles für dich tun. Das weißt du.«

Die Antwort seines Vaters ließ Max kalt. »Verlass Ottercombe Bay. Komm niemals zurück und melde dich nie wieder bei mir.«

Pasco stieß einen leisen Lacher aus. »Also, das sind aber drei Dinge, mein Sohn …«

»Ich meine es ernst, Dad. Mir reicht es.« Max drehte sich um und ging.

Kapitel 24

Tamsyn und Jason waren in ihrer Beziehung an einem Punkt angelangt, an dem sie sich in der Gesellschaft des anderen unwohl fühlten. Ungezwungen miteinander umzugehen fiel ihnen beiden sehr schwer. Was eigentlich ein weiterer Abend unter Freunden mit Pizza und *Doctor Who* hatte werden sollen, war jetzt ein Abend zu zweit. Max hatte abgesagt und deshalb waren Jason und Tamsyn miteinander allein. Sie saßen auf Jasons Sofa und sahen fern. Tamsyn konnte sich nicht erinnern, jemals glücklicher gewesen zu sein – mit einer Ausnahme vielleicht: dem Tag, an dem ihre Eltern ihr ein Hochbett gekauft hatten, damit ihre imaginäre Freundin auch einen Schlafplatz hatte.

Tamsyn trank den letzten Schluck Cola in ihrem Glas und lehnte sich zurück, um Jason eingehend zu betrachten. Mehrmals schaute er kurz zu ihr hinüber, bis er sich ihr schließlich ganz zuwandte. »Was?«, fragte er mit sanfter Stimme.

»Es gibt da noch etwas, was dagegen spricht, dass du und ich eine … du weißt schon.« Jason sah nicht so aus, als wisse er. »Eine Beziehung haben«, fügte sie hinzu.

»Und was sollte das sein?« Er hielt die DVD an.

»Du möchtest mit Daisy ausgehen, nicht wahr?«, vermutete Tamsyn. Jason sah aus wie vor den Kopf geschlagen. »Das ist schon in Ordnung, mach dir keine Gedanken. Das macht mir nichts aus. Ich meine, wenn ich die Wahl zwischen Daisy und mir hätte, würde ich mich auch für Daisy entscheiden. Sie ist hübscher, witziger, tapferer, abenteuerlustiger …« Sie hatte gerade erst angefangen, Daisys Vorzüge aufzuzählen, als Jason ihr ins Wort fiel.

»Wow, wenn ich dich da mal gerade unterbrechen darf«, sagte er, schaltete den Fernseher ganz aus und setzte sich so, dass er Tamsyn ins Gesicht sehen konnte.

»Streite es bitte nicht ab.« Eine gewisse Traurigkeit lag auf Tamsyns Zügen, als sie ihm eine vorwitzige Haarsträhne glatt strich. »Ich kann doch sehen, wie du sie anschaust, und nicht erst, seit sie wieder hier ist. Ich erinnere mich, dass du sie ständig beobachtet hast, als wir noch Kinder waren. Hast du sie immer schon geliebt?«

Jason saß mit großen Augen da. Langsam atmete er aus. »Nein«, erwiderte er im Brustton der Überzeugung. »Ich habe sie nicht immer … es gab mal eine Zeit, in der ich bis über beide Ohren in sie verknallt war, das stimmt. Ich war sechs, und ehrlich gesagt gab es damals nichts, was ich nicht für sie getan hätte. Glaubst du, dass sie das weiß?«

Tamsyn presste die Lippen aufeinander. »Vermutlich. Ich nehme aber an, dass Mädchen wie Daisy daran gewöhnt sind, dass Männer so für sie empfinden. Das wird sie dir nicht übel nehmen.«

»Ich hoffe nicht. Das ist ja auch alles Vergangenheit. Heute empfinde ich nicht mehr so.«

»Was empfindest du denn heute?«

Jason sah weg und seufzte. »Wenn ich ehrlich bin, habe ich mich, als sie plötzlich wieder hier auftauchte, wie dieser Schuljunge gefühlt, der ich damals war. Und der sechsjährige Jason war mächtig stolz darauf, dass sie überhaupt mit mir sprach. Mir ist allerdings sehr schnell klar geworden, dass wir alle erwachsen geworden sind.«

»Aber sie ist so hübsch. Du musst dir doch gewünscht haben, mit ihr auszugehen.«

Jasons Miene war ernst. »Das stimmt schon, Daisy ist hübsch. Wir wissen aber beide, dass sie nicht die Richtige für mich wäre.«

Tamsyn neigte den Kopf zur Seite. »Und du meinst, dass ich die Richtige sein könnte?«

»Das würde ich gern herausfinden.« Jason beugte sich bedächtig nach vorn, als wolle er es mit einem zaghaften Kuss versuchen.

»Prima. Ich werde darüber nachdenken.« Mit diesen Worten rutschte Tamsyn von Jason weg ans äußerste Ende des Sofas und drehte den Kopf so, dass sie wieder auf den schwarzen Fernsehbildschirm schaute. Jason holte langsam und tief Luft und schaltete den Fernseher wieder ein.

Als am Ende der Folge der Nachspann über den Bildschirm flimmerte, setzte Tamsyn sich im Schneidersitz auf das Sofa. »Mum sagt, dass es Vorsehung ist.«

»Aha«, meinte Jason und nahm die DVD aus dem Player.

»Sie hat gesagt, es sei Vorsehung gewesen, die Karten hätten es ihr prophezeit.«

»Wie sie ihr prophezeit haben, dass in der Bucht ein Blindgänger an Land gespült würde?«, fragte Jason.

»Ob sie das richtig vorhergesagt hat, wissen wir im Grunde noch gar nicht. Es ist nämlich durchaus möglich, dass die Flut die Bombe wieder ins offene Meer gespült hat.«

»Okay.« Jason stellte die DVD-Hülle wieder an ihren Platz in seiner bestens geordneten Sammlung.

»Sie sieht für Daisy noch mehr Finsternis, bevor endlich Licht am Ende des Tunnels erscheint. Ich hoffe, sie kann noch mehr Finsternis verkraften.« Tamsyn biss sich auf die Unterlippe.

»Ich bin überzeugt, dass für Daisy alles gut wird«, sagte Jason. »Möchtest du noch eine Cola?«

Tamsyn war sich nicht sicher – bei beidem nicht.

Daisy hatte ihre Wut darauf, dass Max Pasco erlaubt hatte, im Eisenbahnwaggon zu übernachten, so gut es ging heruntergeschluckt. Doch die räumliche Nähe zu ihm brachte sie wieder zum Brodeln. Während der gesamten Abendschicht hatte Max ein beleidigtes Gesicht gezogen und war ihr damit mordsmäßig auf die Nerven gegangen. Dass sie kaum ein Wort miteinander sprachen, war *seine* Schuld. *Er* hatte alles verdorben. Warum spielte *er* dann die beleidigte Leberwurst? Sie mochte ihn gar nicht anschauen, weil sie jedes Mal, wenn sie es tat, daran erinnert wurde, dass er sie für dumm verkauft hatte – das Vertrauen war dahin.

Als die letzten Gäste endlich gingen und Daisy die Tür hinter ihnen verriegelte, löste sie das Lächeln, zu dem sie sich bisher gezwungen hatte. Als sie sich umdrehte, lehnte Max mit dem Hintern am Tresen und öffnete die obersten Knöpfe seines Hemdes. Er hatte aufgehört zu schmollen.

»Ich weiß nicht, wie es mit dir ist, aber ich bin total alle«, sagte er mit angedeutetem Grinsen.

»Ich?«, blaffte Daisy. Sie schäumte innerlich vor Wut. »Ich bin immer noch fuchsteufelswild.«

Sofort nahm Max' Gesicht wieder diesen eingeschnappten Ausdruck an. »Eigentlich sollte Pasco nur eine Nacht im Waggon schlafen …«, setzte er an, und das reichte, um Daisy zum Explodieren zu bringen.

»Selbst eine Nacht war zu viel. Du hattest nicht das Recht, ihn hier schlafen zu lassen. Du hast mich hintergangen.«

»Daisy, er ist mein Dad.«

»Das interessiert mich nicht. Du hättest mich wenigstens fragen können.«

»Und was hättest du gesagt?« Max klang jetzt herausfordernd.

»Darum geht es nicht. Es geht darum, dass du mich ausgenutzt hast. Du hast mir hier nur aus einem Grund geholfen: damit dieser Dieb, der dein Vater ist, irgendwo pennen konnte!«

»Das ist nicht wahr. Ich habe dir geholfen, weil ich helfen wollte.«

»Um mich so lange zu beschwatzen, bis ich dir einen Job gebe?«

»Du bist verrückt.« Jetzt wirkte er plötzlich verärgert.

Daisys Gesichtsausdruck veränderte sich. »Wusstest du von den Diebstählen?«

Max war sichtlich fassungslos. »Nein, verflucht. Damit hatte ich nichts zu tun, und wie kannst du es wagen …«

Daisy hörte ihm gar nicht zu. »Wurde meine Halskette verkauft?« Die Tränen, die ihr in die Augen schossen, als sie an das Medaillon ihrer Mutter dachte, machten ihre Wut nur noch größer.

»Das weiß ich nicht!«, brüllte Max. »Ich bin kein Dieb.«

»Aber dein Vater ist einer.«

»Nur weil er im Gefängnis war, ist er nicht zwangsläufig für jedes Verbrechen verantwortlich, das hier in der Gegend begangen wird. Du bist genauso schlimm wie alle anderen.« Er sprach nicht weiter und sah Daisy angewidert an.

»Vielleicht haben die anderen alle recht.«

»Gut. Glaub, was du willst«, sagte Max und versuchte, die Tür wieder aufzusperren.

»Gut«, pflichtete Daisy ihm bei, hätte ihn am liebsten mit einem Fußtritt durch die Tür gestoßen, begnügte sich aber damit, ihn zur Seite zu schubsen. Ein paar endlos erscheinende, peinliche Sekunden kämpfte sie selbst mit dem Schlüssel, bis sie die Tür öffnen und ihn hinauslassen konnte. Sofort stürmte Max nach draußen. Daisy knallte die Tür hinter ihm zu, doch es gab ihr nicht die Genugtuung, die sie sich erhofft hatte. Sie war wütend auf Max, weil er sich mit seinem Vater eingelassen und alles ruiniert hatte. Noch schlimmer war allerdings, dass sie der Antwort auf die Frage, wo ihr Medaillon war, noch immer keinen Schritt näher gekommen war.

Die Weihnachtszeit schien sich unbemerkt an Daisy herangepirscht zu haben, denn auf einmal waren es nur noch zwei Wochen bis zum Fest. Allerdings gab es nicht viel zu tun. Für den Fall, dass über Weihnachten viele Gäste ins Locos kommen sollten, hatte sie ihre Vorräte aufgestockt. Tamsyn hatte ein paar Lichterketten aufgehängt und Max ein paar echte Stechpalmenzweige besorgt – sie hatte nicht gefragt, wo er sich die beschafft hatte. Mit diesen kleinen Details bekam die Bahnhofsbar ein klassisch-festliches Ambiente, das nicht übertrieben wirkte.

Daisy mochte die Weihnachtszeit nicht besonders. Es war ein Fest, an dem Familien zusammenkamen. Bei ihrer war das niemals möglich gewesen, und so hatte es sich immer unsinnig angefühlt. Ihr Vater hatte über Weihnachten häufig gearbeitet, sodass Daisy, wenn man vom eigentlichen Weihnachtstag absah, oft allein zu Hause gesessen und sich alte Spielfilme angeschaut hatte. Seit ihr Dad nach Goa gezogen war, hatte sie diese Tradition fortgesetzt und die Weihnachtsstimmung der anderen über sich ergehen lassen. Vermutlich würde es in diesem Jahr anders laufen.

»Tamsyn kommt nachher vorbei, um beim Schmücken des Baums zu helfen, und ich wäre dir sehr dankbar, wenn du mir beim Verpacken einiger Geschenke zur Hand gehen könntest«, sagte Tante Coral. »Ist das nicht aufregend? Laut Wettervorhersage sollen die Midlands eine weiße Weihnacht bekommen. Ich gehe aber jede Wette ein, dass wir davon nichts haben. Es ist so schade, dass der Schnee an der Küste nicht liegen bleibt. Wahrscheinlich wegen der salzigen Luft.«

Dazu sagte Daisy nichts – sie starrte mit offenem Mund auf den riesigen Weihnachtsbaum, der eine ganze Ecke des kleinen Wohnzimmers füllte und den Blick auf den Fernsehapparat versperrte.

»Daisy?«

»Ja, entschuldige. Gut«, antwortete sie und musste sich beherrschen, keinen Kommentar zu der lächerlichen Größe des Baums abzugeben.

Tante Coral legte ihren Arm um sie. »Ein prächtiger Baum, nicht wahr?«

Daisy schaffte es zu nicken. Worte fand sie nicht. Zum Glück lief Bug in diesem Moment auf den Baum zu und hob das Bein. Es versinnbildlichte perfekt, was Daisy von der Angelegenheit hielt. Bevor er die Möglichkeit hatte, sich zu entleeren, hatte Tante Coral ihn vom Boden gehoben und in den Garten hinter dem Haus gesetzt, wogegen er mit ungestümem Gebell protestierte.

Ein paar Stunden später wehten der Duft von Glühwein und die Klänge äußerst fragwürdiger Weihnachtsmusik durch das kleine Haus. Entgegen all ihrer Befürchtungen genoss Daisy den Abend nach ein paar Gläsern von Tante Corals Spezial-Glühwein. Dennoch wollte ihr nicht einleuchten, warum der gewaltige Baum mit dieser Unmenge an selbst gebasteltem Schmuck behängt wurde, den Tamsyn mitgebracht hatte. In ein paar Wochen musste man das ganze Zeug doch wieder herunterklauben – total unsinnig.

Daisy nahm einen braunen Klumpen in die Hand, an dem ein glitzerndes Band hing, und sah sich das Teil etwas genauer an. Es sah eindeutig wie etwas aus, das Tamsyn als kleines Mädchen gebastelt hatte. Es war entweder ein Christmas Pudding oder ein Hundehäufchen. Tamsyn bemerkte, dass Daisy die Christbaumkugel musterte.

»Die habe ich selbst gemacht«, erklärte Tamsyn voller Stolz.

»Das hatte ich befürchtet«, erwiderte Daisy und hielt sie so an dem Band fest, dass sie sich vor ihren Augen drehte.

»Ich habe damals immer diese Fernsehserie geschaut, in der man Anleitungen gezeigt bekommen hat, wie man sich sein perfektes Weihnachtsfest bastelt. Wochenlang habe ich nur diese Kugeln hergestellt. Unseren Weihnachtsbaum zu Hause habe ich schon damit geschmückt. Sind die nicht fantastisch?«

Daisy schenkte sich ein weiteres Glas Glückwein ein. Wenn sie den Rest dieses Abends überstehen wollte, brauchte sie das.

Tamsyn, die gerade ein schielendes Rotkehlchen an einen Zweig hängen wollte, hielt mitten in der Bewegung inne. »Es gibt nirgendwo Truthahneier zu kaufen. Sie haben immer nur Hühnereier und manchmal Enteneier, aber niemals Truthahneier. Warum eigentlich?«

»Ist das eine Scherzfrage?«

Tamsyn wirkte verwirrt. »Nein, das ist eine ganz normale Frage.«

Daisy überlegte einen Moment. »Ich habe keine Ahnung.« Tamsyn war drollig. Sie zerbrach sich über Dinge den Kopf, an die andere Menschen keinen einzigen Gedanken verschwendeten.

Als die letzte Kette aus selbst gebastelten Pompons aufgehängt und die Lichter eingeschaltet waren, traten sie alle einen großen Schritt zurück, um ihr Werk zu bewundern. Tante Coral legte ihnen beiden die Arme um die Taille. »Sehr schön habt ihr das gemacht, Mädchen. Das sieht großartig aus«, sagte sie und drückte sie herzlich an sich. In diesem Moment spürte Daisy, dass sich tief in ihrem Inneren etwas regte. Vielleicht war das die Weihnachtsstimmung, dieses befriedigende Gefühl, mit dem Schmücken der riesengroßen Fichte eine echte Leistung vollbracht zu haben. Oder war das Gefühl eher auf Tante Corals überwürzten Glühwein zurückzuführen?

Die Atmosphäre zwischen Daisy und Max war nach wie vor angespannt. Trotzdem mussten sie an fünf von sieben Abenden miteinander arbeiten und hatten deswegen einen Waffenstillstand ausgerufen. Glücklich war Daisy nicht mit der Situation, aber das Locos lief ordentlich, und sie brauchte ihn. Außerdem beteuerte er weiterhin seine Unschuld. Für den Moment waren sie aufeinander angewiesen und mussten miteinander auskommen – als Chefin und Angestellter.

»Wie ich höre, habt ihr einen spektakulären Weihnachtsbaum«, sagte Max, während er vor Beginn seiner nächsten Schicht Gläser polierte.

Daisy konnte sich nicht beherrschen. »Er sieht aus, als habe das Jahr 1974 daraufgekotzt.«

Max wirkte perplex, lachte aber trotzdem. »Also, jetzt will ich den natürlich unbedingt sehen. Ich habe das Gefühl, als sei Weihnachten nicht so ganz dein Ding. Stimmt das?«

»Um die Wahrheit zu sagen, habe ich nie kapiert, warum ein solches Trara darum gemacht wird. Wenn man gläubig ist, kann ich das verstehen. Das bin ich aber nicht, also ist das nur ein ganz normaler Tag.«

»Und da habe ich immer gedacht, ich wäre der Was-soll-der-Quatsch-Typ, aber du bist ja ein totaler Ebenezer Scrooge.«

Daisy wirkte schockiert. »So schlimm bin ich nun auch wieder nicht. Dass andere Leute ihren Spaß daran haben, macht mir nichts aus. Ich sage nur, dass ich es nicht verstehe. Willst du mir etwa erzählen, dass du dich als Weihnachtself verkleidest und Santa den Sack nachträgst?«

Max hob zwar die Augenbrauen über diese zweideutige Bemerkung, ging aber galant darüber hinweg, als er sah, dass Daisy bereits errötete. »Nein, ich bin nicht so der Weihnachtsmann-Typ. Ich esse aber leidenschaftlich gern Truthahn, vorzugsweise hausgemachten.«

»Du kannst kochen?« Auf diese Eröffnung war Daisy nicht gefasst gewesen. Deshalb sprudelte diese Frage förmlich aus ihr heraus, was gar nicht ihre Absicht gewesen war.

»Ich wünschte, ein Braten würde zu meinem Repertoire gehören, aber Spaghetti bolognese sind meine Höchstleistung. Meistens gehe ich ins Mariner's. Das Mittagessen, das Montys Frau am Weihnachtstag serviert, ist spitzenmäßig.«

»Die Leute machen ein solches Theater darum. Es ist bloß ein gebratener Vogel, das ist doch keine große Sache. Und den versauen sie sich dann noch, indem sie darauf bestehen, dass Rosenkohl dazu gegessen wird, und wer isst schon gern Rosenkohl?«

»Reg hat den sehr gemocht.« Max stapelte immer mehr Gläser und vergewisserte sich, dass sie alle in ordentlichen Reihen standen.

Daisy wühlte in ihren Erinnerungen, fand allerdings nicht viel über Weihnachten in Ottercombe Bay – sie war sieben Jahre alt gewesen, als sie die Feiertage zum letzten Mal hier verbracht hatte. Trotzdem war es seltsam, dass Max zuweilen mehr über ihre Familie wusste als sie. »Was machst du am Weihnachtstag denn nach dem Mittagessen?«

»Da mache ich es mir mit ein paar Bierchen und irgendeinem schlechten Spielfilm gemütlich.«

»Also, den schlechten Spielfilm verstehe ich total. Was das angeht, sind wir uns einig.« Was dieser Tage selten vorkommt, dachte Daisy.

»Es wird einfach viel zu viel Druck gemacht, Unmengen Geld auszugeben.«

»Das ist wahr«, pflichtete Daisy ihm kopfnickend bei. »Die Werbung will dich ständig dazu verleiten, Diamanten zu kaufen und …«

»… neue Sofas und Fernsehapparate.«

»Genau. Dabei würden auch die Christsterne reichen, die sie im Supermarkt für neunundneunzig Pence anbieten.«

Max lachte. »Du Geizhals.«

»Heh. Die sind wunderschön, und dass sie so billig sind, braucht keiner zu wissen. Was zählt, ist der gute Wille.« Sie hatte bereits beschlossen, Tamsyns Eltern einen zu kaufen und auch dem alten Burgess und Tante Coral, obwohl sie der auch noch etwas anderes schenken musste. Schließlich wohnte sie mietfrei bei ihr, und sie hatte Daisy ein beträchtliches Sümmchen für die Eröffnung des Locos vorgestreckt. Daisy dachte gerade darüber nach, als ihr auffiel, dass Max sie anstarrte. »Was?« Es schwang nur ein Anflug von Verärgerung in ihrer Stimme mit.

Er verzog den Mund zu einem flüchtigen Lächeln. »Nichts«, meinte er und konzentrierte sich dann wieder darauf, den Vorrat an alkoholfreien Getränken aufzufüllen. Daisy wandte ihm den Rücken zu. Dass sie sich miteinander unterhalten hatten, war ein Fortschritt. Es war allemal besser, als sich ständig zu streiten, hieß aber nicht, dass sie ihm verziehen hatte.

Kapitel 25

Daisy war müde, als sie am Heiligabend nach Hause kam und Tante Coral den Christstern überreichte. Es war am sichersten, Tante Coral dieses Geschenk jetzt schon zu überreichen, Daisys grüner Daumen hielt sich nämlich sehr in Grenzen. Tante Coral setzte ein gezwungenes Lächeln auf. »Der ist hübsch, vielen Dank«, sagte sie und trug ihn in die Küche. Daisy folgte ihr, sah ihr dabei zu, wie sie die weihnachtliche Verpackung abnahm, der Pflanze etwas Wasser gab und sie auf die Fensterbank stellte, auf der bereits zwei Christsterne standen, die ganz genauso aussahen.

»Oh«, entfuhr es Daisy.

Tante Coral beruhigte sie sofort. »Das macht überhaupt nichts, ich mag die sehr, wirklich. Die sind offenbar *das* Trend-Geschenk in diesem Jahr. Mit dem einen hat Mrs. Brightling sich bei mir dafür bedankt, dass ich mit ihr zum Einkaufen gefahren bin, und der andere ist von einer Arbeitskollegin. Sobald die sich mit Wasser vollgesaugt haben, werde ich sie im Haus verteilen. So, möchtest du vielleicht ein Gläschen Sherry?«

Daisy riss sich vom Anblick des roten Pflanzentrios los und wünschte, kein solcher Geizhals gewesen zu sein. »Ja, sehr gern.«

Tante Coral reichte ihr ein Glas. »Komm, ich muss dir etwas zeigen«, sagte sie und war plötzlich ganz aufgeregt. Daisy folgte ihr ins Wohnzimmer und versuchte zeitgleich, von ihrem Sherry zu trinken, aber das klappte nicht. Im nächsten Moment sah sie, was die Tante ihr zeigen wollte. Es war nicht zu übersehen. Das kleine dunkle Sofa und der Sessel waren durch eine wuchtige champagnerfarbene Couch und zwei dazu passende Sessel ersetzt worden. Zusammen mit dem gigantischen Weihnachtsbaum war jetzt nicht mehr viel Platz im Wohnzimmer. Die Garnitur erinnerte Daisy an riesengroße Mutanten-Marshmallows.

»Was hältst du davon?«, fragte Tante Coral und deutete mit dem Kopf auf die Polstermöbel.

Daisy beugte sich nach vorn, um sie näher zu betrachten. Sofort nahm Tante Coral ihr das Glas aus der Hand, damit Daisy bloß nicht den dunklen Sherry auf den hellen Stoffbergen verkleckerte. Daisy setzte sich hin und hatte das Gefühl, von dem Sofa verschluckt zu werden. Im ersten Moment erschrak sie, aber dann merkte sie, wie entspannend es war. »Wow, das ist echt bequem.«

»Ich weiß«, entgegnete Tante Coral mit einem Grinsen. »Die wollte ich schon seit Ewigkeiten haben, und jetzt kann ich mir das leisten. Wir müssen nur zusehen, dass sie diese Farbe behalten.«

Daisy nickte skeptisch mit dem Kopf. Mit Bug im Haus hatten diese Polstermöbel keine Chance.

Und dann kam der Weihnachtsmorgen. Daisy wurde davon geweckt, dass jemand auf ihrem Bett Geschenke auspackte. Sie rieb sich den Schlaf aus den Augen, setzte sich aufrecht hin und erblickte Bugs Hinterteil, das aufgeregt am Fußende ihres Bettes hin und her wackelte, während der Rest seines Körpers in einem großen Weihnachtsstrumpf steckte. Als er rückwärts daraus hervorkroch, hatte er zerrissenes Geschenkpapier im Maul. Es war noch früh, was ging hier vor? Sie war sich ziemlich sicher, nicht in die Vergangenheit gereist und wieder ein Kind zu sein. Was machte dieser Strumpf voller Geschenke am Fußende ihres Bettes?

Sie scheuchte Bug von der Matratze, sodass er mit einem verärgerten Knurren auf den Fußboden sprang und aus dem Zimmer stolzierte. »Dir auch frohe Weihnachten«, rief sie ihm nach. Daisy griff nach dem Strumpf und zog ihn auf ihren Schoß. Es hing ein hübscher Anhänger daran, auf dem in goldenen Lettern geschrieben stand: ›Alles Liebe vom Weihnachtsmann‹. Das war so absonderlich, dass Daisy ein lautes Lachen entfuhr, die Geschenke aber trotzdem aufs Bett kippte.

Nachdem sie mehrere Minuten mit der Aufregung eines kleinen Kindes Geschenkpapier aufgerissen hatte, saß sie da und begutachtete ihre Schätze. Vor ihr lagen ein Kassenbuch, ein äußerst nützliches Geschenk. Daneben ein Kosmetiktäschchen, dessen Inhalt aus einem Lippenpflegestift und einem sogenannten Lippenpeeling bestand. Daisy hatte zwar keine Ahnung, wozu man so etwas brauchte, aber sie wollte es zumindest ausprobieren. Des Weiteren war da eine Kollektion winziger Nagellackfläschchen in hübschen Farben, massenhaft weiße Schokolade – ihre absolute Lieblingssorte – und eine neue Hülle für ihr Handy. Doch es war nicht irgendeine Hülle, stellte Daisy fest, als sie sie umdrehte. Auf der Rückseite prangte ein Foto des Locos. Tante Coral musste es heimlich geschossen haben.

Als zaghaft an die Zimmertür geklopft wurde, schaute Daisy auf. Tante Coral stand im Türrahmen und hielt zwei Becher mit Tee in den Händen.

»Frohe Weihnachten, Liebes«, sagte sie, kam herein und stellte die Becher auf dem Nachttisch ab. »Wie ich sehe, war der Weihnachtsmann da«, fügte sie mit einem Augenzwinkern hinzu.

»Du bist echt verrückt«, sagte Daisy und nahm ihre Tante fest in die Arme.

»Ach, das sind doch nur Kleinigkeiten. Ich hatte in der Tierhandlung für Bugsy einen Strumpf gekauft, in dem schon alles drin war, und dann hat Min gesagt, sie mache jedes Jahr einen für Tamsyn, und da wollte ich, dass du auch einen bekommst.«

»Das ist wirklich lieb von dir, und das sind fantastische Geschenke. Vielen Dank.«

»Gern geschehen.«

»Ich habe nicht viel für dich«, sagte Daisy, die sich plötzlich genierte, als sie an den langweiligen Pulli dachte, der ihre Tante unter dem Weihnachtsbaum erwartete. Hätte sie das mit dem Strumpf gewusst, hätte sie vielleicht etwas Ähnliches machen können. Allerdings hätten ihr die Ideen für den Inhalt gefehlt. Spontan fielen ihr nur Stützstrumpfhosen und Gesichtscreme ein. Hastig verdrängte sie diesen Gedanken wieder.

»Sei nicht albern.« Tante Coral tätschelte ihr liebevoll die Hand. »Es ist einfach schön, dich hier zu haben. Weihnachten ist ein Familienfest.« Daisys Stimmung erhellte sich – vielleicht würde das heute ja doch ein schöner Tag werden. »So, wir legen jetzt besser mal einen Zahn zu«, sagte Tante Coral und stand auf. »Wir müssen nämlich in vierzig Minuten am Strand sein.«

»Warum?« Daisy zog sich die Decke bis zum Hals. Sie hatte nicht die Absicht gehabt, jetzt schon aufzustehen.

»Das alljährliche Weihnachts-Benefizschwimmen«, erwiderte Tante Coral, und Daisys Augenbrauen schnellten in die Höhe. »Das ist Tradition. Komm, los geht's.« Daisy rührte sich nicht.

Zum Glück wurde nicht von Daisy verlangt, dass sie persönlich schwimmen ging. Sie stand mit Tante Coral und erstaunlich vielen anderen Menschen am Strand, um die Schwimmer anzufeuern. Tante Coral goss aus einer Thermoskanne Glühwein in Pappbecher, und um Schlag zehn Uhr dreißig ging das Spektakel los. Überall um sie herum ließen jetzt vermeintliche Zuschauer ihre Hüllen fallen, bis sie in Badesachen am Strand standen. Einige der Anwesenden waren auch kostümiert – drei Weihnachtsmänner, eine Nonne, ein Mann in einem riesigen rosafarbenen Tutu und massenhaft Leute mit Nikolausmützen. Am besorgniserregendsten fand Daisy jedoch den Mann, der plötzlich seinen weiten Mantel von sich warf, um sich dem Publikum in einem limettengrünen Mankini zu präsentieren.

Daisy drehte ihm den Rücken zu und sah sich einem Gorilla gegenüber. Entsetzt wich sie zurück. Die Person in dem Gorilla-Anzug fing an, wie ein Affe zu kreischen und sich auf die Brust zu trommeln. »Sehr schön«, sagte Daisy mit so viel Enthusiasmus, wie sie an einem kalten Dezembermorgen aufzubringen vermochte, und hoffte, dass das reichen würde, um den Idioten zum Verschwinden zu bewegen.

»Ist das nicht aufregend?«, fragte Tante Coral, die ihre Hände an dem Becher mit dampfendem Glühwein wärmte.

»Ja, sehr«, gab Daisy zur Antwort. Tatsächlich hielt sie es für absoluten Wahnsinn. Hatte sie nicht sogar gelesen, dass letztes Jahr jemand bei so einer Aktion ums Leben gekommen war? Sie versuchte gerade, sich an die Einzelheiten zu erinnern, als ihr jemand in den Hintern kniff. Ruckartig drehte sie sich um und sah den Gorilla davonhoppeln. Na bravo, dachte sie, nicht nur ein Idiot, sondern zudem noch ein Perverser.

Nun rief ein Mann die Schwimmer zum Sammeln auf, und ein großer Teil der Schaulustigen folgte ihnen zum Wasser. Jetzt konnte Daisy die Schwimmer besser sehen. Sie suchte in der Menge nach bekannten Gesichtern, erkannte aber nur wenige – einer von ihnen erschreckenderweise der alte Burgess. Wieder musste sie an die gesundheitlichen Risiken denken, als ihr erneut jemand in den Hintern kniff. Diesem Gorilla würde sie es zeigen! Schnell drehte Daisy sich um und packte den pelzigen Arm des Affen. Ihr Griff kam so plötzlich, dass derjenige das Gleichgewicht verlor und im Sand landete.

»Heh!«, ertönte ein wehklagendes Stimmchen unter dem Fell, das Daisy sofort erkannte, noch bevor sich der Gorilla die Maske vom Kopf zog. »Das war ein bisschen grob«, jammerte Tamsyn ungehalten. »Ich habe doch nur Spaß gemacht.«

»Entschuldige, ich dachte, du wärest irgendein Perverser.« Daisy streckte Tamsyn die Hand entgegen und zog sie auf die Füße. »Das ist übrigens ein tolles Kostüm, aber darin gehst du doch nicht schwimmen, oder?«

»Äh, doch, selbstverständlich, schließlich ist es kalt im Wasser.« Tamsyn trabte zum Ufer wie ein echter Affe, um sich zu den anderen zu gesellen, und zog sich die Maske dabei wieder über den Kopf.

Daisy hielt Ausschau nach Rettungsschwimmern und erblickte einen gelangweilt aussehenden Max, der sich eine grell orangefarbene Torpedoboje vor die Brust hielt. Er plauderte mit einem ebenso lustlos wirkenden Azubi-Sanitäter der St John Ambulance. Trotz der Kälte trug Max lediglich eine Jacke und Shorts – ein Anblick, den Daisy gerne auskostete. Im nächsten Moment drängte sich ohne jegliche Vorwarnung ein Etwas vor sie, das einen Ganzköper-Neoprenanzug, eine Tauchmaske, einen Schnorchel und Schwimmflossen trug. Daisy musste so hastig zurückweichen, dass sie Tante Coral fast auf die Zehen trat.

»Entschuldigung«, schallte es gedämpft aus dem Schnorchel.

»Jason?« Daisy schaute genauer hin.

»Kann nicht stehen bleiben, habe Ewigkeiten gebraucht, um mich in das Ding hineinzuquetschen. Ich glaube, ich habe seit vergangenem Jahr ein bisschen Gewicht zugelegt.« Ungelenk watschelte er zum Ufer, wo sich alle in einer ordentlichen Reihe aufstellten.

»Nur noch mal zur Erinnerung«, brüllte derselbe Mann wie zuvor. »Einmal *außen* um die rote Boje herum, und wer als Erster über die Ziellinie schwimmt, hat gewonnen.«

»Welche Ziellinie?«, wollte Daisy von Tante Coral wissen.

»Kurz vor dem Ufer wird ein Band hochgehalten.«

»Aha«, erwiderte Daisy und erhaschte einen weiteren Blick auf Max, der inzwischen zum Ufer hinuntergelaufen war, als wolle er damit seine Bereitschaft zeigen.

»Drei, zwei, eins. Los!« Ein lauter Hupton ertönte, der Daisy zusammenzucken ließ, und die Schwimmer stürzten sich in die Fluten. Wer es ernst meinte, schwamm sofort los, während sich Tamsyn und eine Dame in einem Giraffen-Einteiler erst einmal nur bis zu den Knöcheln ins Wasser wagten. Jason versuchte, ins Meer zu stapfen, die Enge des Neoprenanzugs schränkte ihn jedoch in seiner Beweglichkeit ein, sodass er der Länge nach ins Wasser platschte. Aus einem Reflex heraus begann er zu kraulen, obwohl das Wasser unter ihm mal gerade fünfzig Zentimeter tief war.

Daisy fing an zu lachen. Im Grunde war das Ganze recht unterhaltsam. Die Schaulustigen feuerten die Schwimmer an, und die Spannung steigerte sich, als derjenige, der die Führung übernommen hatte, die rote Boje erreichte. Zu diesem Zeitpunkt watete Tamsyn immer noch vorsichtig tiefer ins Wasser, das ihr inzwischen bis zu den Schultern reichte. Als sie endlich anfing zu schwimmen, zeigte sich die Schwachstelle ihres Plans. Das Gorilla-Kostüm war bereits an sich recht schwer. Dass es sich jetzt auch noch mit Wasser vollsaugte, hatte zur Folge, dass Tamsyn Mühe hatte, den Kopf über Wasser zu halten. Die Arme zu bewegen schien ein Ding der Unmöglichkeit zu sein. Daisy musste mit ansehen, wie der Gorilla peu à peu unterging. Instinktiv rannte sie nach vorn, aber Max war bereits ins Wasser gesprungen und kam Tamsyn nach wenigen Schwimmzügen zu Hilfe. Daisy blieb am Ufer stehen. Das Wasser war mit Sicherheit eiskalt, und Max sah aus, als habe er alles im Griff. Ohne guten Grund kalt und nass zu werden, wäre unsinnig gewesen.

Die Menge jubelte, als Max Tamsyn zu fassen bekam. Sie selbst schien indes nicht erfreut zu sein. »Lass mich los, Max. Ich bin okay«, brüllte sie durch die Maske.

»Du gehst unter«, widersprach Max und schleppte sie zurück ans Ufer.

»Nein, gehe ich nicht«, behauptete Tamsyn beharrlich. Ihre Protestrufe gingen allerdings im allgemeinen Jubel unter, weil die anderen Schwimmer genau in diesem Moment auf das klatschnasse Band zusteuerten, das als Ziellinie diente. Auf den letzten Metern überholte ein schlaksiger Teenager den bisher Führenden und gewann mit einer Nasenlänge Vorsprung.

Die Menge applaudierte und löste sich sofort auf. Einige gratulierten dem Sieger, andere eilten auf ihre Angehörigen zu und hüllten sie in Handtücher, sobald sie aus dem Wasser kamen. Der Rest machte sich auf den Heimweg.

Daisy beobachtete Max, der Tamsyn ohne viel Federlesen ins seichte Wasser schleppte. Mühsam rappelte sie sich auf, zog sich ihre Maske vom Kopf und stapfte auf Daisy zu. Tropfnass und verloren sah sie aus, wie ein riesiger nasser Hund.

»Du Ärmste«, sagte Daisy. »Aber wenigstens hast du es versucht. Wir müssen dich aus diesem klatschnassen Kostüm bekommen. Hast du ein Handtuch?« Daisy schaute sich mit suchendem Blick am Strand um und sah, dass in der Nähe ein ganzer Stapel Handtücher lag.

»Das mit der Minnie Mouse«, sagte Tamsyn mit kläglichem Stimmchen, und Daisy lief artig los, um es ihr zu holen. Als sie zurückkam, wateten gerade die Schlusslichter aus dem Wasser. Es war gut zu sehen, dass der alte Burgess mit heiler Haut davongekommen war. Jason lag indes im seichten Wasser, und die Wellen schlugen über ihm zusammen – er sah aus wie ein unterernährter gestrandeter Wal. Daisy schälte Tamsyn aus dem Kostüm, während ein paar Leute Jason auf die Schwimmflossen halfen.

»Was hat dich das gekostet?«, fragte Daisy, die gerade einen der Ärmel des Gorillakostüms auswrang.

»Nur fünfundzwanzig Pfund, und eine Kaution musste ich hinterlegen, aber sie haben mir erklärt, dass ich die zurückbekomme.«

Daisy hielt das klatschnasse Kostüm hoch. »Das glaube ich eher nicht.«

Ein paar feuchte Umarmungen und zahllose Frohe-Weihnachten-Wünsche später standen Daisy und Tante Coral wieder auf der Promenade. Daisy fröstelte. Sie mochte sich gar nicht vorstellen, wie kalt es den Schwimmern sein musste. Um sich aufzuwärmen, rieb sie ihre kalten Hände aneinander. »Das hat Spaß gemacht, aber jetzt habe ich Hunger auf Truthahn.«

Tante Coral hakte sich bei Daisy ein. »Da wir nicht die Einzigen sind, denen das so ergeht, habe ich ein paar Leute zum Essen eingeladen«, sagte sie und drückte dabei Daisys Arm. »Ich will nicht, dass irgendjemand zu Weihnachten allein ist.«

»Wen denn?«

»Das wirst du schon sehen«, erwiderte Tante Coral, stupste ihr auf die Nase, und Daisy musste lächeln. Schon als Daisy noch ein Kind gewesen war, hatte ihre Tante das immer gemacht. Wahrscheinlich würden später ein Paar ältere Leute aus dem Ort bei ihnen vorbeikommen, vermutete Daisy.

Nach ihrer Rückkehr in das gemütlich warme Cottage packten sie zunächst ihre anderen Geschenke aus. Tante Coral freute sich wirklich über den Geschenkgutschein und den Pulli, die Daisy für sie besorgt hatte. Anschließend machten sie sich an die letzten Vorbereitungen für das Weihnachtsessen, während sentimentale Weihnachtslieder aus dem Radio schallten. Die Stimmung war gut, der Tisch festlich gedeckt. Sie hatten den Tischschmuck so auf die Christsterne ausgerichtet, dass sogar die Cracker rot waren. Außerdem standen zwei Flaschen Châteauneuf-du-Pape und vier bauchige Gläser bereit, die Daisy in aller Eile aus dem Locos geholt hatte.

Als es schließlich an der Haustür klopfte, sprang Tante Coral von dem Topf weg, in dem der Rosenkohl vor sich hin köchelte, riss sich die Schürze vom Bauch und zupfte an ihren Haaren herum. Erst da fiel Daisy auf, dass ihre Tante sich heute ganz besonders elegant frisiert hatte und ein Kleid trug, das Daisy noch nie an ihr gesehen hatte. Es schmeichelte ihrer eher fülligen Figur. Daisy unterbrach, was sie bis dahin getan hatte, und überprüfte ihre eigene Aufmachung, die aus Jeans und einem Panda-Sweatshirt bestand. Sie zuckte mit den Achseln: Das war schon in Ordnung. Fröhliche Stimmen schallten durch den Flur, während weihnachtliche Höflichkeiten ausgetauscht wurden, und Daisy wappnete sich für den Überraschungsgast, der mit ihnen essen würde.

»Frohe Weihnachten, Daisy«, wünschte ihr ein überschwänglich herzlicher Pasco, stürmte in die Küche und umarmte sie so innig, dass ihr die Soße aus der Kasserolle schwappte.

Daisy öffnete den Mund, um etwas darauf zu erwidern, obwohl man ihr vermutlich deutlich ansah, dass sie in diesem Moment Mordgelüste hegte. Sie schaute an Pasco vorbei auf Tante Coral, die ein Gesicht zog, als wolle sie sagen: ›Sei lieb zu ihm‹. Trotz der Wut, die in ihrem Innersten brodelte, riss Daisy sich zusammen – es war schließlich Weihnachten.

»Frohe Weihnachten, Pasco, das ist ja eine Überraschung.« Zumindest das war ehrlich. Warum um alles in der Welt hatte Tante Coral den Dorfverbrecher zum Weihnachtsbraten eingeladen?

»Pass auf, Daisy, dass ich da in deinem Waggon geschlafen …«

»Nein, nein, vergiss es«, sagte sie und unterstrich die Behauptung mit einem maßlos gekünstelten Lächeln. Es war selbstverständlich nicht vergessen, aber was sollte sie machen?

Als es ein weiteres Mal an der Haustür klopfte, flitzte Tante Coral wieder in den Flur und ließ Pasco und Daisy in der Küche allein. Verlegen sahen sie einander an.

Beide brannten sie darauf, zu sehen, wer der letzte Gast war. Tante Coral trat als Erste in den Türrahmen. »Wir sind vollständig, also kümmere ich mich jetzt um die Getränke.« Sie trat beiseite und gab den Blick auf Max frei, der zögerlich im Flur stand – einen Christstern in den Armen. Ihn schien der Anblick von Pasco noch mehr zu erschüttern als Daisy, was ihr ein seltsames Gefühl von Genugtuung bescherte.

»Oh, ein Christstern, wie hübsch«, bedankte sie sich, nahm Max die Pflanze ab und tränkte sie genau wie Tante Coral tags zuvor mit Wasser, bevor sie sie auf die Fensterbank stellte. Geizhals, dachte sie dabei.

Kapitel 26

Das gemeinsame Essen wurde eine seltsame Angelegenheit. Daisy und Max vermieden es bewusst, einander in die Augen zu blicken, während Tante Coral und Pasco auf das Gegenteil aus zu sein schienen. Da war eine Vertrautheit zwischen Pasco und ihrer Tante, mit der Daisy nicht gerechnet hatte. Als sie sich nach dem Essen mit einem weiteren Glas Wein ins Wohnzimmer setzten, nahmen Tante Coral und Pasco in den neuen Sesseln Platz und überließen das Sofa Max und Daisy. Die beschloss, den beiden mal ein bisschen auf den Zahn zu fühlen.

»Seit wann kennt ihr einander schon?«, fragte sie, nahm einen kleinen Schluck von ihrem Rotwein, ließ die beiden dabei aber nicht aus den Augen. Ihre Reaktion wollte sie sich nicht entgehen lassen. Instinktiv sahen sie erst einander an, bevor einer von ihnen riskierte, die Frage zu beantworten.

»Seit der Mittelstufe?«, meinte Pasco.

»Unterstufe«, rügte Tante Coral. »Du bist am Ende des letzten Sommerhalbjahres dazugekommen.«

»Jawohl. Wir waren gerade umgezogen, bis dahin hatten wir unten in Paignton gewohnt. Ich erinnere mich an dich, als sei es erst gestern gewesen.« Mit zärtlichem Blick schaute er Tante Coral an, und im nächsten Moment war er wieder ganz munter. »Wusstet ihr, dass sie Zöpfe hatte, die mit ganz großen Schleifen zusammengehalten wurden?«

»Nein«, erwiderte Daisy und musste kichern. Die Worte beschworen ein skurriles Bild herauf. »Du hast bestimmt toll ausgesehen.« Es war schwierig, die richtigen Worte zu finden, wenn man sich seine Tante, die inzwischen Mitte fünfzig war, mit Zöpfen vorstellte.

309

»Bildschön ist sie gewesen«, sagte Pasco, und Tante Coral kicherte verschämt. Was spielte sich da zwischen den beiden ab?

Zum Glück verlief der Nachmittag des Weihnachtstages aufgrund des Weinkonsums entspannter als das Mittagessen. Irgendwann machten sie es sich gemütlich, um den obligatorischen, schlechten Spielfilm anzusehen. Pasco verschlief ihn zum größten Teil, Max döste zwischendurch, wenn er meinte, niemand würde es bemerken, Tante Coral verdrückte im traurigen Teil ein Tränchen, und Daisy stopfte eine halbe Schachtel Schokostäbchen in sich hinein.

Danach werkelte Tante Coral eine Weile in der Küche, und da Pasco zu diesem Zeitpunkt immer noch im Sessel vor sich hin schnarchte, hockten Daisy und Max im jeweils äußersten Eck des Sofas und schwiegen einander an. Daisy störte die gereizte Stimmung zwischen ihnen – es war schließlich Weihnachten. Trotzdem wurde Daisy das Gefühl nicht los, dass Max sie ausgenutzt hatte. Sie war so dumm gewesen, ihr Misstrauen zu ignorieren und ihm zu vertrauen, und das verletzte sie mehr, als sie sich eingestehen wollte.

Um sich abzulenken, nahm sie ihr Rotweinglas in die Hand. Genau in dem Moment, in dem sie sich zu ihm drehte, streckte Max die Hand nach ihr aus. Die unerwartete Berührung ließ sie so zusammenzucken, dass der Wein überschwappte und sich auf das funkelnagelneue, champagnerfarbene Sofa ergoss. Daisy schnappte entsetzt nach Luft – genau wie Tante Coral, die genau in diesem Augenblick ins Wohnzimmer kam. Schlagartig wachte Pasco auf. Er griff nach seinem Glas voll Weißwein und kippte ihn auf den immer dunkler werdenden roten Fleck. Diesmal schnappten sie alle nach Luft.

»Würdet ihr *bitte* damit aufhören, Wein auf mein neues Sofa zu gießen?«, bat Tante Coral und kam auf sie zu, um den Schaden in Augenschein zu nehmen. Ihre Unterlippe begann zu beben, und Max blitzte Pasco zornig an.

»Es weiß doch jeder, dass man Rotweinflecken mit Weißwein zu Leibe rücken soll«, sagte Pasco. »Ich habe geholfen«, fügte er abschließend noch hinzu für den Fall, dass das bis dahin immer noch nicht klar gewesen war.

»Das tut mir so leid«, sagte Daisy und eilte aus dem Zimmer, um einen Lappen zu holen.

Nachdem sich alle an der Säuberung des Sofas versucht hatten, gelangten sie zu dem Schluss, dass sie um eine professionelle Polsterreinigung nicht herumkommen würden. So lange legten sie ein Geschirrtuch über den hässlichen Fleck, und Tante Coral verdammte Daisy und Max dazu, auf Kissen auf dem Fußboden zu sitzen.

Nach dem Tee, zu dem es Truthahnsandwiches und Kuchen gab, für die keiner mehr Platz im Magen hatte, begleiteten sie Pasco und Max zur Haustür. Die Männer überschütteten Tante Coral förmlich mit Dank.

»Du, es tut mir leid, dass ich kein Geschenk für dich besorgt habe«, sagte Daisy, als Max sich seinen Mantel überzog und Tante Coral eifrig damit beschäftigt war, Pasco in seinen zu helfen.

Max zuckte mit den Achseln. »War auch nicht nötig. Ich steh eh nicht auf Christsterne.«

»Gut, dass ich das jetzt weiß«, erwiderte Daisy. »Wir sehen uns morgen bei der Arbeit.«

Daisy wollte das Locos zwischen den Jahren jeden Abend öffnen und so bis Silvester noch möglichst viel Umsatz machen.

»Freue mich schon«, gab Max zur Antwort, und dann drehte er sich um und folgte seinem Vater nach draußen.

Tante Coral hielt sich an der Tür fest, und sie und Daisy schauten den beiden Männern nach, die dicht nebeneinander in den glitzernden Abend liefen. Daisy wollte gerade wieder ins Haus gehen, als Max sich noch einmal umdrehte. Er lächelte sanft, als er sah, dass Daisy immer noch dort stand.

311

»So, lass uns die Tür schließen, es ist bitterkalt«, ergriff Daisy die Initiative. Sie wollte nicht wie ein liebeskranker Teenager wirken, indem sie ihn weiter dabei beobachtete, wie er den Weg hinunterlief. Tante Coral verhielt sich auch nicht wesentlich besser. Was sollte Max von ihr denken?

*

Der Januar verging wie im Fluge, obwohl in den Wintermonaten nur wenig los war. Daisy und ihre Angestellten fielen während der ruhigen Tage in eine Routine und sehnten Ostern und den Beginn der Urlaubssaison herbei. Ihre Einnahmen deckten nur so gerade die Kosten.

An einem Tag im Februar musste Daisy sich nicht nur in Gesellschaft eines übellaunigen Max durch eine Schicht quälen, sondern auch in einem feuchten T-Shirt. Die Waschmaschine hatte mitten im Schleudergang den Geist aufgegeben, und da Daisy wie gewöhnlich bis zum letzten Moment mit ihrer Wäsche gewartet hatte, waren sämtliche Shirts, die sie besaß, in der Trommel gewesen. Sie hatte versucht, es hier mit einem Föhn zu trocknen. Zum Glück ließ Tante Coral die Waschmaschine bereits reparieren, sodass Daisy den penetranten Gestank des Weichspülers, der nicht ganz ausgespült worden war, nur noch wenige Stunden ertragen musste. Max schob sich an ihr vorbei und rümpfte die Nase. »Welches Eau-de-Raumspray hast du denn aufgelegt?«

»Sehr witzig. Das ist eine lange Geschichte. Was ist los? Geht's dir gut?«

Max' Miene zeigte ihr, dass dem nicht so war. »Nichts ist los.« Seit Weihnachten herrschte ein unsicherer Waffenstillstand zwischen ihnen, deshalb konnte sie nicht für seine schlechte Stimmung verantwortlich sein.

Daisy konzentrierte sich auf die Zubereitung mehrerer Cocktails, die soeben bestellt worden waren, beobachtete aber aus den Augenwinkeln, dass Max ein erhitztes Streitgespräch mit Pasco führte. Max beugte sich über Pasco, dessen Lächeln nicht zu seiner Körpersprache passte. Daisy wünschte, sie könnte Lippenlesen. Das war eine ungemein nützliche Fähigkeit. Gerade als Max seinem Vater etwas zusteckte, hatte der gut gekleidete Mann, für den sie gerade die Cocktails mixte, einen Sonderwunsch. Leider verpasste sie durch diese Ablenkung, was Pasco eingesteckt hatte.

Als sie wieder zu den beiden Männern herüberschaute, war Pasco gegangen, und Max steuerte mit verkniffener Miene auf die Theke zu. Er verzog sich in den angrenzenden Küchenbereich und stellte mit so wenig Fingerspitzengefühl Gläser in die Geschirrspülmaschine, dass es klirrte und scheppterte. Bis wie erwartet eines der bauchigen Gläser zerbrach. Gedämpft klangen Max' Flüche in den Schankraum.

»Damit hast du mich gerade weitere dreieinhalb Pfund gekostet«, rief Daisy nach hinten.

»Zieh es mir vom Gehalt ab«, lautete die humorlose Antwort.

Daisy servierte ihren Kunden die Cocktails und stellte sich in den Türrahmen des kleinen Küchenbereiches. »Das war doch nur ein Scherz. Welche Laus ist dir denn über die Leber gelaufen?« Um zu unterstreichen, dass sie ihm nicht böse war, lächelte sie, aber das sah Max nicht, weil er nach wie vor damit beschäftigt war, Splitter aus dem Geschirrspüler zu klauben.

»Keine.« Er wollte offenbar nicht darüber sprechen.

»Okay, hilfst du mir später bei der Abrechnung? Ich habe das Geld schon ewig nicht mehr zur Bank gebracht, da hat sich einiges angesammelt. Im Safe liegt ein ziemliches Sümmchen, aber es ist kaum was auf dem Konto. Das muss ich morgen früh als Allererstes einzahlen.«

Da Daisy erwartete, dass Max ihr helfen würde, lief sie schon wieder hinter den Tresen, als er ihre Frage beantwortete. »Kann das nicht bis morgen früh warten? Dann mache ich das.«

Daisy verzog das Gesicht. »Ich würde es lieber heute Abend erledigen.«

»Warum?« Max wirkte nach wie vor missmutig. »Wir sind beide müde. Lass uns das morgen tun. Okay?« Er wartete nicht auf Daisys Reaktion, sondern widmete sich sofort wieder der Geschirrspülmaschine. Daisy konnte spüren, wie sich ihr die Nackenhaare sträubten. Sie hasste es, wenn man ihr Vorschriften machte. Ein Kunde wedelte mit einer Getränkekarte, und sie machte sich auf den Weg, um die Bestellung aufzunehmen. Mit Max wollte sie sich später befassen.

Das Ende der Schicht konnte gar nicht schnell genug kommen. Im Kopf probte Daisy die kleine Ansprache, die sie Max halten wollte. Sie würde ihm erklären, dass sie zwar sehr gern mit ihm zusammenarbeitete, im Endeffekt aber diejenige war, die hier die Entscheidungen traf.

»So, ich gehe jetzt«, rief Max und zog sich seine Jacke über.

»Warte mal einen Moment«, rief Daisy, deren Kopf im wahrsten Sinne des Wortes im Tresor steckte.

Max drehte sich um und sah plötzlich aus wie ein Teenager, den man ins Büro des Schuldirektors zitiert hatte. »Was ist denn?«

Daisy hockte sich vor den Tresor. »Es liegt nicht genug Geld im Safe«, sagte sie und blätterte durch die Bargeldbündel, die vor ihr lagen. Max schwieg. Daisy drehte sich um und schaute ihn an. »Ich habe die Papiere für die Bank gerade fertig gemacht, um morgen alles einzuzahlen, und jetzt fehlt uns Geld.«

»Es ist spät – du hast dich sicher beim Addieren verrechnet. Du hast selbst gesagt, dass wir seit Ewigkeiten nichts mehr eingezahlt haben. Lass uns das morgen machen.« Er zog den Reißverschluss seiner Jacke hoch und wollte gehen.

Daisy gefiel seine desinteressierte Haltung nicht. »Willst du gar nicht wissen, wie viel fehlt?«

Max blieb an der Tür stehen. »Welche Rolle spielt das? Es wird ein Buchhaltungsfehler sein. Der Safe war zugesperrt.«

»Es fehlen einhundertfünfzig Pfund«, klärte Daisy ihn auf. Ohne Luft zu holen, sprach sie weiter. »Was hast du Pasco vorhin zugesteckt?« Ein Meer aus Fragen toste in ihrem Kopf, und die größte von allen lautete: Hatte Max sie schon wieder hintergangen?

Im Nu verwandelte sich Max' bislang gelangweilte Miene in eine erboste. »Beschuldigst du mich hier, gestohlen zu haben?«

»Nein, ich stelle dir eine Frage. Ich habe vorhin mitbekommen, dass du Pasco etwas gegeben hast, und jetzt würde ich gern wissen, was das war.« Ihr Puls begann zu rasen, denn sie hatte Max noch nie so verärgert erlebt. Es war vielleicht nicht klug, ihn zur Rede zu stellen, aber sie konnte die Angelegenheit nicht auf sich beruhen lassen.

Max schüttelte den Kopf. »Ich habe ihm vierzig Pfund gegeben.«

»Nur vierzig?« Daisy kam sich mutig vor.

»Ja, mehr hatte ich nämlich nicht.« Max griff sich mit beiden Händen in die Hosentaschen, zog ein Schlüsselbund und ein paar Münzen heraus und knallte sie auf den Tresen. »Durchsuch mich, wenn du mir nicht glaubst.« Daisy stand auf, rührte sich aber nicht von der Stelle. »Du glaubst mir nicht. Du glaubst, *ich* hätte das gestohlen.«

Er hatte recht. Hätte sie ihn nach dem Fiasko mit Pasco in ihrem Eisenbahnwaggon herausgeschmissen, würde das Geld jetzt vielleicht nicht fehlen. »Einhundertfünfzig Pfund sind aus dem Safe verschwunden«, sagte sie und zeigte mit der Hand, in der sie eines der Geldbündel hielt, auf den Tresor.

»Ich bin kein Dieb.« Seine Stimme war eisig, und sein Gesichtsausdruck ließ den Verdacht in ihr aufkommen, sie könne den falschen Schluss gezogen haben.

Tausend Gedanken schossen Daisy durch den Kopf. »Wer hätte es denn sonst nehmen können?«

»Jeder, der einen Tresorschlüssel hat.«

315

»Das sind du, ich und der alte Burgess. Willst du mir etwa einreden, er habe das getan?« Ihre Schultern verspannten sich. Sie wussten beide, dass Mr. Burgess so vertrauenswürdig war, dass Mutter Teresa neben ihm wie Al Capone wirkte.

Max lief mit großen Schritten auf sie zu und riss ihr das Geld aus der Hand. Er fing an, die Scheine zu zählen und die einzelnen Posten im Kassenbuch abzuhaken. Dass Max beim Addieren auf die gleiche Summe kam wie sie, war eine Genugtuung, auch wenn es bedeutete, dass ihnen tatsächlich einhundertfünfzig Pfund fehlten. »Habe ich einen Fehler gemacht?«, fragte sie ihn.

»Nein«, erwiderte Max mit ratloser Miene.

»Dann hat irgendjemand einen Schlüssel genommen und es gestohlen. Wo bewahrst du deine Schlüssel auf? Könnte Pasco sie genommen haben?«

»Du tust es schon wieder!« Sofort war Max wieder auf hundertachtzig. »Wenn ich es nicht war, muss es jemand aus meiner Familie gewesen sein.«

»Und? Ist es so?«

»Du bist echt unglaublich. Zuerst beschuldigst du mich, und jetzt beschuldigst du meinen Vater.«

»Irgendjemand hat das Geld gestohlen, und mir fehlen jetzt einhundertfünfzig Pfund. Was soll ich da deiner Meinung nach tun?«

»Damit aufhören, allen anderen die Schuld dafür zu geben.«

»Was? Beschuldigst du mich hier, meine Bücher frisiert zu haben?« So ganz allmählich ging das Temperament mit Daisy durch.

»Wem die Jacke passt …«

»Hau ab, Max. Ich habe in meinem ganzen Leben noch nie etwas gestohlen. *Ich* bin nicht vorbestraft.« Daisy hatte das noch nicht ganz ausgesprochen, als sie es bereits bereute, und sie wusste, dass sie damit einen empfindlichen Nerv getroffen hatte.

Max schüttelte den Kopf. »Das war ein Schlag unter die Gürtellinie, Daisy.« Er marschierte zur Tür, und sie folgte ihm. Er drehte sich zu ihr um. »Nur so ganz nebenbei: Ich kündige«, blaffte er sie an.

»Nicht nötig, du bist gefeuert!« Als sie die Tür gerade zuknallen wollte, hörte sie draußen jemanden.

»Hallo«, fragte eine Männerstimme, die einen starken Akzent hatte.

»Wir haben geschlossen«, gab Max in barschem Ton zurück.

Daisy steckte den Kopf nach draußen. Als sie sah, wer ein Stück weiter unten auf dem Bahnsteig stand, sank ihr das Herz in die Hose. Und plötzlich wollte sie nicht mehr, dass Max ging.

Kapitel 27

»Ich bin nicht 'ier, um zu trinken. Ich bin 'ier, um Day-sie zu besuchen.« Der starke französische Akzent des Mannes schallte durch die kalte und trockene Nachtluft.

Max schaute zunächst Daisy an, dann den Fremden und dann wieder Daisy. »Sie gehört dir, Kumpel«, sagte er. Im nächsten Moment stiefelte er über den Bahnsteig und wurde bereits nach wenigen Schritten von der Dunkelheit verschluckt.

»Äh, vielen Dank«, gab der Franzose höflich zur Antwort. Er drehte sich um und strahlte Daisy liebevoll an.

»Was zum Teufel willst du hier, Guillaume?«, erkundigte sie sich und verschränkte abwehrend die Arme vor der Brust.

Als sei ihm daran gelegen, seine Zuneigung möglichst kunstvoll zur Schau zu stellen, hob Guillaume die Arme und versuchte, Daisy an sich zu pressen. Sie wich automatisch zurück. Hatte er vergessen, wie sie sich getrennt hatten? Das Schreien, das Toben, die Schuldzuweisungen, und dass sie alles verloren hatten, wofür sie gearbeitet hatten? Ihn zu sehen ließ ihre Stimmung nicht gerade steigen. Sie hasste Überraschungen, und das hier war eine der schlimmsten, die sie je hatte erleben müssen.

»Ahh, komm, Day-sie. Wir sind Freunde, *non*?« Guillaume trat einen weiteren Schritt auf sie zu. Daisy wich weiter zurück und hob abwehrend die Hand.

»Was willst du, Guillaume?«

»Ich will dich, Day-sie. Dich 'abe ich immer gewollt.« Mit seinen dunklen, traurigen Hundeaugen schmachtete er sie an.

Daisy war äußerst skeptisch.

»Wie hast du mich gefunden?«

Er schien einen Moment zu überlegen, bevor er ihr darauf antwortete. »Dein Name. Der stand in der Zeitung«, sagte er schließlich. »Und den Artikel 'abe ich gefunden, als ich im Internet nach dir gesucht 'abe.« Er schien stolz auf sich zu sein. Daisy stöhnte. Es war heutzutage viel zu einfach, Menschen ausfindig zu machen. Sie war zwar überzeugt, dass viele das für einen Segen hielten, aber im Moment fand sie es unheimlich nervig.

»Ich will dich hier nicht haben. Geh bitte.« Genau das empfand sie, und sie sprach es einfach aus, ohne zu überlegen. Guillaume wirkte verletzt. Andererseits konnte er diesen Eindruck sehr gekonnt erwecken. Die kalte Nachtluft ließ sie frösteln.

»Ich bin aber gekommen, um dir zu gratulieren. Weil du dir deinen Traum verwirklicht 'ast. Du wolltest immer dein eigenes Geschäft, und jetzt …« Er hob die Arme und drehte sich im Kreis, sodass Daisy ebenfalls in die Runde blickte. Er hatte recht, das gehörte alles ihr, aber sie war nicht aus eigener Kraft so weit gekommen. Das hier verdankte sie vielen anderen Menschen, und sie hätte einiges dafür gegeben, wenn einer dieser Menschen, ein ganz bestimmter, in diesem Moment hier wäre. Obwohl er ihr gehörig auf den Wecker ging.

Daisy stieß einen erschöpften Seufzer aus. Sie war müde, sowohl von der Schicht als auch von ihrem Streit mit Max. »Was willst du wirklich, Guillaume?« Als er daraufhin tief Luft holte, als wolle er eine einstudierte Rede herunterleiern, hielt sie ihn gerade noch rechtzeitig davon ab. »Abgesehen davon, dass du mich willst«, präzisierte sie ihre Frage.

Er ließ die Schultern hängen. »Ich möchte mich mit dir aussprechen. Dass wir uns wieder vertragen.«

»Ich habe gerade acht Stunden gearbeitet, ich bin müde …« Sie hoffte, dass er sich selbst zusammenreimen konnte, was sie damit sagen wollte, doch Guillaume sah sie einfach weiter hoffnungsvoll an. »Bist du morgen noch hier?«

»Ja, ich wohne im Pub.«

»Wir machen um zehn auf. Wenn du gegen neun Uhr hier bist, können wir uns unterhalten, während ich meine Arbeit mache. Okay?« Daisy hoffte, dass es ihr gut ausgeschlafen leichter fallen würde, ihm eine Absage zu erteilen.

»Wunderbar, ich freue mich schon darauf. Gute Nacht, Daysie.« Guillaume beugte sich nach vorn, um Daisy zu küssen, doch sie drehte sich rasch um, eilte zurück ins Haus und schloss nach einem kurzen »Tschüss« hastig die Tür hinter sich. Sie wusste zu gut, welche Folgen Guillaumes Küsse haben konnten, und sie hatte im Moment schon so viele Probleme, dass sie nicht noch ein weiteres gebrauchen konnte.

Sie schlief nicht gut in jener Nacht. Ihr Gehirn gab keine Ruhe. Wenn sich ihre Gedanken nicht um den Streit mit Max drehten, zerbrach sie sich den Kopf darüber, was wohl mit dem Geld passiert sein mochte, oder versuchte, Bug zu ignorieren, der neben ihr auf dem Kopfkissen schlief und abwechselnd schnarchte und furzte.

Als sie sich am nächsten Morgen endlich aus dem Haus schleppte, war sie seelisch nicht in der besten Verfassung, um Guillaume entgegenzutreten und ihre gescheiterte Beziehung unter die Lupe zu nehmen. Dass er hergekommen war, verwirrte sie. Sie hatten eine leidenschaftliche Liebesbeziehung gehabt, aber sie hatten auch ständig gestritten. Die Anziehung zwischen ihnen war stark, doch das, was sie an Guillaume interessant fand, trieb sie gleichzeitig zur Weißglut. Durch sein unerwartetes Auftauchen kamen alte Gefühle hoch, mit denen sie sich nicht auseinandersetzen wollte.

Guillaume hatte sich lässig gegen die Außenwand des Bahnhofsgebäudes gelehnt und wirkte unbeteiligt, sehr französisch. Während Daisy den Parkplatz überquerte, hatte sie Gelegenheit, ihn zu beobachten und die Details auf sich wirken zu lassen, die sie inzwischen vergessen hatte. Wie er so dastand und mit wehmütigem Gesichtsausdruck an einer Zigarette zog – eine Angewohnheit, von der sie vergessen hatte, wie sehr sie sie verabscheute –, verströmte er Selbstvertrauen und Charisma. Sein dunkles Haar war jetzt kürzer, und das stand ihm gut. Gekleidet war er wie immer, elegant und modisch, als wäre er gerade von einem Laufsteg gestiegen. Für seine Wangenknochen hätte jede Frau einen Mord begangen, und obwohl er immer mürrisch wirkte, war er attraktiv.

Als Daisy näher kam, drehte er sich um, und sein Gesicht nahm einen weicheren Ausdruck an – sie spürte sofort, wie sie innerlich darauf reagierte, sosehr es ihr auch widerstrebte. Sie musste sich zusammenreißen, sich anhören, was er zu sagen hatte, und ihn danach fortschicken: er war eine Ablenkung, die sie nicht gebrauchen konnte, und nur noch ein weiterer Mann, dem sie nicht trauen konnte.

»Du siehst 'eute Morgen wunderschön aus.« Genüsslich betrachtete er sie.

Hör mit dem Unsinn auf, Guillaume, dachte sie. »Komm herein, und ich mache dir einen Kaffee.«

Er setzte sich mit einem doppelten Espresso an die Bar, während Daisy die letzten Gläser vom Vortag in die Geschirrspülmaschine räumte. Bilder des vergangenen Abends schossen ihr durch den Kopf. Sie wollte sich nicht an die Worte erinnern, die sie Max an den Kopf geworfen hatte. Damit hatte sie sich schon die halbe Nacht um die Ohren geschlagen. Sie hatte ihn einen Dieb genannt, und die Gewissensbisse stachen mindestens so sehr, wie die letzten Glassplitter, die sie jetzt vom Boden des Geschirrspülers sammelte.

»Day-sie, ich möchte mich bei dir für alles entschuldigen, was in Rouen passiert ist.« Wie er den Namen aussprach, ließ ein Bild der Stadt vor Daisys geistigem Auge erstehen, und auf einmal verspürte sie das Verlangen, wieder dort zu sein und die Kultur und den französischen Lebensstil zu genießen. Es war ein wunderschöner Landstrich, und damals hatte sie gehofft, sich dort niederzulassen. Sie schüttelte den Kopf, als versuche sie so, die Gedanken loszuwerden, und bemerkte Guillaumes merkwürdigen Blick, bevor er im nächsten Moment weitersprach. »Das war alles meine Schuld. Ich dachte, wir müssten größer denken, wenn wir ein größeres Geschäft aufziehen wollten.«

Daisy hörte ihm zu, während sie die nächste Spülebene herauszog und weitere Gläser hineinstellte. »Du hast mit unserer Zukunft gespielt.«

»Nur weil ich dachte, dass wir damit Geld machen könnten, aber ich 'abe mich geirrt. Lass mich versuchen, zwischen uns wieder alles ins Lot zu bringen.«

Sie schaute auf und sah die aufrichtige Reue in seinen Augen. Oh, diese tiefdunklen Augen, die sie so aufmerksam anblickten. Er sagte genau das Richtige, aber sie musste das Ganze nüchtern betrachten. »Ich danke dir dafür, dass du dich bei mir entschuldigst.«

»Was kann ich sonst tun?« Er beugte sich über die Bar. »Ich möchte das wiedergutmachen.«

»Das ist nicht nötig. Aber danke, dass du hergekommen bist.« Daisy schob eine Haarsträhne zurück, die aus ihrem Haarband gerutscht war, und konzentrierte sich wieder auf die Gläser.

»Du hast deinen Barmixer verloren, *oui*?«

»*Oui*. Ich meine, ja.« Bisher war Max nie ein Barmixer für Daisy gewesen, sondern einfach ein Freund, der ihr geholfen hatte, das Locos aus den Startlöchern zu bekommen, und jetzt mit ihr zusammenarbeitete. Obwohl er dafür bezahlt wurde und sein Vater kostenlos hier logiert hatte, ohne dass ihr das bekannt gewesen war. Sie hasste es, dass sie einfach nicht darüber hinwegkommen konnte.

»Kann ich einspringen und dir 'elfen? Ein paar Wochen seine Schichten arbeiten, bis du einen Ersatz gefunden 'ast? Für mich ein Weg, mich zu entschuldigen, und für uns eine Chance, als Freunde auseinanderzugehen.«

Sie hielt inne und sah ihn an. Das war ein nettes Angebot, aber der Zweifel blieb. »Warum solltest du das tun wollen, Guillaume?«

»Weil ich ein lieber Kerl bin«, gab er zur Antwort und schenkte ihr ein breites Zahnpastalächeln, dem nur noch die glitzernden Funken fehlten.

»Hierzubleiben wird dich aber Geld kosten, und mit dem Job, den ich zu bieten habe, verdienst du nicht viel.« Angesichts dessen, was es ihn gekostet hatte, nach Devon zu reisen, konnte sie sich ausrechnen, dass Guillaume schon bald kein Geld mehr haben würde. Sie stemmte die Hände in die Hüften und sah ihn mit festem Blick an.

Er zog die Schultern hoch und lachte kindisch auf.

»Dir kann man nichts vormachen«, meinte er und drohte neckisch mit dem Zeigefinger. »Ich 'abe ein bisschen was beim Pferderennen gewonnen.«

Daisy hob fragend die Brauen. »Ein bisschen was?«

Er kicherte. »Okay, es war ordentlich was. Damit wollte ich das mit uns wieder ins Lot bringen.« Misstrauisch sah Daisy ihn an. »Komm schon, Day-sie. Ich versuche 'ier, das Richtige zu tun. Ich kann dir das Geld einfach geben. Ich kann mich aber auch nützlich machen und kostenlos in der Bar arbeiten.« Er hob theatralisch die Hände. Hätte dieser Franzose noch französischer sein können?

Daisy holte tief Luft. Sie konnte keinen Haken an der Sache finden, wenn man davon absah, dass sie mit einem attraktiven und charmanten Franzosen auf engstem Raum ein paar Wochen verbringen würde. Sie musste lediglich die Finger von ihm lassen, das sollte doch wohl zu schaffen sein, oder?

Sie hatte erst wenige Tage mit Guillaume zusammengearbeitet, doch die leidenschaftlichen Fantasien ließen sich nicht zurückhalten. Eines Nachmittags gönnte Daisy sich im Sea Mist Cottage eine Pause und stärkte sich für eine weitere Abendschicht auf engstem Raum mit ihrem Ex. Verträumt stippte sie ein Plätzchen in ihren Tee und schwelgte in Erinnerungen an seinen Körper, als der Keks auseinanderbrach und im Tee versank. »Kack-eri-ki!«, schimpfte Daisy, als gerade Tante Coral nach Hause kam.

»Hallo«, rief die, und man sah ihr an, dass sie sich das Lachen über Daisys Kraftausdruck verkneifen musste. Daisy musste wirklich aufhören, das immerzu zu sagen. »Hier ist das Geld, das ich dir schulde.« Tante Coral überreichte ihr einen Brief.

Daisy runzelte die Stirn, als sie den dicken Umschlag voll Zwanziger entgegennahm. »Was meinst du mit dem Geld, das du mir schuldest?« Waren das die ersten Anzeichen der Alzheimer-Krankheit?

»Das Geld, das ich mir von der Bar geborgt habe«, fügte Tante Coral hinzu, aber Daisy schaute sie immer noch verständnislos an. »Für die Waschmaschine. Der Geldautomat war leer. Deshalb bin ich im Locos vorbeigegangen, aber du warst bei Cash&Carry, und daraufhin hat Mr. Burgess den Safe geöffnet. Der arme Mann hat es erst im vierten Anlauf geschafft, seine Arthritis ist schockierend. Jedenfalls ist damit dann wieder alles beglichen.« Tante Coral nahm das Hackbrett aus der Schublade und schien gar nicht mitzubekommen, dass Daisy jegliche Farbe aus dem Gesicht gewichen war.

Ihr Mund war plötzlich so trocken wie der Strand von Ottercombe im Juli. »Wie viel hast du dir denn ausgeborgt?«

Tante Coral schien irritiert, dass das Thema noch diskutiert wurde. »Einhundertfünfzig. Ist alles in dem Umschlag.«

»Davon bin ich überzeugt. Es ist nur …«

Tante Coral stand einen Moment mit dem kleinen Messer in der Hand da und beobachtete sie. »Alles in Ordnung?«

Daisy blinzelte. In Ordnung war hier gar nichts. »Ich muss kurz weg.«

»Was ist mit deinem Tee?«, fragte Tante Coral und nahm den Becher in die Hand.

»Den kannst du trinken«, rief Daisy, griff nach ihrer Jacke und eilte nach draußen.

Was für ein Albtraum, dachte Daisy, als sie sich entschlossen auf den Weg zu Max' Wohnung machte. Sie fühlte sich entsetzlich. Er hatte ihr zu Recht vorgeworfen, dass sie voreilige Schlüsse zog. Sie hatte automatisch geglaubt, Max sei der Dieb gewesen, und dass er es vehement leugnete, hatte sie noch in diesem Glauben bestärkt. Sie hatte ihm großes Unrecht getan, und jetzt musste sie Abbitte leisten.

Daisy klopfte an die Tür und verschränkte die Arme vor der Brust. Im nächsten Moment ließ sie sie wieder an den Seiten herunterhängen, vergrub ihre Hände schließlich in den Jackentaschen. Die Situation war so demütigend peinlich. Daisy sah einen Schatten hinter der Tür, kurz bevor Max öffnete. Seine Verärgerung über ihren Besucher war deutlich erkennbar.

»Ich bin gekommen, um mich bei dir zu entschuldigen.« Sie konnte in die kleine Einzimmerwohnung schauen und war überrascht, wie sauber und ordentlich sie war. Das war ganz und gar nicht die Junggesellenbude, die sie erwartet hatte. Das zeigte nur einmal mehr, wie sehr man sich in Menschen täuschen konnte, eine Lektion, die sie heute gründlich lernte.

»Sprich weiter«, erwiderte Max mit vagem Interesse.

»Tante Coral hat mir das hier gerade zurückgegeben.« Sie zog den Umschlag mit dem Geld aus ihrer Jackentasche und zeigte ihn ihm, als lege sie bei Gericht ein Beweismittel vor.

»Coral ist die Diebin? Also, den Tag werde ich mir im Kalender anstreichen«, sagte Max, allerdings ohne jeglichen Humor.

»Der Geldautomat war wohl leer gewesen, und so hatte sie den alten Burgess gebeten, er hat es ihr aus dem Safe geholt, aber das hat mir niemand gesagt …« Verlegen trat sie von einem Fuß auf den anderen, schaute Max dabei an und hoffte, dass er ihr verzieh.

»Ist das alles?«

»Es tut mir leid«, sagte sie mit einem bangen Lächeln. »Ich habe einfach …« Sie ließ den Kopf hängen. »Es tut mir wirklich leid, Max.«

»Und damit ist jetzt alles wieder in Ordnung? Einfach so?« Der Sarkasmus war nicht zu überhören.

»Der Job gehört dir, wenn du wieder im Locos arbeiten möchtest.«

»Ich dachte, das hätte jetzt dein Lover übernommen.«

»Er ist nicht mein Lover, und er arbeitet dort nur vorübergehend. Willst du den Job wiederhaben oder nicht?« Betteln würde sie nicht.

»Nein, vielen Dank. Ich möchte nicht für jemanden arbeiten, der mir nicht vertraut. Du kannst dir deinen Job sonst wo reinstecken.« Und mit diesen Worten machte er ihr die Tür vor der Nase zu. Daisy schloss langsam die Augen und öffnete sie wieder. Dass sie das verdient hatte, wusste sie. Erträglicher wurde es dadurch aber nicht.

Am gleichen Abend erschien Guillaume pünktlich zur Arbeit, trug ein blütenweißes Hemd und eine hauteng schwarze Hose und strotzte nur so vor geheimnisvoller Anziehungskraft. Tamsyn war schnell von seinem Charme bezaubert, obwohl Daisy sie ausdrücklich vor ihm gewarnt hatte.

»Oh, mein Gott! Er ist super-mega-spitzenmäßig«, erklärte Tamsyn und klatschte begeistert in die Hände. »Und es ist so romantisch, dass er nach dir gesucht hat.«

»Sch«, rügte Daisy und schob sie außer Hörweite. »Das mag zwar sein, aber er ist tabu.«

»Wieso?«, fragte Tamsyn und neigte ihr kindliches Gesicht zu einer Seite.

»Weil … er ist … du weißt schon …« Daisy spitzte die Lippen und schaute Tamsyn fest in die Augen.

Tamsyn nickte, und im nächsten Moment schüttelte sie den Kopf. »Nein, nicht wirklich«, gab sie mit verwirrter Miene zu.

»Du und Max scheint euch ja nicht zusammenraufen zu können. Dabei zankt ihr euch wie ein altes Ehepaar.«

»Äh, nein, das tun wir nicht.« Daisy war entrüstet.

»Äh, doch, das tut ihr«, gab Tamsyn im gleichen Ton zur
Antwort. »In jedem Fall ist Gie-hohm unheimlich sexy, und
wenn ich an deiner Stelle wäre, würde ich mir nehmen, was ich
kriegen kann.«

Daisy hatte es aufgegeben, Tamsyn die richtige Aussprache
seines Namens beizubringen. Es hatte keinen Zweck. Tamsyn
sah dabei aus, als mache sie Gesichtsgymnastik und vollführe
gerade eine ganz besonders strapaziöse Übung, während sie
Laute von sich gab, die an Walgesänge erinnerten. ›Gie-Hohm‹
war mit Abstand das, was am besten klang.

»Danke für den Rat, aber das habe ich ja bereits hinter mir.
Erinnerst du dich? Es hat übel geendet, und ich verspüre nicht
das Verlangen, das zu wiederholen.« Doch in Wahrheit verspürte sie dieses Verlangen. Es zischte jedes Mal durch sie hindurch, wenn sie ihn anschaute. Ihr treuloser Körper verzehrte
sich nach Guillaume, und es gab nirgendwo einen Knopf zum
Ausschalten.

Kapitel 28

Es war erstaunlich, mit welcher Leichtigkeit Daisy sich wieder in den Alltag mit Guillaume einfand. Sie waren eine Zeit lang ein Paar gewesen, und die Vertrautheit, die daraus erwachsen war, war auch jetzt noch zu spüren. Er hatte in der Vergangenheit zwar sehr viele Dinge falsch gemacht, aber trotzdem hatte sie ihn als Menschen immer noch gern. Außerdem arbeitete er jetzt fleißig. Wenn es doch nur in Rouen genauso gewesen wäre, dachte sie. Vielleicht wäre dann alles anders verlaufen. Guillaume bedeutete ihr nach wie vor sehr viel, und sie fand ihn sexuell auch immer noch unheimlich attraktiv ... aber sie liebte ihn nicht. Davon war sie überzeugt. Trotzdem machte es Spaß, ihn um sich zu haben. Er lenkte sie von dem Schlamassel ab, den sie mit Max angerichtet hatte.

Seit ihrer Entschuldigung hatte Daisy Max nicht sehr oft gesehen und versucht, sich einzureden, dass es nicht lohnte, sich seinetwegen den Kopf zu zerbrechen. Doch in Wahrheit fehlte ihr seine Gesellschaft. Sie hatte gehört, dass Pasco inzwischen einen Job in der Wohnwagensiedlung hatte und dort auch wohnte. Damit war ihr Eisenbahnwaggon im Moment zumindest vor *diesem* Hausbesetzer sicher. Daisy wusste zwar, dass sie besser dran war, ohne dass einer der Davey-Männer ihr Leben noch verworrener machte, als es eh schon war, aber manchmal war so etwas leichter gesagt als getan.

Als sie am Samstagabend endlich mit allem fertig waren, war es schon spät. Guillaume schenkte Daisy einen Clotted Cream Gin ein – ihren Lieblingsdrink – und ließ das Glas wie in einem Western über den Tresen schlittern. Daisy bekam es gerade noch rechtzeitig zu fassen. »’ättest du Lust, etwas Er’olsames mit mir zu unternehmen, bevor ich Ende nächster Woche wieder abreise?«, fragte er sie mit einer Stimme, die sexyer denn je klang. Sofort waren Daisys Gedanken im Schlafzimmer, doch sie vertrieb die definitiv nicht jugendfreien Bilder sofort wieder.

»Was schwebt dir da denn vor?« Genüsslich nahm sie einen Schluck von ihrem Drink. Sie kostete den üppigen und butterweichen Geschmack voll aus, ließ Guillaume aber dennoch keine Sekunde aus den Augen.

»Eine Bootsfahrt?« Er neigte den Kopf. »Das Meer hat etwas 'ypnotisches. Sein Rhythmus. Seine gewaltige Schubkraft.«

Sie spürte, wie ihr ein Schauer über den Rücken rieselte. »Äh, ich weiß nicht. Ich halte es für das Beste, wenn wir die Arbeit und ... andere Dinge voneinander trennen.« Sie war stolz auf sich. Sie hatte genau das Richtige gesagt. Sie schaute auf, und Guillaume stand direkt vor ihr, kam ihr mit jeder Sekunde näher, bis seine Lippen die ihren fast berührten.

Als er endlich etwas sagte, klang seine Stimme belegt. »Da bin ich anderer Meinung.«

»Du hast ihn geküsst?«, kreischte Tamsyn mit entsetzter Miene.

Daisy zögerte einen Moment. »Du hast gesagt, er sei sexy«, sagte sie dann, »und dass ich mir, ich zitiere wörtlich ›nehmen soll, was ich kriegen kann‹.«

Tamsyn schüttelte den Kopf. »Nun ja, in der Zwischenzeit habe ich darüber nachgedacht. Er ist der Mann, der das, wofür du hart gearbeitet hast, zugrunde gerichtet und dir das Herz gebrochen hat. Hast du denn überhaupt kein Selbstwertgefühl?«

Die Vehemenz, mit der Tamsyn ihr die Worte entgegenschleuderte, machte Daisy sprachlos. »Das ist alles Vergangenheit. Jetzt hilft er mir. Sollte ich das nicht so gut wie möglich nutzen?«

»Nein, solltest du nicht. Männer wie er setzen sich immer durch und begraben alle anderen unter sich.«

Daisy öffnete den Mund, aber Tamsyn rauschte bereits von dannen. »Es gibt Schlimmeres, als unter Guillaume begraben zu liegen!«, brüllte Daisy, aber Tamsyn drehte sich nicht noch einmal um.

Sie brauchte nur noch vier Monate durchzuhalten. Dann konnte sie das Geld nehmen, das Locos verkaufen und hier abhauen, dachte Daisy. Sie stapfte so schwungvoll in die Küche, dass Bug aus seinem Schläfchen hochschreckte, sich streckte und pupste.

»Du hast es leicht«, erklärte sie ihm. »Wenn du einen anderen Hund magst, schnüffelst du an seinem Hintern, und wenn du ihn nicht magst, knurrst du ihn an. Siehst du, das ist einfach.«

Bug setzte sich vor sie und legte den Kopf zur Seite, als höre er ihr zu.

»Ein Mensch zu sein ist verwirrend. Vielleicht sollte ich Hundelogik anwenden. Wen mag ich oder aus Hundesicht betrachtet: An wessen Hintern will ich schnüffeln?« Daisy erschrak über ihre eigenen Worte. »Okay, wir lassen das mit der Hundesicht, sonst bleibe ich vermutlich bis in alle Ewigkeit allein.«

Sie musste ein paar Entscheidungen treffen. Guillaume würde bald wieder fort sein, und das war gut so. Es ließ ihr nur wenig Gelegenheit für ein Liebesabenteuer. So verlockend sie die Vorstellung auch fand, es würde doch nur alles verkomplizieren. Bug schaute sie immer noch an. »So, meine erste Entscheidung ist, dass ich KEINEN Sex mit Guillaume haben werde«, verkündete sie mit Nachdruck.

»Oh, das ist schön«, meinte Tante Coral, die plötzlich im Türrahmen stand. Erschrocken fuhr Daisy zusammen. »Ich dachte, du würdest dich mit jemandem unterhalten.« Suchend sah sie sich in der Küche um.

»Ich dachte, du wärest bei der Arbeit.« Daisy starrte Tante Coral an und konnte spüren, wie ihr die Hitze in die Wangen stieg.

»Tut mir leid. Ich bin heute zu Hause geblieben, weil ich Migräne hatte. Ich habe oben ein Schläfchen gehalten, als die Haustür zugeschlagen wurde.«

»Na dann, möchtest du eine Tasse Tee?« Daisy sprang auf und fing an, mit dem Kessel herumzuhantieren. So peinlich das Ganze auch war, hatte sie zumindest in einer Hinsicht eine Entscheidung getroffen. Jetzt brauchte sie Guillaume nur noch zu sagen, dass der Kuss eine einmalige Angelegenheit gewesen war und sich nichts daraus entwickeln würde. Ganz einfach.

»Was soll das heißen, dass ich mir trotzdem ein Boot leihen soll?« Daisy war müde, es war eine lange Schicht im Locos gewesen, und sie musste noch sauber machen. Es schien Guillaume zu verärgern, dass Daisy ihre Beziehung nicht wiederaufleben lassen wollte, und jetzt hörte er nicht auf, über Boote zu faseln.

»Ich will mehr von der Küste sehen.« Entschieden nickte er mit dem Kopf.

»Dann lauf den Küstenpfad hinunter. Der führt um das gesamte Kap herum, bis nach …« Daisy hielt einen Moment inne und überlegte. »… ziemlich weit.«

Er schüttelte den Kopf. »Nein, ich brauche ein Boot«, behauptete er. »Du musst doch jemanden kennen.«

Daisy kannte einige der Fischer, hielt es jedoch für unwahrscheinlich, dass ihr einer dieser Männer einfach sein Boot leihen würde. »Erkundige dich doch mal im Pub. Monty weiß bestimmt, wen man auf so etwas ansprechen muss.«

»Würdest du ihn das bitte fragen? Mein Englisch ist nicht gut.« Mit großen Augen sah Guillaume sie an.

Sie schmunzelte. »Dein Englisch ist besser als das von so manchem Einheimischen.«

»*Putain!*«

Daisy wusste, dass das ein Schimpfwort war, und hob die Hände.

»Entschuldige«, sagte Guillaume, griff über den Tresen nach ihrer Hand, doch es gelang ihr, sie gerade noch rechtzeitig wegzuziehen. Je weniger Körperkontakt sie hatten, desto geringer war die Gefahr, dass sie ihre Kein-Sex-Entscheidung revidierte. »Ich versuche 'ier, für einen besonderen Menschen etwas Schönes zu tun.« Mit flehendem Blick schaute er sie an. »Ich brauche einfach ein Boot.«

»Brauchst du auch jemanden, der es steuert?«

Er schüttelte den Kopf. »Nein, fahren kann ich es. Ich brauche es nur für ein paar Stunden, um mir …«

»Die Küste anzusehen. Ja, ich verstehe schon«, sagte sie, verstand es aber überhaupt nicht. »Überlass das mir, ich werde mich mal umhören.«

»Danke, Day-sie.« Er küsste sie auf beide Wangen, und sie spürte, wie ihre Entschlossenheit ein wenig ins Wanken geriet.

»Was für eine Art von Boot?«, wollte Monty wissen und sah dabei aus, als habe einer der Fischer ihn gerade an der Oberlippe an den Haken bekommen und versuche nun, ihn an Bord zu ziehen.

Daisy zuckte mit den Achseln. »Ein kleines Motorboot.«

»Ich denke, ich kenne jemanden, der so etwas weiß«, antwortete Monty und winkte jemanden zu sich. Daisy drehte sich um und sah, dass Max soeben hereingekommen war, er hatte die Tür noch in der Hand. Sie schnaubte vor Wut. Ernsthaft?

»Monty, das halte ich für keine gute …« Weiter kam sie nicht, weil Max sich bereits neben sie an die Bar gestellt hatte. »Hi«, sagte sie, drehte den Kopf zur Seite und fing an, mit einem Bierdeckel zu spielen.

Monty zapfte Max ein Bier. »Unsere Daisy ist auf der Suche nach einem Boot. Du weißt doch bestimmt, wo sie sich eines leihen könnte.«

Endlich schaute Max Daisy an. Seine Gesichtszüge schienen sich verhärtet zu haben, und das machte sie traurig. »Wofür und für wie lange?«, murmelte Max, der sich allem Anschein nach nur widerwillig an dieser Unterhaltung beteiligte.

»Nur um ein bisschen herauszufahren. Guillaume will es für ein paar Stunden, um sich den Sonnenuntergang anzusehen.«

»Wirst du ihn begleiten?«

Das hatte Daisy noch nicht entschieden. Genau das wollte Guillaume – eine Chance, ihre Beziehung wiederaufleben zu lassen. Wenn sie ihn begleitete, würde ihr Vorsatz, keinen Sex mit ihm zu haben, auf die ultimative Probe gestellt werden. »Ja«, sagte sie und fragte sich, ob es Max wohl etwas ausmachen würde, dass sie mit Guillaume loszog. »Das ist einer dieser spontanen, verrückten, romantischen Einfälle, die er hin und wieder hat.« Sie ertappte sich dabei, dass sie übermäßig mädchenhaft den Kopf zur Seite legte.

Max' Miene verfinsterte sich nur noch mehr. »Wann?«

»Äh, irgendwann in der kommenden Woche, ansonsten ist das, glaube ich, egal.«

»Überlass das mir.«

Daisy rührte sich nicht von der Stelle. »Ist das ein ›Überlass das mir‹ im Stil von ›Ich melde mich in Kürze bei dir‹ oder …« Sie wollte den Satz nicht zu Ende führen und hinzufügen ›oder ist das ein Überlass das mir, aber ich habe nicht die Absicht, jemals wieder etwas für dich zu tun‹.

Max drehte sich leicht, seine Miene war immer noch finster. »Das ist ein ›Überlass das mir, weil ich ein paar Leute darauf ansprechen muss, und danach lasse ich dich wissen, ob und wann‹.«

»Okay, danke.« Sie rang sich ein schwaches Lächeln ab. Monty reichte Max ein frisch gezapftes Bier und streckte die Hand aus, um sein Geld in Empfang zu nehmen. Max schaute von Monty auf Daisy und wieder auf Monty.

Es dauerte einen Moment, bis bei ihr der Groschen fiel und sie aktiv wurde und einen Geldschein aus der Jackentasche zog. »Oh, ich lade dich ein.«

»Danke«, nuschelte Max widerwillig und ließ sie an der Bar stehen.

Daisy fühlte sich unwohl in ihrer Haut und vergrub die Hände zusammen mit dem Wechselgeld in den Jackentaschen. Dann verschwand sie über die Treppe in die erste Etage, wo die Fremdenzimmer waren. Sie klopfte an Guillaumes Tür. Sie konnte hören, dass er sich leise mit jemandem auf Französisch unterhielt. Dann hörte er auf zu reden. »Wer ist da?«, rief er.

»Daisy.«

Es wurde wieder leise Französisch gesprochen, und dann öffnete er ihr die Tür. »Wie schön, dich zu sehen. Komm 'erein, Day-sie.«

»Nein, ich muss gleich wieder los.« Sie lehnte sich gegen den Türrahmen. »Ich habe jemanden gefunden, der nach einem Boot für dich sucht. Hast du dir die Wettervorhersage schon angesehen?«

»*Pardon?*« Die Frage schien ihn zu irritieren.

»Wenn wir kurz vor Sonnenuntergang mit einem Boot aufs Meer fahren wollen, müssen wir uns vorher vergewissern, dass das Wetter sich anständig benimmt. Wir brauchen eine ruhige See und klare Sicht. Du willst ja keinen Notruf absetzen müssen.« Sie lachte leise auf und versuchte, das Bild von Max auf dem Rettungsboot, an das sie sich plötzlich erinnerte, sofort wieder auszublenden.

Guillaume hob leicht das Kinn, als versuche er, sie aus einem etwas anderen Blickwinkel zu sehen. »Ich brauche das Boot am Donnerstag.« Er schluckte, und dann schenkte er ihr ein breites Lächeln. »Am Donnerstag ist, glaube ich, gutes Wetter.«

»Das ist ziemlich kurzfristig, aber ich werde sehen, was ich tun kann.« Sie wollte gehen und zuckte zusammen, als er plötzlich nach ihrer Hand griff.

»Danke«, sagte er und blickte ihr dabei tief in die Augen. Diesmal weckte es keine Leidenschaft in ihr, es war ihr einfach nur unangenehm, und sie hätte nicht sagen können, warum.

»Keine Ursache.« Vorsichtig entzog sie ihm ihre Hand und eilte die Treppe hinunter, durch die Tür und hinein in den Trubel des Mariner's. Sie steuerte auf Max' Ecktisch zu und stellte fest, dass er inzwischen Gesellschaft hatte.

»Hi«, sagte Daisy und fühlte sich so deplatziert wie ein Lammkotelett in einer Obstschale.

Jason stand auf und schlug dabei mit dem Bein gegen den Tisch. »Au. Hallo, Daisy. Wie schön, dich zu sehen. Und du siehst gut aus.« Jason sah indes aus, als stünde er kurz davor, an seiner eigenen Verlegenheit zu ersticken.

»Hör auf herumzuquatschen«, sagte Tamsyn. »Setz dich zu uns«, fügte sie hinzu und bedeutete Daisy mit einer Handbewegung, sich einen Stuhl heranzuziehen. Max schaute Tamsyn mürrisch von der Seite an, aber sie ignorierte ihn einfach.

»Nein, das ist schon in Ordnung«, erwiderte Daisy. »Besteht die Möglichkeit, dass wir das Boot am Donnerstag schon bekommen?«

Max nahm einen Schluck von seinem Bier. »Warum die Eile?«

»Am Donnerstag wird das Wetter wohl okay, und er wird bald wieder abreisen.«

Max konnte seine Freude über diese Eröffnung nicht verbergen. »Der hat es aber nicht lange ausgehalten.«

»Kannst du uns für Donnerstag ein Boot beschaffen oder nicht?«, fragte Daisy in abweisendem Ton. Sie wusste genau, was Max hier andeutete, und hatte nicht die Absicht, sich provozieren zu lassen. Die Genugtuung würde sie ihm nicht geben.

»Wie ich schon sagte, ich werde ein paar Anrufe tätigen und …«

»Gut. Dann warte ich darauf, dass du dich bei mir meldest.« Daisy wandte sich wieder Jason und Tamsyn zu. »Habt noch einen schönen Abend und entschuldigt die Störung. Wir sehen uns.«

Daisy drehte sich um und ging. Es ärgerte sie, dass sie nicht auf einen Drink ins Mariner's eingeladen worden war. Klar, sie hatten ihr gerade angeboten, sich zu ihnen zu setzen, aber das war lediglich ein spontaner Einfall gewesen. Was hätten sie in dieser peinlichen Situation schon anderes tun sollen? Sie hatten wählen müssen und sich für Max entschieden. Aus rationaler Sicht würden sie sich immer für Max entscheiden. Diese drei Menschen waren gemeinsam aufgewachsen und schon lange vor Daisys Rückkehr in die Bucht Freunde gewesen. Sie war der Eindringling, und sie konnte inzwischen noch so eng mit Tamsyn befreundet sein, sie würde trotzdem immer die Außenseiterin bleiben. Daisy schniefte und blinzelte. Sie würde jetzt nicht weinen. Tränen zu vergießen brachte rein gar nichts, damit zeigte man anderen lediglich seine Schwäche. Nein, sie war keine Heulsuse, dachte sie, und wischte sich unwirsch eine Träne aus dem Gesicht.

Hinterher wusste sie nicht mehr genau, wie das Ganze passiert war. Aber an jenem Donnerstag stand sie am Anlegesteg. Es war ein windiger Spätnachmittag im Februar. Das Meer war sehr bewegt, und die Gezeiten wechselten gerade, aber ihnen blieben noch ein paar Stunden, bevor sie das geliehene Boot wieder festmachen mussten. Guillaume stand im Boot und machte sich mit der Außenbordsteuerung vertraut. Seine anfängliche Begeisterung über die Tatsache, dass Daisy ihnen ein Boot beschafft hatte, hatte sich rasch gelegt, und jetzt machte er einen ausgesprochen kribbeligen Eindruck. Daisy musste allerdings zugeben, dass es ihr ähnlich erging. Sollte sie ihn begleiten oder nicht? Konnte sie das bewältigen, auf so engem Raum mit einem sexuell anziehenden Franzosen eine romantische Bootsfahrt entlang der Küste zu unternehmen? Sie war ziemlich sicher, dass Guillaume nach wie vor versuchte, ihre Liebschaft wiederaufleben zu lassen. Sie wollte keine feste Beziehung, aber sie hatte auch schon sehr lange keinen Sex mehr gehabt. Eine leidenschaftliche Nacht würde schon nicht schaden, oder? Im Bruchteil einer Sekunde traf sie ihre Entscheidung.

»Hilf mir mal«, sagte Daisy und hob das rechte Bein über den Rand des kleinen Bootes.

»Wie? *Non*.« Guillaume hob abwehrend die Hand, und sie erstarrte.

»Was ist denn?« Da sie immer noch mit gehobenem Bein dort stand, sah sie aus wie Bug vor einem Laternenpfahl.

»Es tut mir leid, Day-sie. Ich will das allein tun.« Seine Stimme hatte einen melodischen Klang, doch seine Worte waren scharf. »Du kannst im Pub auf mich warten, wenn du möchtest.«

»Was zum Teufel geht hier vor?«, wollte Daisy wissen und stellte ihren rechten Fuß wieder auf den Anlegesteg.

»Ich mache eine Bootsfahrt. Wie ich bereits erklärt 'abe, will ich dieses wunderschöne Fleckchen Erde erkunden. Ich bin ein Abenteurer, und ich will mir die …«

»Hör auf mit diesem Blödsinn.«

Guillaume sah aus, als habe sie ihm mitten ins Gesicht geschlagen. Er lachte verlegen. »Day-sie, was redest du denn da?«

»Es wird bald dunkel, das Meer immer bewegter, und du kannst Steuerbord nicht von deinem eigenen Hintern unterscheiden, und da willst du allein rausfahren, um dir die Küste anzusehen? Hältst du mich eigentlich für eine komplette Idiotin?«

»Ganz und gar nicht.« Sein Gesichtsausdruck veränderte sich. »Ich muss etwas tun, für uns beide.«

»Was?« Er reagierte mit einem typisch französischen Achselzucken. »Sag mir wenigstens, was du tun musst.«

»Vertrau mir. Es ist eine Überraschung.« Er warf den Außenbordmotor an, und summend erwachte das kleine Boot zum Leben. »Bis später, Day-sie. Ich bin in wenigen Stunden zurück. Geh bitte nach Hause.«

337

Am liebsten hätte sie ihm irgendetwas Gemeines hinterhergeschrien, aber vermutlich würde er sie über die Motorengeräusche hinweg gar nicht hören. Wohin fuhr er? Hatte er vielleicht irgendetwas arrangiert, um sich gebührend bei ihr zu verabschieden? Ein einfaches Auf Wiedersehen hätte doch gereicht, und je eher er es sagte und die Bucht verließ, desto glücklicher würde sie sein. So viel zu dem Thema, dass sie eine letzte Nacht der Leidenschaft mit ihm hatte verbringen wollen, dachte sie. Sie stellte sich vor, dass sie in diesem Moment in Guillaumes Armen hätte liegen können. Stattdessen stand sie wie bestellt und nicht abgeholt auf dem Anlegesteg, und der Wind fegte ihr durch die Haare.

Sie beobachtete, wie das Boot die Bucht verließ und weiter an der Küste entlangfuhr. Spontan entschied Daisy, nicht zu Tante Coral zurückzugehen, sondern auf das Kap zu laufen, um festzustellen, ob sie das Boot von dort noch sehen konnte. Vielleicht fuhr er ja nicht weit – bis Lyme Regis oder Weymouth? Suchend schaute sie über das Wasser. Sehr weit draußen entdeckte sie schließlich das kleine Boot. Sie beobachtete es eine Weile. Täuschte sie sich, oder fuhr Guillaume jetzt nicht mehr an der Küste entlang, sondern geradewegs aufs Meer hinaus?

Kapitel 29

Von der Klippe aus beobachtete Daisy das kleine Boot, das Guillaume immer weiter aufs Meer hinaustrug. Der kalte Wind fegte durch ihre Jacke und ließ sie frösteln. Sie hatte ein schlechtes Gefühl bei der Sache. Was sollte sie tun?

Sie atmete tief durch. Guillaume war zwar immer ein wenig zwielichtig gewesen, hatte aber nie in ernsthaften Schwierigkeiten gesteckt. Es hatte einige Mauscheleien mit Geld gegeben, doch sie hatte keinen Grund, ihn für etwas Kriminelles zu verdächtigen. Nach dieser Erkenntnis fühlte Daisy sich etwas besser. Vielleicht sollte sie einfach nach Hause gehen, sich ein großes Glas Wein genehmigen und das Ganze vergessen. Ja, genau das würde sie jetzt tun. Eine weitere eisige Windböe gab ihr den Anstoß, den sie brauchte, um wirklich den Heimweg anzutreten. In Augenblicken wie diesem vermisste sie ihr altes Motorrad am meisten.

Unterwegs hielt Daisy am Fischstand und plauderte ein wenig mit dem Besitzer. Während er sie in das Geheimnis seiner hervorragenden Fritten einweihte und sie ihm erfolgreich vorspielte, dass es sie wahnsinnig interessierte, dachte sie weiter über Guillaume nach. Plante er wirklich eine große romantische Geste? Aber wie um Himmels willen sollte die aussehen, wenn man dafür mit einem kleinen Motorboot auf die stürmische See hinausfahren musste?

Sie war schon fast zu Hause, als ihr Telefon piepte. Für einen kurzen Moment hoffte sie auf eine Nachricht von Guillaume, mit der er ihr mitteilte, dass er zurück war, doch es war nur die App-Benachrichtigung einer Spiele-App. Bevor sie das Handy wieder wegsteckte, fiel ihr die Handy-Ortungs-App ins Auge.

Sie schrie Daisy förmlich an, sie zu öffnen. Sie hatte Guillaumes Telefon darauf gespeichert – vorausgesetzt, er hatte immer noch das Gleiche, und es funktionierte noch. Daisy verlangsamte ihre Schritte und tippte auf die App. Während das Programm lud, hoffte Daisy darauf, ihn in Weymouth lokalisiert zu bekommen. Ein kleiner Punkt leuchtete auf – ein kleiner Punkt weit vor der Küste, der sich nicht bewegte.

Der Wind wurde heftiger, und Daisy wusste, wie sich das auf den Wellengang auswirkte. Warum Guillaume ihrer Meinung nach aufs Meer gefahren war, war völlig unwichtig. Das Einzige, was zählte, war, dass er jetzt in der Dunkelheit weit entfernt von der Küste in einem winzigen Boot festsaß, nur über minimale nautische Kenntnisse verfügte und unter Umständen ein Sturm aufzog. Was sollte sie bloß tun? Sie entschied sich dafür, Jason anzurufen. Kaum hob er ab, überschüttete sie ihn mit einem Schwall all ihrer Ängste.

»Daisy, stopp! Immer schön eines nach dem anderen. Ist Guillaume in Gefahr?«

»Es könnte sein.« Sie biss sich auf die Unterlippe und versuchte, einen klaren Gedanken zu fassen. Dass sich der Punkt auf dem Ärmelkanal nicht von der Stelle rührte, konnte bedeuten, dass er eine Panne hatte. Sie wollte nicht, dass ihm etwas zustieß. Erst recht nicht, falls er es für sie tat, auch wenn sie sich sicher war, dass sie keine Beziehung mehr mit ihm wollte.

»Ist das ein Fall für die Seenotrettung?«

»Das weiß ich nicht, ich glaube nicht«, erwiderte Daisy, die sich von dem Wirrwarr überfordert fühlte.

»Pass auf, wir treffen uns in fünf Minuten im Locos. Okay?«

»Okay, danke.« Sie war etwas erleichtert, beendete das Gespräch und öffnete wieder die Ortungs-App. Der Punkt bewegte sich immer noch mitten im blauen Ozean von der Küste weg. Vielleicht hatte der Motor des Bootes versagt, und Guillaume war weiter aufs Wasser hinausgetrieben worden.

Hatte Jason recht, und das war ein Fall für die Seenotrettung?

Daisy blieb einen Moment stehen und schaute sich um. Sie wusste nicht, warum, aber sie hatte auf einmal das seltsame Gefühl, von jemandem beobachtet zu werden. Sie konnte niemanden entdecken. Es war inzwischen dunkel, und der Wind fegte heulend durch die Straßen der Stadt. Das bedeutete, dass das Meer inzwischen vermutlich zu einer gefährlich brodelnden Masse geworden war. Mit gesenktem Kopf steuerte Daisy auf das Locos zu.

Jason kam aus entgegengesetzter Richtung auf sie zu. Er parkte den kleinen Streifenwagen schwungvoll am Straßenrand und sprang heraus.

»Geht es dir gut?«, fragte er.

»Ja, ich bin nur durcheinander, und ich will nicht, dass meinetwegen irgendjemand Schwierigkeiten bekommt.«

»Daisy, falls hier jemand etwas Gesetzeswidriges getan hat, ist das dessen Problem und nicht deines. Hat jemand etwas Illegales getan?« Dass Jason das hoffte, war an seiner Miene abzulesen.

»Das weiß ich nicht«, gab Daisy kopfschüttelnd zur Antwort. »Es ist so, Guillaume wollte, dass ich mir ein Boot leihe, damit er sich die Küste anschauen kann. Ich dachte, er wollte mit mir zusammen einen Ausflug machen, sich den Sonnenuntergang ansehen und …« Sie stockte. Was sie sich von dem weiteren Verlauf des Abends versprochen hatte, brauchte sie nicht zu gestehen. »Jedenfalls ist er letztendlich allein losgefahren. Das kam mir seltsam vor. Wer macht denn so was? Außerdem ist das Wetter alles andere als gut, und er hat nicht viel Ahnung von Booten.« Ihr ging die Puste aus.

»Er hat kein Vorstrafenregister. Das habe ich überprüft«, sagte Jason. Daisy hob die Augenbrauen. »Vorausschauend zu sein, ist immer das Beste.«

»Ob er irgendetwas im Schilde führt, weiß ich nicht. Ich weiß aber, dass es so aussieht, als säße er im Ärmelkanal fest.«

»Dann rufen wir jetzt die Seenotrettung. Es wird immer stürmischer da draußen. Die Möglichkeit, dass er in Gefahr schwebt, besteht, und das reicht, um eine Mannschaft loszuschicken. Ich werde mitfahren, damit ich für den Fall, dass etwas Unvorhergesehenes passiert, eingreifen kann. Wir bringen ihn unbeschadet zurück. Okay?«

»Danke, Jason.« Daisy war zutiefst erleichtert. Sie hatte zwar keine romantischen Ambitionen mehr bezüglich Guillaume, wollte aber auch ganz bestimmt nicht, dass ihm etwas zustieß.

»Gib mir nur noch eben die letzten bekannten Koordinaten seines Telefons von deiner App, dann kannst du hierbleiben. Ich werde dich auf dem Laufenden halten. Das verspreche ich dir.«

Jason holte sich rasch von ihrem Handy, was er brauchte, und gab es ihr zurück. Dann sprang er wieder in den kleinen Streifenwagen, als spiele er die Hauptrolle in einer Low-Budget-Krimiserie. Daisy schaute ihm nach, wusste aber bereits in diesem Moment, dass sie nicht in der Bar hocken und darauf warten konnte, von ihm zu hören – sie musste an den Strand. Sie wollte sich davon überzeugen, dass mit Guillaume alles in Ordnung war, und hatte das erdrückende Gefühl, für das Geschehen verantwortlich zu sein. Nicht nur, weil sie zugelassen hatte, dass er mit dem Boot losgefahren war, sondern auch, weil sie ihm jetzt die Mannschaft der Seenotrettung hinterherschickte. Als sie am Strand ankam, war das Rettungsboot bereits auf dem Wasser. Sie dachte, sie wäre allein am Strand, als sie hinter sich plötzlich Kies knirschen hörte und zielstrebig jemand auf sie zusteuerte.

»Mist, ich habe den Alarm zu spät gehört«, schimpfte Max aus der Dunkelheit. »Sag mir bitte nicht, dass das dein schwachsinniger Lover ist, der in diesem verdammten Boot sitzt.«

Daisy suchte verzweifelt nach einer Antwort, mit der sie Max diese Bemerkung heimzahlen konnte, aber ihr fiel einfach nichts ein. Sie verzog das Gesicht.

»Ich wusste, dass ich mich nicht dazu hätte breitschlagen lassen dürfen. Verdammter Mist. Hast du nicht gesagt, er würde sich mit Booten auskennen?«

»Das hat er behauptet. Aber danach zu urteilen, wie er den Motor beäugt hat, glaube ich nicht, dass er viel Ahnung hat.«

»Und jetzt setzt er das Leben von drei weiteren Menschen aufs Spiel, und wofür? Für irgendeine Besichtigungstour?« Max schaute sich um und sah dann wieder Daisy an. »Ich dachte, du hättest ihn begleitet.«

»Das dachte ich auch«, erwiderte Daisy und starrte auf das tintenschwarze Wasser, das zornig auf den Strand einschlug und weiße Gischt spuckte.

»Was ist denn hier los?«, fragte Max und drehte sich im Kreis wie ein tollpatschiges Kleinkind, das versuchte, eine Pirouette zu drehen.

»Er ist mitten auf dem Kanal und rührt sich nicht vom Fleck, und … wohin gehst du?« Daisy lief Max nach, obwohl er sie ignorierte und auf dem gleichen Weg zurücklief, auf dem er gekommen war. »Max!«

»Bleib, wo du bist. Ich will nur eben etwas überprüfen«, rief Max zurück. Daisy beschleunigte ihre Schritte, bis sie ihn einholte. Er schüttelte den Kopf. »Schlecht hören kannst du immer noch gut, wie?«

»Deine schlechten Manieren sind ja auch noch nicht besser geworden.«

Sie mussten beide grinsen und senkten verlegen die Köpfe. Nebeneinander kämpften sie sich gegen den Wind bis auf das Kap vor. Dort oben war es regelrecht stürmisch, und Daisy wurde angst und bange, als sie sich dem Klippenrand näherten. Plötzlich blieb Max wie angewurzelt stehen, sodass Daisy beinahe gegen ihn geprallt wäre.

»Warum steht denn so spät am Abend da unten ein Wagen?« Max zeigte auf den uralten Astra-Kombi, der auf dem kleinen

Parkplatz stand. Beide sahen sie sich um, aber außer ihnen war niemand zu sehen.

»Ist dein Lover kriminell?«, fragte Max und lief weiter.

»Er ist nicht mein Lover und, nein, er ist auch nicht kriminell.« Schweigend marschierten sie aus der Bucht und über den Küstenpfad auf die Höhle zu. Max verlangsamte seinen Schritt.

»Was tun wir hier eigentlich?«, fragte Daisy laut, um das Heulen des Windes zu übertönen.

»Hör auf zu schreien. Ich habe einen Verdacht.«

Daisy griff nach seinem Arm und drehte ihn mit Wucht zu sich herum. »Sag mir, was hier vorgeht. Oder zumindest, was für einen Verdacht du hast?«

Max sah sie verärgert an. Sie hatte wieder so laut gesprochen.

Sie beugte sich dichter an ihn heran. »Bitte«, fügte sie sehr viel leiser hinzu und ließ seinen Arm los.

Max lief den Pfad ein Stück weiter hinunter und bedeutete ihr dann mit einem Winken, ihm zu folgen. Jetzt standen sie genau über der kleinen Bucht am Klippenrand, und Daisy schaute mit bangem Blick auf die Felsen unter ihr.

»In dieser Bucht hat Pasco immer seine krummen Geschäfte abgewickelt und seine Schmuggelaktionen durchgezogen.« Max zeigte mit dem Daumen auf die Klippen, die sich vor ihnen auftaten.

»Tamsyn hat aber gesagt, wegen der vielen Felsstürze sei es in der Bucht gefährlich und der Pfad gesperrt worden, damit niemand mehr dort hinunterklettern kann.«

»Was es zu einer idealen Stelle macht …«

»… wenn man etwas im Schilde führt«, beendete Daisy den Satz.

Ihr wurde bewusst, welche mögliche Schlussfolgerung das zuließ. »Moment mal. Glaubst du etwa, dass man Guillaume dazu verleitet hat, unlautere Geschäfte zu machen?«

Max zog ein Gesicht, das recht gut vermittelte, was er glaubte. »Dass man ihn dazu verleitet hat … nein.«

»Und wer zieht jetzt voreilige Schlüsse? Du bist ihm ein paarmal begegnet, und nun glaubst du, er sei der Drahtzieher illegaler Machenschaften.«

»So weit würde ich nicht gehen. Wie ein Genie hat er nicht auf mich gewirkt, eher wie ein Idiot. Eigentlich wie ein echt großer ...«

»Im Ernst? Ist das jetzt der richtige Zeitpunkt für dieses Streitgespräch?« Daisy stemmte die Hände in ihre schmalen Hüften.

»Eher nicht«, gab Max mit gesenkter Stimme zu.

Daisy trat einen großen Schritt nach vorn und lugte über den Klippenrand. Max griff so fest nach ihrem Arm, dass sie erschrak.

»Scheiße, Max, jetzt hast du mich fast hinuntergestoßen.« Er hielt ihren Arm immer noch ganz fest. Daisys Herz raste, und das lag nicht nur daran, dass sie so nah am Klippenrand stand.

»Schau«, sagte Max und zeigte auf das kleine Stück Strand, das die hereinkommende Flut in Kürze verschlucken würde. »Da unten ist jemand.«

Daisy kniff die Augen zusammen. »Ich glaube, das sind zwei Leute.«

Max zog sie vom Klippenrand weg und ließ ihren Arm los. »Ich will wissen, wer das ist. Also werde ich hier bleiben und warten, bis sie wieder nach oben kommen. Geh du nach Hause, und ich rufe dich dann an.«

Daisy lachte. »Warum will mich jeder nach Hause schicken, als wäre ich ein dummes kleines Mädchen? Ich rühre mich nicht vom Fleck.« Trotzig verschränkte sie die Arme vor der Brust.

Max schüttelte den Kopf. Sie hoffte, dass er jetzt nicht mit ihr darüber streiten würde. Er trat von ihr weg, und für einen kurzen Moment dachte sie, er würde sie einfach stehen lassen. Stattdessen kauerte er sich hinter den nächstgelegenen Busch.

Daisy hockte sich neben ihn. »Das tun sie in James-Bond-Filmen nie«, sagte sie mit einem Lächeln.

Die Zeit zog sich, und nichts passierte. Niemand kam aus der Bucht nach oben. Vielleicht hatten sie sich geirrt, vielleicht hatte ihre Fantasie ihnen einen Streich gespielt, und sie hatten in Wahrheit nur irgendwelche Schatten gesehen. Von der ungewohnten Sitzposition taten ihr die Oberschenkel irgendwann so weh, dass sie sich auf den kalten Boden setzte. Sie hatte keinerlei Gefühl mehr in den Fingern, obwohl sie die ganze Zeit in ihren Jackentaschen gesteckt hatten. Jason hatte sich noch nicht gemeldet. Sie wusste allerdings nicht, ob er so weit draußen auf dem Wasser überhaupt Handyempfang hatte. Zu Anfang hatte sie das Ganze spannend gefunden, aber inzwischen überlegte sie, ob sie nicht nach Hause gehen und sich einen Kaffee gönnen sollte. Hier konnte sie nichts tun, und Jason würde sie sicher bald wissen lassen, ob mit Guillaume alles in Ordnung war.

Da klopfte Max ihr auf einmal auf den Arm, und sie blickte auf. Hastig zeigte er mit dem Finger auf eine Stelle neben dem Busch. Daisy lugte an der dornigen Pflanze vorbei. Die Flut war weiter gestiegen, und der Strand der Bucht war nicht mehr zu sehen.

Daisy verlagerte ihre Position und schaute noch einmal in die Klippenschlucht hinab, in der unheilvoll das Meer wogte. »Da ist niemand. Sie müssen entweder aufs Meer hinausgeschwemmt worden sein, oder es ist nie jemand da unten gewesen.« Daisy wollte aufstehen, doch Max riss sie mit solcher Gewalt zurück, dass sie auf ihrem Hintern landete. Sie widerstand dem Drang, sich zu beschweren, weil sie Max' Anspannung merkte.

Max hob die Hände und formte mit den Lippen ein »Tschuldigung«, und dann zeigte er mit dem Finger gerade nach vorn und dann nach unten. Daisy blinzelte in die Dunkelheit, konnte aber nichts entdecken. Zu hören war nur der Wind, der ihr um die eiskalten Ohren fegte. Doch dann sah sie plötzlich eine Bewegung. Zwei Gestalten stiegen den steilen Pfad hinauf, der früher zu der einsamen Bucht geführt hatte. Ihr Herz fing an zu rasen. Sie versuchte, die beiden zu erkennen, doch es war zu dunkel. Daisy fragte sich, wer das sein mochte, und was sie in einer derart stürmischen Nacht auf einer gefährlichen Klippe trieben. Vor allem aber fragte sie sich, ob irgendeine Verbindung zwischen ihnen und Guillaume bestand. Sie war unendlich froh, nicht allein hier zu sein.

Kapitel 30

Daisy und Max starrten schweigend in die Dunkelheit und beobachteten, wie die beiden Gestalten über die Absperrung kletterten. Als einer der beiden stolperte, hörten sie ein gedämpftes Fluchen.

»Das ist eine Frau«, wisperte Daisy und fand es auf der Stelle lächerlich, sich hinter einem Busch zu verstecken. »Das sind keine Verbrecher – die waren am Strand, um ein Nümmerchen zu schieben. Und wir sehen jetzt aus wie Spanner. Verflucht noch mal, Max.« Von einer Sekunde zur anderen war sie wütend auf Max, weil er Zweifel an Guillaume in ihr gesät hatte. Noch wütender war sie allerdings auf sich selbst, weil sie ihm geglaubt hatte. Dieses Pärchen hatte eindeutig nichts mit dem zu tun, was Guillaume da draußen auf dem Meer trieb, und was er dort trieb, war vermutlich völlig harmlos.

Max legte seinen Finger auf die Lippen, und widerwillig verstummte Daisy wieder. Sie sahen, wie das Pärchen die letzten Stufen erklomm, stehen blieb und aufs Meer hinausblickte. Der Mann telefonierte mit einem Handy, und obwohl sie zu weit weg waren, um verstehen zu können, was er sagte, war deutlich zu erkennen, dass er zornig war.

Es machte seltsam viel Spaß, andere Menschen zu bespitzeln. Daisy fand es faszinierend, sich vorzustellen, wer die beiden wohl waren, und wenn sonst schon nichts dabei herauskam, lenkte es sie zumindest von der Befürchtung ab, die Seenotrettung auf eine völlig überflüssige Verfolgungsjagd geschickt zu haben.

»Und nun?«, fragte Daisy und knuffte Max in die Rippen.

»Sch, ich denke nach.«

»Wenn wir darauf warten müssen, dass dabei was herauskommt, sitzen wir unter Umständen die ganze Nacht hier. Ich würde sagen, wir …« Laute Musik schnitt ihr das Wort ab. Dröhnend schallte der Klingelton The Crazy Frog aus ihrer Jackentasche, mit dem ihr Mobiltelefon einen Anruf meldete.

»Hallo?«, nahm sie das Gespräch im Flüsterton entgegen.

»Daisy, hier spricht Jason. Guillaume ist in Sicherheit. Bleib, wo du bist. Ich kann nicht weiter ins Detail gehen, aber das Ganze ist jetzt Teil einer polizeilichen Untersuchung.«

Daisy hörte ihm zu und starrte dabei in die beiden Gesichter, die plötzlich über den Büschen auftauchten und sie und Max eingehend begutachteten. Aus der Nähe waren sie deutlicher zu erkennen. Keiner der beiden lächelte. Panik machte sich in Daisy breit. Ihr Herzschlag beschleunigte sich, in ihrem Kopf drehte sich alles, und jeder Einzelne ihrer Muskeln war angespannt.

»Okay, vielen Dank für deine *Hilfe*. Bis dann.« Sie hoffte inständig, dass Jason auffiel, wie sie das Wort Hilfe betont hatte: ihr kläglicher Versuch, ihm mitzuteilen, dass sie sich in Gefahr befanden. Max stand langsam auf. Ein gewisser Trost war, dass er zumindest genauso groß war wie der streng und ernst aussehende Mann, der sich vor ihnen aufgebaut hatte. Max griff nach Daisys Hand, zog sie auf die Füße und hielt sie fest an sich gedrückt. In ihrer Magengrube machten sich dabei völlig unangebrachte eigenartige Gefühle breit.

»Hi, Kumpel«, sagte Max freundlich. »Tut mir leid, wir wollten euch nicht erschrecken.« Er sah Daisy an. »Komm, Baby, lass uns nach Hause gehen.« Er führte Daisy hinter dem Busch hervor, nickte dem anderen Pärchen flüchtig zu und ging langsam Richtung Stadt.

Max legte seinen Arm um Daisys Schultern und zog sie fester an sich. »Lauf immer schön weiter«, flüsterte er ihr ins Ohr. »Mach mir alles nach. Okay?«

Seine Reaktion machte ihr Angst, doch die Wärme seines Körpers zu spüren beruhigte sie. »Okay«, erwiderte sie, schluckte und versuchte, gleichmäßig zu atmen. Sie hätte ihn gern gefragt, was zum Teufel hier vorging. Und noch lieber wäre sie einfach losgerannt. Sie wusste nicht genau, warum, aber irgendetwas in ihr drin schrie sie an ›LAUF WEG‹, und es fiel ihr schwer, diese Stimme zu ignorieren.

Ihr Herz hämmerte wie wild, und das Blut rauschte ihr laut in den Ohren. Jetzt fiel Daisy auf, dass Max sie von der Klippe weg auf das Gras neben dem Pfad gedrängt hatte. Hier war es zwar unebener, aber auch sicherer, sollte irgendjemand versuchen, sie über die Klippen zu stoßen. Ein verstohlener Blick über die Schulter bewies Daisy, dass das Paar ihnen folgte. Die Angst, die sie daraufhin empfand, ballte sich in ihrem Magen, und entgegen aller Logik gewann ihr Instinkt die Oberhand. Im nächsten Moment rannte sie los.

Max griff taumelnd nach vorn, doch es war zu spät. Daisy war bereits losgesprintet. Er hörte die Schritte hinter sich und drehte sich genau in dem Moment um, in dem der Mann mit der Faust zuschlug. Max sprang zur Seite, und der Schlag traf ihn an der Schulter, sodass er das Gleichgewicht verlor. Er stolperte nach hinten, und der Mann schlug erneut auf ihn ein. Als er zu Boden ging, wappnete er sich gegen den ersten Fußtritt, doch sein Angreifer musste sich inzwischen selbst gegen jemanden zur Wehr setzen. Max blinzelte in die Dunkelheit und traute seinen Augen nicht.

»Dad?«, vergewisserte sich Max. Er lag bäuchlings auf dem Pfad, als Pasco seinem Angreifer gerade einen zweiten rechten Haken verpasste. Max fiel die Kinnlade herunter.

»Lauf zu Daisy, Max. Sie braucht dich«, rief Pasco und wich den Vergeltungsschlägen gekonnt aus. Der andere Mann war erheblich jünger als Pasco, aber im Moment schienen sie gleichwertige Gegner zu sein.

Max rollte sich auf den Rücken. Daisy rannte immer noch, aber die Frau war ihr auf den Fersen und kam ihr immer nä-

350

her. Er rappelte sich hoch und rannte los, um die beiden einzuholen. Daisy drehte sich nicht um, unter Umständen wusste sie gar nicht, dass sie verfolgt wurde. Warum verfolgte man sie überhaupt? Wer waren diese Leute, und in was war dieser dämliche französische Vollidiot verwickelt? Max rannte so schnell wie möglich. Er musste die Frau einholen, bevor sie Daisy erreichte.

Er kam ihnen schnell näher. Daisy war jetzt fast an dem kleinen Parkplatz angekommen. Dort gab es zum Glück ein paar Straßenlaternen, allerdings war außer ihnen keine Menschenseele unterwegs. In der Nacht war Ottercombe Bay wie ausgestorben, und es standen auch keine Häuser in der Nähe. Noch während er rannte, zog Max sein Telefon aus der Jackentasche, wählte Jasons Nummer und hielt sich das Handy ans Ohr – so zu rennen war wirklich schwierig.

»Geh ran, Jason, nimm ab, verdammt.« Max atmete schwer. Jetzt sah er, dass Daisy den Pfad verließ und auf den Asphaltweg einbog, der in die Stadt führte. Er erwartete, dass ihre Verfolgerin ihr nachrennen würde, doch stattdessen steuerte die Frau auf den geparkten Astra zu und stieg ein. Für einen Moment verlangsamte Max sein Tempo. Daisy befand sich nicht mehr in unmittelbarer Gefahr. Er füllte seine Lungen mit Luft und erhöhte dann wieder sein Tempo. Allem Anschein nach machte die Frau sich aus dem Staub. Sie hatte Daisy also gar nicht verfolgt. In Wahrheit war sie lediglich in die gleiche Richtung gerannt. Die Erleichterung, die er empfand, war überwältigend.

Er rannte weiter. Als er gerade überlegte, ob er weiterhin Daisy folgen oder zurücklaufen sollte, um Pasco zu helfen, ging Jason endlich am anderen Ende der Leitung ans Telefon. »Jason, ich bin mit Daisy oben auf dem Kap, und wir sind von zwei Leuten überfallen worden und … Scheiße!« Max stopfte das Telefon wieder in seine Jackentasche und raste dem Astra nach, der entgegen seinen Erwartungen nicht aus der Stadt

351

hinausfuhr, sondern Daisy nachjagte. Dieses Gerenne wurde langsam anstrengend. Er war fit, aber Autos waren erheblich schneller als er – selbst alte Astras.

Heftige Windböen wehten ihm entgegen, hinderten ihn daran, schneller zu laufen. Vergeblich versuchte er, den Wagen nicht aus den Augen zu verlieren. Der Astra raste davon, geriet leicht ins Schleudern, als er zu schnell in eine Kurve ging, dann war er verschwunden. Max mobilisierte seine letzten Reserven und rannte weiter, obwohl er wusste, dass er dieses Tempo nicht mehr lange würde halten können.

Gerade überlegte er, stehen zu bleiben, schließlich hatte er nicht die geringste Idee, in welche Richtung Daisy und der Wagen verschwunden waren. Da hörte er weiter vorn plötzlich Reifen quietschen und das Knirschen von Metall auf Metall. Das verlieh ihm neue Kräfte, und er gab noch einmal Gas. In dem Moment, in dem er in die Straße vor dem Mariner's Arms einbog, sah er, dass ein Wagen gegen das Eisengitter geprallt war. Er rannte weiter und erkannte nun deutlicher, was passiert war. Auf dem Boden war eine Nagelsperre ausgelegt worden, die die Reifen des darüberfahrenden Autos durchstochen und es so fahruntüchtig gemacht hatten. Auf dem Parkplatz vor dem Pub standen zwei Streifenwagen. Max richtete seine Aufmerksamkeit wieder auf die Straße, wo zwei bewaffnete Polizisten standen und ihn anbrüllten, er solle sich flach auf den Boden legen. Max blieb stehen und tat, was man von ihm verlangte. Sein Herz hämmerte in seiner Brust, und Luft zu holen war schwierig, wenn man mit dem Gesicht nach unten auf dem Asphalt lag.

»Wartet, das ist Max«, rief Jason, der ganz in der Nähe stand. »Was tut ihr denn?«, fügte er hinzu und lief auf Max zu. Der rollte sich langsam auf die Seite und blickte direkt in den Lauf einer Waffe, die auf ihn gerichtet war. Neben dem bewaffneten Beamten stand Jason und stemmte die Hände in die Hüften.

»Hallo, Kumpel«, meinte Max, immer noch ganz außer Atem. »Der Kerl, den ihr sucht, ist oben auf dem Kap und prügelt sich mit Pasco.«

Jason griff nach seinem Funkgerät, aber einer der ranghöheren Beamten dirigierte bereits Polizisten zu einem Wagen, der mit quietschenden Reifen davonbrauste. Jason half Max beim Aufstehen, und sie beobachteten, wie man die Frau zwang, aus dem Astra zu steigen, ihr Handschellen anlegte und zu dem anderen Streifenwagen eskortierte.

»Wo ist Daisy?«, fragte Jason.

Max schloss die Augen. Genau das hatte er auch fragen wollen. »Ich weiß es nicht.«

»Ich habe hier noch so einiges zu tun. Kannst du sie suchen gehen?«

Max nickte und machte sich auf den Weg zum Locos. Unterwegs atmete er immer wieder tief durch. Fragen über Fragen schossen ihm durch den Kopf. Er hatte keine Ahnung, was er heute Abend erlebt hatte, wer diese Leute waren und wo diese vielen bewaffneten Polizisten so plötzlich hergekommen waren. Das einzig Tröstliche war, dass Daisy einer Konfrontation entgangen war, aber wo war sie jetzt?

Er zog sein Telefon hervor und wählte ihre Nummer. Der Anruf wurde sofort auf die Mailbox weitergeleitet. Noch einmal holte Max tief Luft und lief weiter. Im Locos brannte kein Licht, als er dort ankam. Das war kein gutes Zeichen, aber er musste dennoch nachschauen. Auf den letzten Metern lief er langsamer und drehte zuerst eine runde um das Gebäude herum. »Daisy!« Er klopfte an die Eingangstür, bekam aber keine Antwort. Er stand auf dem Bahnsteig und überlegte, was er als Nächstes tun sollte.

Als er hinter sich ein klickendes Geräusch vernahm, erwartete er für einen kurzen Moment, gleich dem Typ vom Kap gegenüberzustehen, der ihn mit einer entsicherten Waffe bedrohte. Trotzdem drehte er sich um und sah, wie die Tür des Eisenbahnwaggons geöffnet wurde. Völlig verängstigt trat Daisy nach draußen und schaute sich um wie ein aufgeschrecktes Tier.

Max rasten so viele Dinge durch den Kopf, die er ihr gern gesagt hätte. Stattdessen entschied er sich dafür, sie einfach in die Arme zu schließen und ganz fest zu halten. Er konnte spüren, wie sie zitterte. Nach einer Weile schob Daisy ihn sanft von sich.

»Was geht hier vor, verflucht noch mal?«, fragte sie ihn.

»Ich wünschte, ich wüsste es. Komm, ich begleite dich jetzt nach Hause, und morgen früh bitten wir Jason, die Lücken zu füllen und uns alles zu erzählen.« Er musste auch in Erfahrung bringen, wo Pasco war, und sich davon überzeugen, dass ihm nichts passiert war. Daisy nach Hause zu bringen hatte jetzt jedoch Vorrang. Sie sollte sich im Moment nicht noch mehr Sorgen machen.

Daisy verriegelte den Waggon, und langsam überquerten sie den Parkplatz. Max berichtete Daisy, was aus der Frau geworden war, die sie verfolgt hatte, und Daisy erklärte ihm, in welche Seitenstraße sie geflüchtet war, um ihrer Verfolgerin zu entkommen. Als sie den Uferdamm erreichten, sahen sie, dass inzwischen noch mehr Streifenwagen eingetroffen waren. Die meiste Hektik herrschte um den Pub herum, der in einem nahezu weihnachtlichen Lichterglanz erstrahlte.

»Der arme Monty, der wird von diesem Rummel nicht begeistert sein«, sagte Daisy und lief weiter Richtung zu Hause.

»Da wäre ich mir gar nicht so sicher. Der wird den Polizisten schicke Kaffeekreationen servieren, ihnen viel Geld dafür abknöpfen und sich mächtig über die Einnahmen freuen.«

Kurz bevor sie Daisys Straße erreichten, hörten sie hinter sich einen Wagen. Es war ein weiterer Einsatzwagen der Polizei. Das Auto kam mit quietschenden Reifen zum Stehen und schoss dann rückwärts wieder auf sie zu. Daisy und Max blieben stehen und sahen zwei Beamte aus dem Fahrzeug springen.

354

»Max Davey?«, fragte einer der beiden.

»Ja«, gab Max mit verdutzter Miene zur Antwort.

»Max Davey, ich verhafte Sie unter dem Verdacht der Beteiligung an einem Drogenhandel gemäß Paragraf 4 des Drogenmissbrauchsgesetzes von 1971. Sie haben das Recht zu schweigen, aber es könnte Ihrer Verteidigung schaden, wenn Sie bei einer Befragung nicht erwähnen, worauf sie sich später vor Gericht berufen wollen. Alles, was Sie sagen, kann und wird vor Gericht gegen Sie verwendet werden. Steigen Sie bitte in den Wagen, Sir.«

»Was?«, fragte Max. Der Beamte öffnete die Wagentür und bedeutete Max mit einer Handbewegung einzusteigen. »Eigentlich ... heute Abend ergibt nichts einen Sinn. Also los, Jungs.« Max schüttelte den Kopf und setzte sich freiwillig in den Streifenwagen. Einer der Beamten nahm neben ihm Platz, der andere setzte sich hinter das Steuer. Dann fuhren sie weg und ließen Daisy zitternd auf der Straße stehen.

Kapitel 31

Als Daisy am nächsten Morgen aufwachte, lag sie erst einmal ein paar Minuten da und hoffte, das Ganze sei nur ein Traum gewesen. Wenn sie ehrlich war, musste sie allerdings zugeben, dass selbst ihre hirnrissigsten Träume sinnvoller waren als die Ereignisse des vergangenen Abends. Sie versuchte noch, ihre Gedanken zu ordnen, als die Zimmertür geöffnet wurde und Tante Coral mit einer Tasse Tee hereinkam.

»Guten Morgen, Liebes. Ich arbeite heute nicht. Da wollte ich dich fragen, ob du mir wohl dabei helfen könntest, den Schmetterlingsflieder zu schneiden. Geht es dir gut?«, erkundigte sie sich, als ihr Daisys weggetretener Gesichtsausdruck auffiel.

Daisy nahm die Tasse in die Hand, die ihre Tante ihr hinhielt. »Danke der Nachfrage und nein, es geht mir alles andere als gut.«

Tante Coral setzte sich auf die Bettkante und hob Bug auf ihren Schoß, und Daisy begann zu erzählen. Coral hörte aufmerksam zu und nickte an den richtigen Stellen, bis Daisy mit ihrer Geschichte am Ende war.

»Also, Guillaume ist in Sicherheit, weil Jason ihn gerettet hat, und Max hat dich gerettet, ist aber wegen Drogenhandels verhaftet worden. Habe ich das so richtig verstanden?«

Daisy hatte gehofft, das Ganze würde etwas einleuchtender werden, wenn sie es laut aussprach, doch was passiert war, ergab nach wie vor überhaupt keinen Sinn. Daisy griff nach ihrem Handy und rief Jason zu Hause auf seinem Festnetzanschluss an. Als er nicht abnahm, versuchte sie es auf seinem Handy, doch der Anruf wurde sofort auf die Mailbox weitergeleitet. Daisy schlug die Bettdecke zurück. »Ich muss mit Jason reden. Vielleicht kann er alles erklären.« Sie wünschte, irgendjemand würde das tun. Da sie hoffte, dass Tamsyn wusste, wo sie ihn finden konnte, rannte sie zur Haustür. Im nächsten Moment fiel ihr auf, dass sie noch immer im Schlafanzug war. So sollte sie vermutlich besser nicht bei den Nachbarn auftauchen. Also hastete sie wieder in ihr Zimmer und zog sich erst einmal an.

Auch Tamsyn hatte keine Ahnung, wo Jason war, und so beschlossen sie, Tamsyns Wagen zu nehmen und zusammen zum Polizeirevier zu fahren. Wieder berichtete Daisy, was sich in der vorangegangenen Nacht zugetragen hatte, nicht nur, um es Tamsyn zu erzählen, sondern auch, um es sich selbst noch einmal vor Augen zu führen. Wenn sie jetzt im Polizeirevier auftauchte, würde sie unter Umständen eine Aussage machen müssen. Dafür wäre es sicher gut, wenn sie zumindest im Ansatz verstünde, was sie gesehen und erlebt hatte.

»Jason hat mir gestern Abend eine SMS geschickt und *Doctor Who* abgesagt, weil er einen Notfall hatte. Ich bin automatisch davon ausgegangen, dass es sich dabei um einen SVU handelte. Das bedeutet Straßenverkehrsunfall«, fügte Tamsyn stolz hinzu.

Daisy schaute ihre Freundin an. »Ein SVU war das nicht.«

»Ich glaube, du solltest dich stellen«, riet Tamsyn ihr mit todernster Miene.

Daisy blinzelte. »Was habe ich denn verbrochen?«

»Du hast Max dazu angestiftet, sich das Boot zu leihen, aus dem man Guillaume retten musste.«

Da hatte Tamsyn nicht so ganz unrecht.

Das Polizeirevier, auf dem Max festgehalten wurde, war ein paar Kilometer entfernt. Im Ort gab es schon lange keines mehr.

Im Revier war einiges los, doch kaum einer der Anwesenden wirkte wie ein Polizist.

»Sollen wir nach Jason fragen?« Daisy war ein wenig verunsichert.

»Fragen wir nicht besser nach Max?«

»Ich schätze, sie wären eher geneigt, Jason nach draußen zu schicken, damit er uns alles erklärt.«

»Oh, okay«, meinte Tamsyn, »dann machen wir das.« Daisys Sarkasmus schien sie gar nicht bemerkt zu haben.

Also reihte Daisy sich in die Warteschlange ein, als sie auf einmal laute Stimmen hinter sich hörte. Es war einer dieser Momente, in denen man wusste, dass es katastrophale Folgen haben konnte, Blickkontakt herzustellen, sich aber einfach nicht beherrschen konnte und trotzdem hinschaute. Sie drehte sich um und sah Pasco, der rückwärts aus einer Flügeltür kam, während Max ihm mit dem Zeigefinger gegen die Schulter stieß. »Glaubst du etwa, damit wäre alles andere jetzt vergeben und vergessen? Was ist mit dem Medaillon? Hast du dir eingebildet, ich würde das nicht erkennen? Warst du es, der …« Max verstummte und blieb wie angewurzelt stehen, als ihm klar wurde, wer sein Publikum war.

Zitternd schaute Daisy zunächst Max an und dann Pasco. Ihr Mund war auf einmal ganz trocken, und sie hatte Mühe, zu verarbeiten, was sie gerade gehört hatte. Sie trat aus der Warteschlange und baute sich vor Pasco auf. »Haben Sie das Medaillon meiner Mutter gestohlen?«

Pasco schaute Max an, der sich in seiner Haut überhaupt nicht wohlzufühlen schien. Er fuhr sich mit den Fingern durch die Haare, die noch wuscheliger waren als sonst. Er sah ungepflegt aus – müde, unrasiert, und er trug immer noch die gleichen Sachen wie am Vortag.

»Daisy, wir sollten woanders hingehen und uns in Ruhe unterhalten.« Pasco legte seine Hand auf ihre Schulter, doch sie schob sie energisch wieder weg.

»Nein, ich halte ein Polizeirevier für den idealen Ort, um über einen Diebstahl zu sprechen.« Sie ließ sich nicht beirren.

Pascos Augenbrauen schossen in die Höhe. Als sei es so abgesprochen gewesen, trat genau in diesem Moment Jason durch die Flügeltür und steuerte zielstrebig auf sie zu.

»Max, du kannst gehen, aber bleib in der Stadt. Vielleicht müssen wir den einen oder anderen Sachverhalt noch einmal überprüfen.« Den verächtlichen Blick, den Max Jason zuwarf, schien dieser gar nicht zu bemerken. »Das Gleiche gilt für dich, Pasco.«

»Heh, ich bin unschuldig«, entgegnete Pasco, der es plötzlich ausgesprochen eilig hatte, alle aus dem Polizeirevier herauszubekommen.

»Bis später«, meinte Jason und winkte Tamsyn kurz zu.

»Halt«, rief Daisy in energischem Ton. »Jason, wo ist Guillaume?«

»Ich gehe jetzt«, sagte Max und griff nach der Türklinke. Niemand reagierte, also verließ er das Revier. Pasco folgte ihm.

»Gegen Guillaume ist Anklage erhoben worden. Wegen Drogenbesitzes mit Vorsatz des Weiterverkaufs.«

»Wo ist er?«, fragte Daisy barsch.

»Er ist nicht hier. Die Behörden hatten die Bande, mit der er zusammengearbeitet hat, schon seit längerer Zeit im Visier, das war eine größere Polizeiaktion. Der örtlichen Polizei hat man nicht viel Einblick gewährt.« Sie konnte die Enttäuschung darüber in Jasons Stimme hören.

»Ach so. Und wer waren die Leute, die Max und mich gejagt haben?«

»Guillaume war ein Mittelsmann. Er sollte die Drogen auf See von einem anderen Boot übernehmen und sie in der Bucht dann den beiden aushändigen, denen ihr begegnet seid. Eigentlich war die Aktion wohl erst für die kommende Woche geplant gewesen, und dann hatten sie den Tipp erhalten, dass ihnen jemand auf die Schliche gekommen ist. Deshalb haben sie die Übergabe überstürzt vorgezogen. Und als Übergabeort die Bucht gewählt, ohne zu wissen, dass die gesperrt ist.«

»Max hatte nichts damit zu tun, das weißt du hoffentlich.«

»Ja, sie haben ihn trotzdem die halbe Nacht verhört. Er war es, der das Boot gemietet hat. Aus den beiden anderen haben wir nichts herausbekommen, aber Guillaume hat ausgepackt. Er hat auch dich entlastet und erklärt, dass du dir nichts hast zuschulden kommen lassen.«

»Das will ich ja wohl hoffen.«

»Er hat zugegeben, dass er nur nach Ottercombe Bay gekommen ist, um die Übergabe der Drogen vorzunehmen.«

»Und wieder bin ich die Idiotin«, sagte Daisy.

»Ja, na ja. Ich habe hier noch so einiges zu erledigen und fahre dann nach Hause. Es war eine ziemlich anstrengende Nacht.«

»Wenn ich jemanden wegen Diebstahls anzeigen will, kann ich mich dann an dich wenden?«

Ein Anflug von Interesse huschte über Jasons müdes Gesicht. »Das kannst du tun. Um was und wen geht es denn?«

»Um mein Medaillon und Pasco.«

Jason sah sie skeptisch an. »Kannst du das beweisen?«

»Nicht wirklich, aber …«

»Weißt du, wenn Pasco nicht gewesen wäre, wenn er nicht auf dich aufgepasst hätte … Nun ja, ich meine einfach, wenn er nicht eingegriffen hätte, um dich zu retten …« Jason sprach immer schneller. Er wirkte fahrig.

»Mich zu retten?« Daisy war skeptisch.

»Diese Leute, mit denen Guillaume sich da eingelassen hat, sind Berufsverbrecher, und die Frau, die dich verfolgt hat, war mit einem Messer bewaffnet.« Der stets unbekümmerte Jason war in diesem Moment äußerst ernst.

Daisy musste erst einmal verdauen, was er gerade gesagt hatte. »Ein Messer?«

Jason schloss langsam die Augen und öffnete sie wieder. »Wenn Pasco kein Auge auf dich gehalten hätte, wäre …«

»Pasco hat mich beobachtet? Was soll das heißen? Wie ein Stalker?«

»Nein. Er hat Guillaume nicht getraut und sich Sorgen um dich gemacht ... und auch um Max. Er hat uns viele nützliche Informationen gegeben, und einige davon konnten wir inzwischen mit Bildmaterial von Überwachungsanlagen stützen. Auf jeden Fall ... ich habe schon viel zu viel gesagt. Aber ... hab ein bisschen Nachsicht mit Pasco. Ich glaube wirklich, dass er ein neues Leben angefangen hat. Und jetzt wartet dein Chauffeur auf dich.« Er zeigte auf Tamsyn, die gerade den Kopf durch die Tür steckte.

»Danke, Jason.« Daisy drückte ihm einen Kuss auf die Wange.

Jason errötete leicht. »Raus mit dir, andernfalls lasse ich dich wegen tätlichen Angriffs auf einen Polizeibeamten verhaften.«

Nachdem sie diese Dinge nun erfahren hatte, suchte Daisy draußen auf der Straße nach Pasco, doch er und Max waren nirgends zu sehen.

»Wo sind die beiden?«

»Vermutlich im Pub«, vermutete Tamsyn.

»Am Vormittag? Also los, ich muss mit beiden ein Wörtchen reden.«

Tatsächlich fanden sie Max und Pasco gleich in dem ersten Pub. Beide Männer schienen nicht gerade erfreut zu sein, sie zu sehen.

»Tamsyn, wärest du wohl so lieb und würdest mir eine Cola Light besorgen?«, fragte Daisy, die unbedingt allein mit Max und Pasco sprechen wollte. Tamsyn lief brav zur Bar, und Daisy zog sich einen Stuhl heran.

»Daisy, ich habe eine beschissene Nacht hinter mir. Könntest du mich vielleicht später zur Schnecke machen? Nachdem ich eine Runde geschlafen und mir Ohrstöpsel gekauft habe?«, fragte Max.

Daisy ignorierte ihn. »Pasco, wo ist das Medaillon meiner Mutter?«

Pasco legte die Stirn in Falten und gab Max ein Zeichen, der daraufhin in seine Jackentasche griff. Daisy traute ihren Augen nicht, als Max ihr zeigte, was er in der Hand hielt. Ein Schluchzen entfuhr ihr, als sie danach griff und es mit beiden Händen fest umklammerte. Die Erleichterung, wieder mit dem Medaillon vereint zu sein, war riesig. Sie öffnete die Finger und starrte darauf. Jedes Detail war genau so, wie sie es in Erinnerung hatte, und jetzt hatte sie es zurück. Daisy schniefte und wischte sich die Tränen aus den Augen. Jetzt war nicht der richtige Zeitpunkt, um emotional zu werden, jetzt musste sie erst einmal ihre Wut loswerden.

»Wer von euch beiden hat es gestohlen?«

Pasco beugte sich nach vorn, stützte die Ellbogen auf seine Oberschenkel und legte die Fingerspitzen gegeneinander. »Ich weiß nicht, ob es Diebstahl ist, wenn man sein Eigentum wieder an sich nimmt.«

Daisy entfuhr ein hohl klingendes Lachen, doch als sie die versteinerten Mienen von Pasco und Max sah, verstummte sie. »Was heißt Ihr Eigentum? Das Medaillon hat meiner Mutter gehört.«

Pasco schüttelte bedächtig den Kopf und spitzte die Lippen. »Dieses Medaillon ist ein altes Erbstück der Daveys. Es befindet sich schon seit Generationen in meiner Familie. Es stammt aus Frankreich.«

»Ich weiß«, sagte Daisy, sie war völlig verwirrt. Sie umklammerte das Medaillon nur noch fester.

»Ich nehme an, einer meiner Vorfahren hat es während der Französischen Revolution gestohlen.« Pasco holte tief Luft. »Es tut mir leid, dass ich es einfach an mich genommen habe. Ich habe im Vorbeigehen gesehen, dass das Fenster offen stand, und gedacht, Reg hätte vergessen, es zu schließen. Deshalb wollte ich es zuziehen, um eventuelle Diebe abzuhalten.« Die Ironie seiner Worte war beinahe lachhaft. »Da habe ich das Medaillon auf dem Nachttisch liegen sehen und wusste sofort, dass es meines war.«

Das ergab alles keinen Sinn. Daisy war sich sicher, dass es ihrer Mutter gehört hatte. Sie schaute auf das Medaillon in ihrer Hand, schloss langsam die Augen und öffnete sie wieder. Daisy klang unsicher. »Es war aber bei den Sachen meiner Mutter«, erklärte sie mit dünner Stimme.

Pasco sah aus, als sei ihm unbehaglich zumute. »Ich war damals ein ziemlicher Ganove, ständig wegen irgendwas auf der Wache, und ich habe das Medaillon immer getragen. Ich nehme an, dass sie es einfach in die falsche Tüte gesteckt haben …« Er schaute in die Runde und atmete laut und langsam aus.

Ein paar Sekunden wurde geschwiegen, dann sprach Daisy wieder. »Es kann nicht einfach nur in eine falsche Tüte geraten sein, oder?« Sie starrte Pasco an, dann Max und schließlich wieder Pasco, aber keiner der beiden blickte ihr in die Augen. »Mein Dad hat auch immer darauf bestanden, dass es so passiert ist, aber ich habe gespürt, dass das nicht stimmte.« Sie erinnerte sich, wie häufig ihr Vater ihre Überlegungen über die Halskette als Hirngespinste abgetan hatte. Hatte sie wirklich die ganze Zeit das Medaillon eines fremden Menschen getragen? Vorsichtig drehte sie das Teil zwischen den Fingern. Hatte sie dem Medaillon die Bedeutung gegeben, von der sie gewollt hatte, dass es sie hatte? Sie wusste inzwischen überhaupt nichts mehr.

»Es tut mir leid, Daisy. Die Polizei war damals nicht so akribisch wie heute. Jemand hat einen Fehler gemacht«, sagte Pasco.

Max beobachtete seinen Vater aufmerksam und kniff leicht die Augen zusammen, als Pasco sich räusperte.

Traurig blickte Daisy auf. »Ich schätze, das gehört Ihnen.« Sie hielt Pasco das Medaillon hin. »Sie haben es ständig getragen?«, fragte sie ihn und ließ das Medaillon aus ihren Fingern in Pascos ausgestreckte Hand gleiten. Im gleichen Moment packte sie wieder der Schmerz, es verloren zu haben. Ruckartig drehte sie den Kopf und schaute Max an. Sein Gesichtsausdruck sprach Bände. »Du hast mein … das Medaillon erkannt. Nicht wahr? Du wusstest die ganze Zeit, dass es nie meiner Mutter gehört hatte! Oh, mein Gott. Ich bin so dumm gewesen. Ich habe mich bei dir ausgeweint, dabei …«

Schlagartig änderte sich Max' Gesichtsausdruck. »Nein, so ist das nicht gewesen.« Er führte das nicht weiter aus, weil Daisy aufsprang. »Daisy, zieh keine voreiligen Schlüsse, hör dir an …«

Aber Daisy hatte sich bereits genug angehört und schnitt ihm das Wort ab. »Hast du gewusst, dass es Pascos Medaillon war? Ja oder nein?«, fragte Daisy wütend.

Max senkte den Kopf und nickte. Daisy wartete auf eine Erklärung, doch er schwieg. Sie beobachtete ihn einen Moment. Er hob nicht einmal den Kopf, er hatte gar nicht vor, etwas zu sagen. Auf einmal hatte sie einen Kloß im Hals und musste schlucken. Und dann drehte sie sich wortlos um und verließ den Pub.

Kapitel 32

Daisy lag auf dem Bett, neben dem glückselig vor sich hin schnarchenden Bug. So ungern sie es auch zugab, seine Nähe tröstete sie. Wie viel sich doch in vierundzwanzig Stunden ändern konnte, sinnierte Daisy. Es war ihr gelungen, zwei Männern zu erlauben, sie wie eine Idiotin zu behandeln. Vielleicht war das die Quintessenz: Sie war eine Idiotin. Gerade hatte sie sich noch mit Guillaume amüsiert und auf eine romantische Bootsfahrt mit ihm gehofft, und jetzt saß er hinter Gittern, und sie war hier – allein. Guillaume hatte sie lediglich als Tarnung für seinen Drogenschmuggel benutzt.

Max musste hinter ihrem Rücken über sie gelacht haben. Er hatte die ganze Zeit gewusst, dass das Medaillon nichts mit ihrer Mutter zu tun hatte, und dabei hatte sie so häufig mit ihm darüber gesprochen, dass sie glaubte, der Anhänger sei das entscheidende Bindeglied zu dem, was ihrer Mutter zugestoßen war. Er hatte die ganze Zeit gewusst, dass sie auf der falschen Fährte war. Wie hatte er das für sich behalten können? Wie hatte er sie wie eine geistesgestörte Närrin weiterschwafeln lassen können? Das war grausam und unnötig gewesen.

Daisy drehte sich auf die Seite, und ihr Blick fiel auf den Kalender. Es war Anfang März. Keine vier Monate mehr, und sie hatte ihre Haftstrafe in Ottercombe Bay verbüßt. Jetzt wo sich das Medaillon wieder in Pascos Besitz befand, schien es auch kein Rätsel mehr zu geben, das gelöst werden musste. Wenn sie sich das während der nächsten Monate immer und immer wieder vorbetete, konnte sie Ottercombe Bay in der Gewissheit verlassen, ihre Mutter für alle Zeiten zur ewigen Ruhe gebettet zu haben.

Ein paar Wochen später schlenderte Max nach einem ereignis-losen Tag Richtung Pub. »Pasco«, rief er, als er die Person er-kannte, die ein Stück vor ihm über den Bürgersteig lief. Als sein Vater nicht darauf reagierte, versuchte er es noch einmal. »Dad.« Dieses Mal blieb Pasco stehen, drehte sich um und war-tete, bis Max zu ihm gestoßen war.

»Hallo, Max, alles in Ordnung mit dir nach …«

»Was hast du getan?«

Pasco hob beide Hände. »Was habe ich denn jetzt schon wie-der verbrochen?«

»Nicht jetzt. Ich habe noch einmal über alles nachgedacht, und was mich quält, ist die Frage, was du in der Nacht verbro-chen hast, in der Sandy zu Tode gekommen ist.«

Die Ausgelassenheit, die Pasco gerade noch ausgestrahlt hatte, war schlagartig dahin. Er starrte Max so finster an, dass er brutal wirkte. »Damit hatte ich nichts zu tun.«

»Wie erklärst du dir dann, dass dein Medaillon in Sandys Sachen geraten ist?«

Pasco räusperte sich. Das tat er immer, wenn ihm mulmig zumute war. »Wie ich schon sagte, mein Junge, das war ein-fach nur Pfusch seitens der Polizei. Die bauen ständig solchen Mist. Und um fair zu sein, ist es ja nicht gerade ein maskuli-nes Schmuckstück. So wird es wohl passiert sein. Ist doch alles ganz einleuchtend, nicht wahr?« Wie ein Verschwörer legte er Max seinen Arm um die Schulter.

»Nein. Das kaufe ich dir nicht ab. Es ist ein zu großer Zu-fall, dass *dein* Medaillon in *ihre* Sachen geraten ist. Los, sag die Wahrheit.«

Pasco rieb mit den Fingern über sein unrasiertes Kinn und überlegte. »Die Wahrheit ist, dass die Polizei Scheiße gebaut hat.« Er zuckte gelangweilt mit den Schultern.

Max schüttelte den Kopf, allmählich riss ihm der Geduldsfa-den. »Das hier dürfte der Wahrheit näher kommen: Du bist auf einer deiner Schmuggel-Touren, und Sandy ist am Strand und sieht dich dabei, und damit sie das niemandem erzählen kann, schlägst du sie bewusstlos, und sie ertrinkt.«

Pasco versuchte zwar, seine Gefühle mit einem lauten Lachen zu überspielen, aber Max sah ihm an, wie beunruhigt er plötzlich war. Plötzlich war ihm schlecht. »Mit deiner blühenden Fantasie solltest du Krimis schreiben«, meinte Pasco und warf dramatisch die Arme in die Luft. »Das ist genau die Art von bescheuertem Gerücht, die einen Mann in Verruf bringen kann. Wage es nicht, das irgendjemand anderem gegenüber zu erwähnen.«

Max schaute ihm fest in die Augen. »Hast du sie umgebracht?«

Jetzt wirkte Pasco bestürzt. Er schüttelte den Kopf. »Darauf werde ich nicht antworten.« Er wollte gehen, doch Max hielt ihn an der Schulter fest.

»Daisy verdient es, die Wahrheit zu erfahren. Und ich wette, dass meine Version der Ereignisse der Wahrheit erheblich näher kommt als deine.« Er wartete nicht auf Pascos Reaktion, ließ seinen Vater einfach stehen und ging davon. Dass sein Vater einen Mord nicht rigoros abgestritten hatte, belastete ihn. Er musste die Wahrheit herausfinden.

Das warme Frühlingswetter hatte die Bäume zu neuem Leben erweckt, die Möwen waren alle wieder da und schrien im Chor, und als die ersten Feriengäste kamen, erwachte das Dörfchen aus seinem Winterschlaf. Für Daisy war wichtig, dass es eine gute Saison wurde. Im Locos herrschte reger Betrieb. Ostern nahte mit Riesenschritten. Daisy hatte für die Feiertage einen speziellen Cocktail kreiert und entsprechend Werbung gemacht – sehr erfolgreich, wie es schien: Der Singapore Sling hielt Daisy auf Trab. Wenn sie diesen Drink erst im nächsten Leben wieder mixen musste, war das noch zu früh. Sie konnte ihn inzwischen im Schlaf machen. Ohne Max und Guillaume mussten Daisy und Tamsyn auf Hochtouren arbeiten. Das Gute daran war, dass sie kaum Zeit zum Nachdenken hatte.

Trotzdem wären etwas mehr Schlaf und Entspannung schön gewesen. Zwischen zwei Kunden steckte Tamsyn Daisy einen Zettel zu. In einem ruhigen Moment sah sie ihn sich genauer an und las, was mit der Hand daraufgeschrieben war.

Der 22. März ist Tamsyn-Turvey-Tag. Wir beginnen um 8:30 Uhr bei dir zu Hause. Du musst nichts Besonderes anziehen. Kein Geld vonnöten.
Jason

Daisy las das Ganze noch einmal, bevor sie Tamsyn den Zettel zurückgab. »Worum geht es da?«, fragte sie.

»Das weiß ich nicht. Was soll ich denn jetzt machen?«

»Unbedingt zusagen«, erwiderte Daisy. Sie konnte sich schon jetzt vor Neugier kaum beherrschen.

»Meinst du wirklich? Damit will er mich doch dazu bringen, mit ihm auszugehen.«

»Wäre das denn so schlimm?«

Tamsyn presste die Lippen aufeinander. »Die Karten haben nach wie vor günstige Prognosen für uns. Aber …«

»Was hält dich dann zurück?«

»Du«, gab sie unverblümt zur Antwort.

»Oh, ich komme schon klar. Der alte Burgess wird an dem Tag für dich einspringen, das bekommen wir schon irgendwie hin.«

»Nein, das habe ich damit nicht gemeint. Wir haben ein Dreiecksverhältnis. Du und ich und Jason.«

»Das wusste ich bisher nicht«, erwiderte Daisy und runzelte die Stirn. »Glaubst du nicht, dass ich mich daran erinnern könnte, wenn es so wäre?«

Tamsyn zog eine Schnute. »Ich dachte, du wüsstest, dass Jason auf dich steht.«

Daisy schüttelte den Kopf. »Ich glaube, da täuschst du dich. Hast du gesehen, wie er dich anschaut?«

»Ich interessiere mich mehr dafür, wie er dich anschaut.«
Tamsyn wirkte verzweifelt.

»Das ist nur Testosteron, Tamsyn. Das meint er nicht ernst.«

»Aber wenn er dich mag, kann er auf keinen Fall zu mir passen. Ich glaube, dass Menschen füreinander gemacht sein müssen wie Puzzleteile. Ich suche nach jemandem, der genauso ist wie ich. Es ist reine Zeitverschwendung, versuchen zu wollen, ein Puzzleteil in eine Öffnung zu pressen, in die es niemals passen wird.«

»Hin und wieder klingst du sehr vernünftig! Du solltest dir ab und zu selbst zuhören. Nicht *immer*, aber manchmal.« Daisy überraschte, dass sie das gesagt hatte, doch es entsprach der Wahrheit. Wenn man es am wenigsten erwartete, sagte Tamsyn Dinge, die Erkenntnisse und Klarheit vermittelten. Andererseits sprach sie meistens, als berichte sie von einem anderen Planeten.

»Ich hab einfach Angst, dass er mich immer mit dir vergleichen wird. Ich tu das oft. Und du gewinnst jedes Mal.« Tamsyn ließ den Kopf hängen. Daisy fühlte sich schrecklich und wusste nicht, warum.

»Das solltest du nicht tun. Du bist ein einzigartiger und wunderschöner Mensch – von innen und von außen.«

»Danke, aber ich weiß nicht, wie ich das hier handhaben soll.« Tamsyn wedelte mit dem Zettel herum.

»Was würde Bilbo denn tun?«, fragte Daisy. »Abgesehen davon, dass er seinen Ring reiben würde.« Sie kicherte über ihren eigenen Witz.

»Er trägt den Ring«, erwiderte Tamsyn und verdrehte die Augen. »Ich glaube, Bilbo würde zusagen.«

»Dann solltest du das auch tun und unvoreingenommen an das Ganze herangehen. Abwarten, wie du dich hinterher fühlst.«

»Mmm, okay«, meinte Tamsyn, und dann faltete sie den Zettel ordentlich zusammen und ließ ihn in ihrem BH verschwinden.

Max lief auf die Wohnwagenanlage zu, sah Rauch aufsteigen und beschleunigte seine Schritte, doch als er näher kam, stellte er fest, dass es sich um ein kontrolliertes Feuer handelte, das fast erloschen war. Es sah aus, als habe man einen alten Teppich verbrannt. Max schaute etwas genauer hin. Das Teil wies verblüffende Ähnlichkeit mit dem von Katzenurin durchtränkten Teppich auf, den sie aus dem alten Eisenbahnwaggon gerissen hatten. Er hatte ihn vor einigen Monaten für zehn Pfund einem Kerl mitgegeben, damit der ihn irgendwo entsorgte. Max drehte sich wieder um und klopfte an den schäbigen Wohnwagen, der ganz in der Nähe stand.

Als Pasco seinen Sohn vor der Tür stehen sah, erhellte sich seine Miene. »Komm herein. Ich setze Wasser auf«, sagte er, marschierte gleich wieder los und griff im Vorübergehen nach einem schmutzigen Teller, der auf der Sofalehne gestanden hatte.

»Was verbrennst du da draußen?«, fragte Max, ohne sich von der Stelle zu rühren.

»Nur einen alten Teppich. Die Leute laden allen möglichen Müll hier draußen ab«, erwiderte Pasco mit einem konspirativen Zwinkern.

»Sieh bloß zu, dass du dazu befugt bist, etwas zu verbrennen, sonst bekommst du es mit Jason zu tun. Mich erstaunt, dass der nicht schon hier ist. Wenn irgendwo ein Rauchwölkchen aufsteigt, erscheint er doch sofort wie ein Flaschengeist für den Fall, dass wieder eine Scheune abgefackelt wird.«

»Es ist alles genehmigt, und die Gesundheits- und Sicherheitsvorschriften wurden eingehalten, mach dir da also keine Sorgen. Außerdem ist es unwahrscheinlich, dass es zu weiteren Scheunenbränden kommt.«

»Und wieso?« Max beschlich ein ungutes Gefühl.

»Ich habe den kleinen Dreckskerl erwischt, der sie angezündet hat. Ich habe ihm erklärt, dass er ebenso enden würde wie ich, und ich glaube, dass das als Abschreckungsmaßnahme gereicht hat.« Pasco schien zufrieden mit sich zu sein.

370

»Bist du sicher?« Max hatte so seine Zweifel.

»Das und die Tatsache, dass ich zu dem Zeitpunkt in der Scheune geschlafen habe. Das hat ihn, glaube ich, ein wenig in Panik versetzt.«

»Hast du das Jason erzählt?«

»Nein, und das werde ich auch nicht tun. Jetzt komm schon rein.«

Max sträubte sich innerlich zwar dagegen, doch da sein Vater wieder hineingegangen war, blieb ihm wohl nichts anderes übrig, als ihm zu folgen. Er schloss die Tür hinter sich und sah sich im Wohnwagen um. Er war klein und unaufgeräumt, allerdings nicht die Müllhalde, die er erwartet hatte. »Kaffee?«, fragte Pasco.

»Ja, bitte.«

»Zucker?« Max schüttelte den Kopf. Sein Vater kannte ihn nicht sehr gut.

Die Situation wurde mit jeder Sekunde heikler. Er hatte ein schlechtes Gewissen, weil er am liebsten geflüchtet wäre. Dass er hier war, hatte nur einen einzigen Grund: Daisy. Er wusste, dass Pasco irgendetwas verheimlichte, und bis die Wahrheit ans Licht gekommen war, würde Max in Daisys Augen Staatsfeind Nr. 1 bleiben, und das konnte er nicht ertragen. Er wusste, dass er sie enttäuscht hatte. Das Mindeste, was er tun konnte, war, herauszufinden, was Pasco mit dem Tod ihrer Mutter zu tun gehabt hatte. Selbst wenn das bedeutete, dass Pasco für längere Zeit auf Kosten Ihrer Majestät versorgt wurde. Wenn er sich entscheiden musste, fiel seine Wahl auf Daisy und die Wahrheit und nicht auf Pasco und seine Lügen.

Pasco hastete so mit den Getränken durch den Wohnwagen, dass er einen Teil davon verschüttete. Er konnte es kaum erwarten, sich zu ihm zu setzen. »Es ist so schön, dich zu sehen«, sagte er mit einem Lächeln, das bei einem genaueren Blick auf Max schnell verging. »Was ist passiert?«

Max nahm seinen Becher in die Hand und suchte nach einem Untersetzer, fand aber keinen und wischte mit der Hand über den nassen Ring, den der Becher auf dem Tisch hinterlassen hatte. »Es geht um Daisy …«

Pasco schien sich zu entspannen. »Weiberprobleme, wie? Da fragst du den Richtigen um Rat.«

»Nein, das ist es nicht. Sie muss erfahren, was ihrer Mutter zugestoßen ist.«

»Das weiß nur Ray«, erwiderte Pasco und nickte dabei weise mit dem Kopf.

»Ich möchte wissen, was *du* weißt.«

»Warum?« Pasco ging in die Defensive, lehnte sich zurück und verschränkte die Arme vor der Brust.

Max bemühte sich um einen sanfteren Ton. »Aus einem ganz einfachen Grund: Wenn auch nur die Möglichkeit besteht, dass du über ein winziges Stück an Information verfügst, das dabei helfen könnte, herauszufinden, was ihr passiert ist, könnte es Daisy helfen, mit diesem Teil ihres Lebens abzuschließen.« Es war ihm gelungen, ruhig zu bleiben, und darauf war er stolz. Um zu verhindern, dass er Pasco einem regelrechten Verhör unterzog, trank er in kleinen Schlucken seinen Kaffee. Vergeblich versuchte er, sich ein wenig zu entspannen.

Pasco räusperte sich. »Ich wünschte, ich könnte dir helfen, Junge. Wirklich.«

Max spürte, wie sich seine Schultern verspannten. Er versuchte es anders. »Woran erinnerst du dich denn noch, wenn du an diese Nacht zurückdenkst?«

Pasco blinzelte. Erwischt, dachte Max und hatte Mühe, sich das nicht anmerken zu lassen. Pasco verzog das Gesicht, als hätte er sich gerade einen Tequila hinter die Binde gekippt. »Ooh, du sprichst hier über etwas, was viele Jahre zurückliegt. Und mein Gedächtnis ist nicht mehr, was es mal war.« Er tippte sich mit dem Finger gegen die Schläfe und lachte leise auf.

»Aber in einem so kleinen Ort wie diesem muss der Tod eines Menschen doch eine große Tragödie gewesen sein. Etwas, das man gar nicht vergessen kann. Wie die lokale Version von dem Tag, an dem JFK oder Prinzessin Diana gestorben sind. Man sagt immer, man würde nie vergessen, was man gerade getan hat, als man von diesen traurigen Ereignissen erfuhr.«

Max sah, wie Pasco auf dem Sofa hin und her rutschte, und hörte, dass er sich wieder räusperte. »Ich erinnere mich, dass eine Party gefeiert wurde.« Pasco sprach langsam und mit Bedacht. Das waren genau die Informationen, auf die Max aus war. »Ich bin nicht hingegangen, weil ich arbeiten musste. Mehr weiß ich nicht«, sagte Pasco und schaute Max dabei die ganze Zeit fest in die Augen. Und hätte er sich nicht wieder mit seinem Räuspern verraten, hätte Max ihm vielleicht sogar geglaubt.

»Wo hast du damals gearbeitet?«

»Das weiß ich gar nicht mehr. Ich glaube, ich habe einem Kumpel ausgeholfen.« Er griff nach seinem Kaffeebecher, als wolle er signalisieren, dass die Unterhaltung beendet war.

»Wo?« So leicht gab Max nicht auf.

»Äh …« Pasco schien ernsthaft zu versuchen, sich zu erinnern. Vielleicht versuchte er aber auch nur, sich eine glaubhafte Lüge einfallen zu lassen. »Hier in der Wohnwagenanlage.«

»Im März? Was ist denn in dieser Jahreszeit in einer Wohnwagenanlage zu tun?« Er musste sich zwingen, seinen fragenden Ton beizubehalten und nicht anschuldigend zu klingen.

»Vor den Osterferien ist immer sehr viel zu tun, und ich bekam das Geld bar auf die Hand.«

»Daran erinnerst du dich offenbar deutlich.« Max konnte seinen Sarkasmus nicht verbergen. »Damals warst du noch mit Mum zusammen. Wenn du von hier aus zu Fuß nach Hause gegangen bist, musst du also den Küstenpfad genommen haben und an dem Teil des Strandes vorbeigekommen sein, an dem sie war …«

373

»Ich bin durch die Stadt gelaufen, bin ohne Umwege nach Hause gegangen und habe nichts gesehen. Ich hatte mit Sandys Tod nichts zu tun.«

Pasco sprach mit fester Stimme. Weitere Informationen würde Max ihm nicht entlocken können, doch er kannte seinen Vater gut genug, um zu wissen, dass er etwas verschwieg, und das quälte ihn.

»Darf ich dich etwas fragen, Max?«

»Klar«, erwiderte Max und leerte seinen Kaffeebecher.

Pasco schaute seinen Sohn eindringlich an. »Warum glaubst du mir nicht?«

Max kniff die Augen zusammen, als er sich diese Frage durch den Kopf gehen ließ. »Weil du mich in der Vergangenheit so oft enttäuscht hast und weil es mir wie ein zu großer Zufall vorkommt, dass dein Medaillon einfach aus Versehen auf dem Polizeirevier in Sandys Sachen geraten ist.«

Pascos Lippen wurden schmal wie ein Strich. »Ich weiß, dass ich in der Vergangenheit nicht gerade zuverlässig war, aber manchmal passieren Zufälle. Und man muss mit der Vergangenheit abschließen und in die Zukunft blicken.« Pasco starrte Max einen Moment fest in die Augen, und dann lehnte er sich wieder zurück und entspannte sich. Er hatte Max etwas zum Nachdenken gegeben. Vielleicht sagte Pasco ja die Wahrheit, und vielleicht brachte es wirklich nichts, die Vergangenheit immer wieder aufzuwühlen.

Kapitel 33

Jasons Stimme weckte Tamsyn, und als sie die Augen öffnete, stellte er bereits ein Tablett auf ihr Bett. Es war der 22. März.

»Guten Morgen«, sagte er in geradezu lächerlich fröhlichem Ton.

Wie ein kleines Kind rieb Tamsyn sich die Augen, gähnte und blinzelte. »Was ist das alles?«

»Deine Mum hat mich hereingelassen. Das ist der Auftakt zum Tamsyn-Turvey-Tag«, erwiderte Jason voller Stolz. »Tee und Toast und eine gelbe Rose, weil ich weiß, dass du die ganz besonders magst«, fügte er hinzu und zeigte dabei auf die einzelnen Dinge, die auf dem Tablett standen. Unwillkürlich legte sich ein breites Lächeln auf Tamsyns Gesicht. Sie spürte, dass sie den heutigen Tag sehr genießen würde.

Ihr erster Halt war Tamsyns absoluter Lieblingsort: das Esel-Asyl. Jason kannte den Cousin des dortigen Tierarztes, und so durfte sie den ganzen Tag als Tierwärterin aushelfen. »Alles in Ordnung mit dir?«, erkundigte Jason sich aus sicherer Entfernung, als Tamsyn Eselsdung und Stroh in eine Schubkarre schaufelte.

»Ja, das ist toll.«

»Ich habe noch niemals jemanden gesehen, dem Ausmisten so viel Spaß gemacht hat.«

»Das ist spitze. Ich will unbedingt selbst einen Esel haben«, rief Tamsyn mit einer Miene, die verriet, dass sie das ernst meinte.

Als Nächstes wurden die Tiere gefüttert und gestriegelt, und eh sie sichs versah, war der Vormittag vorüber, sie hatte den geliehenen grünen Overall und die Stiefel mit den Stahlkappen wieder abgegeben und saß mit einer Tasse Kaffee im Café des Esel-Asyls.

»Das war der schönste Tag meines ganzen Lebens«, schwärmte sie. »Vielen Dank, Jason.«

»Trink aus«, entgegnete er mit einem Grinsen. »Der Tag ist ja erst zur Hälfte vorbei.«

Wie nett und aufmerksam er war, dachte sie. Falls er ihr mit dem heutigen Tag einen Vorgeschmack darauf geben wollte, wie ihr Leben aussehen würde, wenn sie seine feste Freundin wurde, machte er ausgesprochen gute Werbung für sich.

»Du weißt, dass du nichts von dem hier tun musst«, sagte sie.

»Es ist keine Bestechung. Ich erwarte nicht, dass du mir ewige Liebe schwörst oder so.« Er rang sich ein ersticktes Lachen ab. »Du bist meine Freundin, und ich will, dass du weißt, was für ein besonderer Mensch du bist. Das ist alles.«

Auch der nächste Halt war ein Ort, den sie sehr liebte. Nirgendwo gab es so fangfrische Köstlichkeiten wie an dem Fischstand an der Uferpromenade. Mit einer Holzgabel piekten sie die Fischstücke auf, während die Möwen in der Hoffnung auf heruntergefallene Pommes über ihnen kreisten. Es war ein herrlich sonniger Tag, und die Wellen schlugen zahm an den Strand – Tamsyn war sich sicher, dass es noch besser und schöner gar nicht werden konnte. Als sie glaubte, zu satt zu sein, um auch nur noch einen Bissen herunterbringen zu können, zog Jason eine Kuchenschachtel aus seinem Rucksack.

Sie machte plötzlich Augen wie ein Buschbaby. »Ist das …?« Sie war viel zu aufgeregt, um die Frage zu Ende stellen zu können.

»Scones mit Clotted Cream«, verkündete er und klappte den Deckel der Schachtel auf. Tamsyn schwebte im siebten Himmel.

Nach einem köstlich frischen Scone, der ihr auf der Zunge zerging, leckte Tamsyn sich die interessante Mischung aus Pommes-frites-Essig und Clotted Cream von den Fingern. »Jason, das war fantastisch. Danke.«

»Ne, ne«, meinte Jason kopfschüttelnd. »Das war noch nicht alles.« Er schaute auf seine Armbanduhr. »Komm.« Er streckte ihr die Hand entgegen, und Tamsyn nahm sie. Seine Finger waren warm und wanden sich sanft um ihre. Beide schauten sie auf ihre verschlungenen Hände und grinsten. Irgendetwas fühlte sich plötzlich richtig an.

Eine kurze Fahrt mit dem Auto brachte sie zum alten Lichtspielhaus: einem gerade erst restaurierten Kino. Es hatte jahrelang unbeachtet leer gestanden, bis jemand die Idee gehabt hatte, einen Zuschuss für die Renovierung zu beantragen. Jetzt wurden dort alte und an den Wochenenden auch neue Filme gezeigt. Es wurde rein ehrenamtlich geführt.

Jason überzeugte sich, dass der Wagen abgeschlossen war, während Tamsyn las, was auf dem Schild stand, das an der Glastür hing.

»Tut mir leid, Jason. Wir haben den falschen Tag erwischt. Sie haben geschlossen.« Sie zeigte auf das Schild.

»Das Kino ist für die Öffentlichkeit geschlossen, aber wenn der Hausmeister ein begeisterter Cineast ist ...« Er klopfte mit den Fingerknöcheln gegen das Glas, und ein groß gewachsener Mann erschien und öffnete die Tür.

»Herzlich willkommen im Ottercombe Bay Lichtspielhaus«, begrüßte er sie und trat zurück.

»Wow«, meinte Tamsyn und lief auf Zehenspitzen hinein.

Sie spürte, wie ihre Aufregung stieg, als sie sich Plätze suchten. Sie entschieden sich für Sitze genau in der Mitte des leeren Kinosaals und warteten, dass der Film begann. Tamsyn hatte keine Ahnung, welcher es sein würde, aber sie wusste schon jetzt, dass sie ihn lieben würde. Als der Vorspann von *Rapunzel – Neu verföhnt* über die Leinwand flimmerte, wusste sie hundertprozentig, dass sie auch Jason liebte.

Max lehnte außen am Wohnwagen und wartete auf seinen Vater. Irgendwann kam Pasco nach draußen und sperrte die

Tür hinter sich zu. Max konnte sehen, dass er sich ausgesprochen viel Mühe gegeben hatte. Er war frisch geduscht und rasiert. Es war offenbar genetisch bedingt, dass man bei den Davey-Männern schon am frühen Nachmittag wieder einen dunklen Bartschatten erkennen konnte. Pascos Haar war so ordentlich gekämmt, wie Max es schon lange nicht mehr gesehen hatte, und er trug sogar ein gebügeltes Hemd. Max strich sich über sein T-Shirt – es war sauber und gebügelt, aber Mühe hatte er sich nicht gerade gegeben. Pasco klopfte ihm auf die Schulter, und die Freude über die Aussicht, den Abend mit Max zu verbringen, stand ihm ins Gesicht geschrieben. Sofort bekam Max Schuldgefühle. Er glaubte nach wie vor, dass Pasco im Hinblick auf Sandys Tod etwas verheimlichte, und er war fest entschlossen, die Wahrheit herauszufinden. So unbequem sie auch sein mochte, und ungeachtet der Konsequenzen.

»Wie war dein Tag?«, fragte Pasco mit einem Enthusiasmus, der Max zum Lachen brachte.

»Ganz okay, und deiner?«

»Der war gut, ist jetzt aber noch sehr viel besser geworden, weil ich mit meinem Sohn etwas trinken gehe.« Wieder klopfte er ihm auf die Schulter, und dieses Mal nahm er seine Hand hinterher nicht weg. Sein Dad war unverbesserlich.

Auf dem Weg in die Stadt unterhielten sie sich über Fußball. Aber Max wollte das Gespräch auf Daisy bringen. Deshalb fragte er seinen Vater schließlich, wie gut er Reg gekannt habe.

»Ich glaube, du kanntest ihn besser als ich, und ich nehme an, dass der Reg, den du gekannt hast, auch ein ganz anderer Mensch war als der Reg, den ich vor Jahren gekannt habe.«

»Warum sagst du das?«

»Du hast nur Gutes über ihn zu sagen, und ich … sagen wir mal so, Reg und ich hatten im Hinblick auf manche Dinge völlig unterschiedliche Ansichten.«

»Was für Dinge?« Max wollte mehr hören. Reg war der ver-
nünftigste Mensch gewesen, dem er je begegnet war. Er hatte
Max so manchen guten Rat gegeben und ihm noch kurz vor
seinem Tod damit geholfen, Möglichkeiten für seine berufliche
Zukunft aufzuzeigen. Es bereute es plötzlich, dass er sich immer noch nicht darum gekümmert hatte, wenn man von seiner
kurzen Anstellung im Locos absah. Reg war durch und durch
ein guter Mensch gewesen, und als Max sich das vor Augen
führte, konnte er sich sofort vorstellen, warum er Probleme mit
Pasco gehabt haben könnte.

»Coral«, sagte Pasco und schaute Max dabei kurz an.

»Coral?« Max' Augenbrauen schossen in die Höhe. »Was –
bist du mit der zusammen gewesen?« Max spürte, dass er ihn
instinktiv damit aufziehen wollte, und riss sich zusammen.

»Sei nicht frech, sie hat sich gut gehalten, und sie ist im-
mer noch die gleiche warmherzige Person, die sie immer war.
Und du darfst mir glauben, wenn ich sage, dass sie früher eine
Schönheit war.«

»Sie ist reizend, da bin ich ganz deiner Meinung«, sagte Max
und überlegte sich seine nächste Frage. »Was war denn das Problem mit ihrem Onkel Reg?«

»Es war nicht nur Reg, es war auch Arthur, Corals Vater. Die
waren beide der Meinung, dass ich nicht gut genug war für sie,
und um fair zu sein, hatten sie damit recht.«

Zum ersten Mal seit sehr langer Zeit hatte Max das Gefühl,
seinen Vater verteidigen zu müssen. »Das war aber ziemlich
engstirnig.«

»Nein, wenn ich an ihrer Stelle gewesen wäre, hätte ich
das genauso gesehen. Ich war ein Kleinkrimineller, der keinen festen Job hatte, dessen Vorstrafenregister aber immer
länger wurde. Nicht gerade ein Bilderbuch-Ehemann, und genau das wollten sie für Coral. Einen Mann, mit dem sie sich
ein gemeinsames Leben aufbauen und eine Familie gründen
konnte.«

Max schaute ihn verwirrt an. »Sie hat aber nie geheiratet. Oder doch?«

»Nein. Sie hat nach Sandys Tod ihren Bruder und Daisy versorgt und später dann Arthur und Reg. Ich schätze, sie hat nie den richtigen Mann gefunden.«

»Und du hast dich in Mum verliebt«, versuchte Max, ihn zum Weitersprechen zu animieren.

»Äh, ja. Dass sie schwanger war, als wir geheiratet haben, ist kein Geheimnis. Sie hätte auch einen besseren finden können als mich.« Pasco machte einen reumütigen Eindruck.

Max' Gedanken überschlugen sich. Er hatte das noch nie nachgerechnet. Um Himmels willen, er wusste nicht einmal, wann seine Eltern geheiratet hatten. Zum Zeitpunkt ihrer Trennung war er ein Teenager gewesen. Er betrachtete Pasco von der Seite. Ob er sein leiblicher Vater war, brauchte er ihn nicht zu fragen – das konnte sogar ein Blinder erkennen. Allerdings überraschte es ihn, dass er unehelich gezeugt worden war. Während sie weitergingen, fielen sie in harmonisches Schweigen. Max nutzte die Zeit, um sich die eine oder andere Erinnerung ins Gedächtnis zu rufen, und nach und nach fügten sich die Puzzleteile zu einem Bild zusammen. Die vielen Dinge, die seine Mutter Pasco bei einem Streit im Zorn ins Gesicht gebrüllt hatte, wie häufig sein Vater behauptet hatte, sie habe ihn in die Falle gelockt – allmählich machte das alles Sinn.

»Geht es dir gut?«, fragte Pasco nach ein paar Minuten.

Max schluckte. Jetzt erinnerte er sich gerade an den Weihnachtstag – daran, wie Pasco und Coral miteinander umgegangen waren. Damals hatten Daisy und er Blicke gewechselt und darüber gelacht, wie ungeschickt die beiden miteinander flirteten, aber jetzt verstand er die Situation besser. Sie waren füreinander bestimmt gewesen, doch aufgrund des Beschützerinstinkts von Corals Familie und der unberechenbaren Natur seines Vaters waren sie nie ein Paar geworden, sondern hatten jeder sein eigenes Leben gelebt.

»Dad?«

»Ja, mein Junge«, erwiderte Pasco mit euphorischer Miene, weil Max ihn ausnahmsweise mal Dad genannt hatte.

»Du und Coral.« Was er jetzt sagte, war ihm so peinlich, dass es ihm körperlich wehtat, und er zog mit dem Finger am Halsausschnitt seines T-Shirts, obwohl der gar nicht eng war. »Ihr solltet nicht noch mehr Zeit verschwenden.« Verwirrt sah Pasco ihn an. Die Situation wurde Max mit jeder Sekunde unangenehmer. Dass Männer über solche Dinge nicht sprachen, hatte einen Grund. »Dass sie dich mag, ist nicht zu übersehen, und du magst sie. Warum fragst du sie also nicht, ob sie mit dir ausgehen möchte oder so?« Er wusste nicht, was ältere Leute in einer solchen Situation taten.

Pasco lachte herzlich auf. »Ich glaube, diese Phase haben wir längst hinter uns. Wir sind aber immer noch miteinander befreundet, und das bedeutet mir sehr viel.«

»Ja, aber manchmal ist Freundschaft nicht genug.« Er wusste nicht, warum er das plötzlich sagte, und er wusste auch nicht genau, auf wen er sich damit bezog. »Wenn du sie gernhast, solltest du ihr das sagen. Ich bin überzeugt, dass sie deine Gefühle erwidert … warum auch immer.« Liebevoll klopfte er seinem Vater auf die Schulter. Pasco genoss diesen Körperkontakt. Max war dankbar für die leichte Brise, die ihnen plötzlich entgegenwehte.

»Meinst du wirklich, dass ich das nach all der Zeit tun sollte?«, fragte Pasco.

»Unbedingt«, gab Max zur Antwort. Sie überquerten den Parkplatz des Locos. »Man muss mit der Vergangenheit abschließen, und je schneller du das tust, desto schneller können alle in die Zukunft blicken.«

Pasco sah ihn resigniert an, als wisse er, dass er jetzt nicht mehr über Coral sprach.

Daisy und Tamsyn hatten einen ruhigen Abend, und es überraschte sie, als die Tür geöffnet wurde und Max hereinkam.

Sie hatte ihn zwar ab und zu gesehen, aber nicht mehr mit ihm gesprochen, seit sie an dem Morgen nach der Drogenrazzia aus dem Pub gestürmt war. Sie tat so, als sei sie intensiv damit beschäftigt, ein Glas zu polieren, und begutachtete ihn eingehend. Wie immer sah er leicht verlottert aus. Er war nicht rasiert, aber irgendwie gefiel ihr das. Seine Haare wirkten wie immer zerzaust, und plötzlich fiel ihr die große Ähnlichkeit zwischen ihm und Pasco auf, der Max in die Bar folgte. Wenn man davon ausgehen konnte, dass Max in einigen Jahren aussehen würde wie sein Vater, blickte er einer rosigen Zukunft entgegen.

Als die beiden näher kamen, hob Daisy das Kinn. Sie musste professionell bleiben. »Was darf's denn sein?«, fragte sie.

Max schien sie erst in diesem Moment wahrzunehmen und blinzelte bedächtig, als wolle er mit seinen langen Wimpern prahlen. Etwas, über das sie gar nicht weiter nachdenken wollte, brachte ihren gesamten Körper zum Vibrieren.

»Ich zahle«, erklärte Pasco und stand ganz aufrecht da. »Bestell dir, was du möchtest«, sagte er und reichte Max die Cocktail-Karte. »Ich habe gerade meinen Lohn bekommen.«

»Die kenne ich mehr oder weniger auswendig«, meinte Max. »Ich hätte gern einen Dirty Martini«, sagte er zu Daisy und schaute ihr dabei fest in die Augen. Fast hätte sie gekichert. Was zum Teufel ging hier vor? Max war immer noch der Feind, rief sie sich ins Gedächtnis. Er hatte ihr das Gefühl gegeben, sich wie eine Idiotin verhalten zu haben.

»Sehr gern. Und für Sie, Pasco?«

»Was kannst du denn empfehlen?«

Sie tat so, als müsse sie ihn erst begutachten, um das beurteilen zu können, und schlug ihm dann den Cocktail vor, den sie den meisten Männern vorschlug, die diese Frage stellten. »Wie wäre es denn mit einem Opihr, einem orientalisch gewürzten Gin mit Ginger Ale und Orangenscheibe?«

Pasco leckte sich die Lippen. »Klingt perfekt.«

»Ich glaube, der Rhabarber-Vanille-Cocktail würde besser zu ihm passen«, meinte Max.

Daisy straffte die Schultern. »Okay.« Sie hatte nicht die Absicht, ihm zu widersprechen

Während Daisy die Drinks mixte, steckten Pasco und Max die Köpfe zusammen und plauderten. Sie servierte ihnen ihre Cocktails und händigte Pasco das Wechselgeld aus. Die beiden blieben an der Bar sitzen und kosteten ihre Getränke.

»Wow, das ist köstlich«, meinte Pasco und nickte genüsslich mit dem Kopf. »Das ist wie Rhabarber und Vanille im Glas. Lecker.« Er nahm einen großen Schluck und schloss verzückt die Augen.

»Gut. Ich habe gern zufriedene Kunden.«

»Wie geht es Coral?«, fragte Pasco, und Daisy registrierte, dass Max auf einmal sehr damit beschäftigt war, in seinem Drink zu rühren.

»Danke, der geht es gut.«

»Ich hoffe, dass es dir nichts ausmacht, dass ich das frage, aber ... hat sie irgendwelche Freunde, zu denen sie eine ganz besonders enge Beziehung unterhält, oder gibt es jemanden, mit dem sie sich regelmäßig verabredet, oder ...«

»Verdammt noch mal, Dad«, mischte Max sich in die Unterhaltung ein. »Hat Coral einen festen Freund?«

Daisy war regelrecht sprachlos über Max' Forschheit und die unerwartete Frage.

»Ich glaube nicht«, gab sie zur Antwort. »Nein.« Sie schaute Pasco an, dessen Miene an die eines Bond-Bösewichts erinnerte, der gerade seinen nächsten heimtückischen Plan ausheckte. »Warum?«, erkundigte sie sich zaghaft.

»Vor Jahren haben sie einander sehr gerngehabt, aber es hat sich nie eine Beziehung daraus entwickelt«, hob Max an. »Und ...«

Pasco räusperte sich, Max verstummte, und er und Daisy starrten Pasco an. Als er schließlich etwas sagte, tat er es mit leiser und gefühlvoll klingender Stimme. »Wir haben uns damals getroffen, aber immer nur heimlich. Das wusste niemand. Dein Großvater und dein Großonkel waren nicht gerade scharf darauf, dass sie mit einem suspekten Kerl wie mir etwas anfing. Ich kann es ihnen nicht verdenken. Als es immer schwieriger für sie wurde, sich aus dem Haus zu schleichen, habe ich ein bisschen das Interesse an der Beziehung verloren.« Er schaute Max an. »Ich habe ein Verhältnis mit deiner Mum angefangen, und damit war das mit Coral und mir zu Ende.«

Max runzelte die Stirn. »Du hast mit Mum geschlafen, obwohl du eigentlich eine Beziehung mit Coral hattest?«

»Ich habe dir doch schon gesagt, dass ich den beiden nicht gut genug war.« Pasco machte einen zerknirschten Eindruck.

»Allem Anschein nach ist das für keinen von euch gut ausgegangen«, resümierte Max.

Daisy vermutete, dass Max das genau wie sie zum ersten Mal hörte, und die Gelassenheit, mit der er die Nachricht aufnahm, beeindruckte sie.

Daisy beschäftigte sich damit, Gläser in die Geschirrspülmaschine zu räumen und weitere Kunden zu bedienen. In Gedanken war sie die ganze Zeit bei Pasco und Max, die nur wenige Meter von ihr entfernt in ein angeregtes Gespräch vertieft waren. Max bestellte eine zweite Runde und unterhielt sich weiter mit seinem Vater. Es war schön, ihn zu sehen, obwohl es seltsam war, dass er vor und nicht hinter der Bar war. Sie vermisste ihn. Sie kam sich bereits bei dem Gedanken lächerlich vor, aber es war die Wahrheit. Sie waren ein gutes Team gewesen und hatten aller Streitigkeiten zum Trotze gut miteinander arbeiten können. Wenn er im Hinblick auf das Medaillon doch nur ehrlich gewesen wäre, dachte sie. Dann wäre vielleicht alles ganz anders ausgegangen.

Als die Sperrstunde nahte und die anderen Gäste sich nach und nach verabschiedeten, machte Tamsyn Feierabend und ging nach Hause, und plötzlich wischte Daisy die Tische ab und stellte fest, dass nur noch Pasco und Max an der Bar saßen.

»Möchtet ihr noch einen Drink? Ich darf gleich nicht mehr ausschenken, sonst verliere ich meine Lizenz.«

»Nein, wir trinken noch aus und gehen dann«, erklärte Pasco, doch der Blick, den er und Max wechselten, sagte jedoch etwas anderes. Pasco vergewisserte sich, dass sie wirklich allein in der Bar waren, dann atmete er langsam aus. »Pass auf, Daisy.« Pasco beugte sich über die Theke und legte seine Hand auf Daisys, damit sie mit dem Wischen aufhörte. »Ich habe die Dachpfanne repariert.«

Sie schauten alle zur gleichen Zeit nach oben. »Danke, ich habe mich immer gefragt, wer das gewesen sein könnte«, erwiderte Daisy und wollte ihre Hand wieder wegziehen.

Pasco hielt sie ganz fest. »Und da ist noch etwas. Der Tod deiner Mutter war ein tragischer Unfall.«

Sie schaute ihn an und spürte, dass ihr die Tränen in die Augen stiegen. »Das weiß man nicht.«

»Doch, ich weiß das«, entgegnete Pasco mit ruhiger Stimme. Daisy war fassungslos. »In der Nacht, in der sie starb ... ich war bei ihr.«

Kapitel 34

Daisy starrte zunächst Pasco an, dann Max und dann wieder Pasco. »Ist das wahr?« Sie lachte hohl auf. Das sollte doch wohl ein schlechter Witz sein.

Max bedeutete Pasco mit einer Handbewegung weiterzuerzählen. »Es war in den frühen Morgenstunden«, begann Pasco und tätschelte Daisy liebevoll die Hand. »Ich saß in einem Boot, ziemlich nah am Ufer. Ich habe eine Gestalt auf dem Kap stehen sehen. Es war eine Frau in einem langen wallenden Gewand. Eine Weile habe ich sie beobachtet.«

»Meine Mutter?« Daisys Stimme war kaum mehr als ein Flüstern. Sie schaute Pasco mit großen Augen an und hing an seinen Lippen.

»Ja, es war deine Mutter. Sie hat getanzt, sie hat sich im Kreis gedreht, als habe sie überhaupt keine Sorgen. Ich weiß noch, dass ich dachte, wie glücklich sie aussah.« Er stockte, und Daisy hatte das Gefühl, als krampfe sich ihr der Magen zusammen. »Was dann passiert ist, hat nur den Bruchteil einer Sekunde gedauert. Sandy ist gestolpert und über den Klippenrand gestürzt. Ihr Kleid hat sich für einen kurzen Moment gebauscht, und dann ist sie im Meer verschwunden.«

Daisy entfuhr ein Stöhnen, und instinktiv drückte Pasco ihre Hand ganz fest. »Alles okay?«

»Ja, sprechen Sie bitte weiter«, sagte Daisy. Sie hatte das Gefühl, jeden Moment in Tränen auszubrechen, schluckte sie aber tapfer hinunter.

»Das Meer war sehr bewegt in jener Nacht, und ich hatte Mühe, den alten Kahn zu wenden. Aber ich habe es geschafft und bin so schnell, wie ich eben konnte, zu ihr gefahren. Ich bin vom Boot gesprungen und zu der Stelle geschwommen, an der sie ins Wasser gestürzt war.« Max verdrehte die Augen über die Heldentat, die sein Vater so bildhaft schilderte, aber Pasco ignorierte das und erzählte weiter. »Ich habe lange gebraucht, um sie zu finden, aber als ich sie schließlich zu fassen kriegte, habe ich gegen die Strömung angekämpft und habe sie aus dem Wasser und an den Strand gezogen. Aber …« Er schluckte. »Es tut mir unendlich leid, Daisy. Sie war bereits tot.«

Im ersten Moment schwieg Daisy, die Information überwältigte sie. »Es hat sie niemand gestoßen?«

Pasco schüttelte den Kopf. »Es war außer ihr niemand auf dem Kap. Sie ist einfach nur gestolpert und gefallen.«

»Sie ist nicht gesprungen?« Eine tiefe Falte grub sich in Daisys Stirn. Sie musste ganz präzise Fragen stellen, um sämtliche Möglichkeiten auszuschließen, die sie all die Jahre gequält hatten.

Pasco lächelte sie liebevoll an. »Nein, gesprungen ist sie ganz bestimmt nicht. Es war ein Unfall. Und nichts und niemand hätte sie retten können.«

Daisy blinzelte immer heftiger, um die Tränen zurückzuhalten, und versuchte, das alles zu verdauen.

Geräuschvoll stellte Max sein leeres Glas auf die Theke. »Erzähl uns doch mal, warum du mitten in der Nacht in einem Boot gesessen hast«, forderte er seinen Vater in strengem Ton auf.

Pasco sah ihn scharf an. »Weißt du, Max, eines Tages wirst du dich von all dieser Wut, die du mit dir herumschleppst, lösen müssen.« Pascos Gesichtsausdruck spiegelte aufrichtige Sorge.

»Du hast ihr hier die Heldenversion dargestellt«, ließ Max sich nicht beirren. »Erzähl ihr jetzt mal, was du da getrieben hast.«

Pasco seufzte und richtete seinen Blick wieder auf Daisy. »Ich habe geschmuggelt. Damit habe ich damals meine Brötchen verdient. Heute nicht mehr, möchte ich betonen.«

387

Max beugte sich nach vorn. »Verstehst du denn nicht, Daisy? Er ist in Panik geraten, weil er wie gewöhnlich etwas im Schilde geführt hat. Er hat keinen Krankenwagen gerufen …«

»Weil es am Strand keine Telefone gibt, und ein Handy hatte ich damals noch nicht, und vor allem war sie nicht mehr zu retten, es war zu spät.«

»Was das angeht, haben wir nur dein Wort, und wie verlässlich ist das?« Max lehnte sich zurück.

»Er hat aber doch versucht, sie zu retten«, sagte Daisy, deren Stirnfalte inzwischen nur noch tiefer geworden war.

»Er hat deine Mutter am Strand liegen lassen, mitten in der Nacht, klatschnass, eiskalt und allein, und er hat getan, was er immer tut. Er ist abgehauen.«

Daisy biss sich auf die Unterlippe. Dass ein Mensch die Flucht ergriff, war etwas, was sie nachempfinden konnte. Auf einmal durchrieselte sie ein eisiger Schauer. Sie konnte sich plötzlich bildhaft vorstellen, was Max soeben beschrieben hatte: ihre Mutter, mit blauen Lippen und nassen Haaren und Kleidern. Sie blinzelte zwar immer und immer wieder, doch ihr Blick ruhte fest auf Max. Sie sah die Feindseligkeit in seinen Augen. Er sorgte hier nicht nur dafür, dass sie die Wahrheit erfuhr, er wollte sich außerdem beweisen, dass er im Hinblick auf seinen Vater recht hatte.

»Niemand hätte sie retten können, Daisy, ihr war nicht mehr zu helfen.« Pascos Stimme klang sanft und beruhigend, und wie leid das Ganze ihm tat, war ihm anzusehen. »Glaub es mir, ich habe es versucht.«

Pasco ließ Daisys Hand los und setzte sich aufrecht auf den Barhocker. Er hatte das Medaillon aus seinem T-Shirt gezogen und ließ es zwischen seinen Fingern kreisen. Das Gleiche hatte Daisy immer getan, wenn sie Kummer gehabt hatte.

Daisy starrte auf die Kette. »Und das Medaillon?«

»Das habe ich damals immer getragen. Als mir klar wurde, dass Sandy tot war und mein bis zum Rand mit geschmuggelten

Zigaretten beladenes Boot vor der Küste trieb, bin ich in Panik geraten und aufgesprungen. Dabei muss es an ihrem Kleid hängen geblieben sein. Ich dachte immer, ich hätte es in jener Nacht im Wasser verloren. Ich bin oft am Strand entlanggelaufen und habe nach Strandgut gesucht, in der Hoffnung, die Flut würde es irgendwann an Land spülen. Dabei war es all die Jahre bei dir sicher aufgehoben.«

Daisy schaute Max an und dann wieder auf das Medaillon. Dass er gewusst hatte, wem es in Wahrheit gehörte, verletzte sie, und plötzlich hielt sie es für möglich, dass er Pascos Version der Geschehnisse nicht zum ersten Mal gehört hatte. Sie blinzelte die Tränen weg, riss sich zusammen und schaute Max unverwandt an.

»Wusstest du das?« Es stürmten so viele verschiedene Gefühle auf Daisy ein, dass sie kaum sprechen konnte. Perplex starrte Max sie an. »Wusstest du, dass es ein Unfall war?«

»Gott, nein! Ich habe die Geschichte gerade zum ersten Mal gehört, das schwöre ich dir. Ich habe vermutet, dass er irgendetwas verschwieg, und deshalb habe ich ihn heute Abend in die Enge getrieben.« Er drehte sich zu Pasco, damit er das bestätigte. »Sag es ihr.«

»Er hat nichts gewusst, Daisy. Was in jener Nacht passiert ist, habe ich noch niemals jemandem erzählt.«

Daisy wollte schreien und um sich schlagen. Eine emotionale Sturmflut spülte über sie hinweg, und sie wusste, dass sie hier wegmusste. Sie konnte keinen klaren Gedanken fassen, und ihre Gefühle waren ebenso unerwartet entfesselt worden wie der kriegerische Drache in einem von Tamsyns Fantasy-Romanen. Hastig gab sie Max die Schlüssel und verließ ohne ein weiteres Wort das Locos.

Daisy lief und lief, bis ihr die Beine wehtaten. Irgendwann stellte sie fest, dass sie das östliche Ende der Strandpromenade erreicht hatte, machte kehrt und steuerte wieder auf das Kap zu. Es war wie ein Leuchtturm, der ihr den Weg wies. Von der

Promenade aus konnte sie sehen, wie groß die Entfernung zwischen der Spitze der Klippe und dem Meer war – das war ein gewaltiger Sturz, und unten waren spitze Felsen. Ihr fuhr ein eisiger Schauer durch den Körper, und sie wusste nicht, ob es daran lag, dass es kalt geworden war, oder ob es die Erinnerung an die letzten Momente im Leben ihrer Mutter waren. Mit gesenktem Kopf lief sie weiter, umrundete die Ostseite der Bucht, lief an der Höhle vorbei, vor der Max sie gerettet hatte, und zum Hauptteil des Strandes. Das war die Stelle, von der Pasco gesprochen hatte. Das war die Stelle, an der man ihre Mutter am nächsten Morgen aufgefunden hatte. Nicht, weil das Meer sie wie vermutet an den Strand gespült hatte, sondern weil Pasco sie an Land gezogen hatte. Das war die Stelle, an der ihre Mutter gestorben war. Dass sie jetzt wusste, dass ihr niemand etwas angetan und sie sich nicht das Leben genommen hatte, empfand Daisy irgendwie als tröstlich. Es änderte jedoch nichts am Endergebnis. Dass ein simples Stolpern die Ursache gewesen war, machte ihren Tod noch sinnloser.

Daisy ließ sich auf den Sand fallen. Ihre Lippen zitterten, und sie ballte die Hände zu Fäusten und presste sie an ihre Brust. Dann zog sie die Knie an den Körper und ließ es endlich heraus. Sie ließ nicht nur die Tränen fließen, die ihr in den Augen gebrannt hatten, sondern versuchte zugleich, sich von der Last zu befreien, die ihr all diese Jahre auf der Seele gelegen hatte. Ein Schluchzen verwandelte sich in einen Schrei. Sie schrie ihren Schmerz heraus, und der Laut verhallte in der Nacht. Daisy fuhr mit den Fingern durch den Sand, vergrub sie darin und spürte, wie sich die Körnchen unter ihre Fingernägel gruben. Sie wühlte förmlich im Sand, als sich die Trauer an ihr Herz krallte. Sie legte ihre hämmernde Stirn auf die Knie und weinte, bis sie keine Tränen mehr hatte.

Daisy nahm sich ein paar Tage frei, überließ die Arbeit im Locos Tamsyn und dem alten Burgess und verbrachte ihre Zeit

damit, sich entweder im Bett zu verkriechen oder am Strand
entlangzugehen. Das war der Ort, an dem sie sich ihrer Mutter am nächsten fühlte. Tante Coral hatte sie mit Tee versorgt
und zahllose Male Pascos Version der Geschehnisse angehört,
weil Daisy mit aller Macht versuchte, sich die Fakten einzuprägen. Es war, als würde sie noch einmal um Sandy trauern. Das
Leid drohte sie zu zerreißen, und es war ein körperlicher, erbarmungsloser Schmerz. Ihr einziger Trost war, dass ihre Mutter nicht ganz allein gewesen war.

Bug wich ihr die ganze Zeit nicht von der Seite. Selbst wenn
sie zur Toilette ging, schob er sich durch die Tür, um ihr Gesellschaft zu leisten. Darauf hätte sie zwar gut verzichten können, doch dass der kleine Hund ihr Elend spürte, tröstete sie.
Auch wenn es im Moment noch weit entfernt schien, hoffte
Daisy, jetzt endlich Frieden mit der Vergangenheit schließen
zu können.

Nach ein paar Schichten im Locos kehrte wieder so etwas wie
Normalität in Daisys Alltag ein. Dennoch geisterten die Neuigkeiten über den Tod ihrer Mutter noch immer durch ihren
Kopf. Die anfängliche Aufregung über die Drogenrazzia in
Ottercombe Bay hatte sich inzwischen gelegt, und Daisy hatte
eine weitere Hilfskraft eingestellt, um für die Hochsaison gewappnet zu sein. Der alte Burgess arbeitete hin und wieder immer noch am Vormittag in der Kakao-Schicht, und an den Wochenenden half Tamsyn und jetzt eine quirlige Australierin
namens Maddison, die schnell lernte und für die Männer des
Ortes schon jetzt eine beliebte Attraktion war.

Max hatte sie mehrmals aus der Ferne am Strand joggen sehen, aber sie hatten einander nicht gegrüßt. Was Daisy für Max
empfand, verwirrte sie. Sie wusste immer noch nicht, ob sie
ihm vertrauen konnte. Ihr Zwangsaufenthalt endete in Kürze,
aber die Vorstellung, die Bucht zu verlassen und sich von allen zu verabschieden – auch von Max –, kam ihr zum ersten

Mal eigenartig vor. Halte dich an deinen Plan, dachte sie. Sie hatte schon genug Kummer und sollte sich von ihm fernhalten.

Pasco hatte sie einige Male in der Stadt gesehen, hatte aber jedes Mal den Kopf gesenkt und war weitergelaufen. Dass er ihr erzählt hatte, was passiert war, ermöglichte ihr zwar, endlich abzuschließen, es erinnerte sie aber auch daran, dass Pasco diese Information jahrelang für sich behalten hatte – aus reinem Egoismus, um sich selbst zu schützen.

Und dann, an einem lauen Abend Anfang Mai, spazierte Pasco ins Locos und machte es sich in einer Ecke der Bar gemütlich. Maddison arbeitete bereits an einer großen Bestellung, sodass Daisy tief Luft holte und beschloss, es nicht auf eine Konfrontation ankommen zu lassen. Im Moment wohnten sie noch alle in der Bucht. Sie setzte ein professionelles Lächeln auf und lief zu ihm, um seine Bestellung aufzunehmen.

»Guten Abend, Pasco. Was darf ich Ihnen bringen?«

»Hallo, Daisy.« Sein Tonfall war herzlich, ähnlich wie die seines Sohnes. Sie verbannte den Gedanken an Max sofort wieder. »Ich würde gern mal diesen Kakao-Gin probieren«, sagte Pasco, der gerade auf die Wandtafel schaute, auf der für den Cocktail des Tages geworben wurde. »Womit wird der denn gemischt?«

»Wenn Sie Gin und Orangen mögen, lässt sich gut ein Kakao-Martini daraus machen«, erwiderte Daisy.

Pasco leckte sich die Lippen. »Hört sich perfekt an.« Daisy machte sich daran, den Cocktail zu mixen, und versuchte zu ignorieren, dass Pasco sie die ganze Zeit dabei beobachtete. Es war nicht ungewöhnlich. Ihre Kunden schauten ihr gern zu, wenn sie Cocktails mixte, aber in diesem Moment hätte sie gern auf seine prüfenden Blicke verzichtet.

Daisy servierte Pasco den fertigen Cocktail, und er bedankte sich bei ihr und zahlte. Sie wartete, bis er seinen Drink gekostet hatte. »Köstlich.« Sie erwartete, dass er weitersprach, doch er drehte sich leicht von ihr weg, schaute in den Schankraum und signalisierte ihr damit, dass ihre Unterhaltung zu Ende war. Eigentlich hätte sie das erleichtern müssen, doch seltsamerweise tat es das nicht. Sie nahm Maddison ein paar Bestellungen ab, um sich abzulenken.

Trotz allem fühlte sie sich heute Abend zu Pasco hingezogen. Einerseits wollte sie mit ihm sprechen, andererseits wollte sie das nicht. Er war das Bindeglied zu ihrer Vergangenheit, der einzige Mensch, der Zeuge am Tod ihrer Mutter gewesen war. Und jetzt hatte er ihr erzählt, wie das gewesen war.

»Pasco?«

Er drehte sich um und sah sie an. Das Leben hatte zwar seine Spuren auf seinem Gesicht hinterlassen, doch er war immer noch ein gut aussehender Mann, der etwas Spitzbübisches an sich hatte. »Ja, Daisy?«

»Danke, dass Sie mir die Wahrheit über meine Mutter erzählt haben. Ich weiß, dass das alles sehr lange her ist, aber ich glaube, es hat mir geholfen, das alles zu wissen.«

»Ich hätte es dir schon früher erzählen sollen. Nicht nur um deinetwillen, sondern auch um meiner selbst willen. Ich habe das zu viele Jahre mit mir herumgeschleppt. Die Zeit schafft Distanz zwischen dir und dem, was passiert ist, aber sie heilt nichts.«

Sie lächelten einander an, und Daisy machte sich wieder an die Arbeit.

Als die Maitage länger wurden und die Temperaturen stiegen, herrschte zunehmend mehr Betrieb, und sie hatten sowohl tagsüber als auch abends sehr viel mehr Gäste. Junge Familien kamen wegen der Sonne nach Ottercombe Bay, und dass die Fledermäuse unlängst zurückgekehrt waren, lockte in Schwärmen die Fledermauskundler ins Locos. Es war hervorragend für das Abendgeschäft, dass die Seltenheit der Großen Hufeisennase das Locos zu einer echten Attraktion machte.

393

Eines Abends, als Daisy erst sehr spät nach Hause kam, trat sie sich die Schuhe von den Füßen und ließ sich aufs Sofa fallen. »Mensch, bin ich müde.«

»Hattet ihr viel zu tun?«, fragte Tante Coral, schaltete den Fernseher aus und schenkte Daisy ihre ungeteilte Aufmerksamkeit.

»Ja, wir hatten eine Abschiedsfeier. Die Gäste haben sich mehr oder weniger einmal durch die Cocktail-Karte getrunken. Im Hinblick auf die Einnahmen war das hervorragend. Und die Stammgäste haben sich auch in Massen blicken lassen.«

»Pasco?«, fragte Tante Coral. »War er heute Abend da?« Daisy war aufgefallen, dass Tante Coral in letzter Zeit häufig nach ihm fragte.

»Ja, Pasco war auch da. Seit er einen festen Job hat, scheint er finanziell gut zurechtzukommen. Vielleicht solltest du ihn mal zu einem Kaffee einladen oder so.«

Coral beäugte sie misstrauisch. »Warum sollte ich denn Zeit mit Pasco Davey verbringen wollen?«

»Willst du mich auf den Arm nehmen? Ihr zwei benehmt euch doch wie Teenager, wenn ihr zusammen seid. Was hält euch eigentlich zurück?«

Tante Coral holte tief Luft. »Das ist alles sehr lange her. Heute sind wir völlig andere Menschen.«

Daisy fand es traurig, dass sie es so empfand. »Ich habe mich letztens mal mit ihm unterhalten.«

»Oh, worüber denn?« Tante Coral beugte sich nach vorn.

»Wir haben ein bisschen über meine Mutter gesprochen, er hatte ein paar lustige Erinnerungen an sie. Ich glaube, mir von der Nacht ihres Todes erzählt zu haben, hat ihm geholfen.«

Tante Coral griff nach Daisys Hand und drückte sie fest. »Einfach wird das nie für dich sein.«

»Nein. Ich finde es aber schön, mir vorzustellen, dass sie getanzt hat. Selbst am Ende. Das passt irgendwie, dass sie sich leicht verrückt aufgeführt hat. Genau so habe ich sie in Erinnerung.«

»Es waren verrückte Zeiten«, meinte Tante Coral.

»Drogen meine ich damit nicht«, fügte Daisy rasch hinzu, um das klarzustellen.

»Ach, ein bisschen Gras haben wir damals alle geraucht.« Tante Coral zuckte kess mit den Achseln.

Daisys starrte Tante Coral mit einer Miene an, die immer finsterer wurde. »Ach ja? Ich dachte, das hätte man in den Sechzigerjahren getan und nicht in den Neunzigern.«

»Oh, in den Neunzigern war das gang und gäbe. Nicht ständig. Wir waren nicht süchtig oder so. Es war nur ein bisschen Gras, am Strand und auf Partys. Harmloses Zeug.«

Daisy zog die Augenbrauen hoch. »Ich wette, mein Vater hat das nicht so gesehen – er ist strikt gegen Drogen.« Sie beobachtete das Mienenspiel ihrer Tante.

Tante Coral wich ihrem Blick aus. »Ich sollte vielleicht zu Bett gehen«, meinte sie und griff nach ihrem leeren Sherryglas.

»Willst du mir weismachen, mein Vater habe tatenlos mit angesehen, dass ihr Drogen nehmt?« Daisy spürte, dass sie hier einen fundamentalen Charakterzug ihres Vaters hinterfragte.

»Ich wünschte, du würdest aufhören, das Wort Drogen zu benutzen. Es besteht ein gewaltiger Unterschied zwischen ein bisschen Marihuana und so etwas wie Heroin.« Tante Coral wirkte auf einmal erregt.

»Trotzdem, Dad ist grundsätzlich gegen Drogen. Er würde das niemals billigen.« Doch kaum dass sie den Satz ausgesprochen hatte, sah sie ihre Tante spöttisch grinsen. »*Er* hat das Zeug nicht geraucht. Habe ich recht?« Daisy wartete auf die Antwort ihrer Tante.

Tante Coral starrte auf den Teppich und schwieg. Irgendwann schaute sie langsam auf, blickte Daisy in die Augen und seufzte. Sie nickte. »Das haben wir alle getan, Liebes.«

Daisy saß immer noch mit finsterer Miene da. »Das glaube ich nicht.« Das machte keinen Sinn. Ihr Vater hatte sich immer in aller Deutlichkeit gegen Drogen ausgesprochen, vor allem in der Zeit, in der sie zur Universität gegangen war. Er hatte Daisy stets auf die Gefahren hingewiesen. Sie hatte das immer für übermäßige Fürsorge gehalten, aber jetzt sah plötzlich alles ganz anders aus.

»Es tut mir leid, Daisy. Weißt du, perfekt war keiner von uns. Und wie ich schon sagte, haben wir nie harte Drogen genommen, und getan haben es alle.«

»Was hat seinen Sinneswandel bewirkt?« Daisy hatte eine Vermutung, die sich immer mehr verdichtete. »Wie ist aus dem Gelegenheitskiffer ein Anti-Drogen-Fanatiker geworden?«

Tante Coral sah aus, als fühle sie sich in die Ecke getrieben. »Ich habe schon viel zu viel gesagt. Ich sollte diese Unterhaltung gar nicht mit dir führen müssen, das wäre Rays Aufgabe. Nur er kann dir erzählen, warum alles anders geworden ist.«

Es folgte betretenes Schweigen. Beide Frauen saßen in dem kleinen Wohnzimmer, als fühlten sie sich äußerst unwohl in ihrer Haut. Vor ihnen auf dem Teppich lag Bug, der vor sich hin schnarchte und von der Konfrontation, die sich über seinem Köpfchen abspielte, rein gar nichts mitbekam.

Als Daisy begriff, nahm ihr Gesicht einen entsetzten Ausdruck an. »Wie dumm ich bin! Er war erst nach Mums Tod gegen Drogen, nicht wahr?« Sie wartete nicht auf eine Antwort. »Meine Mutter hat auch Marihuana geraucht. Sie war high, habe ich recht?«

Daisy sprang auf. Sie atmete plötzlich sehr schnell, und ihr wurde heiß. Tante Coral nickte kurz, und Daisy fuhr sich mit den Händen durch die Haare. »Scheiße. Das hat sie umgebracht. Sie war zugedröhnt.« Daisy fing an zu lachen. Die ganze Situation war makaber. »Deshalb hat sie auf der verfluchten Klippe herumgetanzt. Nicht weil sie so glücklich war und sich so herrlich frei fühlte, sondern weil sie total bekifft war.«

Tante Coral wischte sich eine Träne von der Wange, und für einen kurzen Moment empfand Daisy so etwas wie Gewissensbisse. Sie wusste, dass es nicht richtig war, Tante Coral zur Rechenschaft zu ziehen, aber außer ihr war niemand da. Von einer Sekunde zur anderen bestand sie nur noch aus Fragen und konnte sich nicht beherrschen, sie ihrer Tante an den Kopf zu werfen. »Habt ihr der Polizei von dem Marihuana erzählt?«

»Nein«, sagte Tante Coral, zog ein Taschentuch aus dem Ärmel ihrer Strickjacke und putzte sich die Nase. »Wir hatten entschieden, dass das alles nur noch schlimmer gemacht hätte. Und wir wollten nicht, dass die Presse eine falsche Vorstellung bekam und sie wie eine Drogensüchtige darstellte oder so. Es war ja nur …«

»Ein bisschen Gras. Ja, das sagtest du schon. Aber genau das hat meine Mutter umgebracht.« Daisy konnte spüren, dass sie die Wut, die in ihr hochstieg, kaum noch steuern konnte.

»Es tut mir leid, Daisy. Es war einfach nur Pech, dass Sandy unbemerkt auf das Kap geklettert ist.«

Daisy kochte inzwischen vor Wut, und sie wusste, dass sie jeden Moment anfangen würde herumzubrüllen, wenn sie jetzt nicht ging und sich beruhigte.

»Und war es auch Pech, dass ihr alle zu bekifft wart, um nach ihr zu suchen?«

»Wir dachten, sie wäre nach Hause gegangen, und als wir selbst nach Hause kamen, sind wir sofort eingeschlafen. Niemand hat gewollt, dass so etwas passiert. Das musst du mir glauben. Es war niemand daran schuld.«

Daisy konnte den Anblick ihrer Tante keine Sekunde länger ertragen. Sie griff nach Bugs Leine, legte ihm sein Halsband an und hob ihn von seinem bequemen Plätzchen. »Ich gehe jetzt. Ich weiß nicht, wann ich zurückkomme.«

Ein Spaziergang auf dem Kap kam nicht infrage. Der Ort, an dem sie sich bisher so gern aufgehalten hatte, war jetzt der letzte, an dem sie sein wollte. Dass man seine Routine geändert hatte, verwirrte Bug. Als ihm eine Woge frischer Gerüche in die eingedrückten Nasenflügel stieg, wurde er allerdings etwas munterer und trottete fröhlich neben Daisy her. Daisys Kopf war voller Fragen, die sie stellen, und voller Antworten, die sie nicht akzeptieren wollte. Es war inzwischen so viel Zeit vergangen, und trotzdem hatte man ihr die entscheidende Information immer vorenthalten. Kein Wunder, dass ihr Vater stets so hartnäckig behauptet hatte, es sei ein Unfall gewesen. Und es erklärte auch, warum es immer den Eindruck erweckt hatte, als mache er sich selbst dafür verantwortlich – selbstverständlich gab er sich selbst die Schuld. Es *war* seine Schuld.

Wenn ihr doch nur einer der anderen gefolgt wäre und sie vor diesem verhängnisvollen Augenblick eingeholt hätte, dann wäre meine Mutter heute sicher noch am Leben, dachte Daisy. Dass sie weinte, fiel Daisy erst auf, als ihr die Tränen vom Kinn tropften. Sie wischte sie zornig weg. Das Ganze fühlte sich jetzt so unfair und noch schlimmer an als bisher. Der Tod ihrer Mutter hätte verhindert werden können. Daisy lief weiter und versuchte, sich ein wenig zu beruhigen, indem sie tief durchatmete. Sie blinzelte die Tränen weg, überquerte die Straße und beschloss, den Nieselregen einfach zu ignorieren.

Da kam ihr auf einmal ein Gedanke. Wie angewurzelt blieb sie stehen und riss dabei so an der Leine, dass es den armen Bug fast strangulierte. Er bedachte sie mit einem äußerst unglücklichen Blick, doch sie zog nur ihr Telefon heraus und rief ihren Dad an. Wie spät es im Moment in Goa war, interessierte sie nicht. Sie musste ihn etwas fragen.

Kapitel 35

Nachdem man sie mehrmals aufgefordert hatte, doch bitte am Apparat zu bleiben, während diverse Menschen nach ihrem Vater suchten, hörte sie am anderen Ende der Leitung endlich eine fröhliche und vertraute Stimme. »Baby, wie geht es dir?«

Fest umklammerte Daisy das Telefon. »Wer hat in der Nacht, in der Mum gestorben ist, auf mich aufgepasst?«

»Äh … was ist los, Daisy? Ist irgendwas passiert?«

»Dad. Gib mir ausnahmsweise mal eine klare Antwort. Wer hat in der Nacht, in der Mum gestorben ist, auf mich aufgepasst?«

Eine ganze Weile war es still am anderen Ende der Leitung, dann sagte er: »Das war Reg.«

Danach herrschte wieder Stille, dieses Mal, weil Daisy diese Antwort erst einmal verarbeiten musste. Wie hatte sie Großonkel Reg vergessen können. Er war der einzige Mensch gewesen, der immer für sie da gewesen war, diese Eröffnung hätte sie eigentlich nicht überraschen dürfen.

»Ach so. Danke.« Sie wollte das Gespräch beenden.

»Daisy, ich kann spüren, dass etwas nicht stimmt. Warum ist das plötzlich wieder wichtig?«

Daisy verdrehte die Augen. Er versuchte, das Thema zu banalisieren. »Tante Coral hat mir erklärt, dass Mum gestorben ist, weil sie bekifft war, genau wie alle anderen. Dass deshalb niemand nach ihr gesucht hat und sie gestorben ist …« Ihr brach die Stimme, und sie musste tief durchatmen, um überhaupt weitersprechen zu können, »… weil ihr alle viel zu bekifft wart, um nach ihr zu suchen. Wie konntest du nur?« Bei den letzten Worten schüttelte sie den Kopf. Vermutlich würde sie das nie verstehen.

Er schwieg einen Moment. »Es tut mir leid, Daisy«, sagte er dann. »Ich habe all die Jahre versucht …«

»Mich zu belügen?«

»Dich zu schützen.«

»Wovor? Davor, mich ebenso mit Drogen zuzuknallen, wie Mum und du das früher getan habt?«

»Vor der Erkenntnis, dass deine Mutter nicht perfekt war.«

Der Satz traf sie hart. Sie hörte ihren Vater am anderen Ende der Leitung atmen und wusste unwillkürlich, dass er weinte. Eine Zeit lang weinten sie lautlos miteinander, die Entfernung spielte plötzlich keine Rolle mehr.

Dann hörte sie, dass ihr Vater tief Luft holte. »Daisy, niemand weiß, ob sie deshalb gestorben ist. Unter Umständen hat es gar nichts damit zu tun gehabt.«

»Jemand hat sie in der Nacht ihres Todes gesehen. Sie hat auf der Spitze des Kaps getanzt und sich im Kreis gedreht. Und dann hat sie den Halt verloren und ist gefallen.«

Ihr Vater schluchzte laut auf, und obwohl sie böse auf ihn war, tat ihr das in der Seele weh. Sie hörte ihn ungeniert weinen und hatte plötzlich Mitleid mit ihm. Trotz allem, was sie jetzt wusste, war Sandy die Liebe seines Lebens gewesen, und seine Welt war an ihrem Tod irreparabel zerbrochen. Hier wurde gerade eine alte Wunde aufgerissen und Salz hineingestreut.

»Wer hat sie gesehen?«, fragte er schließlich.

»Pasco Davey.«

Seltsamerweise schien Pasco jetzt der Held der Geschichte zu sein. Der Mann, der sein Leben riskiert hatte, um Sandy aus dem Wasser zu ziehen und zu retten, während ihr eigener Ehemann seinen Drogenrausch ausgeschlafen hatte.

»Pasco?« Seine Stimme hatte auf einmal einen leicht ironischen Ton.

»Das ist eine lange Geschichte.« Die vielen Gefühle, die auf Daisy einstürzten, hatten sie inzwischen so erschöpft, dass sie nicht mehr über die Energie verfügte, das weiter auszuführen.

»Bitte, Daisy. Ich liebe dich, und ich will, dass du das weißt. Ich muss jetzt Schluss machen.« Ihr Vater konnte vor lauter Rührung kaum sprechen, und bevor sie Einspruch erheben konnte, war die Leitung tot. Am liebsten hätte sie vor Frust ihr Telefon auf den Boden geschleudert, aber was hätte ihr das gebracht? Die Traurigkeit erdrückte sie fast. Und der Regen prasselte auf sie nieder, was ihre Verzweiflung nur noch größer machte. Bug schüttelte sich die Tropfen aus dem Fell, setzte sich artig vor Daisy auf den Boden und wartete geduldig darauf, dass sie ihren Spaziergang fortsetzten. Daisy fiel auf, dass sie vor Kälte zitterte. Die dünne Jacke, die sie trug, war völlig durchnässt, das Wasser tropfte aus ihren Haaren und vermischte sich mit ihren Tränen. In der Ferne hörte sie eine Stimme und drehte sich langsam in die Richtung, aus der sie kam.

»Daisy?« Eine nicht minder klatschnasse Tamsyn kam ihr entgegen. »Ist alles in Ordnung mit dir?«

Als sie endlich Tamsyns Haustür erreichten, gaben Daisy und Bug ein nasses und schmutziges Pärchen ab.

»Komm rein. Gib mir Bug. Ich werde ihn nach Hause bringen und Coral alles erklären. Obwohl mir nicht so ganz einleuchtet, warum du nicht mehr nach Hause gehen kannst.«

Daisy wirkte zutiefst verzweifelt. »Sie kennt den Grund«, gab sie mit matter Stimme zur Antwort. Ihre Wut war abgeflaut, und das Einzige, was sie jetzt noch empfand, war dumpfe Traurigkeit. Tamsyn führte Daisy ins Wohnzimmer, wo sie herzlich vom Rest der Turvey-Familie begrüßt wurde. Tamsyn wickelte Bug in ein altes Badetuch und setzte sich in Marsch.

Es war ein bisschen so, als verbringe man Weihnachten im Haus fremder Leute. Alle waren übertrieben freundlich, dabei wollte Daisy sich eigentlich nur irgendwo verkriechen und weinen. Wie viele Male hatte sie sich nach der Wahrheit verzehrt, sich gewünscht, alles genau zu wissen? Und trotzdem fühlte sie sich jetzt völlig überfordert. Vielleicht war ja etwas dran an dem Spruch ›Sei vorsichtig, was du dir wünschst‹. Vielleicht wäre es ihr besser gegangen, wenn sie von dem Ganzen nichts gewusst hätte.

»Du armes Würmchen, du bist ja völlig durchgefroren. Ich mache dir jetzt erst mal den Kamin an. Setz dich schön dahin«, sagte Tamsyns Mutter Min. »Alan«, brüllte sie im nächsten Moment. »Hol eine Wolldecke.«

Ein gut erzogener Alan erschien mit etwas sehr Schnörkeligem über dem Arm. »Warum ist denn der Kamin an, Min? Es ist Mai, verdammt noch mal.«

»Siehst du denn nicht, dass dem Mädchen kalt ist?« Ihr gutmütiges Gezanke hatte Daisy als Kind immer sehr erheitert. »Kann ich dir sonst noch etwas bringen?«, fragte Min.

»Nein, vielen Dank, es geht mir gut«, erwiderte Daisy. Sie sah allerdings aus, als gehe es ihr alles andere als gut. Ihre normalerweise so voluminösen, karamellblonden Locken hingen vom Regen matt und strähnig herunter, und ihr fein geschnittenes Gesicht war vom vielen Weinen rot und geschwollen.

»Gut, dass sie deinen Freund zu fassen gekriegt haben«, meinte Alan und ließ sich in den abgewetzten Sessel fallen.

»Alan«, wurde er daraufhin von Min gerügt, die dabei das Gesicht verzog, als versuche sie, ihm darüber etwas zu übermitteln.

»Er war nicht mein Freund«, stellte Daisy richtig und starrte auf die perfekt gleichmäßigen Flammen des Gaskamins. »Aber ja. Es ist gut, dass sie ihn geschnappt haben.«

»Ein schönes Mädchen wie du kann sich die Männer aussuchen«, sagte Alan. »Der Richtige wird kommen, wenn du es am wenigsten erwartest. Warte nur ab.«

»Ach, halt den Mund, Alan«, schimpfte Min und scheuchte ihn aus seinem Sessel und aus dem Zimmer. »Geh und tu etwas Nützliches«, meinte sie und gab ihm im Vorbeigehen einen Kuss. »Er ist weder zu etwas zu gebrauchen noch eine Zier«, erklärte sie Daisy mit einem bedauernden Lächeln.

»Glauben Sie, dass es für jeden von uns den einen Richtigen gibt?«, fragte Daisy.

Min hockte sich neben Daisy auf die Sofalehne, nahm ihre Hand und legte sie in ihre. »Nein, das glaube ich nicht. Aber es gibt den Richtigen für dich.«

Daisy drehte sich so, dass sie zu Min hinaufschauen konnte. »Wie können Sie sich da so sicher sein?«

Ein schwaches Lächeln legte sich auf Mins Lippen. »Ich bekomme Botschaften.«

»Von Mum?« Beim Gedanken an ihre Mutter krampfte sich ihr das Herz zusammen.

»Manchmal«, erwiderte Min. »Ich sage zwar Botschaften, aber diese Dinge sind vager. Ich habe diese Gedanken, die nicht meine eigenen sind.«

»Und was hat meine Mum über mich gesagt oder gedacht?« Mit den erwartungsvollen Augen eines Kindes schaute Daisy zu Min auf.

»Unermessliche Liebe«, sagte Min und drückte Daisys Hand. Sie hörten Tamsyn zurückkommen. »Ich sollte jetzt aufhören«, sagte Min und stand auf.

»Nein, bitte nicht.« Daisy griff nach ihrer Hand und hielt sie fest.

Liebevoll schaute Min ihr in die Augen. »Was du mit dem Locos gemacht hat, freut sie, aber sie möchte nicht, dass du dich mit deinem Vater streitest.«

Daisy spürte, wie ihr eine eisige Kälte durch den Körper fuhr, und sie ließ Mins Hand los, als habe sie soeben einen elektrischen Schlag bekommen. Sie hatte heute Abend zum ersten Mal seit Monaten wieder mit ihrem Vater gesprochen. Wie konnte Min das wissen? Tamsyn kam ins Haus, und die Tür fiel hinter ihr ins Schloss.

»Dieser Hund bildet sich ein, Personal zu haben. Ich habe ihm die Füßchen abgetrocknet, aber er hat trotzdem weiter die Pfoten hochgehalten. Es regnet immer noch. Wie fühlst du dich?«, fragte sie und kam endlich ins Wohnzimmer.

Wenn sie ehrlich war, fühlte Daisy sich eigenartig, doch sie sagte nur: »Besser, danke.«

Als sie aus ihren Träumen gerissen wurde, wusste Daisy im ersten Moment nicht, wo sie war. Ihre Blicke irrten durch das Gästezimmer der Turveys, und da erinnerte sie sich wieder – es war Morgen, und sie hatte die Nacht bei Tamsyn verbracht, weil ihr der Gedanke, Tante Coral gegenübertreten zu müssen, unerträglich gewesen war.

»Daisy, du musst nach unten kommen.« Tamsyn stand im Türrahmen und sprach leise, aber eindringlich. Bis Daisy ganz zu sich gekommen war, war Tamsyn wieder verschwunden. Gähnend tapste Daisy nach unten.

Tante Coral stand neben Tamsyn am Fuß der Treppe. Sie sah müde aus, war aber angezogen, als sei sie auf dem Weg ins Theater. Sie trug eine elegante Hose und einen Blazer mit einem farblich passenden Schal. »Ich wollte mich nur von dir verabschieden«, sagte sie.

Daisy blinzelte und versuchte, sich zu sammeln. »Was meinst du damit?« Das war alles viel zu verwirrend, für so etwas war es noch zu früh am Morgen.

»Das Ganze tut mir aufrichtig leid, Daisy, und dass du so kurz vor Ende deines Jahres in der Bucht abreist, ist das Letzte, was ich will. Es wäre nicht richtig, wenn du dich deshalb um deine Erbschaft bringen würdest. Ich dachte, wenn ich für ein paar Wochen verreise … würdest du vielleicht nicht fortgehen?« Die letzten Worte klangen eher wie eine Frage.

Daisy zuckte mit den Achseln. Ihr fiel auf, dass sie seit Langem erstmals nicht sofort ans Weglaufen gedacht hatte, und so interessant sie das auch fand, war sie zu müde, um es zu analysieren. »Das brauchst du nicht zu tun.« Daisy versuchte vergeblich, ein weiteres Gähnen zu unterdrücken. Trotz allem, was sie im Hinblick auf diese verhängnisvolle Nacht und die Rolle empfand, die ihre Tante in dieser Nacht gespielt hatte, wollte sie auf keinen Fall, dass sie sich genötigt fühlte wegzugehen – das Sea Mist Cottage war schließlich ihr Zuhause.

»Ich hatte schon eine ganze Weile darüber nachgedacht, mal ein bisschen Urlaub zu machen, und das gibt mir jetzt die Ausrede, die ich brauchte. Mein Chef ist nicht gerade begeistert, hat den Urlaub aber genehmigt, und ich habe ganz kurzfristig etwas Günstiges gefunden«, sagte sie und schaute Tamsyn an, die fröhlich mit dem Kopf nickte.

»Urlaub?«, wiederholte Daisy. Sie verstand gar nichts. »Nimmst du Bug mit?«

»Nein, Liebes«, erwiderte Tante Coral und lachte leise vor sich hin. »Eine zweiundzwanzigtägige Kreuzfahrt wäre nichts für ihn.« Daisy sah sie erstaunt an. »Bug bleibt hier. Der ist gut bei dir aufgehoben.«

»Ich wollte immer eine Kreuzfahrt machen. Die exotischen Orte, die prächtigen Abendkleider …« Tamsyn schien nicht zu wissen, was sie sonst noch anführen sollte. »Die großen Boote.«

»Wir fliegen nach Barbados und fahren dann durch die ganze Karibik. Ich werde euch massenhaft Postkarten schicken.« Coral trat einen Schritt nach vorn. »Ich werde dich wirklich vermissen, Daisy.« Sie schloss ihre Nichte in die Arme und presste sie fest an sich. Als sie sich wieder von ihr löste, verdrückte Tante Coral sich ein Tränchen. »Ich hoffe, dass du mir verzeihen kannst«, sagte sie, und dann eilte sie nach draußen zu einem wartenden Taxi.

Tamsyn sinnierte weiter darüber, wie fantastisch es in der Karibik sein würde, als sie der weinerlichen Tante Coral nachwinkten. Noch immer etwas vom Schlaf benebelt überlegte Daisy, ob Tante Coral sich nur unglücklich ausgedrückt hatte, als sie ›wir‹ gesagt hatte. Und wenn nicht: Mit wem ging sie auf eine zweiundzwanzigtägige Karibik-Kreuzfahrt?

Kapitel 36

Daisy freute sich auf ihren freien Abend; es war ein arbeitsreiches Wochenende gewesen, und am Montag mit Tamsyn in den Pub zu gehen war genau das, was sie jetzt brauchte. Noch lieber wäre ihr gewesen, zu Hause eine Flasche Wein zu trinken, doch was das anging, hatte Tamsyn nicht mit sich reden lassen. Es lagen nur noch vier Wochen vor ihr, und Daisy freute sich immer mehr darauf, aus dem Kriegsdienst entlassen zu werden. Sie hatte ordentlich Geld auf ihren Konten, und der Rechtsanwalt hatte bestätigt, dass alles in die Wege geleitet war, um den letzten Teil ihrer Erbschaft wie geplant über die Bühne zu bringen. Danach wollte sie das Locos verkaufen, Tante Coral das Geld zurückzahlen, das sie ihr vorgestreckt hatte, und nach Südamerika abhauen. Alles fügte sich zusammen. Ein paar Bedenken hatte sie zwar immer noch, aber nur ganz wenige, und auch nur im Hinterkopf. Sie wollte wieder reisen – das war immer ihr Traum gewesen, und nichts hatte sich geändert, rein gar nichts. Warum war ihr also bei der Vorstellung, hier wegzugehen, so unbehaglich zumute?

»Schlappen«, sagte Tamsyn, als sie durch die laue Abendluft spazierten.

»Was ist damit«, entgegnete Daisy und wappnete sich für Tamsyns nächste Frage.

»Ich meine, wie hört sich das an?« Daisy runzelte die Stirn. »Stell dir vor, der Erfinder sagt zu dir: ›Ich habe Schlappen erfunden, da steckt man seine Füße rein. Möchtest du die mal anprobieren?‹ Denkt man da nicht sofort, dass sie einen schwächen?«

Daisy fing an zu lachen, und Tamsyn sprach weiter. »Und

wer war der grausame Mensch, der das ›s‹ in das Wort lispeln gepackt hat?«

Kichernd betraten sie den Pub, doch als Daisy sah, wer an ihrem Ecktisch saß, verging ihr das Lachen ganz schnell.

»Oh nein, Tams. Ich werde keinen unangenehmen Abend in Max' Gesellschaft verbringen.« Daisy drehte sich auf dem Absatz um und stürzte sofort zur Tür, aber Tamsyn stellte sich ihr raffiniert in den Weg.

»Warte, bitte. Hör doch erst mal zu. Es geht hier nicht um dich und ihn, sondern um mich und Captain Cuddles.« Daisy hob die Augenbrauen. »Weil ihr nicht miteinander redet, müssen wir uns getrennt mit euch treffen und dürfen den einen dem anderen gegenüber nicht erwähnen, und das macht uns traurig.« Tamsyn wirkte derart unglücklich, dass Daisy etwas nachgiebiger wurde.

»Das Vertrauen ist völlig weg, Tams.« Daisy sah zu Max hinüber. Sie wünschte, es wäre nicht so, aber wie konnte sie auch nur mit jemandem befreundet sein, dem sie nicht mehr vertraute und der sie so zum Narren gemacht hatte?

»Bitte, trink einfach nur ein Glas mit Jason und mir. Du kannst ja so tun, als wäre Max gar nicht da.« Tamsyn sah sie mit flehendem Blick an.

»Schau dir an, was für ein melancholisches Gesicht er zieht«, sagte Daisy und begutachtete Max, der, nach seiner Miene zu urteilen, selbst gerade erst erfahren hatte, was für einen hinterhältigen Plan die beiden ausgeheckt hatten.

»Das ist ein komischer Ausdruck – melon-kolisch. Sagt man das, weil man von Melonen Bauchkrämpfe bekommen kann?«

Jetzt sah Max plötzlich aus, als führe er die weniger peinliche Unterhaltung. Wider besseres Wissen atmete Daisy tief durch und steuerte auf den Tisch zu. Tamsyn folgte ihr und quietschte dabei vor laute Freude. Max stand auf, als wolle er den Pub auf der Stelle verlassen. Daisy hoffte, dass er es tat, denn dann hatte sie dem Wunsch ihrer Freundin zwar entsprochen, aber ihnen blieb trotzdem die peinliche Stille oder der mordsmäßige Krach erspart – in welche Richtung sich der Abend entwickeln würde, war derzeit noch nicht abzusehen.

Max strich sich über sein unrasiertes Kinn und hörte sich an, was Jason ihm leise zuflüsterte. Der sah ihn ähnlich flehend an, wie Tamsyn Daisy gerade angeschaut hatte. Jason erhob sich und begrüßte Daisy, indem er sie auf die Wange küsste.

»Alles okay, Captain Cuddles?«, fragte sie Jason mit einem Grinsen, setzte sich auf den Stuhl neben Max und drehte ihren Körper von seinem weg.

»Ja, es geht mir gut, danke. Ich habe Max gerade erzählt ...«

»Ich kann hier nicht sitzen bleiben und mich den ganzen Abend von ihr ignorieren lassen. Nur damit sie mir einmal mehr auf jämmerliche Art zeigen kann, dass ihre Ansicht die richtige ist. Den Ärger erspare ich euch und gehe«, erklärte Max, griff nach seinem nahezu noch vollen Bierglas und trank in großen Schlucken.

»Ich muss doch wohl sehr bitten. Dass ich recht habe, hast du ja wohl bewiesen, als du dich als verlogener Drecksack erwiesen hast.« Daisy sprang vom Stuhl und baute sich angriffslustig vor Max auf.

»Oh, das war keine gute Idee«, meinte Jason, stand ganz schnell auf und schob seine Schulter zwischen die beiden Streithähne.

Max stellte sich neben Jason. »Wann habe ich denn gelogen?«, erkundigte er sich in gereiztem Ton.

Daisy biss die Zähne zusammen. »Entscheidende Informationen für sich zu behalten ist für mich das Gleiche. Du hast gewusst, dass die Halskette Pasco gehörte.«

»Ich habe sie erst erkannt, als ich ein altes Foto von ihm gesehen habe.«

»Du wusstest, was das Medaillon mir bedeutete, und du hast mich weiter in dem Glauben gelassen, es habe meiner Mutter gehört.«

Max schien sich nicht noch weiter streiten zu wollen und senkte die Stimme. »Es war niemals meine Absicht, dich zu hintergehen. Aber du musst verstehen, dass ich hin und her gerissen war. Pasco ist mein Dad.«

»Du hättest mit mir darüber reden können, mehr nicht.« Daisy schaute ihm ins Gesicht und war in diesem Moment eher traurig als wütend. »Ich dachte, wir hätten etwas für einander empfunden.« Daisy hielt die Luft an. Es war nicht ihre Absicht gewesen, so viel preiszugeben, aber jetzt war es passiert. Tamsyn beobachtete Max und sie mit wachsamem Blick, und Daisy sah, dass sie nach Jasons Hand griff – nicht auf eine verliebte Art, sondern eher, als greife sie nach einer Rettungsleine.

»Nicht genug, als dass du dafür in der Bucht bleiben würdest«, sagte Max mit belegter Stimme.

»Ich hatte nie einen guten Grund zu bleiben.« Daisy spürte, wie sich ihr Puls beschleunigte.

»Menschen sind ein guter Grund.«

Wollte er ihr damit sagen, dass er ihr Grund sein sollte? »Menschen enttäuschen dich.«

»Wie dein französischer Lover?« Jetzt war Max wieder gehässig.

Daisys Lippen wurden zu einem schmalen Strich. »Du warst doch abgehauen!«, erinnerte sie ihn und hob dabei neuerlich die Stimme.

»Du hattest mich gefeuert.«

»Ich dachte, du hättest gekündigt.«

»Du hast mir keine andere Wahl gelassen. Du hast mich beschuldigt, gestohlen zu haben!«

»Du hast mich im Stich gelassen, und was noch viel schlimmer ist, du hast mich verletzt.« Auf einmal wurde sie nur noch von ihren Gefühlen beherrscht, und in diesem Moment wusste sie, dass sie auf der Stelle den Mund halten musste. Die Mischung aus Wut und verletztem Stolz war eine fatale Kombination, die schon die Ansprache so mancher großartigen Frau ruiniert hatte. Daisy trat einen Schritt zurück, aber Max griff nach ihrem Arm, und von der Berührung stellten sich ihr die feinen Härchen auf den Armen auf.

»Verletzen wollte ich dich nicht, Daisy, niemals.« Reumütig sah er sie an.

»Du hast es aber getan«, erwiderte sie, und entzog sich seinem Griff.

Sie lief aus dem Pub, und Max sah ihr nach. Jason und Tamsyn starrten ihr ebenfalls hinterher, als schauten sie sich den Höhepunkt einer Seifenoper an.

»Das ist ja super gelaufen«, meinte Max und leerte rasch sein Bierglas. »Ich glaube, ich haue jetzt auch ab.«

»Wie bringen wir das denn wieder in Ordnung?«, fragte Tamsyn, nachdem Max gegangen war.

»Vielleicht lässt sich das nicht wieder in Ordnung bringen«, erwiderte Jason nachdenklich. »Manchmal stehen zu viele Dinge im Weg.«

Tamsyn zog einen Flunsch und schüttelte den Kopf. »Noch schreibe ich die beiden nicht ab.«

Ein paar Tage später, nach einem langen Spaziergang, ließ Bug sich mit einem Plumps auf der Fußmatte vor der Hintertür nieder. »Körbchen«, befahl Daisy und zeigte auf sein Bett. Bug gab einen ächzenden Laut von sich und rührte sich nicht von der Stelle. Sie wusste inzwischen, dass Bug alles andere als dumm war, wohl aber faul. Da kam ihr ein Gedanke. Vielleicht konnte sie ihm während Tante Corals Abwesenheit das eine oder andere beibringen? Vor einer Herausforderung war sie noch nie zurückgeschreckt.

Zwei Stunden und gut zwei Drittel einer Tüte mit Hundekuchen später schaute Bug sie immer noch an, als habe er es mit einer Verrückten zu tun. Es spielte keine Rolle, wie viele Male sie ihn in sein Körbchen setzte, den Befehl wiederholte

411

oder ihn belohnte: Er tat es einfach nicht auf Kommando. Sie schenkte sich ein großes Glas Wein ein und verbuchte ihre Bemühungen als interessante Erfahrung. Wieder einmal hatte Bug gewonnen.

»Kack-eri-ki«, murmelte sie. Heute Nacht würde er mit Sicherheit in der Küche schlafen.

An jenem Abend schlief Daisy recht schnell ein, wurde aber schon nach kurzer Zeit wieder geweckt. Die seltsamen Geräusche waren eine Mischung aus Bugs Jaulen und Donnergrollen in der Ferne. Es war die ganze Woche über heiß und stürmisch gewesen. Daisy schnaubte verärgert, quälte sich aus dem Bett und schlurfte in die Küche, wo Bug sich unter dem Tisch versteckte. Sie hockte sich eine Zeit lang zu ihm auf den Boden. Erst als er sich wieder beruhigt hatte und das Donnergrollen verstummte, ging sie wieder ins Bett.

Gefühlte Sekunden später ging es erneut los, doch diesmal war es weder niedlich noch lustig. Daisy hatte keine Geduld mehr. Sie stapfte Richtung Küche und riss die Tür auf. Das Einzige, was fehlte, war ein Blitz, der genau in diesem Moment den Raum erhellte, und ihr Auftritt hätte ausgesehen wie eine Szene aus einem Horrorfilm. Bug saß mitten im Raum auf dem Fußboden und schaute sie erwartungsvoll an. Sie war müde, und sie war sauer, und dieses Mal hörte sie es nirgendwo donnern. »Bug, ignorier den Sturm einfach. Führ dich hier nicht auf wie ein armseliges Würmchen«, ermahnte sie ihn mit fester Stimme.

Bug schaute sie einen Augenblick an und trottete dann los, kletterte artig in sein Körbchen und wedelte mit dem Schwanz, als sei er mächtig stolz auf sich.

»Würmchen. Nicht Körbchen, du … ach, vergiss es. Guter Hund, Bug«, sagte sie, lief zu ihm und kraulte ihn kurz hinter den Ohren, bevor sie wieder ins Bett kroch – dieses Mal zum hoffentlich letzten Mal.

Eine Woche später zog eine ungewöhnlich raue Wetterfront über den Südwesten Englands hinweg. Der Wind war während des Tages immer heftiger geworden, und jetzt goss es wie aus Kübeln. Im Cottage hörte sich das ganz besonders gefährlich an, weil der Regen dort gegen die Fenster prasselte und zugleich der Wind ums Haus heulte. An der Küste waren Stürme anders. Ebbe und Flut machten sie dort wilder. Das war etwas, was Daisy Angst machte – sie hatte in ihrer Kindheit und Jugend häufig genug Unwetter erlebt, ihre ungezähmte Wildheit zuweilen sogar bestaunt, wenn sie mit ihrem Vater auf dem Kap gestanden und beobachtet hatte, wie das aufgewühlte Meer unter ihnen wogte. Es war faszinierend: wunderschön und zugleich ein wenig Furcht einflößend.

Es war Montagabend: Das Locos war geschlossen, und sie arbeitete sich im Alleingang durch eine Flasche Wein. Tamsyn hatte sich mit Jason und Max im Pub verabredet, und sie hatte es satt, sich mit Max zu streiten. Eine Flasche Wein war zwar nicht die beste Lösung – das war ihr klar –, aber manchmal fühlte man sich dadurch besser, und so würde sie heute Nacht zumindest gut schlafen. Sie genehmigte sich ein weiteres großes Glas, schaltete den Fernsehapparat ein und kuschelte sich mit Bug aufs Sofa. Der presste sein plumpes Hinterteil so lange gegen ihre Rippen, bis er ganz bequem lag, dann gönnte er sich ein Nickerchen.

Daisy musste eingedöst sein, denn ein Klopfen an der Haustür ließ sie hochschrecken. Für einen kurzen Moment glaubte sie, mit einer Wärmflasche im Bett zu liegen; dann wurde ihr klar, dass sie völlig verdreht mit Bug vor dem Bauch auf dem Sofa lag. Sie versuchte gerade, ihre Glieder zu entwirren, um überhaupt aufstehen zu können, als das Klopfen zu einem lauten Hämmern wurde.

»Okay. Okay. Ich komme ja schon.« Ihre Zunge war schwer vom Wein. Sie warf einen Blick auf die leere Flasche und versuchte, ihren Fuß unter ihrem Körper hervorzuziehen. Ihr rechtes Bein war eingeschlafen und kribbelte. Daisy humpelte zur Tür und hoffte, dass es die Mühe wert war. Wahrscheinlich sah sie aus wie ein weiblicher Glöckner von Notre-Dame, als sie in die Diele humpelte und ihr gefühlloses Bein hinter sich herzog, während sie versuchte, ihre Schultern zu lockern und ihren Hals zu strecken. Sie betrachtete die Gestalt, die vor der Tür stand. Es regnete in Strömen, was erklärte, warum sie unaufhörlich gegen die Tür hämmerte. Als Daisy die Haustür öffnete, drehte die Gestalt sich um.

»Max?« Er trug einen riesigen Regenmantel und betrat ohne ein Wort das Haus. »Äh, du bist nass«, stellte Daisy fest.

»Was du nicht sagst, Sherlock«, meinte Max, schüttelte den Kopf und bespritzte sie wie Bug, wenn er gebadet hatte. Sie rieb sich mit der Hand über die Lippen für den Fall, dass sie im Schlaf vor sich hin gesabbert hatte.

»Es stürmt wohl immer noch?« Sie schaute hinter ihn auf den sintflutartigen Regen.

»Wir müssen reden.« Max wirkte bestimmt. Sein Haar war dunkler als sonst, und sein Gesicht glänzte vom Regen.

»Jetzt?« Daisys war trotzig wie ein widerspenstiger Teenager. Auf ein Streitgespräch war sie gerade nicht eingestellt.

»Ja, jetzt. Tamsyn sagt – hast du Alkohol getrunken?«

Daisy schloss die Augen. Sie wollte zwar nicht lügen, aber sie war auch nicht gerade versessen darauf zuzugeben, dass sie allein getrunken hatte. »Nur ein Glas Wein … oder zwei. Warum? Ist das rechtswidrig? Denn mit Gesetzesverstößen kennst du dich ja aus, nicht wahr?« Sie schwankte leicht – vielleicht hatte sie ja doch mehr intus als zwei Gläschen.

»Daisy, wir müssen aufhören, uns ständig zu streiten. Wir wühlen immer wieder in den gleichen Sachen herum, und das zieht alle runter. Ich denke, wir haben zwei Möglichkeiten. Entweder wir lassen die Vergangenheit hinter uns und probieren es miteinander, du und ich. Oder wir machen endlos weiter wie bisher. Wofür entscheiden wir uns?«

Wenn er es so formulierte, klang es ganz einfach. Das waren zwar nicht gerade die Worte eines Romantikers, aber dass er recht hatte, begriff Daisy sogar in ihrem vom Wein benebelten Zustand. Aber dass er recht hatte, half nichts. Wenn sie je ein Paar werden wollten, musste sie sich von der Vergangenheit lösen, aufhören, in den alten Streitpunkten herumzustochern, und einen Neuanfang wagen. Daisy wusste nicht, ob sie dazu in der Lage war. Es bedeutete nämlich, dass sie wieder jemandem vertrauen musste. Das konnte sie aber nur, wenn sie sich auf Max verlassen konnte, und ihm zu vertrauen bedeutete, sich ihm zu öffnen und damit Gefahr zu laufen, erneut verletzt zu werden.

»Glaubst du denn, dass wir einfach von vorn anfangen können?«, fragte Daisy und versuchte, mit den Fingern zu schnippen. Es ärgerte sie, dass sie es nicht hinbekam.

»Warum sollten wir das denn nicht können? Ich meine, ich habe vergessen, dass du mich des Diebstahls beschuldigt und mich dazu angestiftet hast, einem Drogendealer ein Boot zu mieten.« Dreist grinste er sie an. »Nun komm schon, Daisy, lass dich auf das Wagnis ein.«

Daisy fühlte sich in die Enge getrieben. Es versetzte sie ziemlich in Panik. Sie überlegte, ob sie ihn um Bedenkzeit bitten konnte. Das würde ihr die Möglichkeit geben, wieder nüchtern zu werden und – was noch wichtiger war – gründlich über alles nachzudenken. Sie könnte das Für und Wider abwägen, um sich Klarheit darüber zu verschaffen, was sie tun wollte. Bevor sie ihre Gedanken aussprechen konnte, ertönte ein leises Surren, und Max schien ihr die Entscheidung abzunehmen. Er raste aus dem Haus. Gut, dass sie ihn nicht um Bedenkzeit gebeten hatte, dachte sie. Er schien nicht gerade scharf darauf zu sein, auf eine Antwort von ihr zu warten.

»Rettungsboot!«, rief Max mit einiger Verspätung, und im gleichen Moment wurde die Haustür von einer Windböe erfasst und mit solcher Wucht zugedrückt, dass sie laut hinter ihm zuschlug.

»Kack-eri-ki!«, fluchte Daisy, und Bug bellte bestätigend. Das gab ihr zumindest Zeit zum Nachdenken. Und ein weiteres Glas Wein würde ihr bei der Entscheidungsfindung vielleicht auch helfen.

Kapitel 37

Daisy machte es sich gerade mit einer weiteren Flasche Wein für eine Folge von *Plus One* vor dem Fernseher gemütlich, als ihr Telefon zum Leben erwachte. Sie hatte noch kein einziges Wort gesagt, als Tamsyn bereits lossprudelte.

»Ich mache mir Sorgen. Machst du dir auch Sorgen? Ich weiß, du sagst immer, dass dir an Max nichts liegt, aber ich weiß, dass das nicht stimmt. Er bedeutet dir vielleicht nicht so viel, wie Jason mir bedeutet, aber trotzdem bedeutet er dir was. Sollen wir warten oder sollen wir zur Rettungsstation fahren? Ich weiß nicht, was besser wäre. Sehr viel früher erfahren wir so oder so nichts. Was meinst du?«

»Hallo?«, erwiderte Daisy mit kraftloser Stimme. »Entschuldige, aber wovon redest du denn da?« Sie musste gähnen und riss den Mund dabei so weit auf, dass ihre Kieferknochen knackten. Ihr Kopf war wie benebelt.

»Von dem Sturm. Jason und Max sind mit dem Rettungsboot im Einsatz, und da draußen tobt das schlimmste Unwetter, das wir in den letzten Jahren hatten.«

Jetzt wurde Daisy aufmerksam. Sie erhob sich vom Sofa, schaute aus dem Fenster und sah, dass der Regen fast waagerecht gegen die Scheiben gepeitscht wurde. Es sah ziemlich übel dort draußen aus, und Daisy konnte sich bildhaft vorstellen, wie brutal das Meer mit dem Rettungsboot umging. Sofort war sie beinahe nüchtern. »Verdammt. Was sollen wir tun?«, fragte Daisy und drohte dem Fenster mit erhobenem Zeigefinger, als wolle sie dem Wetter Vorhaltungen machen.

»Ich kann keine Sekunde länger hier herumsitzen. Ich glaube, ich fahre zur Rettungsstation. Da kann ich den Ehefrauen und

Freundinnen zumindest Tee kochen und habe wenigstens das Gefühl, irgendetwas Nützliches zu tun.«

Daisy nickte aufmunternd mit dem Kopf, bis ihr klar wurde, dass das am Telefon nicht viel brachte. »Gute Idee. Halt mich auf dem Laufenden«, meinte sie und schlang sich ihr Kapuzenshirt etwas fester um den Körper, obwohl ihr gar nicht kalt war.

Tamsyn zögerte einen Moment. »Willst du nicht mitkommen?«, fragte sie dann.

»Muss ich mitkommen?«

Tamsyn gab einen Laut von sich, der sich anhörte, als puste sie ins Telefon. »Nein, nicht wenn du das nicht willst.«

Daisy sah sich an, wie der Regen gegen die Fenster prasselte. »Okay, dann pass gut auf dich auf.« Sie beendete das Gespräch und kuschelte sich wieder aufs Sofa – sehr zu Bugs Leidwesen, der diesen Platz für sich beansprucht hatte, als sie aufgestanden war, um sich ans Fenster zu stellen. Daisy schaltete den Fernseher aus. Sie sah ohnehin nicht auf den Bildschirm. Draußen war es inzwischen dunkel, aber der Wind heulte unablässig weiter.

Daisy überlegte, ob sie doch besser mitgefahren wäre. Andererseits … es war genau so, wie Tamsyn gesagt hatte: In der Rettungsstation waren die Ehefrauen und Freundinnen der Mannschaftsangehörigen, und Daisy war weder das eine noch das andere. Was war sie für Max? Eine Ehemalige-sozusagen-Freundin-und-Chefin? Das war nicht das Gleiche. Natürlich hieß es nicht, dass Max ihr nichts bedeutete. Selbstverständlich lag ihr etwas an ihm. Ihre Lage hätte nicht schlimmer sein können – egal was sie machte, es war falsch. Sie musste wieder einen klaren Kopf bekommen und eine Lösung finden, und dafür brauchte sie jetzt erst einmal einen sehr starken Kaffee.

Zwei große Tassen später war sie aufgekratzt, hatte leichte Kopfschmerzen und einen Plan. Je mehr sie sich vor Augen führte, dass Max in diesem Unwetter auf dem Rettungsboot war, desto klarer wurde ihr, dass er ihr trotz der vielen Fehler, die er hatte – und derer gab es eine Menge –, ziemlich viel bedeutete. Ihn wieder in ihrem Leben zu haben war einer der positivsten Aspekte ihrer Rückkehr nach Ottercombe Bay. Sie gingen einander zwar schrecklich auf die Nerven, aber die Verbindung zwischen ihnen war stark.

»Tschüss, Bug. Ich werde Max sagen, wie gern ich ihn habe«, sagte sie. Bug blinzelte, und dann schloss er die Augen. Beeindruckt schien er von ihrer Eröffnung nicht zu sein. Daisy streichelte sein Köpfchen. »Weißt du, ich habe ihn sogar sehr gern.« Es Bug zu erzählen, machte das Ganze realer. »Ich muss jetzt gehen.«

Sie griff nach ihrem Mantel und schaffte es mit Ach und Krach, in ihre Gummistiefel zu steigen. Aufrecht zu stehen war nach wie vor eine Herausforderung. Sie öffnete die Haustür und hatte im nächsten Moment das Gefühl, mit einem Gartenschlauch abgespritzt zu werden. Sie zog sich die Kapuze über den Kopf und marschierte Richtung Strand.

Der Himmel war dunkel, doch sie konnte trotzdem die dicken Wolkenbänke sehen, die mit rasender Geschwindigkeit darüberzogen. Sofort strömte der Regen in ihre Kapuze. Unterwegs dachte sie über Max nach. Er machte sie wahnsinnig schnell wütend, aber als sie ihn sich jetzt vorstellte, zauberte das Bild auf der Stelle ein Lächeln auf ihr Gesicht. Konnten zwei Menschen, die einander so massiv auf den Geist gingen, eine gute Beziehung führen? Für einen kurzen Moment malte sie sich aus, wie es wohl wäre, die Wut in Leidenschaft zu verwandeln, und ein wohliger Schauer durchrieselte sie. Natürlich war er ein gut aussehender Mann: Sein verschmitztes Wesen und sein immer leicht zerzaust wirkendes Aussehen waren ihr ans Herz gewachsen. Mehr als einmal hatte sie davon geträumt, ihm sein Hemd vom Körper zu reißen. Verdammt noch mal, warum hatte sie so viel Zeit damit verschwendet, böse auf ihn zu sein? Sie senkte den Kopf und beschleunigte ihre Schritte, angetrieben von Entschlossenheit, einer Prise Begierde und sehr viel Wein und Koffein.

Als sie die Abzweigung erreichte, an der es zum Strand ging, sah sie auf der Straße vor der Rettungsstation die vielen Wagen stehen. Sie gehörten den Besatzungsmitgliedern des Rettungsbootes, und dass sie dort standen, hieß, dass die Männer immer noch im Einsatz waren.

Tamsyn kauerte in Nähe des Eingangs zur Rettungsstation und hielt sich mit beiden Händen an einem Becher mit Tee fest.

»Du bist gekommen!« Der Tee spritzte in alle Richtungen, als Tamsyn sich Daisy an den Hals warf.

»Ich konnte nicht zu Hause herumsitzen, während unsere Freunde in diesem Wetter da draußen sind.«

»Freunde? Ist Max *nur* ein Freund?«

Daisy zögerte einen Moment. »Nein«, gab sie zu, und Tamsyns Miene erhellte sich. »Er ist überdies eine mordsmäßige Nervensäge.« Gleich zog Tamsyn wieder ein langes Gesicht. »Er war heute Abend kurz bei mir. Er glaubt, dass wir beide es miteinander versuchen sollten und …« Wieder schloss Tamsyn sie in die Arme und verschüttete dabei den Rest ihres Tees.

»Ich wusste, dass ihr irgendwann zur Vernunft kommen würdet.«

»Ich kann nichts versprechen«, sagte Daisy, drehte sich um und schaute mit einem angedeuteten Lächeln auf den Lippen aufs Meer. Sie konnte ihren Blick nicht von den tosenden Wogen losreißen. Riesige Wellen schlugen donnernd auf den Strand. Der Gedanke, dass Max dort draußen war, radierte das Lächeln von ihrem Gesicht.

»Ich brauche mehr Tee«, entschied Tamsyn und schwenkte ihren leeren Becher. »Möchtest du auch einen?«

»Nein danke.« Daisy schüttelte den Kopf. Sie konnte nicht damit aufhören, auf diese riesigen Wellen zu starren. Stück für Stück suchte sie mit den Augen das Meer ab, weil sie hoffte, das

Rettungsboot irgendwo zu entdecken. Ihre Hände und Füße wurden mit jeder Sekunde kälter, weil der Wind über die See und den Strand peitschte und Daisy bis ins Mark auskühlte. Sie trat nach draußen. Sie hatte zwar Mühe, aufrecht zu stehen, suchte aber dennoch weiter nach dem orangefarbenen Boot. Der Magen krampfte sich ihr zusammen, und dieses Mal lag das nicht an der Mischung aus Wein und Kaffee. Es war wirklich gefährlich dort draußen, und Max und Jason waren dem Meer schutzlos ausgeliefert.

Daisy musste schlucken. Auf einmal wusste sie, wie viel er ihr bedeutete, und plötzlich gab es auf der ganzen Welt nur noch eines, was sie wollte: dass das Rettungsboot auftauchte und Max in Sicherheit war. Das Boot war weit und breit nicht zu sehen.

Tamsyn kam mit einem Becher mit frischem Tee in der Hand zurück. »Es ist eine Jacht, etwa drei Meilen vor der Küste«, sagte sie und deutete mit dem Kinn in Richtung des kleinen Büroraums im Inneren der Rettungsstation, aus dem eine nicht verständliche Unterhaltung drang, die gerade über Funk mit dem Rettungsboot geführt wurde.

»Aha. Sind alle okay?«, fragte Daisy und kam wieder ins Haus.

»Ja, die machen das ja ständig. Aber Sorgen macht man sich halt doch jedes Mal«, meinte Tamsyn.

Daisy zwang sich, ihren Blick vom Strand loszureißen, und im nächsten Moment sah sie den besorgten Gesichtsausdruck des Funkers und bekam Angst. Sie steuerte auf den Büroraum zu, und die Worte, die sie hörte, trafen sie wie Peitschenhiebe.

»… Mann über Bord? Bestätigen! Wer ist es?«

Das Funkgerät krächzte, bevor Jasons Stimme ertönte. »Ja, wir bestätigen, dass es Max ist. Er ist angeseilt, aber er ist …«

Daisy stand wie gelähmt da. Sie wusste, dass Tamsyn und noch eine Frau zu ihr getreten waren, doch sie hörte alles wie durch Watte, und der Raum fing an sich zu drehen. Sie klammerte sich an den Türrahmen und atmete tief durch, bis sie sich wieder einigermaßen im Griff hatte. Sie konnte nur eines denken: Wenn er ins Meer gefallen ist, ist er tot. Genau wie Mum. In einer Nacht wie dieser kam niemand lebend dort heraus.

»Daisy?« Tamsyn hatte sich vor ihr aufgebaut und versuchte, ihr ihren Teebecher in die Hand zu drücken. »Hier, setz dich hin und trink das. Er ist angeseilt. Es wird alles gut.« Die verstohlenen Blicke, mit denen Tamsyn immer wieder zu dem Funker herüberschaute, und die Tatsache, dass ihr jedwede Farbe aus dem Gesicht gewichen war, sagten ihr aber etwas ganz anderes.

Der Funker sprach mit dem Rettungsdienst, und Daisy lauschte der einseitigen Unterhaltung. »Krankenwagen ... Rettungsstation ... Ottercombe ... Besatzungsmitglied bewusstlos ... Max Davey ... Momentan noch auf See, aber in Kürze an Land ... Erstversorgung erfolgt an Bord.«

Die Minuten schlichen quälend langsam dahin, bis sich wieder eine hohe Welle auftürmte und dahinter endlich das Rettungsboot in Sicht kam. Daisy entfuhr ein Schluchzen und sie versuchte sofort, ihre Gefühle wieder unter Kontrolle zu bekommen. Auf einmal herrschte Unruhe am Strand. Ein Krankenwagen fuhr ans Ufer, und zwei Rettungssanitäter sprangen heraus. Der Funker rannte zu ihnen, aber für Daisys Geschmack schüttelte er nicht nur viel zu häufig den Kopf, er sah dabei auch viel zu ernst aus. Sie zogen eine Trage aus dem Krankenwagen, und Daisy hatte das Gefühl, sich nun jeden Moment übergeben zu müssen.

Nach all dieser Zeit hatte erst so etwas wie das hier passieren müssen, damit ihr klar wurde, was Max ihr bedeutete, und jetzt hatte sie ihn von einer Sekunde zur anderen verloren.

Das Rettungsboot erreichte das Ufer, und die anderen rannten nach unten zu dem bereitstehenden Trecker. Daisy konnte sich nicht rühren. Sie wollte das nicht sehen. Sie wollte den toten Max nicht sehen. Tamsyn umklammerte ihre Hand, und ihr fiel auf, dass sie weinte. Daisy geriet in Panik. Wie hatte das passieren können?

Tamsyn zog an ihrem Arm und zeigte auf das Rettungsboot. Das Meer tobte immer noch wie ein wildes Tier, das aus seinem Käfig ausgebrochen war. Daisy schloss die Augen. Sie musste jetzt stark sein.

»Daisy!« Sie hörte, dass der Wind ihren Namen zu ihr herübertrug, wollte aber nicht glauben, wessen Stimme ihn rief.

Sie öffnete ihre tränenverschleierten Augen und erblickte Max. Er war bei Bewusstsein und wurde von den beiden Rettungssanitätern gezwungen, sich auf die Trage zu legen. Bis zu diesem Moment war Daisy gar nicht aufgefallen, dass sie die Luft angehalten hatte. Jetzt ließ sie die heraus, und dabei entfuhr ihr ein Schluchzen.

»Kack-eri-ki«, rief Daisy und brach vor lauter Erleichterung in ein Gemisch aus Gelächter und Schluchzen aus. Max war am Leben.

Sie stürzte sich in den schneidend kalten Wind und sprang über die Steine. Max schob die Trage aus dem Weg und schloss Daisy fest in die Arme.

»Ich dachte ... ich dachte ...« Sie konnte es nicht aussprechen. »Du blutest ja, Max.« Sie griff an die Stelle, an der ihm das Blut über das Gesicht tropfte, und er zuckte zusammen.

»Nur eine Beule. Ich bin entweder im falschen Moment abgesprungen, oder die Jacht ist im falschen Moment ins Schlingern geraten. Das ist nur eine Kleinigkeit.« Die letzten Worte sagte er mehr zu dem Rettungssanitäter, der gerade versuchte, sich die Wunde genauer anzusehen.

»Komm«, sagte Daisy und zog ihn auf die Rettungsstation zu. »Sie können dich da drinnen wieder zusammenflicken. Du musst jetzt erst mal aus der Kälte heraus.«

»Ich dachte schon, du kommst nie auf die Idee«, meinte Max und wackelte dreist mit den Augenbrauen.

Tamsyn stand ein Stück weiter unten am Strand und küsste Jason. »Ich liebe dich soooooo sehr.« Und um das zu unterstreichen, presste sie ihn gleich noch einmal an sich. »Du bist genauso tapfer wie Aragorn, und ich bin wahnsinnig stolz auf dich. Auf euch alle!« Die letzten drei Worte brüllte sie den restlichen Besatzungsmitgliedern zu, die gerade damit beschäftigt waren, das Boot auf dem Anhänger zu sichern.

In der Rettungsstation war es zwar warm, aber Daisy zitterte trotzdem unkontrolliert vor Kälte und wärmte ihre Hände an einem heißen Becher Tee. Max zankte sich währenddessen mit den Rettungssanitätern, die ihn ins Krankenhaus bringen wollten. Daisy schloss die Augen und versuchte mit aller Kraft, ihre schlotternden Glieder zur Ruhe zu bringen, als sie den Becher an die Lippen hob und einen Schluck daraus trank.

»Daisy.« Max sprach leise und sanft. Sie öffnete die Augen und lächelte ihn an. Er hockte vor ihr auf dem Boden, und seine Kopfwunde wurde inzwischen von Pflastern zusammengehalten. »Bist du okay?«

»Mir geht es gut. Du bist bewusstlos gewesen.«

»Nur für ein, zwei Minuten.«

»Du hättest ertrinken können.« Diese Unterhaltung berührte zu viele wunde Punkte, also konzentrierte Daisy sich wieder auf ihren Tee.

»Ich möchte mich bei dir entschuldigen.« Max hatte den Blick gesenkt.

Daisy hatte das Gefühl, erst einmal etwas klären zu müssen. »Für welche der vielen Schandtaten denn, die du begangen hast, um mir auf den Wecker zu gehen?« Allem Anschein nach funktionierte ihr Hirn immer noch nicht richtig, denn sie hatte das sehr viel harscher formuliert, als es ihre Absicht gewesen war, vor allem nach dem, was gerade erst passiert war.

Max schaute auf seine Schuhspitzen wie ein ungezogener Schuljunge. »Ich möchte mich bei dir dafür entschuldigen, dass ich fast ertrunken wäre. Dass ich Pasco erlaubt habe, im Waggon zu schlafen. Dass ich nicht sofort etwas gesagt habe, als ich das Medaillon erkannte. Dass mir nicht klar war, wie sehr ich dich verletzt hatte. Und dafür, dass ich generell ein Mistkerl bin.«

Endlich legte sich ein Lächeln auf Daisys Lippen. »Hat General Mistkerl einen höheren Rang als Captain Cuddles?«

»Den ganzen Tag lang«, gab er zur Antwort und machte wieder einen etwas selbstsichereren Eindruck. Im nächsten Moment zog er eine kleine schwarze Samtschatulle aus der Hosentasche. »Das ist ein Familienerbstück. Man hat es mir vermacht, aber ich möchte, dass du es bekommst.«

Daisy stellte den Becher ab, rieb die Handflächen aneinander und nahm die Schachtel entgegen. Vor lauter Verwirrung runzelte sie die Stirn, doch als sie den Deckel öffnete, glitt ein Strahlen über ihr Gesicht. »Das Medaillon. Das kann ich nicht annehmen. Es war schon viel zu lange in meinem Besitz.«

Max schüttelte den Kopf. »Nein, du sollst das haben. Pasco hat es mir geschenkt. Und auch wenn er kein Problem damit hatte, mit einem schrillen Medaillon um den Hals herumzulaufen, ich sehe einfach nur lächerlich damit aus.«

»Ich weiß nicht.« Daisy sprach nicht weiter und starrte auf das Medaillon. Obwohl sie die Wahrheit jetzt kannte, hatte sie immer noch das Gefühl, eine Verbindung zu dem Schmuckstück zu haben.

»Es steht dir gut.« Max nahm es aus der Schachtel und legte es ihr um den Hals.

Als Daisy das kühle Metall auf ihrer Haut spürte, umklammerte sie das Medaillon sofort mit der Hand. Es fühlte sich richtig an.

»Ich habe es schrecklich vermisst, danke.« Sie schaute auf, und als sie sah, wie verwundbar er auf einmal wirkte, musste sie lächeln.

»Bei mir hätte es nur in der Schublade gelegen.«

Ruckartig stand Daisy auf, ein bisschen zu ruckartig, wie sich herausstellte, denn ihr wurde sofort schwindelig. Sie wollte sich an irgendetwas festhalten. Max war sofort da. »Immer mit der Ruhe, warum so eilig?«

»Ich wollte dich küssen«, sagte sie. Der Wein hatte seine Zunge lösende Wirkung noch nicht verloren.

»Dann verstehe ich sowohl die Hast als auch die Beinahe-Ohnmacht. Passiert den Frauen ständig.«

Grinsend versetzte Daisy ihm einen Rippenstoß. »Willst du den Kuss nun haben oder nicht?«

Max schien überlegen zu müssen. »Was für eine Art von Kuss soll das denn werden?«

»Muss ich ein Schaubild anfertigen?«

»Ich meine, soll der Kuss sagen Ich-danke-dir oder Lass-uns-eine-Beziehung-anfangen oder Du-bist-ein-Held-und-ich-kann-mich-nicht-zurückhalten? Die übrigens einer wie der andere hundertprozentig akzeptabel wären.« Max hielt Daisy nicht mehr ganz so fest. Sie stand wieder sicher auf ihren eigenen Beinen, ohne zu schwanken.

»Nummer drei ist es eindeutig nicht«, sagte sie und trat einen Schritt auf ihn zu. »Es könnte Nummer eins sein oder …« Daisy klemmte sich eine lose Haarsträhne hinter das Ohr und schaute Max in die Augen. Er bemühte sich sehr, cool und gleichgültig zu erscheinen, doch sein Blick verriet, wie groß seine Angst war.

»Vielleicht versuchen wir es einfach mal mit dem Kuss und schauen, ob er uns irgendwelche Hinweise liefert«, regte Max an. Er bewegte den Kopf, als stelle er sich das bildhaft vor. »Ich meine, mir würde das nichts ausmachen, aber wenn du dagegen bist?«

Jetzt grinste Daisy über das ganze Gesicht. »Okay.«

Max legte seine Arme um sie, neigte seinen Kopf ein wenig, und Daisy zog ihn langsam an sich, bis ihre Lippen sich trafen. Daisy stellte fest, dass sich das Küssen etwas schwierig gestaltete, wenn man so breit lächelte. Das Ergebnis war ein ungezwungener Kuss, mit einem Hauch von Leidenschaft – ganz anders, als sie es kannte. Daisy hatte nicht den geringsten Zweifel, dass eine Beziehung mit Max turbulent werden würde, doch sie war es sich schuldig, dem Ganzen eine Chance zu geben. Daisy löste sich in dem Moment von ihm, in dem sie zu spüren hoffte, dass Max mehr wollte.

Max legte seinen Zeigefinger auf seine Lippen. »Das fühlte sich für mich wie eine Nummer drei an.«

Daisy versetzte ihm neuerlich einen Rippenstoß. »Das war eine zwei, du Idiot.«

»Können wir eine zwei verkraften?«, fragte Max und sah sie mit forschendem Blick an.

Daisy wollte ihnen die Stimmung nicht verderben. Wenn sie zu viel darüber nachdachte, würde das alles ruinieren. »Ich weiß es nicht, ich schätze, wir müssen es versuchen.« Zaghaft lächelte er sie an, und sie zog ihn an sich und küsste ihn wieder, dieses Mal noch inniger.

Kapitel 38

Als Daisy am nächsten Morgen erwachte, fühlte sich die Welt irgendwie anders an. Dass Bug so laut aufschnarchte, dass er selbst davon wach wurde, bewies ihr, dass sich manche Dinge überhaupt nicht verändert hatten. Sie kraulte ihn hinter den Ohren, er streckte sich und sprang mit so viel Anstrengung vom Bett, dass er dabei einen quietschenden Furz fahren ließ. Daisy gähnte und griff nach ihrem Medaillon. Sie hatte gut geschlafen, und erst in diesem Moment wurde ihr klar, dass sie das nicht mehr getan hatte, seit sie das Medaillon verloren hatte. Sie schaltete ihr Telefon ein, sah eine SMS von Max und lächelte, bevor sie die überhaupt gelesen hatte.

> *Hi! Kann ich mir für den Kostümball bei der Arbeit wohl bitte deinen alten Motorradhelm ausleihen? Sie haben gesagt, ich darf dieses Jahr nicht schon wieder als Besatzungsmitglied der Seenotrettung kommen. lol M*

Das war zwar nicht unbedingt das, was sie sich erhofft hatte, aber wie eine Schwalbe keinen Sommer machte, machte ein Kuss auch keine Beziehung, wie sie sich in Erinnerung rief. Sie wusste im Moment nicht einmal, ob das hier eine sehr kurze Beziehung werden würde, die endete, sobald sie auf Reisen ging, oder ob eine dieser unangenehmen Fernbeziehungen daraus werden würde. Sie verbannte diese Gedanken in den hintersten Winkel ihres Hirns, schlenderte in die Küche, ließ Bug nach draußen in den Garten und steckte zwei Scheiben Brot in den Toaster.

Daisy überlegte, wo ihr alter Motorradhelm war. Er hatte lange in der Diele gelegen und war dann irgendwann verschwunden. Daisy hatte keine Verwendung mehr dafür, seit ihr Motorrad den Geist aufgegeben und Jason es zum Motorrad-Friedhof gebracht hatte. Tante Coral hatte den Helm entweder weggeschmissen oder irgendwo anders hingepackt. Daisy machte sich daran, ihr Zimmer aufzuräumen – sie wusste nicht, wohin es führen würde, dass sie Max geküsst hatte, doch falls es in diesen Raum führte, wollte sie nicht, dass ihre Unordnung ihn vergraulte. Außerdem wurde es ohnehin höchste Zeit, dass sie sich angewöhnte, ihr Bett zu machen.

Sie überlegte immer noch, wo der Helm wohl sein könnte, suchte in diversen Schränken und im Geräteschuppen danach, wurde aber nirgendwo fündig. Dann erinnerte sie sich an den Schrank über der Treppe und lief nach oben, um dort nachzuschauen.

»Da bist du ja«, freute sie sich, als sie den Helm ganz hinten im Schrank hinter einer Kiste liegen sah. Sie zog den Pappkarton aus dem Weg, doch ihre Neugier siegte. Sie musste einfach hineinschauen. Es lagen stapelweise Postkarten und Briefe darin. Daisy ließ sich auf den Fußboden plumpsen. Großonkel Reg hatte alles aufbewahrt, was sie ihm je geschickt hatte, und das war eine ganze Menge. Sehr viel mehr, als ihr bewusst gewesen war. Sie verbrachte eine ganze Stunde damit, ihre Nachrichten noch einmal zu lesen. Dabei erinnerte sie sich, wie sehr sie es immer genossen hatte, neue Orte zu erkunden, aber auch, wie hart es gewesen war, nebenher die ganze Zeit zu arbeiten. Entsprechend wohltuend war die Vorstellung, dass sie sich jetzt, wenn sie nach Südamerika reiste, einfach nur die Sehenswürdigkeiten anschauen konnte. Auf einmal fiel ihr ein altes Fotoalbum ins Auge, das ganz unten in der Kiste lag. Sie hob es heraus, und es fühlte sich sofort vertraut an. Hundertprozentig sicher war sie sich nicht, aber sie glaubte, sich erinnern zu können, es als Kind schon mal gesehen zu haben. Vorsichtig wischte sie den Staub ab, griff nach ihrem Motorradhelm und trug beides nach unten.

Daisy setzte sich an den Küchentisch, holte tief Luft und schlug das Album auf. Gleich auf der ersten Seite waren Bilder, die sie als Baby mit ihren Eltern zeigte. Der Anblick traf sie wie ein Schlag in die Magengrube. Die glückliche Familie strahlte ihr entgegen. Ihre Mutter war wunderschön. Daisy wusste nicht, ob sie ihr ähnlich sah. Sich selbst in anderen Menschen zu erkennen war schwierig, aber sie hatten eindeutig die gleiche goldene Lockenmähne auf dem Kopf. Daisy sah sich die Fotos in Ruhe an. Unter manchen standen feinsäuberlich mit blauem Kugelschreiber geschriebene Kommentare. Die Handschrift ihres Vaters war das nicht, also nahm sie an, dass es die ihrer Mutter war. Daisy strich beim Lesen mit dem Finger über die einzelnen Sätze und versuchte sich vorzustellen, wie ihre Mutter diese Worte niedergeschrieben hatte.

Sie blätterte eine Seite weiter und sah ein Bild, auf dem sie als kleines Mädchen auf einem Kinderhochstuhl saß. Am Körper trug sie eine blaue Latzhose und auf dem Gesicht ein goldiges Lächeln. In jeder Hand hielt sie einen Löffel, den sie durch die Luft schwenkte. Darunter stand geschrieben ›Meine Zwei-löffel essen zu Abend‹. Daisy wandte sich dem nächsten Foto zu, auf dem sie alle am Strand auf einer Picknickdecke saßen, aber irgendetwas ließ sie noch einmal auf das Hochstuhl-Bild schauen. Warum, wusste sie nicht genau.

Eine Stunde später servierte sie im Locos Schokoladen-Milchshakes und Frappés, die sich jetzt, da in Ottercombe Bay nach dem Sturm wieder Ruhe eingekehrt war, großer Beliebt-heit erfreuten. Die Sonne schien, und der alte Burgess musste regelmäßig Eiswasser trinken, damit ihm nicht zu heiß wurde.

»Hallo«, rief Max und kam mit großen Schritten zur Tür herein. Er legte seine Arme um Daisys Taille und küsste sie so fest auf die Wange, dass alles in ihr kribbelte. »Du riechst um-werfend«, fügte er hinzu, bevor er sie wieder losließ. Genau das war die Bestätigung, die sie gebraucht hatte. Dass er seine Zuneigung so offen bekundete, bewies ihr, dass die vergangene

Nacht keine einmalige Sache gewesen war, dass es nicht nur aufgrund der dramatischen Situation dazu gekommen war.

»Danke, es ist nur Körperspray, aber dennoch …« Sie plapperte wie ein verliebter Teenager; sie musste sich zusammenreißen. »Hier.« Sie griff hinter den Tresen und überreichte Max ihren alten Motorradhelm. »Ich habe ihn sauber gemacht, aber eine zweite Runde könnte sicher nicht schaden.«

»Fantastisch, danke«, sagte Max und küsste sie wieder.

»Als was verkleidest du dich denn?«

»Ahh, das wirst du schon sehen«, sagte er und tippte sich dabei an die Nase.

»Meine Tante kommt nächsten Donnerstag zurück, und ich überlege, ob ich ihr eine Art von Willkommensparty schmeißen und ein paar Leute zum Tee einladen soll. Falls du kommen möchtest …« Hoffnungsvoll sah sie ihn an.

Er strahlte über das ganze Gesicht. »Das wäre großartig, aber ich will doch hoffen, dass ich dich auch vorher ganz oft zu Gesicht bekomme.« Er schloss sie in die Arme und gab ihr einen quälend kurzen Kuss.

Das war schon besser, dachte sie.

Im Verlauf der nächsten Woche sahen sie einander sehr häufig. Jeden Abend nach seiner Schicht im Schwimmbad kam Max ins Locos, half Daisy beim Aufräumen und begleitete sie anschließend nach Hause.

»Ich kann nicht fassen, dass Tante Coral morgen schon wieder da ist. Diese zweiundzwanzig Tage sind sehr schnell vorbeigegangen, und es ist unheimlich viel passiert.« Daisy drückte Max' Hand, als sie das sagte. Sie wusste noch gar nicht, wie sie Tante Coral auf den neuesten Stand bringen sollte, ohne das Risiko einzugehen, dass die Frau völlig überreagierte. Vermutlich war es besser, wenn sie das Drama mit dem Rettungsboot nur ankratzten.

»Ich kann dir bei den Vorbereitungen helfen, wenn du möchtest.«

Daisy kicherte bei der Vorstellung, dass sie einen auf häuslich machten und im Duett Gurkenschnittchen schmierten. »Das brauchst du nicht zu tun.«

»Ich weiß, ich will es tun«, erwiderte Max. »Wenn es mir ermöglicht, Zeit mit dir zu verbringen, backe ich sogar Törtchen.«

Daisy grinste. Ihr Herz raste, und sie wusste nicht, wie sie es anhalten sollte, und vielleicht wollte sie das ja auch gar nicht. Sie waren gern zusammen, genossen die Gesellschaft des anderen, und da ihre Tage in der Bucht gezählt waren, wollte Daisy jede Sekunde auskosten. Ihre unmittelbar bevorstehende Abreise war ein Tabuthema zwischen Max und ihr – sie wollten beide nicht darüber sprechen, um sich die Zeit, die ihnen noch blieb, nicht zu verderben.

Es war Donnerstagnachmittag, und in der Küche wurden wie am Fließband Sandwiches produziert, als plötzlich vor dem Haus ein Auto ein Hupkonzert veranstaltete. Daisy wischte sich die Hände an einem Geschirrtuch ab und ging zur Tür. Tamsyn folgte ihr. Als sie die Haustür aufdrückte, sah Daisy, dass sie sich geirrt hatte. Was da hupte, war kein Auto. Vor dem Cottage saß ein selbstzufrieden grinsender Max auf ihrem alten Motorrad. Aber es sah nicht mehr alt und ramponiert aus. Natürlich war es immer noch alt, aber jetzt glänzte es.

Max ließ den Motor aufheulen. »Wie wäre es mit einer kleinen Spritztour?«, fragte er sie und hielt ihr den Sturzhelm hin.

»Du hast es repariert?«

Max gab sich bescheiden. »Mithilfe von Jason und dem Internet. Tut mir leid, dass es so lange gedauert hat. Aber wir hatten ein paar Schwierigkeiten, an einige der Ersatzteile heranzukommen.«

»Das ist fantastisch. Du bist fantastisch.« Sie schlang ihre Arme um seinen Hals und küsste ihn lange auf den Mund. »Danke, Max. Das ist genial.«

»Ich dachte mir, dass du das in Kürze brauchst.« Er senkte den Blick.

Daisy beschloss, über die Anspielung hinwegzugehen. »Ich schau mir besser mal an, wie es fährt«, meinte sie, nahm ihm den Helm aus der Hand und setzte sich auf die Maschine.

Es fühlte sich gut an, wieder Motorrad zu fahren. Sie hatte Motorräder immer besser gefunden als Autos. Die Freiheit, die körperliche Beziehung zum Fahrzeug und die Geschwindigkeit – sie war von frühester Jugend an wie süchtig danach gewesen. Daisy bog wieder in die Trow Lane ein und hielt an. Die Sonne schien auf das Sea Mist Cottage und ließ das Haus irgendwie fröhlicher aussehen als sonst. Sie selbst vibrierte vor Glück, hauptsächlich, weil sie sich so sehr darüber freute, dass Max das für sie getan hatte. Sie hatte sich so häufig mit ihm gestritten. Und dennoch hatte er sich nicht beirren lassen und hinterher jedes Mal weiter an seinem geheimen Projekt gearbeitet. Plötzlich war sie unglaublich dankbar.

Nach weiteren Küssen und Dankesbekundungen machte sie sich wieder an die Arbeit, um die Platten für das Buffet vorzubereiten, während Jason und Max rätselten, wie sie das Partyzelt aufstellen sollten, das Daisy sich geliehen hatte. Ursprünglich hatte Daisy nur ein paar Leute eingeladen, aber jetzt sah es so aus, als würden über zwanzig Person in das winzige Cottage einfallen.

»Schinken und Hühnchen für die Fleischfresser, Käse und Eiersalat für die Vegetarier«, las Daisy von ihrer Liste ab. »Wie kommst du mit den vegetarischen Sachen voran?«, fragte sie Tamsyn.

»Die Käse-Sandwiches sind alle fertig, und die Eier sind in meinen Jackentaschen, damit sie warm werden.«

Daisy hätte es inzwischen eigentlich besser wissen und sich deshalb hüten müssen nachzufragen, aber sie konnte sich einfach nicht beherrschen. »Dir ist schon klar, dass es nicht reicht, die Eier einfach nur aufzuwärmen, sondern dass du sie kochen musst, oder?«

Tamsyn fing an zu kichern. »Natürlich ist mir das klar. Aber wenn man ein Ei aus dem Kühlschrank nimmt und in kochendes Wasser gibt, platzt die Schale, und wenn ich sie vorher in meiner Tasche anwärme, passiert das nicht.«

Daisy musste zugeben, dass Tamsyn ausnahmsweise mal etwas Vernünftiges von sich gegeben hatte. »Okay, großartig. Danke, dass du mir heute hilfst, Tamsyn, du bist ein Schatz.«

»Ich arbeite unheimlich gern mit dir zusammen«, gab sie zur Antwort. »Und es ist schön zu sehen, dass Max und du jetzt ein Paar seid.«

»Es ist noch zu früh, um dazu etwas zu sagen«, erwiderte Daisy und schaute unwillkürlich aus dem Fenster auf Max, der gerade mit einem grünen Zeltdach kämpfte. »Ich weiß nicht, was nach Südamerika passiert.«

»Ich glaube, das wird alles gut mit euch beiden«, erklärte Tamsyn mit vielsagendem Blick.

Daisy ging nach draußen, um Max ein wenig zur Hand zu gehen. Derweil kam ein souverän wirkender Jason ins Haus. Er tippte Tamsyn auf die Schulter, und sie drehte sich zu ihm um. Er wischte ihr einen Klecks Butter von der rosigen Wange, und diese Berührung ließ sie erstarren. Mindestens eine Million Schmetterlinge flatterten plötzlich in ihrem Bauch auf.

»Bist du glücklich, Tamsyn?«

»Ja«, sagte sie, ohne auch nur eine Sekunde zu zögern.

»Bist du sicher?« Jetzt hatte seine Stimme wieder diesen zaghaften Ton, der so typisch für ihn war.

Statt ihm zu antworten, schlang sie ihre Arme um seinen Nacken und küsste ihn mit Schwung auf die Lippen. Ihre Zähne schlugen unangenehm fest gegeneinander, und im gleichen Moment spürte sie etwas, was sich anfühlte, als würde in ihrer Bauchgegend etwas platzen, sodass sie für den Bruchteil einer Sekunde fürchtete, die mindestens eine Million Schmetterlinge würden jetzt alle herausfliegen. Dann spürte sie die Nässe, sie sickerte durch ihre Hose, und plötzlich fielen ihr die Eier wieder ein. Im Kino passierte so etwas nie.

Als das Taxi vor dem Haus vorfuhr, brach im Inneren des Cottages allgemeine Hektik aus. Alle versteckten sich, und Jason mahnte sie immer und immer wieder, nur ja still zu sein. Daisy brauchte alle Kraft, die sie hatte, um Bug festzuhalten. Als das Taxi wegfuhr und die Schritte immer näher kamen, drehte und wand er sich so, dass er kaum noch zu bändigen war. Der Schlüssel wurde ins Schloss gesteckt, die Tür schwang auf, und sie hörten mädchenhaftes Gekicher. Daisy wartete einen Moment, dann gab sie das Signal. Alle sprangen aus ihren Verstecken, riefen im Chor »Überraschung!«, und im nächsten Moment erblickten sie Pasco, der Tante Coral auf den Armen trug. Beide erstarrten, liefen rot an und sahen entsetzt in die Runde. Zum Glück ließ Pasco Coral vor lauter Schreck nicht fallen.

»Kack-eri-ki«, meinte Daisy, bevor sie sich zu Max umdrehte und wisperte: »Bedeutet das, wovon ich glaube, dass es das bedeutet?«

»Das hängt ganz davon ab, was du glaubst«, erwiderte Max. »Und ich habe jetzt schockierende Bilder im Kopf, die ich zeit meines Lebens nicht mehr loswerde.«

»Herzlich willkommen«, sagte Daisy etwas verspätet. Tante Coral schloss sie fest in die Arme, und Bug strich um ihre Knöchel.

»Hallo, Dad«, sagte Max, und daraufhin begrüßte Pasco ihn mit einer typisch männlichen Umarmung »Du bist … braun geworden.«

»Nichts geht über die Sonne der Karibik, mein Junge«, meinte Pasco und legte seinen Arm schützend um Tante Corals Schultern.

Daisy wusste, dass sie ihre Augenbrauen unnatürlich hoch gezogen hatte. Sich ungezwungen zu benehmen, wenn man mit so etwas konfrontiert wurde, war schwierig. »Hattet ihr zwei eine schöne Zeit?« Sofort war ihr die Frage peinlich. Es fühlte sich an, als hätte sie die beiden gefragt, ob sie miteinander geschlafen hatten. Max legte seinen Arm um Daisy, als spürte er, wie unangenehm die Situation ihr war.

»Eine wunderschöne«, sagte Tante Coral und sah Pasco an, als wolle sie jeden Moment vor Liebe zerfließen. »Trotzdem ist es schön, wieder zu Hause zu sein. Und am meisten freut mich, dass du immer noch hier bist.«

»Und ein Weilchen bleibe ich auch noch«, sagte Daisy. Sie spürte, dass Max sie daraufhin ein bisschen fester an sich presste.

Tante Coral verschwand eine Zeit lang in einem Menschenpulk, während Daisy dafür sorgte, dass alle etwas zu trinken hatten. Nebenher nutzte sie jede Gelegenheit, um sich einen Kuss von Max zu stehlen.

»Du weißt hoffentlich, dass ich dich während deiner Abwesenheit sehr vermissen werde«, sagte Max. Zu viele Bierchen hatten vermutlich seine Zunge gelöst.

»Ich werde dich auch vermissen«, erwiderte Daisy. »Ich muss diese Reise aber machen.« Sie fühlte sich schuldig, dass sie ihn und ihre so junge Beziehung schon bald im Stich lassen würde.

Max nickte bereits. »Ich weiß, und ich sehe das genauso. Du musst diese Reise machen. Ich werde hier warten. Es sei denn, Emma Watson kommt zu Besuch, dann kann ich für nichts garantieren.« Mit einem dreisten Grinsen zuckte er mit den Schultern.

»Das verstehe ich«, sagte Daisy, während sie ihm tief in die Augen sah.

Es war immer ihr Plan gewesen, das Locos zu verkaufen, weil sie dann über das Geld verfügte, das sie brauchte, um zu reisen, wohin, und zu bleiben, solange sie wollte. Aber war das auch jetzt noch die richtige Entscheidung?

Daisy und Max sahen einander immer noch in die Augen, als Tante Coral den innigen Moment unterbrach. »Daisy, Liebes, komm her«, rief sie und presste Daisy fest an ihre Brust. »Ich habe dich so vermisst.« Tante Coral wischte sich eine Träne von der Wange. »Was vor meiner Abreise passiert ist, tut mir unendlich leid, und ich …«

Daisy unterbrach sie. »Das ist längst vergessen. Lass uns einfach nach vorn schauen«, sagte sie, und dann presste sie Tante Coral an sich. Sie schaute über die Schulter ihrer Tante und sah, dass Pasco und Max sich angeregt unterhielten. »Du und Pasco?«

»Das ist eine lange Geschichte«, sagte Tante Coral und lief feuerrot an. »Wo ist denn mein Bugsy?«, fragte sie, weil Bug sich schon die ganze Zeit so nach Aufmerksamkeit verzehrte, dass er um ihre Beine herumtänzelte.

»Für heute reicht mir die Ausrede«, sagte Daisy. »Aber wenn die anderen weg sind, möchte ich mehr erfahren.« Ohne zu viele Details allerdings, denn was sie gesehen hatte, als die beiden zur Tür hereingekommen waren, war eigentlich schon plastisch genug gewesen. »Oh, und schau dir mal an, was ich gefunden habe«, sagte Daisy und reichte ihrer Tante das alte Fotoalbum.

»Ach was«, sagte Tante Coral, stellte ihr Weinglas ab und nahm Daisy das Album aus der Hand.

»Auf den meisten Bildern bin ich noch ein Baby.« Daisy schlug die Seite mit dem Foto auf, das sie auf dem Kinderhochstuhl zeigte. »Ist das die Handschrift meiner Mutter?« Sie zeigte auf die Bildunterschrift.

»Ja, das ist Sandys Schrift«, erwiderte Tante Coral und schaute genauer hin, um zu lesen, was dort stand. Sie schmunzelte. »Ich hatte ganz vergessen, dass sie dich immer Zweilöffel genannt hat.« Sie tippte auf das Foto. »Du konntest noch nicht allein essen, hast aber darauf bestanden, in jeder Hand einen Löffel zu halten.«

Daisy runzelte die Stirn. Irgendetwas hatte sie beim Anblick des Fotos gefühlt, und jetzt fügten sich die Puzzleteile allmählich zusammen.

»War Zweilöffel so etwas wie ein Spitzname?«, fragte Daisy.

»Ja, genau. Sie hat immer behauptet …« Aber Daisy hörte schon gar nicht mehr zu. Sie schob sich bereits an den vielen Leuten vorbei durch den Flur, bis sie Tamsyn und Jason fand, die einander eng umschlungen küssten. Daisy konnte nicht warten, bis Tamsyn Luft holte. Also klopfte sie ihr so lange mit Nachdruck auf die Schulter, bis sie sich schließlich von Jason löste.

»Tamsyn, erinnerst du dich noch an unseren Ausflug ins Esel-Asyl? Als du versucht hast, eine spirituelle Verbindung zu mir herzustellen und mir etwas über mich zu erzählen, was ich nicht wusste?« Sie überschlug sich fast beim Sprechen.

Tamsyn strich mit den Fingern über ihre geschwollenen Lippen. »Ja, ich habe Unsinn geredet.«

»Nein, hast du nicht. Könnte die Botschaft, die du an dem Tag erhalten hast *Zweilöffel* gelautet haben statt *Teelöffel*?«, fragte Daisy und hielt gespannt die Luft an. Das war die Verbindung, die sie hatte herstellen wollen. Die Botschaft hatte Zweilöffel gelautet, der Spitzname, den ihre Mutter für sie gehabt hatte. Tamsyn verfügte doch über hellseherische Fähigkeiten.

Tamsyn überlegte einen Moment. »Nein, auf gar keinen Fall. Es waren eindeutig Teelöffel.« Bevor Daisy protestieren konnte, wandte Tamsyn ihr den Rücken zu und knutschte weiter mit Jason.

Daisy wollte sie noch einmal darauf ansprechen, als sie spürte, dass Max seine Arme um ihre Taille schlang und sie nach hinten zog.

»Alles in Ordnung mit dir?«, fragte er besorgt. Sie wollte ihm gerade alles erzählen, als ihr klar wurde, dass das völlig unwichtig war. Ihre Mutter würde immer bei ihr sein, in ihrem

Herzen. Und wie sich herausgestellt hatte, war dort nicht nur für sie Platz. Alles passte plötzlich zusammen, und ein Gefühl von innerem Frieden machte sich in Daisy breit. Sie war endlich glücklich. Und so sank sie in Max' Arme und küsste ihn.

Kapitel 39

Der Karnevalsumzug in Ottercombe Bay war immer ein großes Ereignis, und zur Feier des Tages war es in Devon warm
geworden. Sämtliche Feriengäste, die in der Gegend Urlaub
machten, kamen in die Stadt, um sich das Spektakel anzusehen,
und die meisten Einheimischen nahmen entweder am Festzug
teil, organisierten ihn oder hatten ein Geschäft, das von der
Veranstaltung profitierte. Da das Locos nicht auf der Route des
Festzugs lag, hatte Daisy es für die vielversprechendste Lösung
gehalten, sich dem Umzug zu Fuß anzuschließen.

Daisy hockte auf dem Festgelände auf einer Mauer. Sie sah
die einzelnen Festwagen anrollen, die der alte Burgess so dirigierte, dass die Jury sie vor dem Festzug begutachten konnte.
Ein Vampir-Wagen wurde um Haaresbreite von einer Brems-
schwelle aus dem Rennen geworfen, und die ganz in Schwarz
gewandte Besatzung wurde vorübergehend kreidebleich. Sie
hörte, dass jemand nach ihr rief, und als sie sich umdrehte, erblickte sie eine große grüne Flasche, die ihr ungelenk entge-
gentorkelte.

»Tams?« Mit zusammengekniffenen Augen schaute Daisy
ihre Freundin an. Sie traute ihren Augen kaum: Tamsyn hatte
sich als Ginflasche verkleidet. Im nächsten Moment wurde sie
von laut grölenden Männern abgelenkt, die die Ankunft des
Rettungsbootes verkündeten. Es wurde von einem riesigen
Traktor gezogen, und dahinter marschierten sämtliche Mitglie-
der der Mannschaft, die einer wie der andere aussahen, als seien
sie bis gerade im Pub gewesen.

Daisy tat sich schwer mit langfristigen Entscheidungen, aber
für den Moment hatte sie beschlossen, das Locos nicht zu

verkaufen. Sie hatte zu viel in die Bar investiert, und sie gehörte zu den wenigen Dingen in ihrem Leben, auf die sie stolz war. Sie hatte ein fantastisches Team, dem sie vertrauen konnte und das in der Lage war, den Betrieb während ihrer Südamerikareise weiterzuführen. Vorerst hatte sie genügend Geld.

Tamsyn war begeistert gewesen, als Daisy ihr erklärt hatte, sie solle während ihrer Abwesenheit für sie einspringen und als Geschäftsführerin auf das Locos aufpassen. Anschließend hatte sie sich um Schärpen mit dem Logo der Bar auf Vorder- und Rückseite gekümmert, mit denen sie auf dem Kirmesumzug Werbung machen konnten. Daisy hatte keine Einwände, obwohl sie die leuchtend grüne Schärpe nur äußerst ungern trug. Sie fühlte sich damit wie auf einem Schönheitswettbewerb.

Nachdem alle sehr lange herumgestanden hatten, setzte sich der Festzug endlich in Bewegung. Es war sehr lange her, seit Daisy zum letzten Mal an der Veranstaltung teilgenommen hatte, und als sie die Musik und das Johlen der Menge hörte, wurde ihr bewusst, wie sehr sie es genoss. Aufgeregte Kinder säumten die Straßen und schwenkten Fähnchen und Luftballons, während die erwachsenen Zuschauer fröhlich ihre hart verdienten Pennys in die Sammelbüchsen warfen.

Am Ende des Festumzugs herrschte eine Bombenstimmung, vor allem unter den Feuerwehrmännern, die offenbar jedem eine Mitfahrgelegenheit anboten, der Lust hatte, und auch einigen Leuten, denen eindeutig nicht der Sinn danach stand.

Daisy entdeckte Max. Er schlenderte ihr entgegen, und bei seinem Anblick machte ihr Herz einen Sprung. Vor ihrem geistigen Auge stellte sie ihn auf Zeitlupe und unterlegte das Bild mit der richtigen Musik. Ja, er hatte seine Ecken und Kanten, aber das war ebenso Bestandteil seines Charmes wie sein eigenwilliges Haar und seine lächerlich langen Wimpern. Als er näher kam, erinnerte sie sich plötzlich, dass sie immer noch die leuchtend grüne Schärpe trug. Sofort versuchte sie, sie loszuwerden, doch es war alles andere als einfach. Als Max schon fast vor ihr stand, riss sie mit aller Kraft an der Schärpe und zog sie sich mit Gewalt über den Kopf.

Trotz des Lärms von den fröhlichen Leuten um sie herum hörte sie ein Geräusch, das klang, als würde etwas reißen. Im gleichen Moment sah sie ihr Medaillon durch die Luft fliegen, genau auf einen Gully zu, der nur etwa eineinhalb Meter entfernt war. Daisy versuchte noch, es zu fassen zu bekommen, griff aber ins Leere.

Bei der Vorstellung, ihr geliebtes Medaillon schon wieder zu verlieren, drehte sich ihr der Magen um. Im letzten Moment sah sie, wie sich eine große Hand um das fallende Schmuckstück schloss. Daisy schaute auf und blickte in Max' grinsendes Gesicht. Er hielt das Medaillon mitsamt der zerrissenen Kette in der Hand.

»Wenn du es nicht mehr haben willst, hättest du das bloß sagen müssen.« Der Schalk blitzte ihm aus den Augen, vielleicht war es aber auch das Bier.

Daisys Hand lag bereits auf der Stelle ihrer Brust, an der sie normalerweise das Medaillon trug. »Ich könnte nicht ertragen, es noch einmal zu verlieren. Es bedeutet mir unendlich viel.«

Max führte sie von der Straße und den Menschentrauben weg. »Es bedeutet uns beiden sehr viel. Es hört sich zwar komisch an, aber es hat es uns irgendwie zusammengeführt. Ich meine, nicht wie in einer klassischen Liebesgeschichte, aber das ist unsere Geschichte.« Max gab Daisy das Medaillon zurück. Vorsichtig steckte sie es in ihre Jackentasche.

»Das ist wahr«, pflichtete sie ihm bei, schlang ihre Finger um seine und genoss das inzwischen vertraute Gefühl, das die Berührung in ihr auslöste. Er trug die Mannschaftsuniform der Seenotrettung, die trotz der hellgelben Gummistiefel irgendwie sexy aussah – vermutlich wegen des durchtrainierten Körpers, der darunter versteckt war.

Um sie her herrschte Trubel. Daisy schaute sich um und ließ ihn auf sich wirken. Tamsyn lag auf dem Rasen, und Jason versuchte mannhaft, sie aus dem Ginflaschen-Kostüm zu schälen, während der alte Burgess ihm entsprechende Anweisungen gab. Trotz des Lärms hörte Daisy ein Bellen, das sie sofort erkannte. Sie erschrak. Sie hatte Bug mit ausreichend Futter und Wasser versorgt und sicher im Cottage eingesperrt – das hatte sie zumindest gehofft. Verzweifelt suchte sie in Knöchelhöhe nach dem schwarzen Hündchen. Da erblickte sie auf einmal ihre Tante und Pasco, die durch die Menschenmenge auf sie zukamen. Bug trottete artig neben ihnen her.

»Wie ist es mit dem Rechtsanwalt gelaufen?«, fragte Tante Coral mit angespanntem Gesichtsausdruck.

»Gut. Mir ist jetzt alles überschrieben worden. Ich habe das Geld, das ich dir schulde, und ein paar Zinsen auf dein Bankkonto überwiesen. Mein Jahr in Ottercombe Bay ist zu Ende.« Das war noch etwas, worauf Daisy mächtig stolz war. Es war ein ereignisreiches Jahr gewesen, und sie hatte sehr viel gelernt. Jetzt war es an der Zeit, den Lohn zu ernten.

Tante Coral wurde plötzlich blass. »Und was passiert jetzt?«

»Ah, ach ja«, sagte Daisy mit skeptischem Blick auf Max. »Am Dienstag reise ich ab.«

Jetzt sah Tante Coral richtig traurig aus. Sie schaute Hilfe suchend zu Pasco hinüber, der sie fester an sich zog.

»Und ich auch«, fügte Max strahlend hinzu.

»Was meinst du damit?«, fragte Tante Coral jetzt völlig verunsichert.

»Wir fahren beide am Dienstag auf Südamerikareise«, erklärte Daisy. »Wir sind sechs Wochen unterwegs, und danach kommen wir beide wieder nach Hause, nach Ottercombe Bay.«

»Oh, das ist wunderbar.« Tante Coral drückte Daisy und Max ganz fest an sich. Irgendwann ließ sie die beiden los und tupfte sich die Augen ab. »Du machst dir keine Vorstellung, wie mich das freut. Dich wieder hier zu haben, ist mein ganzes Glück. Ach, nun schaut euch an, wie rührselig ich mich hier aufführe.« Sie wischte sich weitere Tränen von den Wangen.

443

»Das macht nichts. Ottercombe Bay fühlt sich irgendwie anders an. Ruhiger. Mehr wie zu Hause«, sagte Daisy und nickte Pasco dabei zu. Sie hatte ihm viel zu verdanken, denn er hatte ihr geholfen, mit den Geistern der Vergangenheit abzuschließen.

»Und sobald ich meine Firma für feuerbeständige Scheunen eröffnet habe, wird es hier auch sicherer werden«, sagte Pasco. Tante Coral sah ihn voller Stolz an, und er begann mit Max über die Einzelheiten zu diskutieren.

Tante Coral zog Daisy zur Seite. »Reg hätte sich sehr gefreut«, sagte sie und blickte wehmütig aufs Meer hinaus. »Und deine Mutter auch.«

»Das glaube ich auch, aber ihretwegen tu ich das nicht. Ich tu das für mich.«

Tante Coral stieß einen tiefen, glücklichen Seufzer aus. »Wie sehr man sich auch wehrt, letztendlich muss man auf sein Herz hören.«

»Danke für alles«, sagte Daisy. Ihr lief das Herz fast über. So glücklich war sie, die Menschen, die sie liebte, wieder in ihrem Leben zu haben. Und dieses Leben hatte ein stabileres Fundament als je zuvor.

Bug fühlte sich ausgeschlossen und kläffte verärgert. Im nächsten Moment flog Daisy ohne jedwede Vorwarnung eine riesige Wespe ins Gesicht und verfing sich in ihren Haaren. Sie riss sich von ihrer Tante los und fing an zu kreischen. Wie im Wahn fuhr sie sich durch die Haare, weil sie die Wespe unbedingt herausbekommen wollte, ohne gestochen zu werden. Ihr Herz raste, und ihre Panik wurde mit jeder Sekunde größer. Das zornige Summen wurde immer lauter, und das Gleiche galt für Bugs Bellen.

»Mistviech!«, brüllte Daisy, als die Wespe sich endlich aus ihren Haaren befreit hatte und wegflog. »Deinetwegen führe ich mich hier auf wie ein armseliges Würmchen.« Im gleichen Moment riss Bug sich mitsamt seiner Leine von Tante Coral los und raste in Richtung Sea Mist Cottage davon.

»Oh nein«, jammerte Tante Coral, rang nach Luft und schlug sich die Hand vor den Mund. »Er jagt der Wespe nach.«

Daisy errötete. »Das ist schon okay. Ich glaube, er läuft nach Hause und legt sich in sein Körbchen. Und vielleicht sollten wir das auch tun.« Daisy hakte sich auf der einen Seite bei ihrer Tante und auf der anderen bei Max ein. Und dann überlegte sie, was man wohl anstellen musste, um einem Hund Dinge, die man ihm beigebracht hatte, wieder abzugewöhnen.

Informationen zu unserem Verlagsprogramm, Anmeldung zum Newsletter und vieles mehr finden Sie unter:

www.harpercollins.de

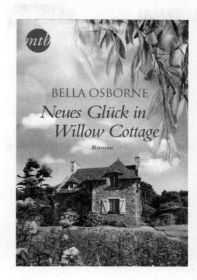

Bella Osborne
Neues Glück in Willow Cottage
€ 9,99, Taschenbuch
ISBN 978-3-95649-843-5

Beth hat das Cottage mit der knorrigen alten Weide im Vorgarten spontan auf einer Auktion gekauft – ohne es vorher gesehen zu haben. Ein Zufluchtsort für sich und ihren kleinen Sohn. Aber jetzt stellt sie fest: Es zu ihrem Zuhause zu machen wird sehr viel Arbeit werden. Dann lernt sie Jack kennen, der irgendwie immer da ist, wenn Beth Hilfe braucht. Doch sie merkt auch, dass es einfacher ist, ein Haus zu renovieren, als ein gebrochenes Herz zu kitten.

www.mira-taschenbuch.de